HEARTCRAFT

HEARTCRAFT

SALLY DARK

The LADY and the DEMON

DUNKLES VERLANGEN

©2022 Heartcraft Verlag
Kirchweg. 15 35085 Ebsdorfergrund
1. Auflage
Covergestaltung und Buchsatz: Heartcraft Design
Text: Sally Dark

ISBN: 978-3-98595-117-8
Bestellung und Vertrieb: Nova MD GmbH, Vachendorf
Druck: PRINT GROUP Sp. z o.o., Polen

Bibliografische Information der Deutschen Nationalbibliothek:
Die Deutsche Nationalbibliothek verzeichnet diese Publikation in der Deutschen Nationalbibliografie; detaillierte bibliografische Daten sind im Internet über http://dnb.d-nb.de abrufbar.

Vorwort

Hallo Schätzchen!

Du hast also wirklich auf mich gehört und traust dich, in die Geschichte meines besten Freundes einzutauchen?!

Und was erwartest du jetzt hier zu finden? Den guten Robin Hood, der die Reichen bestraft und die Armen beschützt? Einen Helden in schillernder Rüstung, dessen Beweggründe nur rein ehrenhaft sind? … Sorry, Schätzchen, da muss ich dich enttäuschen. Immerhin reden wir hier von Aleks, dessen Seele ebenso schwarz wie meine ist. Düsternis und Verderbtheit wohnen in ihm und auch ein loderndes Feuer erwärmt sein kaltes Herz nicht.

Das hier gleicht eher einem Himmelfahrtskommando mit viel Blut, Tod und Schmerz statt einem traumhaften Märchen mit zuckrigem Happy End.

Doch trotz meiner Warnung weiß ich bereits, dass du nicht auf mich hören wirst. Du wirst trotz allem diese Geschichte lesen, sie verschlingen. Dich in Aleks verlieben und dein Herz verlieren. Mehrfach. Schmerzhaft.

Also spar ich mir den Atem und überlasse dich dem freien Fall in Aleks' Hölle.

Aber sag nicht, ich hätte dich nicht gewarnt …

– Enzo

Prolog

Sie

Zwei Wochen zuvor…

Vorhang auf, Spot an.

Stille.

Einatmen. Ausatmen.

Der Bass setzte ein und vibrierte durch meinen Körper. Ich schloss meine Augen, öffnete meinen Mund und ließ den ersten Ton entweichen. Augenblicklich erwachte mein Herz aus seinem Winterschlaf und füllte sich mit Glück. Denn ich konnte nur so etwas wie Freude empfinden, wenn ich meine Leidenschaft, das Singen und Tanzen, auslebte.

Beides konnte ich hier, in meinem neuen Leben in der Stadt, die niemals schlief, tun. Hier in New York war ich frei, glücklich und endlich ich selbst. Auch wenn ich mich mit zwei Jobs über Wasser halten musste, um mir das teure Leben, aber vor allem meinen Traum, überhaupt leisten zu können. So war alles besser als mein altes Leben in Tennessee bei meinen nichtsnutzigen Junkie-Eltern, die sich einen Dreck für mich interessierten. Wahrscheinlich hatten sie noch nicht einmal bemerkt, dass ich seit knapp vier Monaten nicht mehr zu Hause war. Einen besorgten Anruf hatte ich jedenfalls nicht erhalten. Nicht, dass ich darauf gewartet hätte, nein, das sicher nicht.

Ich arbeitete früh morgens in einem Café, übernahm dort die Frühschicht. Nachmittags ging es dann weiter zu Tanz- oder

Gesangsstunden und nachts war ich hier in dem wundervollen *Dark Sparkle* tätig. Einem angesagten und geschmackvollen Burlesque-Club, in dem ich meinen Traum heute endlich voll und ganz ausleben durfte. Denn heute war die Nacht aller Nächte und ich hatte nach Wochen der Proben und des Beweisens endlich meine Chance erhalten und durfte Tablett und Schürze gegen Mikrofon und sinnliches Kostüm tauschen und das erste Mal auftreten. *Ob ich nervös bin?! Scheiße, ja!*

Doch ich wusste, was ich konnte, und würde nicht versagen. Meine Stimme hatte einen guten Mix aus Rauheit und Emotionen. Sie war rauchig und sinnlich zugleich. Kurzum: Ja, ich konnte singen und ich liebte es – lebte es!

Während ich mit Leib und Seele alles gab, strömte das Adrenalin nur so durch meine Adern. Das Scheinwerferlicht war warm, ließ meine Wangen glühen. Ich schwitzte leicht, aber ignorierte es – genauso wie das Zittern meiner Hände – und zog es durch. Immerhin hatte ich genau auf diesen Moment hingearbeitet.

Die letzten Töne verließen meine Lippen, mein Herz raste, ein lautes Rauschen ging durch meine Ohren und mein Körper wurde von einer Euphorie durchflutet, die ich nie für möglich gehalten hätte. Lauter Applaus holte mich wieder ins Hier und Jetzt zurück und ein ehrliches Lächeln, wie ich es lange nicht mehr von mir kannte, legte sich auf meine Lippen. Ein eleganter Knicks, dann verließ ich die Bühne und war mit Sicherheit der glücklichste Mensch auf diesem Planeten.

Die anderen Mädchen, die hier arbeiteten und gerade eben mit mir auf der Bühne gewesen waren, beglückwünschten mich zu meinem erfolgreichen ersten Auftritt. Auch Carl, der Chef des Clubs, kam zu mir und sprach sein Lob aus.

»Anscheinend wirst du wohl nun öfter an der Bar ausfallen, da du jetzt einen weiteren Job hier in meinem Laden hast«, verkündete er mir mit einem Zwinkern und ließ mich allein, um den nächsten und letzten Auftritt für den heutigen Abend vorzubereiten.

Mein Lächeln wich einem Strahlen. Ich könnte nicht glücklicher sein, denn nun hatte ich es offiziell geschafft und lebte meinen Traum. Ich tat das, was ich liebte.

Noch immer in meinem Kostüm, das aus edler Spitze, einer engen Korsage und einem süßen Röckchen bestand, ging ich nach draußen an die frische Luft. Ich brauchte nun eine kleine Abkühlung, um wieder einen klaren Kopf zu bekommen, und ich wollte mich einen Moment allein und ohne Publikum freuen und für mich sein. Generell machte ich die Dinge, egal ob positiv oder negativ, mit mir selbst aus.

Draußen im Hinterhof des Clubs angekommen schlug mir sofort die kühle und wohltuende Nachtluft entgegen und klärte augenblicklich meine Gedanken.

Mit einem Strahlen auf den Lippen sah ich nach oben in den klaren Nachthimmel und es ließ mich noch einmal wirklich verstehen und realisieren, was gerade eben passiert war. *Scheiße! Ich habe es wirklich geschafft!*

Ich wusste nicht, wohin mit all diesen Emotionen, denn ich verspürte in meinem Leben sonst eher weniger solche Gefühle, hatte nicht viel Grund zur Freude. Außer beim Singen und Tanzen natürlich. Doch das war mir über so viele Jahre verwehrt worden. Beziehungsweise … ich hatte es heimlich ausüben müssen, indem ich mir die Ballettstunden selbst finanziert hatte, damit meine Eltern nicht davon Wind bekamen. Denn natürlich hatten sie es als Geldverschwendung empfunden, mich in Gesangs- oder Tanzunterricht zu schicken, obwohl ich mir nichts sehnlicher gewünscht hatte. Doch dann wäre der nächste Schuss später ausgefallen und das hatten sie natürlich nicht riskieren dürfen. *Sagte ich schon, dass ich froh bin, endlich frei von euch zu sein?!*

Noch immer mit einem echten Lächeln auf den Lippen

wandte ich mich um, damit ich wieder reingehen konnte. Doch unerwartet und zu meiner völligen Überraschung stand ein fremder Mann dicht, viel zu dicht, hinter mir. Ich hatte ihn nicht gehört, was mich gleich noch etwas mehr wunderte, denn eigentlich war ich sehr aufmerksam.

Mit leicht schiefgelegtem Kopf betrachtete mich der braungebrannte Typ und ein widerwärtiges Grinsen glitt über seine Miene, das mich augenblicklich erschauern ließ. Ich war kein Angsthase und auf den Mund war ich schon gleich zweimal nicht gefallen, doch dieser Kerl roch nach Ärger. Nach Ärger und Schmerz.

»Was wollen Sie?«, fragte ich ihn höflich und doch bestimmt. Schließlich könnte er ein Gast aus dem *Dark Sparkle* sein. Da konnte ich es mir nicht erlauben, respektlos zu ihm zu sein.

Sein Lächeln wurde noch eine Spur fieser und er kam einen Schritt näher. Wie automatisch wich ich zurück, nur um dann gegen etwas oder eher jemanden zu stoßen. Schnell wandte ich den Kopf nach oben, um zu sehen, wer hinter mir stand. Keine Sekunde später wurde mir schon ein Tuch mit süßlichem Geruch auf Mund und Nase gedrückt. Mit eisernem Griff wurde ich auf den Füßen gehalten, als die Lähmung meinen Körper in Besitz nahm. Ich konnte mich weder rühren noch einen Ton sprechen.

Gesprächsfetzen drangen noch einmal an mein Ohr. Eine fremde Sprache, deren Wörter mir in ihrer Sinnhaftigkeit verwehrt blieben, nahm ich nur bruchstückhaft wahr. Langsam schlich sich die Schwärze in mein Sichtfeld, als ich noch am Rande meines Bewusstseins mitbekam, wie ich über eine starke Schulter geworfen wurde.

Ich wollte schreien, toben und mich wehren. Doch stattdessen fiel ich mit meinen letzten Gedanken unfreiwillig in die erbarmungslose Schwärze. … *Willkommen im Paradies, Ginger!*

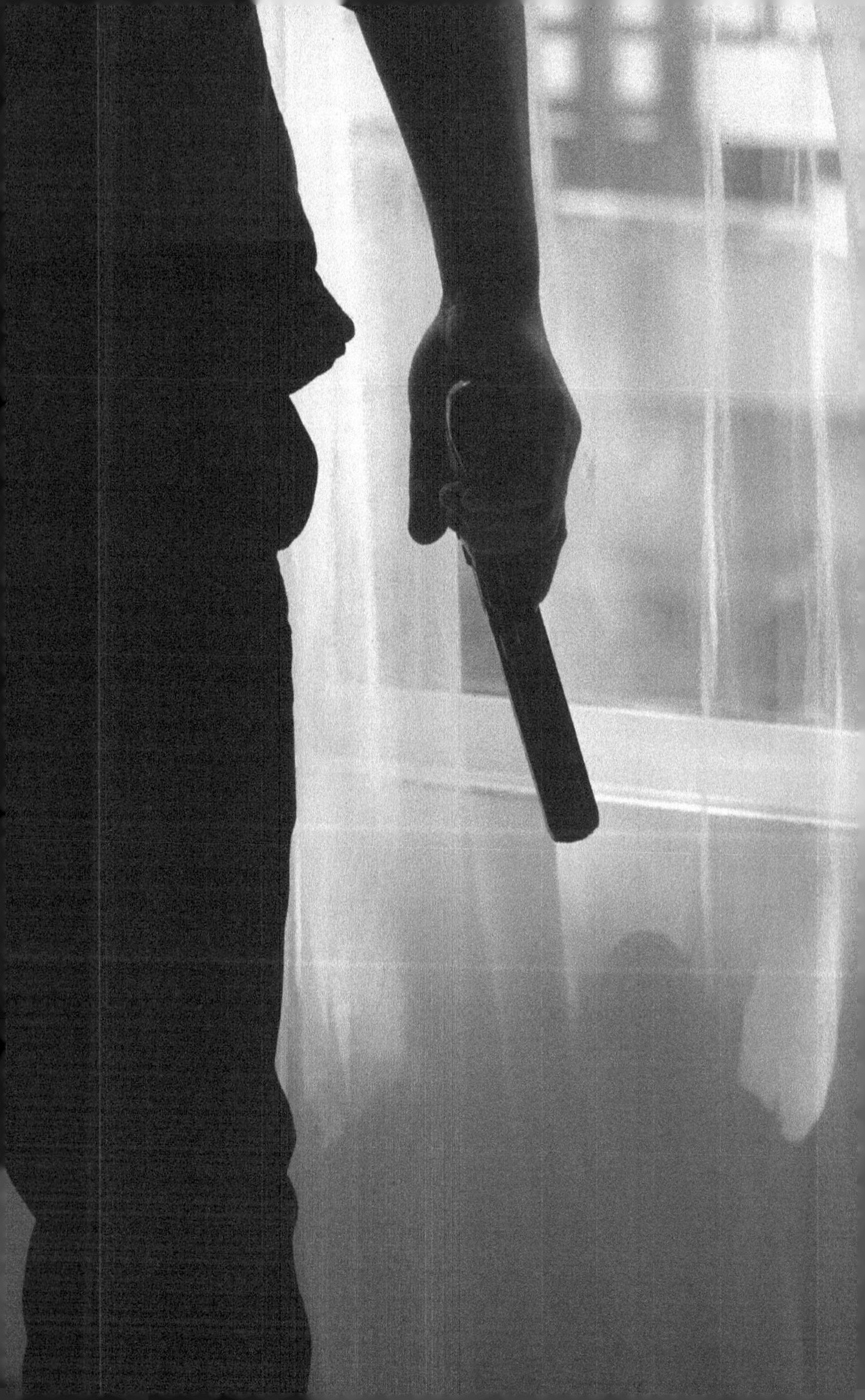

Kapitel 1

Er

Heute

Ich hörte noch das leise, jedoch verdammt wütende Fluchen von Enzo, wie er mich von meiner riesigen Dummheit abhalten wollte. Doch wie hätte ich das Weinen und Wimmern dieses Mädchens, nein, dieses KINDES ignorieren sollen?!

Wir wussten alle, was uns hier in Kuba erwarten würde, dass wir nicht hier waren, um all diese Mädchen und Frauen zu retten. Wir waren hier, um Angel und ihre beiden Prinzen im Kampf gegen ihren kranken Ex zu unterstützen. Spielten die dunklen Helden, die wir nicht waren, in einem Krieg, in dem wir nichts verloren hatten. Aber so war unsere Welt nun mal und es war okay. Doch bei Kindern hörte der Spaß auf und das wusste mein bester Freund auch ganz genau. Wahrscheinlich hielt er mich deswegen nicht auf, ließ mich zu diesem mit Sicherheit nicht einmal 11-jährigen Mädchen stürmen, um zu versuchen, sie zu retten.

Ja, ich war kein Held und ich wollte auch nie einer werden. Doch wie ich schon sagte, bei Kindern hörte der Spaß einfach auf. Arschloch hin oder her.

Kurz vor dem LKW, in den die halbnackten Frauen hineingescheucht wurden, stoppte ich und ging hinter einem parkenden Jeep in Deckung, um die Lage zu checken und mir einen Plan zu überlegen, wie ich die Kleine dort am besten lebend und unverletzt herausbekommen sollte. Doch ich war zu langsam. Gerade wurde sie unter Protest und schrecklichem Geschrei in den LKW geschmissen.

Ohne noch weiter darüber nachzudenken, welche Folgen mein Handeln haben könnte, fasste ich den Entschluss, in den Anhänger zu steigen, um sie dann dort rauszuholen. Das *Wie* war in diesem Augenblick nebensächlich.

Ich nutzte die Gelegenheit, dass sich der Kerl, der die Frauen in den LKW befördert hatte, mit der Kleinen in dem Anhänger befand. So konnte ich mich ungesehen unter die Frauen mischen und in das dunkle Innere des Lieferwagens gelangen. Ich musste nur hoffen, dass ich dem Kerl hier drin nicht direkt in die Arme rannte. Doch ich hatte tatsächlich Glück und der Wachhund entdeckte mich inmitten all der zusammengepferchten Frauen nicht, die sich aneinanderdrängten und schluchzende Geräusche von sich gaben.

Meine Armbrust ließ ich an meiner Seite zwischen unseren Beinen baumeln, mich selbst machte ich kleiner, damit ich Riese nicht auffiel. Zu meiner Überraschung sagten die Frauen um mich herum keinen Ton, vielleicht, weil sie zu eingeschüchtert waren, was das männliche Geschlecht betraf. Ja, da war ich mir ziemlich sicher. Auch das würde ich früher oder später nutzen.

Der Kerl bellte noch ein paar Befehle auf Spanisch, schubste ein, zwei Mädchen aus dem Weg, dann verließ er den Anhänger. Schnell sah ich mich nach der Kleinen um. Horchte nach dem Wimmern und ließ mich von diesem lotsen, damit ich sie schnappen und hier rausschaffen konnte. Doch kaum hatte ich sie endlich ausfindig gemacht, schlossen sich die Türen, was den Raum in völlige Dunkelheit tauchte. *Fuck!*

Ich hing mir meine Armbrust wieder um meinen Rücken, fischte mein Handy aus meiner Hosentasche und schaltete dessen Taschenlampe ein. Langsam sah ich mich um, leuchtete dabei auf den Boden, um keine von ihnen zu blenden. Sie wichen alle meinem Blick aus, sahen schnell zur Seite und machten mir Platz. Wahrscheinlich fragten sie sich, was ich hier tat, und dennoch wagte es keine, das Wort zu erheben.

Ich ignorierte die Wut, die bei dieser Tatsache durch meine Venen preschte und ging immer weiter zu dem kleinen Mädchen. Sie weinte nach wie vor bitterlich – kein Wunder. Ein Kind hatte hier definitiv nichts zu suchen. Es reichte schon, dass einige der Mädchen sicher keine 18 Jahre alt waren, doch sie, die Kleine, war einfach viel zu jung für diese Hölle.

Den Gedanken, dass ich nur sie von hier und dem Leben, das ihr sonst bevorstehen würde, retten würde und sonst keine, blendete ich aus. Ich konnte nicht alle retten und ich würde es auch nicht tun. Die Folgen wären verheerend, zumal ich nicht einmal wusste, an wen all diese Frauen verkauft worden waren. Schließlich hatte ich wirklich keine Lust, in den nächsten Krieg zu rennen, denn ich war mir sicher, dass ich keinen weiteren überleben würde. Doch ich hing nun mal an meinem Leben, also bemühte ich mich, den Haufen Scheiße so klein wie möglich zu halten.

Bei dem winzigen, zitternden Elend angekommen musste ich feststellen, dass sie nicht allein war. Zwei ältere Mädchen kümmerten sich um sie und versuchten, sie zu beruhigen. Es gelang ihnen zwar nicht sonderlich gut, doch ich konnte es ihr nicht verübeln.

Dicht blieb ich vor ihnen stehen und überlegte nicht groß, was ich ihnen sagen sollte, damit sie mir die Kleine überließen. Zum einen, weil ich mir sicher war, dass sie nicht meine Sprache sprachen, und zum anderen musste und wollte ich mich nicht vor ihnen rechtfertigen. Es war leichter, wenn sie mich für eines dieser Schweine hielten, auch wenn sich bei diesem Vergleich alles in meinem Inneren zusammenzog.

So konnte ich die Kleine hier ohne großes Aufsehen rausschaffen – und ohne in flehende Frauenaugen zu blicken, weil sie wollten, dass ich sie ebenfalls rettete. Denn dafür war ich nicht hier. Strenggenommen durfte ich nicht einmal für das Mädchen hier sein. Enzo brachte mich deswegen so oder so noch um, wenn ich wieder nach Hause kam. Ich hatte ihn und die anderen im Stich gelassen. Doch das waren Probleme von morgen, also ignorierte ich sie getrost und sah mit harter Miene auf das kleine Nervenbündel vor mir auf dem Boden.

Ich nickte streng, um den beiden jungen Frauen neben ihr zu bedeuten, sich von ihr zu entfernen. Die eine sprang förmlich in den Stand und wich wie die anderen hier an die Wände zurück. Doch die zweite blieb unbehelligt neben dem Mädchen sitzen und zog sie noch etwas mehr beschützend in ihre Arme. Dabei schenkte sie mir einen dermaßen feurigen und hasserfüllten Blick, dass ich mir ein anerkennendes Schmunzeln verkneifen musste. *Okay, bei dir heißt es wohl: Taktik ändern.*

Ich versuchte, nicht ganz so angsteinflößend für die Kleine auszusehen. Schließlich war mir klar, dass sie und jede andere von ihnen hier drin dem männlichen Geschlecht nicht mehr vertrauten. Zu Recht! Aber für meinen Befreiungsversuch ziemlich unpraktisch. Also musste ich das Arschloch vergraben und den Charmeur rausholen. Mal sehen, ob es was brachte.

Ich nahm die Strenge aus meiner Mimik und ging langsam dicht vor ihnen in die Hocke, um mit ihnen auf Augenhöhe zu sein. Das Gewimmer der Kleinen blendete ich dabei aus, mir war klar, dass sie nicht freiwillig mit mir kommen würde.

Mit meinem Handy leuchtete ich noch immer so, dass ich die beiden nicht blendete. Dann streckte ich meine andere Hand nach dem Mädchen aus.

»Komm«, war alles, was ich in einer ruhigen Tonlage zu ihr gewandt sprach. Sie riss panisch ihre großen, blauen Kinderaugen auf und vergrub sich schützend in der Schulter der jungen Frau, die sie in den Armen hielt. *Na wunderbar!*

Jetzt musste ich sie auch noch gewaltsam retten. Etwas, dass ich gern vermieden hätte. Dazu musste ich zusehen, dass ich nicht allzu viel Lärm machte, damit ich nicht aufflog.

Ich nahm den Blick von der Kleinen und sah die junge Frau an, die sie regelrecht an sich presste. Ihr Blick die reinste Kampfansage. Ihre Augen hasserfüllt. Es könnte mir nicht egaler sein.

Angestrengt seufzend wollte ich gerade nach dem Arm der Kleinen greifen, da ließ mich das warnende Zischen der feurigen Rothaarigen vor mir tatsächlich kurz in meiner Bewegung innehalten.

»Fasst du Schwein sie an, kastriere ich dich. Glaub mir, ich tu's!«, spuckte sie mir verächtlich entgegen.

Meine Augenbrauen wanderten überrascht nach oben. Nicht nur, weil sie meine Sprache sprach – vielmehr wunderte ich mich tatsächlich etwas darüber, dass hier drin eine Frau existierte, die wirklich Widerworte gab. Ich wusste schließlich, wie das hier ablief, was für Methoden sie bei den Mädchen und Frauen anwandten, um sie gefügig und verkaufswürdig zu machen. Wer kaufte sich schon eine temperamentvolle Sexsklavin? Außer man stand natürlich darauf, sie zu brechen.

»Du beherrschst meine Sprache«, sprach ich das Offensichtliche aus. Warum, wusste ich auch nicht genau. Sie hatte mich mit ihrem Feuer tatsächlich etwas überrumpelt.

»Natürlich spreche ich deine Sprache. Ich komme aus Tennessee, daher auch mein Wissen über das Kastrieren!«, drohte sie mir am Ende noch einmal todesmutig. Mein Mundwinkel zuckte, ohne dass ich Einfluss darauf hatte.

»Gut. Das macht es leichter, wenn du mich verstehst! Schwing deinen Arsch dort rüber an die Wand und hör auf, mir hier Probleme zu machen!«, raunte ich ihr warnend entgegen und blickte sie mit finsterer Miene an, ehe ich demonstrativ wieder meine Hand nach dem Mädchen ausstreckte, um sie endlich mit mir zu nehmen.

Mir lief die Zeit davon. Denn dieser LKW würde nicht ewig stehenbleiben und irgendwann seinen Weg zu ihren Käufern antreten. Ich wunderte mich bereits, dass wir noch nicht losgefahren waren, schließlich befanden wir uns hier in einem Krieg und dieser tobte dort draußen. Ich konnte die vielen Schüsse hören.

Eine innere Anspannung packte mich und ließ mich unruhig werden. Wir waren aus einem ganz anderen Grund hierher nach Kuba gekommen. Der Plan war, Logan und seinen Bruder Ian zu unterstützen, dass sie ihr Mädchen retten konnten. Ich sollte also jetzt eigentlich bei Enzo und unseren Männern sein, statt hier drin mit einer rothaarigen Göre rumzudiskutieren.

Ein angestrengtes Seufzen entwich mir, als ich ein abfälliges Schnauben von ihr kassierte. *Wer nicht hören will, muss fühlen …*

Im nächsten Moment hob ich mein Handy und blendete sie mit meiner Taschenlampe. Sie zischte wütend auf, doch ich störte mich nicht daran, nutzte die Gelegenheit und schnappte mir den Arm der Kleinen, um hier endlich mit ihr im Schlepptau verschwinden zu können. Mit einem schnellen und kräftigen Ruck riss ich das Mädchen von ihr los, schubste die Rothaarige nach hinten, schmiss mir die Kleine über die Schulter und wandte mich von ihr ab.

Ja, das war nicht nett und ich würde die Kleine hiermit sicherlich noch etwas mehr verstören. Doch alles war besser, als an irgendein krankes und perverses Arschloch als Sexsklavin verkauft zu werden. Außerdem hatte ich für die nette und einfühlsame Tour gerade weder die Zeit noch die Geduld. Von den Verständigungsproblemen mal abgesehen, denn die Kleine war sicher keine Amerikanerin. Das stellte sich in dem

Moment heraus, als ich sie mir über die Schulter geschmissen hatte und sie lautstark etwas auf Spanisch weinte.

Dennoch ging ich unbeirrt weiter. Ich würde es hoffentlich damit wiedergutmachen, dass ich ihr Freiheit und Geld schenken würde, um nach Hause zu kommen.

Völlig unerwartet spürte ich etwas an meinen Schienbeinen und geriert dadurch ins Wanken. Hatte mir die kleine Göre etwa tatsächlich ein Bein gestellt, um mich so vom Gehen abzuhalten? *Gott verdammt, Weib!*

Ich stolperte mehrere Schritte nach vorne, bis ich mich wieder fing und zu meinem Gleichgewicht zurückfand. Außer mir vor Wut wandte ich mich zu dieser kleinen Fotze um, die kurz davor war, sich eine von mir einzufangen, und funkelte sie mit dunklem Blick an.

»Ich sag das jetzt genau noch einmal, danach zieh ich die Samthandschuhe aus: Schwing. Deinen. Arsch. An. Die. Wand!«, knurrte ich sie drohend an und hatte sie unbewusst bereits schon gegen die nächste Wand gedrängt.

Mein Körper war bis zum Zerreißen angespannt und ich kämpfte immer mehr darum, an meiner Beherrschung festzuhalten, doch dieses Gör forderte mich und meine Geduld ganz schön heraus. Und das in einem der unpassendsten Augenblicke, die es dafür geben könnte.

»Lass sie sofort runter, du krankes, perverses Schwein! Oder …«

»Oder was?! Was willst du kleines Ding schon gegen einen Mann wie mich tun, hm?! Schätzchen, ich habe dich in weniger als zwei Sekunden getötet und keinen würde es hier kümmern. Also tu uns allen einen Gefallen und lass es jetzt endlich gut sein«, raunte ich ihr dunkel entgegen. Dann, als ich mir sicher war, sie würde nun endlich den Mund halten, hielt sie mich an meinem Arm gepackt davon ab, mich umzudrehen. Mahnend zog ich eine Braue nach oben, blickte erst auf meinen Arm, den sie gefangen hielt, dann langsam zurück in ihr Gesicht. Durch mein Handylicht, das ich noch immer angeschaltet hatte, konnte ich sie wenigstens etwas sehen.

»Nimm mich.«

»Und was will ich mit dir?«, fragte ich sie ungläubig.

»Das tun, was du mit der Kleinen machen willst. Meinetwegen spiel ich mit dir auch *'Wer ist dein Daddy?'* und mache, was dein perverses Hirn mit ihr vorhat. Aber sie rührst du nicht an!«, erklärte sie mir ruhig und bestimmt. Kein Zittern lag in ihrer Stimme, so wie man es sonst in einer solchen Situation von einer jungen Frau wie ihr vermutet hätte.

Sie glaubte wirklich, ich sei eines dieser Schweine. Gut, wenn sie meinte, sollte sie ruhig. Ich war nicht hier, um mich zu erklären, also tat ich es auch nicht. Ich wandte mich leicht schmunzelnd von ihr ab. Mumm hatte sie, das musste ich ihr lassen. Deshalb auch das Schmunzeln statt einer weiteren Ansage. Aber natürlich kam ich auch dieses Mal nicht weit. Ich hatte es mir fast gedacht, deswegen reagierte ich, sobald ich sie in meinem Augenwinkel wahrnahm. Ich drehte mich blitzschnell zu ihr, packte sie grob am Hals und drängte sie zurück gegen die Wand. Unsanft knallte sie mit ihrem Kopf und Rücken dagegen und keuchte leise auf.

Die Kleine auf meiner Schulter weinte noch immer, wehrte sich jedoch nicht. Sie hatte es in den vergangenen Tagen, die sie hier verbracht hatte, sicherlich schon zu oft tun müssen und wusste, es würde nichts bringen.

»Hör zu, Missy! Ich bin keins dieser Schweine! Ich will sie retten, okay?! Also, wenn dir wirklich so viel an ihr liegt, dass du dich sogar meinem Schwanz angeboten hättest, dann tu jetzt endlich, was ich dir sage, und bleib hier stehen!« Ich sprach mit gesenkter Stimme. Auch wenn ich mir sicher war, keine weitere Amerikanerin hier unter ihnen zu wissen, so wollte ich nichts riskieren. Keiner durfte wissen, was ich hier drin tat und dass ich überhaupt hier war.

Ungläubig zog sie ihre Augenbrauen nach oben und sah mich missbilligend an.

»Und wie willst du hier rauskommen, du Genie? Die Türen sind nur von außen zu öffnen. Ich glaub dir kein Wort. Du Schwein willst deine kranke Fantasie an der Kleinen austoben!«, spuckte sie mir verächtlich entgegen und begann, mit ihren Fäusten gegen meine Brust zu trommeln. Blitzschnell ließ ich von ihrer Kehle ab, packte eine ihrer Hände und führte sie nach unten zu meinem Schritt. Ich drückte ihre Hand gegen meinen schlaffen Schwanz in meiner Hose.

»Ich bin nicht eines dieser Schweine! Glaubst du mir jetzt endlich?! Denn wäre ich es, würde mir schon längst einer abgehen. Also lässt du uns jetzt gehen? Oder brauchst du noch mehr Beweise?!« Fest sah ich ihr in die Augen, während ich noch immer ihre flache Hand gegen meinen Schritt drückte.

Sie sah mich einfach nur mit weit aufgerissenen Augen an, wohl unfähig, etwas zu sagen. Keine Ahnung, was genau ihr die Sprache verschlagen hatte, doch das war auch egal. Anscheinend hatte ich nun die Erlaubnis, zu gehen. Mit harter Miene nickte ich ihr noch einmal zu, doch gerade, als ich mich endgültig von ihr abwenden wollte, hörte ich, wie jemand von außen die Tür entriegelte. *Shit! Sie dürfen mich nicht entdecken!*

Kapitel 2

Sie

Was bist du denn bitte für ein komischer Vogel?!

Kam hier rein und machte einen auf Robin Hood, mit seiner Armbrust und seinem Heldenscheiß. Als würde ich ihm das abkaufen. Andererseits sah er gerade nicht besonders happy aus, dass nun Männer zu uns reinkamen. Also gehörte er anscheinend wirklich nicht zu diesen Schweinen. Was wollte er dann von Ana? Wieso wollte er die Kleine – und nur die Kleine – retten? Das ergab doch überhaupt keinen Sinn. Oder?!

Ich sagte ja, komischer Vogel.

»Hier, nimm sie und sorg dafür, dass sie ihren Mund hält!«, befahl er mir raunend, hob Ana von seiner Schulter und drückte sie mir entgegen. Ich schloss das zitternde und wimmernde Bündel sofort in meine Arme, dennoch konnte ich den Blick nicht von ihm nehmen. Ich verstand diesen Kerl nicht. Auch nicht, als er drei Mädchen zurechtschob, sie vor uns aufstellte und neben mir, dicht an die Wand gepresst, in die Hocke ging. Ungläubig schenkte ich ihm einen prüfenden Seitenblick. War das echt?! War er wirklich keiner von ihnen?! Doch was machte er dann hier?! *Verdammt, ich brauche Antworten!*

Mehrere Männer betraten den LKW und zu meiner Überraschung scheuchten sie noch weitere Frauen zu uns. Eigentlich sollten nur wir weggebracht werden. Warum nun noch einmal fast genauso viele dazukamen, wusste ich nicht. Strenggenommen wusste ich nicht einmal wirklich, was ich hier machte. Ich war vor knapp zwei Wochen, zumindest dachte ich, dass es so lang her war, hierhergebracht worden. All meine Habseligkeiten waren mir genommen worden. Gut, viel war es schließlich nicht gewesen. Eigentlich hatte ich nur mein Showoutfit angehabt, als sie mich im Hinterhof meiner Arbeit verschleppt hatten.

Seitdem wurde ich nur herumgeschubst, angeschrien, geschlagen und mehrfach beinah vergewaltigt. Na ja, sie hatten es zumindest versucht, doch ich spielte hier sicher nicht ihre leblose Sexpuppe, mit der sie alles anstellen konnten. Dass ich mich diesem Robin-Hood-Verschnitt angeboten hatte, lag an ihr. Der kleinen Ana, der ich all das hier so gern ersparen würde. Sie gehörte nicht in diese schreckliche Welt. Gut, strenggenommen gehörten wir hier alle nicht her, und dennoch … sie am wenigsten.

Sie war doch noch ein Kind mit ihren 10 Jahren. Wie konnte man so krank und abscheulich sein, sie, eine solch reine und unschuldige Seele, hier in die Hölle zu all ihren Monstern und Dämonen zu stecken? Davon würde sie sich mit Sicherheit nie wieder erholen. Und wenn Mr. Dominant meinte, ihr mit seiner rauen Art zu helfen, hatte er sich ja wohl geschnitten. Denn Ana wollte gar nicht mehr aufhören, zu zittern. Leider konnte ich gerade nichts für sie tun. Solange die Männer hier drin waren, durften wir nicht sprechen. Soweit hatte ich ihre Spielregeln verstanden.

Die Frauen hier hatten nichts zu sagen, hatten nicht das Recht, das Wort zu erheben geschweige denn sich gegen die vielen und – wie ich mitbekommen hatte – schmerzhaften Vergewaltigungen zu wehren. *Diese Schweine!*

Ich hatte aufgehört, zu zählen, wie oft ich in den vergangenen Tagen eine abbekommen hatte. Nur in den letzten zwei Tagen hatten sie uns nicht mehr angerührt. Keine von uns. Weder zum Vögeln, noch um uns zu züchtigen. Aber wahrscheinlich lag das daran, dass wir wohl nun verkauft werden würden. *Verkauft … wie das klingt!*

»Wie viele Männer sind reingekommen?«, fragte er mich von unten her raunend. Ich blickte nicht zu ihm, da ich ihn, warum auch immer, nicht verraten wollte, und sah mich nach den Männern um.

»Acht«, flüsterte ich zu ihm nach unten. Ein leises Fluchen, mehr kam von ihm nicht.

Angespannt beobachtete ich die Männer. Ich verstand leider kein Wort, da ich kein Spanisch sprach. Mit Ana verständigte ich mich auch eher mit Händen und Füßen.

Die Männer wirkten angespannter als sonst. Ob es an dem bevorstehenden Verkauf lag? Oder an dem Trubel dort draußen? Ich hörte Schreie und bildete mir ein, Schüsse wahrzunehmen. Obwohl ich Letzteres für Schwachsinn hielt. Wer sollte hier schon freiwillig herkommen und Ärger machen? Auch wenn ich rein gar nichts von dieser dunkeln Welt wusste, so hatte ich die vielen und bis auf die Zähne bewaffneten Männer gesehen. Keine Ahnung, wie viele es wirklich waren, doch bei der Größe des Lagers mussten es sicher weit über 200 sein, die hier hausten. Also … wer sollte bitte so bescheuert sein und diese angreifen?!

Wie vom Blitz getroffen blickte ich zu ihm nach unten. *DU!*

Doch ich konnte nicht weiter darüber nachdenken, denn die Männer brüllten etwas und plötzlich setzten sich alle anderen Mädchen und Frauen hier drin hin. *Shit!*

»Leg dich hin!«, befahl ich ihm scharf. Ich wusste noch immer nicht, warum ich ihm half, doch nun hatte ich es getan, also Augen zu und durch.

Er zögerte einen Augenblick, doch nach einem warnenden

Zischen meinerseits tat er tatsächlich, was ich ihm sagte, und ich setzte mich vor ihn und hoffte, dass Ana und ich diesen Riesen genügend verdecken konnten. Jetzt hieß es: hoffen und abwarten.

Die Männer drehten noch einmal ihre Runden hier drin und bellten ihre Befehle, die ich nicht verstand. Dann stellten sie eine Campinglampe, einen Eimer und eine große Kiste in die Mitte des LKWs. Ich kannte das Spielchen schon. Dasselbe hatten sie uns auch schon in die großen Hallen gestellt.

Den Eimer sollten wir als Klo benutzen und in der Kiste waren Wasserflaschen. Auf Essen hoffte ich hier nicht. Davon bekamen wir recht wenig. Meist gab ich meine Portion an Ana ab. Ich konnte dieses kleine Ding nicht hungern sehen. Außerdem war ich es nicht anders aus meiner Kindheit gewohnt. Meine Eltern hatte es nie sonderlich interessiert, ob ich etwas zu essen hatte oder nicht. Hauptsache, sie bekamen ihren nächsten Schuss, kostete es, was es wollte.

Ana weinte noch immer herzzerreißend in meinen Armen, aber zum Glück tat sie es leise. Das hatte sie leider in den vergangenen Tagen schmerzlich lernen müssen. Und sie lernte schnell, worüber ich sehr froh war. Anders wüsste ich nicht, wie sie die Sache hier überleben würde. Ob sie sie überhaupt überlebte? *Gott, ich hoffe es!*

Ich kannte dieses braunhaarige, zierliche Mädchen kaum und dennoch würde ich alles in meiner Macht Stehende tun, um sie zu beschützen. Ich hatte keine Ahnung, woher dieser große Beschützerinstinkt kam. Vielleicht, weil mich in meiner Kindheit niemand beschützt hatte. Weil keiner da gewesen war, der auf mich aufgepasst oder mich in den Arm genommen hatte, wenn ich so bitterlich geweint hatte wie sie. Niemand hatte mich getröstet und geliebt. All das war mir fremd. Wahrscheinlich wollte ich sie davor bewahren und vor allem vor dem, was ihr noch alles Schreckliches bevorstand.

Endlich ließen uns die Männer wieder allein, sperrten uns ein und überließen uns diesem Elend. Kaum hatten sich die Türen geschlossen, sprang Robin Hood hier hinter mir auf und sah sich mit harter Miene um, ehe er leise zu fluchen begann. Und wie er fluchte! Doch er wurde durch das Starten des Motors zum Schweigen gebracht. Als sich der schwere LKW – mit nun weit über 80 Frauen beladen, inklusive Mr. Schlechte Laune – in Bewegung setzte, sah er sich wieder um und begann erneut zu schimpfen, nur dieses Mal lauter und derber. Gut, dass Ana kein Wort verstand, denn diese Worte waren definitiv nicht für Kinderohren gedacht. Obwohl das wohl auch schon egal wäre, bei all dem, was sie in den letzten Tagen erlebt hatte.

»Wo bringen die euch hin?«, fragte er dann an mich gewandt und blieb dicht vor uns beiden stehen, sah dabei mit harter Miene auf mich herab. Sein Blick war so kalt und streng, dass ich am liebsten leicht den Kopf eingezogen hätte, obwohl das eigentlich nicht meine Art war. Doch er strahlte eine solche Dominanz und dunkle Präsenz aus – die hatte ich so bei noch keinem Mann gespürt –, dass ich ihn nicht einzuordnen wusste. War er nun einer von den Guten? Mit seiner Armbrust und den Waffen, die er überall an seinem Körper trug, sah er allerdings nicht danach aus.

»Keine Ahnung«, antwortete ich ihm wahrheitsgemäß. Woher sollte ich das auch wissen, wenn ich weder die Sprache noch sonst etwas, was hier ablief, verstand?!

»Du musst doch irgendetwas wissen! Wie lang bist du schon hier?«, bohrte er mit dunkler Stimme weiter. *Arschloch!*

Die Mädchen um uns herum waren verdächtig ruhig. Das lag sicherlich an ihm. Sie waren ebenso wie ich anfänglich der Meinung, er gehöre zu ihnen. Ich blickte mich kurz um, da es ein, zwei Mädchen hier gab, die ebenfalls unsere Sprache sprachen. Zumindest wusste ich von diesen beiden. Bei den

Neuankömmlingen konnte ich es nicht sagen.

»Du solltest hier nicht so ein Aufsehen erregen«, mahnte ich ihn. Spöttisch verzog er seine Brauen, dann blickte er sich großzügig, und ohne es wirklich zu verstecken, hier im Inneren um. *Vollidiot!*

Ana hatte sich zum Glück wieder etwas beruhigt und kuschelte sich jetzt einfach nur noch an meinen Oberkörper. Ich ließ sie und hielt sie einfach weiter fest, gab ihr damit den Schutz und die Liebe, die sie gerade brauchte. Währenddessen ließ ich ihn nicht aus den Augen und begutachtete ihn genau. Ich scannte regelrecht seine Erscheinung. Wie er dort mit seiner Armbrust und den vielen Waffen stand und alles genau im Auge behielt, um ... keine Ahnung was zu finden?

Mein Blick wanderte weiter von seiner Armbrust, die er um seinen breiten Rücken trug, über seine starken Arme. Durch die spärliche Campinglampe konnte ich vereinzelte Tattoos auf seinen Armen ausmachen, jedoch nicht, was sie genau darstellen sollten. Dazu reichte das Licht dann leider doch nicht aus.

Er wischte sich mit dem Arm über sein Gesicht und damit den Schweiß weg. Seine dunkelblonden Haare hingen ihm nun wild in die Stirn. Sein Dreitagebart sah gepflegt aus.

Wieder wischte er sich nach einiger Zeit den Schweiß aus dem Gesicht, nur dieses Mal benutzte er dafür sein Shirt, indem er es am Saum unten anhob, nach oben zog und damit seinen nackten und muskulösen Oberkörper freilegte.

Ja, hier drinnen oder generell hier in Kuba war es verdammt heiß und bei diesem Anblick wurde es gleich noch etwas heißer. Ich wollte diesen Machoarsch nicht anziehend und erst recht nicht heiß finden, doch wer könnte es mir bei diesem sexy Riesen verübeln?! Dennoch traute ich ihm nicht. Sexy hin oder her. Solange ich nicht wusste, warum er hier war, obwohl er hier offensichtlich nicht hergehörte, würde ich ihm kein Stück über den Weg trauen. Wahrscheinlich würde ich nach der Nummer hier niemals wieder einem Kerl über den Weg trauen. Vorausgesetzt natürlich, ich kam jemals wieder frei.

Vielleicht könnte ich einen Deal mit ihm aushandeln? Er wollte Ana befreien. Auch hier schwebten wieder viele Fragezeichen über meinem Kopf. Warum wollte er sie überhaupt retten? Was hatte ihn dazu veranlasst? Auf welcher Seite stand er?

All das würde ich hoffentlich noch herausfinden. Fakt war, durch ihn eröffnete sich eine Chance, dieser Hölle zu entfliehen, und wenn ich dazu noch die Kleine in Sicherheit wusste, umso besser.

Ein weiterer derber Fluch holte mich aus meinen Gedanken und ich blickte zu ihm auf. Er hatte sein Handy wieder in der Hand, doch sein Display war schwarz, was mich darauf schließen ließ, dass sein Akku durch den langen Taschenlampengebrauch leergesogen worden war. Das war nicht gut. Er hatte sicher irgendjemanden anrufen wollen. Wahrscheinlich jemanden, mit dem er hier war. Der uns vielleicht hätte helfen können.

Und wieder stellte ich mir die Frage: Wer zum Teufel war dieser Kerl?!

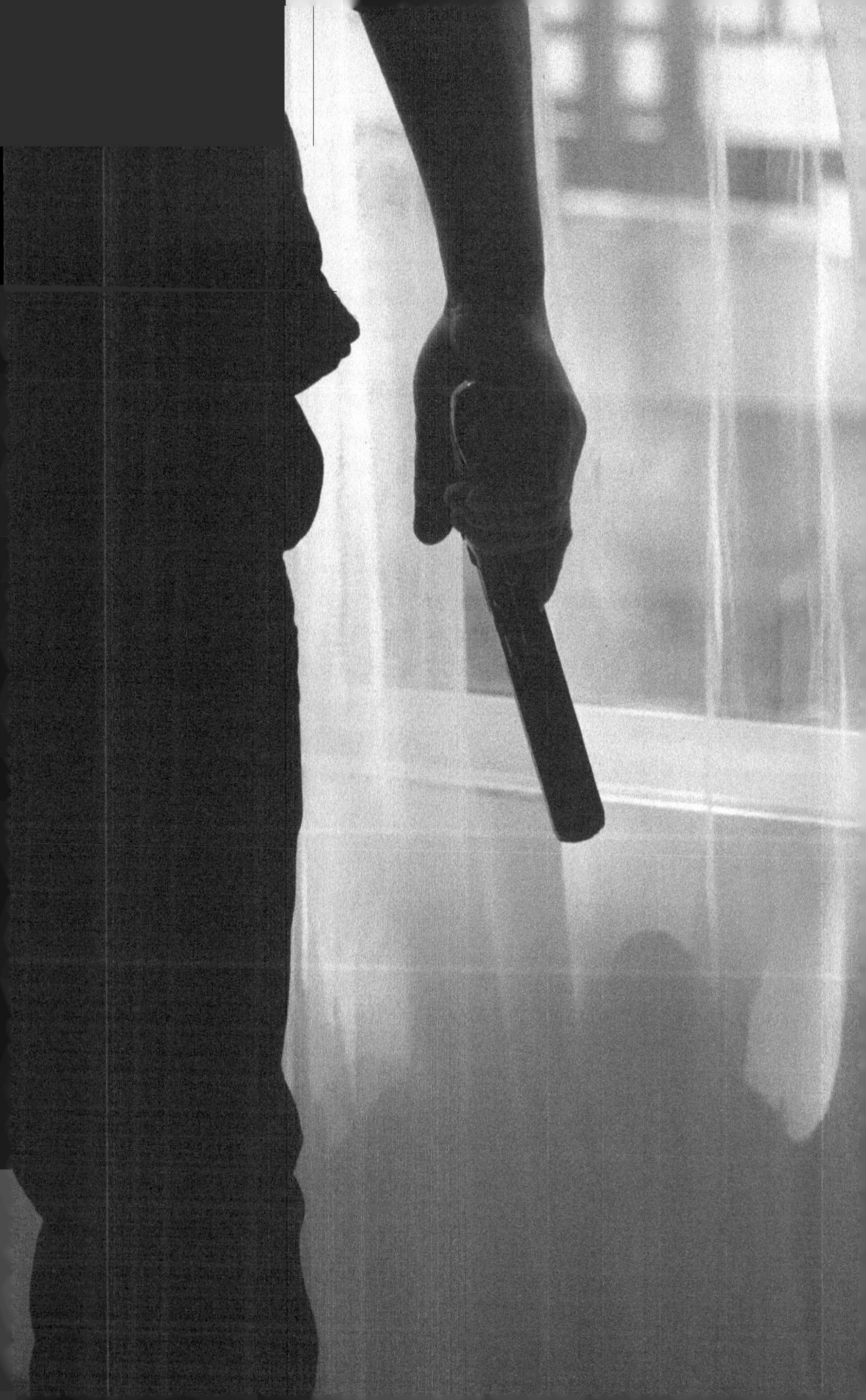

Kapitel 3

Er

Fuck!

Am liebsten hätte ich wieder und wieder mit meiner Faust gegen die Metallwände dieses verschissenen LKWs eingeschlagen. Doch erstens würde es nichts ändern und zweitens könnte man mich dadurch hören. Es war gerade eben schon verdammt knapp gewesen. Gerade so hatten mich die beiden verdecken können. Obwohl ich ja schon etwas verwundert war, dass sie mir überhaupt geholfen hatte. Wieso hatte sie es dann getan?

Ich sah auf sie herab und beobachtete sie dabei, wie sie noch immer auf dem Boden saß und die Kleine schützend im Arm hielt. Ein Schmunzeln zupfte an meinem Mundwinkel, als ich an vorhin zurückdachte. Wie sie sich mir für das Mädchen angeboten hatte. Ich bewunderte ihren Mut und ihren Beschützerinstinkt. Zugleich wollte ich wissen, woher diese kamen. Zu meinem Bedauern taten sich immer mehr Fragen in meinem Kopf über sie auf, obwohl ich gerade weitaus Wichtigeres zu tun hatte, als über sie nachzudenken.

Mein verschissener Akku war leer. Die Taschenlampenfunktion hatte ihm seinen restlichen Saft entzogen. In der Hektik hatte ich ganz vergessen, die Taschenlampe wieder auszustellen, und mein Handy einfach nur schnell in meine Jeans gestopft. Nun hatte ich den Salat. Einen leeren Akku und somit keine Möglichkeit, Enzo oder die anderen zu kontaktieren. Auch wenn ich wusste, Enzo würde mich erst einmal wüst beschimpfen, so hätte er dennoch versucht, mich aus der Scheiße zu ziehen. Vorausgesetzt, sie gewannen den Krieg. Doch da hatte ich eigentlich keine Bedenken. Enzo hatte sich alles gut überlegt, es konnte nichts schiefgehen. Abgesehen von meinem ungeplanten Ausflug, doch der sollte keine Bedeutung für Enzos Sieg haben.

Enzo war nun mal der Hunter von New York und wusste, was er tat. Schon seit so vielen Jahren stand ich an seiner Seite und arbeitete für ihn. So, wie er für die Big Four arbeitete, die Bosse der Unterwelt New Yorks. Gaben sie Enzo und seinen Männern Aufträge, erledigten wir diese, und zwar schnell, leise und effizient.

Scheiße, wo bringen sie uns hin?! Diese Frage musste ich mir schnell beantworten und das am besten, bevor wir bei den reichen Schweinen ankamen, die diese Mädchen kaufen würden.

Ich ärgerte mich etwas über mich, dass ich vorhin nicht einfach das Feuer auf die Penner eröffnet hatte. Doch sie waren zu acht gewesen, der Lieferwagen war voller verschreckter Frauen und ich wusste nicht ganz um meinen Munitionsvorrat. Und dieser Zustand würde auch noch eine Weile so bleiben, denn ich wollte ungern vor den Frauen all meine Waffen rausholen und die Munition überprüfen. Zum einen, weil ich ihnen nicht noch mehr Angst machen wollte, und zum anderen, weil sie ohnehin schon verschreckt und verzweifelt waren und vielleicht auf dumme Ideen kommen würden, was den Einsatz von Waffen betraf. Das würde nur in einem Blutbad enden, auf das ich gut und gern verzichtete.

Noch einmal ließ ich meinen Blick gedankenverloren durch den Lieferwagen schweifen. Es war so scheiße heiß hier drin.

Nach wie vor saßen alle Frauen auf dem Boden und rührten sich nicht. Die Campinglampe spendete etwas Licht.

Die Bedeutung des Eimers versuchte ich einfach mal auszublenden, doch die Kiste erweckte meine Aufmerksamkeit.

Etwas wankend, da der LKW bereits fuhr, ging ich auf die Kiste in der Mitte zu. Dort angekommen stellte ich zu meiner Ernüchterung fest, dass dort drin Wasserflaschen waren, die grob überschlagen nicht für alle reichen würden. Dazu befand sich nur eine kleine Auswahl Essen in der Kiste. Vielleicht 20 Müsliriegel und, so wie es aussah, altes Brot. Ich schüttelte darüber nur den Kopf, doch ich nahm es hin, wie es war. Was sollte ich auch sonst tun?!

Stattdessen schnappte ich mir gleich fünf Wasserflaschen und für jeden einen Müsliriegel, dann ging ich zu den beiden zurück.

Wie ich hier nun mit der Kleinen rauskommen sollte, wusste ich zwar immer noch nicht so genau, doch das hatte noch etwas Zeit. Schließlich konnte ich, solange wir fuhren, so oder so nichts tun. Und ich war mir sicher, wir würden eine Weile fahren, also hieß es wohl abwarten und versuchen, kein Aufsehen zu erwecken – was als einziger Mann unter mindestens 80 halbnackten Frauen leichter gesagt als getan war. Und dann war da ja auch noch diese feurige Rothaarige, die ich nicht einzuordnen wusste.

Warum hatte sie mir vorhin doch geholfen? Angst schien sie im Gegensatz zu den anderen Frauen nicht wirklich zu haben. Ich war mir sogar ziemlich sicher, dass sie sich nur für die Kleine so zusammenriss und hier mitspielte. Sie musste sich wohl in ihrer gemeinsamen Zeit um sie gekümmert haben. Wie lang sie wohl schon hier waren?

Ob ich sie fragen sollte und ob sie mir dann auch antworten würde?! Ich wusste es nicht, doch einen Versuch war es wert. Schließlich konnten wir beide hier nicht weg und langweilig war es obendrauf auch noch. Zumal mich die Hitze hier drin beinah um den Verstand brachte und ich dringend Ablenkung gebrauchen konnte. Ich war zwar die Hitze und den Schweiß durch meine Einsätze im Irak gewohnt, aber dennoch lief mir die Suppe nur so herunter, perlte mir an den Schläfen und am Nacken herab. Alle paar Sekunden wischte ich mit meinem Arm oder meinem Oberteil darüber.

Bei ihr angekommen nahm ich meine Armbrust ab, ließ mich an der Wand des LKWs heruntergleiten, legte mein Schätzchen dicht bei mir ab und setzte mich neben die beiden. Vier Flaschen und alle Müsliriegel drapierte ich vor ihnen, die letzte Flasche behielt ich für mich.

»Ihr solltet es euch gut einteilen. Wir werden wohl eine Weile unterwegs sein«, riet ich ihnen raunend.

Ich lehnte meinen Kopf an der Metallwand an. Meine Knie angewinkelt und mit meinen Unterarmen auf ihnen abgestützt spielte ich gedankenverloren mit meiner Flasche, die ich in den Händen hielt.

»Woher willst du wissen, dass wir eine Weile unterwegs sein werden?«, fragte sie mich dann nach einem langen Moment der Stille. Ich drehte meinen angelehnten Kopf in ihre Richtung und betrachtete sie einen Augenblick lang, ehe ich antwortete.

»Das hier ist einer der größten Menschenhändlerringe, die es gibt. Sie werden euch sicher nicht mal eben an die Nachbarn verkaufen. Ihr werdet wahrscheinlich gesammelt zu einem Ort gebracht und dort an die reichsten und widerlichsten Säcke aus aller Welt verkauft. Deshalb sage ich euch, teilt euch das Wasser ein. Es gibt nicht einmal annähernd genug Wasser für alle Frauen hier drin und die Hitze wird auch nicht besser werden.«

Ihre Miene spiegelte für eine Sekunde ehrliches Entsetzen wider. Sie hatte wohl keine Ahnung, wo sie hier genau reingeraten war. Tja, spätestens jetzt wusste sie es.

»Und was ist mit dir, Robin Hood?«, erklang dann nach einem weiteren langen Moment der Stille ihre amüsierte

Stimme. Ich verzog ungläubig meine Brauen und wandte mich ihr wieder mit einem kleinen Schmunzeln auf den Lippen zu.

»Robin Hood?«, fragte ich sie belustigt. Sie nickte und ihre, wie mir nun auffiel, schönen Lippen zierte ebenfalls ein leichtes Schmunzeln, dann nickte sie auf meine Armbrust, die dicht neben mir auf dem Boden lag und auf der ich eine Hand abgelegt hatte. Ich hatte sie nur ungern abgenommen, doch an meinem Rücken würde sie mich nur stören.

Als ich ihre Andeutung verstand, lachte ich leise und schüttelte schmunzelnd den Kopf.

»Ich bin kein Held oder Retter, der euch hier mit Pfeil und Bogen freischießt«, erklärte ich ihr teils belustigt und teils ernst gemeint. Denn sie sollte verstehen, dass sich hier nichts ändern würde. Ich würde sie nicht mitnehmen. Strenggenommen dürfte ich nicht einmal hier sein und überhaupt eine von ihnen retten. Enzo hatte sich klar ausgedrückt. Und was hatte ich in der erstbesten Sekunde, die sich dafür anbot, getan?! Richtig! Genau das, was ich nicht hätte tun sollen. Ich war dem kleinen Ding hier zur Rettung geeilt. *Wann lernst du endlich, Aleks?!*

Ich schenkte ihr wieder einen kleinen Seitenblick und sah in ein ungläubiges Gesicht mit einer verdammt weit hochgezogenen Augenbraue. Zwanghaft musste ich mir ein Grinsen verkneifen. Ich wollte keine falschen Signale senden. Vor allem nicht in dieser Situation, wenn es keine Hoffnung für sie gab. Ich war ein Arsch und ein Wichser, aber ich war nicht grausam. Zumindest nicht Frauen gegenüber.

»Was bist du dann?«, hakte sie streng nach.

Ich wich ihrem intensiven Blick aus. Dieses Gespräch sollte ich definitiv nicht weiterführen.

»Wenn ich Robin Hood bin, spielst du dann meine Lady Marian?«, fragte ich sie belustigt, wandte mich ihr wieder zu und schenkte ihr eines meiner frechen Lächeln. Mein Versuch, abzulenken, funktionierte zu meiner Überraschung ziemlich gut. Denn ein feines und leider viel zu schönes Lächeln breitete sich auf ihren sinnlichen und vollen Lippen aus, ehe sie den Blick scheu abwandte und meinem inneren Dämon damit das Futter gab, das sie ihm nie hätte geben dürfen. *Ach, verdammt!*

Kapitel 4

Sie

Idiot!

Männer waren doch alle gleich. Ein süßes Lächeln auf eine dermaßen abgedroschene Anmache und schon fraß er mir aus der Hand. Er dachte sicher, ich wäre ihm verfallen. Da hatte sich Robin Hood aber geschnitten.

Ich schenkte ihm mit Absicht mein süßestes Lächeln. Ich wollte, dass er mich mitnahm. Wollte es ihm so schwer wie möglich machen, nein zu mir zu sagen – auch wenn es bedeutete, hier schamlos mit ihm zu flirten, so musste ich wohl oder übel in diesen sauren Apfel beißen.

Diese Tatsache schmeckte mir ganz und gar nicht und trotzdem blieb mir wohl oder übel nichts anderes übrig. Doch wenn ich schon keine andere Option als *ihn* hatte, dann wollte ich wenigstens Antworten.

Ich blickte kurz zu Ana, die ich noch immer in meinen Armen hielt, nach unten, nur um festzustellen, dass sie eingeschlafen war. Na, wenigstens etwas. Je länger sie schlief, desto weniger bekam sie von all dem hier mit.

Ich musste sie hier dringend rausschaffen und das ging zu meinem Bedauern nur über Mr. Einsilbig hier neben mir. Na, mal sehen, ob ich sein Schweigen brechen konnte.

Widerwillig sah ich ihn wieder an und beobachtete ihn von der Seite. Wie er mit seinem Kopf an der Wand angelehnt dicht neben mir saß, gedankenverloren seine Flasche in den Händen drehte und seinen Blick durch den dunkeln Raum schweifen ließ. Er schien gerade gedanklich sehr weit weg zu sein.

»Warum bist du wirklich hier?«, unterbrach ich dann erneut unsere irgendwie bereits vertraute Stille.

Seine Finger stoppten in der Bewegung, die Flasche zu drehen, und sein Kopf wandte sich abermals in meine Richtung. Meine Augen scannten unbewusst sein Gesicht. Er war ein hübscher Kerl, das konnte ich nicht leugnen. Leider.

Nur seine Augenfarbe blieb mir verwehrt, dafür reichte das spärliche Licht hier drin einfach nicht aus. Ich versuchte, mich wieder auf ihn zu konzentrieren, da ich hoffte, nun eine Antwort von ihm zu erhalten.

»Das sagte ich doch schon«, wich er mir schlechtgelaunt aus und nahm die Handbewegung, die Flasche zu drehen, wieder auf.

»Eigentlich nicht!«, zischte ich leise, da ich Ana nicht wecken wollte. Am liebsten würde ich hier mit ihm ein ganz anderes Gespräch führen oder am besten überhaupt keins!

»Schätzchen, wenn ich will, dass du es weißt, wirst du es merken. Nerv solange jemand anderen mit deinen Fragen.«

Verdammter Wichser!, spuckte ich ihm in meinen Gedanken entgegen. Doch in der Wirklichkeit blieb ich stumm. Schluckte meine wüsten Beschimpfungen runter und biss mir kräftig auf die Zunge. Denn ich wollte unter keinen Umständen Ana wecken und auch sonst kein Aufsehen erregen. Auch nicht das der anderen Frauen.

Sie waren alle der Meinung, er wäre einer von ihnen, und solange sie das dachten, ließen sie uns in Ruhe. Sobald allerdings rauskam, dass er es nicht war, würden sie sich alle an ihn hängen. Schließlich war kein Mädchen freiwillig hier drin. Alle waren sie wie ich verschleppt und betäubt hierhergebracht worden. Keine wusste, was uns genau erwartete oder wo sie uns hinfuhren. An wen sie uns verkaufen würden. *Verkaufen*

… mit diesem Wort werde ich mich wohl nie anfreunden!

Unerwartet begann Ana in meinen Armen zu zucken und wimmern. Ich kannte das schon. Sie hatte mal wieder einen ihrer typischen Albträume. Kein Wunder, bei dem, was sie hier schon alles erlebt hatte. Sie hatte ebenso wie ich dabei zusehen müssen, wie die Schweine im Lager, wo wir zuvor wie Vieh gehalten worden waren, ein Mädchen nach dem anderen vor unseren Augen brutal und gewaltsam vergewaltigt, geschlagen und angebrüllt hatten. Ich hatte zwar versucht sie, so gut es ging, abzulenken, doch natürlich war mir das nicht immer gelungen. Vor allem nicht dann, wenn sie sich mich vorgenommen hatten, obwohl sie doch eigentlich sie wollten. Doch an Ana ließ ich sie nicht ran und zum Glück war mir das bis jetzt auch ganz gut gelungen. Keiner hatte sie in meiner Anwesenheit angerührt. Aber das war eher dem Timing zu verdanken. *Sei's drum. Hauptsache, sie haben Ana in Ruhe gelassen.*

Ich presste sie noch etwas fester an mich, begann sie wie ein kleines Kind zu wiegen und sang ihr wie immer etwas leise ins Ohr. Es dauerte auch nicht lange, dann zeigte es Wirkung und das Zucken und Wimmern wurde weniger, bis es sich ganz einstellte. Dennoch hörte ich nicht auf, summte weiter. Denn ich wollte verhindern, dass sie zu schnell aufwachte und wieder mit der harten Realität konfrontiert werden würde.

Aus dem Augenwinkel nahm ich eine leichte Bewegung wahr. Er hatte sich aufgerichtet und sah mich an. Ich konnte seinen Blick förmlich über meine Haut gleiten spüren, als wären es seine rauen Finger. Das machte mich, warum auch immer, nervös und dennoch hörte ich vorerst nicht auf.

»Ich werde sie hier rausholen«, raunte er von der Seite, nachdem ich meinen Gesang nach einer Weile eingestellt hatte.

Ich nickte. Mehr brachte ich auch nicht zustande, denn

ich war nicht dumm. Er versprach zwar, Ana zu befreien und ihr diese Hölle zu ersparen, doch mich würde er nicht mitnehmen. Nicht retten. Er würde mich hier zurücklassen und mich meinem Schicksal überlassen. Ich wusste nicht, was ich davon halten sollte. Natürlich war ich dankbar, dass Ana, sollte ihm denn überhaupt die Flucht aus dieser eher aussichtslosen Lage gelingen, endlich frei wäre und ihr somit kein Leid mehr angetan werden konnte. Sie in Sicherheit wäre. Trotzdem breitete sich ein Gefühl in meiner Brust aus, in der es anfing zu ziepen und zu stechen. *Angst!*

Ich hatte Angst vor dem, was mich, dort wo sie uns hinbrachten, erwartete. Eigentlich kannte ich dieses Gefühl sonst nicht und wenn es doch einmal ganz klein in mir aufkeimte, dann drückte ich es mit meiner Entschlossenheit schnell wieder nieder. Doch hier konnte ich das nicht, denn es war aussichtslos. Ohne Hilfe, *seine* Hilfe, würde ich hier nicht rauskommen. Das wurde mir leider immer deutlicher bewusst. Also musste ich alles dafür tun, dass er seine Meinung änderte.

»Danke«, hauchte ich leise, sah ihn dabei jedoch nicht an. Ich hatte einfach nur das Bedürfnis, ihm dafür, dass er Ana befreien würde, zu danken.

Er schien überrascht zu sein, denn sein Kopf war schnell in meine Richtung geruckt, als das eine Wort meine Lippen verlassen hatte. Dankbar dafür, dass er darauf nichts mehr erwiderte, lehnte ich meinen Kopf an der Wand an und schloss für einen Moment die Augen. Ich war erschöpft und ausgelaugt. Schließlich hatte auch ich viel durchgemacht – seelisch wie körperlich. Das zerrte nun an meinen Kräften und ich glitt, ohne dass ich es wollte, in den Schlaf.

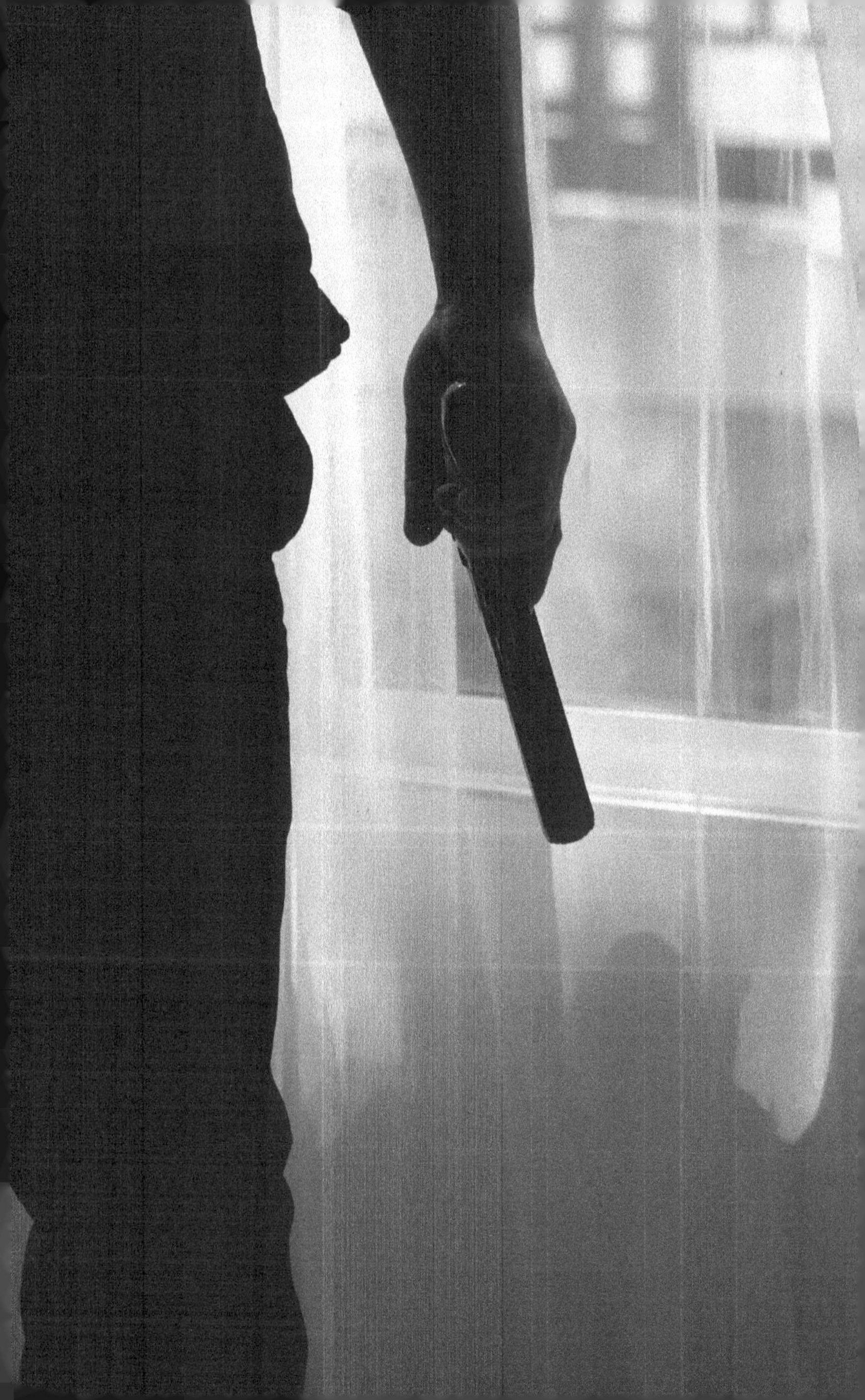

Kapitel 5

Er

Nein, Aleks!, erinnerte ich mich im Inneren selbst daran, hier nicht den Helden zu spielen. Mir war ihre plötzliche Anspannung nicht entgangen, als ich explizit versprochen hatte, die Kleine hier rauszuholen. Sie hatte es mit der Angst zu tun bekommen, das konnte ich ihr deutlich ansehen. Und dennoch durfte ich nicht darauf reagieren. Ich konnte es mir unmöglich erlauben, schwach zu werden.

Also tat ich es auch nicht und schmetterte ihren Versuch, mein Mitleid, das ich strenggenommen nicht wirklich besaß, zu erwecken, einfach ab, indem ich schwieg. Mit dem Kopf noch immer an der kühlen Metallwand des LKWs angelehnt, wanderte mein Blick nachdenklich über die vielen Mädchen hinweg. Noch immer überlegte ich mir einen Plan, wie ich uns hier rausschaffen sollte, und ich machte mir Gedanken darüber, wo sie uns hinbrachten.

Es waren zu viele Mädchen, als dass ein einziger sie kaufen würde. Irgendwo würden sie sie zur Schau zu stellen, damit sich diese widerlichen Arschlöcher aussuchen konnten, für wen sie Scheine über den Tisch wandern ließen. Und mit Sicherheit diente die Kleine als Hauptattraktion.

Wahrscheinlich war sie deswegen von keinem hier angefasst worden und nicht, weil Mamabär sie mit ihren Klauen beschützt hatte. Doch das musste ich ihr ja nicht reindrücken. Schließlich hatte sie sich sogar mir angeboten, damit ich die

Kleine nicht mit mir nahm, und dass hatte sie mit Sicherheit auch nicht nur bei mir getan.

Dabei war es die oberste Regel im Menschenhandel, dass man eine Jungfrau nicht anrühren durfte. Sie war das Kostbarste, was man verkaufen konnte. Dementsprechend war es möglich, enorm hohe Summen für sie zu verlangen. Egal welchen Preis, er würde von irgendeinem kranken Schwein gezahlt werden. *Scheiße! Wie soll ich dich nur retten?!*

Es sah wirklich schlecht aus. Nun könnte ich den Wahnsinn von meinem besten Freund Enzo wirklich gut gebrauchen. Er und seine Ideen. Schmunzelnd schüttelte ich über diesen verrückten Idioten den Kopf. Dann fiel unbewusst mein Blick auf sie. Miss Fire.

Sie hielt noch immer schützend das Mädchen in ihren Armen und auch sie schlief tief und fest. Dieser Beschützerinstinkt … woher kam dieser nur bei ihr? Das würde mich brennend interessieren, denn ich wusste, woher meiner stammte, wenn es um Kinder ging. Nicht nur aus meiner eigenen beschissenen Vergangenheit mit einem verschissenen Alkoholikervater, dem es die größte Freude bereitete, Frau und Kind grün und blau zu schlagen, sondern auch aus meiner Zeit als Straßenkind in New York.

Ich war für eine ganze Bande verantwortlich gewesen. Warum? Weil ich, als ich zu ihnen gekommen war, der Älteste gewesen war und somit gleich das Sagen gehabt hatte. Aber hätte ich die kleinen Scheißer sich selbst überlassen sollen? Obwohl sie gehungert und nicht gewusst hatten, wo sie schlafen, woher sie Essen auftreiben hätten sollen?!

Keiner hatte sich um sie gekümmert und sie allein hatten es nicht geschafft. Sie waren nicht dumm gewesen, nein, vielmehr sogar einfallsreich, das schon … Nur der Weitblick hatte ihnen gefehlt. Also hatte ich das für sie übernommen, hatte versucht, ihnen ein halbwegs sicheres *Zuhause* zu schaffen.

Lange an einem Ort hatten wir allerdings nie bleiben können, da uns die Polizei ständig auf den Fersen gewesen war, um uns ins Heim oder eine dieser schrecklichen Pflegefamilien zu stecken.

Und wenn es nicht die Bullen gewesen waren, die uns hatten einkassieren wollen, dann waren es ältere Straßenkinder oder sogar erwachsene Penner gewesen, die uns unsere Habseligkeiten, unser Essen, eben das wenige, das wir besessen hatten, streitig hatten machen wollen. Genauso wie unsere halbwegs sicheren Schlafplätze, die ich immer und immer wieder für uns gefunden oder geschaffen hatte. Immer einfallsreicher war ich dabei geworden, wie wir uns gegen nächtliche Überfälle hatten schützen können. Zum einen hatte ich angeordnet, dass alle Haupt- und Seiteneingänge des verlassenen Gebäudes, in dem wir Unterschlupf gesucht hatten, verrammelt hatten werden sollen. So hatten Erwachsene es schon einmal schwerer, hereinzukommen. Als eine Art Alarmanlage hatte ich zudem aneinandergebundene leere Dosen an den Eingängen und Treppen ausgelegt. Wenn es doch einer hineingeschafft hätte, hätten wir ihn hören und verschwinden können. Ebenso hatte ich immer dafür gesorgt, dass wir über zwei bis drei geheime Fluchtwege verfügten, die auch nur für Kindergröße geeignet gewesen waren. Später waren sie selbst für mich zu klein gewesen, doch das hatte mir nichts ausgemacht. Zu diesem Zeitpunkt war Enzo schon bei uns gewesen. Und von da an hatte ich mich mit ihm nicht mehr versteckt. Stattdessen hatten wir den Eindringlingen gezeigt, dass es besser wäre, sich nicht mit uns anzulegen.

Die Erinnerung an den jungen und ungestümen Enzo ließ mich erneut schmunzeln. *Dieser Teufelskerl!*

Wie gern ich ihn nun bei mir hätte, auch wenn er mir wahrscheinlich für meine dämliche Aktion den Arsch aufreißen würde, so könnte ich ihn jetzt wirklich gut gebrauchen.

Er wüsste, was zu tun wäre. Würde mir das sagen, was ich eigentlich schon lange wusste. Dass die Situation beschissener aussah, als ich zu Anfang angenommen hatte.

Enzo nahm nie ein Blatt vor den Mund und würde mir knallhart und ganz der Hunter sagen, wie dumm es war und dass ich hiermit keinem geholfen hätte. Im Gegenteil. *Fuck!*

Eine unerwartete Berührung an meiner Schulter holte mich aus meinen wütenden Gedanken. Erschrocken wandte ich meinen Blick zu ihr, nur um festzustellen, dass ihr Kopf beim Schlafen zur Seite gekippt war und somit genau gegen meine Schulter. Mit zusammengezogenen Augenbrauen betrachtete ich sie aus dem Seitenwinkel und wusste nicht, was ich davon halten sollte. War das echt? Schlief sie hier wirklich oder war es Taktik? Ich war mir sicher, dass Lady Marian hier neben mir, alles tun würde und nichts unversucht ließ, damit ich sie doch noch retten würde.

Meine Hand umschloss zur Sicherheit noch etwas mehr meine Armbrust, denn warum auch immer, ich war mir sicher, die Göre hatte definitiv mehr auf dem Kasten, als sie mir bis jetzt gezeigt hatte. Ich sollte sie keineswegs unterschätzen oder mich von ihrem filmreifen Augenaufschlag und diesem bezaubernden Lächeln um den Finger wickeln lassen. *Fuck, was? Bezaubernd?!*

Sachte schüttelte ich den Kopf und schimpfte mich stumm. Ich würde nicht noch einmal denselben Fehler begehen und mich für eine Frau in Lebensgefahr begeben. Mich von ihr um den Finger wickeln lassen und kopflos handeln. Es reichte, wenn ich das für das Kind machte, aber doch sicher nicht für *SIE!* Nein! Ich hatte aus dem Fehler mit Kat gelernt. Ich hoffte es zumindest. Denn um ehrlich zu sein, musste ich mir gerade mehr Gründe in meinem Kopf zusammensuchen, warum ich sie nicht retten konnte, als andersherum. *Scheiße, verdammt! Alles Hexen!*

* * *

Keine Ahnung, wie lange wir schon unterwegs waren. Doch die Hitze wurde immer unerträglicher und von dem Gestank wollte ich gar nicht erst anfangen. Die vielen Körper, die eine unheimliche Wärme ausstrahlten, der Schweiß, der Urin – all das vermengte sich zu einer Duftwolke, die einem die Luft nahm.

Die Wasservorräte waren auch schon leer und die ersten Streitigkeiten gingen, wie ich es vorausgesagt hatte, deswegen los.

Gut, dass ich vorgesorgt hatte. Da ich der einzige Mann – und auch noch bewaffnet – war, wagten sie es nicht, in unsere Nähe zu kommen. Wenigstens etwas. Aber wie lang das noch so bleiben würde, konnte ich nicht sagen. Der Mensch wurde zum Monster, wenn es darum ging, zu überleben. Auch das hatte ich schon erfahren und miterlebt. Hatte Menschen Unaussprechliches tun sehen, weil sie überleben wollten. Ich selbst hatte schlimme, viele, unzählig viele Dinge getan, nur damit ich und die, die mir am wichtigsten waren, überlebten. Nur mit dem Unterschied, dass ich im Nachhinein nicht an einem schlechten Gewissen zu Grunde ging. Ich besaß schlicht weg keines. Egal wie viele ich schon getötet hatte, ich hatte schon lange aufgehört, zu zählen, ich verspürte kein Gewissen, keine Reue, keine Scham. Nichts! Das Töten von Menschen gehörte zu meinem Leben wie das Essen, Trinken und Ficken, eben die Dinge, ohne die man nicht leben konnte.

Nur einen einzigen Mord in meiner gesamten … nennen wir es mal … Karriere, als Söldner, bereute ich. Den Tod eines Jungen. Den hatte ich mir noch nicht verziehen und würde es sicherlich auch niemals tun. Wahrscheinlich war ich deswegen hier, weil ich das Leben, das ich einem jungen Menschen, einem Kind genommen hatte, durch die Kleine wiedergeben wollte. Und das war auch der Grund, warum mich Enzo hatte gehen lassen, mich nicht aufgehalten hatte, auch wenn er wusste, wie dumm und ausweglos diese Mission hier war. Er wusste, ich musste meine Schuld, die er mir aufgebürdet hatte, als er mir vor so vielen Jahren den Befehl gegeben hatte, diesen Jungen zu erschießen, begleichen. Und er seine somit auch.

Das nannte ich Ehre. Und ich behielt mir meine über all die Jahre. Ich hatte nicht viele Regeln in meinem Leben. Eigentlich brach ich sonst jede Einzelne mit meinem Lebensstil, doch meine Ehre und die damit verbundene Pflicht, sie zu bewahren, erhielt ich mir. Sonst wäre ich nicht besser als die Monster, denen ich nur allzu gern das Leben nahm. Doch wir waren etwas Besseres, auch wenn es für einen Aussehstehenden nicht so aussah. Auch wenn wir alle dafür grausam und für die Ewigkeit in der Hölle schmoren würden, so machte mir dieser Gedanke keine Angst. Jeder bekam, was er verdiente. Früher oder später.

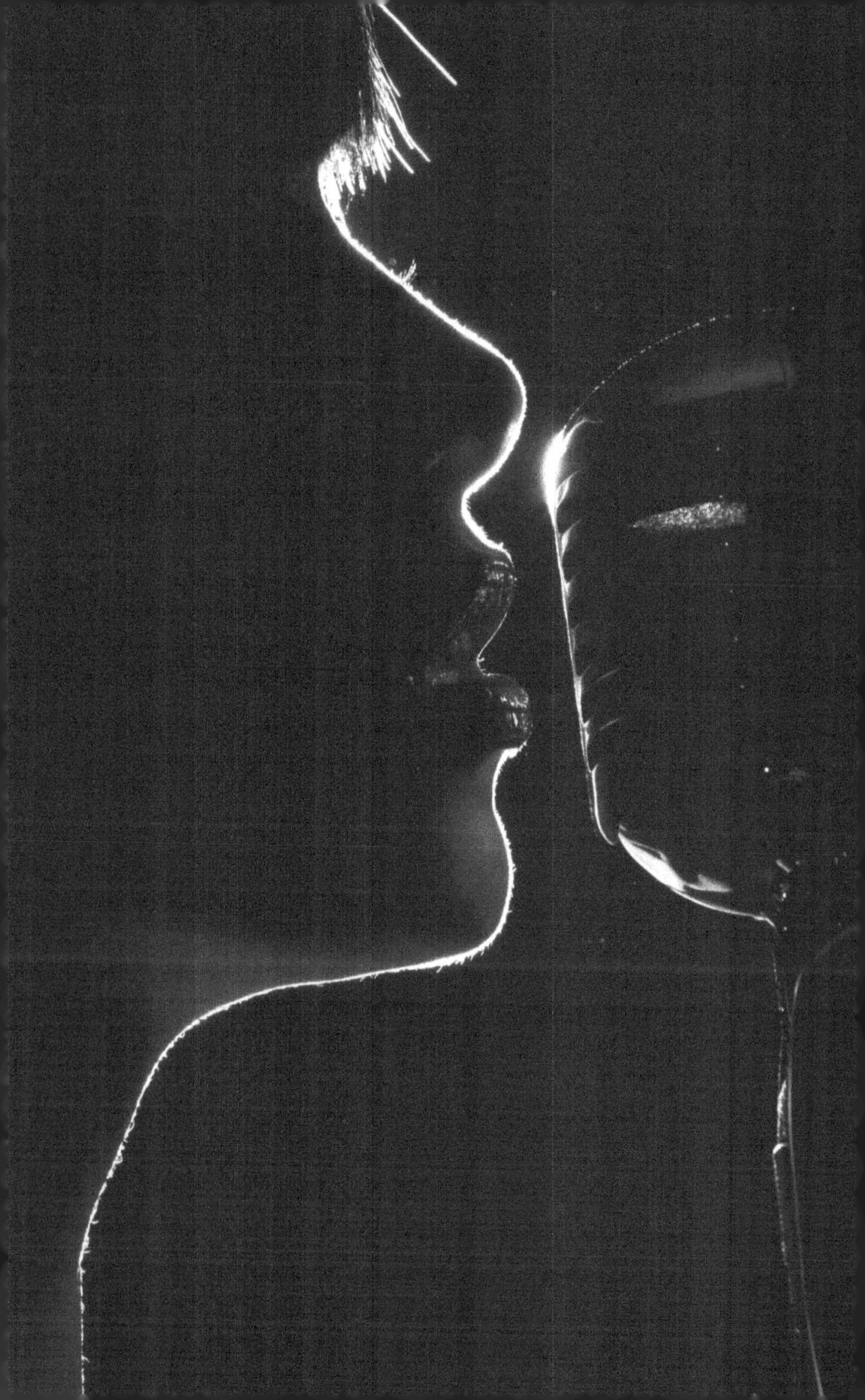

Kapitel 6

Sie

Ein lautes Scheppern riss mich aus meinem komischerweise tiefen Schlaf. Ich schreckte hoch, nur um dann zu bemerken, dass ich mich an ihn angelehnt hatte. Irritiert sah ich mich um, bemüht, ihn zu ignorieren. Wieder ein lautes Scheppern.

Ana war ebenfalls davon aufgewacht und sah sich ängstlich um, denn sonst hatte solch ein Geräusch eigentlich immer einen anderen Grund.

Er verspannte sich neben mir, ich spürte es ganz deutlich, seine zuckenden Muskeln, die unter seinem durchgeschwitzten Shirt arbeiteten. Dann wurde es mir klar, als ich die vielen Männerstimmen von außen wahrnahm. Wir waren da. An dem Ort, wo keine Frau freiwillig sein wollte. In der Hölle.

Ich warf ihm einen kleinen Seitenblick zu, denn ich wusste wirklich nicht, was er nun tun wollte, um aus der Nummer hier rauszukommen. Die Männer wären sicher nicht erfreut, ihn als blinden Passagier unter den Frauen zu finden. Das würde nicht gut enden.

Jetzt waren wir also angekommen. An diesem Ort, der uns Grausamkeiten und ein Leben als Sklaven versprach.

Es klang logisch, dass die verschleppten Frauen nicht mal eben im Internet oder einer Zeitungsannonce angeboten wurden. Natürlich trafen sich die reichen der reichsten Schweine im Verborgenen, damit keiner von ihren Perversionen wusste. Und somit war er wohl in größerer Gefahr als wir. Damit konnte er Ana nicht mehr retten. Sollte ich gerade Mitleid oder Wut ihm gegenüber verspüren? Mitleid, weil er auffliegen und getötet werden würde, oder Wut, weil er Ana doch nicht retten können würde? Ich hatte keinen blassen Schimmer. Doch mir blieb nicht viel Zeit, um darüber nachzudenken. Denn schon wurden die Türen geöffnet.

Plötzlich ging alles ganz schnell. Er sprang auf und zückte ein Messer. Irritiert sah ich ihn an, was zum Teufel er jetzt damit wollte. Als er sich aber selbst damit in die eigene Hand schnitt, riss ich schockiert meine Augen auf. Die nächste Aktion sah ich erst recht nicht kommen.

»Es tut mir leid«, raunte er mir leise entgegen, ehe er mir Ana gewaltsam aus den Armen riss, ihr seine blutige Hand ins Gesicht drückte und mit ihr gemeinsam zur Tür marschierte. Ana schrie und trat wild um sich, doch er ließ nicht von ihr ab. Presste sie mit seinem Arm um ihren kleinen Oberkörper noch mehr an den seinen und trug sie so zum Ausgang, wo er dann stehenblieb und auf die Männer zu warten schien.

Ich war so geschockt über diese Wendung, sein Verhalten und seinen verrückten Plan, dass ich tatsächlich nicht reagieren konnte. Ich ließ ihn einfach mit Ana im Schlepptau zu der schweren Metalltür gehen, die gerade vollständig von den Männern geöffnet wurde.

Er hob eine Hand, um ihnen wohl zu bedeuten, dass er keine Gefahr für sie darstellte, dann sprach er mit ihnen, nur konnte ich ihn durch das laute Rauschen in meinen Ohren und die vielen durcheinander sprechenden Männerstimmen von draußen nicht verstehen. Ich wusste nicht, was nun passieren würde, und ob sein Plan, Ana zu retten, doch noch aufgehen würde. Nur eins wusste ich: Ich würde sie nie wiedersehen und ich konnte mich nicht einmal von ihr verabschieden.

Es dauerte einen Moment, bis sich irgendetwas tat. Dann

wurde er von zwei Männern gepackt, doch als sie ihm Ana aus dem Arm nehmen wollten, ging wieder alles ganz schnell.

Er griff nach seinem Messer, rammte es dem einen gewaltsam mitten in die Brust, dem anderen gab er eine dermaßen harte Kopfnuss, dass es ihn eigentlich auch hätte ausschalten müssen.

Ungläubig über sein Können, aber vor allem über seine Brutalität schüttelte ich den Kopf. Was dachte er sich dabei?! Es waren mit Sicherheit an die 20 Männer, wenn nicht mehr, und er meinte, sie alle allein ausschalten zu können?! Er war verrückt und das Schlimmste, er brachte damit Ana in noch viel größere Gefahr! *Ich muss etwas tun!*

Wie von der Tarantel gestochen sprang ich auf und sprintete los. Ich musste Ana einfach hier rausschaffen und das könnte nun die einzige Chance sein, die sich uns bot. Auch wenn ich ihn dafür opfern müsste, dann war es eben so. Ich würde wirklich alles tun, um Ana von hier wegzuschaffen. Und offensichtlich war er doch nicht dazu in der Lage – denn waren wir doch mal ehrlich: Sein Plan war Mist. Unmöglich könnte er es mit allen Männern allein aufnehmen. Wer glaubte er denn, wer er war?! Etwa wirklich Robin Hood? Und wohl mit dem gleichen Talent zum Schießen?! *Ja, klar.*

Während ich auf die beiden zurannte, zückte er doch tatsächlich wie besagter Held seinen modernen Pfeil und Bogen und ließ den ersten Bolzen durch die Luft sausen. Mit einem zischenden Geräusch durchschnitt er diese und landete genau zwischen den Augen eines Mannes. Dieser fiel sofort tot zu Boden. Keine Sekunde später holte er mit seiner Armbrust aus und tötete den nächsten Kerl, indem er ihm einfach den Schädel mit solch einer Brutalität einschlug, dass selbst ich kurz innehalten musste. So etwas hatte ich noch nie gesehen. Er war kein Mensch und sicher keiner von den Guten. Er war ein Dämon! Abscheulich und gefährlich, so, wie er einen

Mann nach dem anderen einfach abschlachtete, als wäre es das Normalste der Welt und das alles auch noch mit nur einer Hand, da er mit der anderen nach wie vor Ana gefangen hielt. Nie im Leben würde ich sie bei ihm lassen.

Endlich erreichte ich die beiden und nutzte die Gunst der Stunde, dass er gerade von einem der Männer in die Mangel genommen wurde. Denn dieser versuchte, ihn mit einem Messer oder eher Machete aufzuschlitzen. Seine Hiebe mit der Armbrust abzuwehren, bereitete Robin Hood nun doch etwas Schwierigkeiten.

Ich fackelte nicht lang, rannte, so schnell ich konnte, auf ihn zu und schmiss mich mit all meiner Kraft und vollem Körpergewicht in seinen Rücken, damit er zu Boden ging. Ein erstickteses Keuchen von ihm, ein leiser Aufschrei von Ana, dann stürzten wir alle drei. Im Geiste entschuldigte ich mich bei der Kleinen, denn das musste sicher wehgetan haben, doch da musste sie jetzt durch. Mit viel Glück wäre gleich alles vorbei.

Schnell rappelte ich mich auf und verschaffte mir einen Überblick. Er fluchte wie ein Besessener vor sich hin, während er auf allen vieren kniete und benommen seinen Kopf schüttelte. Er musste wohl unsanft mit diesem aufgeschlagen sein, aber das war mir gerade egal. Ich hatte nur Augen für Ana, die halb unter ihm lag und leise weinte. Mein Herz zerriss es bei diesem Anblick und trotzdem konnte ich darauf nun keine Rücksicht nehmen. Wir mussten hier weg. Also schnappte ich mir mit zittrigen Fingern das Messer, das er bei meiner Attacke verloren haben musste. Ohne zu zögern, griff ich Ana am Arm, riss sie in den Stand und zerrte sie mit mir.

Wieder ein lautes Fluchen von ihm, doch ich achtete nicht darauf und rannte mit ihr im Schlepptau die kleine Rampe runter, bis wir auf festem Boden ankamen. Ich sah mich nicht großartig um und lief einfach weiter. Im Augenwinkel nahm ich einige Männer wahr, wie sie uns hinterherriefen und später auch losspurteten. Keine Ahnung, wie viele es waren. Plötzlich ertönten Schüsse. Hart zuckte ich zusammen und blieb dennoch nicht stehen.

Ein regelrechter Kugelhagel setzte um uns herum ein. Ich wusste nicht, wer schoss, ob sie auf uns schossen. Sah einfach nur zu, dass wir von hier wegkamen.

Meine Umgebung nahm ich auch nur am Rande wahr, zu schnell eilte ich über die große Lichtung, die sich vor uns erstreckte. Keine Deckung weit und breit in Sicht. Dennoch lief ich weiter.

Ana weinte und stolperte mehr, als dass sie noch aufrecht ging, und trotzdem konnte ich darauf nun keine Rücksicht nehmen. Wir durften nicht stehen bleiben.

Noch immer zischten Kugeln an uns vorbei. Es wunderte mich, dass uns noch keine erwischt hatte. Plötzlich nahm ich Motorengeheule wahr, das näherkam. Sie verfolgten uns nun mit Autos oder Motorrädern, ich wusste es nicht so genau. Dann sah ich es neben mir im Augenwinkel – den Wagen. In der nächsten Sekunde rammten sie mich unerwartet mit der Fahrertür, wodurch Ana und ich hart zu Boden fielen.

Ich ließ ihre Hand los, während ich stürzte, und überschlug mich einige Male schmerzhaft, schlug kräftig mit meinem Kopf auf dem Boden auf. Benommen blieb ich einen Moment im Dreck liegen, fasste mir an meinen pochenden Kopf und kniff die Augen zusammen. Ein lauter Aufschrei von Ana ließ mich allerdings aufsehen.

Die Männer waren schon dabei, sie mit sich zu nehmen. Taumelnd versuchte ich aufzustehen. Nach mehreren Anläufen gelang es mir, als sie Ana bereits in ihren Wagen geschmissen hatten, als wäre sie nichts weiter als ein Sack voll Mehl. Ihr schreckliches Weinen und Schreien interessierte sie überhaupt nicht. Sie zeigten keine Gnade oder Mitleid. Es war ihnen schlichtweg egal, dass sie gerade ein wehrloses Kind in die Hölle verschleppten.

Kaum hatte ich mich aufgerappelt, bemerkten sie mich wieder, als hätten sie mich vergessen. Als wäre ich nicht von Bedeutung und nur Ana allein zählte. Die Galle, die mir bei diesem widerwärtigen Gedanken aufstieg, schluckte ich wieder runter und überlegte fieberhaft, was ich nun tun sollte, wie ich sie dort wieder rausholen sollte. Doch als der eine seine Waffe hob und auf meinen Kopf richtete, hielt ich in der Bewegung, auf sie zuzugehen, inne. Sein Finger wanderte zum Abzug. Ich hielt den Atem an und schloss geistig schon mit meinem Leben ab.

Unerwartet zischte ein Pfeil von hinten durch seinen Schädel. Die Spitze bohrte sich durch sein Gesicht und bescherte mir dadurch einen grauenhaften Anblick, ehe der Kerl in sich zusammenfiel.

Geschockt hob ich den Kopf und sah tatsächlich, wie Robin Hood mit seiner Armbrust auf mich zugerannt kam. Die restlichen Männer, die mich und Ana verfolgt hatten, stiegen in den Wagen ein und fuhren davon. Ich konnte nichts tun. Konnte sie nicht mehr retten. War wie gelähmt und starrte nur noch der dicken Staubwolke hinterher.

Sie war weg. Sie hatten Ana mitgenommen und ich war schuld. Das würde ich mir niemals verzeihen.

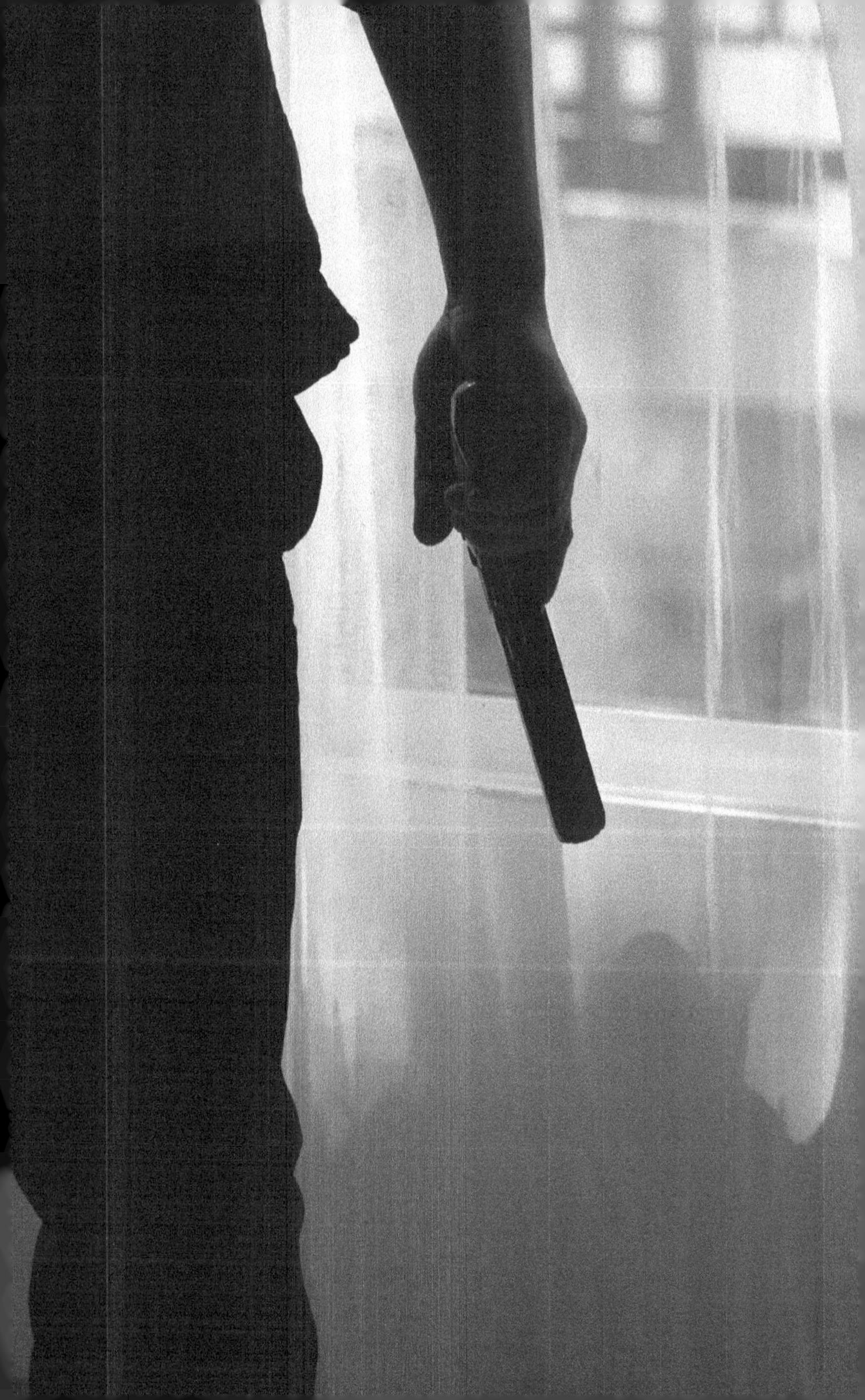

Kapitel 7

Er

Fuck!

Dieses verfickte Miststück!! Was zum Teufel hatte sie sich dabei gedacht, mich niederzuwerfen und dann kopflos mit der Kleinen zu fliehen?! Und dann auch noch so planlos! *Gottverdammt!*

Und nun? Was hatte sie davon?! Die Kleine war weg. Ich hatte Unmengen von Männern umbringen müssen. Männer, die ich eigentlich nicht hatte töten wollen. Nicht weil sie den Tod nicht verdient hätten, denn den verdienten sie alle, grausam und qualvoll, sondern weil ich dadurch einen Krieg angezettelt hatte, den ich niemals hatte beginnen wollen. Nur wegen dieses kleinen Miststücks hier vor mir.

Und dabei hatte ich so einen schönen Plan gehabt. Gut, der Ursprüngliche war zwar gescheitert, dennoch wäre ich ohne Miss Kopflos schon längst mit dem Mädchen über alle Berge. Schließlich hatte ich diese Amateure ausschalten können. Sie waren keine ausgebildeten Kämpfer, bloß billige Wachhunde. Einzig und allein dafür da, um abzuschrecken.

Daher hatte ich der Kleinen mein Blut auf ihre Nase geschmiert. Damit sie im ersten Moment geglaubt hätten, ihre wertvollste Ware hätte sich die Nase gebrochen und ich hätte es entdeckt. Ich hatte ihnen weisgemacht, sie hätten mich hier drinnen nur vergessen. Leider war einer von ihnen aufmerksam genug gewesen, um zu wissen, dass ich nicht zu ihnen gehörte. Die anderen hätten mir ohne weiteres geglaubt.

Daher Plan B: So viele töten wie möglich und dann mit der Kleinen im Schlepptau einen Wagen schnappen und verschwinden. Es hätte so einfach werden können. Es hätte funktioniert. Hätte, wenn dieses rothaarige Gör nicht gewesen wäre.

Ich schäumte vor Wut. Der blanke Zorn flutete meine Venen und nahm meinen Körper völlig in Besitz. Daher packte ich sie gröber, als ich es eigentlich wollte, doch nun gab es kein Zurück mehr. Mein Dämon in mir brauchte ein Ventil und ich fand, dieses Miststück eignete sich wunderbar dafür.

Gewaltsam drehte ich sie in meine Richtung, da sie noch immer dem Wagen hinterhersah. Mit großen honigfarbenen Augen starrte sie mir schockiert entgegen. Sie stand unter Schock. *Scheiße, verdammt!*

Wie vom Blitz getroffen schüttelte sie den Kopf, dann riss sie an meinem Griff.

»Lass mich los! Ich muss zu ihr!«, schrie sie mich hysterisch an. *Gott, wie ich es hasse, wenn sie hysterisch werden,* seufzte ich gedanklich.

Mein Griff verstärkte sich an ihrem Arm.

»Zu Fuß?«, verspottete ich sie und begann sie mit mir zu zerren. Warum ich sie nicht einfach hierließ und damit ihrem Schicksal zum Fraß vorwarf, konnte ich mir selbst nicht so genau beantworten. Eigentlich sollte ich es tun, dafür, dass sie mich sabotiert hatte. *Ja, eigentlich wäre das die beste Lösung …*

»Lass mich los, du verdammtes Arschloch!«, fluchte sie keifend in meinem Rücken. Abrupt blieb ich stehen und wandte mich schnell zu ihr um. Weiterhin mit unnachgiebigem Griff.

»Hör zu, Missy! Du hältst jetzt deine verfickte Fresse und kommst, ohne mir noch mehr Probleme zu machen, mit mir. Oder ich schwöre dir, ich lasse dich hier stehen. Ich werde gehen, und mich nicht einmal mehr nach dir umdrehen, wenn sie dich schnappen und erneut verschleppen. Und du solltest schnell überlegen, denn dort hinten kommen sie«, warnte ich sie mit dunkler Stimme und nickte hinter uns, denn ich sprach die Wahrheit. Sie kamen zurück. Natürlich kamen sie zurück. Ich hatte über die Hälfte ihrer Männer regelrecht abgeschlachtet, wollte mit ihrer wertvollsten Ware fliehen und wusste nun, wo ihr geheimer Treffpunkt war. Schon allein für einen von diesen zu vielen Gründen würden sie mir den Krieg erklären. Schließlich hatte ich mich hier mit einer der mächtigsten Organisationen überhaupt angelegt.

Der Menschhandel regierte in unserer Hölle. Das wusste man, kannte man sich in den Schatten aus.

Enzo und unsere Männer hielten uns stetig von ihnen fern. Einzig allein Joe, einer der Big Four und gleichzeitig einer von Enzos Männern, verkehrte hin und wieder mit ihnen, wenn er einer Lieferung 'guter' Mädchen nicht widerstehen konnte.

Und nun hatte ich einen Krieg an der Backe, den ich nicht gebrauchen konnte. Stand hier auf offenem Schlachtfeld, ohne Deckung, kaum bis eigentlich gar keiner Munition mehr und einer hysterischen Göre, die mir mein Leben unnötig schwermachte. *Super gemacht, Aleks!*

»Nein! STOP! Ich muss zu ihr! Lass mich los!«, schrillte ihre schrecklich nervige Stimme in mein Ohr. *Fuck, jetzt reicht's!*

Mit einem kräftigen Schlag meiner Waffe gegen ihren Kopf brachte ich sie zum Schweigen. Ich wünschte, ich hätte meine Drohung wahrmachen können und wäre in der Lage gewesen, sie wirklich hier einfach zurückzulassen. Doch leider konnte ich es nicht. Fuck, keine Ahnung, warum, aber ich konnte es einfach nicht. Also schmiss ich mir Lady Marian über die Schulter und sprintete los. Mein Herz hämmerte hart gegen meinen Brustkorb. Es war einfach zu heiß, um solch einen Sprint hinzulegen und dennoch hielt ich mein Tempo bei. Schließlich war ich gut trainiert und kein Weichei.

Ich hatte tatsächlich beinah all ihre Männer ausgeschaltet. Keiner war mehr bei dem nun wieder verschlossenen LKW und wenn, dann versteckte er sich. Es war mir aber auch egal. Ich wollte nur eines ihrer Autos, die dort standen, kurzschließen und von hier verschwinden. Denn die Verstärkung kam immer näher.

Keuchend und völlig verschwitzt kam ich bei einem Jeep an und musste zu meiner Zufriedenheit feststellen, dass er nicht einmal verschlossen war und – zu meiner noch viel größeren Freude – auch noch der Schlüssel steckte. Gut, aber wer kam schon darauf, dass sich ein Irrer mit Armbrust bei den Frauen im LKW versteckte und alle hier abschlachtete? Eben: niemand!

Ich schmiss sie auf die Rücksitzbank, stieg eilig ein und fuhr augenblicklich los. Mit rasantem Tempo steuerte ich genau auf die Männer zu. *Jetzt ist es auch schon egal.*

Mit erhobener Waffe streckte ich meinen Arm aus dem geöffneten Fenster und zielte auf den vorderen Reifen des ersten Wagens. Ich betätigte den Abzug und verfehlte mein Ziel nicht. Die Kugel zerfetzte den Reifen und brachte den Wagen dazu, sich bei diesem Tempo zu überschlagen. Somit rammte das überschlagende Auto gleich die beiden anderen links und rechts von ihm und ermöglichte mir dadurch meine Flucht. Alle meine Verfolger waren mit einem Streich gestoppt. So schnell würden sie mich nicht einholen. Jetzt hieß es nur, meinen Vorsprung auszubauen und unterzutauchen.

Mit dem geklauten Jeep fuhr ich über die Lichtung auf einen Waldweg und weiter, bis wir nach einer Weile endlich wieder auf eine feste Straße abbogen. Keine Ahnung, wo wir waren oder wo wir nun am besten untertauchen konnten. Doch das war gerade egal. Hauptsache weg von hier, der Rest ergab sich dann schon. Wie immer.

Ich fischte nach meinem Handy in meiner Hosentasche.

Vielleicht würde ich hier ein Ladekabel finden. Doch als ich es aus meiner Jeans zog, musste ich zu meinem Entsetzen feststellen, dass es bei dem Kampf zersprungen war. Das Display sah nicht gesund aus und ich zweifelte stark daran, dass ich es wieder zum Laufen bringen würde. *Scheiße!*

Ich musste Enzo anrufen! Musste ihm Bericht erstatten und hoffen, dass er meinen Arsch aus der Scheiße zog. Fuck, er würde mich umbringen und mir dann ganz eventuell helfen.

Wir fuhren schon eine halbe Ewigkeit. Die Zivilisation hatte uns jedenfalls schon mal wieder. Wir waren in einer kleinen Vorstadt angekommen, aber hier würde ich sicher noch nicht anhalten. Höchstens den Wagen tauschen. Doch ich entschied mich dagegen. Erst nachdem wir ein Motel finden würden, ich mir all das fremde Blut und den Schweiß abwaschen und vor allem eine Mütze voll Schlaf bekommen würde, würde ich mich um einen neuen Wagen kümmern. Vorher hatte ich dafür keine Zeit. Zumal die Gefahr, dass sie aufwachen und mich wieder nerven würde, zu groß war.

Also fuhr ich noch zwei Orte weiter, bis mir beinah die Augen zufielen. Es war bereits dunkel geworden. Ich brauchte dringend eine Pause.

Endlich das ersehnte rote Neonschild mit der blinkenden Aufschrift *Motel* entdeckt, bog ich auf den Parkplatz ein und stellte den Motor aus. Erschöpft ließ ich mich einen Moment in den Sitz sinken. Ich war blutverschmiert und hatte eine bewusstlose Frau bei mir. Schlechte Karten, ein Zimmer zu bekommen. Und Aufsehen durften wir auf keinen Fall erregen.

Also hieß es, in den sauren Apfel zu beißen, sie zu wecken und – das Schlimmste – sie um Hilfe zu bitten.

Na dann, Augen zu und durch. Wecken wir dich kleines Dornröschen mal.

Kapitel 8

Sie

Unsanft wurde ich an meiner Schulter geschüttelt. Eine tiefe Stimme drang an meine Ohren.

»Komm schon, Dornröschen. Ausgeschlafen«, brummte er missmutig und rüttelte gleich noch etwas kräftiger an meiner Schulter.

Benommen und mit monströsen Kopfschmerzen öffnete ich meine Augen einen Spaltbreit. Verschwommen nahm ich Schemen wahr. Als sich mein Blick jedoch endlich schärfte und ich *ihn* erkannte, schlug ich sofort meine Augen auf und schreckte hoch. Mit einem zischenden Geräusch griff ich mir an meinen schmerzenden Kopf, da mir die schnelle Bewegung durch mein malträtiertes Hirn schoss.

»Komm schon. Schwing deinen Arsch aus dem Wagen und mach dich nützlich!«, bellte er auch schon den nächsten Befehl.

Ich verstand kein Wort. Was wollte er von mir?! Und wieso zum Teufel war ich überhaupt noch bei ihm?

Fuck … und er hatte mich mit seiner Waffe niedergeschlagen! Dieser Wichser!

»Missy!«, knurrte er mich dann auch noch drohend an.

Mahnend hob ich meine Augenbraue, als er mich an meinem Arm packte und aus dem Wagen schleifte. Ich wollte protestieren, doch sein dunkles Brummen und sein finsterer Blick ließen mich nur trocken schlucken. Schließlich hatte ich gesehen, zu was dieser Dämon in der Lage war. Wütender sollte ich ihn also besser nicht machen.

»Was soll ich tun?«, fragte ich daher zähneknirschend. Es passte mir nicht, das gefügige Weibchen vor ihm zu spielen. Doch gerade blieb mir wohl oder übel nichts anderes übrig. Noch ein prüfender Blick von ihm. Er vertraute mir nicht, doch das beruhte ganz klar auf Gegenseitigkeit.

»Du wirst in das Motel gehen und ein Zimmer für dich und deine Begleitung buchen. Du wirst in bar zahlen, einen falschen und nicht erfunden klingenden Namen benutzen. Dann kommst du zu mir zurück und wir gehen gemeinsam, wie ein Pärchen, das sich hier heimlich zum Vögeln trifft, in unser Zimmer. Dabei versuchst du, mich und meine Erscheinung zu verdecken. Alles verstanden?«, fragte er grob und noch immer blickte er mich hasserfüllt an. Ich sah kurz irritiert an mir herunter, ehe ich wieder seinen Blick suchte. Wollte er mich verarschen?! Ich trug nur einen Fetzen von 'Kleid' an meinem Körper. Keine Unterwäsche. Und das konnte man mit Sicherheit erkennen. Ich stand vor Dreck und ich wollte gar nicht erst in einen Spiegel schauen und wissen, wie schrecklich ich in Wirklichkeit aussah. Das, was ich fühlte und roch, reichte mir.

Vehement schüttelte ich den Kopf. Schnell trat er näher an mich heran, sein Griff um meinen Arm verstärkte sich schmerzlich und seine Miene wurde so dunkel und unheilvoll, dass es mich Augenblick fröstelte. Ich zog leicht den Kopf ein, ehe ich wieder zu meinem Stolz fand und trotzig mein Kinn hob.

»Ist ja schon gut, du Grobian!«, schimpfte ich mit ihm und riss mich aus seinem brutalen Griff los. Mein Arm schmerzte bereits und wies rote Abdrücke seiner Finger auf.

Er steckte seine Hand in seine Hosentasche, zog ein Bündel Scheine heraus und warf es mir zu.

Mit einem bestimmenden Kopfnicken schickte er mich

weg. Unsicher, was ich sagen sollte, ging ich auf das schäbige Motel zu, immer weiter, bis ich mich vor der Rezeption im Inneren wiederfand. Ich bemühte mich, nicht verunsichert zu ihm nach draußen zu sehen, denn das wäre auffällig. Selbst mir, die null Ahnung von seiner Welt hatte, war klar, dass wir kein Aufsehen erregen durften. Also blieb ich tapfer und versuchte, so selbstbewusst wie möglich aufzutreten, als der ältere Mann von seinem Stuhl hinter dem Tresen aufstand, den Blick von seinem kleinen Fernseher nahm und mir seine Aufmerksamkeit schenkte. Ein kurzer irritierter Ausdruck lag in seinem Gesicht, während er meine Erscheinung abscannte.

»Ich bräuchte bitte ein Zimmer für mich und meinen Partner«, bat ich und bemühte mich, mein Zittern in der Stimme zu verbergen. Ich war sonst wirklich kein ängstlicher Mensch. Doch die vergangenen Tage zerrten nun doch an meinem Nervenkostüm. Außerdem machte mich die Tatsache, dass Ana wegen mir nun in der Hölle war, fertig. Es brachte mich um. Doch noch durfte ich nicht zusammenbrechen und vor allem nicht hier vor ihm.

Noch einmal ein prüfender Blick auf mich, dann an mir vorbei, nach draußen zu Mr. Arschbacke. Ich lächelte niedlich, als der Rezeptionist wieder zu mir sah.

»Gibt es ein Problem?«, fragte ich ihn mit lieblicher Stimme und legte einen Teil des Bargeldes auf den Tresen. Mir war klar, dass es zu viel war. Doch vielleicht würde er dann so keine Fragen mehr stellen. Kurz schaute er zwischen den Scheinen und mir hin und her und schien zu überlegen, ehe er schließlich nickte und mir den Rücken zudrehte, damit er mir einen Schlüssel vom Brett herunterholen und überreichen konnte.

»Auf welchen Namen und wie lange bleiben Sie und Ihre Begleitung?«, fragte er mich routiniert. Wieder ein süßes Lächeln von mir, ehe ich mir eines der Formulare schnappte, die auf dem Tresen auslagen, und es mit einem falschen

Namen ausfüllte, so wie er es von mir verlangt hatte.

»Wir wissen noch nicht, wie lange wir das Zimmer benötigen«, gab ich lasziv lächelnd an ihn zurück.

»Aha. Für zwei Tage habt ihr bezahlt. Jeder weitere kostet. Gezahlt wird im Voraus. Dann einen schönen Aufenthalt, Miss …« Sein Blick wanderte kurz auf das Formular, um meinen Namen ablesen zu können.

»Miss Cortés. Ihr Zimmer befindet sich hinter dem Hauptgebäude. Zimmer 22.« Ich nickte ihm höflich zu, nahm den Schlüssel entgegen und wandte mich zum Gehen um.

Bei Robin Hood angekommen legte dieser ohne Vorwarnung oder Absprache besitzergreifend einen Arm um mich und zog mich mit sich.

»Hinter dem Hauptgebäude. Zimmer 22«, sprach ich zu ihm nach oben und ließ mich widerwillig von ihm führen. Kommentarlos ging er mit mir im Arm auf unser Zimmer. Dort löste ich mich sofort von ihm, doch weit kam ich nicht. Er schlug die Tür zu, warf seine Waffe von sich und packte mich augenblicklich wieder am Arm.

Ich riss an diesem und versuchte, mich zu befreien. Zwecklos. Außer mir noch mehr Schmerzen dadurch zu bescheren, brachte es rein gar nichts.

»Lass mich los!«, schrie ich ihn an. Ein angestrengtes Seufzen entfuhr ihm, als würde ich ihn Nerven kosten. Was bildete sich dieser Arsch eigentlich ein?!

Ich wollte erneut zu einem lautstarken Protest ansetzen, doch plötzlich packte er mit seiner anderen Hand meine Kehle und umschloss sie. Sofort begann ich zu röcheln, so fest und unnachgiebig war sein Griff um meinen Hals.

»Hör zu! Ich stelle jetzt ein paar Regeln auf, und ich rate dir, dich an diese zu halten. Denn ich bin kurz davor, meine Geduld mit dir zu verlieren, und ich denke, nachdem was du gesehen hast, willst du nicht, dass ich das in deinem Beisein tue! Also, Missy, hör genau zu!« Er umschloss meine Kehle noch etwas fester und zog mich dicht, verdammt dicht, vor sein Gesicht. Sein heißer Atem streifte meine Lippen, so nah war er mir.

Ich japste nach Luft und krallte mich in seine Unterarme, aber das schien ihn wohl nicht zu kümmern. Mit eiskalter Miene blickte er mir entgegen.

»Du wirst nicht mehr rumschreien. Noch einmal und ich stopf dir mit allen möglichen Dingen dein Maul. Du wirst, egal was ich von dir verlange, anstandslos auf mich hören. Das war's eigentlich schon. Zumindest fürs Erste. Alles verstanden?!«, fragte er mich streng.

Ich wusste, ich sollte jetzt besser die Klappe halten und einfach auf ihn hören. Doch das alles konnte er doch unmöglich ernst meinen!?

Ungläubig begann ich in seinem erbarmungslosen Griff zu lachen. Ich konnte es mir gar nicht verkneifen. Doch ehe ich zu sprechen ansetzen konnte, schleuderte er mich mit einer Brutalität auf das Bett hinter mir, dass ich nicht einmal vor Schreck schreien konnte.

Ein dunkles Knurren presste sich drohend aus seiner Kehle, als er neben mich ans Bett trat, die Nachttischlampe an sich nahm und mit einem kräftigen Ruck das Kabel aus der Lampe riss. Irritiert, was er nun mit dem Kabel vorhatte, robbte ich vor ihm weg, bis ich gegen das Kopfteil stieß.

Ein dämonisches Lächeln stahl sich auf seine Lippen, als er sich über das Bett beugte und mich dank seiner Größe problemlos an meinem Fußgelenk zu fassen bekam, ehe er mich mit einem kräftigen Ruck zu sich über die Matratze zog. Ich quietschte erschrocken auf und wollte gerade nach ihm treten und schlagen. Doch unerwartet packte er meine Arme. Er nahm sie so spielendleicht gefangen, als würde ich nicht gerade wie eine Verrückte mit Händen und Füßen nach ihm schlagen.

Geschickt wickelte er das Kabel der Lampe um meine zusammengehaltenen Gelenke. Augenblicklich hörte ich auf, mich zu wehren, und schüttelte flehend den Kopf.

»Bitte nicht!«, flüsterte ich. Doch außer ein spöttisches Schnauben bekam ich keine Reaktion auf mein Flehen. Im Gegenteil, er setzte noch einen drauf, indem er mich wieder zurück an das Kopfende schleifte und mich dann tatsächlich an das kalte Metallgestell fesselte. Ungläubig zerrte ich an seinem Kunstwerk, das er zufrieden begutachtete.

»Mach mich sofort los!«, schrie ich hysterisch. Wieder seufzte er erschöpft, verzog dabei sein Gesicht, ehe er sich von mir abwandte und ins Bad ging. Ich wollte gerade zu meinem nächsten Schrei ansetzen, da kam er schon wieder zu mir, packte grob mein Kinn und stopfte mir einen kleinen Lappen in meinen geöffneten Mund, ohne dass ich etwas machen konnte. Völlig schockiert, was für ein Unmensch er war, blickte ich ihn mit großen Augen an.

»Schon besser«, stellte er zufrieden fest, nickte einmal, dann drehte er auch schon wieder ab und ging zurück ins Badezimmer.

Verzweifelt zerrte ich an meinen Fesseln, als ich begriff, was er hier mit mir machte, und schrie in meinen Knebel. Doch man verstand kein Wort. Mit schnellen Kopfbewegungen und meiner Zunge versuchte ich den Lappen aus meinem Mund zu bekommen, aber keine Chance.

Wütend und fassungslos sah ich ihm nach, nur um festzustellen, dass er die billige Schiebetür zum Badezimmer nur halb geschlossen hatte. Ich sah dabei zu, wie er sich auszog und dann nackt in die Dusche stieg. Auch hielt er es nicht für nötig, den Vorhang komplett zu schließen, sodass ich leider Gottes freie Sicht auf ihn und seinen verdammten Adoniskörper hatte. *Heilige Scheiße!*

Schnell wandte ich meinen Kopf ab, als er sich seitlich stellte und mir somit seine imposante Länge präsentierte. Ich biss fest in meinen Knebel und verfluchte mich gerade innerlich, dass ich ihn anziehend fand. Ich verbot mir einen weiteren Blick zu ihm, doch leider siegte die Neugier. Langsam drehte ich ihm mein Gesicht wieder zu, nur um festzustellen, dass er noch immer duschte. Gerade seifte er gründlich seinen Körper ein, befreite sich dadurch von all dem fremden Blut und Dreck, der an ihm haftete.

Hier und dort konnte ich vereinzelte Tattoos auf seiner Haut entdecken. Doch was mich viel mehr überraschte, waren die unzähligen, wulstigen Narben, die sich über seinen gesamten Rücken erstreckten.

Mein Mund trocknete mir aus, als ich sein Muskelspiel unter all dem Schaum und heißem Wasser tanzen sah. Weiße Nebelschwaden traten schon aus dem kleinen Badezimmer zu mir herein und erfüllten den Raum mit dem Duft des Duschgels, das er benutzte.

Als er fertig war, sich zu waschen, blieb er noch einen weiteren Augenblick in der Kabine. Er stützte sich nun mit beiden Händen an den Kacheln ab, ließ das Wasser auf seinen breiten Rücken rieseln und blickte zu Boden. Wie in Trance verfolgte ich die Tropfen, die sich ihren Weg über seine Schulterblätter bahnten und an seinem knackigen Arsch herunterliefen.

Plötzlich blickte er über die Schulter und unsere Blicke trafen sich. Sofort bildete sich ein spitzbübisches Lächeln auf seine Lippen. Ertappt wandte ich meinen Kopf ab. Meine Wangen glühten. *Gott, ist das peinlich!*

Nachdem er noch etwas länger im Bad war, um wer weiß was zu tun, hörte ich ihn näherkommen. Vorsichtig drehte ich meinen Kopf in seine Richtung, nur um schnell wieder wegzusehen, als ich feststellen musste, dass er noch immer nackt war. Dann tauchte er das Zimmer in Dunkelheit und einen Moment später spürte ich seinen Körper – seinen nackten Körper – wie er sich auf die Matratze legte. *O Gott!*

Ich war wirklich nicht prüde und auch nicht verklemmt, aber das hier war mir dann doch etwas befremdlich. Schließlich lag ich gerade neben einem nackten Mörder. Dem Mann, der mich trotz Rettung verschleppt und nun gefesselt und geknebelt an das Bett gebunden hatte. In dem er *NACKT* lag! Mit mir zusammen! Und anstatt ausschließlich Wut, Verachtung oder Hass ihm gegenüber zu verspüren, war da noch ein anderes Gefühl, dem ich lieber nicht auf die Schliche gehen wollte.

Was machte ich denn jetzt nur?! Und was würde er mit mir anstellen?! *Scheiße, ich muss zusehen, von dir wegzukommen!*

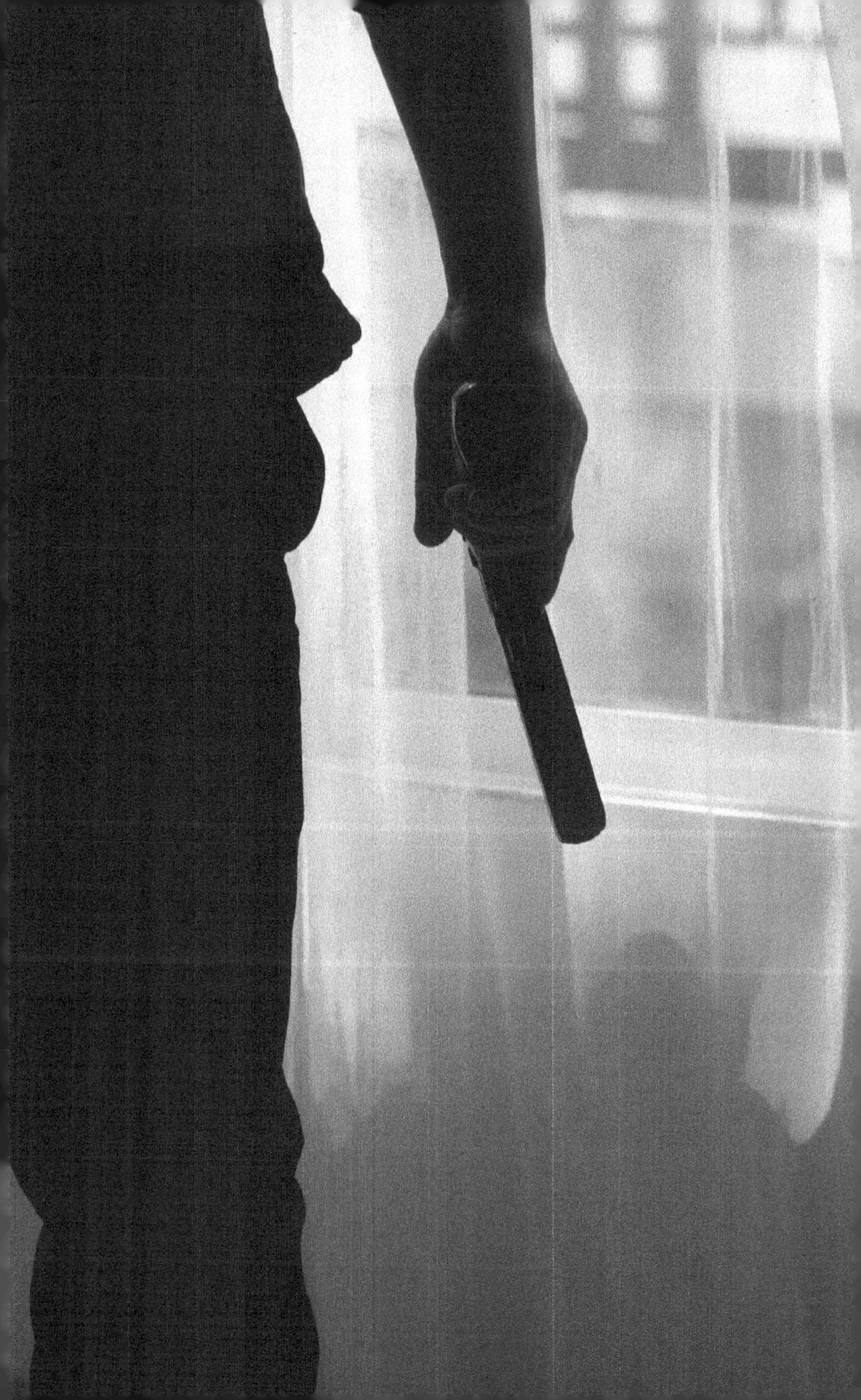

Kapitel 9

Er

»Atmen, Missy«, amüsierte ich mich über ihre Reaktion auf mich. Schon ihr Starren, als ich in der Dusche gestanden hatte, hatte mich schmunzeln lassen. Dafür, dass ich sie gerade nicht besonders freundlich behandelt hatte, reagierte sie ziemlich eindeutig auf mich und meinen Körper.

Ob ich so nett sein und dir den Knebel aus deinem süßen Mund nehmen soll?

Ich drehte mich in ihre Richtung. Das Zimmer lag im Dunkeln und doch konnte man deutlich unsere Silhouetten sehen. Somit erkannte und hörte ich auch, wie schnell ihr Atem ging. Von dem Luftanhalten war sie nun zum rasenden Atmen übergegangen. *Interessant.*

Erneut musste ich über sie und ihre Reaktionen schmunzeln, dann setzte ich mich auf, wandte mich ihr komplett zu und nahm ihr den Knebel aus dem Mund.

»Lass es mich nicht bereuen!«, mahnte ich sie und fixierte sie noch einmal mit strengem Blick. Ich wusste zwar, dass sie ihn nicht sehen konnte, dennoch hatte sie den Wink verstanden.

Ein verächtliches Schnauben ihrerseits war alles, was sie dazu zu sagen hatte. Kopfschüttelnd und mit zuckendem Mundwinkel legte ich mich wieder hin und drehte ihr meine nackte Kehrseite zu. Warum ich nackt schlief? Ganz einfach: weil ich unmöglich in die vollgeschwitzten und stinkenden Sachen zurückkonnte. Nicht nach dieser wohltuenden Dusche gerade.

Ich hatte meine Klamotten notdürftig eben im Badezimmer gewaschen und nun zum Trocknen aufgehängt. Außerdem schlief ich gern nackt und ja, etwas ärgern wollte ich sie nach heute auch. Denn wenn ich ihr schon nicht ihren hübschen Hals umdrehen konnte, dann doch wenigstens etwas triezen. Und es schien ganz gut zu funktionieren, so wie sie auf mich und meinen Körper reagierte.

Ich spürte ihre Blicke regelrecht über meinen nackten Rücken gleiten und da hier eine Affenhitze herrschte, benötigte ich auch keine Decke.

Komischerweise tat ich mich schwer damit, einzuschlafen. Ich glaubte, nach diesen anstrengenden Tagen und vor allem nach heute würde ich sofort in einen todesgleichen Schlaf fallen. Doch Fehlanzeige. Aber vielleicht lag es auch an ihr. Denn sie bewegte sich alle zwei Minuten und zerrte an den Fesseln oder positionierte sich um. Klar war das Kabel an ihren Handgelenken nicht besonders bequem, doch was erwartete sie nach der Nummer heute von mir?! Sie war mir wortwörtlich in den Rücken gefallen. Verständlich, dass ich ihr nicht vertraute, oder?!

Als sie dann noch minütlich zu seufzen begann, platzte mir der Kragen. Schnell setzte ich mich auf, stellte meine Nachttischlampe an und funkelte sie wütend an.

»Verdammt nochmal, Weib!«, knurrte ich und durchbohrte sie mit meinem Blick. Sie hatte nur eine tadelnde Augenbraue für mich übrig. *Fuck!*

»Erst Missy und jetzt Weib?! Du bist wohl ein richtiger Ladykiller, hm?«, machte sie sich auch noch über mich lustig.

»Nein, ich töte grundsätzlich nur Männer. Obwohl sich das mit dir Teufelsweib vielleicht ändern könnte«, konterte ich trocken.

Ihr entsetzter Gesichtsausdruck war göttlich. Sie versteckte ihn jedoch schnell wieder hinter ihrer bissigen Maske. Trotzig hob sie ihr Kinn und verengte ihre Augen zu gefährlichen Schlitzen. Ich musste schmunzeln über sie und ihre nervige und doch irgendwie niedliche Art.

»Nenn mich nie wieder Missy oder einen deiner anderen bescheuerten Spitznamen!«, fauchte sie mich an und wandte anschließend den Blick von mir ab. Denn natürlich konnte sie diesen nicht ausschließlich auf meinem Gesicht ruhen lassen.

»Wenn ich deinen Namen nicht kenne, gebe ich dir eben Spitznamen, die, wie ich finde, sehr gut zu dir und deinem Verhalten passen.«

Stille.

Kurz erlaubte ich mir, einen ersten prüfenden Blick auf sie und ihre Gestalt zu werfen. Ich hatte zuvor noch keine wirkliche Gelegenheit gehabt, weil es entweder zu dunkel oder unpassend gewesen war. Doch jetzt, wo sie mit den Armen über dem Kopf ans Bett gefesselt dalag und uns meine Nachttischlampe Licht spendete, konnte ich sie kurz betrachten.

Ihre üppige Brust hob und senkte sich noch immer auffällig schnell. Der Fetzen von Kleid, den sie trug, war schmutzig und bedeckte nur das Nötigste von ihrem sportlich gebauten Körper.

Alles an ihren Körper schien fest und trainiert zu sein. Angefangen von ihren strammen Waden, ihren seidig aussehenden Schenkeln, weiter über ihren flachen Bauch, bis hoch zu ihren – ich würde behaupten – etwas größer als handgroßen Brüsten.

Sie war heiß und hatte ein bildhübsches Gesicht. Die sinnlichsten Lippen, die ich je gesehen hatte, Wangenknochen, für die so manche Frau töten würde … und nun, im Licht, konnte ich ihre honigfarbenen Augen erkennen. Sie passten perfekt zu ihrem feuerroten Haar.

Kein Wunder, dass sie verschleppt worden war. Sie war

eine Schönheit mit Feuer und Biss. Man hätte einen Haufen Geld für sie bezahlt und sie hätte Jahre voller Qual, Kampf, Schmerz und Pein vor sich gehabt. Ich konnte zwar nicht die Kleine retten, doch ihr ersparte ich dieses Leben.

»Was passiert jetzt?«, fragte sie mich und wandte mir in diesem Moment wieder ihr Gesicht zu. Ich ließ mich in mein Kissen fallen, legte einen Arm unter meinen Kopf und schaute sie schmunzelnd an.

»Jetzt, Missy, schlafen wir«, verkündete ich ihr, stellte blind die Nachttischlampe neben meinem Bett aus und tauchte den Raum dadurch abermals ins Dunkle.

»Du willst mich jetzt hier ernsthaft so hängen lassen?«, giftete sie mich an und zog demonstrativ an ihren Fesseln.

»Wenn du denkst, ich vertraue dir nach der Nummer von heute genug, um dich ungefesselt neben mir schlafen zu lassen, hast du dich geschnitten. Du hast nicht nur das Mädchen mehr in die Scheiße geritten und ihr dadurch ein Leben voller Schmerz und Qual beschert, sondern auch fast dich umgebracht, mir mein Leben wesentlich schwerer gemacht und meinen Plan versaut. Also ja, ich habe ernsthaft vor, dich dort hängen zu lassen und wenn du nicht still bist, dir auch wieder den Knebel zwischen deine Lippen zu schieben oder vielleicht auch etwas anderes, mal sehen. Das kommt auf dein weiteres Verhalten an.«

Hörbar holte sie nach meinen harten Worten Luft.

»Das klingt so, als würdest du sie nicht mehr retten wollen? Sie einfach ihrem Schicksal überlassen?!«

Ich antwortete ihr nicht. Es würde die Sache nicht besser machen. Denn nein, ich hatte wirklich nicht vor, die Kleine erneut zu retten oder es vielmehr zu versuchen. Denn erstens hatte ich keine Ahnung, wie ich das anstellen sollte oder wo sie sie hingebracht hatten, und zweitens hing ich an meinem Leben und wollte sie nicht noch mehr auf mich hetzen. Ich hatte noch immer die Hoffnung, dass die Pisser aufgeben würden, wenn sie mich nicht finden würden. Doch wenn ich nun erneut versuchen würde, ihre kostbarste Ware zu stehlen, und noch mehr ihrer Männer töten würde, würden die Dinge schon wieder anders aussehen.

Nach einem langen Moment der Stille riss sie plötzlich wie eine Irre an ihren Fesseln, strampelte mit den Beinen und begann mich lautstark und wüst zu beleidigen. *Gott, Weib! Du kostest mich noch all meine Beherrschung!*

Schnell stellte ich die Lampe wieder an, schon war ich über ihr. Mit der einen Hand verschloss ich ihren Mund, erstickte somit ihre Beleidigungen, mit der anderen stützte ich mich dicht neben ihrem Kopf ab.

Ich presste sie regelrecht mit meinem Körpergewicht in die Matratze und durchbohrte sie mit meinem strengen Blick.

Mit zu Schlitzen verengten Augen hielt sie diesem tatsächlich stand. Meine Nacktheit und körperliche Überlegenheit schien sie hierbei völlig zu vergessen. *Scheiße, Missy, spiel nicht mit dem Dämon!*

»Wie war das mit dem Maulstopfen, hm?«, raunte ich provokant lächelnd zu ihr nach unten.

Ihre Augen spuckten mir regelrecht ihren Hass und Verachtung entgegen. Wir lieferten uns ein kleines Blickduell, doch sie sollte gleich lernen, wie das hier zwischen uns lief, solange sie noch bei mir war. Und da mir klar war, dass sie sich auf den Weg machen würde, die Kleine zu retten, sobald ich sie frei ließ, hatte ich sie wohl noch länger an der Backe. *Na wunderbar!*

»Missy, denk nicht einmal daran, mich hier noch weiter zu provozieren. Du wirst jetzt brav deinen Mund halten! Öffnest du noch einmal deine Lippen, tust du es nur, um mir damit Erleichterung zu verschaffen. Sprich: Öffnest du sie, gibst du mir damit die Erlaubnis, dich in deinen süßen Mund zu ficken. Und, ja, ich werde es tun!«, drohte ich ihr dunkel und meinte jedes Wort ernst.

Sie sah in mir den Guten, der dumm genug war, sich für ein kleines Mädchen, das er nicht kannte, in Lebensgefahr zu bringen. Doch ich war nicht gut. Ich hatte nur meine Prinzipien, nicht mehr und nicht weniger. Mir machte es nichts aus, zu töten, und noch weniger, sie gegen ihren Willen in den Mund zu ficken, wenn sie mich jetzt noch weiter nervte.

Meine Geduld war mir schon lange abhandengekommen und mein Nervenkostüm war dünn wie Papier. Ich hatte einfach keine Kraft mehr, den Dämon einzusperren, denn dieser wollte sie! Er wollte mit ihr spielen, sie unterwerfen und verdammt nochmal bändigen. Ihr Feuer, es reizte ihn und damit auch mich. Doch das konnte ich jetzt wirklich nicht gebrauchen.

Sie verzog wütend die Augenbrauen und schien angestrengt über meine Worte nachzudenken. *Ernsthaft?!*

Selbst wenn ich ihr den Mund zuhielt, schaffte sie es, mit mir zu streiten, indem sie mich einfach nur trotzig anstarrte. *Gottverdammt!*

Ein tadelndes Zungenschnalzen durchschnitt die Stille, dann nahm ich langsam meine Hand von ihrem Mund. Rote Fingerabdrücke zierten ihre Mundpartie und diese im Kontrast zu ihrer hellen Haut gefielen mir ein bisschen zu sehr. *Nein, Aleks!*, mahnte ich mich im Stillen selbst, mich zu beherrschen und sie jetzt nicht erbarmungslos in die Matratze zu ficken. Druck abzubauen und meiner Wut über diesen beschissenen Tag ein Ventil zu geben.

Statt dem Dämon also Futter zu geben, rollte ich mich von ihr runter, ließ mich abermals in mein Kissen fallen, stellte die Lampe aus und wandte ihr endgültig meine nackte Kehrseite zu. Ich war mir sicher, nun endlich Ruhe vor ihr zu haben und meinen verdienten Schlaf zu bekommen, den mein malträtierter Körper so dringend benötigte. Auch ich hatte heute einige Schläge einstecken müssen und diese spürte ich jetzt, da das Adrenalin allmählich abflaute, erst richtig. Zurück blieben nur Erschöpfung und Schmerz. Als sie endlich Ruhe gab und sich nicht mehr bewegte, schlief ich ein. *Endlich!*

Kapitel 10

Sie

So fest ich konnte, presste ich meine Kiefer aufeinander. Ich hatte es in seinen braungrünen Augen gesehen, er meinte jedes Wort ernst, dass er gerade zu mir gesagt hatte. *Arschloch!*

Unzählige Emotionen durchfluteten in diesem Moment meinen Kopf und Körper. *Wut. Verzweiflung. Verwirrung. Unsicherheit. Verachtung.*

Es schmerzte mich körperlich, wie hilflos ich gerade war. Dass ich Ana nicht mehr helfen konnte. Und das Schlimmste: dass es meine Schuld war, dass sie nun doch wieder in dieser Hölle feststeckte – und das ohne mich, die sie hielt und ihr die Angst mit meinem leisen Gesang nahm.

Nicht einmal mir selbst konnte ich helfen. Ich war noch immer an dieses verschissene Bett gefesselt, konnte mich nicht rühren oder vor Mr. Unausstehlich fliehen.

Ich war ehrlich … für eine Sekunde, wirklich nur eine winzige Millisekunde, hatte mich seine Dominanz und seine raue Art angemacht. Noch nie war ich einem Mann wie ihm begegnet. Es schien, dass er genau wusste, was er wollte, und es sich auch grundsätzlich immer einfach nahm, wenn er es wollte. So etwas kannte ich nicht. Bei mir zu Hause in Tennessee gab es nur zwei Sorten von Mann. Welche, die zu gut, oder jene, die zu schlecht für dich waren. Ein Mittelding existierte nicht und wenn, dann hatte ich es noch nicht kennengelernt.

Doch er war anders. Dunkler und doch nicht so dunkel, wie er es seiner Umwelt weismachen wollte. Schließlich waren wir nur hier, weil er ein völlig fremdes Mädchen hatte retten wollen. So schlecht konnte er nicht sein, auch wenn er heute Schreckliches getan hatte. Nicht nur mit mir, sondern auch mit all diesen Männern. Wie Vieh hatte er sie abgeschlachtet. Unglaublich!

Deshalb das Schweigen jetzt. Er war ein Mann der Taten, das hatte ich verstanden. Jetzt musste ich nur noch herausfinden, wie ich von ihm wegkam. Ich konnte Ana nicht ihrem Schicksal überlassen. Einem Schicksal, dem sie entkommen wäre, wenn ich nicht so dumm und unüberlegt gehandelt hätte.

Ich war so unendlich wütend auf mich und meine heutigen Entscheidungen, dass mich diese sogar bis in meine Träume begleiteten, als ich allmählich wegzudämmern begann.

* * *

Stöhnend vor Schmerzen erwachte ich. Meine Arme taten mir fürchterlich weh durch diese unbequeme Position, meine Hände fühlten sich taub an und kribbelten stark. Das Kabel schnitt sich allmählich in meine Haut, bohrte sich in mein Fleisch.

Ich blinzelte gegen die Helligkeit an, die das Zimmer durchflutete, dann sah ich mich nach ihm um.

Hinten in der Ecke des Zimmers entdeckte ich ihn dann, wie er auf einem der zwei Stühle saß und gerade dabei war, seine Armbrust von all dem Blut von gestern zu säubern. Dankbar darüber, dass er sich wieder vollständig bekleidet hatte, beobachtete ich ihn, während er in aller Seelenruhe mit einem nassen Lappen seine Waffe, mit der er gestern einige

Männer getötet hatte, reinigte.

Sein Shirt und seine Jeans musste er gestern noch gewaschen haben, denn sie wiesen keine großartigen Flecken mehr auf. Wie gern ich auch endlich wieder duschen gehen und frische Klamotten tragen würde. Ich fühlte mich so unendlich schmutzig und eklig. Es war kaum noch für mich zu ertragen.

Als mir dann noch bewusst wurde, dass ich hier direkt vor ihm mit einem kurzen Fetzen und ohne Unterwäsche lag, legte ich schnell ein Bein über das andere. *O Gott! Ich hoffe, ich lag im Schlaf nicht ungünstig.*

Meine Beinbewegung hatte er wohl im Augenwinkel wahrgenommen, denn kaum hatte ich sie ausgeübt, hob er den Blick und sah mich an. Ich wusste nicht, was in seinem hübschen Köpfchen vor sich ging, und auch seine harte Miene ließ auf nichts schließen, das mir verriet, was er gerade dachte.

Ich wollte ihn fragen, was nun passierte. Was er mit mir vorhatte. Wann er mich wieder gehen ließ. Doch ich blieb stumm. Keine Ahnung, warum. Ich bekam keinen Ton heraus. Nicht, weil ich eingeschüchtert war, nein, das war es nicht. Sondern einfach, weil ich wusste, ich würde von ihm so oder so keine Antwort erhalten, und wenn doch, nicht die, die ich hören wollte. Außerdem verfolgte ich ein anderes Ziel. Egal ob es Selbstmord wäre, ich musste versuchen, Ana zu retten. Aber das ging nur ohne ihn, denn Robin Hood hier würde mich niemals freilassen. Jedoch nicht wegen meines Wohls. Das war mir klar. Ich war nicht dumm. Sondern, weil es ihm um seinen eigenen Arsch ging. Schließlich hatte er eine Menge Männer umgebracht und sich so Feinde gemacht. Das würden die sich sicher nicht einfach so gefallen lassen, das war gewiss.

Also sah ich ihn einfach nur an, so wie er mich. Selbst in der Bewegung, seine Waffe zu säubern, hatte er innegehalten. Er saß einfach breitbeinig auf seinem Stuhl und sah mich mit solch dunkler Miene an, dass man meinen könnte, er würde mich regelrecht verachten. *Ist es so?*

Unsicher biss ich mir auf die Unterlippe. So war ich sonst nicht, doch dieser Mann strahlte eine dermaßen große Dominanz und dunkle Aura aus, dass er mich damit zwangsläufig verunsicherte. Ob ich es wollte oder nicht – und ich wollte es ganz klar nicht. Dennoch war ich machtlos gegen dieses Gefühl, dass mir in die Knochen schlich. Meinen Körper in Beschlag nahm und meine Magengegend flau werden ließ.

Als er mein Unbehagen zu bemerken schien, zuckte sein rechter Mundwinkel frech nach oben, dann legte er seine Armbrust auf den Tisch neben sich und zu meinem Bedauern stand er anschließend auf.

»Was ist los, Missy? Seit wann so schüchtern?«, amüsierte er sich über mich und meine Situation. Ich schnaubte wütend auf und hob stolz mein Kinn. Er konnte mich mal! Aber so richtig!

»Könntest du aufhören, mich so zu nennen?!«, schnauzte ich ihn an und hielt seinem Blick stand. Immer näher trat er an mich heran, bis er sich schließlich dicht vor dem Bett neben mir aufbaute und auf mich herabsah. Dieses Bild gefiel mir überhaupt nicht, wie ich hier so ausgeliefert und schutzlos vor ihm lag und keine Chance hatte, zu fliehen.

»Wie soll ich dich denn nennen?«, raunte er mit seiner tiefen Stimme zu mir nach unten und legte dabei seinen Kopf leicht schief. Warum auch immer, und ohne dass ich es erklären konnte, zupfte der raue Klang an meinen empfindlichen Nervenbahnen. Wie eine Gänsehaut kribbelte der Ton über meine Haut. Ich erschauderte unmerklich und ermahnte mich augenblicklich im Stummen dafür. *Bin ich verrückt geworden, so auf dich zu reagieren?!*

Sein Blick wurde immer intensiver, als erwartete er tatsächlich eine Antwort von mir. Als wollte er wirklich meinen Namen erfahren. Verunsichert verzog ich meine Augenbrauen und legte nachdenklich meine Stirn in Falten.

»Ginger«, entschied ich mich, wahrheitsgemäß zu antworten, denn ich wollte endlich seine dämlichen Spitznamen loswerden. Außerdem war auch ich neugierig, wie er denn nun hieß und wenn ich ihm meinen verriet, würde er mir vielleicht im Gegenzug seinen sagen.

Weiterhin mit undurchdringlicher Miene blickte er auf mich herab, bis er seine Arme abweisend vor seiner breiten Brust verschränkte. Das Tanzen seines Muskelspiels dort lenkte mich kurz ab und mein Blick rutschte auf seinen starken Bizeps. Er war wirklich muskulös und gut gebaut, das konnte ich nicht leugnen.

»Aleks«, holte mich seine tiefe Stimme aus meinem Starren. Schnell blickte ich ihm wieder ins Gesicht und sah ihn verwundert an. Er hatte mir tatsächlich etwas über sich verraten. Das erstaunte mich wirklich, dennoch schwieg ich weiterhin. Ich hatte beschlossen, wohl mit dieser Tour bei ihm am besten zu fahren. So war gewährleistet, dass er mir nicht wieder wehtat oder drohte – und verplappern über mich und mein Leben konnte ich mich so auch nicht. Ich wollte nicht, dass er mehr von mir erfuhr. Wer wusste schon, was ein Mann wie er alles damit anstellen konnte?!

»So. Da wir uns nun besser kennen, verrate ich dir, wie es jetzt weitergeht«, begann er, löste die Verschränkung seiner Arme und trat noch etwas dichter an das Bett heran.

Misstrauisch beobachtete ich jede seiner Bewegungen. Seine Andeutung gefiel mir nicht und das ließ ich ihn auch durch meine weit, sehr weit hochgezogene Augenbraue spüren.

Erneut zuckte sein Mundwinkel, dann hob er seine Hand und legte sie auf meinem Knie ab. Mein Blick wurde immer mahnender und ein tadelndes Zungenschnalzen hätte ihm eigentlich verraten sollen, dass er seine Wichsgriffel von mir nehmen sollte, wenn er sie behalten wollte. Doch wer fragte mich schon, was ich wollte und was eben nicht?!

»Was wird das?«, fragte ich ihn zischend, als seine Fingerspitzen langsam und hauchzart meinen Oberschenkel entlangwanderten.

»Ich erkläre dir, wie es jetzt weitergeht.«

Wütend sah ich zu seinen Fingern, dann wieder in sein Gesicht. Denn das war alles andere als mir 'nur' etwas zu erklären. Ein amüsiertes Schmunzeln legte sich auf seine Lippen und wieder fiel mir dabei auf, wie sinnlich sie aussahen. *Fuck, nein! Okay, du willst spielen, Cowboy? Dann zieh dich warm an, denn nun stelle ich die Regeln auf …*

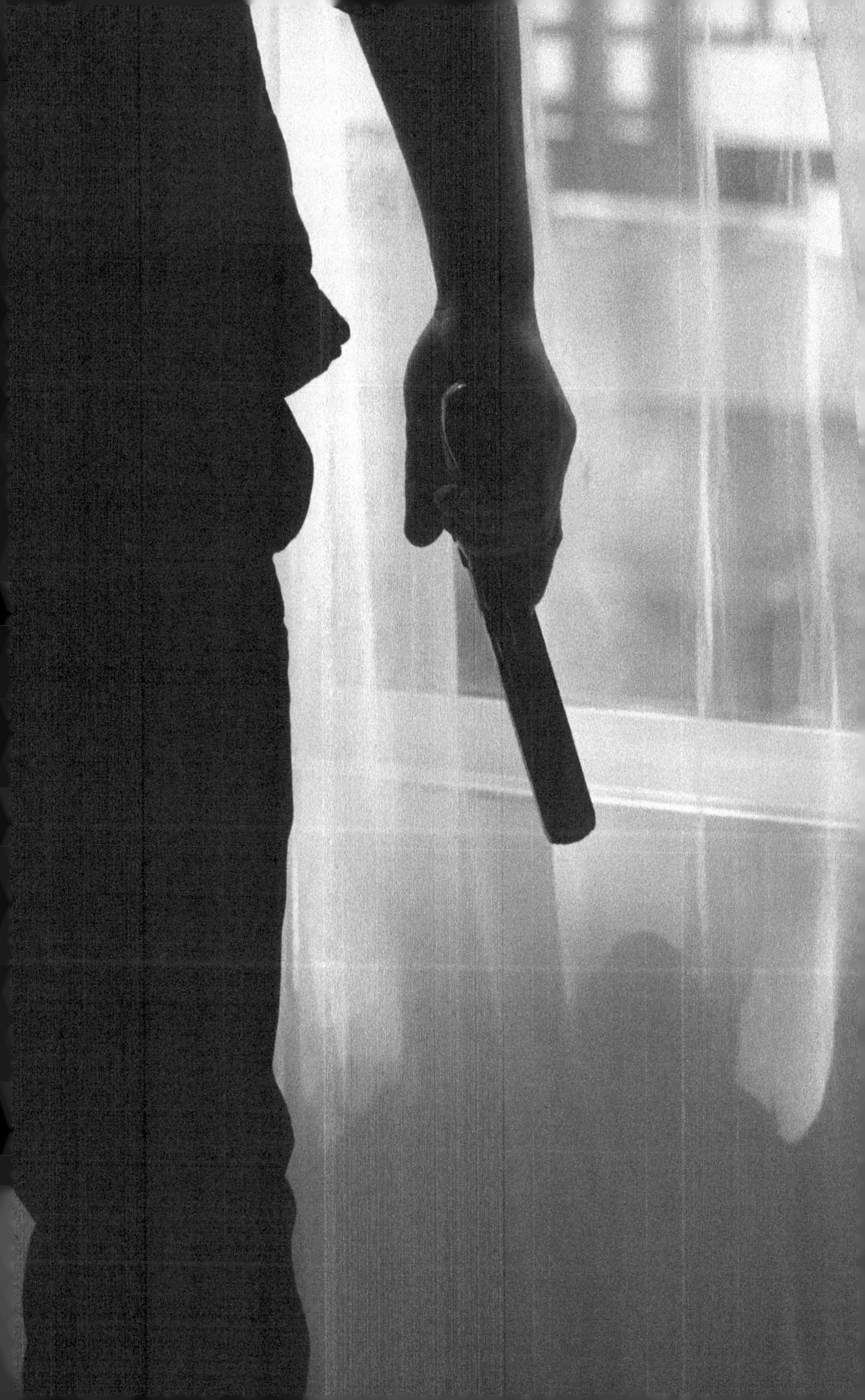

Kapitel 11

Er

Langsam fing ich an, mich mit ihr zu amüsieren. Ihre Reaktionen waren schon fast niedlich und ihre schimpfenden Gedanken erst. *Göttlich.*

Doch plötzlich änderte sich ihre Miene und auch ihre Körpersprache war nun eine ganz andere. Ich stutzte kurz und hielt in der Bewegung, ihren weichen, fuck, ihren viel zu weichen Oberschenkel nach oben zu fahren, inne. Wollte sie hier tatsächlich mit mir spielen? Mich herausfordern? *Fuck, Missy …*

Ich wollte ihr gerade erklären, dass wir, nachdem sie duschen war, gehen würden. Wir mussten hier weg, brauchten einen neuen Wagen, frische Klamotten und ich dringend ein Handy, um Enzo anrufen zu können. Er musste mir sagen, wie sehr die Scheiße stank, die ich angerichtet hatte.

Doch ich kam nicht einmal dazu, den Mund zu öffnen, denn unerwartet löste sie die Verschränkung ihrer Beine und blickte mich herausfordernd an. Spöttisch hob ich eine Augenbraue. Meinte sie wirklich, dass sie mich mit diesem billigen Spielchen beeindrucken oder sogar aus dem Konzept bringen konnte?!

Dann machte sie, wie zu erwarten war, einen Rückzieher und zog ihre Beine schützend an. Ihr kurzer Fetzen rutschte damit weit nach oben, doch ihre angezogenen Beine verdeckten alles Interessante. Dennoch blieb ihr Blick die reinste Kampfansage. *Oh, Missy, du musst noch so viel lernen.*

»Wir werden von hier verschwinden«, teilte ich ihr nüchtern mit, trat noch etwas dichter ans Bett heran und legte erneut meine Hand auf ihrem Knie ab.

»Werden wir das, ja? Und dann?«, fragte sie mich und auch ihre Stimme hatte sich verändert. Sie war nun rauchig, mit einem Hauch Trotz, der mich abermals über sie und ihr Benehmen schmunzeln ließ.

»Dann …«, begann ich und ließ meine Finger langsam und spielerisch an ihrem Schenkel hinaufwandern. Dabei ließ ich sie nicht eine Sekunde aus den Augen.

»Bringe ich uns zurück in die Staaten. Danach bist du mich los und wir können jeder wieder in sein Leben schlüpfen.«

»Ist das so, ja? Und wenn ich das aber nicht will?«, fragte sie mich provokant.

»Was willst du denn?«, raunte ich zu ihr nach unten, während meine Hand immer weiter ihren Schenkel hinaufglitt. Unerwartet öffnete sie ihre Beine für mich, weit, sehr weit, und präsentierte mir ihre nackte Mitte. Zu meiner Überraschung war ihre Scham glatt, wahrscheinlich Waxing. Was Frauen sich alles antaten, immer wieder erstaunlich.

»Was wird das denn, kleine Lady Marian? Das ist aber nicht damenhaft«, zog ich sie auf und überspielte damit mein Erstaunen über ihre Art, zu spielen. So hätte ich sie ehrlich nicht eingeschätzt und ich war neugierig, wie weit sie bereit war, zu gehen, um zu bekommen, was sie wollte. Dabei war noch interessant, herauszufinden, was sie denn nun hiermit bezwecken wollte. *Was hast du vor?!*

»Was ich will?«, fragte sie und ihre Stimme bekam einen sexy, kratzigen Unterton. Mit ihren Reizen spielen konnte sie, das musste ich ihr lassen.

Ich nickte leicht und ließ frech, wie ich nun mal war, weiter meine Finger ihren nackten Oberschenkel entlanggleiten. Mal sehen, wie lange noch, denn gleich war ich bei ihrer Mitte angekommen und ich würde keinen Rückzieher machen.

Aufreizend leckte sie sich über ihre vollen Lippen. *Biest!*

Ich beugte mich über sie, stützte eine Hand auf der Matratze auf, die andere ließ ich weiterhin langsam ihren Schenkel hinaufwandern, bis ich zu ihrer nackten Scham kam und sie dort hauchzart streichelte. Sachte glitten meine Finger über ihre Schamlippen.

Mein Knie hatte ich zwischen ihre weit gespreizten Beine geschoben. Unsere Gesichter schwebten dicht voreinander. Ihr Blick wurde verführerisch, leicht biss sie sich auf die Lippen, ehe sie diese nah zu meinem Ohr führte.

»Ich will, … dass du mich auf der Stelle losbindest, du Arschloch!«, kaum hatte sie mir diese Beleidigung ins Ohr geschnurrt, biss sie mir kräftig in den Hals, zog ihr Knie an und rammte es mir kraftvoll in meine Weichteile. Ich keuchte auf und entzog ihr instinktiv meine Hand, um mir meine schmerzenden Eier zu halten. Einen Augenblick verweilte ich über ihr gebeugt, um gegen den explodierenden Schmerz, der durch meinen Körper zuckte, anzukämpfen. *Du Miststück! Jetzt bist du fällig!*

Knurrend hob ich meinen Kopf und sah sie mit finsterer Miene an. Doch als mich ihr spöttisches Lächeln traf, setzte etwas in mir aus. Schnell packte ich sie an ihrem Hals und presste sie in die ranzige Matratze. Mein Körper war zum Zerreißen angespannt und ich wollte ihr eine Lektion erteilen, die sie nicht mehr so schnell vergessen würde. Doch im nächsten Moment entdeckte ich etwas im Augenwinkel, was dort nicht hingehörte. Sofort wandte ich den Kopf um und schaute durch die Fensterfront des Motelzimmers. Zwei schwarzbekleidete Gestalten waren zu erkennen, wie sie versuchten, zu uns ins Zimmer zu sehen. Mein Blick wanderte zu meiner Armbrust, die so offensichtlich auf dem Tisch lag. Damit wussten sie, dass wir hier drinnen waren.

Eilig wanderte mein Blick wieder zu ihr. Jetzt musste es schnell gehen und das mit ihr, Miss Sturkopf. *Na wunderbar!*

»Ich sag dir jetzt, wie das ablaufen wird, Missy! Die Männer von gestern haben uns gefunden. Sie sind dort draußen und suchen nach dir, um dich wieder zu verkaufen und somit zu versklaven, und nach mir, um mich zu töten. Also wenn du nicht die nächsten Jahre jeden Tag hart und schmerzhaft vergewaltigt und missbraucht werden willst, dann solltest du jetzt genau tun, was ich sage. Verstanden?!«

Ihr Blick fiel, während ich sprach, kurz auf das Fenster. Als sie die Männer zu erkennen schien, riss sie leicht die Augen auf, nur um mich dann wieder anzusehen und unsicher zu nicken. Ich zückte ein Messer aus meinem Waffengurt, schaute sie ein letztes Mal mahnend an und schnitt mit einer schnellen Bewegung das Kabel an ihren Gelenken durch.

Sofort rieb sie sich über die gerötete Stelle und zog die Brauen zusammen. Ich erhob mich von ihr, stellte mich neben dem Fenster an die Wand und linste am Vorhang vorbei nach draußen, um mir einen Überblick zu verschaffen, wie viele es wirklich waren. Schnell wich ich wieder zurück an die Wand, als ich mindestens fünf Männer ausmachen konnte. Wahrscheinlich waren um das Motel verteilt noch mehr. *Scheiße!*

Ich hatte noch drei Pfeile in der Halterung meiner Armbrust und nicht einmal mehr zwei volle Magazine. Waffentechnisch sah es wirklich schlecht aus.

Ein Knarzen ließ meinen Kopf in Richtung, aus der das Geräusch kam, rucken. Da sah ich, wie sie durch einen kleinen Spalt aus der Tür schlich. *Fuck, willst du mich verarschen?!*

Sofort eilte ich ihr nach, griff im Vorbeigehen noch schnell meine Armbrust vom Tisch, die ich mir umhängte, und trat ebenfalls aus dem Zimmer. An die Ecke der Hauswand gepresst war sie in Deckung gegangen, sah sich gerade um und wollte weiter. Doch ich hielt sie im richtigen Moment davon ab, hielt ihr den Mund zu und kesselte sie mit meinem Körper und der Wand in ihrem Rücken ein, dann blickte ich selbst um die Ecke, ob einer der Männer kommen würde. Doch ich konnte keinen mehr von ihnen ausmachen.

Entweder waren sie auf der anderen Seite des Motels und warteten an unserem Wagen auf uns oder sie waren über uns und durchsuchten dort die Zimmer. Fakt war, wir mussten hier weg und das ohne aufzufallen und definitiv gemeinsam.

Auch wenn die kleine Fotze mir tierisch auf den Sack ging und für die unfaire Aktion von gerade eben eine derbe Abreibung verdient hatte und auch noch erhalten würde, so konnte ich nicht riskieren, dass sie mich verriet. Sie kannte mein Gesicht und Namen. Bei einer Folter würde sie einknicken und singen. Das konnte ich nicht gebrauchen. Keine Ahnung, was sie sich bei dieser dummen Aktion gedacht hatte.

»Spinnst du? Willst du sterben?«, brummte ich sie leise an und sah mich noch einmal schnell um, ob wir auch noch immer unentdeckt waren. Gerade hatten wir Glück – mal sehen, wie lange noch.

Ihre honigfarbenen Augen verengten sich zu Schlitzen, ehe sie mir kräftig in die Hand biss, die auf ihrem Mund lag, und dann versuchte, mich von sich zu stoßen. *Du Verrückte!*

»Lass mich los! Ich muss zu ihnen!«, fauchte sie im Flüsterton. Ich hielt kurz irritiert inne, ihre kleinen Fäuste, die auf meinen Oberkörper einprasselten, abzuwehren, und sah sie verständnislos an.

»Du willst zu ihnen zurück? Warum zum Teufel?« Doch sie musste nicht antworten, in der Sekunde wurde es mir klar.

»Die Kleine«, raunte ich. Sie wich meinem Blick aus.

»Es ist meine Schuld! Wenn ich nichts unternommen hätte, hättest du sie gerettet. Ich kann sie nicht dort lassen. Kann sie nicht im Stich lassen! Du musst mir nicht helfen oder mich retten. Ich bitte dich nur, mich gehen zu lassen. Mehr nicht.«

Ihr Blick fand wieder den meinen und in ihren schönen Augen lag pure Entschlossenheit. Egal was ich sagen oder tun würde, sie würde immer und immer wieder versuchen, von mir wegzukommen, um dann die Kleine retten zu gehen. Das wurde mir in diesem Moment klar. Ich würde sie nicht davon abhalten können und ganz ehrlich, ich wollte es auch nicht. Da riskierte ich lieber, dass sie sang, als weiter dieses Spielchen mitzumachen.

Augenblicklich ließ ich von ihr ab und machte eine einladende Handbewegung an mir vorbei, dass ich sie nicht aufhalten würde. Kurz sah sie mich irritiert und ungläubig über meinen Sinneswandel an, doch dann schlich sie schon um die Ecke – und ich … ich sah zu, dass ich hier wegkam, und ging in die entgegengesetzte Richtung.

Sollte sie sich doch in den Tod stürzen. Sie war nicht mein Problem. Sie war mir egal und ich würde den Teufel tun, wieder denselben Fehler zu begehen. Meinen Arsch für eine kleine Göre zu riskieren, die meinte, meinen Kopf nach nicht einmal 12 Stunden ficken zu müssen, kam nicht infrage. Nein! Dieses Weib bedeutete nichts als Ärger, also sollte sie zusehen, dass sie aus meinem Leben verschwand.

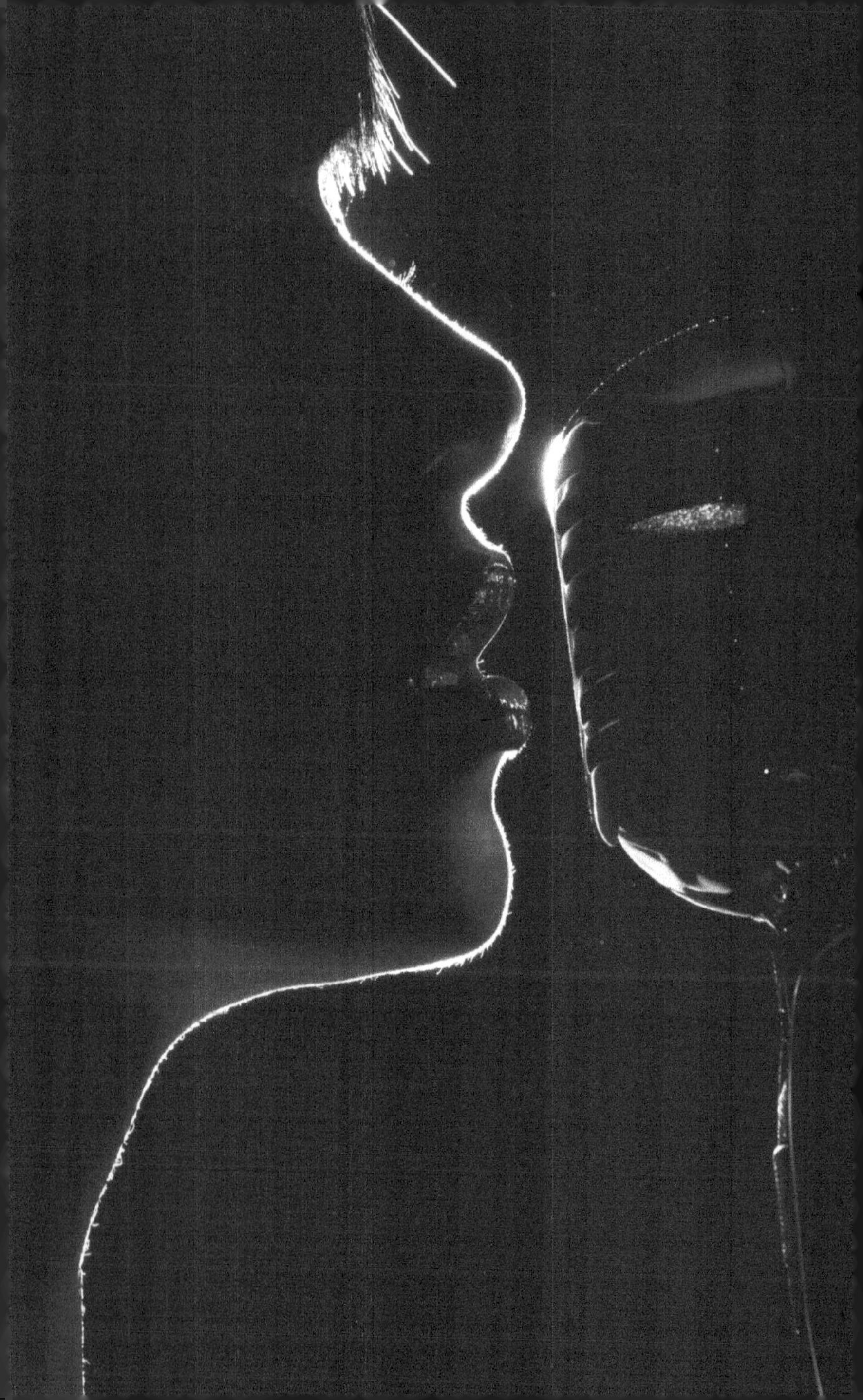

Kapitel 12

Sie

Kurz blickte ich mich nochmal nach ihm um, doch er war tatsächlich gegangen. Ich hätte nicht geglaubt, dass er mich so einfach gehen lassen würde.

Schnell fand mein Blick wieder Richtung Parkplatz. Dort entdeckte ich die Männer. Sie standen um unser Auto und sahen sich in alle Richtungen um. Ich versteckte mich hinter einem Holzbalken und überlegte, wie ich nun vorgehen sollte. Denn um ehrlich zu sein, war ich etwas planlos und wusste nicht wirklich, wie ich Ana nun retten sollte.

Sollte ich mich ihnen stellen? Und dann? Dann würde ich eine Zelle neben ihr gesteckt werden, was uns beiden nichts nützen würde. Sollte ich sie verfolgen, wenn sie wieder gingen? Aber mit was? Ich hatte kein Auto und wusste auch ehrlich nicht, wie ich an eines herankommen sollte.

Shit! Hätte ich doch bei dir bleiben sollen? Dich überzeugen sollen, mir auf deine Weise zu helfen?

Er schien von dem hier Ahnung zu haben. Er hätte sicher einen besseren oder überhaupt einen Plan.

Unsicherheit, die falsche Entscheidung getroffen zu haben, nahm von mir Besitz. Ich wandte mich um, um ihm doch zu folgen und den anderen Weg einzuschlagen, prallte allerdings gegen eine breite Männerbrust. Im ersten Moment glaubte ich, es wäre er, aber als ich dann meinen Kopf hob, um ihm ins Gesicht sehen zu können, erstarrte ich. Einer der Männer, die uns suchten, stand dicht vor mir, umschloss nun mit festem Griff meinen Arm und lächelte fies auf mich herab. *Scheiße!*

»Na, wen haben wir denn da?«, säuselte er in schlechtem Englisch mit seinem starken spanischen Akzent. Sofort fiel ich aus meiner Starre, schrie und riss an meinem Arm, um mich von ihm zu befreien. Doch es war zwecklos. Sein schraubstockähnlicher Griff gab mich nicht frei. Im Gegenteil. Er packte mich sogar noch etwas fester, dann rief er seinen Leuten etwas auf Spanisch zu. Panik überkam mich. Was hatte ich nur getan?!

Augenblicklich schleifte er mich zu ihnen. Es kümmerte hier wohl keinen, wie sie mit mir umgingen. Aber wahrscheinlich hatten sie den Besitzer geschmiert, und die Gäste, die hier in diesem ranzigen Motel eincheckten, waren wohl nicht besser als diese Kerle oder versteckten sich vor Männern wie ihnen. Daher würde ich von niemandem hier Hilfe erwarten können. Ich hatte mal wieder eine dumme Entscheidung getroffen. Die zweite in nicht einmal 24 Stunden. Eigentlich hatte ich es nicht besser verdient. Außerdem war ich dann wieder bei Ana. Auch wenn ich ihr nicht helfen können würde, so würde ich wenigstens bis zum Ende für sie da sein, ihr beistehen und sie in den Arm nehmen.

Mit zittrigen Beinen, da mich die Vorstellung, verkauft und versklavt zu werden, doch etwas ängstigte, ließ ich mich von ihm zu ihren in einer Reihe parkenden schwarzer Geländewagen führen.

Dort angekommen schubste er mich unsanft auf die Rückbank, ehe zwei der Männer rechts und links von mir ebenfalls einstiegen. Unsicher sah ich im Augenwinkel erst zum einen, dann zum anderen. Es waren keine attraktiven Männer. Sie machten mir Angst, aber das sollte wahrscheinlich auch genauso sein.

Angespannt wartete ich darauf, dass der Fahrer ebenfalls

einstieg und mich von hier wegbringen würde. Doch er kam nicht. Irritiert zog ich die Brauen zusammen und versuchte, etwas durch die abgedunkelten Scheiben zu erkennen, aber diese Stiere von Männern neben mir ließen mich mit ihren massigen Körpern nicht aus dem Fenster sehen.

Sie fingen an, sich auf Spanisch zu unterhalten. Ihren aufgeregt klingenden, für mich unverständlichen Worten nach zu urteilen, stimmte hier etwas nicht. Der eine öffnete die Autotür, um auszusteigen, da zischte schon etwas zu uns in die geöffnete Tür herein. In Sekundenschnelle sackte er erschlafft nach vorne und präsentierte mir den Pfeil, dessen Spitze sich blutverschmiert durch seinen Hinterkopf gebohrt hatte. Ich unterdrückte einen erschreckten Aufschrei und sah mich panisch um. Der zweite sah ebenfalls erst fassungslos auf die Leiche, dann zu mir.

Wie vom Blitz getroffen sprang ich auf und wollte über die Leiche nach draußen klettern. Doch ich kam nicht weit. Unnachgiebig packte er mein Bein und zerrte mich wieder zurück auf den Sitz, nagelte mich mit seinem massigen Körper dort fest und sah sich anschließend prüfend um.

Mein Atem ging schnell. Mein Herz sprang mir beinah aus der Brust und ein lautes Rauschen in meinen Ohren übertönte alle Geräusche in meiner Umgebung. Ich wusste nicht, was das hier alles zu bedeuten hatte. War er zurückgekommen? Wegen mir? Denn der Pfeil im Kopf von diesem Kerl sagte mir, dass er es gewesen sein musste. Kein anderer Verrückter würde hier einen auf modernen Robin Hood machen und dann auch noch so gut damit umgehen können. *Scheiße, wer bist du?!*

Im Augenwinkel bemerkte ich etwas, der Kerl neben mir wohl auch, denn sofort schoss er auf den Schatten, der um den Wagen schlich. Erschrocken schrie ich auf und kniff die Augen zusammen. Meine Ohren klingelten schrecklich, da er direkt neben mir abgedrückt hatte. Ich war wie benommen.

Die Wagentür stand noch immer offen, doch man konnte niemanden sehen. Weder ihn noch die anderen Männer. Wo zum Teufel waren diese? Es waren vorhin mindestens sieben Stück gewesen und nun sollte ihnen keiner zur Hilfe kommen?!

Der Kerl neben mir hielt mich noch immer mit eisernem Griff davon ab, von ihm wegzukommen. Die Waffe erhoben und mit dem Finger am Abzug blickte er sich ebenso wie ich aufmerksam um. Plötzlich schwang die Wagentür neben ihm auf. Schnell ließ er von mir ab, wandte sich um und schoss. Wieder schrie ich laut und hielt schützend die Arme über den Kopf. Nach einem Moment linste ich an ihnen vorbei. Da sah ich ihn, wie er sich gerade in die Wagentür stellte, seine Waffe zog und sie dem anderen in dessen offenen Mund steckte, da er gerade wüste Beleidigungen aussprach. Zumindest klangen sie danach.

Mit einem fiesen Lächeln im Gesicht drückte er ab. Blut spritzte mir entgegen und bedeckte mich und die Sitze. Ich konnte gar nicht begreifen, was hier eben passiert war.

»Steig aus!«, befahl er mir dann rau, als er seine Waffe aus dem Mund der Leiche zog und verschwand. Ich brauchte noch einen Augenblick, war noch nicht in der Lage, meine zitternden Glieder zu bewegen.

»Komm jetzt!«, befahl er mir schroff und ließ mich zusammenzucken, da er nun auf der anderen Seite des Wagens stand. Ich wischte mir einmal mit dem Arm über mein blutverschmiertes Gesicht, dann robbte ich mich über den toten Schrank mit dem Pfeil im Kopf.

Er wartete schon einen Wagen weiter auf mich und hielt mir die Beifahrertür auf. Ein prüfender Blick von ihm in alle Richtungen, ob uns auch niemand sah, dann schob er mich, als ich mit wackeligen Knien bei ihm angekommen war, genervt in den Wagen und schmiss wütend die Tür zu. Ich sah aus dem Fenster und musste zu meinem Entsetzen feststellen, dass über den ganzen Parkplatz verteilt Männerleichen lagen. Mein Kopf ruckte schockiert zu ihm, der gerade dabei war, einzusteigen.

»Was hast du getan?«, wisperte ich fassungslos.

»Dich gerettet!«, antwortete er nüchtern, startete den Motor des geklauten Geländewagens und gab Gas.

Mit quietschenden Reifen raste er vom Motelparkplatz und hinterließ ein Schlachtfeld von Zerstörung und Tod.

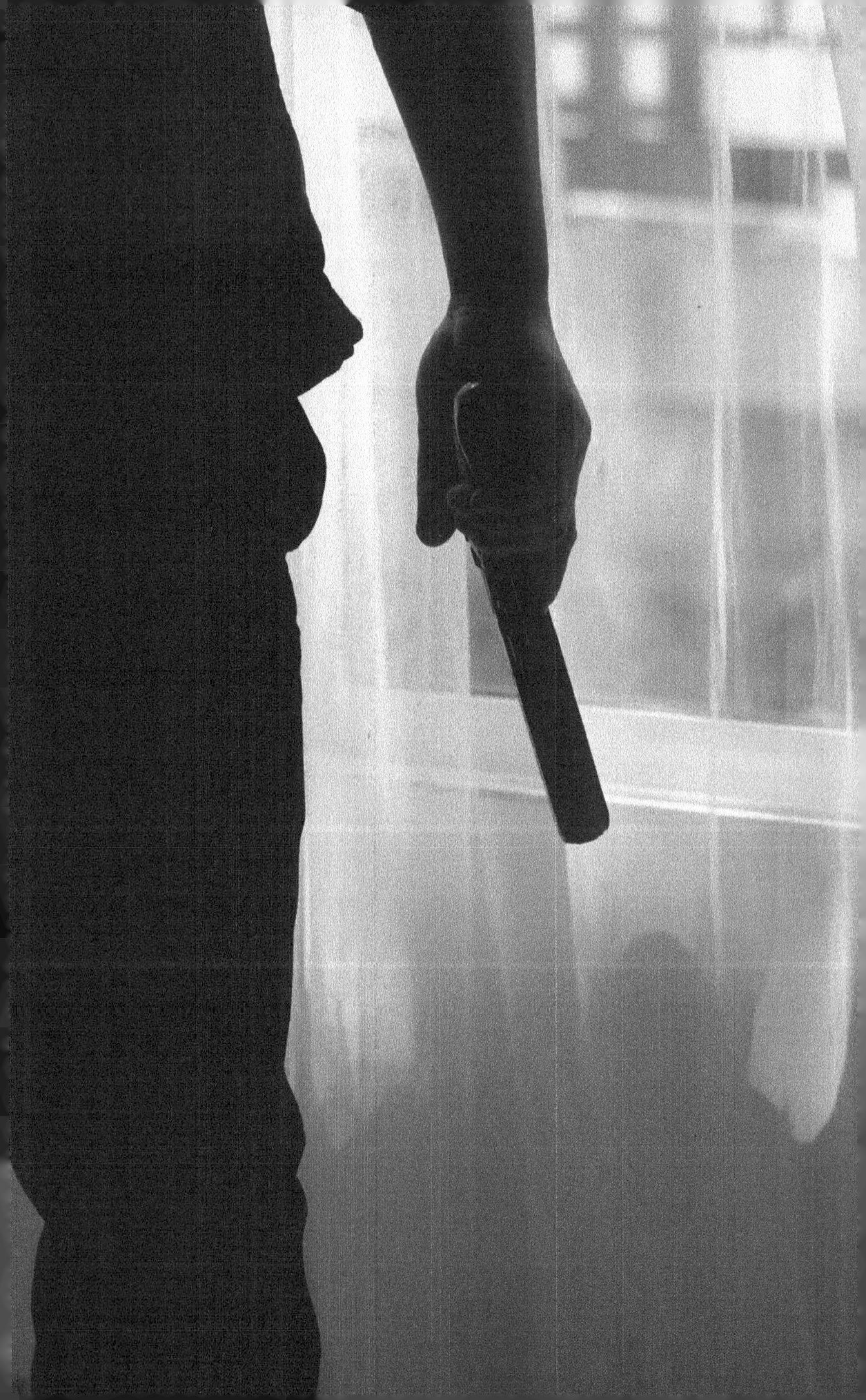

Kapitel 13

Er

Das Adrenalin preschte noch durch meinen Körper. Wirbelte alle meine Moleküle durcheinander und ließ mein Blut glühend heiß durch meine Venen rauschen. Ich liebte dieses Gefühl. Alle meine Sinne waren verstärkt. Man nahm seine Umgebung genauer, besser, schneller und intensiver wahr. Unter Druck und mit diesem Kick durch das Adrenalin funktionierte ich einfach am besten. Mein Kopf arbeitete effizienter, schneller.

Im Augenwinkel bemerkte ich ihren schlotternden Körper. Sie stand unter Schock, das war ganz offensichtlich.

Keine Ahnung, warum ich wiedergekommen war. Ich war schon so gut wie weg gewesen, als ich sie schreien gehört hatte und zurückgekehrt war, um sie aus ihrer misslichen Lage zu befreien. Völlig in Gedanken versunken dachte ich an eben zurück.

Wie vom Blitz getroffen blieb ich stehen, verharrte einige Sekunden, bis ich fluchend wieder umkehrte und einen nach dem anderen von ihnen umbrachte. Erst leise und unauffällig, dann, als die erste Leiche entdeckt wurde, schnell und effizient. Schließlich war es Tag und ich hatte keine Lust auf Zeugen.

Wir waren hier nicht in den Staaten. Ich kannte hier niemanden und bei der Polizei oder beim Militär hatte ich hier auch niemanden, der mir von Nutzen war. Deshalb hieß es, so wenig wie möglich aufzufallen und schnell zu verschwinden.

* * *

Ein weiterer kurzer Seitenblick zeigte mir, dass sie noch immer stark zitterte. Ihre Hände knetete sie ebenfalls nervös in ihrem Schoß. Sie sah schrecklich aus, mit all dem Blut und Fleischfetzen. Ich hatte kein Geld mehr bei mir. Mein Handy war ebenfalls Schrott, wir hatten nichts zu essen oder eine Unterkunft und wir beide brauchten neue Klamotten. *Scheiße!*

»Mach das Handschuhfach auf«, wies ich sie scharf an. Doch außer zusammenzuzucken und mich wie ein Reh im Scheinwerferlicht anzusehen, tat sie nichts. *Gottverdammt!*

Genervt griff ich an ihren Beinen vorbei und öffnete selbst das Handschuhfach. Mit einem halben Auge auf der Straße kramte ich darin herum. Ich fand eine Waffe und ein Magazin, doch kein Bargeld. Knurrend schmiss ich die Klappe vom Fach wieder zu und setzte mich aufrecht hin. Meine Hände würgten das Lenkrad regelrecht. Wir brauchten Geld. Dringend!

Es half nichts, ich musste rechts ranfahren und das Auto auseinandernehmen.

Irritiert sah sie mir dabei zu, wie ich anhielt und alle Fächer rechts und links von mir durchsuchte. Doch nirgends fand ich etwas. Ich beschloss, noch einmal im Kofferraum nachzusehen, doch auch hier wurde ich zu meiner Ernüchterung nicht fündig. Nicht einmal unter der Klappe oder unter dem Ersatzreifen. Nichts!

Frustriert und angepisst knallte ich die Kofferraumtür zu, ging wieder nach vorne und stieg hinters Steuer. Sie hatte mich die ganze Zeit beobachtet, jedoch keinen Ton gesagt. War jetzt auch besser so. Ich hatte nun wirklich nicht die Lust oder die Geduld, mit ihr zu streiten.

Kommentarlos startete ich den Motor und setzte zum Rückwärtsfahren an, da ich zu nah an einem Baum gehalten hatte.

Den einen Arm an ihrer Kopfstütze abgelegt sah ich über die Schulter, um nach hinten zu schauen. Kurz wanderte mein Blick dabei nach unten zur Rücksitzbank. Sofort bremste ich hart, was ihren Oberkörper nach vorn schnellen und sie leise aufschreien ließ. Doch ich ignorierte sie, stellte den Motor wieder ab und stieg erneut aus.

Schnell öffnete ich die hintere Wagentür, lehnte mich hinein und tastete mit meinen Fingern unter der Sitzbank entlang.

»Was zum Teufel tust du denn da die ganze Zeit?«, erwachte sie aus ihrer Schockstarre und maulte mich typisch sie an.

Ich verdrehte nur die Augen und suchte mit meinen Fingern weiter, bis ich den Hebel fand, den ich suchte. Ich zog an ihm und augenblicklich sprang die gesamte Rücksitzbank nach oben und offenbarte ein geheimes Versteck mit allerhand Waffen, Magazinen, Granaten, Messern und jeder Menge Bargeld. *Jackpot!*

Für den Anfang nahm ich mir nur Geld, ein Magazin und zwei Messer heraus, den Rest ließ ich unter der Bank verschwinden. Dann stieg ich wieder vorne zu ihr ein und schmiss ihr das dicke Bündel Dollarscheine auf den Schoß. Die Waffen und das Magazin verstaute ich an meinem Gürtel, ehe ich den Motor wieder startete und losfuhr.

»Woher wusstest du das?«, fragte sie mich nach einer ganzen Weile. Ich schenkte ihr einen kurzen Seitenblick. Das Geld hatte sie in die Mittelkonsole zwischen uns gelegt.

»Weil ich auch so ein Fach in meinem Auto habe. Deswegen«, antwortete ich nüchtern. Ich sah ihren unsicheren Blick, wie er einmal über meinen ganzen Körper wanderte. Sie überlegte, wer ich war und ob sie wirklich sicher bei mir war. Ich schnaubte belustigt.

»Ich tu dir nichts … vorausgesetzt, du tust endlich, was ich dir sage!«

Ihr Kopf schnellte zu meinem Gesicht, ich sah ihre rote

Mähne in meinem Augenwinkel schwingen.

»Wieso sagst du das?«, fragte sie mich und klang dabei ängstlich und neugierig zugleich. Mein Mundwinkel zuckte.

»Weil ich es in deinem hübschen Köpfchen rattern höre und ich nicht dumm bin. Du hast in den letzten 24 Stunden gleich mehrfach meine schlechteste Seite gesehen. Das kann .... verstörend sein. Ich will nur, dass du weißt, dass ich dir nichts tue.« Erneut suchte mein Blick ihre Augen. Sie hatte den Kopf leicht schiefgelegt.

»Und warum hast du mich gerettet? Du weißt, dass ich nicht aufgeben werde, Ana zu befreien. Ich werde sie nicht ihrem Schicksal überlassen«, erklärte sie mir bestimmt.

»Ich weiß«, seufzte ich.

Ja, ich wusste, worauf ich mich mit ihrer Rettung eingelassen hatte. Natürlich war mir klar, dass ihre Rettung gleichzeitig auch die von der Kleinen bedeutete. Ich war schließlich nicht dumm. Ich wusste genau, dass es kein Zurück mehr gab. Jetzt musste ich die Sache durchziehen. Doch sicher nicht mit dem Kopf durch die Wand, wie sie das von mir verlangte. Erst wollte ich Antworten, einen guten Plan und ich musste wissen, mit wem genau ich mich hier angelegt hatte. Aber für all das brauchte ich meinen besten Freund und dafür benötigte ich ein neues Handy.

»Das heißt, du hilfst mir, Ana zu retten?«, fragte sie hoffnungsvoll und setzte sich aufrecht in ihren Sitz.

»Ja«, war meine knappe Antwort. Ich konnte ihr breites Lächeln sehen, ohne sie überhaupt anschauen zu müssen.

Ein Moment des Schweigens breitete sich zwischen uns aus. Ich begrüßte die Stille, doch natürlich war sie nicht von Dauer.

»Warum?«, raunte sie erstickt. Mein Blick blieb stur auf der Straße.

»Willst du jetzt meine Hilfe oder nicht?«, schnauzte ich sie an. Langsam nickte sie. *O Mann …*

»Natürlich, und ich bin dir auch dankbar für deine arschlochhafte Art, mich zu retten.«

Ich schnaubte bei ihrer Beleidigung belustigt auf, ließ es jedoch unkommentiert. War klar, dass sie die Ans-Bett-fessel-Nummer nicht so schnell vergessen würde.

»Mich würde nur interessieren, warum jetzt der Sinneswandel?«

»Darum! Nimm es einfach hin und nerv mich nicht weiter. Denn so schnell, wie ich mit dem Helfen angefangen habe, kann ich auch wieder aufhören«, entgegnete ich ihr scharf und schenkte ihr einen bestimmten Seitenblick, ehe ich mich wieder auf die Straße konzentrierte. Nun schnaubte sie auf, jedoch nicht wie ich belustigt, sondern angepisst und verschränkte passend dazu ihre Arme vor der Brust.

Wir schwiegen eine angenehm lange Zeit. Ich hatte beschlossen, so weit zu fahren, bis es dunkel werden würde. Erst dann würde ich im nächsten Ort halten und dort würden wir uns ausrüsten und eine Unterkunft suchen. Leider machte sie mir einen Strich durch meine schöne Rechnung. Schon nach den ersten Stunden beschwerte sie sich darüber, dass sie Hunger hätte. Ich ignorierte sie und fuhr weiter, doch als dann das nächste natürliche Bedürfnis dazukam, war ich gezwungen, meinen Plan früher als gewünscht in die Tat umzusetzen. *Frauen!*

In irgendeinem kleinen Kaff nahe Havanna hielt ich an einem nicht ganz so billig wirkenden Motel und checkte unter falschen Namen ein.

Im Zimmer angekommen eilte sie sofort ins Bad. Ich hatte recht gehabt: Das Zimmer war nicht so schäbig wie das letzte. Eigentlich war es ganz nett eingerichtet. Sogar eine kleine Kaffeemaschine, ein Wasserkocher und weitere Kleinigkeiten, die dem Gast einen angenehmen Aufenthalt bescheren sollten, standen noch in dem gemütlich eingerichteten Raum verteilt.

Als ich dann einen Moment später die Dusche hörte, beschloss ich, mir ein Handy zu organisieren und uns etwas zu essen. Das letzte Vernünftige war schon viel zu lange her und bei ihr wahrscheinlich noch länger.

Ich fragte den Motelbesitzer, wo ich beides herbekam. Er wies mir den Weg zu einem Schnellimbiss und einem Elektronikladen, die sich gleich ums Eck befanden und somit zu Fuß erreichbar waren. Ich machte mich auf den Weg und zog dabei genervt meine Kippen aus meiner versifften Hose. Dass der Kerl nichts über meine blutverschmierten Sachen gesagt hatte, lag einfach daran, dass ich ihm ein dickes Bündel Scheine über den Tresen geschoben hatte, als sein Blick immer misstrauischer geworden war.

Endlich den ersten Zug genommen ging ich die Straße entlang zu dem Handyladen. Als ich diese Station wenig später von meiner Liste streichen konnte und mit einem neuen Handy und dem passenden Zubehör den Laden verließ, wählte ich sofort die Nummer von Enzo.

Nach dem dritten Freizeichen nahm er mit einem schlechtgelaunten:

»Was?«, ab.

Ich begann augenblicklich breit zu schmunzeln, als ich seine Stimme hörte. Natürlich hatte ich mir Sorgen um ihn und unsere Männer gemacht. Schließlich hatte ich sie mitten in einem Krieg allein gelassen und dafür würde ich auch noch meine verdiente Tracht Prügel erhalten, das wusste ich.

»Ich bin's«, antwortete ich nur knapp und wartete auf seinen ersten von vielen Tobsuchtsanfällen.

»Fuck, Aleks!«, stieß er erleichtert aus.

Mein Schmunzeln wich einem breiten Grinsen. Der Penner hatte sich Sorgen um mich gemacht, und zwar so große, dass er mir nicht einmal für meine dumme Aktion den Arsch aufriss. Noch nicht.

»Scheiße, wo bist du zum Teufel?« Bei seiner Frage sah ich mich um.

»In einem kleinen Kaff nähe Havanna. Und ihr?«, fragte ich ihn.

»Wieder zu Hause«, antwortete er knapp, was mir sagte, dass nicht alles nach Plan gelaufen war.

»Was ist passiert?«, forderte ich zu wissen und verspannte mich.

»Der Milliardär«, war seine weitere knappe Antwort. Ich nickte, denn ich verstand.

Scheiße, ich kannte den Spinner alias Ian Davis, den milliardenschweren Womanizer von New York, zwar nicht wirklich gut, doch für Logan tat es mir leid. Er hatte seinen Bruder verloren und ich mochte ihn und seine ironische Art irgendwie. Das hätte nicht passieren dürfen.

Logan war ein guter Kerl unter den Dämonen. Er hatte das Herz am rechten Fleck – was selten war in unseren Kreisen und ihm sicherlich den ein oder anderen Ärger eingehandelt hatte. Dennoch hielt ich viel von ihm, schon allein, weil er es damals gewesen war, der Enzo von der Yacht gerettet hatte und dabei beinah selbst draufgegangen war.

»Bist du fertig mit Trauern? Darf ich dir jetzt den Arsch aufreißen?«, brummte er mir schlechtgelaunt in den Hörer. Ich schüttelte amüsiert den Kopf. Typisch Enzo.

»Ja. Leg schon los. Lieber jetzt am Telefon, als wenn ich vor dir stehe«, scherzte ich und auch er konnte sich ein amüsiertes Schnauben nicht verkneifen.

»Wichser!«, sagte er und ich konnte das Schmunzeln in seiner Stimme hören. *Ja, ich hab dich auch vermisst, mein Freund.*

»Klärst du mich jetzt auf? Wann kommst du wieder nach Hause? Und wo ist die Kleine, weswegen du überhaupt so dumm gehandelt hast?«, löcherte er mich untypisch für den Hunter, der sonst alle Antworten wusste.

»Es lief … nicht ganz nach Plan. Also rechne nicht so bald mit mir.«

»Nicht nach Plan? Welchen verfickten Plan denn, Aleks?! Du bist Hals über Kopf einfach auf und davon, um ein fremdes Mädchen zu retten«, fuhr er mich angepisst an.

»Ein Kind!«, hielt ich streng dagegen.

Enzo seufzte angestrengt. Damit hatte ich ihn entwaffnet, denn er hatte jedes Recht verwirkt, mir einen Vorwurf zu machen, was Kinder und deren Rettung betraf, und das wusste er.

»Okay. Und was ist in deinem ach so durchdachten Superplan schiefgelaufen?«, fragte er mich zynisch.

»Nicht etwas … jemand. Und dann noch einiges mehr. Es ist kompliziert und ich habe jetzt auch keine Zeit, alle Einzelheiten meiner Dummheiten in den vergangenen 24 Stunden zu wiederholen. Ich brauche deine Hilfe und ja, es wird dir alles andere als gefallen, und ja, du darfst mich danach, wenn ich es hier lebend rausschaffe, umbringen. Aber jetzt brauche ich dich, mein Freund.«

Ein verächtliches Schnauben und viele unaussprechliche Flüche später hatte sich Enzo wohl wieder etwas beruhigt.

»Also eine Frau, hm? Dein Ernst, schon wieder?«

Ich mahlte bei seinem Spruch kräftig mit dem Kiefer. War klar, dass er auf den alten Kamellen herumreiten würde. Da spannte man ihm einmal die Frau aus und schon musste man es sich ein Leben lang anhören.

»Nein, so ist es nicht. Es geht hierbei nur um die Kleine. Die Nervensäge habe ich als Bonus für meine Sünden obendrauf bekommen«, spottete ich bitter.

»Aha. Und wie soll ich dir jetzt helfen? So am Arsch der Welt? Und wie hast du es aus dem scheiß LKW geschafft?!«, wollte Enzo von mir wissen.

Ich fuhr mir mit der Hand über den Nacken. Gleich würde er mir doch den Kopf abreißen.

»Auf die übliche Art, du weißt schon.«

»Fuck, Aleks! Wir haben gerade erst einen Krieg hinter uns, eigentlich zwei. Und jetzt baust du so eine Scheiße? Dein Ernst? Der Menschenhändlerring? Musste es wirklich gleich der gesamte verfickte Ring sein?!«, brüllte er durch den Hörer.

»Hilfst du mir jetzt oder nicht?«

»Nein!«, brummte er schlechtgelaunt.

Erneut schmunzelte ich über ihn und seinen Dickschädel. Doch ich konnte ihn ja verstehen. Ich nahm ihm die Ich-spreng-mich-für-mein-Mädchen-in-die-Luft-Nummer auch noch übel. Das hätte nicht sein müssen. Und bei mir ging es hierbei ja nicht mal um diese Art von Mädchen. Es ging um das Kind. Nicht um das rothaarige Gör aka mein Anhängsel.

»Wann und wohin soll ich kommen?«, fragte er mich nach einem Moment der Stille.

»Noch nirgendwohin. Ich muss erst einmal Informationen sammeln. Allein bin ich unauffälliger. Ich will alles über den Ring hier herausfinden. Wie die Verkäufe ablaufen. Wie viel Zeit im Schnitt zwischen dem Verladen und dem Verkauf der Mädchen vergeht. Und wie ich am besten dort als Käufer reinkomme. Joe soll sich schlaumachen und mir alles sagen, was er weiß. Und das so schnell wie möglich. Ich habe keine Ahnung, wie lange wir unbemerkt bleiben.«

»Alles klar. Hast du Waffen und Geld?«, fragte Enzo mich.

»Ja«, war meine knappe Antwort. Er konnte sich wahrscheinlich denken, wie ich an all das kam, und bohrte nicht weiter.

»Ich melde mich, sobald ich etwas habe. Und du passt auf, dass du nicht heldenhaft draufgehst. Wir wissen ja, dass du zu Dummheiten neigst, wenn eine Frau im Spiel ist«, ermahnte er mich.

Ich verdrehte darauf nur die Augen und legte kommentarlos auf. Es war alles gesagt und ich musste allmählich zu ihr zurück. Ich traute ihr immer noch nicht ganz und wollte sie nicht auf dumme Ideen bringen, die sie zwangsläufig bekommen würde, wenn sie jetzt noch länger allein war.

Also besorgte ich vom Imbiss noch schnell etwas zu essen und zu trinken für uns, dann sah ich zu, dass ich zurück zu ihr kam.

Um den Wagen sollte ich mich zwar eigentlich auch noch kümmern, schließlich würden sie ihn sicher suchen, aber das verschob ich auf morgen. Ich brauchte Schlaf und musste mir überlegen, wie es weiterging. Wie ich weiter vorgehen wollte.

Als ich unser Motelzimmer betrat, erstarrte ich in der Bewegung und blickte auf ihren nackten Pfirsicharsch, der sich mir in einer aufreizenden Pose präsentierte. *Fuck!*

Sie war gerade dabei, sich mit einer kleinen Probepackung Hautcreme einzucremen. Dafür hatte sie ein Bein auf dem Bett abgestellt, um überall gut heranzukommen.

Warum habe ich dich gleich noch einmal gerettet?!

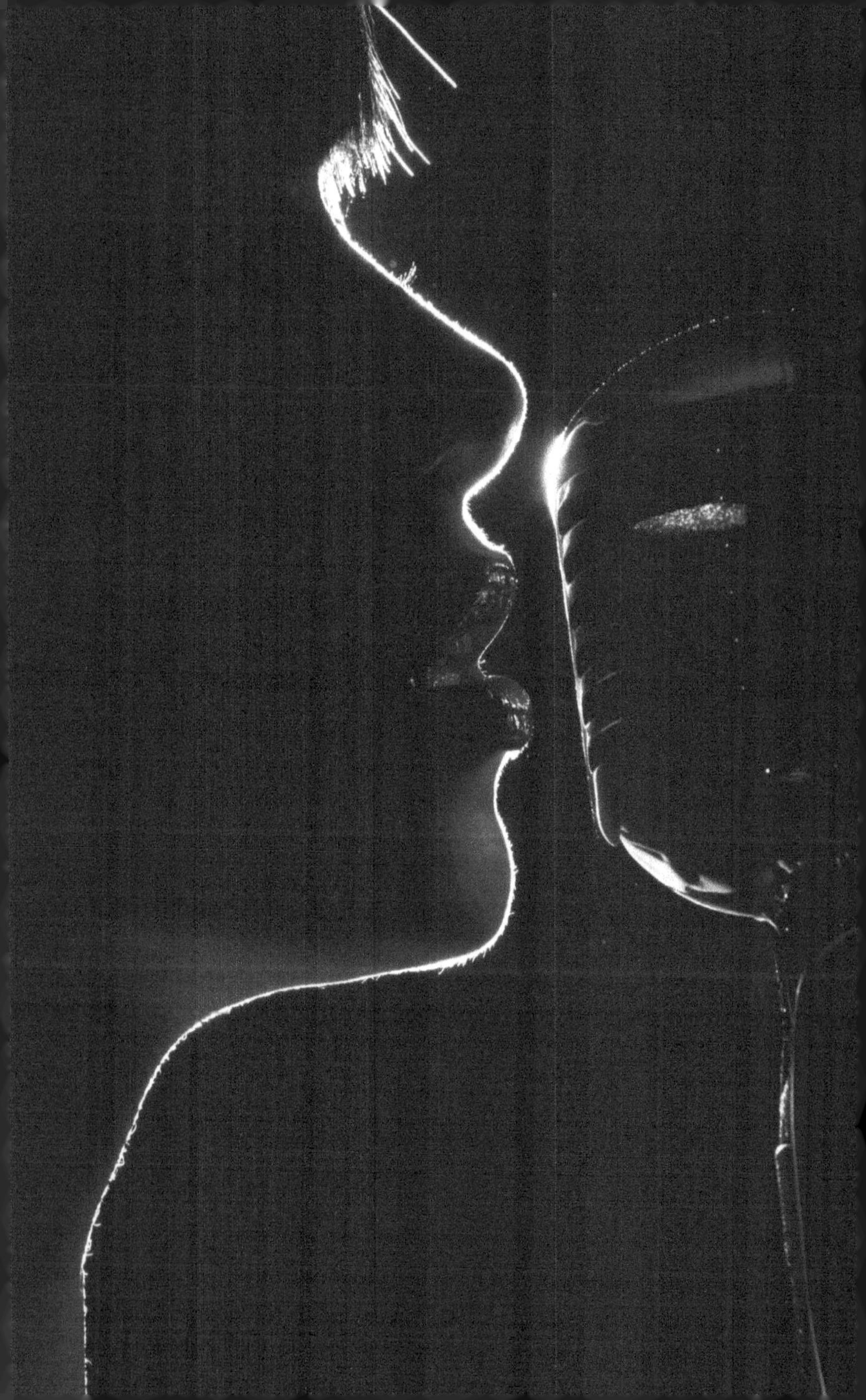

Kapitel 14

Sie

Ich hatte ihn schon im Augenwinkel gesehen und kurz darüber nachgedacht, panisch nach meinem Handtuch neben mir auf dem Bett zu greifen und mich zu bedecken. Doch da er wie erstarrt einfach in der Tür stehenblieb, dachte ich mir, es wurde Zeit für meine Revanche.

Mit einem kleinen Schmunzeln auf den Lippen schenkte ich ihm einen kurzen Blick über die Schulter, ehe ich mein Bein vom Bett nahm und das andere darauf abstellte, um nun dieses ebenfalls einzucremen. Die Tür fiel ins Schloss und die Tüte, die er mitgebracht hatte, raschelte. Er musste sie auf dem Tisch hinten in der Ecke abgestellt haben.

In aller Seelenruhe cremte ich weiter mein Bein ein. Angefangen von meinem Fuß langsam über meine Wade und immer weiter nach oben bis zu meinem Schenkel, um dann an meinem Hintern zu enden.

Als ich mir erneut etwas Creme aus der kleinen Probetube in meine Hand gab, um noch einmal äußerst gewissenhaft eine zweite Schicht aufzutragen – wer wollte schon trockene Haut haben? –, spürte ich ihn plötzlich ganz dicht hinter mir. Doch ich hielt nicht in der Bewegung inne und fuhr unbekümmert fort. Wenn er meinte, er war der Einzige, der unfair spielen konnte, dann hatte er sich geschnitten.

Ich wusste nun oder hoffte einfach, ihn richtig einzuschätzen, dass er mir nichts tun würde, das gab mir die

Gewissheit, endlich wieder ich sein zu können. Aber warum sollte er mich denn sonst zweimal retten, nur um mir am Ende doch etwas anzutun? Nein, das ergab keinen Sinn. Zumal er es ja im Auto vorhin selbst gesagt hatte: Er würde mir nichts tun und ich glaubte, ihn soweit einzuschätzen, dass er ein Mann war, der sein Wort hielt. Der Ehre besaß, auch wenn er solch einen dunklen Dämon in sich trug, der zu derart schrecklichen Taten wie die der vergangenen 24 Stunden fähig war.

Warum ich dennoch dieses gefährliche Spielchen einging, obwohl ich mir im Klaren darüber war, zu was er fähig war? Ganz ehrlich, ich wusste es nicht so genau. Wahrscheinlich, weil es mich ärgerte, dass nur er mir solche Reaktionen auf ihn und seinen Körper entlocken konnte. Und vielleicht, weil mich dieses kleine Spiel zwischen uns, bevor ich ihm in die Eier getreten hatte, angemacht hatte. Dieser Machtkampf, das Knistern, das Verbotene, all das reizte mich.

Auf einmal spürte ich seine raue Hand, wie sie mir von meinem Steiß bis nach oben meinen gesamten Rücken langsam entlangwanderte. Ein wohliger Schauer begleitete seine Finger meine Wirbelsäule entlang, bis dieser von einer Gänsehaut abgelöst wurde, die sich über meinen gesamten Körper zog und auch meine Nippel hart werden ließ. *Scheiße!*

»Dieses Spiel ist zu gefährlich für dich, kleine Lady«, raunte er mir mit seiner tiefen Stimme dicht von hinten in mein Ohr. Dafür hatte er sich vollständig über mich gelehnt und bedeckte meine gesamte Kehrseite mit seinem stählernen Körper. Ich schluckte hart, schließlich wusste ich, was sich unter den Klamotten verbarg.

Noch immer stand ich mit einem Bein auf dem Bett abgestellt und er direkt hinter mir. Ich spürte sein Herz kräftig in seiner Brust schlagen und seinen Schwanz, wie er sich allmählich in seiner Hose aufstellte und sich gegen meinen Arsch drückte. Die Bilder von gestern Nacht schoben sich in mein Hirn und erinnerten mich daran, wie gut bestückt er doch war.

Seine Worte weckten das Biest in mir, statt mich zum Aufhören zu bewegen. Ich wollte mit ihm spielen, sehen, wie er auf mich und mein Tun reagierte und wie weit ich ihn treiben konnte. Er hielt mich für ein anständiges Mädchen, doch das war ich noch nie gewesen. Schon immer hatten mich die Schatten, das Verbotene mehr angezogen als das Licht. Und er war so herrlich dunkel. Seine düstere Aura, sein Auftreten, der Dämon in ihm, der doch einen kleinen Fleck Helligkeit in sich trug … – denn er handelte nicht ausschließlich böse. Sonst wäre ich wohl nicht hier und er wäre niemals in dem verdammten LKW gelandet.

Ich wollte unbedingt herausfinden, was für eine Art Mann er war, und ich war mir sicher, es am besten über diesen Weg herauszufinden. Also blickte ich leicht über meine Schulter, schenkte ihm einen filmreifen Augenaufschlag und lächelte mein freches Lächeln.

»Welches Spiel meinst du?«, fragte ich ihn unschuldig und drückte meinen Arsch noch etwas mehr gegen seinen pochenden Schwanz in seiner Jeans.

Ein drohendes Knurren presste sich aus seiner Kehle, dann ließ er unerwartet von mir ab. Doch nur, um mich in der nächsten Sekunde grob in meinem Nacken zu packen und mich mit bestimmendem Griff und einer schnellen Bewegung zu sich umzudrehen.

Mein Atem hatte sich beschleunigt und doch blieb ich ganz ruhig vor ihm stehen und sah ihm mit erhobener Augenbraue trotzig entgegen. Wenn er meinte, das würde mich beeindrucken, musste er sich etwas mehr anstrengen. Außerdem war sein steifer Schwanz in seiner Hose für mich Beweis genug, dass das hier zu meinen Gunsten laufen würde.

»Ganz vorsichtig, Missy! Fang nichts an, das du nicht

beendest. Ich bin kein Mann für halbe Sachen und ich bin sicher kein Mann, mit dem du eben mal deine kleinen Spielchen spielen kannst. Gehst du jetzt weiter, gibt es kein Zurück mehr. Also überleg es dir gut!«

Seine Stimme war tief und es sollte eine ganz klare Drohung sein und doch schrie alles in mir, hier und jetzt weiterzugehen. Keine Ahnung, warum, schließlich war er ein Arschloch und Mörder. Und doch reizte mich alles an ihm.

Es war, als würde er mich wie einen Magneten anziehen, ich konnte gar nichts dagegen tun. Und jede Aktion von ihm führte automatisch zu einer Reaktion von mir und andersherum. Als wären wir machtlos, als sollte es nicht anders sein. Außerdem hatte ich mir geschworen, keine Verliererin mehr zu sein. Mir alles zu holen und zu nehmen, was ich wollte, da ich meine gesamte Jugend auf alles, was ich mir so sehr wünschte, hatte verzichten müssen. Daher würde ich sicher nicht mehr zu diesem traurigen, kleinen Mädchen werden, das ihren Träumen nachjagte. Das sich nicht nahm, was sie wollte.

Er war also kein Mann für halbe Sachen?! Gut! Denn ich war auch keine Frau für diese. Ich wollte dieses Mal gewinnen und ich wollte ihm zeigen, wer ich wirklich war.

Noch immer stand er dicht vor mir. Seine Hand weiterhin fest in meinem Nacken und sein muskelbepackter Körper gegen meinen gepresst sah er mit harter Miene auf mich herab.

Ein kleines Schmunzeln zupfte an meinen Mundwinkeln, ehe ich mir auf meine Unterlippe biss und ihn damit in den Wahnsinn zu treiben schien. Denn augenblicklich wurde sein Griff in meinem Nacken fester, sein Blick dunkler und sein gesamter Körper spannte sich unter seinen Klamotten an. Ich spürte das Zucken und Arbeiten seiner ausgeprägten Brustmuskeln. Seine Adern an seinen starken Armen, wie sie sich immer deutlicher abzeichneten, und seine große Beule, die er in seiner Hose nun wirklich nicht mehr verstecken konnte.

Aleks rang um Beherrschung, was mich amüsierte, denn ich dachte, er besäße keine. Doch ich wollte mehr. Wollte seinen Kontrollverlust, den ich verursachte. Wollte ihn in den Wahnsinn treiben und die Macht über unser Spiel. Es gewinnen.

»Und ich bin keine Frau für halbe Sachen«, schnurrte ich ihm ins Ohr und brachte einen winzigen Abstand zwischen uns, damit meine Hand zu seiner Beule finden konnte. Als ich ihn über seiner Hose berührte, zuckte er gierig und ich entlockte Aleks dadurch ein tiefes Brummen.

Nicht ganz sicher, ob es erregt oder drohend gemeint war, fuhr ich dennoch weiter fort, um es herauszufinden. *Wie weit ich wohl noch gehen kann, bis du dich völlig vergisst?!*

Ich wollte es unbedingt herausfinden. Wollte wissen, was für eine Art Mann hinter dieser ernsten Miene steckte.

Meine Hand rieb mit Druck über seinen bereits steinharten Schwanz. Was dazu führte, dass es zwischen meinen Schenkeln zu kribbeln begann. Ich spürte bereits meine Nässe und wie sich mein ganzer Unterleib erregt zusammenzog. Meine Klit pochte und forderte nach Aufmerksamkeit.

Haltsuchend presste ich meine Schenkel zusammen und biss mir noch etwas fester auf meine Unterlippe. Das Ziehen und die Hitze, die durch meinen Unterleib gingen, wurden beinah übermächtig. Ich spielte bereits verrückt und dabei hatte er noch nicht einmal etwas getan. *Scheiße! Was machst du hier nur mit mir?!*

Sollte das nicht eigentlich anders ablaufen? Sollte nicht ich ihn verrücktmachen und in den Wahnsinn treiben und nicht umgekehrt?! Obwohl er nicht einmal etwas dafür tat. Oder war es genau deswegen, dass ich dabei war, meinen Verstand zu verlieren, weil er mich nicht anfasste, mich nicht zärtlich berührte und meiner Klit nicht ihre gewünschte Aufmerksamkeit gab, nach der sie so laut schrie? *Verdammt!*

Als würde er in meinen Kopf blicken und jeden meiner Gedanken erfassen können, begann er spitzbübisch zu grinsen. Shit, dieses Lächeln gab mir den Rest!

Seine andere Hand wanderte von meiner Seite nach oben und steckte meine Haut in Brand. Und als er meine Brust in die Hand nahm, sie leicht knetete, keuchte ich erregt auf und massierte seine Länge gleich noch etwas energischer. *Mist! Was habe ich da nur angestellt?! Ich wollte doch nur mit dir spielen? Und jetzt?*

Als würde er auf meine stumme Frage antworten wollen, schubste er mich grob nach hinten und somit aufs Bett. Ungeduldig zog er sich sein Shirt über den Kopf und schon war er über mir.

Aleks presste mich mit seinem gesamten Prachtkörper in die Matratze, ehe seine weichen Lippen meinen Hals berührten und er mich mit seinem sanften Lippenspiel dort um den Verstand brachte.

Augenblicklich schlang ich meine Beine um seine Mitte, nun gab es kein Halten mehr. Ich wollte ihn – und das hier und jetzt! Egal was vorher gewesen war oder danach sein würde. Ich verschwendete keinen Gedanken daran, sondern wollte einfach nur, dass er mich mit seiner Länge ausfüllte. Mich hart nahm und mich für einen kurzen Moment all den Scheiß um uns herum vergessen ließ.

Seine Lippen bahnten sich einen Weg über meinen Hals weiter runter über mein Schlüsselbein und endeten bei meinen Brüsten. Er hinterließ eine feuchte Spur an Küssen auf meiner erhitzten Haut und sorgte dafür, dass ich innerlich verglühte.

Mit seiner Zungenspitze an meinen Nippeln trieb er mich noch mehr in den Wahnsinn und entlockte mir einen erregten Laut nach dem anderen. Ich hielt es kaum noch aus.

Mit meinen Fingern erkundete ich seinen warmen und muskulösen Oberkörper. Genoss es, wie seine Muskeln unter meinen zarten Streicheleinheiten zuckten und sich zusammenzogen. An seinem Hosenbund angekommen öffnete ich einen Knopf nach dem anderen, dann den Reißverschluss, ehe ich mit meinen flinken Fingern in seine Jeans und unter seine Shorts glitt. Ein Knurren entwich ihm, als ich seine Härte in die Hand nahm und ihn langsam durch meine Faust gleiten ließ.

Ich spürte bereits meine Nässe, wie sie meinen Schenkel benetzte, so sehr erregte mich all das hier. Und als seine Lippen dann noch von meinen Brüsten abließen und über meinen Bauch nach unten wanderten, drohte ich bereits jetzt schon zu explodieren, obwohl er mich noch nicht einmal dort unten berührt hatte.

Plötzlich kniete er sich vor das Bett, dann packte er mich an meinen Fußfesseln und zog mich mit einem kräftigen Ruck, der mich leise quietschen ließ, über das Bett, bis meine Beine über die Kante baumelten. Ein freches Grinsen von ihm, dann tauchte er ab und ließ meinen gesamten Körper erbeben.

Meine Beine hatte er sich über seine breiten Schultern gelegt, um besseren Zugang zu haben.

Als sein heißer Atem meine Schamlippen streifte, stöhnte ich leise auf. Und dann glitt seine Zunge endlich grob durch meine unteren Lippen. *Oh, verdammt.*

Sofort krallte ich mich haltsuchend in das Bettlaken und biss mir fest auf die Unterlippe, um nicht das Zimmer mit meinem lauten Stöhnen zu füllen.

Seine Zunge leistete erstklassige Arbeit, wie sie erst langsam und zärtlich, dann immer kräftiger und gröber über meine pochende Perle leckte. Als er dann meine Nässe schmeckte und seine Zunge in diese eintauchte, brummte er sexy auf und schickte mich damit über die Klippe. Ich spannte meinen ganzen Körper an, schrie und stöhnte und ließ mich von diesem einmaligen Orgasmus überrollen und forttragen, zuckte und zitterte.

Völlig erschöpft und wie benommen sackte ich auf der Matratze zusammen. Ich wusste nicht, ob mir ein Mann jemals solch einen intensiven Höhepunkt beschert hatte, und verdammt … das war bloß seine Zunge gewesen, was zum Teufel konnte er dann alles mit seinem Schwanz anstellen?!

Mit einem sexy Lächeln, das mich gleich wieder schwach werden ließ, erhob er sich und zog sich die Hose unter seinen Knackarsch. Dann packte er mich und drehte mich in einer schnellen Bewegung auf den Bauch, wies mich an, ihm meinen Arsch zu präsentieren. Mir gefiel, dass er genau wusste, was er wollte, und dass er es sich auch nahm.

Mit einem lasziven Lächeln blickte ich ihm über die Schulter entgegen und sah dabei zu, wie er einmal mit seiner Faust genüsslich seine Länge nachfuhr und mich dabei nicht eine Sekunde aus den Augen ließ. *Scheiße, dieser Kerl macht mich verrückt!*

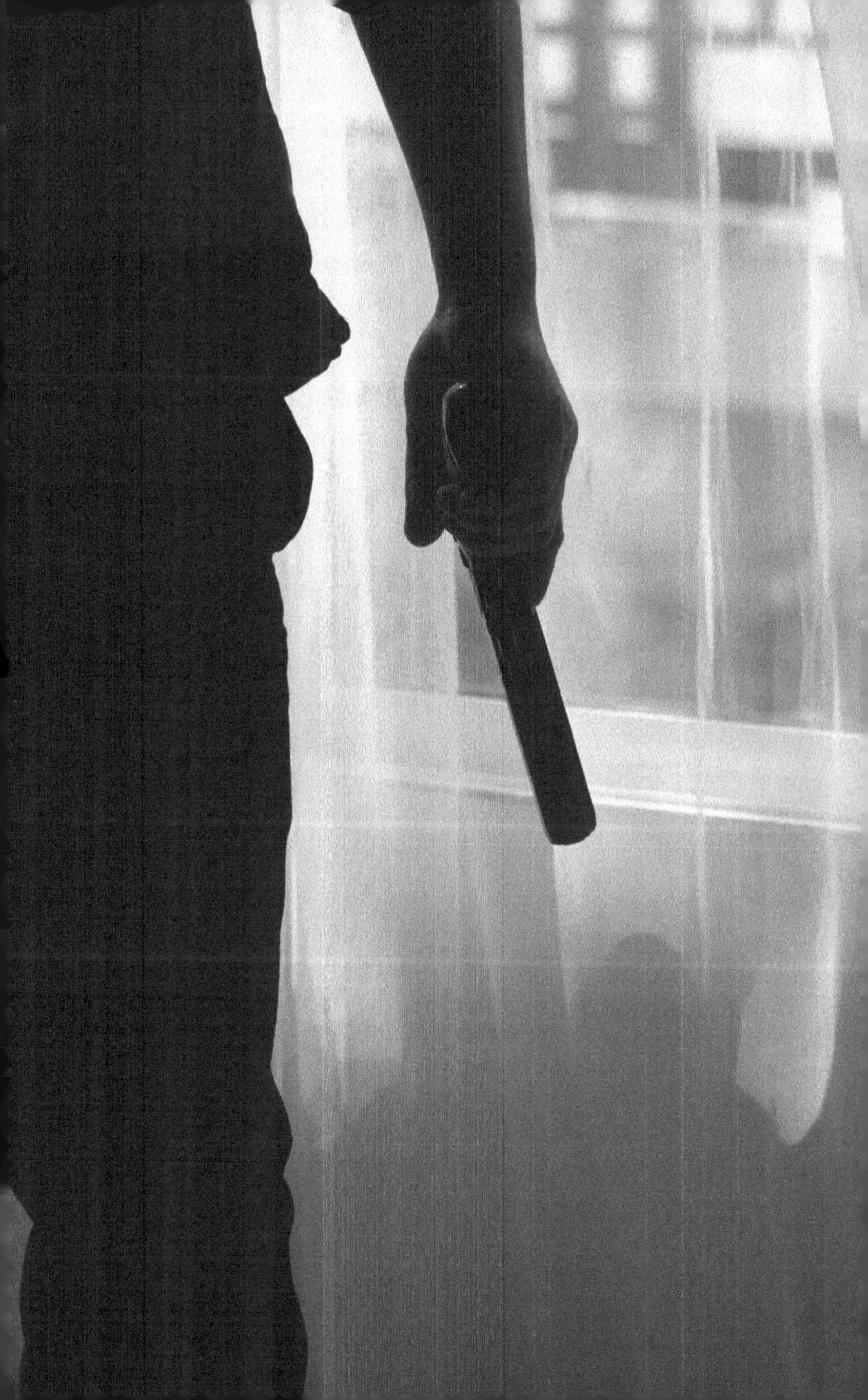

Kapitel 15

Er

Noch immer brachte ihr süßlicher Geschmack, der auf meiner Zunge haftete, meine Geschmacksnerven zum Explodieren. Allein ihre Nässe schmeckte so unglaublich gut und brachte mich um den Verstand … was würde dann bitte erst ihre enge Pussy in mir auslösen?

Ich sollte sofort abbrechen. Sollte sie einfach stehenlassen, meine Hose über meinen schmerzenden Schwanz ziehen und gehen. Ja, das sollte ich … und doch packte ich sie stattdessen an ihren schmalen Hüften, zog sie mir zurecht und trat dicht an sie heran. Führte meine heiße Spitze an ihre nasse Öffnung und knurrte erregt auf, als ich sie berührte.

Ich konnte mich nicht mehr beherrschen, beugte mich über sie und jagte ihr meine Zähne in ihre weiche Haut, während ich mich mit nur einem festen Stoß in sie versenkte, ihre Wände dehnte und sie endlich richtig spürte. Sie schrie und stöhnte darauf gleich noch einmal heiser auf.

Meine Finger gruben sich fest in ihr zartes Fleisch, damit ich sie, wenn ich sie gleich hart zu ficken begann, an Ort und Stelle halten konnte.

Langsam glitt mein Schwanz wieder aus ihrer verführerischen Enge. Er glänzte von ihrer Geilheit und dieses Bild machte mich gleich noch etwas wilder. Doch gerade als ich mich noch einmal tief in sie pressen wollte, klingelte mein neues Handy. Da leider nur ein Mensch auf dieser verschissenen Welt diese Nummer besaß, musste ich rangehen. Ob ich wollte oder nicht – und ich wollte gerade definitiv nicht!

»Verdammte Scheiße!«, knurrte ich missmutig über sein verschissenes Timing auf, dann ließ ich von ihr ab. Irritiert blickte sie sich zu mir um, doch als sie sah, dass ich meine Hose bereits wieder über meinen protestierenden Schwanz gezogen hatte, hob sie abschätzig ihre rote Braue und ließ sich mit ihrem süßen Pfirsicharsch auf die Matratze fallen. Ich ignorierte ihren feurigen Blick und reichte ihr stattdessen die Tüte mit dem Essen.

»Hier, iss«, damit nahm ich den Anruf entgegen und verließ das Zimmer.

»Scheiß Timing, Boss!«, knurrte ich ihm ungehalten in den Hörer, ehe ich zur Besinnung kam. Fuck! Hätte ich sie wirklich fast gefickt? Und das auch noch ohne Gummi?! Was war bloß los mit mir? Ja, sie war scharf, aber ich wollte sie nicht anrühren. Ich wusste, dass würde alles nur unnötig verkomplizieren. Das konnten wir beide nicht gebrauchen! *Scheiße, verdammt!*

»Warum scheiß Timing?«, fragte Enzo alarmiert, weil er wohl glaubte, er hätte mich in einer gefährlichen Situation erwischt. Hatte er auch irgendwie, nur anders, als er jetzt vielleicht dachte.

»Nichts. Alles gut. Hast du was für mich?«, lenkte ich ab, fuhr mir verzweifelt durch mein wildes Haar und lehnte mich mit dem Rücken gegen die Wand neben unserer Zimmertür.

Er schwieg einen Moment, wog ab, ob er nun was dazu sagen oder mir den Arsch aufreißen sollte oder nicht. Denn Enzo war nicht dumm und er kannte mich besser als irgendjemand sonst. Doch er ließ es tatsächlich unkommentiert.

»Ja, einiges sogar. Aber das erklärt dir besser der Fachmann.« Damit reichte er mich an Joe weiter, ich hörte das Rauschen in der Leitung, dann leise Stimmen, bis die tiefe Stimme von Joe ertönte.

»Oh, Aleks, was hast du jetzt wieder für Scheiße gebaut?«, zog er mich auf und ich biss mir kräftig auf den Kiefer, damit ich ihm nicht den Arsch aufriss. Dieser verschissene Hulkverschnitt und seine dummen Sprüche.

»Da flüchte ich schon vor deinem schlechten Humor und er verfolgt mich sogar bis hierher«, konterte ich trocken.

Ein dröhnendes Lachen ertönte am anderen Ende der Leitung. Seufzend lehnte ich meinen Kopf an der Hauswand an und winkelte ebenfalls mein Bein an. Wartete darauf, dass er seinen Lachflash hinter sich brachte.

»Okay, versteh schon. Du hast schlechte Laune. Also, womit kann ich dienen?«, fragte er und konnte seinen belustigten Unterton nicht verbergen. *Penner!*

»Enzo wird dich sicher aufgeklärt haben. Also spuck's schon aus, was hast du für mich?!« Ich verlor meine Geduld und rieb mir müde die Augen.

»Dass du in der Scheiße steckst, das habe ich für dich.«

»Danke, dass weiß ich auch. Kommst du jetzt noch mit was Brauchbarem ums Eck, oder kann ich auflegen?«, schnauzte ich ihn an.

Sein dämliches Grunzen ließ mich drohend aufknurren. *Oh, wie ich diesen Arsch manchmal hasse!*

Ich hörte Enzo im Hintergrund mit ihm schimpfen. Er wusste, dass ich kurz davor war, mich zu vergessen.

»Okay, was willst du wissen?«, lenkte er schließlich ein.

»Wie viel Zeit im Schnitt zwischen dem Verladen der Mädchen und dem Verkauf, der Auktion, vergeht.«

Er überlegte kurz, ehe er antwortete.

»Meistens nicht lange. Vielleicht drei Tage, da sie die Ware natürlich in top Zustand bringen müssen. Es ist zu riskant, da die Treffen und alles Drum und Dran natürlich streng geheim sind. Zu solchen Auktionen kommst du nur mit einem Passwort und viel Papierkram rein.«

Ich blendete seine Art, zu denken, einfach aus. Joe war nun mal im Rotlichtmilieu tätig und sah diese Frauen bloß als seine Ware an. Nicht mehr und nicht weniger. Das war nun mal sein Geschäft und so war eben unsere Welt. Auch wenn ich nicht immer ganz einverstanden mit dieser Denkweise war.

»Und du hast das Passwort?«, fragte ich ihn hoffnungsvoll.

»Nein. Da ich selten Mädchen kaufe, sondern eher einstelle, wie du sicher weißt. Einen solchen Code bekommst du nur über Connections. Hast du keine Connections, hast du keinen Zugang. So einfach ist das.«

»Du hast doch sicher diese Art von Connection hier in Havanna, die mir weiterhelfen kann, dort reinzukommen?«, fragte ich ihn gereizt und rieb meine Nasenwurzel immer kräftiger.

Ein missmutiges Brummen ertönte, er wollte mir nicht wirklich helfen. Wollte seinen guten Namen nicht von mir beschmutzen lassen, da er wusste, was ich mit seiner Connection anstellen würde. Wir arbeiteten schon Jahre zusammen, gemeinsam an Enzos Seite. Er kannte mich und meine – unsere – Vorgehensweise, das musste ich ihm nicht erklären.

Joe war zwar eigentlich als Teil der Big Four höher als ich und eigentlich auch als Enzo gestellt, doch vor vielen Jahren hatte er sich diesem angeschlossen und sich ihm somit automatisch untergeordnet. Denn keiner aus unserer Truppe stand über dem Hunter von New York.

»Joe, spuck einen Namen aus!«, brüllte ich ihn ungehalten durch den Hörer an.

Mir lief die Zeit davon. Wenn Joe mit seiner Theorie recht hatte, blieben mir etwas mehr als 48 Stunden, um die Kleine zu retten. Aber dafür müsste ich sie erst einmal finden.

»Beruhig dich! Ich kann dir nur mit einem Mittelsmann dienen, den Rest musst du selber herausfinden. Sorry, Aleks, aber ich kann dir diese Art von Connection nicht durchgeben.

Das bedeutet meinen Tod und dann zwangsläufig den Tod von jedem, der mit mir unter diesem Dach wohnt. Willst du das?« *Wichser!*

Mir so zu kommen, war unfair. Er wusste, ich würde nie das Leben unserer Leute, von Enzo oder das der Prinzessin riskieren. Vor allem nicht ihres. Sie war Enzos Mädchen. Seine Göttin. Und ja, sie war mir immer noch verdammt wichtig. Auch wenn unsere Lovestory schon lange ein Ende gefunden hatte und ich dieser auch nicht nachtrauerte, da sie glücklich war und ich nie mehr gewollt hatte als das. So würde ich immer auf sie aufpassen, sie beschützen, dass ihr nichts passierte.

»Schick mir alles Wichtige!«, knurrte ich angepisst in den Hörer und legte auf.

Noch einen langen Augenblick blieb ich an Ort und Stelle stehen. Ich wollte nicht zu ihr rein, denn ich hatte nun wirklich weder die Lust noch die Geduld, um mit ihr zu diskutieren. Geschweige denn, in ihrer Gegenwart noch einmal so meine Beherrschung zu verlieren. Ich durfte sie nicht mehr anrühren und mich auch nicht mehr von ihr verführen lassen. Es brachte nur Probleme und ich brauchte nun einen klaren Kopf, wenn ich das alles hier wirklich durchziehen wollte.

Etwas verrückt war ich ja schon, das wusste ich. Doch ich hatte es nun mal versprochen und ich hielt mich an Versprechen, immer! Auch wenn ich ein Arschloch und Mörder war, so hatte ich meine Prinzipien – und an diese hielt ich mich.

Enzo zog mich und meine verkorkste Moralvorstellung immer auf und eigentlich hatte er recht. Es war lächerlich, zu behaupten, ich hätte so etwas wie Moral, denn eigentlich besaß ich diese nicht. Nicht, wenn es um meinen Job oder unsere Leute ging – meine Familie. Und doch gab es dort diese eine Grauzone. Ehre. Damit hatte man mich. Ich war ein Ex-Soldat und würde im Herzen auch immer einer bleiben.

Mit allem, was einen solchen ausmachte. So war ich nun mal und ich konnte es auch nicht mehr ändern. Also hieß es jetzt: Augen zu und durch. Ich würde die sexy Lady Marian nicht mehr anrühren und mir von ihr den Kopf verdrehen lassen.

Doch heute brauchte ich für diese Umsetzung Alkohol. Sehr viel davon. Schließlich musste ich bis morgen früh Zeit totschlagen, denn vorher würde mir Joe keine Informationen zukommen lassen können, das wusste ich. Schließlich musste er sich erst einmal unauffällig umhören und das auch noch aus der Ferne.

Also stieß ich mich von der Wand ab und machte mich auf den Weg zu einem Laden, den ich vorhin entdeckt hatte. Ich besorgte mir zwei Flaschen einheimischen Rum, den es hier an jeder Ecke zu kaufen gab, denn etwas Besseres hatten sie in diesem Kaff leider nicht, und ging zurück zu ihr.

Als ich das Zimmer betrat, versuchte ich sie, so gut es ging, zu ignorieren. Schwierig, wenn sie nur in einem viel zu knappen Handtuch auf dem Bett saß und mir feurige Blicke zuwarf. *Scheiße, bloß nicht dran denken, was sich darunter verbirgt.*

Schwer seufzend ließ ich mich auf einem der Stühle hinten in der Ecke nieder, legte meine schweren Stiefel auf dem Tisch ab und schraubte die erste Flasche auf, die andere stellte ich neben mir auf den Boden. Nicht sicher, ob ich diese nicht auch noch köpfen würde. Doch erst einmal galt es, abzuwarten, was die kleine Lady dazu zu sagen hatte. Denn dass sie etwas zu sagen hatte, war klar.

Und ich behielt recht. Es dauerte keine fünf Minuten, da platzte ihr der Kragen.

»Sag mal, was soll der Scheiß?«, fuhr sie mich scharf an. Ich schenkte ihr einen abschätzigen Blick und nahm noch einen kräftigen Schluck aus der Flasche.

»Was soll sein, Missy?«, fragte ich sie gelangweilt und sah sie unbeeindruckt an.

Ja, das war nicht nett, doch sie sollte gleich verstehen, wie das nun zukünftig mit uns weitergehen würde. Nämlich gar nicht!

Kurz hielt sie inne und sah mich irritiert an. Ich glaubte, eine Art Verletztheit in ihren hellen Augen aufflackern zu sehen, doch ich versuchte, dem keine Bedeutung zu schenken. Es war besser so. Für sie, mich, uns beide und für die Kleine, um die es hier ja schließlich ging.

»Wer hat dich gerade angerufen, dass du jetzt so ein Arschloch bist?«, fragte sie mich geradeheraus.

Ich wusste, worauf sie anspielte. Sie dachte, ich hätte eine Freundin, und nun würde das schlechte Gewissen an mir nagen, dass ich sie fast gefickt hätte. Und fast war ich gewillt, ihr diesen Gedanken zu lassen. Doch ich war nicht so ein Mann und würde es auch nie sein. Wenn ich Lust zu ficken hatte, dann fickte ich wen und wann ich wollte. Frau hin oder her. Aber da ich kein Mann für eine feste Beziehung war, was der kleine Ausrutscher mit der Prinzessin schon bewiesen hatte, musste ich diesen auch nicht spielen.

»Missy, ich bin von Grund auf so ein Arschloch. Das hätte dir der Berg an Leichen in den vergangenen Stunden schon sagen sollen. Ich kann nichts für deine schlechte Menschenkenntnis. Und jetzt tu mir einen Gefallen und fuck mich nicht weiter ab, nur weil es dir zwischen den Schenkeln juckt und ich gerade zur Verfügung stehe. Wenn du geil bist, mach's dir entweder selbst oder such dir jemanden, aber nerv mich nicht damit.« Mein Blick wanderte von ihrem entsetzten Gesichtsausdruck Richtung Zimmerdecke. Ich hatte alles gesagt, was ich zu sagen hatte. Das Thema war für mich erledigt und sie sollte mich mehr als deutlich verstanden haben. Dachte ich.

»Wichser!«, zischte sie wütend. Ich schmunzelte leicht.

»Ja, auch das bin ich. Soll das jetzt die ganze Nacht so

weitergehen? Wir müssen morgen früh raus, einiges erledigen. Schließlich liegt dir die Kleine am Herzen. Ich halte mich nur an mein Wort. Aber wie ich schon sagte: So schnell, wie ich mit dem Helfen angefangen habe, kann ich auch wieder aufhören. Vor allem, wenn man mir auf den Sack geht!«, mahnte ich sie streng und schenkte ihr einen dementsprechenden Blick, ehe ich wieder zur Zimmerdecke sah.

Ein verächtliches Schnaufen, doch mehr kam tatsächlich nicht von ihr.

Es war einige Zeit still. Ich hatte nur hin und wieder gehört, wie sie sich auf dem Bett bewegte. Wahrscheinlich, um sich hinzulegen.

Ich vermied noch immer den Blick auf sie. Zum einen, weil ich nicht wieder in einer Diskussion mit ihr enden wollte, und zum anderen, weil Selbstgeißelung jetzt nicht so mein Ding war, was ich jedoch tun würde, wenn ich sie weiter in diesem knappen Handtuch ansehen musste.

Einen kräftigen Schluck nach dem anderen nahm ich, bis ich plötzlich in der Bewegung, einen weiteren zu nehmen, innehielt, als ich ein ganz bestimmtes Geräusch von ihr wahrnahm. *Das machst du kleines Miststück jetzt nicht, oder?!*

Langsam löste ich die Flasche von meinen Lippen und sah zum Bett, auf dem sie lag und von dem aus sie mir einen der schlimmsten Kopffickanblicke bescherte, den ich je gesehen hatte. *Fuck! Du bist gefährlich!*

Mit dem Kopf in meine Richtung lag sie auf dem Bett. Die Beine aufgestellt und weit gespreizt, das Handtuch aufgefächert präsentierte sie mir ein Bild für die Götter. Wie sie sich selbst befriedigte, mit kreisenden Bewegungen mit ihrer Perle spielte, die ich vorhin noch mit meiner Zunge umkreist hatte. Mit der anderen Hand knetete sie kräftig ihre Brüste, zwickte sich sogar selbst in die Nippel und stöhnte dabei leise auf. *Du spielst unfair, kleine Lady!*

Geräuschvoll stellte ich die Flasche auf dem Tisch ab. Ich konnte mich kaum noch beherrschen. Sie blickte mich kopfüber an und ein freches Lächeln schlich sich auf ihre sinnlichen Lippen, ehe ihr ein weiteres heißes Stöhnen entwich. Ihre Bewegungen an ihrer Klit wurden immer drängender, ihr Rücken drückte sich immer wieder leicht durch und sie präsentierte mir ihren sexy Körper in aufreizender Pose.

Mit einem Ruck erhob ich mich, als ihre Finger in ihrer feuchten Pussy, die ich vorhin noch so vorzüglich mit meiner Zunge gefickt und geschmeckt hatte, eintauchten. *Ich muss hier weg!*

Und doch blieb ich wie angewurzelt stehen und sah ihr wie hypnotisiert dabei zu, wie sie sich selbst befriedigte. Genauso, wie ich es ihr zur Wahl gestellt hatte. Wer hätte denn gedacht, dass dieses kleine Biest das wirklich tun würde?! Nun wusste ich es und würde beim nächsten Mal nicht solch einen Fehler begehen. Sie war keine Frau, mit der man so einfach spielen konnte. Eigentlich waren wir uns sehr ähnlich und doch konnten wir verschiedener nicht sein.

Ihr Stöhnen wurde immer lauter und ihr Körper zuckte bereits verräterisch. Sie stand kurz vor dem Höhepunkt und ich wusste nicht, wie lang ich noch standhaft bleiben könnte. Und wenn ich gedacht hatte, dieses kleine Biest würde nicht noch einen draufsetzen können, so wusste ich es spätestens jetzt besser. Denn unerwartet und kurz vor ihrem Orgasmus zog sie ihre Finger aus ihrer Pussy, blickte mich intensiv an und fickte mit dem Nächsten vollends meinen Kopf.

Sie führte ihre verführerisch glänzenden Finger zu ihren Lippen und ließ sie dann zwischen ihnen verschwinden. Sie kostete sich selbst und leckte und saugte an ihren eigenen Fingern, als hätte sie meinen Schwanz im Mund.

»Fuck!«, entfuhr es mir knurrend und ich stürmte mit der Flasche Rum vom Tisch bepackt aus dem Zimmer. Mit einem lauten Knall zog ich die Tür in meinem Rücken zu und ging zu unserem geklauten Wagen.

Dann hieß es wohl, die Nacht im Auto zu verbringen, denn bei ihr und vor allem in diesem Zimmer konnte ich heute unmöglich schlafen. Alles würde nach ihrer verführerischen Nässe und Geilheit riechen. Ich bildete mir ein, den süßlichen Geruch in der Nase zu haben, und trank schnell einen kräftigen Schluck, um alles zu betäuben, was diese kleine Hexe gerade in Bewegung gesetzt hatte.

Mein gesamter Körper stand unter Storm und mein Schwanz drückte sich so kräftig von innen gegen meine Hose, dass es bereits schmerzte.

Fuck! Ich werde dich kleine Lady nie wieder unterschätzen.

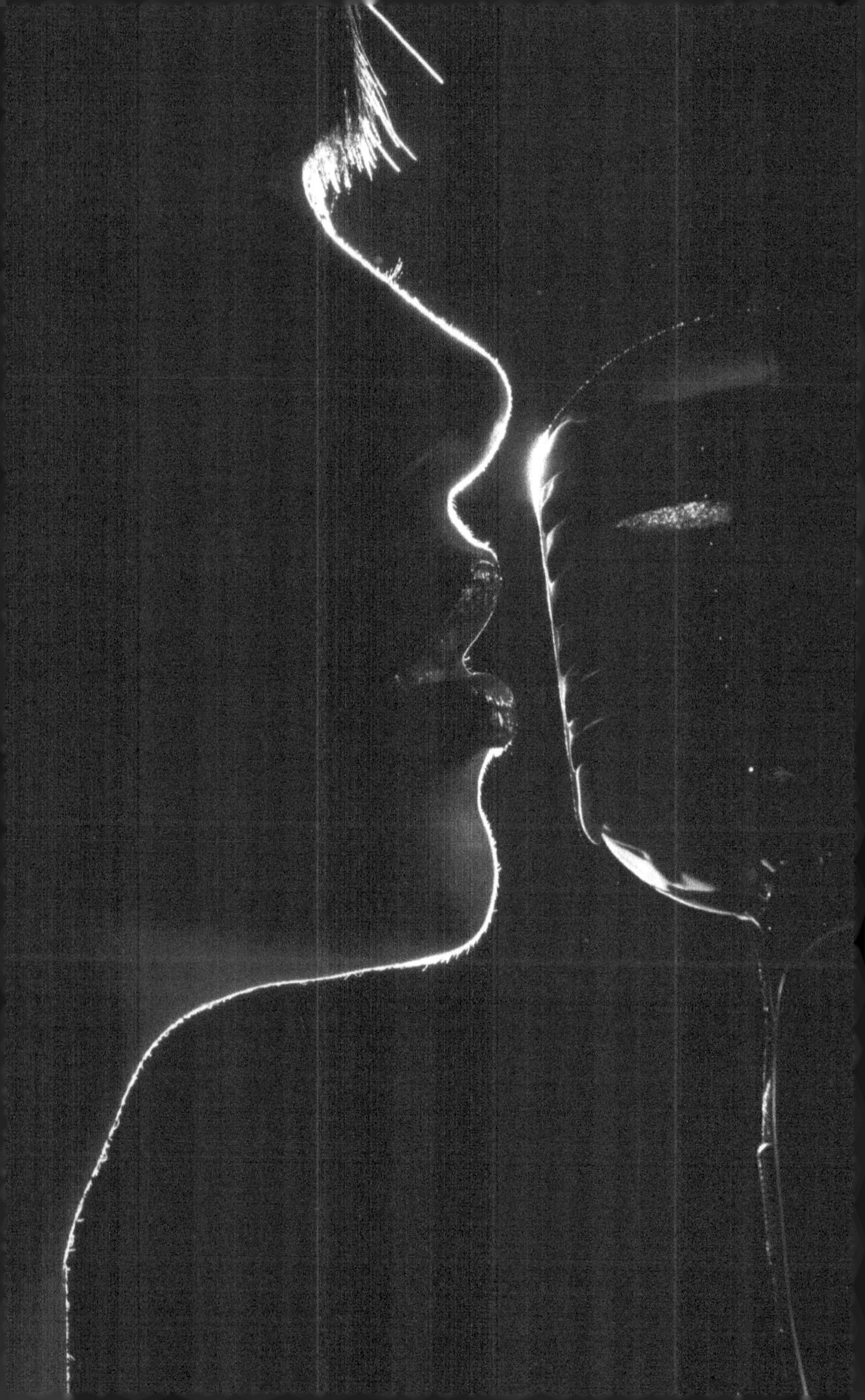

Kapitel 16

Sie

Mit einem Schmunzeln blickte ich ihm kopfüber hinterher, wie er aus dem Zimmer stürmte. Wenn er glaubte, so mit mir umgehen zu können, dann hatte er sich geschnitten. Auch wenn ich gestehen musste, dass er mich mit seinen Worten gerade etwas verletzt hatte.

Deswegen hatte er diese kleine Abreibung mehr als verdient und dass er nun die Nacht wahrscheinlich woanders verbringen würde, ließ mich noch etwas breiter schmunzeln. Denn mir war klar, dass er nicht wiederkommen würde.

Da die Luft raus war und ich ihn mit dieser Aktion eigentlich nur etwas ärgern hatte wollen, stand ich auf und wusch mir meine Hände. Dann beschloss ich, schlafen zu gehen. Alles andere hätte keinen Sinn, außerdem war ich todmüde.

Noch immer besaß ich keine neuen Klamotten, weshalb ich wohl oder übel im Handtuch schlafen musste. Also löschte ich das Licht und krabbelte ins Bett. Ein leises Seufzen verließ meine Lippen, als ich mich gemütlich hinlegte. Endlich wieder in einem weichen Bett zu schlafen und dann auch noch allein … Kein harter und dreckiger Boden. Kein Haufen Frauen um mich herum, mit denen ich mir den Schlafplatz und alles andere teilen musste. Es war herrlich.

Als ich selig in mein weiches Kissen sank, schlief ich fast sofort ein.

* * *

Der nächste Morgen kam viel zu schnell. Dazu wurde ich von diesem Arsch auch noch unsanft geweckt, als er wie ein Berserker in unser Zimmer stürmte und irgendwelche Tüten aufs Bett schmiss.

Mit einem halben Herzinfarkt schreckte ich hoch und sah mich verschlafen um. Irritiert stellte ich fest, dass er neue Klamotten trug. Mein Blick glitt kurz über seine Gestalt. Das graue Shirt, das sich eng an seinen muskulösen Oberkörper schmiegte, hier und dort ein paar seiner Tätowierungen preisgab. Seine dunkle Jeans, die ihm ausgezeichnet stand und genau zeigte, was er zu bieten hatte, egal ob von vorne oder von hinten. *Verdammt!*

Ich biss mir auf die Unterlippe und ließ meine Gedanken etwas abschweifen. Schließlich wusste ich, wie er unter diesen lästigen Klamotten aussah.

»Du sollst mich nicht blickficken! Du sollst deinen Arsch aus dem Bett schwingen und dich anziehen. Wir haben einiges vor und eigentlich zu wenig Zeit. Also los!«, rissen seine Worte mich aus meinem Tagtraum. *Wichser!*

Mit einem bitterbösen Blick griff ich nach der Tüte und sah in diese. Zu meiner Überraschung hatte er nicht nur sich, sondern auch mir neue Klamotten gekauft. Mit skeptischem Blick sah ich zu ihm auf. Was sollte das hier?

»Du hast mir Klamotten gekauft?«, fragte ich ungläubig.

»Zieh dich doch einfach an, ohne blöde Fragen zu stellen. Schaffst du das, Missy?«, fragte er genervt.

Ich ließ es für den Moment unkommentiert. Was sollte ich darauf auch sagen?! Er würde mir ja doch nichts erzählen, da war ich mir sicher. Und ich hatte jetzt, ohne meinen ersten Kaffee, wirklich keine Lust, mit ihm zu diskutieren. Also wühlte ich mich noch etwas durch die Tüten und musste erstaunt feststellen, dass er nicht nur einen guten Geschmack hatte, sondern dass auch meine Größe stimmte.

Erneut blickte ich ihn mit erhobener Braue an, doch er wandte sich augenverdrehend von mir ab und brummte mir ein schlechtgelauntes: »Mach jetzt!«, über die Schulter.

Schnaubend erhob ich mich aus dem Bett. Mein Handtuch hatte ich über die Nacht verloren, also fischte ich die neue Unterwäsche, die er mir ebenfalls gekauft hatte, aus der Tüte und zog mich an. *Endlich wieder Unterwäsche!*

Nachdem ich in die Leggings und das Shirt geschlüpft war und er mich tatsächlich nicht eines Blickes dabei gewürdigt hatte, ging ich noch einmal kurz ins Badezimmer, um mich zu erleichtern und schnell frischzumachen. Im Anschluss an meine Katzenwäsche trat ich wieder zu ihm ins Zimmer. Er hatte bereits alle Klamotten zusammengesammelt und nickte, als er mich sah, Richtung Tür und ging dann voraus. Kopfschüttelnd – über dieses kindische Verhalten von ihm – folgte ich ihm nach draußen und zu unserem Wagen. Als er die Tüten auf der Rücksitzbank verstaut hatte, stiegen wir ein.

»Klärst du mich jetzt endlich auf oder spielst du dein kindisches Spiel weiter?«, fragte ich ihn schnippisch, verschränkte die Arme vor der Brust und sah ihn mit erhobener Braue abwartend an.

»Welches Spiel, Missy?«, fragte er gelangweilt, setzte sich lässig eine Sonnenbrille, die er wohl heute Morgen ebenfalls neu gekauft haben musste, auf und fuhr vom Motelparkplatz.

Genervt rollte ich abermals mit den Augen und ließ mich in meinen Sitz fallen. Es hatte keinen Sinn, mit diesem Holzklotz zu diskutieren. Er hatte sich in den Kopf gesetzt, mich zu meiden und nicht wieder anzurühren. Das war hiermit klar. Bitte, dann eben nicht. Ich sollte so oder so die Finger von ihm lassen. Er bedeutete nichts als Ärger und ich würde mich sicher an ihm verbrennen, das wusste ich.

Ich war nur aus einem einzigen Grund noch bei ihm. Weil er versprochen hatte, Ana zu retten, und ich ihm wenigstens in dieser Hinsicht glaubte. Also ließ ich es auf sich beruhen und beschloss, ihn nicht mehr zu reizen oder sonst irgendetwas zu tun, das ihn auf dumme Gedanken bringen würde. Schließlich wollte ich, dass er seine ganze Konzentration für Anas Befreiung nutzte, und das ging nur, wenn sein Blut in seinem Hirn und nicht in seinem Schwanz war.

»Wo fahren wir jetzt hin?«, versuchte ich es noch einmal, nur dieses Mal etwas freundlicher.

Ein kurzer Seitenblick von ihm, ehe er wieder mit harter Miene auf die Straße vor sich blickte. Wieso war er immer so verdammt ernst?! Ich würde ihn gern mal ehrlich lächeln sehen, nicht spöttisch, frech oder provokant, sondern echt und nicht ernst.

»In eine Werkstatt«, erklärte er knapp. Zu knapp.

»Und dann? Was wollen wir da?«, hakte ich nach.

»Ich kann nicht ständig neue Wagen klauen. Das ist auffällig. Außerdem hat der alles, was wir brauchen, unter seiner Rücksitzbank. Aber er wird überall gesucht, also lasse ich ihn ganz einfach umlackieren und tausche das Nummernschild aus. So verschaffe ich uns hoffentlich etwas Zeit. Zeit, die wir brauchen, um Informationen über die Auktion herauszufinden.«

Ich begriff ehrlich nur die Hälfte von dem, was er sagte. Doch das reichte, um wieder einmal zu verstehen, wie gut er in dem hier war. Und wie dunkel er wirklich war. Ich wusste nichts von ihm oder seiner Welt, das wurde hiermit wieder überdeutlich. Eigentlich sollte ich zusehen, von ihm wegzukommen. Doch leider ging das nicht, wenn ich sichergehen wollte, dass er Ana auch wirklich rettete. Also musste ich ihm wohl oder übel vertrauen und das tun, was er von mir verlangte.

Einen kurzen Moment später bog er in den kleinen Innenhof einer Werkstatt ein und stieg ohne ein weiteres Wort aus. Ein genervtes Schnauben entwich mir und ich blickte ihm hinterher, als er in die Werkstatt ging. Ich beobachtete ihn dabei, wie er angeregt mit dem Mechaniker sprach, dann zückte er aus seiner hinteren Hosentasche ein dickes Bündel Scheine und überreichte es ihm. Der Typ zählte es grob durch und nickte, worauf Aleks ihm den Schlüssel gab und zu mir zurückkam.

Er öffnete meine Tür und bedeutete mir mit einer Kopfbewegung, dass ich ihm folgen sollte.

»Du kannst auch wie ein normaler Mensch mit mir sprechen und mir einfach die nächsten Schritte sagen, anstatt mich ständig rumzuscheuchen«, fuhr ich ihn an, während ich ausstieg.

»Und du kannst auch einfach mit deinem Gezicke aufhören und anfangen, mir zu vertrauen, und vor allem, auf mich zu hören. Das würde mir mein Leben und meine Arbeit wesentlich einfacher machen, Missy!«, tadelte er mich, ehe er mit einem dumpfen Knall die Wagentür schloss.

Arschloch!, spuckte ich ihm gedanklich entgegen.

Er ging einfach voraus und ich war gezwungen, ihm wie ein Hündchen hinterherzudackeln. Mit schnellen Schritten holte ich ihn ein und schloss zu ihm auf. Ich schenkte ihm einen kleinen Seitenblick und sah ihm dabei zu, wie er sich seine Zigaretten aus der Hosentasche zog, sich eine aus der Schachtel schnipste und sie dann zwischen seine Lippen steckte, ehe er sie anzündete. Die dunklen Gläser verbargen seine Augen. Ich konnte nicht erkennen, was er dachte oder was in ihm vorging.

Wir liefen einige Zeit lang stumm nebeneinanderher. Immer wieder fand mein Blick zu ihm. Aus dem Augenwinkel nahm ich wahr, wie er lässig, mit der Sonnenbrille auf der Nase und der Kippe im Mundwinkel, neben mir herging und so tat, als wäre nichts. Es machte mich wahnsinnig. Doch wieder die Zicke raushängenlassen, wollte ich dann auch nicht. Denn es war nicht meine Art. Dieser Klotz kitzelte eine Seite in mir hervor, die ich nicht kannte und noch weniger mochte. *Ich muss wirklich zusehen, diese Scheiße, so schnell es geht, hinter mich zu bringen, um dann von dir wegzukommen!*

Nachdem ich fast meine Geduld verloren hätte, steuerte er ein Diner an und ich schluckte meine Wut herunter und lächelte süß, als er mir mit einem Nicken zu verstehen gab, dass wir dort wohl aßen. *Kannst du nicht einfach sprechen, gottverdammt?!*

Er ging voraus, kein Türaufhalten, Warten oder Stuhlzurechtschieben. Keinerlei Höflichkeit oder gutes Benehmen. Er war ein klotziger Arsch, der keinerlei Manieren besaß. Er machte mich rasend!

Schnaubend nahm ich ihm gegenüber Platz und verschränkte die Arme vor der Brust. Doch auch dieses ignorierte er gekonnt. Er nahm nur teilnahmslos seine Sonnenbrille von der Nase, klappte sie zusammen, legte sie auf den Tisch und ließ dann langsam seinen Blick durch das Diner schweifen. Als würde er jemanden suchen. *Tust du es?*

Doch auch hier beschloss ich, meinen Mund zu halten. Wenn er wollte, dass ich es wusste, hätte er mich eingeweiht. Das hatte er ja vorhin überdeutlich gemacht.

Ich sah mich ebenfalls in dem Diner um. Es war nichts Besonderes, aber heruntergekommen wirkte es auch nicht. Es war gepflegt, die helle Einrichtung mit dem dunkelgemusterten Boden wirkte ansehnlich und die große Fensterfront spendete viel Licht, machte das Diner noch etwas freundlicher.

Da von ihm, wie zu erwarten war, keine Aufklärung kam, nahm ich mir eine der laminierten Speisekarten und sofort lief mir das Wasser im Mund zusammen. Ich hatte seit zwei Wochen kaum etwas gegessen und all das hier klang dermaßen lecker, dass ich am liebsten die gesamte Karte rauf und runter bestellt hätte.

Unsicher blickte ich kurz von der Karte zu ihm auf und musste erschrocken feststellen, dass er mich wohl die ganze Zeit über beobachtet haben musste.

»Bestell, was auch immer du willst«, ermutigte er mich und ich bildete mir ein, ein kleines Lächeln über seine Lippen huschen zu sehen. Ich wollte etwas erwidern, doch da kam schon die Bedienung.

»Einen großen schwarzen Kaffee für mich und alles, was sich die Lady wünscht«, erklärte er der Bedienung und nickte dann auf mich. Verlegen lächelte ich ihr kurz zu, linste dann noch einmal auf die Karte, ehe ich eine Monsterbestellung von vier Gerichten aufgab. Doch ich konnte nicht anders. Die Kellnerin schenkte mir einen irritierten Blick, notierte aber alles und ging wieder.

»Isst du nichts?«, fragte ich ihn kleinlaut, als sie mit seinem schwarzen Kaffee und meinem Milchkaffee wiederkam. Er hob demonstrativ die Tasse hoch und trank einen Schluck des heißen Getränks. Allein beim Zusehen verbrannte ich mir die Zunge.

Eine beklemmende Stille legte sich über uns, doch ich wusste auch nicht, wie ich sie durchbrechen sollte. Fragen stellen durfte ich nicht und wenn doch, würde ich so oder so keine Antworten erhalten – also wieso meinen Atem verschwenden? Und Persönliches wollte ich ihn nicht fragen. Über gestern hatte ich gleich dreimal nicht vor, zu sprechen, daher blieb eigentlich nichts anderes als schweigen.

Als die Bedienung dann meine vielen Teller brachte, war ich froh darüber, endlich etwas zu tun zu haben und auch über das köstlich riechende und aussehende Essen. Ich begann augenblicklich, mir die Speisen einzuverleiben – oder sie eher zu verschlingen. Doch es roch so verführerisch, dass ich nicht anders konnte. Erst ein belustigtes Schnauben ließ mich in der Bewegung, die Gabel erneut in meinen Mund zu schieben, innehalten und zu ihm aufblicken.

Mit einem Schmunzeln und amüsierten Gesichtsausdruck hatte er mich wohl dabei beobachtet, wie ich über die köstlichen Pancakes hergefallen war.

»Was ist?«

»Nichts. Ich hätte dich nur etwas mehr ladylike eingeschätzt. Obwohl … nach der Nummer gestern im Bett nehm ich das wieder zurück«, machte er sich über mich lustig.

Unsanft ließ ich die Gabel auf den Teller fallen und funkelte ihn wütend an.

»Ich will dich mal sehen, wie du isst, wenn du in zwei Wochen Gefangenschaft kaum bis eigentlich gar nichts zu essen bekommen hast, und wenn, dann nur Schweinefutter. Oder es an ein kleines Mädchen abgegeben hast, weil sie vor Hunger weinte!«

Mit verschränkten Armen reckte ich mein Kinn und tötete ihn mit meinem Blick. Er hatte mir mit schiefgelegtem Kopf zugehört und doch verging ihm sein scheiß Schmunzeln nicht. Im Gegenteil, es wurde sogar noch eine Spur breiter, bis es zynisch wurde.

»Ich habe nach meinen sechs Monaten nicht so gegessen wie du jetzt. Aber lass dich nicht abhalten«, sagte er und lehnte sich lässig zurück, dabei breitete er die Arme auf der Lehne der roten Lederbank aus.

Irritiert über seine Worte verzog ich meine Brauen und blickte ihm fragend entgegen. *Deinen sechs Monaten? Gefangenschaft, oder was?!*

Ich wollte ihn gerade danach fragen, doch er verhinderte es, indem er seine Tasse in einem Zug leerte und von der Bank rutschte.

»Ich muss schnell telefonieren gehen. Iss.« Damit stand er auf und ließ mich allein. Ich blickte ihm hinterher, wie er durch das Diner ging, jedoch nicht nach draußen, sondern nach hinten Richtung Küche. *Aha?!*

Ich beschloss jedoch, mich nicht darum zu kümmern, sondern wie er gesagt hatte, weiterzuessen. Schließlich wusste ich nicht, wann ich das nächste Mal etwas bekommen würde, und verschwenden wollte ich auch nichts.

Ich aß tatsächlich über die Hälfte von dem, was ich bestellt hatte. Die Eier waren verputzt, die Pancakes fast, der Bagel und das Sandwich angebissen. Ich war kurz vorm Platzen. Zu meiner Verwunderung war Aleks noch immer nicht wieder zurück. Draußen sah ich ihn auch nicht. Also beschloss ich, ihn zu suchen.

Ich ging wie er zuvor ebenfalls Richtung Küche und sah mich unauffällig um. Doch keine Spur von Aleks. Auch auf den Toiletten war er nicht. Meine letzte Idee: der Hinterhof. Er hatte schließlich telefonieren gehen wollen.

Draußen angekommen ließ ich meinen Blick schweifen, aber nichts. Ich wollte schon wieder reingehen, als ich plötzlich Stimmen hörte. Stirnrunzelnd folgte ich ihnen, erstarrte jedoch, als ich um den Müllcontainer ging und sich mir ein verstörendes Bild zeigte.

Aleks stand mit dem Rücken zu mir und nagelte einen jungen Kerl mit seinem Unterarm brutal an der Wand fest. Das Verstörende war allerdings nicht bloß die Aktion an sich, sondern die Waffe, die er ihm dabei in seinen Mund geschoben hatte. Erschrocken keuchte ich auf und trat dicht an sie heran.

»Was sagst du? Ich kann dich leider nicht verstehen«, säuselte Aleks in einem süffisanten Ton.

Ich erkannte seine Stimme nicht wieder. Sie war so kalt und emotionslos, dass es mich regelrecht fröstelte.

Der junge Kerl, der nicht älter als Anfang 20 sein konnte, jammerte etwas gegen die Knarre zwischen seinen Lippen. Seine Miene angstverzerrt, die Augen weit aufgerissen. Schweiß perlte sich auf seiner Stirn.

»Wenn ich dir die hier aus dem Mund nehme, bist du dann gesprächiger als vorher?«, fragte er ihn mit drohendem Unterton. Sofort nickte der Typ eifrig.

Angespannt beobachtete ich dieses Szenario hier vor mir. Wieder einmal zeigte mir Aleks seine dunkle Seite. So brutal und reuelos ging er mit dem armen Kerl um. Ich wusste wirklich nicht, was ich von all dem hier halten sollte, geschweige denn, wie uns das helfen sollte, Ana zu befreien. Dennoch blieb ich still, denn ich wollte jetzt wirklich nicht seinen Zorn auf mich ziehen. Etwas Menschenverstand besaß ich dann doch noch und blindes Vertrauen hatte und würde ich ihm gegenüber auch nicht entgegenbringen.

Nach einem quälend langen Moment, in dem Aleks den jungen Kerl mit ernster Miene durchbohrt hatte, zog er dann endlich seine Waffe aus dessen Mund. Erleichtert atmete ich auf, dennoch blieb ich wachsam und angespannt.

»Sprich!«, fegte Aleks Stimme über ihn hinweg und ließ mich zusammenzucken. Ich war wirklich kein ängstliches Mäuschen und leicht zu erschrecken war ich sonst eigentlich auch nicht. Doch das hier ließ mich das vielleicht noch einmal überdenken.

»Was willst du denn von meinem Vater?«, wimmerte er.

Ich wurde gleich noch etwas hellhöriger. Aleks dagegen wohl wütender, denn ein drohendes Knurren presste sich aus seiner Kehle und er war schon wieder dabei, seine Waffe zu seinen Lippen zu führen. Panisch schüttelte der junge Kerl den Kopf.

»SCHON GUT!«

Aleks hielt in der Bewegung, ihm den Lauf erneut in den Mund zu schieben, inne und sah ihn abwartend an.

»Er ist wie jeden Abend in seinem Club die Straße runter. Das Black Rose«, winselte er und kniff panisch die Augen zusammen, als befürchtete er einen Schlag. Dann sah ich das Blut an seinem Haaransatz. Er hatte bereits ein paar abbekommen. Unbewusst nahm ich einen Schritt Abstand von den beiden und sah angespannt zu Aleks, was dieser nun als Nächstes tat.

»Na geht doch. War doch nicht schwer, oder?«, verhöhnte Aleks ihn auch noch.

»Bitte tu ihm nichts! Ich weiß, er ist ein Idiot und baut viel Scheiße, aber er ist doch mein Vater!«

»Ist mir scheißegal. Ich will etwas anderes von ihm. Und jetzt hör mir genau zu, das ist sehr wichtig. Außer du willst natürlich, dass ich dich noch einmal besuchen kommen muss, aber dann mit schlechter und nicht wie jetzt mit guter Laune.«

Ich musste mir mit aller Macht ein spöttisches Schnauben verkneifen, denn es wäre hier und jetzt nicht förderlich.

Erneut nickte der Typ eifrig.

»Wir waren nie hier, weder sie noch ich. Du hast niemandem etwas erzählt. Der Tag war wie jeder andere Tag auch. Du wirst nach der Arbeit nach Hause gehen, deine Freundin vögeln und dein Leben ganz normal weiterleben, froh darüber, dass du es noch hast. Verstanden, Kleiner?!«

Demonstrativ wischte er seine Waffe an seinem Shirt sauber. Aleks' Stimme war so ruhig und doch machte sie genau das so bedrohlich und unheimlich.

Wieder ein schnelles Kopfnicken von dem jungen Kerl, dann ließ Aleks endlich von ihm ab und deutete ihm mit einem Kopfnicken an, dass er verschwinden konnte. Zitternd eilte er aus dem Hinterhof und ließ mich mit Aleks allein zurück.

Unsicher schenkte ich ihm einen Seitenblick und beobachtete ihn dabei, wie er seine Waffe in dem hinteren Hosenbund seiner Jeans verschwinden ließ. Dabei fiel mir noch etwas anderes ins Auge: eine lederne Messertasche, die hinten an seinem Gürtel befestigt war. Er war wirklich auf alles vorbereitet.

Sein fallendes Shirt, das nun beide seiner Waffen versteckte, holte mich wieder ins Hier und Jetzt zurück.

Erst dann wandte er sich wieder zu mir um. Er hatte mich tatsächlich die gesamte Aktion lang nicht eines Blickes gewürdigt, als wäre ich nicht da gewesen, und doch hatte er mich in seiner kleinen Rede gerade erwähnt.

Als mich sein emotionsloser Blick traf, schluckte ich trocken und machte noch einen Schritt zurück.

»Das hättest du nicht hören sollen.« Er seufzte die Worte schon fast, als würde ihn das, was er nun plante, viel Kraft kosten. *O Gott, was hast du jetzt mit mir vor?! Ich dachte, du würdest mir nichts tun?!*

Ohne groß darüber nachzudenken, machte ich auf dem Absatz kehrt und rannte aus der Gasse. Ich musste hier weg. Weg von ihm!

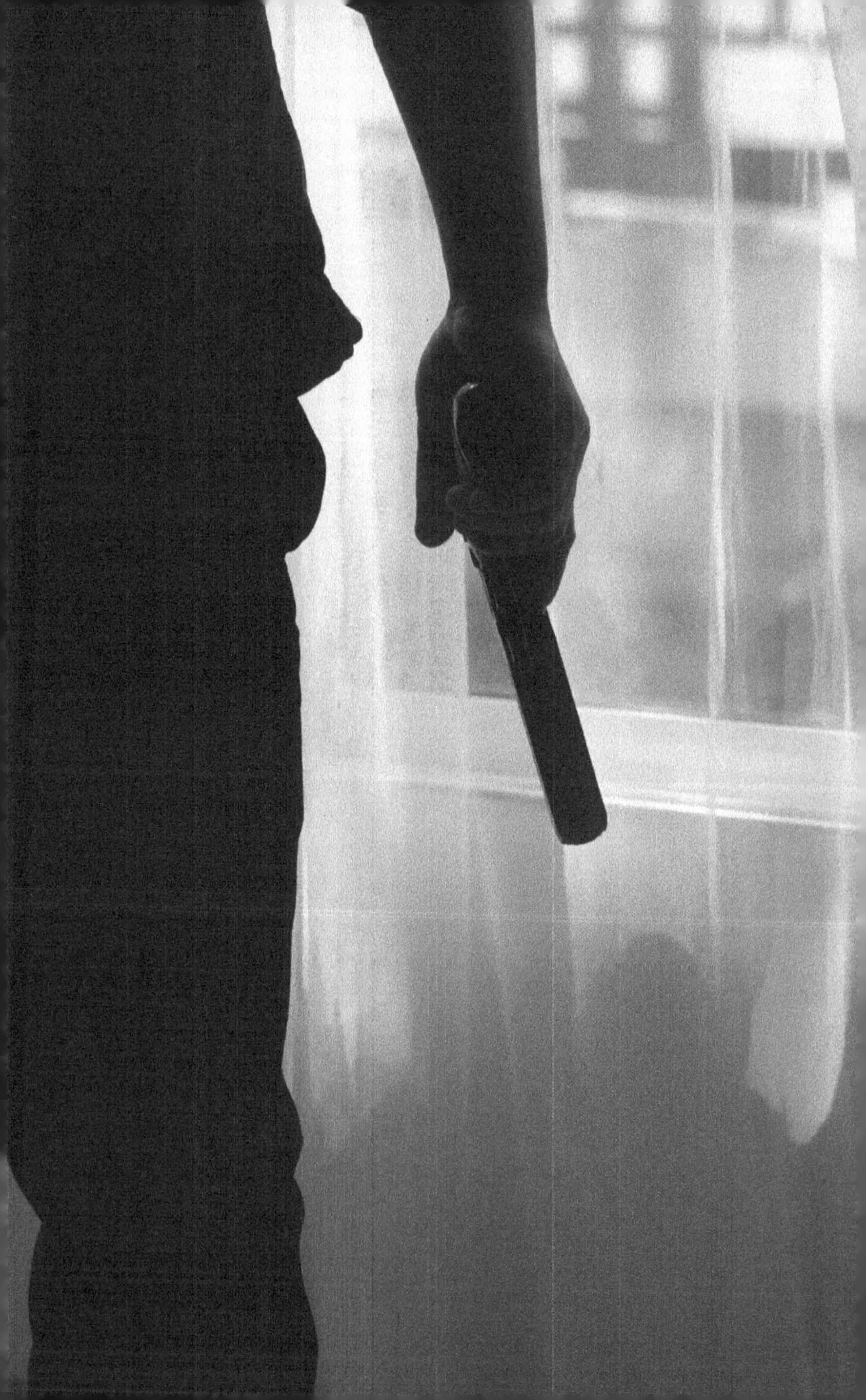

Kapitel 17

Er

Beinah war ich gewillt, eines meiner Messer, das ich mir aus der Rückbank genommen hatte, zu ziehen und sie einfach damit abzuwerfen. Sie ging mir mit ihrem Verhalten tierisch auf die Nerven. Vor allem ihre Weglauf-Nummer. Sie sollte doch langsam wissen, dass sie nicht wegkam.

Zähneknirschend sprintete ich los. Doch ich musste schnell feststellen, dass die kleine Lady verdammt flink war und ich mich doch etwas mehr anstrengen musste, um sie wieder einzufangen.

Wie eine Besessene rannte sie über den Parkplatz, dann weiter über die Straße und verschwand in einer der Gassen. Dicht folgte ich ihr und doch bekam ich sie nicht zu fassen. *Kleines Biest!*

Wie ein Hase schlug sie einen Haken nach dem anderen und bog in die nächste Straße ein. Allerdings stellte sich diese als Sackgasse heraus und ich wurde langsamer. *Hab ich dich!* Wo sollte sie jetzt auch bitte hin?

Mein Sprint wurde zu einem gemächlichen Schlendergang und ich näherte mich ihr mit festem Schritt. Die kleine Lady war noch dabei, einen Ausweg zu suchen. Doch natürlich fand sie keinen. Als sie dies einsah, wandte sie sich zu mir um und schenkte mir ihren typischen feurigen Blick.

Immer dichter trat ich an sie heran, bis ich sie mit meinem Körper gegen die rauen Backsteine in ihrem Rücken drängte, meine Hände links und rechts neben ihrem Kopf abstützte und ihr somit keinen Bewegungsspielraum ließ.

Ein dunkles Lächeln legte sich auf meine Lippen. Hinterhöfe und düstere Gassen schienen ihre Anziehung auf mich zu haben. Der Gedanke amüsierte mich.

»Hab dich, kleine Lady«, raunte ich leise zu ihr nach unten.

Sie schluckte und schien nervös zu sein. Ihre Fassade begann zu bröckeln und zeigte mir auch das unsichere Ding in ihr.

Hast du Angst vor mir?!, schoss es mir dann durch den Kopf. Ich könnte es ihr nicht verdenken. So viel wie sie von meiner dunklen Seite in den letzten Tagen gesehen hatte, wäre es eher verwunderlich, wenn sie keine Angst gehabt hätte. Und doch störte mich tief in mir drin, dass sie mich fürchtete. Schnell schüttelte ich diesen Gedanken wieder ab. *Reiß dich zusammen, Aleks!*

Es war gut, wenn sie mich fürchtete. Es machte es leichter. Also würde ich ihr ihre Angst nicht nehmen, sondern sie für mich und meine Pläne nutzen. So war es am besten, für uns alle.

Wie auf Knopfdruck verdunkelte sich meine Miene und ich presste meinen Körper aufdringlich gegen ihren.

»Tu das nie wieder!«, knurrte ich ihr drohend entgegen. Ihre honigfarbenen Augen wurden groß und doch versuchte sie, ihren Stolz nicht vollständig zu verlieren.

»Warum bist du jetzt so? Du sagtest, du würdest mir nichts tun! Und was sollte das mit dem armen Kerl?!«, fragte sie mich mutig und doch konnte ich die Angst ganz deutlich aus ihrer Stimme entnehmen. *Gut so. Fürchte mich, kleine Lady!*

Grob drängte ich mein Bein zwischen ihre Schenkel und drückte unsanft mein Knie gegen ihren Schritt. Nahm sie damit noch mehr gefangen und zeigte ihr, wie leicht es mir fiel, über sie zu herrschen.

»Überraschung. Ich bin nicht nur ein Arschloch, sondern auch ein erstklassiger Lügner. Weißt du, Missy … du solltest dringend an deiner Menschenkenntnis arbeiten. Dann fällst du beim nächsten Mal nicht auf einen Dämon wie mich rein.«

Dicht hatte ich meine Lippen an die ihren geführt. Meine Stimme war nur noch ein dunkles Raunen und mein Körper zum Zerreißen angespannt.

»Und jetzt? Was wirst du jetzt mit mir machen?«, fragte sie und noch immer schwang ein gewisser Trotz in ihrer Stimme mit. *Unglaublich.*

»Du wirst mir jetzt ohne großes Theater folgen und endlich tun, was ich dir sage. Ich will mich nicht mehr wiederholen müssen oder dich einfangen. Denn beim nächsten Mal mache ich es mir leicht und erschieß dich einfach, statt mit dir Katz und Maus zu spielen. Verstanden?!«

»Warum tust du es nicht einfach?«, spuckte sie mir todesmutig entgegen.

Ich nahm leicht Abstand von ihr, um ihr in die Augen sehen zu können. Wie konnte sie noch immer so die Fresse aufreißen?! Was musste ich noch tun, damit sie endlich verstand?! Ich war ein Dämon, ein Arschloch. Wieso wollte sie das nicht sehen, verdammt?!

Ein drohendes Knurren presste sich aus meiner Kehle, dann tat ich das, worum sie mich gebeten hatte. Ich griff an meinen hinteren Hosenbund und zog meine geladene Waffe, um sie ihr einen Augenblick später gegen die Stirn zu drücken. Dafür nahm ich etwas Abstand von ihr und hielt sie mit einer Hand an ihrer Kehle gepackt davon ab, etwas Dummes zu tun.

»Missy, ich könnte dich hier und jetzt erschießen und ich würde nicht einen weiteren Gedanken an dich verschwenden. Also bring mich nicht auf dumme Ideen und tu jetzt, was ich dir sage!«, knurrte ich unheilvoll.

Mit verschrecktem Blick sah sie mich an und doch brannte das Feuer weiter in ihren hellen Augen. *Was muss ich noch tun, um dich zu brechen, hm, kleine Lady?!*

»Und was willst du, das ich für dich tue?«, fragte sie mich mit einer Ruhe in der Stimme, die ich ihr bei ihrem schnellen Atmen und in dieser Situation, in der ich ihr schließlich eine Waffe an die Stirn hielt, gar nicht zugetraut hätte.

Ein teuflisches Lächeln schlich über meine Lippen. Fuck, sie spielte mit meinem abgefuckten Verstand.

»Dass du mir endlich gehorchst. Ohne Wenn und Aber. … Schaffst du das, kleine Lady Marian?!«

Meine tiefe Stimme gepaart mit meinen Worten sollten ihr eigentlich den nötigen Respekt einflößen. Ich war mir sicher, sie nun endlich genug eingeschüchtert zu haben, damit ich es nun leichter mit ihr hatte. *Ja, ich war mir so sicher …*

»Du willst mich also unterwürfig und hörig vor dir haben? Am besten noch auf den Knien, oder? Und dann?« Mein Griff um ihre Kehle lockerte sich wie von selbst. Doch meine Waffe ließ ich an Ort und Stelle.

»Vorsichtig, kleine Lady. Beginne kein Spiel, dass du nicht auch beenden kannst. Ich sagte dir schon, ich mache keine halben Sachen«, warnte ich sie.

Ein freches Lächeln glitt über ihre Lippen.

»Und dann?«, wiederholte sie ihre Frage von zuvor und drängte mich damit in die Ecke. *Miststück!*

Sie wollte mich testen. Wollte wissen, wie weit sie gehen konnte und wie weit ich ging, um sie zu brechen. *Oh, kleine Lady. Ich habe gerade erst angefangen.*

Auch wenn ich dieses Spiel eigentlich nicht spielen wollte. Einfach, weil es eine verdammt dumme Idee war und nichts als Ärger nach sich ziehen würde, so gab es kein Zurück für mich. Ich war kein Mann der leeren Drohungen. Sprach ich etwas aus, tat ich es. Das sollte sie gleich lernen. Auch wenn dadurch alles in eine etwas andere Richtung ging, als ich das eigentlich wollte.

Ich ließ von ihrer Kehle ab und öffnete meinen Gürtel,

dann meine Hose. Dabei ließ ich sie nicht eine Sekunde aus den Augen und wartete auf ihren Rückzieher.

»Und dann … geht die kleine Lady vor mir auf die Knie und gehorcht.«

Mein dunkles Lächeln nahm noch etwas mehr zu, und doch überraschte sie mich, als sie tatsächlich vor mir auf die Knie ging. *Scheiße! Das geht nicht gut aus!*

Ich ließ die Hand mit der Knarre darin sinken und blickte auf sie herab, wie sie zu mir heraufschaute, vor mir auf den Knien. *Fuck, was für ein Bild!*

Ihr Blick die reinste Kampfansage. Sie würde nicht klein beigeben, was den Dämon in mir zufrieden lächeln ließ.

»Willst du wirklich weiterspielen?«, gab ich ihr die letzte Möglichkeit, auszusteigen.

Doch wieder tat sie etwas, mit dem ich nicht gerechnet hätte, und fickte damit vollends meinen Verstand. Sie schenkte mir einen derart herrlichen Kontrast aus kämpferisch und hörig, dass ich beinah durchdrehte.

Ihr Blick und das Feuer darin veränderte sie nicht, nur ihre Körperhaltung. Unterwürfig und gehorsam legte sie ihre beiden Hände links und rechts mit den Handflächen nach oben auf ihren Beinen ab und wartete damit auf meinen weiteren Befehl. *FUCK!*

Dieses kleine Gör wusste verdammt nochmal, wie sie einem Mann den Kopf verdrehen konnte. Nur was genau sie damit bezwecken wollte, war mir noch nicht ganz klar. Sicherlich ging es ihr nicht nur darum, zu gewinnen. Oder doch?!

Mit einer Hand und einem amüsierten Zug um meinen Mund, zog ich mir meine geöffnete Hose leicht nach unten.

»Na dann zeig mir doch mal, wie gut du gehorchen kannst.«

Mit einem Nicken auf meine Shorts und meine Hand, die ich ihr dirigierend in den Nacken legte, machte ich meinen Befehl deutlich.

Ihren trotzigen und feurigen Blick behielt sie bei, als sie meine Hose und Shorts komplett über meinen Arsch zog und damit mein bestes Stück direkt vor ihrem Gesicht freilegte. Er war schon längst zum Leben erwacht, denn die Sache machte mich mehr an, als sie eigentlich dürfte. Tadelnd zog sie eine ihrer roten Brauen nach oben. Mein Mundwinkel zuckte.

»Na, na, Missy. Jetzt gibt es keinen Rückzieher mehr. Mach deinen Mund auf!«, befahl ich ihr brummend und drückte sie auffordernd dichter an meinen Ständer heran. Kurz setzte sie sich zu Wehr und wollte sich mir entziehen.

»Wer so schlecht spielt, sollte mich beim nächsten Mal nicht herausfordern. Doch das hier, Missy, das ziehen wir jetzt noch gemeinsam durch. Damit du nicht vergisst, wer von uns beiden das Sagen hat. … Und jetzt mach deinen süßen Mund auf und zeig mir, was du mit diesem noch anstellen kannst, außer freche Widerworte zu geben!«

Eigentlich hätte ich hier und jetzt aufhören sollen. Hätte ihr nur eine kleine Abreibung geben sollen. Es hätte sicher gereicht.

Doch sie hatte zu hoch gepokert. War zu weit gegangen. Hatte mich und damit den Dämon zu sehr herausgefordert und gereizt. Deshalb wollte ich in diesem Moment nichts mehr, als mich zwischen ihren vollen und weichen Lippen zu versenken. Ich wollte sie hart in ihren schönen Mund ficken, auf dass sie es nie wieder vergessen würde, wer von uns beiden die Macht hatte. Und auf dass sie es nie wieder wagen würde, mich so dermaßen herauszufordern. Denn das konnten wir kein weiteres Mal gebrauchen. Strenggenommen hatten wir hierfür schon keine Zeit. Doch nun gab es kein Zurück.

Sie tötete mich mal wieder mit ihren Blicken und mit Sicherheit verteufelte sie sich in diesem Moment mehr als mich. Da sie es gewesen war, die so weit gegangen war, und ich nur derjenige, der es nun zu Ende brachte. Aber dann öffnete sie tatsächlich langsam ihre vollen Lippen und brachte mich damit zum Schmunzeln.

»Braves Mädchen«, ärgerte ich sie und schob ihr meinen steifen Schwanz in den Mund, bevor sie mir ihre Beleidigung, die ihr mit Sicherheit auf der Zunge lag, an den Kopf werfen konnte.

Mit zu Schlitzen verengten Augen sah sie mich die ganze Zeit an, während ich ihr meine Härte langsam in ihrem Mund schob. Ihre Lippen pressten sich mit einem Mal um meinen Schaft und ließen mich scharf die Luft einziehen, da ich damit nicht gerechnet hatte.

Sie schien sich an meine Worte erinnert zu haben. Schließlich sollte sie mir zeigen, zu was sie ihren Mund noch alles gebrauchen konnte. Und wie sie es mir zeigte. Sie begann nicht nur an meinen Schwanz zu saugen, sondern umrundete in ihn auch noch mit ihrer Zunge.

Mein Griff wurde gleich etwas fester in ihrem roten Haar und mit der anderen Hand, mit der Waffe darin, stützte ich mich an der Wand dicht vor mir ab. Meinen Kopf legte ich in den Nacken, als sie von selbst anfing, ihren vor und zurückzubewegen.

Mein Becken drückte ich ihr immer und immer wieder entgegen, bis ich es nicht mehr aushielt und sie anfing, in ihren Rachen zu ficken. Erst leicht, doch schnell wurde ich ungeduldig. Sie machte mich mir ihrer Zunge, die von unten gegen meinen Schwanz drückte, und ihren Lippen, die sie fest um meinen Schaft presste, wahnsinnig.

Mein Griff in ihrem Haar nahm noch mehr zu und ich begann sie mit schnellen und festen Stößen in ihren süßen Mund zu ficken. Ein kehliger Laut nach dem anderen verließ meine Lippen, als sie zusätzlich meine Eier massierte.

»Fuck!«, stöhnte ich heiser, denn ich spürte das Kribbeln bereits. Meine Eier, wie sie sich zusammenzogen, und wie ein heißer Schauer über meine Wirbelsäule jagte. Das Gefühl wurde immer stärker – bis ich platzte. Mit einem letzten Stoß kam ich zwischen ihren vollen Lippen. Entlud mich und verteilte meinen Saft in ihrem Mund. Meine Finger gruben sich in ihre Kopfhaut und in die Ziegel der Mauer vor mir. Ich musste kurz nach Halt suchen, um nicht von diesem intensiven und mehr als nötigen Orgasmus fortgetragen zu werden. Doch ein kleiner Ruck an meinem Rücken ließ mich schnell wieder in die Realität zurückkommen. Und obwohl ich bemerkt hatte, was sie da tat, und nun wusste, warum sie klein beigegeben hatte, blieb ich regungslos und weiterhin mit dem Kopf im Nacken stehen. Gab sie und ihren Mund noch nicht frei und ließ meinen Schwanz noch einige Male in ihrem Rachen zucken.

»Bevor du mich mit meinem Messer abstichst, leck ihn noch schön sauber, Missy«, brummte ich befriedigt, ehe ich zu ihr nach unten sah. Das Inferno in ihren Augen traf mich und ließ meinen Mundwinkel erneut amüsiert zucken.

Die kleine Lady hatte mein Messer drohend an mein Bein, an meine Schlagader gesetzt. Dumm war sie ja nicht, das musste ich ihr lassen. Dennoch blieb ich unbeeindruckt.

Da sie nicht auf mich gehört hatte und ich nicht riskieren wollte, dass sie ihn mir noch abbiss, zog ich langsam meinen Schwanz aus ihr heraus, ließ von ihren Haaren ab und packte ihn notdürftig zurück in meine Shorts.

»Und jetzt, Missy?«, fragte ich sie belustigt.

Ihr Blick wurde kurz unsicher, wahrscheinlich, weil ich nicht so reagierte, wie sie das gern gehabt hätte. Aber waren wir doch mal ehrlich: Warum sollte ich vor einem Mädchen mit einem Messer in der Hand Angst haben?!

»Was stimmt nicht mit dir?!«, spuckte sie mir entgegen und drückte mir leicht die Klinge in meine Haut. Ein leichtes Brennen verriet mir, dass sie es wirklich gewagt hatte, mich zu schneiden. *Na warte …*

»Oh, so einiges stimmt nicht mit mir, Liebes. Übrigens möchte ich dich daran erinnern, dass ich die bessere Waffe und die bessere Ausbildung habe.«

Damit packte ich sie wieder grob an ihren Haaren, riss ihren Kopf gewaltsam nach hinten und drückte ihr demonstrativ den Lauf der Pistole gegen die Stirn. Erschrocken keuchte sie auf und presste mir die Klinge noch etwas tiefer in mein Fleisch. Zum Glück war sie etwas verrutscht und traf meine Schlagader nicht.

Tadelnd schnalzte ich mit der Zunge und der Zug auf ihren Haaren nahm zu, damit ich auch ihre volle Aufmerksamkeit hatte.

»Können wir diese kleinen Machtspielchen dann nun endlich lassen? Es wird langweilig, kleine Lady. Ich werde immer wieder gegen dich gewinnen und du immer wieder verlieren. Erspar dir den Frust und die Demütigung und gehorche einfach. Du willst doch, dass ich die Kleine rette, oder? Dann steh mir nicht länger im Weg und mach dich nützlich. Die Zeit, sie zu retten, läuft allmählich ab. Also, deine Entscheidung. Retten wir sie oder endet sie als minderjährige Sexsklavin, die die nächsten 10 Jahre damit verbringen wird, jeden verfickten Tag gewaltsam missbraucht zu werden?«

Sie wollte sofort etwas erwidern, doch ich unterbrach sie und gab ihr damit ihre allerletzte Chance, nun nicht kopflos zu handeln. Mit einem drohenden Knurren hielt ich sie davon ab, ehe ich vor ihr das Wort ergriff.

»Wenn du dich für den richtigen Weg entscheidest, wird es solche Aussetzer wie gerade nicht mehr geben. Du wirst blind gehorchen. Du wirst alles tun, was ich dir sage, auch wenn es dir nicht gefällt. Tust du es nicht, verschwinde ich und überlass deine Kleine und dich eurem Schicksal. Ich blicke nicht zurück und werde nicht eine Sekunde mehr an dich oder sie denken. Verstanden?! … Und, Missy, du hast gerade gesehen, ich ziehe durch, was ich sage. Unterschätz mich nie wieder und glaub nicht, dass du mich noch einmal manipulieren oder verletzen kannst!«

Mit glühendem Blick und ernster Miene blickte ich auf sie herab und wartete auf ihre Entscheidung.

Noch immer mit zu Schlitzen verengten Augen funkelte sie mir entgegen, ließ dann aber jedoch tatsächlich das Messer sinken und letztendlich fallen. Ohne Umschweife ließ ich von ihr ab, griff nach meinem Messer und verstaute beide meiner Waffen wieder dort, wo sie hingehörten.

»Gute Entscheidung. Und jetzt komm, wir gehen shoppen.«

Ich hatte mich, nachdem ich meine Hose wieder vernünftig geschlossen hatte, von ihr abgewandt und war dabei, zu gehen.

»Shoppen? Schon wieder? Warum?«, fragte sie irritiert in meinen Rücken und rappelte sich gerade auf.

Ich blieb nicht stehen, ging einfach weiter die Straße entlang, um erneut den Klamottenladen von heute Morgen aufzusuchen. Ich wollte so oder so noch einmal mit ihr hierher. Schließlich hatte ich ihr nur einen Satz neue Klamotten gekauft, da ich nicht gewusst hatte, ob ich mit der Größe richtig lag. Ich hatte mich an der Verkäuferin orientiert, da ich der Meinung gewesen war, sie könnten dieselbe Größe haben. Und ich behielt recht mit meiner Schätzung. Doch nach den neuen Informationen, die ich von dem Kerl aus dem Diner erfahren hatte, brauchte sie noch ein Abendoutfit.

Der Plan war, wie normale Gäste auszusehen. Meinetwegen wie ein verschissenes Pärchen, das zum Tanzen ging. So kam ich am besten an Informationen heran.

»Spreche ich so undeutlich?«, fragte ich sie über die Schulter gewandt. Sie hatte Mühe, bei meinem schnellen Schritt mitzuhalten. Doch daran würde sie sich wohl gewöhnen müssen.

Ein wütendes Schnauben, mehr kam tatsächlich nicht von

ihr. Sie hatte wohl die neuen Spielregeln verstanden. Hatte begriffen, dass ich tat, was ich versprach. Na, wenigstens etwas.

Kapitel 18

Sie

Meine Zunge musste mir eigentlich schon abfallen, so fest biss ich auf sie. *Du verdammter Wichser!*

Hatte er doch tatsächlich den Spieß umgedreht und mein Spiel gegen mich gewandt. Ich war mir sicher gewesen, er würde es noch in der letzten Sekunde abbrechen, wie gestern auch schon, als ich ihn gereizt hatte. Doch dieses Mal hatte er die Zügel in der Hand gehalten. Und dass mich die ganze Scheiße auch noch angemacht hatte, machte die Sache hier nicht besser oder gar leichter.

Dann seine gefasste, nein, eigentlich gleichgültige Art, dass ich ihn mit einem Messer bedroht und sogar verletzt hatte. Er hatte dem Schnitt nicht einmal Beachtung geschenkt geschweige denn eines Blickes gewürdigt. Hatte sich einfach wieder die Hose hochgezogen und ihn ignoriert, als wäre er nicht da.

Was war er bitte für ein kranker Spinner? Und wieso machte er mich dermaßen an? Ich war feucht wegen ihm. In meinem Höschen konnte ich ganz deutlich meine Nässe spüren, konnte spüren, wie ich ausgelaufen war, als er mich in meinen Mund gefickt und dabei immer und immer wieder dermaßen heiß gestöhnt hatte. Der Kerl war der pure Sex auf zwei Beinen und er machte nicht einmal großartig etwas dafür. Wie konnte das bitte sein?!

Er machte mich wütend und gleichzeitig auch neugierig. Er war so dominant und rau. So ernst und hart. Was er sagte, tat er. Dazu noch die dunkle Aura, die ihn umgab, und sein Können in allen Bereichen und ich war ihm verfallen. *Scheiße, was?!*

Bestimmt schüttelte ich den Kopf, um diese schwachsinnigen Gedanken aus meinem vernebelten Verstand zu bekommen. Die zwei Wochen Gefangenschaft, das wenige Essen und Trinken mussten mich dumm und nicht zurechnungsfähig gemacht haben, anders konnte ich mir meine Gedanken ihm gegenüber nicht erklären.

Nach einem kurzen Fußmarsch, bei dem ich mir weiterhin kräftig auf die Zunge biss, um nichts Falsches zu sagen, stoppte er plötzlich und öffnete mir überraschend die Tür zu einem Modegeschäft. Mit erhobener Braue blickte ich ihn abschätzig an.

»Muss man dir immer erst einen blasen, bis du den Gentleman raushängen lässt, oder was soll das hier jetzt?«, platzte es aus mir heraus und ich zog sofort leicht den Kopf ein, denn ich wollte nicht, dass er seine Drohung, mir nicht mehr bei Anas Rettung zu helfen, wahrmachte. Doch Aleks lachte nur einmal amüsiert auf, dann nickte er bestimmt in den Laden.

»Nein. Man muss mich erst beeindrucken und mir den Atem rauben, ehe ich den Charmeur ausgrabe«, sprach er dann überraschend dicht von hinten in mein Ohr.

Eine Gänsehaut überzog meinen Körper und ich versuchte mit aller Macht, den Schauer zurückzuhalten, der meine Wirbelsäule wegen seiner tiefen und sexy Stimme hinabjagen wollte. Den Inhalt seiner Worte ignorierte ich dabei komplett. Es reichte ja schon, dass er mich mit seinem Körper und seiner Ausstrahlung verrücktmachte. Wenn er dann auch noch so etwas von sich gab … *nein, bloß nicht weiterdenken!*

»Such dir aus, was du willst. Ich habe nur eine Aufgabe für dich. Für heute Abend benötigst du etwas Schickeres als eine Leggings.«

Unerwartet trafen mich seine Lippen hauchzart unter meinem Ohr und mir entwich ein leises Keuchen, ehe ich schnell nickte und zusah, dass ich von ihm wegkam. *Verdammte Scheiße! Was macht dieser Kerl mit mir?!*

Gerade hatte ich ihn noch in meinem Kopf getötet und nun würde ich nichts lieber tun, als mit ihm in einer der Kabinen zu verschwinden. Ich musste durchgedreht sein! Anders konnte ich es mir wirklich nicht erklären, warum ich so auf ihn reagierte. Es entsprach keiner Logik.

Nachdem ich mich in den hinteren Teil geflüchtet hatte, um von ihm wegzukommen, begann ich mich doch etwas umzusehen. Die Auswahl war riesig und ich war im ersten Moment etwas überfordert. Ich hatte nie das Geld gehabt, um in solch einen Laden einkaufen zu gehen. Ich legte auch nicht wirklich wert auf Klamotten oder Accessoires oder generell auf Mode und den neusten Trend. Dafür hatte ich weder das Geld noch – mit zwei Jobs und meinem Gesang- und Tanzunterricht – die Zeit. Dennoch wurde ich schnell fündig und hatte dann sogar richtig Spaß am Shoppen. Ich verstand nun, was Frau daran so toll fand, und schlüpfte in ein Teil nach dem anderen.

Meine Augen wurden immer größer und größer, je mehr schöne Sachen ich entdeckte. Bis meine gesamte Umkleide gerammelt voll war und ich mich nicht mehr entscheiden konnte.

»Ich sagte zwar, such dir aus, was du willst, aber damit meinte ich eigentlich nicht, dass du den halben Laden leerkaufen solltest«, ertönte unerwartet seine belustigte Stimme hinter mir. Erschrocken blickte ich in den Spiegel und sah ihn darüber hinweg an.

Aleks lehnte sich lässig und mit vor der Brust verschränkten Armen am Eingang der Kabine an und betrachtete mich mit einem frechen Lächeln auf den Lippen. *Gott, wie ich dieses*

Lächeln hasse … Zumindest versuchte ich, es mir einzureden.

»Und ein Outfit für heute Abend hast du auch noch nicht, wie ich sehe«, ermahnte er mich dann mit strengem Ton.

Ich wandte mich ihm zu, ehe ich mich kurz umsah, um nach den beiden Cocktailkleidern zu greifen, die ich für heute Abend ausgesucht hatte. Demonstrativ hielt ich sie ihm entgegen, damit er eins aussuchen sollte.

»Welches gefällt dir?«, fragte ich ihn emotionslos und wartete auf seine Antwort. Doch er schüttelte nur leicht den Kopf.

»So kann ich das nicht entscheiden. Zieh sie an, dann komm raus und präsentier sie mir.« Damit nickte er mir zu, doch er ging nicht. Aleks blieb im Eingang zwischen Vorhang und Wand gelehnt stehen und betrachtete mich mit intensivem Blick.

»Könntest du bitte rausgehen?!«, fragte ich ihn scharf und hob mahnend die Augenbraue. Sein Schmunzeln wich einem Grinsen.

»Wieso? Ich habe dich schließlich schon nackt gesehen. Mach schon, Missy.«

»Ginger! Ich heiße Ginger!«, maulte ich ihn an und wandte mich dann in einer schnellen Drehung von ihm ab. Dabei vermied ich den Blick in den Spiegel, der mir sein überhebliches Grinsen zeigte, denn dass er dieses auf seinen Lippen trug, wusste ich, auch ohne hinzusehen.

Es nervte mich, dass er schon wieder gewann und wohl ab jetzt auch immer gewinnen würde. So, wie er es vorhin vorausgesagt hatte. Ich war keine gute Verliererin und doch blieb mir gar nichts anderes übrig. Oder?!

Ich durfte ihm vielleicht nicht mehr widersprechen, ihn nicht mehr sabotieren oder verletzen und nicht mehr weglaufen, doch mit meinen Reizen spielen und ihn dadurch etwas aus dem Konzept bringen, bloß um ihn etwas zu ärgern –

dagegen sprach nichts. Also hing ich die beiden Kleider neben mir an einen der Haken und zog mir das lange Pulloverkleid, das ich zuvor anprobiert hatte, aus. Darunter trug ich meine neue schwarze Spitzenunterwäsche.

Ihn ignorierend, mir seiner Blicke jedoch durchaus bewusst, bückte ich mich aufreizend direkt vor ihm und streckte ihm meinen halbnackten Arsch förmlich entgegen, um in die silbern glitzernden Heels zu steigen. Und um noch einen draufzusetzen, tat ich so, als würde ich den Riemen, den ich um meine Fußfessel binden musste, nicht zubekommen. Immer wieder fummelte ich an dem dünnen Seil herum, bis ich plötzlich seine raue Hand an meinem nackten Rücken spürte.

»Brauchst du Hilfe, *Ginger*?«, raunte er mir wieder mit seiner rauchigen Stimme dicht in mein Ohr, ehe er vor mir in die Hocke ging. Die Art, wie er meinen Namen aussprach, sollte verboten gehören und ließ mich bis ins Mark erschaudern.

Langsam richtete ich mich auf und hielt ihm auffordernd meinen Fuß entgegen, damit er mir mit dem Riemchen helfen konnte. Seine rauen Hände wanderten meine Wade entlang bis runter zu meinem Knöchel. Dabei sah Aleks mir durchgehend in die Augen und unterbrach erst den Blickkontakt, als seine Finger an dem dünnen Lederband angekommen waren. Ein schneller und geschickter Handgriff, und der Verschluss war geschlossen.

Mit einem wissenden Blick sah er mich wieder an. Seine dunkelblonden Haare hingen ihm dabei leicht in die Stirn und seine braungrünen Augen bekamen einen dunklen Glanz.

»Brauchst du mit dem anderen auch meine Hilfe, *Ginger*?«

Wieder die verboten heiße Betonung meines Namens. Beinah unmerklich zuckte ich mit den Schultern und blickte auf ihn herab.

Sein Mundwinkel zuckte wie schon so oft, dann senkte er

wieder seinen Blick. Doch im nächsten Moment tat er etwas, mit dem ich nicht gerechnet hatte. Aleks packte meinen Fuß und stellte ihn auf seinem Knie ab. Keuchend vor Schreck suchte ich Halt an seinen breiten Schultern, um nicht das Gleichgewicht zu verlieren. Erneut verschloss er den Riemen gekonnt.

Statt aber von mir abzulassen, mich freizugeben, saß Aleks weiterhin vor mir in der Hocke, mein Fuß auf seinem Knie abgestellt. Dann senkte er unerwartet seine Lippen auf meine Wade. Zischend ließ ich die Luft aus. Wusste nicht mit dieser Zärtlichkeit umzugehen. Nach all seiner Dominanz war es komisch und doch fühlte es sich gut an, wie seine weichen Lippen immer weiter mein Bein nach oben küssten.

Als er seine Zungenspitze an meinem Oberschenkel entlanggleiten ließ, krallte ich mich in seine starken Schultern und keuchte leise auf. Kurz vor meiner Scham, als ich seinen heißen Atem bereits an dem dünnen Stoff meiner Unterwäsche spüren konnte, drückte er mich leicht von sich und erhob sich.

Mein Atem ging schnell, mein Puls raste ebenso und das Rauschen in meinen Ohren verhinderte, dass ich irgendetwas aus meiner Umgebung wirklich wahrnahm.

Aleks grinste mich mit seinem typischen Lächeln, wofür ich ihn gleichzeitig schütteln und küssen könnte, an. Dann griff er an mir vorbei und hielt mir das kleine schwarze Cocktailkleid entgegen.

»Ganz klar das hier. Zieh es an, dann komm raus«, befahl er mir schmunzelnd, dann verließ er die Umkleide und ließ mich mit meinen rasenden Gedanken zurück. Ich brauchte noch einen Moment, um mich wieder zu fangen.

Als ich allmählich wieder alle Sinne beisammenhatte, zog ich sein ausgewähltes Kleid an. Aleks hatte sich für das kurze, schwarze Cocktailkleid entschieden. Es hatte ein aufwendig besticktes Oberteil mit vielen edlen Glitzerperlen. Dazu war es schulterfrei und präsentierte dadurch mein Dekolletee. Der Rock des Kleides endete knapp über meinen Knien und er schwang schön hin und her, wenn ich mich in ihm bewegte. Auf der Tanzfläche würde es toll aussehen. Doch natürlich gingen wir dort nicht zum Tanzen hin, das war mir klar. Dennoch hatte die Vorstellung etwas, mit diesem Riesen zusammen zu tanzen. *Ob du es wohl kannst?*

Ich sah mich noch einmal im Spiegel an und musste zugeben, dass mir dieses Kleid, vor allem in Kombination mit den Schuhen, ausgezeichnet stand. Unsicher, ob es auch ihm gefiel, trat ich aus der Kabine. Aleks unterhielt sich gerade mit einer Verkäuferin, doch als er mich sah, fiel sein Blick sofort auf mich und er wandte sich von ihr ab und mir zu. Etwas verlegen über den Blick, den er mir schenkte, sah ich ihn abwartend an. Seine Augen wanderten einmal komplett an mir hinab und wieder hinauf, bis sie in meinem Gesicht wieder endeten. Dann nickte er zufrieden.

»Perfekt. Zieh dich in der Kabine daneben um, die reizende Dame hier wird alles zur Kasse bringen, dann können wir gehen«, informierte er mich und nickte der Verkäuferin zu, damit sie seinen Wunsch in die Tat umsetzte. Erstaunt sah ich ihn an. Er wollte mir all diese Klamotten kaufen?!

Erst als mich die Verkäuferin freundlich anlächelte, reagierte ich und tat, wie mir geheißen.

Ich entschied mich für das Pulloverkleid, das ich gerade angezogen hatte, und süße Ballerina, reichte ihr noch mein heutiges Abendoutfit und ging in Richtung Kasse. Kurz sah ich mich über die Schulter zu ihr um, nicht ganz sicher, ob ich ihr nicht doch lieber mit all den vielen Klamotten helfen sollte. Ich war es nicht gewöhnt, dass man mir meine Sachen hinterhertrug, und ich wollte mich auch nicht daran gewöhnen.

Aleks wartete bereits an der Kasse auf mich und die

Klamotten. Er selbst hatte sich wohl ebenfalls ein Outfit zusammengestellt, was mich wunderte – schließlich hatte er nicht viel Zeit dazu gehabt. Doch als ich sah, wie er der anderen Verkäuferin hinter der Kasse zuzwinkerte, wusste ich, dass nicht er selbst es ausgesucht hatte. Die Augen verdrehend, darüber, wie sie ihn anhimmelte, trat ich an die beiden heran.

»Ich denke, wir benötigen noch zwei große Reisetaschen. Wärst du so nett, Schätzchen?«, bat er sie charmant lächelnd darum und natürlich eilte sie sofort los, um seiner Bitte nachzukommen.

»Du hast die Ladys ja gut im Griff«, kommentierte ich diese Peinlichkeit hier trocken. Er schenkte mir einen kleinen Seitenblick, dann zuckte er teilnahmslos mit den Achseln. Als wäre gerade nichts zwischen uns passiert. Fast, als wäre ich ihm egal. *Gott, dieser Kerl!*

Ich wurde einfach nicht schlau aus ihm und seinem widersprüchlichen Verhalten.

Nachdem seine zwei neuen Freundinnen ihm jeden Wunsch erfüllt hatten, alles zusammengelegt, abgetippt und eingepackt war, bezahlte er diesen Berg an Klamotten und Schuhen, nahm beide Reisetaschen an sich und nickte mir zu. Ich war noch etwas erschlagen von der monströsen Summe, die er über die Theke hatte wandern lassen. Wie viel konnte man bitte für Klamotten ausgeben?

Das schlechte Gewissen machte sich in mir breit und ich fragte mich, wie ich ihm das jemals zurückzahlen sollte. Denn schenken ließ ich mir all das sicher nicht!

»Du hättest mir das alles nicht kaufen müssen«, startete ich den ersten Versuch, das Gespräch aufzunehmen. Er setzte sich seine Sonnenbrille auf, dann schenkte er mir ein verschmitztes Lächeln.

»Keine Sorge, du musst dafür nichts für mich tun. Nimm es an und lass es jetzt einfach gut sein. Ach und hier, nimm das und geh in den Laden gegenüber und besorg dir, was ihr Frauen so braucht. Wir treffen uns in der Werkstatt. Du weißt noch, wo die ist?«

Ich nickte unsicher, dann nahm ich das Bündel Dollarscheine entgegen, dass er mir in dem Moment in die Hand drückte. Als ich mich nicht gleich in Bewegung setzte, nickte Aleks einmal auffordernd in Richtung Laden, wandte sich ab und ging die Straße runter, zurück zur Werkstatt.

Ich war etwas überrascht, dass er mich tatsächlich allein ließ. Doch der Gedanke verflog schnell wieder. Schließlich brauchte ich ihn mehr als er mich. Ich war auf ihn und seine Hilfe angewiesen, das wusste er. Und da wir die Machtverhältnisse nun auch geklärt hatten, schien er sich nun sicherer zu sein.

Seufzend ergab ich mich meinem Schicksal und betrat den Laden, nur um festzustellen, dass es sich um eine Art Beautysalon handelte. Ich verstand. Aleks wollte, dass ich mir hier Make-up aussuchte. Also tat ich das und brauchte auch nicht lange dafür. Ich war schon immer der eher natürliche Typ gewesen und würde das auch nicht ändern. Also verließ ich den Laden nach kurzer Zeit wieder mit einer Wimperntusche, einem schwarzen Eyeliner, einem Lidschattenset, Puder in meinem hellen Hautton und einem Lippenstift in Nude.

Nach einem kurzen Fußmarsch wieder zurück zur Werkstatt hielt ich nach Aleks Ausschau und wurde schnell fündig. Überrascht trat ich näher, als ich erkannte, dass der Mechaniker ganze Arbeit mit dem Umlackieren geleistet hatte. Denn nun war der Geländewagen nicht mehr mattschwarz, sondern weiß.

»Wow«, kommentierte ich noch einmal meine Gedanken, denn ich war wirklich beeindruckt von der schnellen und effizienten Arbeit. Was man mit Geld alles erreichen konnte, überraschte mich immer wieder.

Aleks blickte sich zu mir um, als er mich wahrnahm. Sein Blick wanderte auf das kleine Tütchen in meiner Hand, dann sah er mich wieder mit zusammengezogenen Augenbrauen fragend an. Ich wusste nicht ganz, was nun in seinem Kopf vor sich ging, daher hielt ich ihm nur kommentarlos das Wechselgeld entgegen. Er hatte mir viel zu viel mitgegeben und ich hatte nicht vor, es zu behalten.

Mit einem kurzen Zögern nahm er letztendlich die Scheine an, dann nickte er typisch er, um mir zu bedeuten, einzusteigen. *Ob du auch irgendwann normal mit mir umgehen wirst?!*

* * *

Am Abend fanden wir uns dann auf dem Parkplatz vor besagtem Club wieder. Noch immer wusste ich nicht wirklich, was wir hier sollten. Ich hatte, wie ich es geplant hatte, nur ein leichtes Make-up aufgelegt. Meine Haare ließ ich offen und ich trug das ausgewählte Outfit.

Um dieses Mal seinem dämlichen Nicken zuvorzukommen, wollte ich zuerst aussteigen, doch da beugte sich Aleks plötzlich über mich und zog meine Wagentür von innen wieder zu, hielt mich damit davon ab, das Auto zu verlassen. Irritiert sah ich ihn an und ignorierte dabei, wie unfassbar gut Aleks in seinem schwarzen Hemd und dunkler Jeans aussah.

Er schien zu überlegen, was er mir erzählen sollte und was nicht. Wollte er mich tatsächlich in etwas einweihen?!

»Du hast ja heute Morgen eine Kleinigkeit aufschnappen können«, begann er und er klang nicht glücklich dabei. Unsicher nickte ich und wartete darauf, dass er fortfuhr.

»Der Laden ist hoffentlich unsere Eintrittskarte in die Auktion. Ich möchte, dass du alles tust, was ich dir sage. Egal wie absurd oder hirnrissig es sich für dich anhört. Verstanden?!

Wir haben nur diese eine Chance. Denn wenn ich mit ihm fertig bin und habe, was ich will, wird sich das schnell rumsprechen und wir müssen hier weg. Da kann ich es nicht gebrauchen, dass du dich mal wieder querstellst, sonst lasse ich dich hier!«

Aleks fixierte mich mit strengem Blick. Erneut nickte ich, um ihm zu bedeuten, dass ich verstanden hatte. Ich würde alles tun, was er von mir verlangte. Wir waren so nah dran, Ana endlich zu befreien, und ich wusste auch, dass uns die Zeit allmählich davonlief. Ich wollte nicht, dass sie länger als nötig an diesem schrecklichen Ort war. Allein!

Noch ein strenger Blick von ihm, dann nickte er wieder typisch er, machte mich damit erneut rasend und stieg aus. *Argh!*

Ich folgte ihm und ließ mich von ihm dirigieren. Er legte eine Hand an meinen unteren Rücken und gemeinsam betraten wir den Nachtclub. Auch wenn er von außen nach nicht viel aussah, so war er im Inneren doch sehr ansehnlich.

Im hinteren Teil konnte ich nicht nur eine schicke Bar ausmachen, sondern daneben sogar eine kleine Karaokebühne. Tische und Sitzgelegenheiten waren rechts und links von der Tanzfläche aufgestellt.

Aleks führte mich durch die Gäste, zielstrebig in Richtung … *Tanzfläche?!*

Ich war mir sicher, er würde mich an der Bar abstellen und seine Arbeit machen. Aber niemals hätte ich damit gerechnet, dass er mich auf die Tanzfläche führt und dort … was? Mit mir tanzt?!

»Was wird das?«, fragte ich ihn irritiert.

An seinem Ziel angekommen zog er mich schwungvoll an sich heran.

»Sieht man das nicht?«, stellte er eine Gegenfrage und lächelte mir charmant entgegen, ehe seine eine Hand an meinen unteren Rücken wanderte und seine andere die meine fest umschloss. Unsicher blickte ich mich um und in diesem Moment – wie sollte es auch anders sein? – ertönte natürlich ein langsamer Song. Als hätte er es getimt.

Ich ließ mich von ihm führen und passte mich seinen Bewegungen an. Nach kurzer Zeit musste ich über ihn schmunzeln und blickte ihn dabei an.

»Was ist?«, fragte er mich und dieses Mal klang er dabei etwas unsicher. Mein Lächeln nahm zu.

»Deine Tanzversuche sind … niedlich«, zog ich ihn auf. Aleks tanzte nicht schlecht und dafür, dass ich mir sicher gewesen war, er beherrschte es gar nicht, sogar ganz gut. Gegenüber meinen üblichen Tanzpartnern wirkte er dennoch eher unbeholfen. Aber das störte mich nicht.

»Niedlich?«, wiederholte er und sah mich mit erhobener Augenbraue an. Ich nickte grinsend.

»Ach … und du kannst das besser, ja?«, forderte er mich heraus.

Mein Lächeln nahm zu, erst recht, als ein Liedwechsel kam und ich ihm kurz in seine Schranken weisen konnte, zumindest hier auf der Tanzfläche. Denn hier war ich zu Hause und hier hatte ich das Sagen, nicht er.

Ich löste mich aus seinem dirigierenden Griff, drückte meine Handfläche gegen seine breite Brust und schob ihn leicht von mir, um mir Platz zu machen.

Fragend verzog er die Augenbrauen, doch seine Lippen zierte ein kleines Schmunzeln, als ich ihm den ersten von noch vielen gekonnten Hüftschwüngen präsentierte. Passend zum Takt tänzelte ich um ihn herum. Meine Beinarbeit war perfekt. So, wie ich es über all die vielen Jahre gelernt, gelebt und geliebt hatte.

Mit einem ehrlichen Lächeln auf den Lippen, endlich wieder einer meiner Leidenschaften nachgehen zu können, tanzte ich mich frei. Doch als ich mich etwas von ihm entfernte, packte mich Aleks an meinem Handgelenk und zog mich in einer geschickten Umdrehung wieder zu sich heran, ehe er sich ebenfalls passend zum Takt bewegte. Atemlos sah ich zu ihm auf und war überrascht über sein Können.

Ein erneuter Liedwechsel, dann wandte ich ihm meinen Rücken zu und schmiegte meinen Arsch gegen seinen Schritt. In diesem Moment gab es nur ihn und mich.

Aleks hatte mich mit dieser kleinen Einlage wirklich verblüfft und ich wollte unbedingt erfahren, wie viele Facetten wohl noch in diesem ernsten Riesen schlummerten.

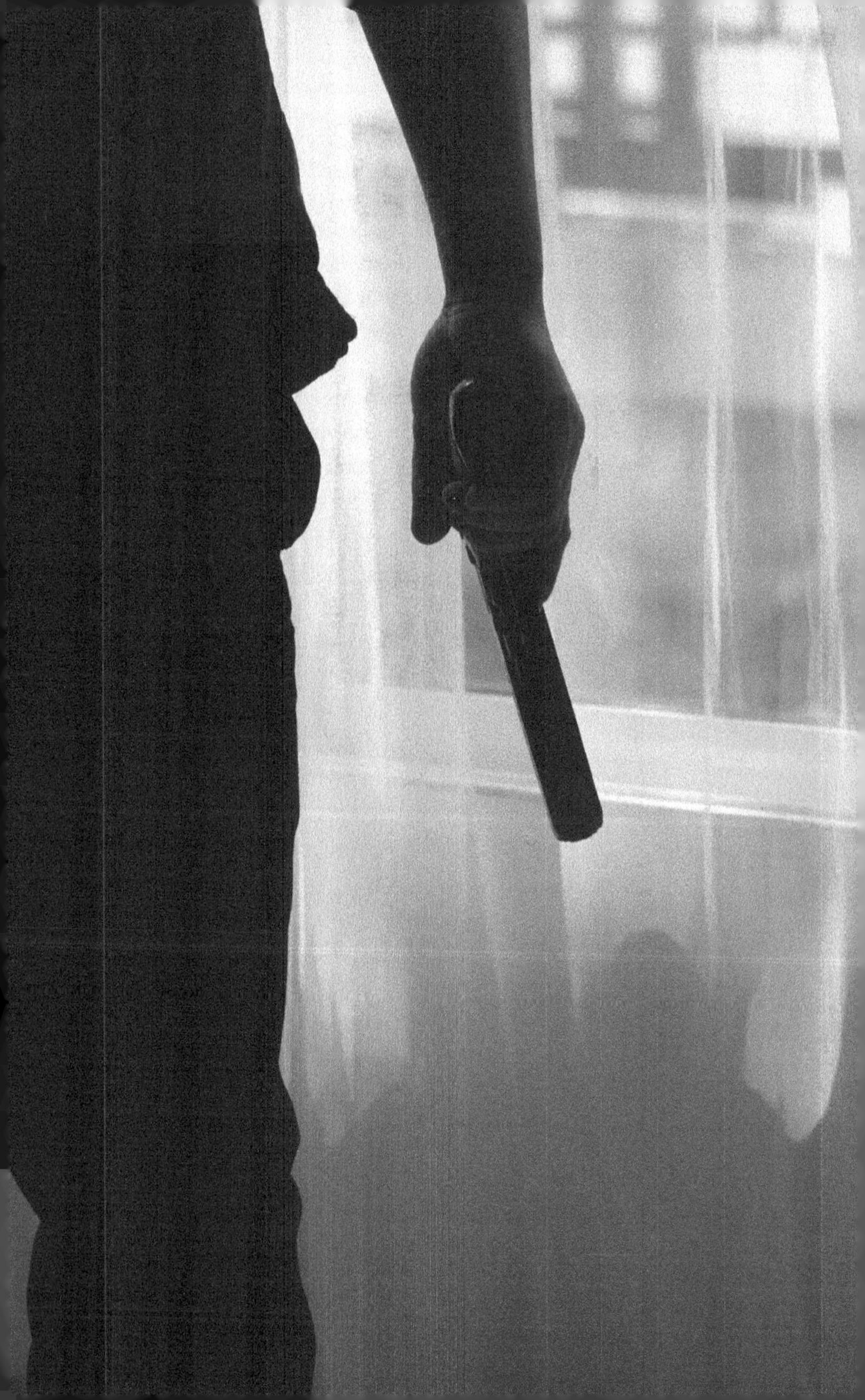

Kapitel 19

Er

Scheiße!

Die kleine Lady hatte mich wirklich eiskalt erwischt. Im Leben hätte ich nicht mit solch einem Hüftschwung von ihr gerechnet. Sie hatte mich mit ihrer kleinen Show regelrecht umgehauen. Und mit dem, was sie jetzt gerade tat, machte sie mich erst recht verrückt.

Eigentlich sollte ich mich nach dem Kerl und seinen Männern, sollte er denn welche haben, umsehen. Ich sollte die Gegend auskundschaften, so wie ich es geplant hatte. Ich hatte sie doch nur als gute Tarnung benutzen wollen, nicht aber für mich als Ablenkung.

Wie sollte ich anders reagieren, als ihr meinen pochenden Schwanz gegen ihren knackigen Arsch zu drücken und mich ihren aufreizenden Bewegungen anzupassen? Alles andere kam doch gerade nicht infrage. Also ließ ich mich noch einen Moment von ihr ablenken und genoss es mehr, als ich dürfte. Denn eigentlich sollte ich nichts hiervon genießen.

Ihr Arsch an meinem Schritt sollte mich kalt lassen, schließlich kannte ich hunderte solcher Knackärsche wie den ihren. Ihr süßlicher Duft, der mir in die Nase stieg, und der salzige Geschmack, den meine Lippen an ihrem Hals aufnahmen, sollten mich nicht durchdrehen lassen. Nichts an dieser Frau sollte mich reizen oder erregen und doch sah ich gerade nur sie. Fühlte sie, als ich meine Hände über den seidigen Stoff ihres Kleides nach unten zu ihren warmen Schenkeln gleiten ließ. Spürte ihren schnellen Herzschlag und ihren rasenden Atem. *Fuck!* Ich war ihr in diesem Moment völlig verfallen.

Sie hob die Arme an und verschränkte sie nach hinten greifend in meinem Nacken, dann wandte sie mir ihr Gesicht zu. Ihre weichen und wunderschönen Lippen standen leicht geöffnet und lockten mich wie die verbotene Frucht, der Apfel, Schneewittchen und die Schlange Eva gelockt hatten. Und ich gab dem Drang, der inneren Sehnsucht, die ich nicht kannte – und wenn man sich immer so fühlte, wohl auch nie kennen wollte –, nach und senkte meine Lippen auf die ihren.

Ich küsste sie, zaghaft und doch bestimmt. Andere hätten es vielleicht auch als leidenschaftlich bezeichnet, doch so weit wollte ich hier nun wirklich nicht gehen. Schließlich bedeutete mir dieses kleine nervige Gör nichts …

Als ihre Zunge um Einlass in meinen Mund bat, durchzuckte mich ein Blitz und ich kam endlich wieder zur Besinnung. Ich löste mich von ihren Lippen und küsste mich bis zu ihrem Ohr.

»Du tanzt gut, kleine Lady«, raunte ich ihr atemlos hinein.

Meine Hände hatte ich wieder anständig auf ihre zierlichen Hüften gelegt. Auch wenn mich ihre warmen Schenkel schon wieder lockten, so musste ich standhaft bleiben und endlich wieder im Hier und Jetzt ankommen. Ich hatte einen Auftrag und kaum noch Zeit. Der Spaß war hiermit vorbei und die Wirklichkeit hatte uns wieder. Dort sollten wir auch bleiben, bis wir uns endgültig, wenn alles vorbei war, für immer trennen würden.

»Du auch, Robin«, hauchte sie mir gegen meine Wange und drückte mir noch einen zärtlichen Kuss auf. Unweigerlich musste ich bei ihrem Spitznamen für mich schmunzeln. Etwas Unpassenderes gab es wirklich nicht. *Robin Hood, Retter der Armen und Schwachen … Wer's glaubt!*

»Du musst mich jetzt meine Arbeit machen lassen, kleine Lady. Sonst war das alles hier umsonst«, sprach ich gegen ihre erhitzte Haut und gab ihr gegen die Vernunft und meine eigenen Worte noch ein paar kleine Küsse auf ihren Hals. Leckte ihr noch einmal den leichten Schweißfilm von ihrer hellen Haut und geißelte mich damit selbst, weil sie so unglaublich gut schmeckte. Sie fickte mein Hirn mit allem, was sie hatte. Ohne großartig etwas dafür zu tun. Wenn das so weiterging, rannte ich mit ihr in meinen Armen in unseren Untergang. Oder standen wir schon mitten im Inferno?!

»Was wirst du jetzt tun?«, riss mich ihre zarte Stimme aus meinen zerstörerischen Gedanken.

Ich schloss für einen Moment die Augen, um mich wieder zu sammeln, dann wirbelte ich sie zu mir herum, sodass ihr Knackarsch endlich von einem schreienden Schwanz wegkam und ich sie ansehen konnte.

Ginger krallte sich haltsuchend in mein schwarzes Hemd und sah atemlos zu mir nach oben. Shit! Dieser Anblick fickte vollständig mein Hirn.

»Ich werde uns jetzt etwas zu trinken holen und mich umschauen. Dann sehen wir weiter«, klärte ich sie auf und gab ihr – warum auch immer – noch einen Kuss, bevor ich mich von ihr löste und in der Menschenmenge verschwand. *Scheiße! Unser Inferno wartet auf uns, kleine Lady … und alles wird brennen!*

An der Bar angekommen orderte ich mir erst einmal irgendeinen Schnaps, den ich schnell exte, damit ich wieder klar wurde, dann bestellte ich zwei aufwendige Cocktails, um mit der Barkeeperin ins Gespräch zu kommen, während sie unsere Drinks mixte.

Dazu stützte ich meine beiden Arme verschränkt auf das Holz und lehnte mich extra weit über die Theke, damit sie mich verstand und ich ihr nah sein konnte. Sie meinen heißen

Atem an ihrem Hals spüren und meine rauchige Stimme dicht an ihrem Ohr hören konnte.

Schon immer war es mir leichtgefallen, eine Frau zu verführen, und normalerweise hatte ich auch Spaß daran, schließlich bekam ich so immer, was ich wollte. Seien es Informationen, Sex oder im besten Fall beides. Doch jetzt gerade widerte mich das alles hier nur an. Denn noch immer hatte ich ihren, *Gingers* Duft in der Nase und ihren Geschmack auf meiner Zunge.

Reiß dich zusammen, Aleks!, mahnte ich mich streng und versuchte, mich wieder auf meine Aufgabe zu konzentrieren.

Missy, du musst raus aus meinem Kopf! Sonst wird das hier nichts!

»Und dein Chef, wie ist der so? Ich hoffe doch für ihn, er behandelt dich gut?!«, fragte ich die Barkeeperin und ließ spielerisch meine Finger über ihre nackte Schulter weiter über ihr Schlüsselbein wandern und fixierte sie dabei mit intensivem Blick.

Sie schluckte, dann wandte sie sich verschämt von mir ab und tat so, als müsste sie sich jetzt um unsere Drinks kümmern, die schon längst fertig waren. Ich lehnte mich weit über die Theke und hielt sie sanft an ihrem Handgelenk davon ab, zu gehen.

»Hey … was ist mit dir?«, fragte ich sie ruhig und streichelte mit meinem Daumen über ihre Wange.

»Nicht. Ich darf nicht über ihn sprechen. Nimm deine Drinks und geh und hör auf, hier zu schnüffeln. Du handelst dir nur Ärger ein, Süßer.« Damit entzog sie sich mir und ließ mich einfach stehen. *Shit!*

Da hatte ich das Blondchen von Barkeeperin wohl etwas unterschätzt. Man sollte eben nicht auf jedes Klischee vertrauen.

Angepisst darüber, wie das hier alles lief, schnappte ich mir die Drinks und war dabei, zu Ginger zurückzugehen. Doch dann fiel mir etwas ins Auge. Die Kleine von gerade, wie sie sich einmal auffällig unauffällig umsah, hinter einem roten Samtvorhang verschwand und auch nach einem längeren Augenblick nicht wieder auftauchte, was mir sagte, dass sich dort eventuell eine Tür befand. *Hab ich dich!*

Der Kerl hatte Dreck am Stecken. Und wenn ich raten dürfte, würde ich sagen, er versteckte hier jede Menge gekaufte Mädchen, damit sie für ihn arbeiteten. Doch sicherlich hatten nicht alle das Glück wie die Kleine und durften hinter der Bar tätig sein.

Er war mein Ticket. Durch ihn kam ich in die Auktion. Ich musste nur überlegen, wie ich vorging. Mit Fingerspitzengefühl oder rambomäßig. Oder ich entschied es spontan, wenn ich wusste, was sich dort hinten verbarg.

Ich wollte gerade zurück auf die Tanzfläche, und damit zu ihr, doch plötzlich hielt ich in der Bewegung inne, da ich etwas im Augenwinkel gesehen hatte.

Ginger, wie sie an einer der verspiegelten Säulen lehnte, mit direktem Blick auf die Bar. Sie hatte mich also die ganze Zeit beobachtet und so, wie sie aussah, war sie nicht glücklich darüber, was ich mit der Barkeeperin gemacht hatte. *Oh, kleine Lady, einen Dämon wie mich kann man nicht bändigen, hast du das noch immer nicht verstanden?!*

Mit zuckendem Mundwinkel ging ich mit unseren Drinks bewaffnet zu ihr und reichte ihr einen, als ich bei ihr ankam. Ihren nahm sie mir mit emotionsloser Miene ab, führte den Strohhalm an ihre vollen Lippen und nippte an dem Getränk. Ich tat es ihr gleich und unterdrückte dadurch ein Schmunzeln. Ich würde mir sicher bei ihrem Feuer eine einfangen und ein Eifersuchtsdrama konnte ich jetzt wirklich nicht gebrauchen.

»Und, hast du was rausfinden können?«, fragte sie schnippisch und ich sah ihr an, wie sehr sie es sich verkniff, etwas über die Barkeeperin zu sagen. Ihren Blick ließ sie konsequent von mir abgewandt Richtung Bar ruhen. Ein leises, belustigtes Schnauben entwich mir. Doch wie sie sich aufführte, war schon fast niedlich. Nur konnten wir es beide gerade überhaupt nicht gebrauchen.

Ich stellte meinen Drink neben uns auf einem Stehtisch ab, dann trat ich dicht vor sie und stützte meine beiden Hände links und rechts an dem Spiegel in ihrem Rücken ab. Doch noch immer wich sie meinem Blick aus und sah regelrecht patzig an mir vorbei. *Stures Weib!*

»Sieh mich an«, entgegnete ich ihr rau.

Sie reagierte nicht. Ich trat noch etwas dichter an sie heran und presste sie damit gegen den kalten Spiegel in ihrem Rücken, nahm eine Hand von dem Glas und fuhr sanft ihren Wangenknochen nach, bis runter zu ihrem Kinn, weiter bis zu ihrem verführerischen Hals.

Meine Lippen führte ich auf die andere Seite ihres Gesichts und küsste hauchzart ihre Wange bis zu ihrem Ohr. Ich wusste, ich sollte das hier eigentlich nicht tun, sollte keine Rücksicht auf ihre Gefühle nehmen und doch war es in diesem Moment wie ein innerer Zwang, mich um sie zu sorgen und zu kümmern. *Scheiße! Was machst du mit mir, kleine Lady?!*

»Du musst mich jetzt meine Arbeit machen lassen und dafür musst du aus meinem Kopf, kleine Lady. Sonst verliere ich ihn womöglich. Also darfst du mich nicht so ansehen, okay?«, raunte ich dicht an ihr Ohr, ehe ich ihr noch einmal frech in ihr Läppchen biss. Sofort beschleunigte sich ihr Atmen. Doch dann nickte sie beinah unmerklich.

Noch einmal sog ich ihren himmlischen Duft ein, dann stieß ich mich kräftig von der Säule ab und wandte mich von ihr ab. Ich durfte nicht noch mehr Zeit verschwenden. Unser Zeitfenster schloss sich ohnehin allmählich und wenn wir das Mädchen wirklich noch retten wollten, dann ging das nur, wenn wir heute Nacht mit diesem scheiß Passwort hier rausgingen.

Bevor ich allerdings auch nur einen klaren Gedanken fassen konnte, um mich an einen schlauen Plan zu machen, sah ich, wie hinter dem Vorhang, der eigentlich mein Ziel war, gleich drei Schränke hervortraten und sich suchend umsahen. *Scheiße, die Kleine hat geredet!*

Ich wollte in der Masse untertauchen, nur leider spielte der DJ dermaßen miserable Musik, dass keiner auf der Tanzfläche war und es somit keine Masse gab, in der ich untertauchen konnte. Mein Blick wanderte wieder zu ihr und sie verstand die Situation sofort richtig zu deuten. Obwohl wir uns kaum kannten, wusste sie instinktiv, dass etwas nicht stimmte, und handelte dementsprechend schnell und vor allem clever.

Ginger eilte zu der kleinen Karaokebühne, schnappte sich einfach das Mikrofon und klopfte darauf, um die Aufmerksamkeit auf sich zu ziehen.

»Entschuldigt. Ich habe einfach mal meinen Mut zusammengenommen und erfülle mir jetzt einen großen Traum. Wollt ihr mir dabei helfen, meinen Mut nicht wieder zu verlieren?«, fragte sie mit gespielt schüchterner Stimme und winkte damit die Leute zu sich heran, damit sie ihr so Unterstützung gaben. *Schlaues Mädchen!*

»Ich würde gern meinen Lieblingssong singen, der ziemlich gut mein Leben und mich beschreibt. *Fall in Line* von Christina Aguilera.« Das Letzte sagte sie an den DJ gewandt, damit er ihr die richtige Musik auflegte. Einige Leute hatten sich erhoben, doch noch waren es nicht genug, damit ich untertauchen und gegebenenfalls auch lautlos angreifen konnte. Nett gedacht, aber ihr Plan schien wohl nicht aufzugehen.

Ich sah zu ihr, um ihr zu bedeuten, von hier zu verschwinden, doch sie zwinkerte mir nur frech zu, dann setzte die Musik ein und ein paar Takte später der erste Ton ihrer Stimme. Ich war dabei gewesen, mich von ihr abzuwenden, um zu sehen, wo die Kerle waren, doch ich erstarrte einfach in der Bewegung, als ich ihre kräftige, rauchige und sexy Stimme durch die Lautsprecher wahrnahm. Mit einem Blick über die Schulter sah ich sie erstaunt an. Es war der Wahnsinn, was aus diesem zierlichen Ding rauskam. Dass sie ein Lied von dieser Sängerin ausgesucht hatte, passte bei ihrer Stimmfarbe wie gespuckt.

Die Leute rasteten förmlich aus und somit füllte sich ganz schnell die Tanzfläche. Dies bot mir den nötigen Schutz, mich ungesehen zwischen den Menschen hindurchzuschlängeln. Zwischen ihren verschwitzten Leibern bahnte ich mir einen Weg zum Vorhang.

Selbst die Schränke, die mir auf den Hals gehetzt worden waren, sahen nun zu meiner Lady, waren wie hypnotisiert von ihr und folgten ihrem Gesang wie die Seeleute den Sirenen. Ich musste bei diesem Vergleich schmunzeln und an eine andere Zeit zurückdenken.

Als das Lied seinen Höhepunkt erreichte, gab sie alles, sang sich mit ihrer göttlichen Stimme die Seele aus dem Leib und ermöglichte es mir tatsächlich, unbemerkt nach hinten zu kommen.

Schnell durch den Vorhang geschlüpft befand ich mich in einem spärlich beleuchteten, engen Flur. Fachmännisch zog ich meine Waffe und versuchte, etwas zu hören. Doch die Musik war zu laut, also musste ich mich einfach unauffällig umsehen. An der ersten Tür angekommen lauschte ich zur Sicherheit noch einmal, ob ich Stimmen von innen ausmachen konnte, doch wieder hörte ich nichts, also beschloss ich, einfach hineinzusehen. Aber der Raum war leer. Nur eine vollgewichste Matratze lag in der Mitte auf dem Boden.

Alles klar. Er kaufte Mädchen von der Auktion und ließ sie dann hier für ihn arbeiten. Der Kerl hatte mehr Dreck am Stecken, als ich geglaubt hatte, und nun verstand ich, wieso

Joe mir nicht mal eben seinen Namen durchgeben konnte. Oder mehr Infos. Er hatte mir den Namen seines Sohnes gegeben, damit ich den Rest selbst herausfand und man keine dummen Fragen stellte.

Dumm war dieser Hulkverschnitt ja nicht, das musste ich ihm lassen, und wenn ich die Scheiße hier überlebte, musste ich mich wohl oder übel bei dem Arsch bedanken. *Scheiße, na hoffen wir mal, ich überlebe es nicht!*

Jetzt musste ich nur noch den Kerl finden und ein 'nettes' Pläuschchen mit ihm halten. Also zog ich die Tür hinter mir wieder zu und sah mich weiter um. Denn ich war mir sicher, er würde hier seinen Raum haben. Seinen Rückzugsort. Und ich behielt recht. Als ich weiter den engen Flur entlangging, erweckte eine rote Tür meine Aufmerksamkeit. Die anderen waren alle aus Naturholz und nicht gestrichen, nur diese eine stach besonders hervor.

Ohne groß zu fackeln und noch mehr Zeit zu verlieren, trat ich mit einem kräftigen Tritt die Tür ein und schritt mit erhobener Waffe in den Raum. Und wie ich es mir gedacht hatte, saß dort der Kerl hinter einem wuchtigen Schreibtisch. Er musste es sein, wirkte wie ein typischer, abgebrühter Zuhälter: übertrieben viel Goldschmuck, überteuerte Möbel und Klamotten und eine harte Miene, die er selbst dann nicht verlor, als ich mit erhobener Waffe vor ihm stand. Die halbnackte Barkeeperin von vorhin auf seinem Schoß ignorierten wir dabei beide.

»Ich vermute, das ist der Kerl, von dem du mir gerade erzählt hast?«, fragte er sie mit belustigtem Unterton.

Sie nickte nur eifrig und wich dabei meinem Blick aus. Ich scherte mich nicht um ihre Beweggründe, mich verraten zu haben. Es war mir scheißegal. Ich würde so oder so an meine Infos kommen.

Mit einem Klaps auf ihren nackten Arsch gab er ihr zu

verstehen, uns allein zu lassen. Doch ich schüttelte mahnend den Kopf und trat einen drohenden Schritt nach vorn, damit sie nicht auf dumme Ideen kam. Unsicher ließ sie sich wieder auf seinem Schoß nieder und sah erst zu mir, dann zu ihm.

»Sie bleibt schön hier. Schließlich habe ich mir so große Mühe gegeben, unentdeckt zu dir zu kommen. Ich hätte gern, dass das noch eine kleine Weile so bleibt, bis ich habe, was ich will, und verschwinden kann.«

Der Kerl hob argwöhnisch seine buschigen, ergrauten Brauen und beobachtete jede meiner Bewegungen, denn ich schritt langsam durch sein Büro, brachte mich in Position, falls seine Männer den Raum stürmen würden.

Ihm wurde klar, dass ich kein Laie war. Ich war ein Profi und er ging davon aus, dass man mich geschickt haben musste. Jemand Großes und Mächtiges. Gut so. Er sollte denken, er hatte jemandem, dem er nicht gewachsen war, ans Bein gepisst, dann würde er sicher leichter kooperieren.

»Also? Was willst du?«

Kapitel 20

Sie

Obwohl ich meine Leidenschaft ausübte, war ich nicht vollkommen frei. Etwas hielt mich hier, ließ mich nicht komplett loslassen. War er es? Die Sorge um ihn, ob alles gutgehen würde?! Hatte er sich schon so weit in mein Hirn geschlichen, dass ich diesen Auftritt nicht genießen konnte? Nicht einen Ton und einen Takt konnte ich genießen, weil mein Kopf bei ihm war. *Nicht gut, Ginger!*

Immer wieder wanderte mein Blick durch die Menge, ob er schon wieder zurück war, doch er blieb weiterhin hinter dem roten Samtvorhang verschollen.

Nach Lied Nummer 3 hielt ich es nicht mehr aus, ich musste wissen, wie es Aleks ging und ob alles in Ordnung bei ihm war.

Ich bedankte mich bei den Gästen, dass sie mich so tatkräftig unterstützt und mir 'Mut' gemacht hatten, und verabschiedete mich, dann sah ich zu, dass ich dort wegkam.

Irgendwie musste ich es schaffen, ungesehen hinter den roten Vorhang zu kommen. Alles andere würde ich mir dann spontan überlegen. Unauffällig und ohne Aufsehen zu erregen, pirschte ich mich immer näher an mein Ziel. Dort angekommen linste ich hinter den Vorhang und entdeckte tatsächlich eine Tür. *Bingo!*

Gerade wollte ich sie öffnen und durch diese hindurchschleichen, da packte mich jemand grob am Arm und drehte mich schnell zu sich herum. Erschrocken, dass ich erwischt worden war, keuchte ich leise auf und sah in ein scharfgeschnittenes Gesicht.

»Was machst du denn da, Täubchen?«, fragte er mich und sein Griff um mein Handgelenk wurde noch etwas fester. Schnell fing ich mich wieder und schenkte ihm mein süßestes Lächeln und einen unschuldigen Augenaufschlag.

»Nichts. Ich suche nur die Toilette. Du siehst nach einem Mann aus, der mir dabei helfen kann«, entgegnete ich ihm lieblich. Sein ernster Gesichtsausdruck verging ihm nicht und mich beschlich ein ungutes Gefühl, als ich die beiden anderen Kerle in seinem Rücken bemerkte.

»Nein? Gut. Ich werde es schon finden«, versuchte ich abzulenken und wollte mich aus seinem Griff befreien, um von ihm wegzukommen. Doch statt mich freizugeben, umschloss mich seine große Hand noch etwas kräftiger und mit einem schnellen Ruck, der mich aufkeuchen ließ, zog er mich dichter an sich heran. Nun zierte ein dunkles und unheimliches Lächeln seine schmalen Lippen und seine Augen bekamen einen Glanz, der mir gar nicht gefiel.

»Hiergeblieben, Täubchen. Ich denke, wir bringen dich eher zu unserem Boss.«

Irritiert verzog ich meine Brauen.

»Zu deinem Boss?«, fragte ich unschuldig. *Shit! Sie wissen, wer Aleks ist, und haben uns sicher vorhin zusammen gesehen!*

»Ja. Ihn interessiert es bestimmt, was so ein kleines Vögelchen wie du hier bei uns will«, antwortete er mahnend, dann schob er mich durch den Vorhang und durch die Tür, die dahinter versteckt war.

Ich wollte protestieren, doch er schob mich einfach immer weiter und ließ mir keine Chance, etwas zu sagen. Und schon standen wir vor einer roten Tür. Plötzlich blieb der Kerl allerdings stehen und legte mir seine große Hand auf meinen

Mund. Ich schimpfte in diese hinein, aber natürlich brachte es mir nichts. Dann sah ich, warum er nicht weiterging. Die Tür war eingetreten, hing nur noch halb in den Angeln. Als Nächstes nahm ich Aleks' Stimme wahr und begann ebenfalls zu lauschen.

»Komm schon. Mach es dir nicht so schwer, alter Mann. Gib mir das Passwort und den Standort und du siehst mich nie wieder. Ich werde keinem deiner Männer oder deinem Sohn Andy und seiner hübschen Freundin Greta etwas tun.«

Aleks.

Der Kerl, der mich gefangen hielt, nickte den anderen, die uns begleitet hatten, zu, dann zogen sie ihre Waffen. Mich behielt er weiterhin im Schwitzkasten. Mit seinem breiten Arm um mich geschlungen presste er mich gegen seinen bulligen Körper und hielt mir noch immer den Mund zu. In der anderen richtete er nun die Waffe auf die Tür.

Panisch schüttelte ich den Kopf und schrie in seine Hand, doch ich war mir sicher, diese verschluckte all meine Geräusche. Ich konnte Aleks nicht warnen und mich auch nicht befreien, musste tatenlos dabei zusehen, wie die drei mit mir im Schlepptau den Raum stürmten. Doch zu meiner Verwirrung sah ich Aleks nicht. Ich hatte doch ganz deutlich seine Stimme gehört …

Ein Schuss ertönte, ich schrie panisch und presste die Lider fest zusammen. Erst nachdem ich Stimmengewirr und lautes Fluchen hörte, wagte ich, meine Augen einen kleinen Spalt zu öffnen.

Dann sah ich ihn. Aleks. Wie er mit gezogener Waffe und ernstem, nein, regelrecht emotionslosem Gesichtsausdruck hinter der Tür stand und mich keines Blickes würdigte.

Im Augenwinkel sah ich mich um, dann bemerkte ich die Männerleiche zu meinen Füßen. Aleks musste einen der anderen Kerle erschossen haben, die mit dem Schrank, der mich gefangen hielt, mitgekommen waren. Einfach so.

»Verdammte Scheiße, wer bist du und was willst du von mir?!«, brüllte jemand. Ich hatte ihn, den älteren Kerl hinter dem Schreibtisch, nur kurz beim Betreten des Raumes wahrgenommen.

»Das sagte ich doch gerade ganz deutlich. Das Passwort und den Standort, und du siehst mich nie wieder. Andernfalls …« Aleks blickte kurz auf die Leiche und ein kleines, jedoch verdammt fieses Schmunzeln zierte seine sonst so schönen Lippen.

Ein kalter Schauer jagte meine Wirbelsäule hinab. Da war er wieder, der Killer. Der Dämon. Es war seltsam, nun den anderen Aleks hier vor mir stehen zu sehen. Wo ich doch gerade wieder eine neue Seite an ihm entdeckt hatte. Dieser ernste Riese hatte so viele Facetten und Gesichter, welcher war nur der echte Aleks?! Oder gab es diesen nicht?

Der Kerl, der mich noch immer gefangen hielt, nahm mit mir im Schlepptau etwas Abstand von Aleks. So konnte ich nun beide sehen. Den Mann, mit dem Aleks sprach, Aleks und … die blonde Barkeeperin von vorhin?! *Was machte diese denn hier?!*

Ein Blick auf ihren halbnackten Körper und die Tatsache, dass sie auf dem Schoß von dem Alten saß, beantwortete mir meine Frage.

Unsere Blicke trafen sich und ihre Augen wurden für einen kurzen Moment groß, ehe sie sich zu ihrem Boss lehnte und ihm etwas ins Ohr flüsterte. Zuerst wollte er sie ermahnen, nicht zu sprechen, doch er verstummte mitten im Satz, dann plötzlich ging sein Blick zwischen mir und Aleks hin und her, ehe ein wissendes Lächeln seinen Mund zierte. *Miststück!*

Sie hatte ihm sicher verraten, dass Aleks und ich zusammen hier waren, hatte uns wahrscheinlich vorhin gemeinsam tanzen sehen.

Unsicher schaute ich zu Aleks. Seine Miene war nun noch härter als vorher und er mahlte kräftig mit den Kiefern.

»So, ich denke, die Bedingungen haben sich soeben geändert. Oder willst du, dass deiner Kleinen was passiert?«, fragte der Kerl hinter dem Schreibtisch Aleks süffisant. Doch Aleks zuckte nur unbeteiligt mit den Achseln.

»Was interessiert mich eine Frau, die mir vor wenigen Stunden einen geblasen hat?!«

Der hatte gesessen, dennoch ließ ich mir nichts anmerken. Ich hoffte einfach, er meinte es nicht ernst.

Unauffällig blickte ich wieder zu dem Alten, bemerkte, dass das Miststück ihm wieder etwas zuflüsterte, und wünschte, ich könnte ihr den Hals umdrehen. Erneut sah er mich an, dann nickte er dem Kerl hinter mir zu und augenblicklich spürte ich das kalte Metall einer Waffe an meinem Kopf. Wie heute Morgen schon, als Aleks mir seinen Lauf gegen meine Stirn gedrückt hatte. *Was für ein scheiß Tag!*

»Du kleiner Scheißer, was bildest du dir eigentlich ein, hm? Kommst hier in meinen Laden, bedrohst und erpresst mich, erschießt einen meiner Leute und meinst, damit kommst du durch?! Du bist ein toter Mann!«, tobte der Alte.

Aleks schenkte ihm nur ein amüsiertes Schnauben und ein freches Mundzucken. *Dieser Mann!*

»Ich bin der kleine Scheißer, der jeden Mann hier in diesem Club erschießen wird, wenn du sie nicht gehen lässt und mir nicht das gibst, was ich will! Deine Entscheidung.«

»Ich glaube, du brauchst eine Abreibung. Deine Kleine gehört jetzt mir! Soll ich dir zeigen, wie wir hier mit Neuankömmlingen umgehen? Jeder meiner Männer darf das neue Mädchen erst einmal ausprobieren. Mal sehen, wie laut sie schreien kann!«

Wieder ein Nicken in meine Richtung, dann ging alles ganz schnell. Der andere Kerl trat an mich heran und riss mir mein sowieso schon kurzes Kleid einfach vorne auf und legte damit meine schwarze und leider durchsichtige Spitzenunterwäsche frei. Der Schrank, der mich gefangen hielt, ließ von meinem Mund ab, doch nur, um mich im Nacken zu packen und unerwartet und vor allem brutal nach unten auf die Schreibtischplatte zu drücken. Ich keuchte und zappelte in seinem Griff, aber natürlich half es nichts.

»Spiel nicht mit mir, alter Mann!«, knurrte Aleks so dunkel und rau, dass mich der Klang seiner Stimme zusammenzucken ließ.

»Lass sie gehen! Oder ich schwöre, ich erschieße jeden hier in diesem Laden. Scheißegal, wen!«, drohte er und ich riss schockiert über seine Worte die Augen auf. Das konnte er doch nicht ernst meinen?! Er konnte doch nicht für mich so viele Menschenleben opfern!

Statt auf Aleks zu hören, lachte er ihn allerdings nur aus. In der nächsten Sekunde ertönte ein weiterer Schuss, der mich laut aufschreien ließ, da ich ihn nicht hatte kommen sehen. Ich blickte auf – mehr war mir in diesem erbarmungslosen Griff, in dem ich gehalten wurde, nicht möglich – und sah nur noch, wie die Blondine mit blutüberströmtem Gesicht vom Schoß ihres Bosses zur Seite fiel. Aleks hatte die Barkeeperin, ohne mit der Wimper zu zucken, erschossen.

»Du Bastard! Das war dein Todesurteil!«, brüllte der Alte sichtlich geschockt über Aleks Brutalität. Na, wenigstens war ich nicht die Einzige.

Rücksichtslos wurde ich zur Seite und damit auf den Boden geschleudert, damit sie sich wohl auf Aleks stürzen konnten. Doch dann ertönte der dritte und daraufhin sofort der vierte Schuss, die den Raum danach in eine tödliche Stille tauchten. Langsam und mit zitternden Gliedern rappelte ich mich auf meine Knie und sah über die Schreibtischkante. Den leblosen Körper der Barkeeperin, die ich im Augenwinkel auf dem

Boden neben mir wahrnahm, versuchte ich vollkommen auszublenden. Ich wollte diesen Anblick nicht sehen.

Laute Männerstimmen hallten aus dem Flur. Die Schüsse hatten wohl ihre Aufmerksamkeit auf uns gezogen.

»Soll ich weitermachen? Ich habe kein Problem damit, zu töten. Bis ich habe, was ich will, gibst du mir jeden zum Abschuss frei, der jetzt diesen Raum betritt!« Aleks Stimme war angesichts der Situation ziemlich ruhig, regelrecht emotionslos. Es war zum Fürchten, wie anders er sich nun verhielt.

»Du bist der Kerl, den sie alle suchen!«, entfuhr es dem Alten dann leise.

»Du hast die Auktion gefährdet und man musste sie verschieben. Du bist entkommen und dennoch willst du zurück. Warum?!«, fragte er Aleks und schien es wirklich nicht zu verstehen.

»Unwichtig! Gib mir einfach, was ich will, und du überlebst die Sache. … Zeitnah!« Das Letzte knurrte Aleks ungehalten hinterher.

Unerwartet traf mich dann sein Blick und er nickte mir unmerklich zu. Zitternd erhob ich mich, trat einen kleinen, unsicheren Schritt nach dem anderen und stieg anschließend über die drei Männerleichen. Bei ihm angekommen zog mich Aleks sofort hinter sich und schirmte mich somit vor dem Kerl ab. Doch er schien keinerlei Interesse mehr an mir zu haben. Er saß einfach nur leichenblass in seinem Stuhl und starrte Aleks mit großen Augen an. Nach einem langen Augenblick schüttelte er den Kopf. Er wollte nicht sprechen. Keine Sekunde später peitschte der fünfte Schuss durch die Luft und ließ mich vollends erstarren. Aleks hatte ihm mitten in die Stirn geschossen, wie allen anderen in diesem Raum auch.

»Du … hast … warum hast du ihn umgebracht??!«, wisperte ich aufgebracht und sah ihn mit weitaufgerissenen Augen an. Aleks war gerade dabei, seine Waffe nachzuladen, und schenkte mir und meinem Nervenzusammenbruch keinerlei Beachtung.

»Bleib da stehen! Rühr dich nicht und schrei bitte nicht wieder«, wies er mich kaltschnäuzig an, verschwand aus dem Zimmer und ließ mich allein zurück. Die Männerstimmen wurden lauter, bis mich weitere Schüsse zusammenfahren ließen.

Mit dem Rücken presste ich mich gegen die Wand hinter der Tür und umschloss schlotternd meine Arme.

Ich wusste nicht, wie lang ich in meinem Versteck ausgeharrt hatte. Den Blick ließ ich die ganze Zeit stur zur Zimmerdecke gerichtet, da ich den Anblick von all dem Blut, den leeren Augen und leblosen Körpern einfach nicht ertragen konnte.

Unerwartet trat jemand in mein Sichtfeld und ließ mich vor Schreck aufschreien. Jedoch wurde der Laut durch eine raue Hand, die sich auf meinen Mund legte, unterdrückt.

Aleks stand vor mir und blickte mit harter Miene auf mich herab. Anschließend legte er einen Finger an seine Lippen und entfernte sich dann wieder von mir. Mit schnellen Schritten stieg er über alle Leichen und schob beim Schreibtisch angekommen zur Krönung einfach den Stuhl mit dem erschlafften Körper darauf achtlos beiseite und wühlte sich durch die Schubladen. Fassungslos sah ich ihm dabei zu, wie er den Schreibtisch auseinandernahm und keinerlei Emotionen oder Reue zeigte.

»Scheiße!«, fluchte er dann nach einer Weile rau auf und knallte die Schublade gewaltsam zu. Aleks schien nicht fündig geworden zu sein. Was bedeutete das denn nun für Ana? Ich traute mich nicht, ihn hier und jetzt zu fragen. Gerade wollte ich einfach nur noch weg!

Seine eiskalte Art und die Veränderung seiner Persönlichkeit jagten mir Angst ein. Er war ein Killer. Mehr Maschine als Mensch. Zumindest im Moment.

Aleks ging um den Schreibtisch herum, sein Blick streifte mich flüchtig. Eine Kerbe bildete sich zwischen seinen Augenbrauen. Ich wusste nicht, was ihm durch seinen Kopf ging. Noch weniger verstand ich, was das Nächste von ihm sollte.

Er ging zu dem kleinen Kleiderständer, der neben der Tür stand, nahm eine der edlen Jacken ab und warf sie mir regelrecht entgegen.

»Komm!«, befahl er mir dann kühl und war schon dabei, den Raum zu verlassen.

Völlig überfordert mit dieser Situation schlüpfte ich in die Jacke und setzte ich mich nur zögerlich in Bewegung. Denn nun verstand ich, warum Aleks sie mir gegeben hatte. Mein Kleid war zerrissen und das würde Aufsehen erregen. Aufsehen, das wir nun nicht gebrauchen konnten.

Doch sobald ich aus der Tür trat, erstarrte ich wieder, als ich das Ausmaß seiner Zerstörung vor meinen Augen sah. Unzählige Männerleichen lagen auf dem Boden in dem kleinen Flur. Blut klebte überall an den Wänden und tränkte den billigen Nylonboden. Es war ein abscheuliches Bild, das mir den Rest gab und mich in den Nervenzusammenbruch stürzte, den ich bis gerade so zwanghaft versucht hatte zu unterdrücken.

Fassungslos legte ich mir eine Hand auf den Mund und schaute mich mit großen Augen um. Ich wollte nicht hinsehen und doch war ich auch nicht mehr in der Lage dazu, das alles auszublenden.

»Ach, verdammt! Flipp jetzt nicht aus, Missy! Das können wir nicht gebrauchen. Wir müssen hier weg! … JETZT!«

Erneut fuhr ich zusammen und sah mit eingezogenem Kopf zu ihm, wie er zurück zu mir kam. Als er vor mir zum Stehen kam, bemerkte ich all das fremde Blut auf seinem Körper und die kleinen Spritzer in seinem markanten Gesicht. Ich schluckte schwer, ein dicker Kloß hatte sich in meiner Kehle gebildet und drohte, mich zu ersticken. Doch als er genervt die Augen verdrehte, setzte etwas in mir aus. Wie konnte man nur so ein Arsch sein?

Ohne großartig darüber nachzudenken, hob ich blitzschnell die Hand und verpasste ihm eine dermaßen harte Ohrfeige, dass das Klatschen ohrenbetäubend war. Auch fing meine Handfläche augenblicklich Feuer, so sehr durchzuckte mich selbst der Schmerz.

Sein Kopf flog heftig zur Seite. Er hatte sie nicht kommen sehen. Ich schließlich auch nicht. Es war einfach passiert. Seine emotionslose Art und wie er nun mit mir umging, hatten mir den Rest gegeben.

»Sag mal, was bildest du dir eigentlich ein?! Ich soll nicht ausflippen?! Ich soll mit dir kommen?! Mit DIR!? Du bist ein verschissener Mörder! Ein Dämon!!«, schrie ich ihm hysterisch entgegen und war mir sicher, hiermit meinen Verstand verloren zu haben.

Aleks' Blick fand den meinen wieder und der Mix aus Grün und Braun seiner Augen loderte förmlich. Mit einer Hand rieb er sich kurz die bereits gerötete Stelle, die durch seinen Bart an seiner Wange durchblitzte, dann packte er mich unerwartet an meinem Kiefer und zog mich dicht zu sich heran.

»Tu das nie wieder, Ginger!« Seine Stimme glich einem dunklen und unheimlichen Flüstern, welches dafür sorgte, dass sich sämtliche meiner feinen Härchen aufstellten.

»Wenn du mit der Art und Weise nicht zurechtkommst, wie ich dich und die Kleine rette, dann geh!« Damit schubste er mich grob von sich und ließ mich einfach stehen.

Keine Ahnung, wie lange ich in dem engen Flur gestanden und ihm hinterhergesehen hatte, obwohl er schon lange nicht mehr in meinem Blickfeld war.

Mein Hirn arbeitete auf Hochtouren und gleichzeitig war

es einfach nur leer. Ich konnte keinen klaren Gedanken fassen und wusste auch nicht, was ich nun tun sollte.

Gehen oder bleiben?

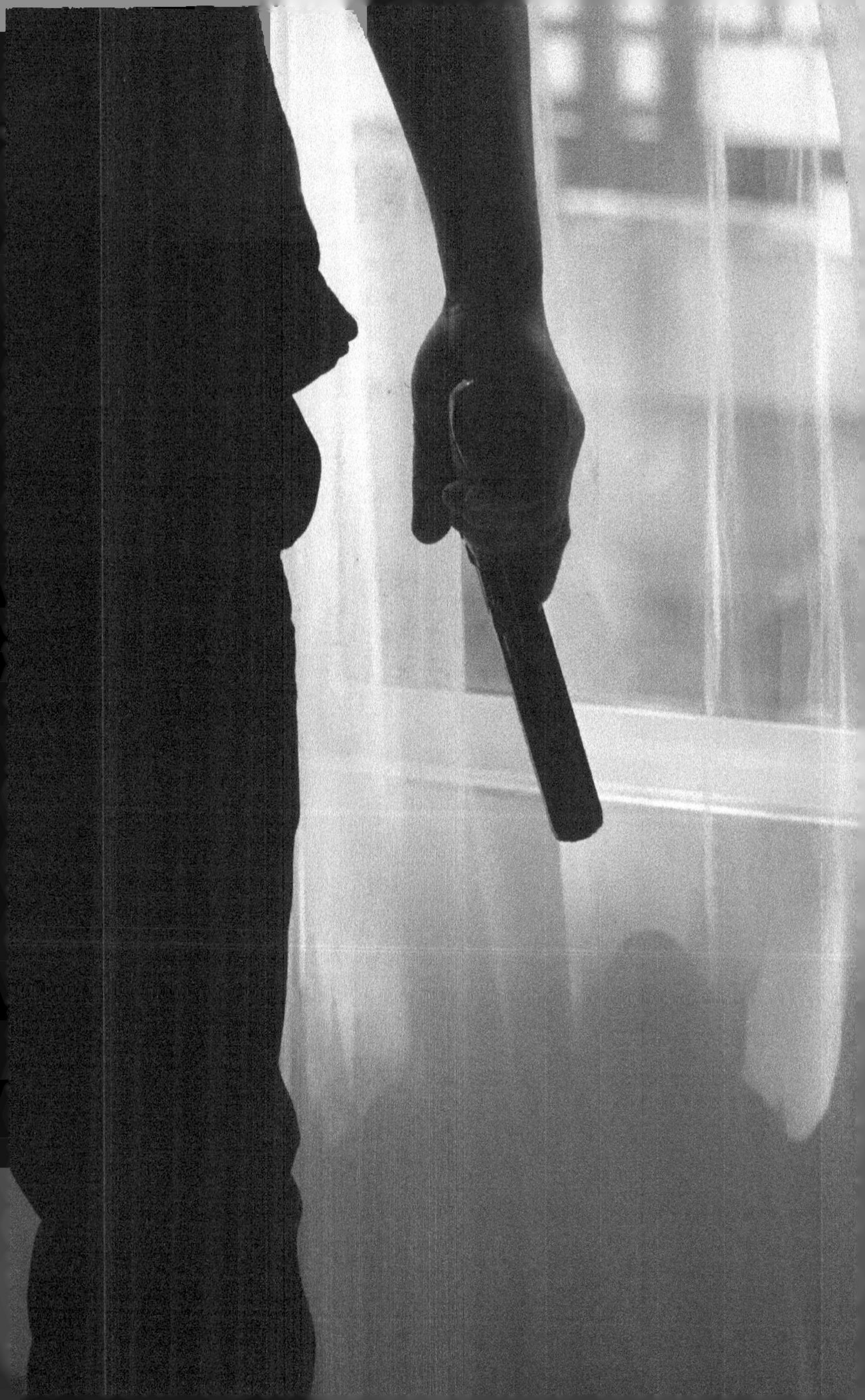

Kapitel 21

Er

Fuck!

Das lief nicht einmal ansatzweise so, wie es geplant war. Doch ich hatte ihn umbringen müssen! Er wusste zu viel und hätte mir nichts gesagt.

Alle seine Männer hatte ich abgeschlachtet. Und es war so leicht, so fucking einfach gewesen! Sie waren nicht wirklich gut ausgebildet gewesen – oder ich zu gut. Ich wusste es nicht so genau. Es war ja auch egal.

Doch was machte ich nun?! Ich hatte auch leider nichts in seinem Schreibtisch gefunden. *Sein Handy!,* schoss es mir dann plötzlich durch den Kopf. Vielleicht hatte er keine Papiere, sondern alle Informationen digital aufbewahrt. Warum ich da nicht gleich draufgekommen war, lag wahrscheinlich an dem kleinen Nervenbündel, das ich bei der Gelegenheit gleich mitschleppen konnte.

Also machte ich auf dem Absatz kehrt und ging den Gang wieder zurück, zurück zu ihr. Und tatsächlich, sie stand noch immer völlig erstarrt an Ort und Stelle, wie ich sie stehengelassen hatte. Meine Wange brannte immer noch leicht. Die kleine Lady hatte einen wirklich guten Schlag drauf, das musste ich ihr lassen. Und schnell war sie. Ich hatte ihre Ohrfeige wirklich nicht kommen sehen. Was selten vorkam.

Als sie meine Schritte endlich wahrnahm, blickte sie in meine Richtung und sah mich mit immer größer werdenden Augen an.

»Du bist ja nicht weit gekommen«, zog ich sie auf und trat an ihr vorbei zurück in das Büro. Bei seiner Leiche angekommen durchsuchte ich, ohne zu zögern, seine Taschen und wurde fündig. Neben seinem Handy beschloss ich außerdem, seinen Laptop einzupacken, den ich in einer der Schubladen gesehen hatte. Im Moment konnte ich damit nichts anfangen, doch Enzos Brüderchen würde mit Sicherheit einen Weg finden, ihn zu knacken.

Als ich beides hatte, ging ich wieder zurück zu ihr. Ginger hatte mich die ganze Zeit nicht aus den Augen gelassen und skeptisch die Stirn gerunzelt.

»Was tust du da?«, fragte sie mich dann mit leiser Stimme. Im Türrahmen dicht neben ihr blieb ich stehen und sah auf sie herab.

»Vielleicht habe ich vorhin etwas voreilig gehandelt. Also musste ich zurück und es holen.« Damit nahm ich sie bei der Hand und zog sie sachte mit mir. Mehr Rechtfertigungen würde sie nicht von mir bekommen. Strenggenommen hätte ich mich gar nicht rechtfertigen müssen. Ich hatte nichts getan, außer meinen Job. Wenn sie damit nicht zurechtkam, war das schließlich nicht mein Problem. Aber wenn ich schon mal hier war, konnte ich sie ja auch einfach wieder mitnehmen. Wo sollte sie auch sonst hin? Außerdem würde hier gleich alles von Polizisten wimmeln und da wir nicht wussten, ob diese vom Ring infiltriert wurden, sollten wir uns besser nicht erwischen lassen.

Überraschenderweise ließ sie sich einfach von mir bis nach draußen führen, erst dann ließ ich ihre Hand wieder los und stieg in unseren Wagen ein. Sie folgte mir kommentarlos. Ich drückte ihr Laptop und Handy in die Hand und fuhr ohne Umschweife los, zurück zu unserem Motel.

»Geh schon mal vor, ich besorg schnell etwas zu essen«, informierte ich sie und schickte sie in unser Zimmer. Mit erhobener Augenbraue tat sie, worum ich sie gebeten hatte. *Sag bloß, dein Feuer ist schon erloschen, kleine Lady?!*

Da es schon spät war, blieb nur der billige Automat des Motels. Ich nahm von allem etwas und hoffte, dass die eingeschweißten Sandwiches frisch und wenigstens halbwegs genießbar waren. Während ich wartete, dass der Automat unser Essen ausspuckte, zückte ich mein Smartphone, wählte eine Nummer und hielt es mir ans Ohr.

»Aleks?«, nahm Enzo schon nach dem zweiten Klingeln ab.

»Ja«, brummte ich schlechtgelaunt in den Hörer.

»Okay, es lief wohl nicht nach Plan. Was ist passiert?«, fragte Enzo und ich hörte das Klacken seines Feuerzeugs im Hintergrund.

Ich nahm unser Essen aus dem Automaten und ging langsam zurück zu unserem Zimmer, als ich ihn in die Geschehnisse des heutigen Abends einweihte. Hier und dort ließ ich etwas aus, zum Beispiel die Tanzeinlage von mir und der kleinen Lady, aber das war schließlich auch eher nebensächlich und tat nichts zur Sache.

Enzo brummte, nachdem ich ihn vollständig aufgeklärt hatte, missmutig in den Hörer.

»Und du hoffst, etwas auf seinem Handy oder Laptop zu finden?«

»Ja. Ich werde Liam einige Daten, sollten denn welche drauf sein, schicken und selbst alles durchforsten. Irgendetwas muss er doch aufbewahrt haben. Und ich hoffe, es ist etwas, das mir hilft, die Auktion zu finden und an dieses scheiß Passwort zu kommen. Sonst sehe ich wirklich schwarz.«

Vor unserer Zimmertür blieb ich stehen. Ich wollte nicht, dass sie mich hörte, und ich wollte nicht, dass Enzo großartig etwas von ihr mitbekam. Er würde nur wieder falsche Schlüsse ziehen. Doch schließlich war das nicht wie bei der Prinzessin damals. Das Gör und ich würden in spätestens 24

Stunden getrennte Wege gehen und uns nie wiedersehen. Bis dahin würde ich sie einfach nicht mehr anrühren. Nach der Abschlacht-Nummer von vorhin würde sie das wahrscheinlich so oder so nicht mehr zulassen.

»Und dein Anhängsel? Was ist mit ihr?«, fragte mich Enzo unverhofft.

»Was soll mit ihr sein?«, stellte ich ihm eine Gegenfrage und hoffte, er würde es nicht weiter vertiefen.

»Hast du sie gefickt?«

»Nein.«

Stille.

»Aleks ...«

»Lass es, Enzo! Ich weiß, was ich tue! Du brauchst mir keine Moralpredigt halten. Ich melde mich bei Liam, sobald ich etwas gefunden habe«, damit legte ich auf.

Noch einmal tief durchgeatmet, dann betrat ich unser Zimmer. Zu meinem Leidwesen schien sie gerade duschen gewesen zu sein, denn Ginger stand nur im kurzen Handtuch bekleidet vor mir und sah mich mit undefinierbarem Blick an. Schnell wandte ich mich von ihr ab, legte das Essen auf den Tisch und schnappte mir den Laptop und das Handy. Immerhin hatte ich noch etwas zu tun.

Soweit es mir möglich war, versuchte ich sie zu ignorieren. Was leichter wurde, als sie sich ein Shirt und eine Sportpanty, die ich ihr heute Morgen gekauft hatte, angezogen hatte.

Während ich das Handy und den Laptop durchwühlte und Liam einige Daten, die ich entweder nicht entschlüsseln konnte oder nicht verstand, weiterleitete, aß sie und beobachtete mich. Immer wieder erwischte ich sie im Augenwinkel dabei und es machte mich allmählich wahnsinnig. Gerade als ich dabei war, die Geduld mit ihr und ihrem Starren zu verlieren, klingelte zum Glück mein Handy und hielt mich davon ab, abermals in eine hitzige Diskussion mit ihr zu geraten. Denn wie diese ausgingen, hatten wir ja schon gelernt, und das konnten wir nun beide nicht gebrauchen.

»Was?«, nahm ich schlechtgelaunt ab.

»Dir auch ein Hallo, Sonnenschein«, zog mich Liam auf. Ich schnaubte und verdrehte die Augen. Dabei fiel mein Blick unbewusst auf sie und natürlich beobachtete sie mich mit neugierigen Augen. Es war offensichtlich, dass sie mehr über mich herausfinden wollte. Vor allem nach heute. Was sie gesehen hatte, diese Seite, die kannten eigentlich nur Enzo und unsere Leute. Alle anderen, die sie gesehen hatten, hatten sie nicht überlebt. Ich wusste nicht, ob mir diese Tatsache gefiel, dass sie den Dämon in mir nun auch kannte, aber damit konnte ich mich jetzt nicht auch noch befassen.

»Konntest du mit den Daten etwas anfangen? Ich habe noch nichts gefunden«, erklärte ich Liam.

»Ja, ich konnte tatsächlich etwas finden. Aber es ist nicht viel«, warnte er mich vor.

»Egal. Spuck's aus.«

Wieder streifte mein Blick kurz den ihren, als ich mich über den Tisch beugte, um mir die Flasche Rum von gestern zu schnappen. Nach diesem verschissenen Tag brauchte ich einen Drink. Auch wenn mir ein vernünftiger Whiskey lieber wäre.

»Beste Laune, ich seh schon. Obwohl du doch in guter Gesellschaft sein sollst«, spottete Liam und brachte meine Hutschnur damit zum Platzen.

»Lass die scheiß Sprüche, Liam, und sag mir endlich, was du gefunden hast! Sonst vergesse ich mich!«, knurrte ich ungehalten in den Hörer und vermied dabei, zu ihr zu sehen.

»Schon gut. Beruhig dich! … Die meisten Daten sind unwichtig oder unbrauchbar. Aber eine war interessant.«

»Ja? Warum?«, hakte ich nach und nahm einen kräftigen Schluck, um meine Nerven zu beruhigen.

»Es ging um Käufe. Überweisungen. Ich bin mir sicher,

dass es sich dabei um Mädchen handelte. Die Daten waren so gut verschlüsselt, dass ich mich fast anstrengen musste, sie zu knacken, und dafür, dass es sich um unwichtige Käufe handeln soll, wäre der Aufwand zu groß gewesen. Also hätte ich jetzt schon einmal einen Namen und ein Konto.«

»Dann finde raus, wo er wohnt. Vielleicht ist er gesprächiger als der andere. Mir läuft die Zeit davon. Wenn Joe recht hat, dann habe ich noch bis morgen Abend Zeit, die Kleine zu finden und da rauszuholen.«

»Aleks, warum nimmst du das alles auf dich? Deine Moral in allen Ehren, aber das ist Selbstmord und das weißt du. Du kannst dich nicht mit dem gesamten Ring allein anlegen«, ermahnte mich Liam und natürlich hatte er recht. Doch ich wollte es jetzt nicht hören. Die Scheiße war gelegt und damit gab es kein Zurück mehr.

»Er ist nicht allein«, ertönte plötzlich Enzos Stimme im Hörer. Irritiert zog ich die Stirn kraus.

»David und ich sind schon auf dem Weg zu dir. Die Maschine startet in einer Stunde.« Ich schmunzelte, sagte jedoch nichts dazu.

»Liam, die Adresse«, erinnerte ich ihn.

»Ihr seid doch alle verrückt«, schimpfte er mit uns, eher er angestrengt seufzte und fortfuhr.

»Rein zufällig wohnt der Kerl in der Nähe, wo die Auktion wohl vor deiner Rettungsaktion stattfinden sollte. Ich schick dir gleich die Adresse. … Aleks, sei vorsichtig. Sie sind in Alarmbereitschaft und Enzo und David werden nicht rechtzeitig da sein, um dir Rückendeckung zu geben.« Seine Besorgnis war kaum zu überhören. Doch darum konnte ich mich jetzt nicht auch noch kümmern.

»Mach ich. Danke, Liam!« Damit legte ich auf.

Schwer seufzend rieb ich mir müde meine Augen und legte den Kopf in den Nacken.

»Und?«, überraschte mich ihre zarte Stimme. Natürlich wollte sie wissen, wie es nun weitergehen würde. Doch was sollte ich ihr sagen?

Ich hatte eigentlich nicht vor, sie mitzunehmen. Heute war der beste Beweis dafür, dass es nicht gut ausging, wenn sie in meiner Nähe war. Denn wenn ich ehrlich zu mir selbst war, hatte ich heute weitaus mehr Männer getötet als geplant, und das lag nicht nur daran, dass sie uns gesehen hatten und ich meine Spuren hatte verwischen wollen. Sondern weil sie das Gör gegen mich verwendet und sie angefasst hatten.

Auch die Barkeeperin hatte nur deswegen eine Kugel in ihre Stirn bekommen, weil sie uns gesehen hatte. Sie hatte gesehen, wie wir getanzt hatten und ich sie geküsst hatte. Sie hatte gesehen, was das zwischen uns war oder eben nicht war. Ich wollte nicht riskieren, dass Ginger etwas passierte, nur weil ich nicht abgedrückt hatte. Ich wusste, ich durfte nicht so denken. Sie sollte mir eigentlich egal sein. Das würde so vieles leichter machen. Doch wann war mein Leben je leicht gewesen?!

»Pack deine Sachen. Wenn ich duschen war, brechen wir auf. Du kannst im Auto schlafen«, klärte ich sie auf, nahm noch einen kräftigen, sehr kräftigen Schluck und erhob mich, um ins Badezimmer zu gehen.

»Du willst heute noch fahren?«, fragte sie mich und sah mich mit erhobener Augenbraue streng an. Vor dem Bett, auf dem sie saß, blieb ich stehen und blickte auf sie herab.

»Warum denn nicht, kleine Lady?« Mit schiefgelegtem Kopf betrachtete ich sie und musste mir ein Schmunzeln verkneifen. Ihr Blick wanderte kurz nach hinten zum Tisch, auf dem die Rumflasche stand, dann wieder in mein Gesicht. Nun huschte doch ein kleines Schmunzeln über meine Lippen.

»Mir geht es gut. Ich bin durchaus noch in der Lage, zu fahren. Außerdem haben wir etwas Zeitdruck«, erklärte ich ihr, ehe ich mich abwandte, um endlich duschen zu gehen.

Noch immer klebte das Blut all dieser Männer an mir.

Doch unerwartet packte sie mich am Arm und hielt mich davon ab, weiterzugehen.

»Aleks, du musst dich ausruhen. Du kannst jetzt nicht Stunden fahren, um dann … was zu tun? Dich in die nächste Schlacht zu stürzen? Das ist Selbstmord. Ich fahre und du schläfst.«

Lachend wandte ich mich zu ihr um. Das konnte sie unmöglich ernst meinen.

»Missy, das ist ja ganz niedlich von dir, aber nein. Und jetzt lass mich duschen gehen«, brummte ich mahnend und machte mich von ihr los.

Dankbar, dass sie mich nicht weiter nervte, schloss ich die Tür in meinem Rücken, befreite mich von meinen schmutzigen Klamotten und stieg in die Kabine. Meine Waffe und das Messer hatte ich auf dem Waschbecken abgelegt.

Ich stellte das heiße Wasser an und ließ es mir klärend über den Kopf laufen, ließ es meine wirren Gedanken fortspülen und die Ereignisse des Tages vergessen. So machte ich das immer. Mit dem Säubern wusch ich mir alles fort. In meinem Job und mit meinem Leben konnte ich Reue oder ein schlechtes Gewissen nicht gebrauchen. Es endete nie gut, wenn Emotionen mitspielten. Wie man an meinem besten Freund sah. Schließlich hatte er sich für seine Prinzessin in die Luft sprengen lassen. *Dieser Idiot!*

Mit beiden Händen stützte ich mich an den nassen Kacheln ab, meinen Kopf in den Nacken gelegt. Ich dachte nach, was ich nun tun sollte. Die kleine Lady könnte gar nicht so unrecht haben. Die Müdigkeit steckte mir bereits in den Knochen und ich hatte kein kleines Gemetzel wie heute vor mir, sondern einen ganzen Krieg. Da sollte ich schon etwas ausgeruht sein. So hätten Enzo und David auch noch die Chance, Zeit aufzuholen. Doch sie fahren zu lassen, kam nicht infrage. Ja, da war ich ein Macho.

Nachdem ich meine Körperpflege durchgeführt hatte, stieg ich aus, wickelte mir eines der großen Handtücher um meine Hüfte, schnappte mir meine Waffen und verließ das Badezimmer. Waffe und Messer legte ich auf dem kleinen Nachttisch neben dem Bett ab, dann ging ich zu meiner Tasche, die ich mir heute Morgen gekauft und in die ich meine Klamotten gepackt hatte und suchte mir Shorts heraus.

Ihre fragenden Blicke auf meinen Rücken und vor allem auf meine Narben konnte ich regelrecht spüren. Schon beim letzten Mal, als sie mich in der Dusche gesehen hatte, hatte sie mich danach fragen wollen, es sich jedoch verkniffen. Mal sehen, ob und wie lange sie nun schwieg.

Als ich in meiner Tasche fündig wurde, löste ich den Knoten meines Handtuchs und ließ es ungeniert zu Boden fallen. Ich stand mit dem Rücken zu ihr am Tisch und sie saß auf dem Bett. Ich schlüpfte in meine Shorts, dann löschte ich das Licht und stieg zu ihr ins Bett.

»Was wird das denn jetzt?«, fragte sie mich verwirrt.

Ich schaltete auch das Licht der Nachttischlampen mit einem Schalter neben mir an meiner Bettseite aus, dann legte ich mich auf den Rücken und blickte zur Zimmerdecke.

»Nach was sieht es denn aus, kleine Lady?«, zog ich sie auf und wandte den Blick in ihre Richtung, als ein Schnauben von ihr zu hören war. Sie schien mich anzusehen, zumindest ließ das ihre Silhouette erahnen.

Als sie nichts mehr antwortete, drehte ich mich auf die andere Seite, um endlich etwas Schlaf zu finden.

»Schlaf. Wir müssen vor Sonnenaufgang hier weg«, informierte ich sie und machte es mir bequem. Einen langen Augenblick später erst legte sie sich ebenfalls hin. Dann war alles ganz ruhig. Kein Mucks war zu hören, nur ihre Atemzüge, die von Minute zu Minute angestrengter wirkten.

»Na frag schon«, unterbrach ich die Stille, rührte mich jedoch keinen Millimeter.

»Was meinst du?«, hakte sie nach und schien wirklich nicht zu verstehen.

»Du bist nervös und dir brennt etwas unter den Nägeln. Also nutze jetzt die einmalige Gelegenheit, mir deine Fragen zu stellen. Eine weitere wirst du nicht erhalten, denn dann gehen wir getrennte Wege und sehen uns nie wieder.«

Sie bewegte sich. Ich tippte darauf, dass sie sich mir zuwandte, beschloss allerdings, dass es besser wäre, wenn ich sie nicht ansah. Wer wusste schon, was sie mir für Fragen stellen würde?

»Warum tust du, was du tust?«

Ich war von ihrer Frage ehrlich etwas überrascht. Sie war durchdacht und würde viel preisgeben. *Nicht schlecht, kleine Lady! Doch leider, bin ich Dämon zu gerissen, um darauf reinzufallen …*

»Weil ich gut bin, in dem, was ich tue. Deshalb«, war meine schlichte und für sie sicher unbefriedigende Antwort. Die Matratze bewegte sich, als hätte sie sich leicht aufgesetzt.

»Ja, das habe ich gesehen, wie gut du darin bist. Aber das beantwortet nicht meine Frage«, ermahnte sie mich. Ich schmunzelte.

»Wieso? Brauche ich einen Grund, um schlechte Menschen abzuschlachten?«, kam es mir amüsiert über die Lippen.

Stille.

»Schlaf«, befahl ich ihr dann nach einem weiteren stummen Moment ihrerseits und schloss meine Augen. Ich war todmüde.

Wieder bewegte sich nach einer Weile die Matratze, ehe ich ihren warmen Atem ganz dicht an meinem Nacken spürte, dann ihre Fingerspitzen, wie sie hauchzart über eine meiner wulstigen Narben an meinem Rücken fuhren. Meine Muskeln verspannten sich an den Stellen, wo ihre Finger mich berührten.

»Wieso hast du keine Angst vor mir?«, raunte ich in die Dunkelheit. Ginger stellte das Nachfahren meiner Narben ein, ehe ich plötzlich ihre vollen Lippen an meinem Rücken über meinen alten Wunden spürte.

Ein dunkles Brummen presste sich aus meiner Kehle und ich wandte mich blitzschnell zu ihr um, drückte sie in die Matratze und schon war ich über ihr. Sie keuchte zwar erschrocken auf, doch als ich sie dann mit meinem Körper in die Federn presste, sah sie nicht verängstigt aus. *Warum nicht, verdammt?!*

»Sprich!«, forderte ich sie scharf auf.

Ich musste es wissen. Sie hatte die dunkelste Seite an mir gesehen und doch schien sie keinerlei Panik vor mir zu haben. Selbst Enzos furchtlose Prinzessin hatte bei dem Dämon in mir den Kopf eingezogen. Doch sie, die kleine Lady vom Land, schienen die vielen Leichen, die ich seit unsrem Zusammentreffen hinterließ, überhaupt nicht zu stören. Aber warum? Sie wirkte normal. War keine von uns. Kein schlechter Mensch und auch keine verdorbene Seele.

»Warum sollte ich Angst vor dir haben? Du hast mich gerettet. Begibst dich in Gefahr und zettelst einen Krieg an, um ein kleines, dir völlig fremdes Mädchen zu retten. Sag mir, warum ich dann vor dir Angst haben sollte?!«, fragte sie mich mit zarter Stimme und hob ihre Hand, um mich in meinem Gesicht zu berühren. Doch ich wollte nun keine Zärtlichkeit. Ihre Art, zu denken, machte mich krank. Wie konnte sie so durchs Leben gehen und es uns dunklen Kreaturen so verdammt leicht damit machen?!

Grob fing ich ihre Hand in der Luft ab, schnappte mir auch ihre andere und nagelte beide über ihrem Kopf auf der Matratze fest. Mein Gesicht schwebte im Dunkeln dicht und unheilvoll über dem ihren.

»Oh, kleine Lady. So etwas darfst du zu mir nicht sagen. Du hast keine Ahnung, worauf du dich eingelassen hast. Ich bin nicht dein Retter, ich bin dein Untergang. Der tiefschwarze Abgrund, in den du kopfüber und schutzlos stürzt und aus dessen Düsternis und Grauen es kein Entkommen mehr gibt. Das bin ich. Nicht mehr und nicht weniger! Suche nicht nach dem Guten in mir. Denn du wirst nichts anderes als Schwärze finden.«

»Und doch schimmert immer wieder ein kleiner Lichtschein durch«, konterte sie voller Überzeugung.

Tadelnd schüttelte ich den Kopf und ein böses Lächeln glitt dabei über meine Lippen.

»Dummes Mädchen. Ich zeige dir das, was du sehen willst. Was mir nützt und wie es mir am besten in die Karten spielt. Suche nicht nach dem Helden in mir und akzeptiere, wer ich bin. Das macht es leichter, für uns beide.« Meine Stimme war ruhig. Mein Griff um ihre beiden Handgelenke bestimmt. Mein Körper nagelte sie noch immer fest und doch änderte sich nichts in ihrem Blick. Sie sah mich nach wie vor mit einer Wärme in ihren hellen Augen an, die unmöglich echt sein konnte.

»Ginger!«, knurrte ich drohend.

»Du kannst nichts sagen oder tun, dass meine Meinung über dich ändert«, hielt sie an dem Bullshit fest.

»Ach ja? Und da bist du sicher? Was ist denn deine Meinung über mich?«

»Du bist ein dunkler Robin Hood. Die düstere Version des Märchens und damit die glaubwürdigere. Du bist echt in dem, was du tust. Das bist du. Also hör auf, meine Meinung ändern zu wollen. Du wirst es nicht schaffen!«, provozierte sie mich und hätte nichts Dümmeres sagen können. Denn mit ihren Worten entfesselte sie den Dämon in mir, und ich war es leid, ihn in ihrer Gegenwart ständig kontrollieren zu müssen. *Wenn du kleine Lady meinst, ich kann dich mit nichts erschüttern … das sehen wir dann noch!*

Mein Grinsen machte einem Luziferlächeln Platz, dann beugte ich mich zu ihr nach unten, zu ihrem Ohr.

»Das hättest du nicht sagen dürfen«, raunte ich mit unheilvoller Stimme, ehe ich von ihren Handgelenken abließ und mit einem kräftigen Ruck ihr Top einmal komplett aufriss. Sie keuchte erschrocken auf und nun wandelte sich auch ihr Blick.

Ginger war verwirrt über mein Verhalten, wusste es nicht zu deuten. Es war mir egal. Sie wollte den Dämon. Sie meinte, mich zu kennen. Dann lernte sie mich nun richtig kennen, mit all meinen dunklen Facetten, die ich zu bieten hatten.

Ihre schönen Brüste, aber vor allem ihre harten Nippel reckten sich mir entgegen, lockten mich schon fast. Also tat ich, wozu ich Lust hatte. Ich senkte meinen Mund auf ihre erhitzte Haut, nur um dann einen Moment später in ihre harte Knospe zu beißen. Sie keuchte heiser auf und wand sich unter mir, doch das interessierte mich nicht wirklich. Stattdessen sog ich genießerisch ihren Nippel zwischen meine Lippen und saugte an ihm, während ich ihn weiter mit meinen Zähnen reizte.

Ich nahm mir, was ich wollte – schließlich waren mir ihre Gefühle egal. Und das zeigte ich ihr auch ziemlich deutlich, indem ich ihr auch ihre Sportpanty nicht gerade sanft über ihren Knackarsch zog.

Meine Shorts rollte ich nur halb über meinen Arsch, ehe sich meine Finger grob in ihre zarten Hüften krallten und ich mich mit einem harten Stoß in ihrer Nässe versenkte. Wieder ein erstickter Laut von ihr, dann wollte sie mir ihre vollen Lippen auf die meinen drücken. Wollte diesem Fick Leidenschaft verpassen. Doch ich hatte nicht vor, ihr Zärtlichkeit zu schenken. Wollte nichts vertiefen, außer diesen Fick.

Ich wollte sie ficken, mehr nicht. Sie sollte hier gar nichts anderes reininterpretieren. Es war Sex. Meine Art von Sex. Nicht mehr und nicht weniger. Hierbei ging es auch nicht um sie. Hierbei ging es nur um mich und darum, dass ich ihr zeigte, wer ich nun mal war. Ein rücksichtsloses und kaltherziges Arschloch, dem die Gefühle anderer egal waren. Meistens jedenfalls. Wenn ich mich um jemanden scherte, waren es nur wenige auserwählte Menschen – und zu diesen gehörte sie definitiv nicht.

Ich entzog mich ihr und biss stattdessen erneut in ihre Nippel, während ich mich hart in sie rammte. Statt sie abzuschrecken, stöhnte sie heiser auf, drückte mir wie ein gefügiges Kätzchen ihre Brüste entgegen und riss von selbst ihre Arme über den Kopf. Kam mir mit jeder Bewegung entgegen, ehe sie mir einen von Lust verhangenen Augenaufschlag schenkte und sich verrucht auf die Unterlippe biss und damit vollends meinen Kopf fickte.

Ohne dass ich es eigentlich wollte, trafen meine Lippen auf die ihren. Sofort legte sie die Arme um meinen Nacken und krallte sich in meinen Rücken. Vertiefte den Kuss, folterte mich mit ihrem verfickt heißen Zungenspiel und machte mich somit abhängig von ihr.

Meine Stöße wurden sanfter. Mein Griff in ihr zartes Fleisch löste sich und ich erkundete nun ihren heißen Körper, statt sie gefangen zu nehmen.

Plötzlich drückte sie grob gegen meine Brust, nahm Schwung und schaffte es, mich in die Matratze unter sich zu zwingen. Sofort schwang sie sich rittlings auf mich, senkte sich über meinem Ständer abwärts und stöhnte mit dem Kopf in den Nacken gelegt auf, als sie sich langsam auf ihm niederließ.

»Fuck!«, grollte ich, setzte mich auf und schlang meine Arme um sie.

»Was machst du hier nur mit mir?«, fragte ich sie atemlos.

Ein freches Lächeln legte sich auf ihre schönen Lippen.

»Dich vom Gegenteil überzeugen«, schnurrte sie und setzte sich anschließend vollständig auf meine Länge.

Kurz verharrte sie dort genießerisch und sah mir dabei fest in die Augen. Ihre Arme um meinen Nacken geschlungen kraulte sie vertraut meine Haare im Genick und kitzelte ein seltsames Gefühl aus mir heraus. Ich konnte es nicht zuordnen und ich wollte es ehrlich gesagt auch nicht. Viel lieber genoss ich, was die kleine Lady hier mit mir tat.

Langsam begann sie ihr Becken kreisen zu lassen und mir damit den Verstand zu rauben. Stürmisch nahm ich ihre Lippen mit den meinen gefangen. Presste sie mit meinen Armen an mich und verlor mich dabei beinah selbst.

Ich ließ mich von ihr ficken. Schenkte ihr Leidenschaft und Zärtlichkeit und dabei wollte ich eigentlich nichts davon tun. Und warum? Weil ich genau wusste, was dann passierte. Ich wollte sie dann nicht mehr gehen lassen und müsste sie deswegen noch härter von mir stoßen, damit ich sie nicht in Gefahr brachte. Doch das konnte bis morgen warten. Jetzt wollte ich einfach nur ihre inneren Muskeln spüren, die sich um meinen Schwanz zusammenzogen. Wollte immer wieder in ihre feuchte Wärme gleiten.

Sie ritt mich mal schneller, mal langsamer und doch so gekonnt und sinnlich, dass es an Folter grenzte und ich mit einem kehligen Stöhnen und einem kräftigen Stoß in ihrer Enge kam.

Wir keuchten uns unseren schnellen Atem entgegen, ehe unsere Lippen noch einmal aufeinandertrafen. Nicht stürmisch oder wild, sondern anders, als ich je eine Frau zuvor geküsst hatte, und ich konnte dieses 'anders' nicht einmal beschreiben. Es war seltsam, was sie aus mir machte. Wie schnell sie mich zum Umdenken brachte. Seitdem ich sie kannte, hatte ich in allen Bereichen vollkommen untypisch für mich gehandelt.

Ich wusste nicht, was ich davon halten sollte, und ich wollte dem hier und jetzt auch nicht auf den Grund gehen. Ich wollte nun einfach mit meiner kleinen Lady im Arm einschlafen und all das uns drohende Unheil für diese Nacht vergessen.

Eher widerwillig ließ ich mich nach hinten fallen, glitt somit aus ihrer himmlischen Enge und zog sie fest in meine Arme, um endlich in den Schlaf driften zu können.

Kapitel 22

Sie

Mit einem breiten Grinsen kuschelte ich mich an seine starke Brust und genoss seine Wärme und Nähe. Es war schön, diesen ernsten Riesen jetzt so friedlich und entspannt neben sich liegen zu haben.

Und gerade beim Sex hatte sich etwas gewandelt. Ich konnte nicht sagen, was es war. Schließlich hatte er so grob und dominant begonnen – ganz klar, um mich von sich zu stoßen – und dann, ganz plötzlich, hatte es sich anders angefühlt. Irgendwie echt. *Scheiße, wie das klingt!*

Ich sollte mir nicht zu viel einbilden, das wusste ich, und dennoch konnte ich nicht anders, als ehrlich zu lächeln und das hier, was immer es auch war, zu genießen, solange wir es noch hatten.

Mir brannten noch so viele Fragen unter den Nägeln. Zum Beispiel, wo er all die Narben auf seinem Rücken herhatte. Oder generell seine alten Wunden, die sich über seinen gesamten Prachtkörper erstreckten. Schon klar, dass einige wohl von seinem Beruf stammten. Was auch immer dieser genau war. Gott! Ich wollte so viel wissen und fragen und doch blieb ich stumm und lauschte seinem kräftigen Herzschlag unter mir und seinen immer ruhiger werdenden Atemzügen.

Aleks war eingeschlafen und ich beschloss, es ihm gleichzutun, auch wenn es mir davor bangte, am nächsten Tag zu erwachen – schließlich wusste ich, dass morgen zwischen uns alles wieder beim Alten sein würde. Er würde mich wieder von sich stoßen.

Dennoch schlief ich gegen meinen Willen an seine nackte Brust gekuschelt ein.

* * *

Leider erwachte ich nicht so, wie ich eingeschlafen war. Ich blinzelte ein paar Mal, musste mich neu orientieren. Als ich neben mich tastete, war die Matratze kalt und ich war allein. Geraschel hatte mich aus meinen Träumen aufschrecken lassen.

Verschlafen drehte ich mich und sah mich durch zu Schlitzen verengten Augen um. Aleks war schon vollbekleidet und sammelte gerade alle unsere Sachen zusammen. Es war wohl Zeit, zu gehen.

»Dir auch einen guten Morgen«, brummte ich mit verschlafener Stimme und streckte mich erst einmal, ehe ich mich auf meine Ellenbogen abstützte und ihn weiter beobachtete.

»Komm. Wir müssen los«, drängte er mich und nun wusste ich, dass all der Glanz von gestern verflogen war. Wäre auch zu schön gewesen.

Murrend robbte ich mich aus dem Bett und ging, nackt wie ich nun mal war, ins Badezimmer und stieg direkt in die Dusche.

»Hey, nein. Dafür haben wir jetzt keine Zeit!«, schimpfte Aleks mich und riss den Duschvorhang beiseite. Doch ich ignorierte ihn. Schön und gut, dass er jetzt nicht einen auf verliebten Gockel machte. Sollte er auch nicht. Aber mich so zu behandeln, konnte er sich abschminken.

Ich stellte mich unter das heiße Wasser und machte meine Haare nass, ehe ich nach dem Shampoo griff.

»Sag mal, hörst du schlecht?!«, schnauzte er mich an, trat

halb in die Dusche ein und packte mich am Arm, um mich zu ihm umzudrehen. Mit erhobener Augenbraue musterte ich ihn tadelnd.

»Du hast jetzt zwei Möglichkeiten. Entweder gehst du oder bleibst zur Show. So oder so werde ich jetzt aber schnell duschen«, entgegnete ich ihm scharf und blickte demonstrativ auf seine Hand, die noch immer grob meinen Arm gefangen hielt.

Seine Augen begannen zu glühen. Er mochte es nicht, wenn ich nicht so spurte, wie er das gern gehabt hätte. Doch das war sein Problem, nicht meins! Schließlich war ich nicht sein Eigen und auch nicht eine seiner Schlampen. Ich bestimmte über mich selbst. Das hatte ich schon immer getan und daran würde sich auch nichts ändern. Vor allem nicht durch ihn.

Nach einem Moment, in dem wir uns ein hartes Blickduell lieferten, schnaubte er plötzlich wütend auf und ließ von mir ab.

»Fünf Minuten. Stehst du in fünf Minuten nicht angezogen vor mir, fahre ich allein!« Damit wandte er sich von mir ab und verließ fluchend den Raum. Ich hörte nur noch, wie er: »Verdammtes Teufelsweib!«, vor sich hin brummte.

Schmunzelnd verlor ich keine Zeit, denn ich wusste, er würde seine Worte wahrmachen. Oder mich zumindest nackt und nass ins Auto schmeißen, wenn ich in seiner vorgegebenen Zeit nicht fertig war.

Nach meiner Blitzdusche erleichterte ich mich noch schnell, putzte mir die Zähne und eilte aus dem Bad, um mich anzuziehen. Aleks hatte unsere Taschen schon ins Auto gebracht und mir Klamotten auf dem Bett abgelegt. Mit erhobener Braue wandte ich mich zu ihm um, als ich feststellte, dass er mir keine Unterwäsche rausgesucht hatte.

»Schau nicht so. Wer nicht hören will, muss fühlen, und jetzt zieh dich endlich an, sonst gehst du gleich nackt.«

Ein fieses Lächeln schlich sich auf seine Lippen, als er meinen feurigen Blick sah. Ich wollte etwas erwidern, doch da kam er mit donnernden Schritten auf mich zu, packte mich bestimmt im Nacken und zog mich mit einem Ruck zu sich heran.

»Hör zu, kleine Lady. Ich sag dir jetzt, wie das zwischen uns weitergeht. Ja, ich hatte gestern viel Spaß mit dir. Aber nun ist er vorbei. Ich brauche heute meine volle Konzentration und die habe ich nicht, wenn du mich mit allem provozierst, was du hast. Leb damit und hak es ab. Benutz es meinetwegen als nette Erinnerung an einsamen Abenden. Jetzt tust du, was ich dir sage! Und ich sage dir: Zieh dich an, schwing deinen Arsch ins Auto und nerv mich nicht. Wenn alles gut läuft, hole ich die Kleine heute Abend da raus, dann bist du mich los!«

Noch immer hielt er mich im Nacken gepackt fest und sah mit ernster Miene auf mich herab. Mein Blick hätte ihn töten müssen. Doch eigentlich hatte er mich mit seinen Worten verletzt. Vor allem bei Letzterem war ich unmerklich zusammengezuckt und hatte mir unbewusst auf die Unterlippe gebissen.

»Lass das!«, knurrte er rau und ich wusste im ersten Moment nicht, was er meinte. Bis es mir klarwurde. Er mochte es nicht, wenn ich meine Gefühle zeigte, und er mochte es nicht, wenn ich mir auf die Lippe biss.

Aus einem Impuls heraus umfasste ich mit meinen Händen sein markantes Gesicht, stellte mich auf die Zehenspitzen, reckte mich ihm damit entgegen und drückte ihm dann zärtlich einen hauchzarten Kuss auf. Im ersten Moment umfasste er meinen Nacken noch etwas kräftiger, doch dann ließ er sich mit einem tiefen Brummen auf den Kuss ein.

Aleks küsste mich einmal kurz stürmisch. Eroberte meinen Mund mit seiner Zunge und beherrschte diesen Kuss. Bis er von der einen auf die andere Sekunde von mir abließ, sich abwandte und ging.

»Zieh dich an, dann komm raus«, rief er mir noch über die Schulter zu, damit verschwand er aus unserem Zimmer und ließ mich mit wackeligen Knien zurück.

Noch einmal durchgeatmet, dann sah ich zu, mich schnell anzuziehen, schließlich wusste ich, wie wichtig dieser Tag heute war. Ich wollte ihn ja auch nicht sabotieren oder davon abhalten, Ana zu retten. Aber ich wollte ihn auch nicht so mit mir umgehen lassen. Schön und gut, dass er nun nicht mit einem Dauergrinsen herumlief und einen auf verliebt machte, aber so arschig musste er mir gegenüber nun auch nicht sein.

Nachdem ich mich angezogen hatte, folgte ich ihm und stieg anschließend in den Wagen ein. Aleks wartete schon mit laufendem Motor auf mich und kaum hatte ich die Tür geschlossen, bretterte er auch schon los.

Eilig schnallte ich mich an und schenkte ihm einen tadelnden Seitenblick. Statt zu reagieren, griff er nur nach hinten und reichte mir kommentarlos ein eingeschweißtes Sandwich. Allerdings hatte ich keinen großen Appetit, weshalb ich es wieder nach hinten legte und anschließend stur aus dem Seitenfenster blickte. Nach einer Weile hielt ich die Stille einfach nicht mehr aus.

»Was passiert jetzt? Was hast du vor?«, fragte ich ihn und wandte mich ihm zu. Aleks sah mit seiner schwarzen Sonnenbrille auf der Nase nur auf die Straße vor sich und schien zu überlegen, was er mir sagen sollte.

»Ich werde mir die Informationen, die ich brauche, von dem Kerl holen und dann die Mädchen retten«, erklärte er knapp und ließ dabei einen ganzen Krieg aus. Ich schnaubte verächtlich und schüttelte genervt den Kopf.

»Was ist?«, fragte er dann und klang dabei amüsiert, was er auch zu sein schien, als ich das leichte Schmunzeln auf seinen Lippen sah. *Arsch!*

»Was sein soll? Bis auf die Tatsache, dass du die Hälfte ausgelassen hast, ist doch alles super«, spottete ich bitter. Er begann leise zu lachen.

»Na, was willst du denn von mir hören? Du kennst doch mittlerweile meine Art, die Dinge zu klären. Da brauche ich dir doch nicht mehr viel zu sagen. Oder willst du alle schmutzigen Einzelheiten hören, wie ich den Penner zum Reden bringen werde? Zum Beispiel dachte ich mir, ich beginne, indem ich ihn an irgendein Möbelstück fessle und ihm dann erst einmal zwei seiner Finger breche. Das ist immer sehr wirkungsvoll, musst du wissen«, machte er sich über mich lustig.

»Arschloch!«, spuckte ich ihm entgegen und verschränkte wütend die Arme vor meiner Brust. Wieder lachte Aleks, nur dieses Mal etwas lauter.

»Auch das hatten wir schon, kleine Lady. Aber wenn es dir hilft, wiederhole es gern noch ein paar Mal«, zog er mich weiter auf.

»Bist du immer so charmant oder bekomme ich eine Sonderleistung von dir?«, giftete ich ihn an.

»Tatsächlich bin ich eigentlich ein richtiger Charmeur. Du wärst die Erste, die meinem Charme widerstehen kann.«

Aleks schenkte mir einen kurzen Seitenblick und lächelte dieses verfluchte Lächeln, das jede Frau sofort und auf der Stelle schwach werden ließ. *Verdammter Arsch!*

»Pff!«, spuckte ich und wandte mich dem Seitenfenster wieder zu, um ihn nicht länger ansehen zu müssen. Wieder ein Lachen von ihm und dieses Mal klang es so verdammt echt. Wie von selbst fand mein Blick zurück zu ihm.

»Warum machst du das? Warum bist du in dem einen Moment der Profikillerarsch und im nächsten der sexy Charmeur, in den man sich sofort verlieben will? Ich verstehe es nicht.«

Sein Lächeln brach nach meinen Worten in sich zusammen

und Aleks setzte wieder seine altbekannte ernste Miene auf. Ich seufzte frustriert auf. Es hatte ja doch keinen Sinn mit diesem Kerl.

»Weil du dich nicht in mich verlieben darfst. Deshalb bin ich so. Und weil es einfach meine Art ist, keine Rücksicht auf andere zu nehmen. Ich kenne es nicht anders. Bisher hat mir nur eine Frau Kontra gegeben, und du toppst sie sogar noch mit deiner Sturheit und deinem Ungehorsam. Das reizt mich und vor allem den Dämon in mir. Du solltest wirklich aufhören, mit ihm zu spielen. Du hast gestern gesehen, was passiert, wenn man mich zu sehr reizt.«

Aleks hielt stur den Blick auf die Straße gerichtet. Ich zog über seine Worte die Stirn kraus.

»Ja, ich habe es gesehen und darauf auf meine Weise reagiert. Du bist nicht so zerstörerisch und böse, wie du immer tust. Zumindest nicht zu mir. … Warum eigentlich?«, setzte ich noch hinterher. Denn das war die allumfassende Frage.

Seine Hände umschlossen für einen kurzen Moment kräftig das Lenkrad, weshalb seine Knöchel weiß hervortraten. Es schien ihm wieder einmal nicht zu passen, dass ich mit meinen Fragen immer ins Schwarze traf.

Dann antworte doch einfach ehrlich, dann müssen wir da nicht immer und immer wieder durch …, dachte ich bitter und hoffte, nun endlich eine ehrliche Antwort von ihm zu erhalten.

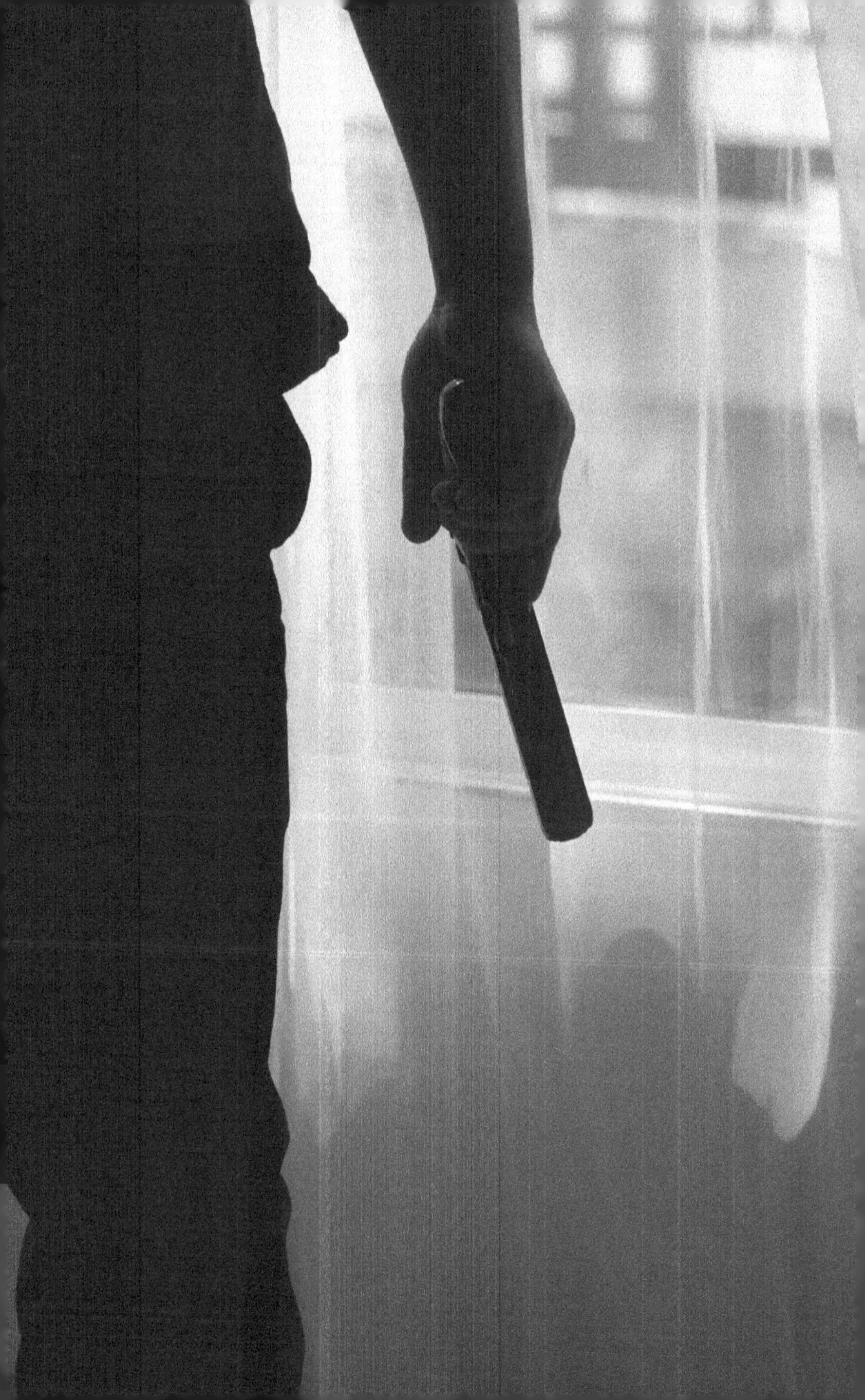

Kapitel 23

Er

»Ich weiß es nicht«, gestand ich ihr ehrlich. Denn ich usste wirklich nicht, warum ich bei ihr so anders reagierte als sonst. In der einen Sekunde wollte ich sie so hart von mir stoßen, dass sie nie wieder den Weg zu mir in meine Düsternis zurückfand, und in der nächsten wollte ich nichts mehr, als sie fest in meine Arme zu schließen, damit sie bei mir blieb. Ich muss verrücktgeworden sein!

Das entsprach keiner Logik und passte somit nicht zu mir. Ich war durch und durch Soldat. Normalerweise verhielt ich mich nicht so widersprüchlich und kopflos. So hatte man es mir nicht beigebracht und so lebte ich auch nicht. Eigentlich.

Doch bei ihr, bei diesem sturen Wesen hier neben mir, war es anders. Sie war feurig, wenn sie still sein sollte. War sinnlich und hemmungslos, wenn sie mich eigentlich hassen sollte. Sie war zutraulich und schenkte mir Zärtlichkeit, wenn sie vor mir fliehen sollte.

Ginger tat nichts, was ich wollte, von ihr erwartete oder vermutete. Sie war eine temperamentvolle, sexy Überraschungstüte, bei der man nie wusste, was einen als Nächstes erwarten würde. Und ich glaubte, genau das reizte mich so sehr an ihr. Ich konnte sie nicht einschätzen. Konnte sie nicht lesen, wo ich doch sonst die Menschen immer so leicht deuten konnte.

So wie gestern Nacht. Ich war mir nach dem gestrigen Tag

sicher gewesen, dass sie nie wieder meine Nähe suchen würde. Doch dann hatte sie sich mir, trotz meiner Grobheit, vollkommen hingegeben und mein Hirn damit gefickt.

Denn ich verstand es nicht. Wie konnte sie mir nach den vergangenen Tagen so sehr vertrauen? Mich mögen? Mich begehren? Es war nicht ausschließlich mein Körper, den Ginger wollte, das wurde immer deutlicher, je mehr Zeit wir miteinander verbrachten.

Ich verstand dieses sture Weib einfach nicht und dann stellte sie mir auch noch solche Fragen, auf die ich keine Antwort hatte.

»Also behandelst du alle Frauen so wie mich gestern?«, fragte sie und ich konnte die Eifersucht regelrecht aus jedem Wort triefen hören.

Mein Mundwinkel zuckte, denn es amüsierte mich. Ich kannte es nicht, dass man mich als sein Eigen sah. Eher war es andersherum und auch nur, weil ich nicht mit irgendeinem dahergelaufenen Lappen mein Spielzeug teilte.

Ich hatte nur bei einer Frau einen Besitzanspruch gestellt und damit das Höllenfeuer entfacht. Dadurch hätte ich beinah meinen besten Freund und meine Familie verloren. Damit war eigentlich klar, dass ich nie wieder so dumm sein würde, eine Frau so nah an mich heranzulassen, dass ich das Verlangen verspürte, sie mein Eigen zu nennen. *Eigentlich …*

Unmerklich schüttelte ich den Kopf, um diesen schwachsinnigen Gedanken daraus zu vertreiben. Ich musste mich wieder fokussieren.

»Ich behandle die Frauen so, wie es mir am besten nützt. Mal bin ich der Arsch, mal der Charmeur. Was sie eben gerade am besten schlucken oder ich brauche«, antwortete ich nüchtern. Ich dachte, damit hätte sich dieses Gespräch erledigt.

»Und was für einen Nutzen solltest du bitte aus mir ziehen? Eigentlich profitier nur ich von dir, nicht umgekehrt«, hielt sie dagegen und setzte mich damit Schachmatt. Was sollte ich hier auch noch großartig widersprechen?! Deshalb schwieg ich einfach. Sollte sie sich denken und zusammenreimen, was sie wollte.

»Erzählst du mir von deinen Narben?«, fragte sie mich dann nach einiger Zeit der Stille.

Das Thema schmeckte mir zwar auch nicht, aber es war wesentlich besser als unser letztes. Außerdem könnte ich sie vielleicht mit der Schauergeschichte von meiner Gefangenschaft abschrecken. Ich kam zwar mittlerweile ganz gut damit zurecht, solange man mich nicht wieder in einen engen Käfig sperrte, aber sonst hatte ich es eigentlich ganz gut überwunden. Selten hatte ich noch Albträume und der gesunde Tiefschlaf stellte sich auch allmählich wieder ein. Nicht immer, aber wenigstens immer mal wieder.

»Das ist keine fröhliche Geschichte, kleine Lady. Alle meine Narben beinhalten Düsternis und Schmerz. Kommst du denn mit sowas zurecht?«, fragte ich sie mit unheilvollem Unterton. Doch sie zuckte nur unbeeindruckt mit den Schultern.

»Ich habe jetzt auch nicht die beste Kindheit hinter mir, also ich denke, ich halte schon etwas aus.«

Ich schenkte ihr einen kurzen Seitenblick und meine Augen scannten wie von selbst ihren Körper. Ich hatte keine Narben auf ihm feststellen können, als ich sie in den vergangenen Tagen nackt gesehen hatte. Also konnte sie nicht auf solch eine Vergangenheit anspielen. Das beruhigte mich, ebenso wie es mich auch unruhig werden ließ. Denn keiner wusste so gut wie ich, dass seelische Folter schlimmer war als körperliche.

»Wie war denn deine Kindheit?«, fragte ich sie und fokussierte mich wieder auf die Straße. Im Augenwinkel sah ich, wie sie den Kopf zu mir drehte. Wahrscheinlich wunderte es sie, dass ich sie etwas Persönliches fragte. Schließlich hatte ich das unsere gesamte Zeit über vermieden. Zu Recht! Doch nun war die Katze aus dem Sack. *Also was soll's.*

»Sagen wir einfach, ich weiß, wie es ist, unsichtbar zu sein.« *Aha?*

»Und das ist so schlecht?«, hakte ich nach und konnte mir ein Schmunzeln in der Stimme nicht verkneifen.

Wenn ich an meinen Vater zurückdachte, der mich und meine Mutter durch die Wohnung geprügelt hatte, hätte ich mir in meiner Kindheit sicher gewünscht, immer mal wieder unsichtbar gewesen zu sein.

Ginger sah abermals aus dem Seitenfenster, sie schien weit weg zu sein.

»Manchmal ja. Wenn man nachts weint, weil man Angst vor dem Gewitter hat, dann wäre es schön gewesen, von seinen Eltern getröstet und in den Arm genommen zu werden. Stattdessen waren diese so drauf, dass sie mich nie wahrgenommen haben – selbst wenn ich direkt neben ihnen stand.« *Ah, Junkie-Eltern.*

»Verstehe.«

»Nein, tust du nicht«, kommentierte sie bitter.

»Bei mir waren es zwar nicht Drogen. Aber von seinem nichtsnutzigen Alkoholikervater durch die Wohnung geprügelt zu werden, war auch nicht besonders witzig. Ich hätte mir gewünscht, hin und wieder unsichtbar für ihn zu sein. Also doch, auf eine Art und Weise verstehe ich dich«, erklärte ich ihr achselzuckend.

»Verstehe«, kommentierte sie es wie ich zuvor. Darüber musste ich schmunzeln.

»Also stammen die Narben auf deinem Rücken von deinem Vater?«, fragte sie mich dann nach einem Moment der Stille. Ich schüttelte den Kopf und biss unbewusst meine Zähne zusammen.

»Nein. Bevor er mich so sehr verletzen konnte, habe ich ihn krankenhausreif geschlagen, bin abgehauen und bis heute nie wieder zurückgegangen. Die Narben stammen aus dem Krieg.«

»Du warst im Krieg?«

Ich hörte die Neugier aus ihrer Stimme. Ginger lechzte förmlich danach, mehr von mir zu erfahren.

»Ein paar Jahre, ja«, antwortete ich knapp.

»Was hast du denn in deinem Leben bitte schon alles erlebt?«, fragte sie mich ungläubig.

Erneut zuckte mein Mundwinkel amüsiert über ihre Naivität, was meine Welt – mein Leben – betraf.

»Einiges. Ich könnte ein ganzes Buch damit füllen. Oder wahrscheinlich gleich mehrere.«

Sie musste bei meinem Kommentar leise lachen. Ich mochte ihr Lachen. Es klang so echt und beinah kindlich. Dann fiel mir wieder ihre Andeutung auf ihre Kindheit ein. Sie muss nicht viel zum Lachen gehabt haben. Umso erstaunlicher war es, dass sie nun war, wie sie eben war. Sie wirkte nicht gebrochen. Ihre Seele schien auch nicht in Trümmern zu liegen, wie es bei anderen sicher der Fall gewesen wäre. Obwohl sie offenbar einiges erlebt hatte, verhielt sie sich wie eine normale, junge Frau. Was wieder ihre Stärke bewies. Diese war mir zuerst aufgefallen. Ihre innere Stärke. Schon allein unsere erste Auseinandersetzung hatte sie mir ganz deutlich gezeigt.

»Also fassen wir zusammen. Du bist von zu Hause weggelaufen. Der Armee beigetreten. Warst dort ein paar Jahre. Dann die Sache mit deinen Narben, die ich noch nicht ganz verstehe, und dann was? Dachtest du: Ach, scheiß drauf, ich werd Profikiller, um all die miesen und bösen Jungs auszuschalten?«

Ich musste über ihre kleine Zusammenfassung meines Lebens herzlich auflachen, ehe ich ihr einen kleinen Seitenblick zuwarf und sich ein ironisches Grinsen auf meinen

Lippen bildete.

»Nicht ganz. Aber nah dran«, zog ich sie auf und mein Lächeln verging mir nicht.

»Ich bin der Armee beigetreten, weil ich dachte, ich könnte etwas in dieser abscheulichen Welt verbessern. Ich habe zu viel gesehen und noch Schlimmeres getan. Ich war jung und dumm«, erklärte ich ihr dann nach einer Weile. Wieder konnte ich ihren neugierigen Blick regelrecht über meinen Körper gleiten spüren.

»Und nach meiner sechsmonatigen Gefangenschaft hatte ich dann begriffen, wie die Welt tickte, und beschloss, dass es nichts brachte, gegen das Böse anzukämpfen. Vor allem nicht gegen meinen eigenen inneren Dämon. Ich wurde erwachsen und wusste nun, wo ich hingehörte. Was meine Aufgabe war.«

»Und was ist nun deine Aufgabe? Und zu wem gehörst du?«, fragte sie kleinlaut.

Sie dachte sicher wieder an eine Frau, was mich abermals zum Schmunzeln brachte. Ich war ihr dankbar, dass sie das Thema um meine Gefangenschaft nicht vertiefen wollte. Aber was gab es da auch noch großartig zu erzählen? Die Dauer meiner Gefangenschaft und die wulstigen Narben auf meinem Rücken waren eigentlich eindeutig. Man konnte von den teilweise dicken Geschwülsten, den Brandnarben oder den dünnen Striemen ablesen, was sie alles mit mir gemacht hatten.

»Zu meinem besten Freund und seinen Männern. Sie sind meine Familie. Bei ihnen kann ich sein, wer ich wirklich bin. Ich muss mich nicht verstellen oder verbiegen. Auch wenn ich mal Scheiße baue, was hin und wieder vorkommt, wie du an der Tatsache siehst, dass wir nun in diesem Wagen sitzen. Ich kann mich dennoch immer auf sie verlassen.«

»Du hast dir also eine neue Familie gesucht. Muss schön sein, Menschen zu haben, auf die man sich immer verlassen kann. Die immer für einen da sind, wenn man sie braucht.«

In ihrer Stimme schwang eine gewisse Melancholie, die mich besorgt meine Stirn in Falten legen ließ.

»Hast du denn keinen, auf den du dich verlassen kannst?«, fragte ich vorsichtig nach. Sie schüttelte den Kopf.

Das erklärte einiges. Ihre anfängliche Vorsicht und dann ihr zu schnelles Vertrauen, als ich nett zu ihr gewesen war. Sie wollte niemanden näher an sich heranlassen, aus Angst, wieder verletzt und enttäuscht zu werden, und doch wünschte sie sich nichts mehr, als dass es jemanden in ihrem Leben gab, der sich für sich interessierte. Sich um sie sorgte.

Ich erwischte mich bei dem Gedanken, dass ich gern dieser Jemand wäre. Doch ich schüttelte diesen schnell wieder ab. Das ging nicht und durfte noch weniger sein. Ich würde sie nur zerstören. Würde sie in meine Düsternis reißen und ihr all ihr Licht, ihre Stärke nehmen.

»Und wie kamst du zum Singen und Tanzen?«, lenkte ich ab, um sie auf andere Gedanken zu bringen. Denn sie schien gerade weit weg zu sein.

»Ich weiß nicht. Ich habe mich schon immer dafür interessiert. Es war mein Traum. Seitdem ich ein kleines Mädchen war, habe ich meine Tanzstunden heimlich mit kleinen Jobs selbst finanziert und dann – mit dem Alter und mehreren Jobs – auch den Gesangsunterricht.«

»Warum heimlich?«, wollte ich wissen.

»Weil mir meine Junkie-Eltern sonst meine Kohle gezockt hätten, um sich noch mehr Drogen in ihre Venen zu jagen. Deswegen. Und ich so oder so schon für das Essen und die Miete aufkommen musste. Ich wollte ihnen nicht noch mehr von mir geben«, erklärte sie mir mit einem verbitterten Unterton.

Ich konnte sie sehr gut verstehen. Leider etwas zu gut, was wiederum für uns nicht gut war. Oder für mich, wie man's nahm.

»Und hast du es geschafft?«, fragte ich sie interessiert.

»Auf eine Art, ja«, antwortete sie knapp und begann breit zu lächeln. Sie schien glücklich zu sein, wenn sie ihrer Leidenschaft nachging oder über sie sprach. Ich hatte es gestern im Club schon gesehen. Fuck, ihr Lächeln, als sie gestern getanzt und gesungen hatte ... Bei all der Scheiße, die um uns tobte, war sie in diesem Moment wirklich glücklich gewesen. Es war erstaunlich, wie sie die Dinge wahrnahm. Sie machte einfach das Beste daraus, statt wie andere vor den Trümmern stehenzubleiben.

Während der restlichen Fahrt redeten wir über Gott und die Welt. Eigentlich nichts Wichtiges oder Privates und trotz allem war es schön. Doch je näher wir unserem Ziel kamen, desto ruhiger und ernster wurde ich. Natürlich bemerkte sie es und reagierte darauf.

»Was ist eigentlich nun dein Plan?«, hakte sie noch einmal nach.

»Das sagte ich doch zu Beginn der Fahrt schon. Ich hole mir die Informationen, die ich brauche, und dann die Kleine. Ende«, erklärte ich achselzuckend.

»Und was mache ich in der Zwischenzeit?«

»Du bleibst schön mit deinem Knackarsch im Auto, bis ich fertig bin!«, wies ich sie streng an.

»Was? Nein! Ich bleib doch nicht als dein kleines Frauchen brav im Wagen! Ich will dir helfen!«, hielt sie dagegen. Dafür kassierte sie ein tadelndes Zungenschnalzen von mir.

»Nein! Kleine Ladys haben in dunklen und unheimlichen Schlössern nichts zu suchen«, ermahnte ich sie mit einem doppeldeutigen Grinsen.

»Dann bist du, was Märchen und Geschichten betrifft, falsch informiert. Denn kleine Ladys müssen IMMER aus genau solchen befreit werden«, konterte sie und schenkte mir ein süßes Lächeln.

Ich musste erneut herzlich über sie und ihr freches, aber vor allem schlagfertiges Mundwerk lachen.

»Okay. Ich verstehe, worauf du hinauswillst. Aber ich habe dich doch schon gerettet. Muss ich das nochmal tun, weil du dich kopfüber in irgendwelche Dummheiten stürzt, oder kann ich mich auf deinen gesunden Menschenverstand verlassen?« Ich zwinkerte ihr frech zu, was sie nur zum Schnauben brachte.

»Gut! Ich warte im Auto und versuche, ausnahmsweise keine Dummheiten zu machen. Aber ich kann dir sagen, leicht wird mir das nicht fallen, und wenn ich es schaffe, verlange ich danach eine Belohnung!«

Drohend hob sie den Finger und funkelte mich mahnend an. Ich schnappte mir lachend ihre Hand, zog sie zu mir und biss ihr leicht in den Zeigefinger. Sie kicherte niedlich.

»Was denn für eine Belohnung?«, fragte ich sie und senkte flüchtig meine Lippen auf ihr Handgelenk.

»Ich weiß nicht. Vielleicht nochmal so einen Wahnsinns-Kuss wie vorhin«, schlug sie keck vor und brachte mich zum Schmunzeln.

»Der hat dir gefallen, ja?«, fragte ich sie amüsiert und schenkte ihr einen kurzen Seitenblick. Sie nickte grinsend.

Mit einem frechen Lächeln auf den Lippen ließ ich von ihrer Hand ab, nur um sie im Nacken zu packen und dicht zu mir zu ziehen. Dann drückte ich auch schon meine Lippen auf die ihren.

Das Tempo drosselte ich etwas und mein Blick blieb mit einem Auge auf der Straße. Der Spurhalte-Assistent regelte den Rest. Und dann küsste ich sie um den Verstand. Überfiel sie regelrecht mit diesem Kuss und beherrschte ihn und ihren Mund wie vorhin im Hotelzimmer auch schon, nur dieses Mal vielleicht etwas dominanter.

Meine Zunge teilte bestimmt ihre vollen Lippen, spielte

mit der ihren und nahm sie vollständig in Besitz, bis ich wie zuvor auch schon abrupt von ihr abließ und mich wieder auf die Straße vor mir konzentrierte.

Schwer atmend saß sie im Sitz neben mir, sah zu mir. Ich grinste bloß zufrieden vor mich hin und wartete darauf, dass sie sich wieder fing.

Kapitel 24

Sie

Mit zittrigem Atem, geschwollenen Lippen und kribbelndem Unterleib saß ich nun neben ihm und starrte ihn an. *Was machst du hier mit mir?!*, stellte ich mir dieselbe Frage immer und immer wieder und das, seitdem ich ihn kannte. Noch immer hatte ich keine Antwort darauf. Außer, dass ich dieses Mal nicht so einfach bei seinem Spiel mitspielen würde.

Er ließ mich ständig völlig erhitzt im Regen stehen und ich durfte dann zusehen, wie ich das Pochen und Ziehen in meiner Mitte wieder loswurde. Nein, heute nicht!

Ich wusste, es war falsch und wir hatten auch eigentlich keine Zeit dafür, aber ich konnte einfach nicht anders. Dieser Kerl weckte, nein, entfachte eine Lust in mir, die ich unmöglich länger ignorieren konnte. Ich wollte ihn, *jetzt!*

»Fahr rechts ran!«, befahl ich ihm mit rauchiger Stimme.

Aleks schenkte mir einen ungläubigen Seitenblick.

»Es ist nicht mehr weit. Vielleicht noch eine halbe Stunde, dann sind wir da«, erklärte er mir und verstand wohl nicht, worauf ich hinauswollte. *Gut, ich klär dich gern auf, mein Großer.*

Also schnallte ich mich ab und beugte mich zu ihm. Sofort drosselte Aleks das Tempo und sah mich fragend an.

»Was soll das denn jetzt? Setzt dich wieder hin und schnall dich an, verdammt!«, schimpfte er. Doch ich hörte nicht auf ihn, küsste ihn stattdessen an seinem Hals, während meine

Finger den Bund seiner Hose suchten. Als ich dann den ersten Knopf seiner Jeans öffnete, brummte er mahnend auf.

»Ginger, nein!«, knurrte er und doch klang es nicht so streng und überzeugend wie sonst.

»Nein?«, fragte ich ihn lieblich und beugte mich mit meinem Kopf nach unten, als ich notdürftig seine Länge freigelegt hatte.

Mit meiner Faust umfasste ich seinen Schwanz und bearbeitete ihn bereits. Er wuchs in meiner Hand und schwoll immer mehr an.

»Hör auf damit!«, ermahnte er mich abermals mit dunkler Stimme. Doch wie könnte ich jetzt aufhören? Seine samtene Spitze lockte mich. Ich wollte, nein, musste ihn kosten. Also ließ ich einmal meine Zunge über seine Eichel schnellen, ehe ich sie zwischen meine Lippen schob und sachte an ihr saugte.

Ein tiefes Knurren ertönte, bis Aleks, als ich seine Länge weiter in meinen Mund aufnahm, plötzlich scharf bremste und rechts ranfuhr. Er packte mich im Nacken, zog mich damit von seinem besten Stück weg und schmiss seine Sonnenbrille auf das Armaturenbrett, ehe er zu meiner völligen Überraschung ausstieg.

Ich wischte mir meine wirren Haare aus dem Gesicht und sah ihm dabei zu, wie er mit ernster Miene und schnellen Schritten den Wagen umrundete, nur um dann meine Tür aufzureißen. Irritiert sah ich ihn an. Ich wusste nicht, was er jetzt vorhatte oder warum er nun so sauer auf mich war. Schließlich hatte er angefangen. Also selbst schuld.

»Ich sagte dir, hör auf!« Damit zerrte er mich aus dem Auto. Wir standen in einer kleinen Parkbucht, direkt neben der Straße, mitten in der Pampa kurz vor Havanna. Die Autos rasten an uns vorbei und beachteten uns nicht.

»Du wolltest nicht hören!«, sprach Aleks streng weiter, während er mich mit sich schliff.

»Du kannst mich doch jetzt nicht ernsthaft rausschmeißen und hier stehenlassen, nur weil ich da weitergemacht habe, wo du aufgehört hast!?«, schnaubte ich wütend.

»Tue ich nicht!«

Ich verzog fragend die Brauen. Was machte er dann?

Meine Frage wurde mir jedoch mit der nächsten Aktion von Aleks schnell beantwortet, als er mich mit dominantem Griff in meinem Nacken auf die warme Motorhaube drückte und mir dann meine Leggings über meinen Arsch zog.

»Du wolltest nicht hören. Also lebst du jetzt mit den Konsequenzen«, klärte er mich auf und schon rammte er mir seinen Schwanz in meine Nässe. Spitz schrie ich auf, als seine imposante Länge meine Innenwände viel zu schnell dehnte, und sah ihn ungläubig über meine Schulter an.

»Das kannst du unmöglich ernst meinen? HIER?! Wo uns jeder sehen kann?«, quietschte ich mit hysterischer Stimme zu ihm nach hinten und doch pochte und kribbelte alles wohlig in meinem Unterleib.

Statt aufzuhören, packte mich Aleks nur bestimmt an meiner Hüfte und lächelte sein scheiß perfektes, freches Lächeln auf mich herab und fickte mich einfach weiter.

»So lernst du wenigstens gleich, dass du nicht mit mir spielen solltest und dass ich alles beende, was ich beginne«, brummte er erregt, ehe er immer mehr Fahrt aufnahm, seine Länge immer und immer wieder tief in mich schob und mir in meinem Zwiespalt nicht wirklich weiterhalf.

Ich war hin- und hergerissen. Wusste nicht, ob mich das erregen oder ich mich doch schämen sollte. Ich war nicht schüchtern oder prüde, aber das hier ... nein so etwas hatte ich noch nicht getan. Mich von einem Kerl neben dem Highway am helllichten Tag ficken lassen.

Immer wieder hob ich den Kopf und sah zu den vorbeifahrenden Autos. *Was die wohl über uns denken?!*

Unerwartet ließ Aleks von mir ab, drehte mich in einer schnellen Bewegung auf der Motorhaube um und drängte sich zwischen meine Beine, ehe er sich über mich beugte und mich küsste. Als er mich dann wieder mit seiner Zunge in meinem Mund verrücktmachte, schlang ich meine Arme und Beine um ihn und schon drang er erneut in mich ein.

Aleks begann sich abermals tief in mich zu stoßen und brachte mich damit um den Verstand. Ich machte mir keine Gedanken mehr um die Leute, die uns hierbei gerade beobachteten, ließ mich von diesem Gott einfach in den Wahnsinn ficken. Und wie er mich fickte … nach allen Regeln der Kunst. Hart und intensiv stieß er sich in mich, brachte mich bei jedem Stoß immer lauter zum Stöhnen. Ich liebte seine Dominanz. Seine raue und wilde Art. Das machte ihn aus.

Aleks zerrte mein Shirt nach oben und legte meine nackten Brüste frei. Da er mir vorhin nur ein Top und die Leggings aufs Bett gelegt hatte, hatte er jetzt leichtes Spiel.

Seine Zunge, Lippen und seine Zähne kümmerten sich hingebungsvoll um meine Nippel. Ich kam aus dem Stöhnen und Keuchen gar nicht mehr raus. Wölbte meinen Rücken immer wieder durch und somit seinen weichen Lippen entgegen. Denn zu gut fühlten sich seine Berührungen an meinen empfindlichen Knospen an.

Meine Nägel gruben sich fest in seinen Rücken und meine Beine umklammerten seine Hüften. Pressten ihn regelrecht gegen meine Mitte. Ich wollte keine Luft zwischen uns lassen. Wollte, dass Aleks mich vollkommen ausfüllte und mich endlich über die Klippe schickte.

Seine Stöße in meine Enge wurden immer härter und drängender, seine Küsse an meinen Brüsten, meinem Hals und Mund immer wilder und auch er grollte immer wieder kehlig auf.

Alles zuckte und kribbelte in mir. Ich hielt es kaum noch aus. Mein Körper stand vollkommen für diesen Mann in Flammen. Bis er uns beide mit seinem letzten dominanten Stoß über die Klippe schickte. Laut stöhnend kam ich und der Orgasmus schüttelte mich regelrecht durch.

Aleks stützte sich mit beiden Händen links und rechts neben meinem Körper auf dem warmen Metall ab und keuchte mir seinen schnellen Atem gegen meine verschwitzte Haut. Er verharrte noch einen himmlisch langen Moment in meiner Nässe. Ich genoss es, seinen Schwanz in mir pochen und zucken zu spüren.

Dann drückte er mir einen schnellen Kuss auf, ehe er sich von mir löste und sich wieder die Hose anständig anzog. Ich blieb noch einen Augenblick auf der Motorhaube liegen und träumte diesem göttlichen Fick hinterher. Bis Aleks mir mit einem verschmitzten Grinsen die Hand reichte und mich dann, sobald ich sie ergriffen hatte, in den Stand zog. Mit weichen Knien streifte ich mir die Leggings wieder über den Arsch und mein Shirt nach unten.

»Können wir jetzt weiter?«, fragte er mich mit demselben Grinsen wie eben auf seinen Lippen.

Ich nickte nur und wir stiegen beide wieder ein. Er hatte mir gerade wortwörtlich den Verstand rausgevögelt, denn ich konnte keinen richtigen Satz mehr bilden. Also blieb ich stumm und grinste einfach nur befriedigt vor mich hin, als Aleks wieder den Motor startete und aus der Parkbucht fuhr.

»Ich nehme an, das war Belohnung und Bestechung in einem, damit du gleich schön brav im Wagen bleibst, während ich meine Arbeit mache?«, fragte er mich belustigt und doch war seine Miene ernst. Ich nickte artig.

»Ich werde brav sein. Versprochen«, versicherte ich ihm, damit er beruhigt war. Schließlich wollte ich nichts tun, dass Ana endgültig die Freiheit kosten würde. Und doch packte mich die Unsicherheit, was danach sein würde. Ich wusste, ich sollte nicht darüber nachdenken, schließlich kannte ich ihn nicht. Aleks war ein Fremder für mich und doch war er es nicht. Ich fühlte mich auf eine merkwürdige Art und Weise mit ihm verbunden und wollte ihn daher nicht aus meinem Leben gehen sehen. Ich wollte nicht, dass wir uns nach dieser Sache hier nie wiedersahen.

»Aleks«, begann ich kleinlaut und schenkte ihm einen kleinen Seitenblick.

»Hm?«, machte er, während er auf die Straße schaute, da wir nun allmählich in die Stadt einfuhren und hier mehr Verkehr herrschte als auf dem Highway.

Ich wurde etwas nervös und wusste nicht, wie ich dieses Gespräch beginnen sollte. Doch gerade als ich mit meinem nervösen Gestammel anfangen wollte, klingelte Aleks' Handy. Er schenkte mir einen kurzen Seitenblick, dann stellte er den Anruf auf die Freisprechanlage.

»Ich bin nicht allein«, war seine merkwürdige Art, den Anruf entgegenzunehmen. Ich beobachtete ihn mit krauser Stirn.

»Aha. Soll ich jetzt per Morsezeichen mit dir kommunizieren, oder was? Entweder du wirfst sie raus oder lebst damit, dass deine Kleine etwas mitbekommt. Wird sie so oder so. Also überspringen wir deinen inneren Kampf und kommen gleich zur Sache.«

Aleks brummte missmutig, antwortete jedoch nichts mehr darauf.

»Also, wo seid ihr?«

»Gerade in Havanna angekommen. Noch eine gute halbe Stunde bis zu ihm«, informierte Aleks seinen Anrufer knapp.

»Du bist noch nicht da? Ich dachte, es war geplant, dass die Sache schon erledigt ist, wenn wir kommen. Oder ist in deinem superdurchdachten Plan wieder etwas oder vielleicht jemand schiefgelaufen?«

»Fick dich, Enzo! Sieh einfach zu, dass ihr in ein bis zwei Stunden bei seinem Haus seid. … Sie wird draußen im Auto sein und mein Handy haben. Nur für alle Fälle«, sprach Aleks für mich in Rätseln.

»Aleks, du wirst doch nicht …«, doch Aleks unterbrach ihn streng.

»Enzo, du weißt, wie das läuft! Und jetzt sieh einfach zu, dass ihr spätestens in einer Stunde bei ihm seid!« Ein kurzer Moment der Stille breitete sich aus. Auch auf der anderen Seite der Leitung war es verdammt ruhig.

»Verdammter Heldenmut! Der wird dich noch ins Grab bringen!«, schimpfte sein … was auch immer der Kerl für Aleks darstellen sollte … über ihn. Aleks schmunzelte leicht, dann legte er auf.

»Aha?«, kommentierte ich dieses merkwürdige Telefonat und schenkte ihm dabei einen skeptischen Blick. Und er wurde noch skeptischer, als Aleks mir sein Handy reichte.

»Das gerade war Enzo, mein bester Freund. Er wird, hoffe ich, rechtzeitig hier sein. Du wartest im Auto, bis er dich holt. Dann wirst du mit ihm gehen. Sag ihm dann noch einmal, dass er dich jetzt am Hals hat, bis alles vorbei ist. Und hör auf ihn. Mit ihm kannst du nicht so eine Scheiße abziehen wie mit mir. Er hat keine Geduld, musst du wissen. Hast du alles verstanden?«, hakte Aleks streng nach. Ich blickte nur abwechselnd von seinem Handy in meiner Hand zurück in sein Gesicht.

»Wieso sagst du das so, als wäre das ein Abschied? Als würde ich dich nicht wiedersehen?«, fragte ich ihn kritisch. Aleks entzog mir seine Hand und konzentrierte sich wieder voll und ganz auf die Straße.

»Weil es einer ist. Deswegen«, ertönte dann nach einem langen Augenblick plötzlich seine raue Stimme, als ich schon dachte, er würde nicht mehr antworten. Mein Kopf ruckte in seine Richtung und ich sah ihn mit großen Augen an.

»Was? Nein!«, wollte ich protestieren, doch da bremste Aleks unerwartet scharf, lenkte den Wagen gefährlich nach rechts und blieb an Ort und Stelle stehen. Erschrocken sah ich mich um, dann wieder zu ihm.

»Ginger, ich sage das jetzt genau einmal! Du wirst in diesem Wagen bleiben, egal was passiert, bis Enzo dich holt! Du wirst ohne Wenn und Aber mit ihm gehen und du wirst alles tun, was er dir sagt, und dann, wenn alles vorbei ist, wirst du dein Leben leben und die ganze Scheiße hier vergessen! Es ist besser und du weißt das!«

Erneut wollte ich protestieren. Ich wollte seinen Entschluss, mich so von sich zu stoßen, nicht akzeptieren. Doch als ich dann in sein ernstes Gesicht blickte und er mich regelrecht mit seinem Blick tötete, zog ich doch leicht den Kopf ein und biss mir verzweifelt auf die Unterlippe. Das war so unfair von ihm!

»Hast du das jetzt verstanden?«, fragte er mich so scharf, dass ich leicht zusammenfuhr. Daher nickte ich nur ergeben. Was sollte ich auch sonst tun?

»Gut!« Damit fuhr Aleks wieder los.

Die restliche Fahrt über – die unsere letzte gemeinsame Zeit sein sollte – schwiegen wir und ich hasste es. Hasste, dass er uns einen schönen Abschied genommen hatte. Hasste, dass es überhaupt einen Abschied geben musste. Ich hasste einfach alles in diesem Moment, alles bis auf ihn.

Und das hasste ich am meisten!

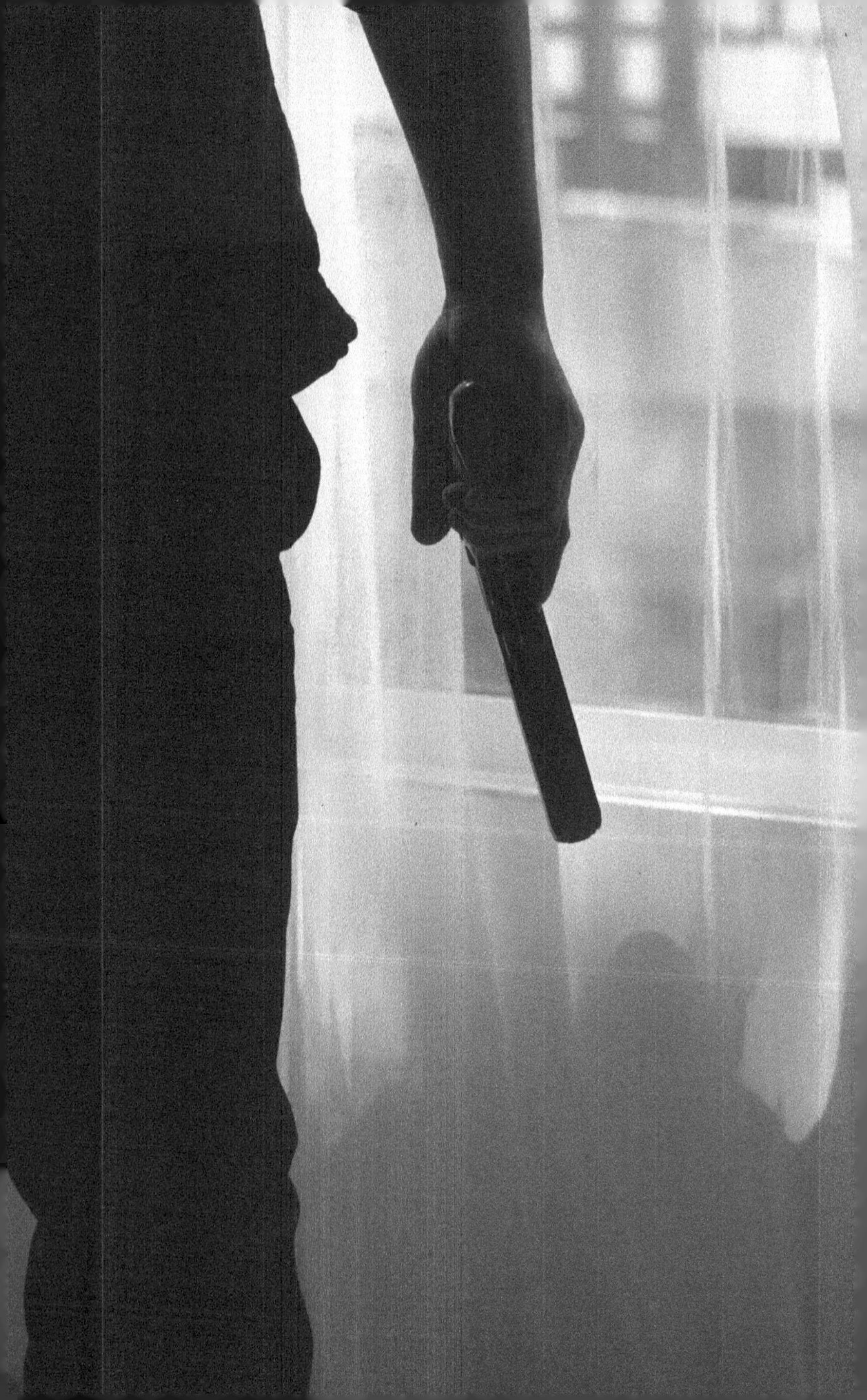

Kapitel 25

Er

Meine Hände würgten regelrecht das Lenkrad und mein Körper war jetzt schon zum Zerreißen angespannt. Enzo hatte recht, ich wollte eine Dummheit begehen. Eine große.

Doch es ging nicht anders. Ich hatte es mir die Fahrt über immer und immer wieder durch den Kopf gehen lassen. Der Kerl würde noch viel weniger singen als der letzte. Ganz einfach, weil er viel tiefer drinsteckte. Sang er, starb er. So lief das nun einmal.

Er würde zwar bei mir auch draufgehen, doch so waren wir dunklen Kreaturen nun mal. Wenn schon nur der Tod als Ausweg blieb, dann der, in dem wir nicht unsere Leute, unseresgleichen verrieten. Zumindest waren die meisten von uns so. Es gab natürlich auch Feiglinge, die alles taten, um ihren Kopf aus der Schlinge zu ziehen, die gab es schließlich überall. Waschlappen von Männern, die keine Ehre, keine Loyalität kannten. Dreckiges Pack!

So oder so, ich hatte keine Wahl. Mein Entschluss stand fest und der grobe Plan ebenfalls. Ich würde mich gefangen nehmen lassen und hoffen, dass Enzo schnell genug war, um uns zu folgen.

Ja, ich spielte riskant. Aber anders ging es nicht. Ich hatte kaum noch Zeit und die Auktion würde sicher heute Nacht stattfinden, wenn sie denn nicht schon längst stattgefunden hatte. Doch das ließ ich jetzt einfach mal nicht als Option zu.

Irgendwo musste ich ja optimistisch denken.

Ich schenkte ihr einen kleinen Seitenblick. Sie sah nicht glücklich aus. Wie sie dort regelrecht zusammengekauert auf ihrem Sitz neben mir saß. Ihr schönes Lächeln von zuvor war nicht mehr zu sehen.

Ich wollte nicht so hart und auch nicht so streng mit ihr sein. Doch ich hatte keine Ahnung, wie dieser Tag ausgehen würde. Es wäre nicht fair, ihr Hoffnungen zu machen, wenn es lediglich eine Fifty-fifty-Chance gab.

Ich wusste nicht, ob ich es dieses Mal schaffen würde, wieder heil aus dieser Scheiße, in die ich mich selbst gebracht hatte, rauszukommen. Auch damit hatte Enzo recht. Mein Heldenmut würde mich irgendwann das Leben kosten, wenn ich ihn nicht endlich ausschaltete. Doch so war ich nun mal und er wusste es. Ebenso wusste Enzo, dass ich es für sie tat. Er würde Ginger beschützen, da konnte ich mich zu hundert Prozent auf meinen besten Freund verlassen. Auch wenn sie ihn in den Wahnsinn treiben würde, das war mir jetzt schon klar. Innerlich musste ich bei diesem Gedanken schmunzeln.

Wir bogen in die Straße ein, wo der Kerl wohnen sollte, und es wurde schnell offensichtlich, welches sein Haus sein musste. Ich tippte auf das größte und protzigste und wusste, dass ich recht hatte.

Meinen Wagen parkte ich schräg gegenüber, vier Häuser von seinem entfernt, also mit genügend Sicherheitsabstand, damit er nicht gleich auffiel – und vor allem nicht sie im Inneren. Dann stellte ich den Motor aus und stieg ohne weiteres aus, um die hintere Wagentür zu öffnen. Ich musste mich noch ausrüsten. Schließlich hatte ich vor, einige dieser Schweine mit in die Hölle zu zerren.

Ich bepackte mich mit einer Handvoll Wurfmessern, die ich in meinen Waffengurt steckte, den ich mir extra neu gekauft hatte. Dort verstaute ich auch allerhand Magazine, eine zweite Waffe und zwei Blendgranaten, nur für alle Fälle. Ebenso versteckte ich noch ein paar Messer und Magazine in meinen Stiefeln. Einen traurigen Blick schenkte ich meiner Armbrust. Mein Baby konnte ich leider nicht mitnehmen. Sie würde sofort auffallen und der Überraschungseffekt wäre weg. Doch diesen brauchte ich, also musste ich meinen Liebling hierlassen.

Kurz überlegte ich, einfach zu gehen. Nicht noch einmal das Wort an sie zu richten. Immerhin hatte ich vorhin alles gesagt. Doch natürlich nahm mir dieses Teufelsweib mit ihrem feurigen Wesen die Entscheidung ab, indem sie ausstieg und mit einem Inferno in ihrem Blick den Wagen umrundete und auf mich zuging. Mein Mundwinkel zuckte verdächtig, auch wenn er es nicht dürfte. Ich sollte sie packen und ihren Arsch wieder in den Wagen schaffen, bevor man sie noch entdeckte. Ja, genau das und nichts anderes sollte ich tun. Stattdessen nahm ich ihr – aber auch mir – mit dem Nächsten all den Wind aus den Segeln.

»Sag mal, was soll der Schei–?«

Ich ließ sie ihre Beleidigung nicht aussprechen, packte sie in ihrem Nacken, zog sie dicht an mich heran, senkte meine Lippen auf die ihren und küsste sie einfach nur um den Verstand. Im ersten Moment erstarrte Ginger, ehe sie dann ihre Arme um mein Genick schlang und mich Riesen zu ihr, diesem zierlichen Wesen, heranzog. Ihre Finger vergrub sie haltsuchend in meinem Haar und ihre Zunge schlängelte sich erregend um meine.

Ihre vollen Lippen waren bereits vor Lust geschwollen und unser Atem ging immer schneller. Also löste ich mich langsam von ihr, auch wenn ich sie hier noch ewig hätte küssen können. Doch ich hatte heute schon genug Zeit vergeudet. Ich musste mich jetzt endlich konzentrieren und fokussieren und vielleicht würde es mir nach diesem nun endgültigen und passenden Abschied auch gelingen. Nun hatte sie ihr Lebwohl.

»Ich muss gehen«, raunte ich an ihre sinnlichen Lippen.

Sie schüttelte leicht den Kopf und ihre Finger krallten sich panisch in mein Shirt an meinem Rücken. Ein ehrliches Schmunzeln schlich sich auf meine Lippen und ich nahm ihr schönes Gesicht in meine Hände, damit sie mich ansah.

»Du wirst mich jetzt gehen lassen. … Pass auf dich auf, kleine Lady!«

Ein letzter zarter Kuss, dann befreite ich mich aus ihrem Griff und war bereit, zu gehen.

»Warum eigentlich *kleine Lady*?«, fragte sie mich in meinen Rücken und ich konnte das Zittern in ihrer Stimme hören.

Mit einem spitzbübischen Grinsen drehte ich mich noch einmal zu ihr um.

»Na, was wäre Robin Hood ohne seine Lady Marian?« Ich zwinkerte ihr zu und nickte bestimmt zum Wagen, damit sie endlich einstieg, ehe ich mich vollends von ihr abwandte und mich nicht wieder nach ihr umsah.

Erst als ich einen Augenblick später die Wagentür hörte, atmete ich leicht auf. Wenigstens eine Sache, die heute nach Plan lief, zumindest hoffte ich das. Wer wusste schon, was dieses Teufelsweib noch alles anstellte? Ich traute ihr mittlerweile so einiges zu.

Ich näherte mich dem Haus und sondierte die Umgebung. Es wirkte sehr gewöhnlich. Keine Wachen oder ähnlicher Schutz. Aber das hieß ja noch nichts und könnte sich drinnen ändern. Schließlich war hier die Rede von einem der größten Menschenhändlerringe. Mit Sicherheit würden sie ihre Leute irgendwie schützen. Na, so würde ich wenigstens leicht ins Haus kommen, alles andere würde ich dann sehen.

Ich hatte das gesamte Grundstück einmal umrundet und festgestellt, dass es über den Garten am leichtesten und sichersten für mich war, auf das Grundstück und anschließend ins Haus zu gelangen. Also kletterte ich mit Leichtigkeit über den hohen Zaun und schlich leise und schnell über den Rasen zur Veranda.

Noch immer hatte ich keine Männer entdeckt. Kurz bildete sich der Gedanke in meinem Kopf, dass vielleicht keiner mehr im Haus und ich ganz einfach zu spät war. Doch dann sah ich jemanden im oberen Stockwerk am Fenster und erkannte ihn. Liam hatte mir Bilder und die letzten wichtigen Informationen zu dem Kerl geschickt. Diese hatte ich mir heute Morgen, als Ginger noch geschlafen hatte, angesehen und studiert.

Unauffällig sah ich durch die Veranda in das Innere des Hauses und verschaffte mir so einen besseren Überblick, was mich drinnen erwartete. Doch noch immer sah ich keine Männer. Ich bemerkte nur den protzigen Lebensstil von diesem Wichser, der sich am Verkauf und Versklaven von Frauen bereicherte. *Warum hat er keine Männer bei sich?!*

Es wunderte mich wirklich, warum hier niemand zu sein schien. Wieso er ausgerechnet heute allein war. Obwohl sie von mir wussten und mich, laut dem Alten aus dem Club, suchten.

Ob ich ihn, wenn er allein war, vielleicht doch zum Reden bringen konnte? Einen Versuch war es wert. Wenn der Kerl dann nicht auf der Auktion auftauchte, würde man schon nach ihm suchen und sollte ich ihn bis dahin noch immer nicht zum Reden gebracht haben, so könnte ich mich immer noch gefangen nehmen lassen. Somit hätten Enzo und David auch noch genug Zeit, um rechtzeitig zu kommen und die Verfolgung aufnehmen zu können. Klang doch nach einem recht guten Plan.

Fachmännisch machte ich mich mit Dietrichen an dem Schloss der Haustür zu schaffen und verschaffte mir somit schnellen Zugang. Unauffällig stahl ich mich hinein und sondierte mit gezogener Waffe die Umgebung. Noch immer kam es mir nicht richtig vor, dass dieser Mann keine Wachen hier hatte. Aber das könnte ich ihn ja gleich fragen.

Auf leisen Sohlen ging ich nach oben, schließlich hatte ich ihn dort am Fenster stehen sehen. Zuerst sondierte ich die anderen Räume ab, denn ich wollte böse Überraschungen ausschließen.

Dann fand ich ihn. Er saß in dem Zimmer, an dessen Fenster ich ihn zuvor hatte stehen sehen, an seinem Schreibtisch und schien zu arbeiten. Ich trat vollständig in den Raum ein und erweckte somit seine Aufmerksamkeit.

Mit erhobener Waffe und ernster Miene stand ich vor seinem Schreibtisch und fixierte ihn aufmerksam. Zuerst verzog er seine Brauen, ehe er sich gönnerhaft in seinem Stuhl zurücklehnte und mich unbeeindruckt musterte. Er war lange im Geschäft, das zeigte er mir hiermit sehr deutlich.

»Du bist dümmer, als du aussiehst. Dass du hier wirklich auftauchst, hätte ich nicht gedacht«, kommentierte er dann nüchtern.

Ich dachte kurz über sein Gesagtes und seinen Unterton nach, dann wurde es mir klar. Blitzschnell zückte ich meine zweite Waffe und stellte mich seitlich, damit ich ihn und die Tür in meinem Rücken im Blick hatte. Mit der einen zielte ich auf den Kerl, der Lauf meiner anderen zeigte zur Tür.

»Wie viele Männer sind hier?«, fragte ich ihn und horchte in die Stille. Doch ich konnte niemanden hören. Also entweder versteckten sie sich noch oder er bluffte – und das nicht mal schlecht. Denn ich konnte es wirklich nicht erkennen und das kam selten vor.

Ein fieses Lächeln glitt über seine Miene, doch er blieb stumm. *Okay, du willst die harte Tour?!*

Ohne zu zögern oder großartig darüber nachzudenken, schoss ich ihm in die Schulter. Er keuchte auf, mein Blick jedoch wanderte sofort wieder zur Tür. Ich hatte damit gerechnet, dass seine Kakerlaken aus den Löchern kriechen würden, sobald ich ihrem Boss gefährlich wurde. Und wie ich es mir gedachte hatte, ertönten tatsächlich Schritte im Gang, nachdem ich den Schuss abgefeuert hatte.

Ein feines Lächeln legte sich auf meine Lippen, da es schon fast zu einfach war. Dann schoss ich auch schon dem ersten von ihnen in den Kopf. Wütendes Zischen und Geflüster war zu hören.

Kurz blickte ich mich nach dem Alten um.

»Das würde ich lassen!«, fegte meine strenge Stimme durch den Raum und ließ ihn in seiner Bewegung innehalten. Er war gerade dabei, eine seiner Schreibtischschubladen zu öffnen. Wahrscheinlich, um seine Waffe zu ziehen. *Nicht mit mir, alter Mann.*

Mit schnellen Schritten trat ich an ihn heran, verstaute währenddessen eine der beiden Waffen wieder im hinteren Hosenbund und zückte stattdessen zwei Kabelbinder – mein Blick immer wieder auf die Tür gerichtet. Immerhin waren hier noch seine Männer im Haus und ich wusste nach wie vor nicht, wie viele es waren. Doch das hier musste jetzt sein.

»Du weißt, dass ich nicht sprechen werde. Wieso verschwendest du deine Zeit mit mir, Jungchen? Was willst du wirklich? Was nutzt dir das alles? Du kannst unmöglich den gesamten Ring allein stürmen und übernehmen!«, redete er ruhig auf mich ein, während ich seine Arme mit den Kabelbindern an seinem Stuhl festband.

Ich schwieg. Schließlich war ich hier, um Antworten zu bekommen, nicht, um welche zu geben. Stattdessen schenkte ich ihm nur einen abschätzigen Seitenblick, ehe ich ihn mit seinem Schreibtischstuhl hinter dem Tisch hervorschob, mitten in den Raum. Anschließend wuchtete ich den schweren Schreibtisch um und stellte mich dahinter. Nur für alle Fälle. Noch konnte ich nicht abschätzen, wie viele Männer hier waren. Ich hörte nur immer wieder ein Knacken oder Flüstern. Wahrscheinlich beobachteten sie uns schon. Gut so. Dann würde ihnen die Show hier sicher gleich gefallen.

»Wie viele deiner Männer sind hier?«, fragte ich ihn, zückte eines meiner Messer und drehte es spielerisch in meiner Hand.

Seine Augen verengten sich zu Schlitzen. Ich hatte ihn ganz offensichtlich kalt erwischt. Böse grinsend ging ich auf ihn zu.

»Wo findet die Auktion statt?«, hakte ich weiter nach und blieb dicht vor ihm stehen. Er legte leicht den Kopf in den Nacken, um mich ansehen zu können.

»Komm schon, alter Mann. Sei nicht so stur. Das ist deinem Kumpel aus dem Black Rose und seinen Männern auch nicht gut bekommen. Sprich und du bist mich schon wieder los.«

»Du solltest dich lieber um meine Männer in deinem Rücken kümmern«, versuchte er sich aus der Affäre zu ziehen und abzulenken. Mein Mundwinkel zuckte amüsiert.

»Da sie sich noch immer nicht reingetraut haben, würde ich behaupten, sie sind nicht geübt mit solchen Situationen und somit habe ich die besseren Karten. Also kümmer dich nicht um die Schlappschwänze da draußen und sag mir lieber, was ich wissen will.«

Zur Antwort presste er seine Lippen zu einer dünnen Linie zusammen. Augenrollend seufzte ich auf. Immer dasselbe. *Wer nicht hören will, muss fühlen …*

Geschickt drehte ich das Messer in meiner Hand und rammte es ihm ohne Skrupel in seinen Oberschenkel. Schockiert schrie er auf, warf seinen Kopf in den Nacken und fluchte tausend Flüche. Mein Lächeln weitete sich.

»Bist du jetzt gesprächiger?«, fragte ich ihn spöttisch und ließ das Messer stecken. Schnell sprang ich über den gekippten Tisch und ging in Deckung. Sofort wurde das Feuer auf mich eröffnet. *Stümper!*

Sie handelten so vorhersehbar, dass es schon fast eine

Beleidigung war. Geübt zielte ich, ohne meine Deckung aufzugeben, und erschoss einen nach dem anderen. Da es nur drei Männer waren, war die Sache hier schnell erledigt.

»Du kleiner Bastard wirst elendig verrecken!«, schrie er wutverzerrt, wobei kleine Speicheltropfen durch die Luft flogen.

Ich gab meine Deckung wieder auf und zuckte unbeteiligt mit den Achseln.

»Wahrscheinlich ja. Aber das sind Probleme von morgen. Heute will ich von dir den Auktionsort und das Passwort wissen. Und da du nun keine Männer mehr hast, die dir den Arsch retten, und ich allmählich meine Geduld mit dir verliere, solltest du besser reden!«

»Warum tust du das alles? Für wen arbeitest du?«, stellte er mir eine Gegenfrage.

Ich betrachtete ihn mit schiefgelegtem Kopf und vor der Brust verschränkten Armen.

»Das sagte ich deinem Kumpel auch schon, bevor ich ihm den Kopf weggepustet habe. Für niemanden. Und das Warum sagte ich dir gerade. Worauf ich noch immer eine Antwort erwarte, wohlbemerkt«, entgegnete ich streng und zog mahnend eine Braue nach oben.

»Also willst du mir wirklich erzählen, du bist allein? Dass du keinen hinter dir stehen hast? Jemanden, der deine Strippen zieht? Du willst einfach nur auf die Auktion, mehr nicht?«, bohrte er weiter.

Kalt lachte ich auf, ehe ich den Kopf schüttelte.

»Für wie dumm hältst du mich, hierauf jetzt zu antworten, hm?!«, tadelte ich ihn spöttisch.

Er sagte darauf nichts mehr, blickte sich nur im Raum um, sah auf die drei Männerleichen, dann wieder zurück zu mir. Seine Miene wirkte verschlossen. Ob er mir wirklich Informationen geben würde, war fraglich. Doch noch hatte ich etwas

Zeit. Zumindest hoffte ich das.

»Letzte Chance! Passwort und Ort, und du könntest die Nummer hier tatsächlich überleben.« Doch er lachte nur.

»Jungchen, ich bin schon zu lange im Geschäft. Wir wissen beide, dass du mich so oder so umbringen wirst. Warum also sollte ich dann überhaupt singen? Wieso es dir nicht noch etwas schwerer machen und dir dabei zusehen, wie du dich über mich und meine Sturheit ärgerst? Wie dein feiner Plan wie ein Kartenhaus in sich zusammenfällt, ist meine letzte Befriedigung, die lasse ich mir sicher nicht nehmen. Also nur zu, Kleiner. Greif in deine Trickkiste und versuch, etwas aus mir herauszubekommen. Bin gespannt, was du so alles kannst.«

Ungläubig sah ich ihn an. Ich hatte ja schon viel Dummheit gesehen, doch das hier, das übertraf alles bei weitem. Und gleichzeitig musste ich es ihm anerkennen, dass er nicht singen würde. Ich würde es nicht anders machen. Eher würde ich qualvoll sterben, als Enzo oder unsere Leute zu verraten. Wir waren wohl aus demselben Holz geschnitzt, der Alte und ich, und dennoch würde ihn das nicht retten. Ich kannte keine Gnade und ich würde sie hier und jetzt auch nicht kennenlernen.

Ich nickte ihm noch einmal zu, dann hob ich meine Waffe. Klar könnte ich ihn jetzt noch über Stunden foltern und quälen. Konnte doch noch versuchen, etwas aus ihm herauszubekommen. Doch ich wusste, das würde nichts nützen. Also warum seine und meine Zeit verschwenden?!

Mein Finger wanderte zum Abzug, plötzlich hörte ich ein Klirren, dann durchzuckte mich ein brennender Schmerz und ich sank mit zusammengebissenem Kiefer auf die Knie.

Zähneknirschend blickte ich mich um. Dann sah ich sie, die Einschussstelle im Fenster und den kleinen Durchschuss. Das zerbrochene Glas am Boden. Jemand hatte von draußen auf mich geschossen und mich an der Seite getroffen. Ich konnte nicht sagen, wo oder was genau getroffen wurde, auch nicht, mit was sie auf mich geschossen hatten.

»Ich hatte ja versucht, dich zu warnen, Jungchen«, tadelte er mich überheblich. *Bastard!*

Zischend blickte ich zu ihm auf, ehe ich nach meiner Waffe, die vor mir auf dem Boden lag, griff und ihm seine verdiente Kugel in den Kopf jagte. Sie hatten mich, da war es egal, wie viele ich nun getötet hatte. Sterben würde ich hiermit so oder so. Ich hoffte nur, dass sie mich vorher zu den Big Bosses bringen würden. Schließlich hatte ich ganz schön für Unruhe gesorgt. Das konnten sie nicht einfach so ignorieren.

Ich hörte ihre schweren Schritte. Es widerstrebte mir, aber ich sperrte den inneren Drang, mich doch zur Wehr zu setzen, weit nach hinten in mein Bewusstsein. Es war wie ein Reflex, mich zu verteidigen und zuerst zu schießen. Keine Fragen zu stellen und einfach meinen Job zu tun. Doch hier und jetzt durfte ich nicht so handeln. Hier und jetzt musste ich meine Waffe sinken lassen und mich geschlagen geben. Zumindest für diesen einen Moment.

Kapitel 26

Sie

Keine Ahnung, wie lang ich schon hier im Auto saß. Es grenzte an Folter, vor allem, als ich nicht nur einen Schuss aus dem Haus hörte, sondern mehrere. Doch ich hatte es ihm versprochen. Ich hatte Aleks versprochen, brav zu sein und nicht wieder etwas Dummes anzustellen. Ihn seine Arbeit machen zu lassen und ihn nicht zu sabotieren. Schließlich wollte er Ana retten und auch ich wusste, dass er dazu nicht ewig Zeit hatte. Sobald sie verkauft wurde, wäre es das gewesen. Wir würden nicht mehr an sie herankommen. Das war mir klar.

Deshalb blieb ich bei all den Geräuschen, die aus dem Haus zu mir drangen, sitzen. Rührte mich nicht. Auch nicht, als gleich drei schwarze Jeeps vor dem Haus parkten und mehrere bis auf die Zähne bewaffnete Männer das Gebäude stürmten.

Ich versteckte mich gehorsam im Auto, machte mich klein, damit sie mich nicht entdeckten, so wie Aleks es von mir verlangt hatte.

Ebenso sah ich dabei zu, wie sie ihn nach einiger Zeit aus dem Haus mit sich schliffen. Sein Shirt war blutgetränkt und er setzte sich nicht zur Wehr. Aleks ließ sich einfach von ihnen abführen, als wäre es keine große Sache. Als würde er damit nicht sein Todesurteil besiegeln.

Die Panik ergriff von mir Besitz. Ich wollte aus dem Wagen springen und ihn retten. Dafür sorgen, dass sie ihn nicht mit sich nahmen. Ihn mir nicht wegnahmen.

Plötzlich und genau in dem Moment, als ich etwas Dummes tun wollte, drehte Aleks den Kopf und sah mich direkt an. Es war nur eine Sekunde. Eine einzige Sekunde Blickkontakt. Doch diese reichte aus, um nicht auszusteigen. Nichts Dummes zu tun und nicht gegen mein Versprechen zu verstoßen. Ich blieb einfach im Wagen sitzen, sah dabei zu, wie Aleks den Blick von mir abwandte und sich in einen der Jeeps stoßen ließ. Keinen Augenblick später fuhren die schwarzen Geländewagen wieder an mir vorbei und rissen Aleks somit aus meinem Leben.

Ich werde dich nie wiedersehen!, schoss es mir plötzlich durch den Kopf. Der Gedanke ließ mich beinah ersticken. Ich bekam keine Luft mehr. Es war, als würden sich riesige Pranken um meine Lunge legen und diese zerquetschen. Mein Herz begann zu rasen und zog sich so schmerzlich zusammen, dass ich drohte, daran zu zerbrechen. Sie hatten ihn. Sie hatten ihn und er würde sterben. Bei diesem Gedanken wurde mir schlecht und ich glaubte, innerlich zu zerreißen.

Noch nie hatte ich mich so schlecht gefühlt. So leer und einsam. Unruhig und nervös. Panisch und ängstlich. So viele Emotionen! Sie beherrschten mich alle. Übermannten mich und infiltrierten mein Denken.

Keuchend und nach Luft schnappend stieg ich aus dem Wagen. Ich brauchte Sauerstoff und atmete wie eine Verrückte ein und aus.

Ich hatte keinen blassen Schimmer, was ich jetzt tun sollte. Ana und Aleks waren verloren. Er tot und sie versklavt – und das nur, weil ich so dumm gehandelt hatte. Nicht ein einziges Mal hatte ich auf ihn gehört. Hatte nichts getan, wie er es von mir verlangt hatte.

Gerade als ich dabei war, zu hyperventilieren, klingelte Aleks Handy, das ich so fest mit meiner Hand umklammerte, als könnte es mir wirklich Halt geben. Ich sah auf das Display, doch darauf erschien nur der Buchstabe 'E'. *Sehr hilfreich.*

Plötzlich erinnerte ich mich wieder an das, was mir Aleks erzählt hatte. An seinen besten Freund Enzo. Hektisch ging ich ran.

»Aleks?«, ertönte eine dunkle und strenge Männerstimme. Mir lief es allein nur wegen seiner Kälte darin den Rücken herunter.

»Nein«, war meine knappe Antwort, die ich mit zittriger Stimme flüsterte.

Stille.

Unerwartet ertönte ein Freizeichen. Fassungslos sah ich auf das Handy in meiner Hand. Er hatte tatsächlich einfach aufgelegt. Erneut stieg die Panik in mir auf. Was zum Teufel sollte ich nun tun?!

Aleks hatte gesagt, sein Freund würde mir helfen. Und nun? Nun stand ich hier, in einem fremden Land. Mit nichts weiter als einem Handy, einem Wagen voller Waffen und Bargeld und einem Schmerz, der meinen gesamten Körper in Beschlag nahm.

Überraschend riss mich lautes Motorgeheule aus meinen sich überschlagenden Gedanken. Im halsbrecherischen Tempo kam der Wagen auf mich zu. Ich konnte mich nicht rühren und starrte wie ein verschrecktes Reh ins Scheinwerferlicht – wortwörtlich. Doch da bremste der dunkle Geländewagen plötzlich und kam nur wenige Zentimeter vor mir zum Stehen. Mit klopfendem Herzen und aufgerissenen Augen sah ich auf die Motorhaube direkt vor mir.

Ehe ich überhaupt reagieren konnte, stieg einer der beiden Männer, die im Wagen saßen, aus und kam mit schnellen Schritten auf mich zu. Seine Präsenz war so schwarz und dunkel, so kalt und mächtig, dass ich unweigerlich mehrere Schritte rückwärtsging, obwohl ich es nicht wollte. Doch es war, als würden mich die dunklen Schatten zurückdrängen, die er wie einen Umhang um sich trug.

Mit harter Miene kam der schwarzhaarige Schönling auf mich zu und durchbohrte mich mit seinen kalten Augen. Noch nie hatte ich so eisblaue Iriden gesehen. Die Kälte, die sie ausstrahlten, ließ mich augenblicklich frösteln.

Dicht – viel, viel zu dicht – blieb er vor mir stehen. Dann riss er mir ohne Umschweife das Handy aus der Hand und schob es sich in die Hosentasche.

»Wo ist er?«, knurrte er mich regelrecht an.

Ich wich noch etwas mehr vor ihm zurück, stieß allerdings mit meiner Kehrseite gegen unseren Wagen und war somit gefangen. *Scheiße!*

Unsicher blickte ich mich um, dann wieder zurück in seine Augen aus Eis. Langsam trat er noch näher an mich heran, dabei schlich sich ein dermaßen diabolisches Lächeln auf seine Lippen, dass Luzifer neidisch auf ihn wäre. *Fuck! Wer bist du?!*

Das kann unmöglich Aleks bester Freund sein? Der Mann, dem er am meisten vertraut. Oder?

»Sie haben ihn mitgenommen«, wisperte ich ihm unsicher entgegen und war bemüht, seinem strengen Blick standzuhalten.

»Und weiter? Wer? Wann? Wie viele? Wohin? Komm schon, Mädchen, ich habe nicht ewig Zeit«, drängte er mich und man merkte, wie er seine Geduld, die er nicht zu haben schien, allmählich verlor.

Ich zog noch etwas mehr den Kopf ein. Keine Ahnung, was mit mir los war. Dieser Kerl und seine Präsenz ließen mich zu einem devoten Mäuschen werden. So kannte ich mich nicht und es machte mich wütend. All das hier machte mich wütend. Ich wollte nicht hier sein und mich so hilflos und allein fühlen. Dann noch mit diesem Möchtegern-Luzifer. *Scheiß drauf!*

Trotzig hob ich mein Kinn und funkelte ihm mit all

meinem inneren Feuer, das ich noch zusammenkratzen konnte, entgegen. Ich hatte nichts mehr zu verlieren und dieser Kerl schrie geradezu danach, seine Abreibung von mir zu kassieren. Und Aleks war schließlich nicht hier, damit ich ihm für all das hier den Arsch aufreißen konnte. Also musste Mister Bad Ass herhalten.

»Hör mal zu, du aufgeblasener Arsch! Ich habe keine Ahnung, wohin sie Aleks gebracht haben und wer sie sind. Sonst wäre ich sicher nicht hier bei dir, sondern auf dem Weg zu ihm! Also pack dein Wichserverhalten ganz weit weg! Aleks meinte, ich soll dir deutlich machen, dass du mich nun an der Backe hast. Aber wenn du dich so aufführst, verzichte ich! Sieh zu, wie du allein zurechtkommst!« Damit wollte ich ihn von mir stoßen und gehen.

Den Teufel würde ich tun und mit ihm kommen. Und wenn ich Aleks und Ana allein retten gehen musste, so würde ich auch das tun. Aber bei diesem Arsch bleiben? Nein, sicher nicht!

Kräftig stieß ich ihn an seiner Brust weg, zumindest war das der Plan, doch zu meiner Verwunderung rührte er sich keinen Millimeter. Gut, der Kerl bestand ebenso nur aus Muskeln wie Aleks, nur war er sicher einen guten Kopf kleiner als er.

»Ich glaub's nicht, dass er es schon wieder getan hat!«, schimpfte er ganz offensichtlich über Aleks.

Fragend verzog ich die Brauen und musterte ihn. Er hatte nicht einmal etwas zu meiner kleinen Rede, mit all meinen Spitznamen für ihn, gesagt. Geschweige denn etwas darüber, dass ich gehen wollte.

Er stand einfach nur leise fluchend vor mir und blickte nachdenklich durch mich hindurch. Nach einem Moment, in dem er überlegt hatte, sah er mich dann wieder richtig an. Seine Miene noch immer noch hart. Seine Augen kalt.

»Euer Gepäck?«, fragte er zusammenhangslos.

Meine Stirn furchte sich rätselnd. Ich verstand kein Wort. Was wollte er jetzt mit unserem Gepäck?

Genervt seufzte er auf, machte auf dem Absatz kehrt und ging zum Kofferraum unseres Wagens. Erst als er nicht mehr so bedrohlich vor mir stand, warf ich einen Blick zum zweiten Kerl.

Er war verdammt jung. Anfang zwanzig. Hatte blondes Haar, eine sportliche Statur und sah sonst wie der typische Kerl von nebenan aus. Nur eine rotschimmernde Narbe mitten auf seinem Hals zerstörte etwas das Bild des perfekten Schwiegersohns. *Wer zum Teufel seid ihr?!*

Nun standen beide vor dem Kofferraum und wühlten in unseren Sachen herum.

»Er hat nicht mal seine Armbrust mit reingenommen, Boss.« *Boss?*

Der Schwarzhaarige nickte und grummelte irgendetwas vor sich hin, ehe er sich wieder vor mich stellte, nur dieses Mal mit etwas mehr Abstand. Abschätzig hob ich eine meiner Brauen.

»Okay, neuer Versuch. Ich weiß, du hast viel durchgemacht und ich sag's dir gleich: Es ist mir ehrlich scheißegal, was das alles war. Ich bin nur hier, um den Arsch meines besten und ziemlich dummen Freundes aus der Scheiße zu ziehen. Nicht mehr und nicht weniger. Und dafür brauche ich unglücklicherweise deine Hilfe. Also nochmal … Erzähl mir einfach alles, was du weißt und was in den letzten Tagen, seitdem du bei ihm bist, passiert ist. Und wenn's geht, dann bitte nicht die Romanversion. Ich stehe eher auf Kurzgeschichten. Kurz und informativ. Auf den Punkt gebracht. Du verstehst?!«

Schnaubend verschränkte ich nach seiner Rede meine Arme vor der Brust. *Arschloch!*

Doch er wollte Aleks retten und damit auch Ana, also blieb mir wohl nichts anderes übrig. Außerdem vertraute Aleks ihm blind und ich vertraute Aleks.

»Es sind mehrere Schüsse in dem Haus dort gefallen. Sie kamen mit drei schwarzen Jeeps. Vielleicht acht bis zwölf Mann. Dann haben sie ihn gefangengenommen und weggebracht. Er hat sich nicht mal großartig gewehrt und geblutet hat er auch. Ich konnte aber nicht sehen, wo. Er wollte hier den Standort von der Auktion rausbekommen«, ratterte ich alles runter, was mir auf die Schnelle so einfiel.

Beide Männer hatten sich vor mir aufgebaut und hörten mir aufmerksam zu. Ihre Mienen wurden immer dunkler, je mehr ich erzählte. Was mich innerlich gleich wieder nervös werden ließ.

»Meinst du, er hat sich absichtlich gefangen nehmen lassen, Boss? Ich meine, zuerst lässt er sein Baby im Auto. Dann kann er es nicht mit einer Handvoll Männer aufnehmen und angeschossen wurde er auch noch. Das passt nicht zu Aleks. Er ist dein bester Mann«, spekulierte der junge Kerl. Dieser Enzo verzog nachdenklich die Brauen, dann fand sein Blick den meinen.

»Da hast du deine Antwort.« Er nickte auf mich und sah zum anderen. Schwiegermutters Liebling legte den Kopf leicht schief.

»David, sieh dich im Haus um. Vielleicht findest du ja irgendetwas Brauchbares. Ich fahr mit Miss Unschuld in ein Motel. Du nimmst Aleks' Wagen. Dann überlegen wir weiter, wenn du wieder zurück bist.« Bestimmt nickte er dem jungen Kerl zu. Dieser machte sich sofort auf und ging kommentarlos zu dem Haus, wie es ihm dieser Enzo befohlen hatte. Und was hatte er da gerade gesagt? Ich sollte mit ihm kommen? Und dann?

»Na, komm schon«, brummte Enzo genervt und ging zu seinem Auto. Statt auf ihn zu hören, ging ich zu unserem Wagen und holte erst einmal meine Reisetasche. Dann, nachdem diese aus dem Kofferraum gehievt hatte, öffnete ich die hintere Tür, lehnte mich in den Wagen und klappte die Rücksitzbank nach oben, so wie Aleks das getan hatte.

Enzo fluchte rau in meinen Rücken, aber als er sah, was ich dort tat, verstummte er. Ich schnappte mir ein paar Bündel Bargeld und widerwillig eine Waffe. Ich konnte schießen, das war nicht das Problem. In meiner Heimat Tennessee wuchs man mit einer Waffe auf. Doch ich mochte es nicht sonderlich gern. Ich fühlte mich unwohl.

Als ich alles hatte, was ich holen wollte, trat ich zurück und machte Enzo somit den Weg frei. Anerkennend pfiff er durch die Zähne und bewunderte die vielen 'Männerspielsachen', die unter der Bank im Verborgenen lagen.

»Na, da sieh einer an. Du bist ja doch nützlich, Schätzchen«, spottete er amüsiert. Dann zückte er sein Handy und tippte eine Nachricht. Wahrscheinlich informierte er diesen David über die Waffen, da jener, wenn er das Haus durchsucht hatte, mit Aleks' Auto fahren würde.

»Können wir jetzt gehen? Oder willst du noch etwas mitgehen lassen?«, machte er sich über mich lustig.

Ich schenkte dem keine Beachtung, verstaute Bargeld und Waffe in meiner Reisetasche und packte diese in den Kofferraum von Enzos Wagen, ehe ich widerwillig zu ihm einstieg.

»Und jetzt?«, fragte ich ihn kühl und betrachtete ihn von der Seite. Mit einem feinen Lächeln auf den Lippen schenkte er mir einen kurzen Seitenblick, bevor er den Motor startete und losfuhr.

»Jetzt fahren wir, wie ich sagte, in ein Motel und du erzählst mir etwas genauer, wie nah du meinem besten Freund gekommen bist.«

Ungläubig lachte ich auf und schüttelte den Kopf, ließ es aber ansonsten unkommentiert. Was sollte ich auch darauf sagen?! Ich würde ja doch nicht drum herumkommen. Enzo schien kein Mann mit Geduld zu sein, so wie Aleks es gesagt hatte. Und da ich noch etwas Hoffnung besaß, dass doch noch alles gutgehen würde, sollte ich anfangen, auch ihm zu vertrauen. Oder zumindest nicht mehr gegen ihn ankämpfen.

Was wäre Robin Hood ohne seine Lady Marian?, schossen mir Aleks' Abschiedsworte wieder durch den Kopf.

Dieser Kerl …

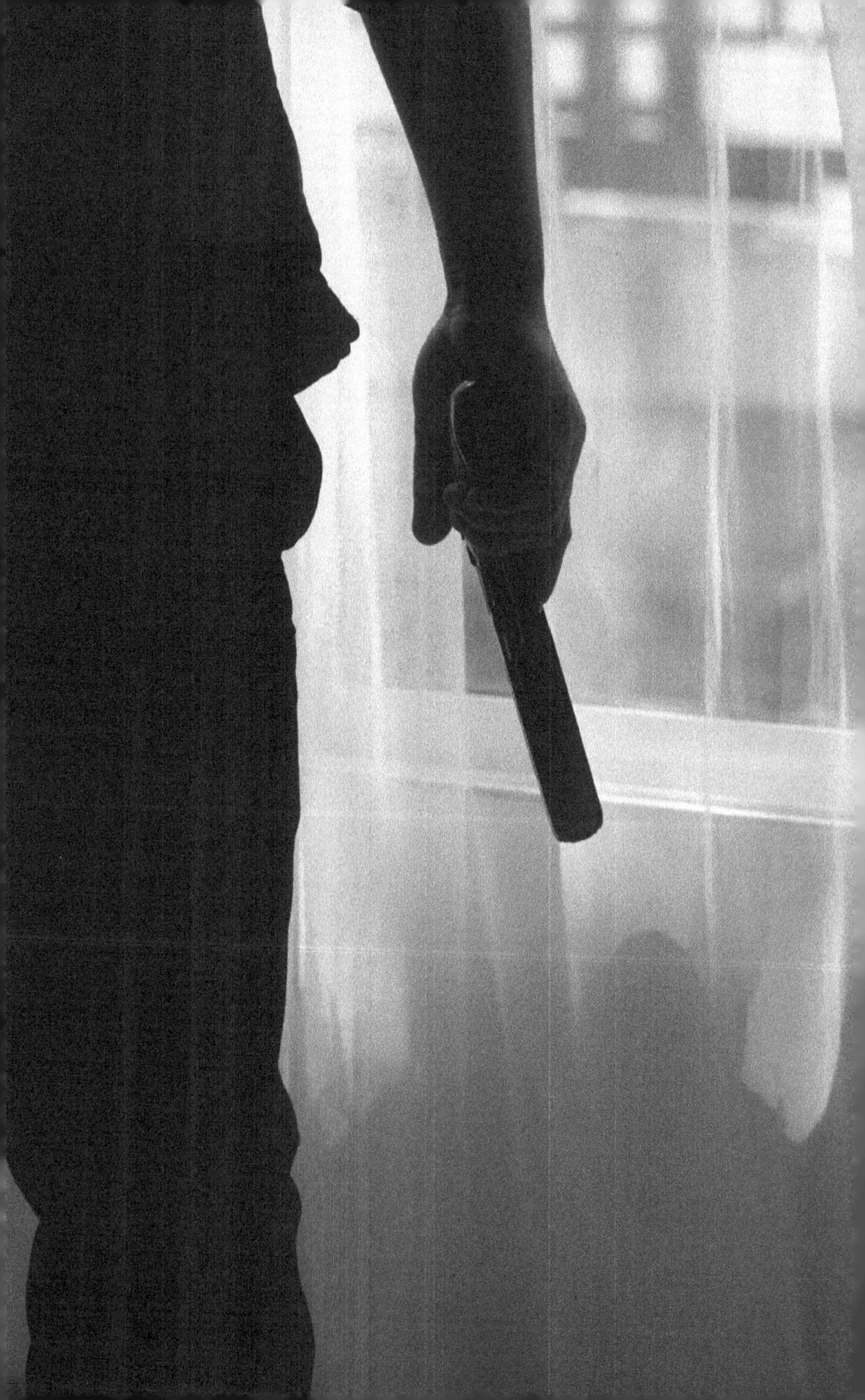

Kapitel 27

Er

Dieser Moment, wenn einen das Karma so richtig fickte, den durchlebte ich gerade. Denn sie verschleppten mich, so wie ich auch schon hunderte Wichser zuvor verschleppt hatte.

Sie brachten mich in einen kleinen, dunklen Raum und ketteten mich an einen Stuhl, so wie ich schon allerhand Gangster an irgendwelche Stühle gekettet hatte, um aus ihnen die Antworten herauszuprügeln, die Enzo oder die Big Four haben wollten.

Deshalb konnte ich nur dasitzen und lächeln. Denn diese Situation war so ein fucking gutes Paradebeispiel für Karma, dass ich mich wirklich nicht wunderte und wusste, dass ich jeden Schlag, Schnitt, Schuss und alles, was sie gleich mit mir anstellen würden, verdient hatte.

In aller Seelenruhe sah ich dabei zu, wie sie ihre Waffen und Utensilien für meine bevorstehende Folter vorbereiteten.

Innerlich machte ich mich über sie lustig, dass sie solche Stümper waren, bei ihrer Wahl an Waffen. Aber gut, es war ja schließlich ihre Folter. Ich war hier nur derjenige, der gleich damit zum Reden gebracht werden sollte.

Wenn sie doch nur wüssten, dass mich nichts so schnell zum Singen brachte. Nicht einmal in meiner Gefangenschaft im Irak hatte ich gesungen. Nichts hatte ich diesen Bastarden erzählt. Wieso sollte sich das hier und heute ändern? Und wenn sie mich umbrachten, dann war das meine gerechte Strafe für all meine vielen Sünden. Ich hatte keine Angst vor dem Tod. Wäre für meinem Beruf auch eher hinderlich. Angst machte die Menschen dumm und ließ sie zögern.

Unbewusst und einfach, weil es Gewohnheit war, sondierte ich den Raum. Jeden Mann, jeden Gegenstand und jede Waffe hatte ich binnen Sekunden erfasst. Sie waren zu viert, doch es würden sicher noch welche nachkommen. Denn keiner, der hier im Raum war, hatte großartig etwas zu sagen. Sie waren alle Handlanger, nicht mal höhergestellt oder ausgebildet so wie ich, das erkannte ich sofort.

»So«, begann einer der vier Trottel gedehnt und drehte sich mit einem Messer in der Hand zu mir um. Innerlich verdrehte ich die Augen bei seiner billigen Show. Wenn ich nicht gefesselt wäre, hätte ich alle hier drin in weniger als drei Minuten getötet.

Unbeeindruckt sah ich zu ihm auf, da er dicht an mich herangetreten war und spöttisch auf mich herabgrinste. *Oh, bitte!*

»Mal sehen, wie wir dich zum Reden bringen.«

»Gar nicht. Aber probier dein Glück ruhig«, konterte ich trocken.

Das Pochen an meiner Seite versuchte ich dabei gekonnt zu ignorieren. Nicht ganz so einfach, wenn ich an diesen Stuhl hier gekettet dasaß, doch etwas anderes blieb mir nicht übrig. Schließlich wusste ich, dass ich gleich noch viel mehr Schmerzen ertragen musste. Also stellte ich mich mental darauf ein und blendete alles andere aus. So war es leichter und ich konnte noch klar denken. Alles Kopf- und Übungssache, die ich mir im Irak beigebracht hatte. Anders hätte ich diese Folter nicht überlebt. Wenn man bedachte, dass meine Narben am Rücken den harmlosesten Foltermethoden zu verdanken waren.

Kein Schlag, Schnitt, Hieb, Verbrennung oder sonst ein körperlicher Schmerz, den sie dir bei einer Marter zufügten, war so schlimm wie die weiße Folter. Diese Art der Misshandlung war rein psychisch und damit schlimmer als jeder Schmerz, den sie dir zufügen konnten. Egal ob Waterboarding, Walling, Nahrungs- und Flüssigkeitsentzug, permanente Nacktheit, Schlafentzug und noch vieles mehr. Sie alle fickten deinen Kopf und zerstörten deinen Geist. Sie brachen dich und doch sah man es dir nicht an.

Mal sehen, was sich die Wichser für mich ausgedacht hatten. Doch so, wie sie aussahen, waren sie nicht besonders clever und verstanden es somit auch nicht, einen zu brechen.

»Du spuckst ganz schön große Töne für jemanden, der so gut wie tot ist.«

Ich sah weiterhin zu ihm auf. Mein Mundwinkel zuckt verdächtig.

»Ich habe mindestens 40 eurer Männer umgebracht. Darunter zwei höhergestellte, die definitiv mehr zu sagen hatten als du. Dass ich aus der Nummer hier nicht lebend rauskomme, wusste ich schon bei dem ersten Schuss. Also erzähl mir etwas, dass ich noch nicht weiß, oder bring mich gleich um. Aber verschwende bitte nicht meine Zeit«, tadelte ich ihn höhnisch. Wenn das schon das Ende sein sollte, dann sollte ich wenigstens auch noch etwas davon haben.

»Und trotzdem weiß noch keiner, warum du so unsagbar dumm warst und dich mit einem Menschenhändlerring anlegst?! Was haben dir all diese Tode gebracht?«

Mit schiefgelegtem Kopf sah ich zu ihm auf, dann zuckte ich teilnahmslos mit den Achseln.

»Spaß? Langeweile? Beschäftigungstherapie? Such dir was aus.« Ihm entgleiste bei meiner nüchternen Antwort vollkommen seine Miene, was mich wiederum dunkel lächeln ließ. *Anfänger.*

»Du verdammter Bastard!«, keuchte er fassungslos und holte mit dem Messer in der Hand nach mir aus.

»Hör auf!«, ertönte eine strenge, jedoch ruhige Stimme hinter ihm. Sofort hielt er in der Bewegung, mich abstechen zu wollen, inne, ehe er von mir zurücktrat und den Blick auf den Neuankömmling freigab.

Mit erhobener Augenbraue musterte ich den Kerl, der gerade dafür gesorgt hatte, dass ich nicht einer Messerattacke zum Opfer fiel. Man musste kein Genie sein, um zu sehen, dass er einen höheren Stand hatte, zumindest unter diesen kleinen Scheißern. Mit Sicherheit war er keiner der Bosse, jedoch mächtig genug, damit sie alle hier vor ihm kuschten. *Na dann, zeig mal, was du kannst.*

»Sagte ich nicht, keiner rührt ihn an, bis ich komme?«, fragte er tadelnd in die Runde. Alle wandten sofort den Blick von ihm ab und sahen betroffen zu Boden. Interessiert musterte ich den Kerl.

Er war nicht besonders alt, vielleicht mein Alter. Doch das musste nicht unbedingt etwas heißen. Durchsetzen musste man sich können und das hatte er hiermit ganz klar bewiesen, obwohl er noch nicht einmal viel getan hatte. Das könnte interessant werden.

Nach einem kurzen Moment, in dem er jedem Mann in diesem Raum einen tödlichen Blick geschenkt hatte, wandte er sich mir zu. Er strahlte eine Ruhe aus, die schon fast erschreckend war. Sie allein konnte Ungeschulte und Laien in den Wahnsinn treiben.

»So, nun zu dir«, begann er und auch seine Stimme hatte diese gefährliche Gelassenheit in sich. Dennoch schwang ein drohender Unterton mit ihr mit.

»Warum machst du mir und meinen Männern so einen Ärger?«, fragte er mich und beobachte jede meiner Regungen. Ich konnte nicht an mich halten und musste einfach laut loslachen. *Deinen Männern? Jungchen, was willst du mir hier erzählen?!*

Schön und gut, dass er hier etwas mehr zu melden hatte, aber ganz sicher gehörte er nicht zu den Bossen. Da verwettete ich meine Armbrust drauf.

»Deinen Männern?«, fragte ich spöttisch und schüttelte abfällig den Kopf. Mit unergründlicher Miene betrachtete er mich.

»Komm, verschwende meine Zeit nicht länger und …« Doch weiter kam ich nicht, denn mitten in meinem Satz zog der Wichser blitzschnell seine Waffe und schoss mir kurzerhand in meine Schulter. Glatter Durchschuss.

Ich spürte, wie sich die Kugel einmal durch mein Fleisch brannte und einen heißen Schmerz hinterließ, ehe sie hinter mir irgendwo im Boden einschlug.

Einen Schmerzensschrei konnte ich mir dabei nicht verkneifen, da es mich unverhofft erwischt hatte. *Kleiner Wichser!*

»Es wird jetzt folgendermaßen ablaufen. Ich stelle dir eine Frage, du antwortest. Tust du es nicht, schieße ich nochmal. Dieses Spiel spielen wir dann so lange, bis ich entweder alle meine Antworten habe oder du Schweizerkäse bist. Deine Entscheidung«, unterrichtete er mich über meine Optionen, die eigentlich keine wirklichen Optionen waren.

So spielte man nun mal in unserer Welt. Doch ich kannte die Spielregeln, hatte mich zu oft in seiner Position befunden und wusste, wie man spielte und vor allem, wie man gewann. Ich musste nur alles auf eine Karte setzen, denn ich besaß nur dieses eine Blatt.

»Du weißt, dass ich nicht reden werde. Egal, was du mit mir machst. Also ersparen wir uns doch die Scheiße hier und schließen gleich einen Deal ab.« Mit harter Miene blickte ich ihm entgegen und wartete auf seine Antwort. Ich bemühte mich, so gut es ging, den pochenden Schmerz meiner Schusswunden auszublenden. Es kostete mich viel Kraft und ich musste immer und immer wieder kräftig mit den Kiefern mahlen, um nicht durchzudrehen. Dennoch behielt ich meine eiserne Miene bei.

»Was denn für einen Deal? Du sitzt gefesselt vor mir und kannst nichts tun, außer zu reden.«

»Oder zu schweigen«, unterbrach ich ihn schmunzelnd. »Ich habe noch die Möglichkeit, zu schweigen. Und wir wissen beide, wie dringend du die Informationen benötigst. Ich kenne das. Man muss liefern, sonst wird derjenige, der über dir steht, ungemütlich und das will unsereins verhindern. Also sei nicht dumm und lass dich auf meinen Deal ein. Vertrau mir, er wird sich für dich weitaus mehr lohnen als für mich«, lockte ich ihn.

Zähneknirschend nickte er mir zu und bedeutete mir damit, dass ich ihm meinen Deal unterbreiten sollte. Jetzt gab es kein Zurück mehr. Die Würfel waren gefallen und ich musste mein Blatt ausspielen und hoffen, dass ich die höheren Karten hatte. *Enzo, mein Freund. Ich hoffe, du findest mich schnell. Sonst war's das dieses Mal endgültig.*

»Ich liefere dir die wichtigsten Fakten, damit deine Bosse zufrieden mit dir sind und du nicht deinen Kopf verlierst und du bringst mich im Gegenzug auf die Auktion.«

Im ersten Moment wirkte er überrascht, doch dann begann er höhnisch zu lachen. Ich ließ ihn gewähren. Schließlich hatte ich mit keiner anderen Erstreaktion gerechnet.

»Das ist dein Deal? Du weißt hoffentlich, dass es für dich nur einen Weg zur Auktion gibt, oder?«

Ich nickte. Natürlich wusste ich das. Nur als Kaufobjekt kam ich als Außenstehender dort rein – und als Sexsklave für eine oder einen reichen Perversling wieder raus. Ich wusste also sehr genau, worauf ich mich einließ und doch sah ich keine andere Möglichkeit. Denn mein Ziel war es nach wie vor, das Mädchen zu retten. Schließlich sollte ja nicht alles umsonst gewesen sein.

»Warum tust du das?«, fragte er mich und er schien es wirklich nicht zu begreifen und ehrlich wissen zu wollen.

»Das gehört nicht zu den wichtigen Fakten und somit nicht zu unserem Deal. Also? Schlägst du ein?« Mit entschlossener Miene musterte ich ihn und wartete auf seine Entscheidung. Doch eigentlich war es klar, wie er sich entscheiden würde. Er wäre dumm, wenn er so einen Deal ablehnen würde. Ich würde es auch nicht tun, auch wenn ich wüsste, dass etwas faul an der Sache war. Doch manchmal musste man in den sauren Apfel beißen und es einfach darauf anlegen.

»Deal. Los, rede!«, drängte er mich auch schon, meinen Teil der Abmachung zu erfüllen. Doch ich schüttelte bestimmt den Kopf.

»Nein. Erst wirst du mich im Katalog anlegen, der bei der Auktion den Käufern zur Verfügung steht. Vorher rede ich kein Wort. Das ist der Deal und ich sorge nur dafür, dass du dich auch wirklich an deinen Teil hältst.«

Verwundert sah er mich an, willigte jedoch schneller als erwartet ein und ließ alles vorbereiten. Dazu gehörte, dass er einem seiner Bosse über unseren Deal unterrichtete. Dafür führte er ein längeres Telefonat auf Spanisch mit jemandem und so, wie es klang, geriet er öfter in Erklärungsnot. Als er fertig war, wies er die Männer, die noch immer mit uns in diesem Raum waren, ebenfalls auf Spanisch an, etwas für ihn zu tun. Ich verstand nicht, was sie miteinander sprachen, doch als der eine mich losschnitt, war es mir auch ziemlich egal.

Kurz überlegte ich, sie alle zu töten und mich aus dem Staub zu machen. Doch dann wäre alles umsonst gewesen, denn die Kleine würde ich ohne Hilfe nicht finden, das wusste ich. Immerhin hatte ich keine Ahnung, ob sie sich überhaupt in diesem Gebäude befand, wo ich mich befand und ob hier wirklich die Auktion stattfand. Kurz um: Ich wusste nichts und deshalb konnte ich sie auch nicht einfach umbringen.

Ohne dass ein Wort mit mir gesprochen wurde, zerrten sie mir mein Shirt vom Leib. Widerwillig und mit zuckendem Kiefermuskel ließ ich es über mich ergehen.

»Deine Wunden, sie müssen verarztet werden. Anders können wir dich nicht zum Verkauf stellen«, erklärte er mir. Ich nickte. Was sollte ich auch sonst tun? Es gab kein Zurück mehr, ging nur noch vorwärts. Also ließ ich alles über mich ergehen. Wie sie meine Wunden reinigten, nähten und anschließend desinfizierten. Mich an die Wand schupsten und zur Krönung noch aufforderten, mich bis auf die Shorts auszuziehen.

Knurrend tat ich, was man mir aufgetragen hatte, und ließ mich anschließend von ihnen fotografieren und ablichten, damit sich die Käufer ein Bild von mir machen konnten. Nachdem die lästige Prozedur erledigt war, verließen all seine Männer den Raum und ich blieb allein mit ihm zurück.

Er hatte sich mir gegenüber an die Wand gelehnt und musterte mich mit harter Miene, ehe er zu sprechen ansetzte.

»Warum zum Teufel tust du das hier wirklich? Du kennst diese Welt und weißt somit, was dich erwarten wird.«

»Ich habe meine Gründe. Die sind jedoch für dich nicht von Belang.« Er nickte nachdenklich.

»Vermutlich nicht«, antwortete er in Gedanken versunken.

»Was ich dir sagen kann, ist, dass ich weder für einen anderen Ring noch sonst jemanden arbeite. Ich war einfach zur falschen Zeit am falschen Ort und nun beende ich das hier auch.« Ich wusste, dass ihm meine vage Aussage nicht reichen würde, doch mit etwas musste ich ja beginnen. Ich konnte nur Zeit schinden und darauf hoffen, dass er glaubte, bei mir gab es wirklich nichts mehr zu holen.

»Also willst du mir erzählen, dass hier hat keinen größeren Hintergrund?! Das ist Bullshit!«, entgegnete er streng und stieß sich von der Wand ab.

»Natürlich ist das Bullshit. Aber mehr wirst du nicht von mir erfahren und da ich nun schon in eurem Katalog bin, kannst du mir nichts tun.« Ein freches Lächeln stahl sich auf meine Lippen, als er mit geballten Fäusten vor mir stand.

Ich wusste, ich pokerte hier verdammt hoch und dass das hier auch ordentlich nach hinten losgehen konnte. Doch ich war zu weit gekommen, als dass ich nun einen Rückzieher machen würde. Also hielt ich an meinem Schauspiel fest und wartete auf seine Reaktion.

Außer wütend zu fluchen, tat er allerdings nichts.

»Ich hoffe, das, was auch immer du vorhast, ist es wert, dass du dafür deine Freiheit, deine Würde und dein Leben hergegeben hast«, zischte er kopfschüttelnd, ehe er den Raum verließ und mich somit wieder einem seiner Männer übergab.

Noch etwas überrascht, dass mein vollkommen verrückter und geisteskranker Plan aufgegangen war, stand ich einfach nur da und wartete auf weitere Anweisungen. Die ließen auch nicht lang auf sich warten.

»Zieh das aus, dann komm!«, wies mich einer der Kerle, die mich hierhergebracht hatten, mit starkem spanischem Akzent an, meine letzte Hülle fallen zu lassen.

Abschätzig zog ich eine Braue nach oben. Doch dann gehorchte ich. Auch hier blieb mir gar nichts anderes übrig. Außerdem hätte ich mir denken können, dass sie mich den Käufern nackt präsentierten – und wenn es nur wäre, um mich zu demütigen. *Sei's drum.* Hauptsache, ich kam endlich an die Kleine ran.

Erneut an diesem verrückten Tag baute ich auf meinen besten Freund und hoffte, er würde rechtzeitig kommen. Denn mein gesamter Plan stand und fiel mit Enzo.

Ob er sich gut mit meiner kleinen Lady verstand? Ich bezweifelte es. Aber darum konnte ich mich jetzt nicht auch noch sorgen. Schließlich hatte ich genug eigene Probleme, um die ich mich zuerst kümmern musste.

Zu überleben, bis Enzo kam, stand ganz oben.

Kapitel 28

Enzo

Ich sah in honigbraune Iriden und musste ein Augenrollen unterdrücken. *So vorhersehbar, mein Freund!*

Es war klar, dass Aleks bei ihr den Helden raushängen lassen musste. Sie war das typische graue Mäuschen. Das Mädchen von nebenan. Einfach perfekt, um den Beschützer zu spielen. *O Mann Aleks, lernst du denn nie dazu?!*

Ich saß ihr gegenüber und musterte sie mit ernster Miene. Wir waren in einem schäbigen Motelzimmer und warteten auf David, dass er hoffentlich mit etwas Brauchbarem zurückkam.

Sie war nervös. Knetete andauernd ihr Finger in ihrem Schoß. Wandte immer und immer wieder den Blick von mir ab. Etwas verwundert war ich ja schon, was Aleks an ihr so besonders fand, dass er sich in diese Scheiße hatte reinziehen lassen. Denn ich war mir sicher, es ging hier schon lange nicht mehr um das Mädchen.

Aleks wusste immer besser als ich, wann Schluss war. Wann es besser war, sich zurückzuziehen, nicht weiterzugehen und es auch mal gut sein zu lassen. Er war ruhig und handelte besonnen, wenn ich aufbrausend und impulsiv handeln wollte, eben mit dem Kopf durch die Wand. Deshalb wunderte es mich hier wirklich, warum er so besessen davon war, die Kleine zu retten. Das konnte nur etwas mit der Göre hier vor mir zu tun haben. Anders konnte ich mir sein untypisches Verhalten wirklich nicht erklären.

»Du fickst also meinen besten Freund?«, fiel ich mit der Tür ins Haus.

Erschrocken drehte sie den Kopf in meine Richtung und sah mich mit geweiteten Augen an. Ihre Wangen überzogen sich mit einem beschämten Rot. Somit hatte ich meine Antwort.

»Ich wüsste nicht, was dich das angeht«, konterte sie schnippisch und entlockte mir damit ein amüsiertes Mundwinkelzucken.

»Oh, das geht mich einiges an, Schätzchen. Schließlich bin ich nur deswegen hier und Aleks sitzt nur deswegen in der Scheiße. Weil du ihm den Kopf verdreht hast. Also will ich jetzt wissen, wie du das geschafft hast und warum? Was hast du davon?« Ich beobachtete sie genau. Keine Regung auf ihrem schönen Gesicht entging mir.

Zuerst war sie fassungslos, dann empört und am Ende ganz klar wütend. Ihr Blick steckte mich regelrecht in Flammen, es war schon fast niedlich.

»Falls es dir entgangen ist, ich war auch in diesem Transporter. Aleks hat mich mitgenommen und er hat mich auch wieder gehen lassen. Und doch bin ich noch hier.«

Ungläubig verzog ich die Brauen. Ich verstand nicht ganz, was sie mir hiermit sagen wollte.

»Er hat dich gehen lassen? Wann? Und warum bist du dann noch hier?«, fragte ich sie und versteckte meine Ungeduld nicht. Sie sollte gleich merken, dass ich nicht wie mein bester Freund war und ihr kleiner Zauber bei mir keine Wirkung zeigte. Schließlich hatte mich schon eine kleine Hexe verflucht und in ihren Bann gezogen. Ich hatte meine Königin schon gefunden. Deshalb ließ mich all das hier kalt.

»Ja, Aleks hat mich gehen lassen. Ich wollte nicht aufgeben, Ana zu retten, da haben wir getrennte Wege eingeschlagen. Nur kam er dann, warum auch immer, wieder zurück. Hat all diese Männer erschossen und ist mit mir in einem Motel untergetaucht. Dann hat er Informationen gesammelt, um letztendlich in diesem Haus zu landen und mitgenommen zu werden. Er sagte, ich sollte im Auto auf dich warten, mit dir gehen und auf dich hören. Es klang wie ein Abschied für immer. Das ist alles, was ich dir sagen kann.« Am Ende schlich sich eine tiefe Traurigkeit in ihre Stimme und auch ihre Augen bekamen einen Glanz, der nichts Gutes zu bedeuten hatte.

Scheiße! Aleks, du kleiner Wichser! Drückst mir hier dein Mädchen aufs Auge, dass sich ganz offensichtlich in dich verliebt hat, und ich darf sie dann trösten und ihr erklären, dass sie dich wirklich nie wiedersehen wird. Danke, du Penner!

Leider wurde mir durch ihre kleine Geschichte auch klar, dass Aleks wirklich so dumm gewesen war und sich hatte gefangen nehmen lassen. Ich hatte gehofft, er wäre nicht so verrückt und würde so weit gehen. Er hatte sich dazu entschlossen, sich zu opfern. Ob für das Mädchen oder die Göre hier, wusste ich nicht so genau. Die Kleine schien ihr viel zu bedeuten, schließlich wollte sie sie ebenso retten.

»Kennst du denn die Kleine?«, stellte ich meine Frage, die mir sofort auf der Zunge lag, laut.

Sie schüttelte den Kopf.

»Nein. Ich habe sie dort kennengelernt und sie von da an beschützt. Sie ist doch noch ein Kind und hat dort in der Hölle nichts verloren.«

Nachdenklich nickte ich. Eigentlich war mir das Schicksal der Kleinen und ihres egal. Mich kümmerten sie nicht, genauso wenig wie die traurigen Geschichten der Frauen, die dort verkauft und versklavt wurden. Das war nicht mein Problem und ich hatte über die Jahre gelernt, solche Dinge auch nicht zu meinem zu machen. Wir Kreaturen der Hölle kannten nun mal alle die Schatten mit ihrer Grausamkeit. Es hatte keinen Sinn, gegen sie anzukämpfen. Zumal ich mich nicht als etwas verkaufte, was ich nicht war.

Ich war nun mal ein abgefucktes Arschloch, das seinen Spaß

daran hatte, anderen Schmerzen zuzufügen, wenn es mir denn etwas nützte. Ich schreckte nicht vor einem Berg von Leichen zurück, den ich hinterlassen musste, um zu bekommen, was ich wollte. So war ich nun mal und so würde ich auch immer sein. Prinzessin oder Miss Unschuld hin oder her.

»Bist du dann fertig mit deinem kleinen Verhör? Denn ich hätte da auch noch ein paar Fragen«, fauchte sie mich unerwartet mutig an. Ich hob abschätzig eine Braue.

»Du hast hier aber keine Fragen zu stellen, Schätzchen. Merk dir eins: Ich bin nicht Aleks. Ich will dich weder ficken noch sonst etwas. Im Grunde bist du mir scheißegal! Nur leider bist du es ihm nicht. Also muss ich wenigstens versuchen, dich lebend aus der Sache hier rauszubekommen. Daher ein kleiner Tipp: Bring mich nicht auf die Palme, Mädchen. Dann überlebst du die Sache hier auch!«

Missbilligend schnaubte sie auf und holte schon Luft für eine freche Erwiderung. Innerlich seufzte ich angestrengt. *Ach, Schätzchen, mach es dir und mir doch nicht so schwer …*

Blitzschnell erhob ich mich, ging auf sie zu und packte sie unnachgiebig am Hals, ehe ich sie an diesem in den Stand zog und dicht vor mein Gesicht führte. Meine Fingerspitzen bohrten sich in ihre Haut an ihrer Kehle und mein Blick war so dunkel und kalt, dass sie nun endlich begreifen musste, dass ich nicht wie Aleks war.

»Hör zu, Mädchen! Meine Geduld ist begrenzt. Nein, eigentlich besitze ich keine. Deshalb solltest du mir jetzt genau zuhören, denn ich sage das nur ein einziges Mal. Du wirst alles tun, was ich dir sage. Du wirst mir nicht im Weg stehen, Aleks aus DEINER Scheiße zu ziehen. Wenn doch, erschieße ich dich, ohne mit der Wimper zu zucken. Und ja, Aleks wird über dich hinwegkommen. … Hast du das verstanden?« Dunkel und rau war meine Stimme. Keine Emotion ließ ich sie sehen.

Meine Finger umgriffen noch immer kräftig ihren Hals. Nur mit flacher Atmung bekam sie Luft. Erstaunlicherweise war sie ziemlich ruhig, angesichts der Situation. Vielleicht, weil Aleks sie ebenso angepackt oder sie einfach ein scheiß Leben hinter sich hatte. Keine Ahnung, es war mir auch egal.

Doch eins musste ich feststellen. Sie war weder ein graues Mäuschen noch das brave Mädchen von nebenan. Sie hatte Feuer und wusste es auch einzusetzen.

Gefügig und mit Sicherheit untypisch für sie nickte sie in meinem unnachgiebigen Griff. Die Tür in meinem Rücken öffnete sich und doch ignorierte ich David, der gerade in unser Zimmer gekommen war. Ich hielt sie noch immer fest und musterte sie einen weiteren, sehr langen Moment. Einfach, um ihr zu zeigen, wie ernst es mir war.

Erst als David dicht neben mich getreten war und sich leise räusperte, ließ ich grob von ihr ab.

»Du solltest dich im Bad etwas frischmachen und dich beruhigen«, unterrichtete ich sie und wandte mich schon David zu, damit er mich aufklären konnte. Ein abfälliges Schnauben ließ mich jedoch in meiner Bewegung, mich vollständig zu ihm umzudrehen, innehalten.

Mit eiskalten Iriden sah ich zurück zu ihr und tötete sie mit meinem Blick. Für einen Bruchteil einer Sekunde wirkte sie tatsächlich eingeschüchtert, bis sie nach einer kurzen Bedenkzeit ihren Trotzkopf wiedergefunden hatte. *Schätzchen, ganz falscher Ansatz und dummer Fehler!*

Ich baute mich vor ihr auf und wollte sie gerade erneut packen, als mein Handy klingelte. Knurrend hielt ich in der Bewegung inne und beschloss, ranzugehen. Schließlich könnte es Aleks sein, der mich anrief. Auch wenn ich wusste, dass das eher unwahrscheinlich war.

Angepisst zog ich mein Handy aus der Hosentasche, doch als ich auf mein Display sah, wandelte sich mein Gemütszustand schlagartig und ich kühlte augenblicklich ab, war wieder beherrscht und ruhig.

»Schlechtes Timing, Baby!«, brummte ich und wandte mich von der Kleinen ab, schloss für einen Moment die Augen und sammelte mich wieder etwas.

»Es ist immer schlecht. Ich hatte nur so ein Gefühl, dass du gerade etwas Dummes machen willst. Also dachte ich, ich halte dich mal wieder davon ab«, sprach meine Göttin lieblich in den Hörer. *Diese Frau!*

Schmunzelnd schüttelte ich den Kopf.

»Ich und etwas Dummes machen? Das passt gar nicht zu mir«, scherzte ich, doch ich wurde schnell wieder ernst. Katherine lachte am anderen Ende der Leitung ihr schönes Lachen.

»Ich muss schlussmachen, Baby. Ich melde mich, wenn wir Aleks haben.« Damit legte ich auf, atmete noch einmal tief durch, ehe ich mich wieder zu den beiden umdrehte.

Die kleine Göre musterte mich mit erhobener Augenbraue und irritiertem Gesichtsausdruck. Ich ignorierte es gekonnt und nickte David zu, dass er mich über das Haus aufklären sollte. Wir hatten genug Zeit verloren, sollte die Kleine doch rumzicken, wie sie wollte.

David trat an mich heran und reichte mir sein Handy, mit dem er Bilder vom Haus gemacht hatte. Ich wischte mich durch die Fotos und versuchte, irgendetwas Brauchbares zu finden.

»Konntest du sonst noch etwas finden? Dokumente? Rechnungen? Irgendwas anderes als das hier?«, fragte ich ihn forsch und sah von seinem Handy auf.

»Leider nein. Nur das, was ich fotografiert habe. Entweder sie haben das Haus vorher leergeräumt oder er wusste nie etwas. Sorry, Boss«, antwortete David kleinlaut. *Fuck!*

Ich hatte keine Ahnung, wo ich Aleks suchen sollte. Es

gab keine Verbindung und ich hatte hier wenig bis gar keine Kontakte. Ich konnte schließlich schlecht schießwütig die ganze Stadt aufmischen, bis ich ihn gefunden hatte. Ich würde es zwar tun, doch bringen würde es keinem etwas.

Knurrend wandte ich mich von ihm ab und tigerte nervös in dem kleinen Zimmer herum. Ich war mir der Blicke der Kleinen durchaus bewusst, doch sie war nun wirklich meine geringste Sorge.

Ungeduldig zog ich meine Kippen raus und zündete mir eine an, ehe ich noch einmal auf das Handy in meiner Hand sah.

Plötzlich, nur ganz zufällig, sah ich etwas beim Durchwischen der Bilder. Eine Kamera außen am Haus auf einem von Davids gemachten Fotos hatte meine Aufmerksamkeit erweckt und mich auf eine Idee gebracht. Der Bastard, bei dem Aleks eingestiegen war, wohnte in einer schicken Gegend. Und wie wir ja alles wussten, schissen sich die Reichen immer ein und lebten lieber auf der sicheren Seite, wenn es um ihr Eigen oder Vermögen ging. Also hatten sicher alle solche schicken und praktischen Kameras an ihren Häusern oder sogar an ihren teuren Autos.

Umgehend rief ich Liam, meinen kleinen Bruder und Hacker meiner Männer, an. David sah mich stirnrunzelnd an und lauschte gespannt, wen ich kontaktierte.

»Enzo?«, nahm Liam sofort ab.

»Die Kameras am Haus und der Umgebung, könntest du durch sie herausfinden, wo sie Aleks hingebracht haben?«, fragte ich ihn, ohne großartig drum herumzureden. Das war noch nie meine Art gewesen und wir hatten nicht mehr viel Zeit.

Keine Ahnung, ob sie Aleks noch verhörten, bereits folterten oder schon erschossen hatten. Dass sie ihn aber nicht mit Sekt und einer ihrer Schlampen empfingen, die ihm die Füße massierte, war klar. Immerhin hatte er einige ihrer Männer umgebracht und Ware von ihnen geklaut. Dass das Konsequenzen nach sich ziehen würde, wussten wir alle, vor allem Aleks.

Liam überlegte einen Moment.

»Das ist gar nicht dumm. So könnte ich ihn finden. Oder zumindest eine Richtung, wo ihr ihn suchen sollt. Enzo, das ist genial. Ich setze mich gleich dran und schicke dir dann eine Adresse, wo ich sie das letzte Mal auf den Kameras sehe.«

»Beeil dich! Ach, und überleg dir gleich, wie du mich dann auf diese scheiß Auktion bringst!«, knurrte ich ungehalten, dann legte ich auf.

»Nicht schlecht, Boss«, kommentierte David anerkennend.

Seufzend ließ ich mich auf den Stuhl fallen und nahm einen tiefen Zug meiner Kippe. Nun hieß es warten und das mit einer nervigen Göre an der Backe, die wohl das neue Mädchen meines besten Freundes war. *Wunderbar!*

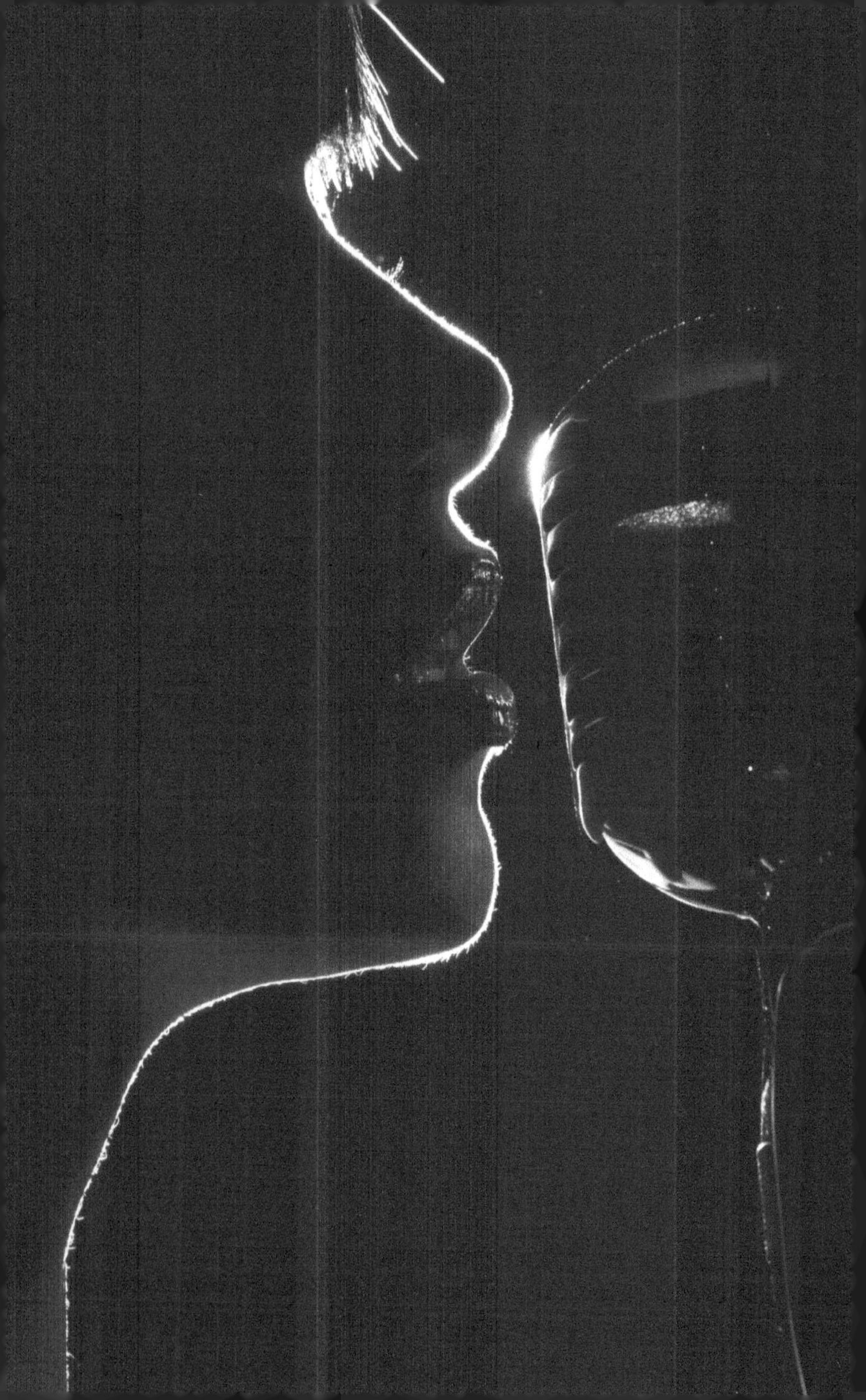

Kapitel 29

Sie

Ich hatte nur die Hälfte von dem verstanden, was Enzo gesagt hatte, aber was ich verstanden hatte, war, dass es eine kleine, aber reale Chance gab, Aleks zu retten und somit auch Ana.

Nervös rutschte ich auf dem Bett, auf das ich mich gesetzt hatte, hin und her. Ich wollte ihn ausfragen, nachbohren, wie es weitergehen würde. Doch das Pochen an meinem Hals hielt mich davon ab. Enzo hatte bewiesen, dass er kein beherrschter Mann war. Kein Mann von Geduld. Auch wenn er am Telefon, als er ganz offensichtlich mit einer Frau gesprochen hatte, ganz anders gewesen war. Ruhiger. Sanfter.

Allein, wie er sie nannte und mit ihr sprach, obwohl er eine Sekunde zuvor noch so ausgesehen hatte, als würde er mich umbringen wollen … Ich konnte diesen Kerl überhaupt nicht einschätzen. Doch eins wusste ich: Enzo lag viel an Aleks und er machte sich ebenso Sorgen um ihn wie ich. Auch wenn er es nicht zeigte. Man fühlte es. Mit jeder Faser seines muskulösen und bedrohlichen Körpers wollte er Aleks retten. Das allein half mir, ihm zu vertrauen, auch wenn er mich so behandelte.

Deshalb blieb ich lieber noch eine Weile stumm und wartete auf den erlösenden Anruf, dass sie Aleks gefunden hatten. Und dieses Mal würde ich nicht im Auto oder gar hier im Motelzimmer warten. Ich würde definitiv mitkommen. Egal, was Mister Unbeherrscht dazu sagte.

Es vergingen zwei quälend lange Stunden, in denen ich mir

mein Hirn zermarterte, wie es Aleks und Ana wohl ging. Was sie machten und ob wir sie bald finden und retten könnten.

Enzo hatte eine nach der anderen geraucht, mit dem anderen Typen Schlachtpläne, von denen ich nur wenig verstand, weil dies einfach nicht meine Welt war, durchgespielt und ansonsten nervös mit dem Knie gewackelt. Dann kam endlich der erlösende Anruf.

Sofort nahm Enzo ab. Leider konnte ich nicht hören, was der Anrufer sagte. Also wartete ich auf Enzos Reaktion. Als dann ein kleines Lächeln über seine sonst so ernste Miene schlich, atmete ich erleichtert aus. Er hatte ihn wohl gefunden und nun würden wir uns auf den Weg zu Aleks machen.

»Gute Arbeit, Liam. Hast du dich auch um meine Eintrittskarte gekümmert?«, fragte Enzo und nickte einen Augenblick später zufrieden, als der andere ihm wohl die Antwort gab, die er hören wollte.

Eine Welle der Euphorie durchflutete meinen Körper. Ich konnte es kaum glauben, dass wir nun tatsächlich Zutritt zu der Auktion bekommen würden.

Enzo hatte bereits aufgelegt und besprach sich schon mit David, wie sie nun weiter vorgehen sollten. Sie studierten die Bilder, die der andere ihnen geschickt hatte. Ich stellte mich neben sie, um auch zu sehen, wo die Auktion stattfinden würde. Doch als Enzo mich bemerkte, verwehrte er mir den Blick auf sein Handy und baute sich bedrohlich vor mir auf.

Unsicherheit wollte von mir Besitz ergreifen, aber ich ließ sie nicht zu. Dafür war nun kein Platz. Ich musste stark sein. Also reckte ich mein Kinn und baute mich ebenfalls vor ihm auf. Ich würde nicht klein beigeben.

»Wie sieht unser Plan aus? Wie kommen wir auf die Auktion?«, fragte ich ihn selbstsicher.

Enzo verzog für den ersten Moment seine schwarzen Brauen, dann jedoch lachte er einen Moment später dröhnend los, ehe er sich kopfschüttelnd von mir abwandte, um sich wieder mit David zu besprechen. *Jetzt reicht's!*

Grob packte ich ihn am Arm und zog ihn zu mir zurück. Wütend funkelte ich ihn an, während ich meine Hände in die Hüften stemmte.

»Hör mal zu, du arroganter Vollarsch! Ich bin kein kleines Mäuschen, dass hier ihren Arsch plattsitzt und wartet, bis ihr wiederkommt. Wenn ihr überhaupt wiederkommen würdet. Ich werde mit dir gehen und ich werde dir dabei helfen, Aleks und Ana zu befreien. Ob du willst oder nicht! Du hast mich am Hals!« Keuchend vor Wut sah ich ihm fest in die Augen.

Enzo dagegen blickte mich nur mit hochgezogener Augenbraue an. Seine ernste Miene schien dabei unergründlich. Unter seinem dünnen Shirt zuckten seine Muskeln immer wieder bedenklich, ebenso wie seine Venen an seinen Armen verräterisch hervortraten und seine auffällige Totenschädeltätowierung noch mehr in Szene setzten. Es schien so, als würde er mit sich ringen.

»Okay«, war schließlich alles, was er zu meiner kleinen, aufbrausenden Rede sagte, ehe er sich von meinem Griff befreite.

Mir – aber auch David – fiel die Kinnlade runter.

»Was? Boss, meinst du das ernst?«, setzte dieser sofort besorgt nach.

»Ich sagte *okay*!«, entgegnete Enzo deutlich, mit einem drohenden Unterton.

David schluckte ganz offensichtlich einen weiteren Kommentar herunter und nickte stattdessen gefügig. *Interessant.*

»Also nimmst du mich mit?«, fragte ich zur Sicherheit noch einmal nach.

»Das sagte ich doch gerade, oder nicht?«, brummte er mich übellaunig an.

Ich schnaubte, verkniff mir aber ebenfalls einen bissigen Kommentar. Enzo hatte es mir zugesichert und er würde sich schon an sein Wort halten. Hoffte ich jedenfalls.

Nachdem Enzo und David all ihre Waffen gecheckt und an ihren Körpern verstaut hatten, und es waren nicht wenige, konnten wir aufbrechen. Sie hatten sich besprochen und wohl genaustens überlegt, wie sie vorgehen sollten. Mich hatten sie zwar nicht eingeweiht, aber das war egal. Ich hatte gut zugehört und wusste jetzt auch, wo sich Aleks und Ana befanden. Wenn sie mich also nicht einweihten oder in ihren Plan mit einbezogen, würde ich schon allein dafür sorgen, dass ich Teil davon wurde. Ich hatte die Schnauze voll, ständig herumgeschubst und bevormundet zu werden.

Dieser Liam, mit dem Enzo vorhin telefoniert und der all die Informationen für ihn besorgt hatte, war wirklich ein Genie. Da er nun wusste, wo die Auktion stattfand, hatte er sich irgendwie Zugang zur Datenbank ihres Servers verschafft und etwas daran herumgespielt.

Ich wusste nicht genau, was er gemacht hatte, doch soweit ich das verstand, hatte er Enzo als ein hohes Tier mit auf die Gästeliste gesetzt, mit falschem Namen, Geschäftskonto, Ausweis und Lebenslauf. Eben alles, was dazugehörte, damit es glaubwürdig war. Es war erstaunlich, was dieser Kerl alles konnte, und das in der kurzen Zeit.

Wieder musste ich mir die Frage stellen, wer diese Kerle eigentlich waren und was für ein Leben Aleks mit ihnen führte.

Ich hatte die dunkelste Seite an ihm gesehen, hatte Aleks mal gesagt. Und doch fühlte ich mich nicht schlecht bei ihm. Hatte keine Angst. Nein, im Gegenteil. Ich fühlte mich sicher, beschützt und, so komisch das auch klingen mochte, geliebt. Aleks entlockte mir nur positive Gefühle. Ich konnte es selbst nicht verstehen, doch so war es nun mal. Also hinterfragte ich es nicht. Wozu auch?

»David, du fährst allein und positionierst dich auf dem Dach gegenüber, so wie wir es besprochen haben. Ich kann nur allein dort rein. Versuch einfach, so viele wie möglich von ihnen unentdeckt auszuschalten. Ich hol Aleks dort raus und dann verschwinden wir«, wies Enzo ihn an.

David nickte, sah noch einmal mit einem kurzen Seitenblick zu mir, dann wandte er sich ab und verließ das Zimmer.

»Was heißt hier, allein dort rein? Ich dachte, du nimmst mich mit?«, protestierte ich lautstark und folgte ihm aus dem Zimmer, denn Enzo war schon dabei, einfach zu gehen. *Wichser!*

Unbekümmert ging er weiter über den Parkplatz bis zu seinem Wagen.

»HEY!«, schrie ich in seinen Rücken und zerrte ihn mit all meiner Kraft zu mir herum.

»Jesus!«, knurrte er rau, dann packte Enzo grob mein Handgelenk und hielt mich damit davon ab, ihn weiter festzuhalten, ehe er mich mit einem bestimmenden Ruck dicht zu sich heranzog.

Seine eisblauen Augen durchbohrten mich regelrecht und bescherten mir einen unangenehmen Schauer, der mir meine Wirbelsäule herabrann. Ich versuchte, mich aus seinem eisernen Griff zu befreien, doch ich hatte keine Chance und stellte meine sinnlosen Bemühungen daher schnell ein.

»Was soll das? Lass mich los und lass uns endlich Aleks retten! Wir verlieren wertvolle Zeit!«, ermahnte ich ihn streng und versuchte, seinem eiskalten Blick, so gut es ging, standzuhalten.

»Schätzchen, was sagte ich dir vorhin?«, raunte er mir gefährlich ruhig entgegen. Seine Mimik und Körpersprache passten allerdings absolut nicht zu seiner Tonlage. Sein Körper war zum Zerreißen angespannt. Seine hellen Iriden loderten so voller Kälte und Hass, dass ich aufpassen musste, mich nicht in ihnen zu verlieren.

Eine Gänsehaut überzog meinen Körper. Ich fühlte mich unwohl. Aber natürlich wollte ich ihm das nicht zeigen.

»Mir scheißegal, was du sagtest! Ich werde mit dir kommen und du kannst nichts dagegen machen!«, hielt ich trotzig dagegen und bot ihm todesmutig die Stirn.

Einen langen Moment musterte er mich einfach nur mit undurchdringlicher Miene, ehe Enzo wieder sein dröhnendes Lachen von sich gab. Nur klang es jetzt noch dunkler und abfälliger als zuvor.

»Mann, Kleine, hast du dich so sehr von Aleks um den Finger wickeln lassen, ja? Dass du ihm bereits hörig bist? … Schätzchen, du kennst ihn nicht einmal. Weißt nicht, was für eine Art Mann – Monster – er wirklich ist. Also nutz die Chance und lauf.« Das Letzte flüsterte mir Enzo mit dunkler Stimme ins Ohr.

Zischend entzog ich ihm mein Gesicht, lehnte mich weit zurück, um Abstand von ihm zu bekommen.

»Ich kenne Aleks!«, hielt ich mit fester Stimme dagegen.

Enzo verzog kurz irritiert seine schwarzen Brauen, ehe er zynisch zu grinsen begann.

»So? Du kennst also seine dunkle Seite, sagst du?«

Ich nickte.

»Ja, ich kenne sie. Ich habe sie gesehen, in all ihrer Pracht und Grausamkeit. Ich kenne Aleks!«, erklärte ich ruhig und sah ihm dabei tief in die Augen. Ließ mich von seinem Blizzardblick nicht beeindrucken.

»Du kleine Göre weißt einen Scheißdreck, wer wir sind! Und noch weniger weißt du, wer Aleks ist! Und jetzt mach, dass du dich verpisst. Sehe ich dich je wieder, erschieße ich dich. Und ja, ich werde es mit Freude tun!«, drohte er mir mit unheilvoller Stimme.

Innerlich schrie mich alles an, auf ihn zu hören. Seine

Drohung ernst zu nehmen. Doch äußerlich ließ ich mir nichts anmerken. Ich war entschlossen und würde mich nicht von ihm wegschicken lassen! Außerdem sagte mir meine innere Stimme, dass Enzo mir, seiner Drohung zum Trotz, nichts tun würde. Ich wusste nicht genau, woher ich diese Gewissheit nahm, doch mein Bauchgefühl und meine innere Stimme hatten mich noch nie im Stich gelassen. Also vertraute ich erneut auf sie und ließ mich von ihnen lotsen.

»Nein! Ich werde nicht gehen! Ich werde dich begleiten und ich werde dir dabei helfen, Aleks und Ana da rauszuholen. Ob du willst oder nicht. Du musst mich nicht mögen. Es ist mir ehrlich gesagt auch scheißegal! Ich denke hier nur an Aleks und die Kleine und da ich dich nun mal brauche und es nicht allein machen kann, bin ich an dich Wichser gekettet. Also halt den Mund, schwing deinen aufgeblasenen Arsch in dein Auto und fahr uns dorthin!«

Wir lieferten uns noch ein hartes Blickduell, bis Enzo angestrengt seine Augen verdrehte.

»Dummes Mädchen!«, seufzte er schon fast, dann zog er seine Waffe aus seinem hinteren Hosenbund und drückte sie mir gegen meine Stirn. *Du wirst mich nicht erschießen!,* hallte meine innere Stimme wieder beruhigend durch meinen Kopf.

Daher schluckte ich nur trocken, blieb ansonsten aber unbeeindruckt vor ihm stehen. Der Lauf drückte sich immer fester in meine Haut. Dennoch rührte ich mich keinen Millimeter und hielt seinem Blick stand.

»Los. Erschieß mich. Aber vergiss nicht, Aleks auch die Wahrheit über meinen Tod zu sagen. Ich wünsche dir viel Spaß dabei. Wie er wohl reagieren wird?!«, sprach ich mit fester und erstaunlich ruhiger Stimme zu ihm.

Enzo schnaubte abfällig. Der Druck an meiner Stirn nahm zu. Immer fester presste er mir das Metall dagegen. Ebenso wie sein Griff um mein Handgelenk mit jeder Sekunde, die verging, kräftiger wurde.

»Du kleine Schlampe meinst wirklich, du hättest dich in das schwarze Herz von Aleks gefickt? Da muss ich dich enttäuschen. Es gab schon Hunderte vor dir und wird auch Hunderte nach dir geben. Ebenso wie zwischen ihn und mich nichts kommen wird. Auch nicht so eine kleine Fotze, wie du eine bist! Aleks macht sich nichts aus dir. Also, letzte Chance. Lauf!«

Unter anderen Umständen hätte ich jetzt Todesangst. Hätte meine Beine in die Hand genommen und wäre gerannt, als wäre der Teufel höchstpersönlich hinter mir her. Doch stattdessen tat ich nichts. Ich blieb nach wie vor seelenruhig vor ihm stehen. Hielt weiter seinem bedrohlichen Blick stand und ließ mir ebenso weiterhin seine Knarre gegen meinen Kopf drücken. Und warum tat ich das?!

Ganz genau. Für ihn. Für Aleks.

Ich wusste nicht genau, was dieser verfickte Riese mit mir angestellt hatte. Wie er es geschafft hatte, dass ich ihm so verfallen war. Doch das war jetzt nicht wichtig. Nichts von all dem war wichtig. Nun zählte nur, dass ich Enzo davon überzeugte, dass er mich nicht vertreiben konnte und ich mit ihm mitkommen würde.

»Du kennst deinen besten Freund doch besser als ich. Sag du es mir, wie er auf meinen durch dich verschuldeten Tod reagieren würde. Denk genau nach. Aleks hat mich beschützt, mehrfach gerettet, kam wieder zu mir zurück und am Ende hat er dafür gesorgt, dass ich in Sicherheit bin. Du kannst sagen oder tun, was auch immer du willst. Aber ich werde jetzt mit dir in diesen Wagen steigen. Denn ich kenne Aleks und …« Ich brach mitten im Satz ab. Ich wusste nicht, welcher Teufel mich dort beinah geritten hatte, Enzo zu sagen, was ich für Aleks empfand. Schließlich konnte ich doch noch gar nicht wissen, was ich für ihn fühlte. Wie denn auch? Wir kannten uns keine vier Tage. Das war verrückt. Ich war verrückt.

Etwas in Enzos Blick hatte sich geändert. Seine strenge Miene wurde noch eine Spur härter, bis sie in Sekundenschnelle weicher wurde, er nach einem weiteren Augenblick lautstark zu fluchen begann und abrupt von mir abließ.

»Gut. Du kommst mit. Aber tust du nicht, was ich sage, verkaufe ich dich dort!«

Ich nickte grinsend und wollte bereits zum Auto gehen. Doch Enzo hielt mich noch einmal bestimmt am Arm gepackt fest und sah mir in die Augen.

»Freu dich nicht zu früh, Schätzchen. Was jetzt kommt, wird dir nicht gefallen und dennoch wirst du es tun!«

Unsicher und mit erhobener Augenbraue nickte ich erneut. Ich würde alles tun, wenn wir nun endlich gehen würden.

Enzo begann zynisch zu grinsen, dann bedeutete er mir mit einer Kopfbewegung, zu seinem Auto zu gehen, und ließ von mir ab. Ich hatte weder Ahnung, was das nun bedeuten sollte, noch, was er jetzt vorhatte. Doch das war egal. Hauptsache, er nahm mich mit und wir würden nun endlich Aleks und Ana befreien.

Jetzt, wo ich meinem Ziel, das ich seit Tagen verfolgte, so nah war, wurde ich doch etwas nervös. Nicht mehr lang und Ana und ich könnten endlich wieder in unser altes Leben zurück. Ich würde höchstpersönlich dafür sorgen, dass sie wohlbehalten wieder nach Hause kam. Und ich? Ich würde ebenfalls in mein altes Leben zurückkehren. Ob mit oder ohne Aleks, diese Frage konnte ich mir nicht allein beantworten. Schließlich hatte Aleks mich vor seinem Abschied freigegeben und gewollt, dass ich ihn vergesse.

Doch wie zum Teufel sollte ich meinen dunklen Robin Hood vergessen? …

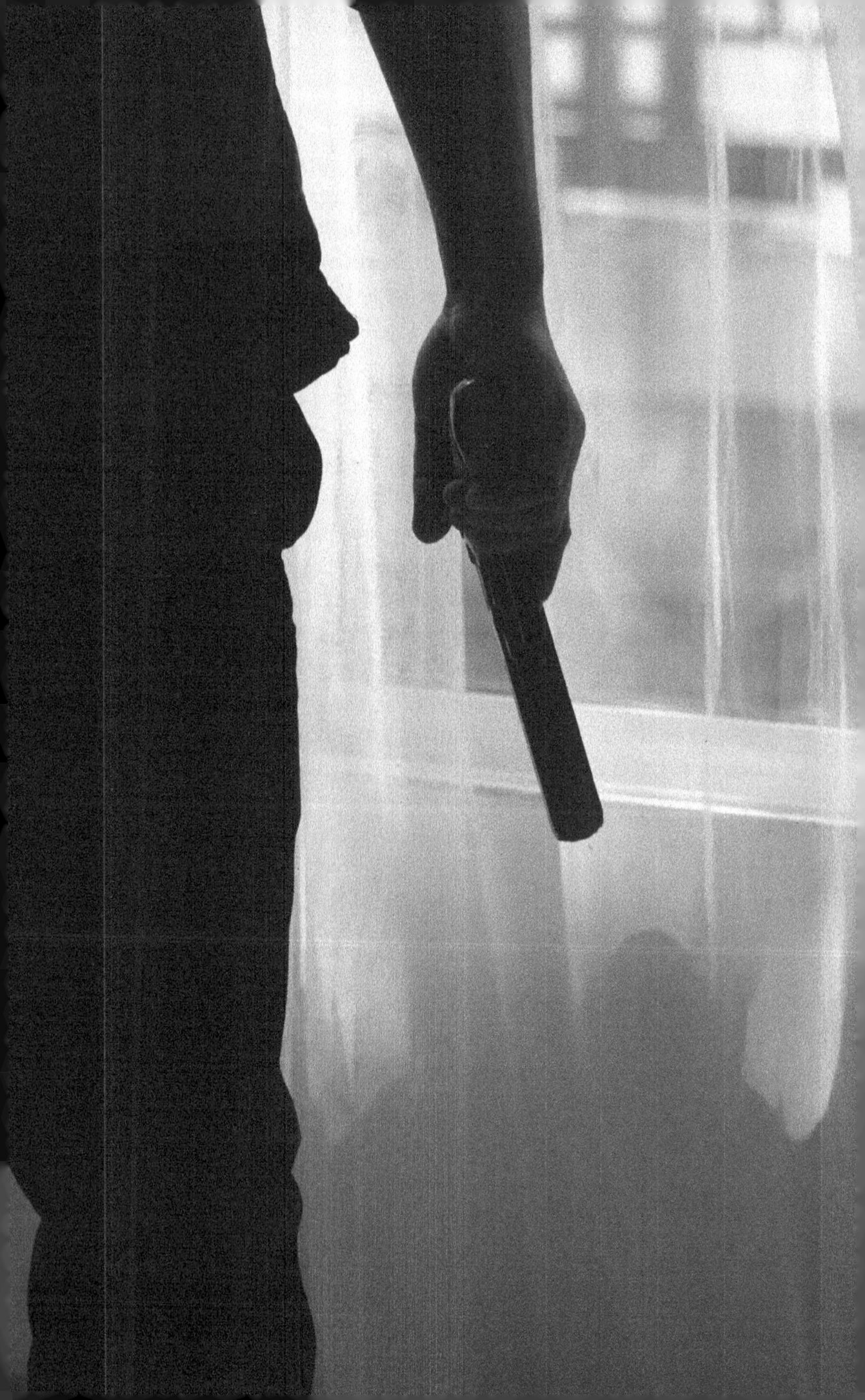

Kapitel 30

Er

In der letzten Stunde war ich von einem Raum in den nächsten gescheucht worden.

In dem einen wurde ich vollkommen ausgezogen, in dem anderen gewaschen und in dem letzten *aufgehübscht.* Sie hatten mich ein paar Liegestütze und andere kleine Übungen machen lassen, damit meine Muskeln besser zur Geltung kamen. Zähneknirschend und unter leichtem Schmerz hatte ich sie ausgeführt und alles über mich ergehen lassen.

Jemand ölte mich wie eine Sardine ein und malte mir mit irgendeiner Farbe, die ich nicht ganz identifizieren konnte, eine Nummer auf meine nackte Brust. Es war lächerlich. Ich kam mir unheimlich albern vor, doch so waren nun mal die Regeln und ich hatte mich freiwillig zum Verkauf angeboten.

Anschließend erklärte man mir die Regeln, wie so ein Verkauf ablief.

Ihr Boss kam nach meiner Ansage ich würde ihnen nicht mehr sagen, und nachdem ich von ihnen zurechtgemacht worden war, zu mir. Er tobte. Wollte mich erschießen und konnte es doch nicht, da ich schon in den Katalog für ihre Kunden aufgenommen worden war.

Und so, wie ich hier behandelt und hübsch gemacht wurde, war ich mir nun sicher, nicht an einen gewöhnlichen und schäbigen Menschenhändlerring geraten zu sein. Dieser Ring war für die Privilegierten und die Reichsten der Reichen ausgelegt.

Das hieß, hier durften ihnen keine Fehler unterlaufen. Alles musste genaustens nach Plan ablaufen und somit konnte ein Objekt, das in ihrem Katalog für ihre hohen Kunden angelegt wurde, nicht mal eben verschwinden. Das würde die Käufer misstrauisch machen und das konnten sie sich nicht leisten. Schließlich waren unter den Käufern hier sicherlich Menschen des öffentlichen Lebens unter ihnen, von denen die Welt nicht erfahren sollte, was sie in ihrer Freizeit taten. Also mussten die Sicherheit und die Anonymität ganz oben stehen.

Mein Trumpf und meine Lebensversicherung. Andernfalls hätte ich schon längst eine Kugel im Kopf. Wie ich jedoch das Mädchen nun retten und hier mit ihr rauskommen sollte, war mir noch ein Rätsel. Natürlich war hier alles gut abgeriegelt. Mal eben flüchten war hier nicht drin. Waffen hatte ich auch keine mehr bei mir. Wie auch? Ich war splitterfasernackt. Zusammengefasst: Mein Plan hatte mal wieder einige Lücken, die ich nun spontan stopfen durfte. Aber mir würde schon was einfallen. Außerdem baute ich noch immer auf meinen besten Freund. Auf Enzo und sein wahnsinniges Genie war immer Verlass. Er würde mich schon aus der Scheiße holen, zwar auch anschließend umbringen, aber das Risiko ging ich ein.

Wieder fanden, ohne dass ich es wollte, meine Gedanken zu meiner kleinen Lady. Ich fragte mich, wie sie sich wohl an der Seite von Enzo anstellte. Ob sie auf ihn hörte. Mit Sicherheit nicht.

Ginger würde Enzo ebenso Feuer unter dem Hintern machen wie mir. Ich hoffte nur, dass er heute einen seiner seltenen guten Tage hatte. Doch bei der Scheiße, die hier gerade abging, bezweifelte ich das sehr. Dennoch machte ich mir keine Sorgen um sie. Ginger würde sich auch gegen Enzo behaupten und ihren Dickschädel durchsetzen, das wusste ich.

Bei dem Gedanken musste ich zwangsläufig lächeln. Diese Frau und ihr Inferno. Das war kein Feuer mehr. Das war die geballte Kraft von Orkus höchstselbst. *Gott, diese Frau!*

»Komm!«, riss mich ein stark spanischer Akzent aus meinen Gedanken.

Mein feines Lächeln fiel in sich zusammen und ich betrachtete ihn mit ernster Miene, ehe ich ihm folgte. Der Kerl lotste mich durch die vielen Gänge, bis wir in einen langen Korridor kamen. Auf der rechten Seite reihte sich eine Metalltür an die andere. Ich tippte auf die 'Verkaufsräume' und sollte recht behalten.

Er schubste mich in einen hellen, sehr hellen und weiß gehaltenen Raum, in dem sich nichts befand außer einem kleinen gemauerten Sockel genau in der Mitte des Zimmers. Sonst gab es hier keine Möbelstücke. Nur drei weiße Wände und eine große verspiegelte. Ich konnte niemanden auf der anderen Seite sehen, aber war mir sicher, dass man mich wiederum durch die Scheibe beobachtete.

So sorgte der Ring wohl dafür, dass seine Kunden anonym blieben. Sie konnten sich in Ruhe die zu verkaufenden Objekte anschauen und wurden dabei nicht entdeckt.

Ein lauter Knall gegen die Tür sollte mir wahrscheinlich bedeuten, mich in Position zu stellen. Ebenso ging in diesem Moment das Licht im Raum aus und nur noch der Sitzblock in der Mitte wurde mit Scheinwerfen bestrahlt. Mein Einsatz.

Nackt, wie ich nun mal war, stieg ich auf den Sockel und drehte mich Richtung Glasscheibe, damit die Wichser mich wie ein Stück Fleisch in der Theke betrachten konnten. Der Gedanke an all die Frauen und die Kleine, denen es genauso erging wie mir, machte mich wütend. Ich war schließlich freiwillig hier. Wusste, worauf ich mich einließ, und würde hier auch wieder rauskommen. Zur Not musste ich eben meinen neuen 'Besitzer' töten, sobald wir hier raus waren. So oder so, ich würde nicht als Sexspielzeug enden.

Ich war enttäuscht und angepisst, dass ich das Mädchen

nicht vorher gesehen hatte. Nicht an sie rankam. Ich hatte mir das etwas anders vorgestellt. Ehrlich gesagt leichter. Doch natürlich wurde es mir nicht leicht gemacht. So war es schon immer gewesen. Schon mein ganzes Leben lang musste ich den umständlichen Weg gehen. Wieso also sollte es jetzt anders sein?

Ein leises Glockengeräusch ertönte in meinem Zimmer, das bedeutete, ich sollte mich langsam umdrehen, damit die Käufer alles von mir zu Gesicht bekamen. Zumindest war es mir vorhin so erklärt worden, also tat ich es auch.

Auf dem Podest stehend drehte ich mich langsam um meine eigene Achse, mein Blick dabei stur geradeaus gerichtet. Da ich nicht schüchtern war und auch kein Schamgefühl besaß, konnte es mir nicht egaler sein, dass ich hier nackt stand und von wer weiß wie vielen Augen begafft wurde. Ich wollte die Sache nur hinter mich bringen und irgendwie eine Möglichkeit finden, doch noch an das Mädchen zu kommen, um sie hier rauszuholen. Schließlich hatte ich deswegen all das hier durchgemacht. Aber wenn ich ehrlich zu mir selbst war, sah ich allmählich schwarz für die Kleine.

Nachdem ich mich dreimal um meine eigene Achse gedreht hatte, stellte ich mich wieder in meine vorherige Position und sah stur zur verdunkelten Glasfront.

Einige Zeit passierte nichts, doch dann ging plötzlich das Licht in meinem Raum aus. Die Versteigerung war also beendet. Zumindest meine. Ich war verkauft worden. Nun hieß es warten. Etwas neugierig war ich ja schon, wer mein Käufer war und was für einen Nutzen er sich für mich ausgedacht hatte. *Wenn du wüsstest …*

Die Tür wurde geöffnet und ich durch den langen Korridor bis in einem Raum gescheucht. Zu meiner Überraschung sah dieses Zimmer ganz anders aus als alle anderen, die ich bis jetzt von hier kannte.

In diesem Raum waren Möbel. Ein Tisch, eine Couch und sogar ein Bett. An den Wänden hingen Peitschen und anderes Spielzeug. Hier konnten wohl die Kunden ihren Einkauf gleich mal ausprobieren, wenn sie wollten.

Zorn preschte durch meine Venen. Dieser Ort war einfach nur widerwärtig und wenn ich das sagte, dann war es auch so. Denn ich hatte schon viel gesehen, aber das hier, das war menschenunwürdig und verwerflich – und diese Aussage sollte bei mir und meinem Lebensstil etwas heißen. Denn ja, ich war ein Arschloch. Ein dreckiger Wichser, dem es vollkommen egal war, wen er tötete oder folterte, wenn er den Auftrag dazu bekam.

Ich hatte so viele schreckliche Dinge in meinem Leben getan, dass ich dafür noch mindestens drei weitere Leben in der Hölle schmoren musste. Das wusste ich und es war okay. Das war eben mein Leben und es störte mich auch nicht. Doch solche Orte wie dieser waren unmenschlich und mir schon immer ein Dorn im Auge gewesen. Und trotz allem konnte man nichts dagegen tun, denn so war nun mal die Welt der Schatten und Dämonen, wie ich einer war.

Ich wurde für einen langen Augenblick allein in dem abgesperrten Raum gelassen. Den Schlüssel hatten sie gleich zweimal umgedreht. Keine Ahnung, ob das so üblich war oder ob sie nur bei mir so einen Aufstand machten. Es war mir auch egal.

Der Schlüssel wurde erneut bewegt, was mir ein metallenes Geräusch verriet. Ich wandte mich zur Tür um und wartete, dass mein Käufer mich inspizierte und ich mir meinen Plan B überlegen konnte. Doch als ich sah, wer den Raum betrat, schlief mir tatsächlich kurz das Gesicht ein. Ich hatte mit allem gerechnet, aber sicher nicht damit!

Das ist nicht dein fucking Ernst?!

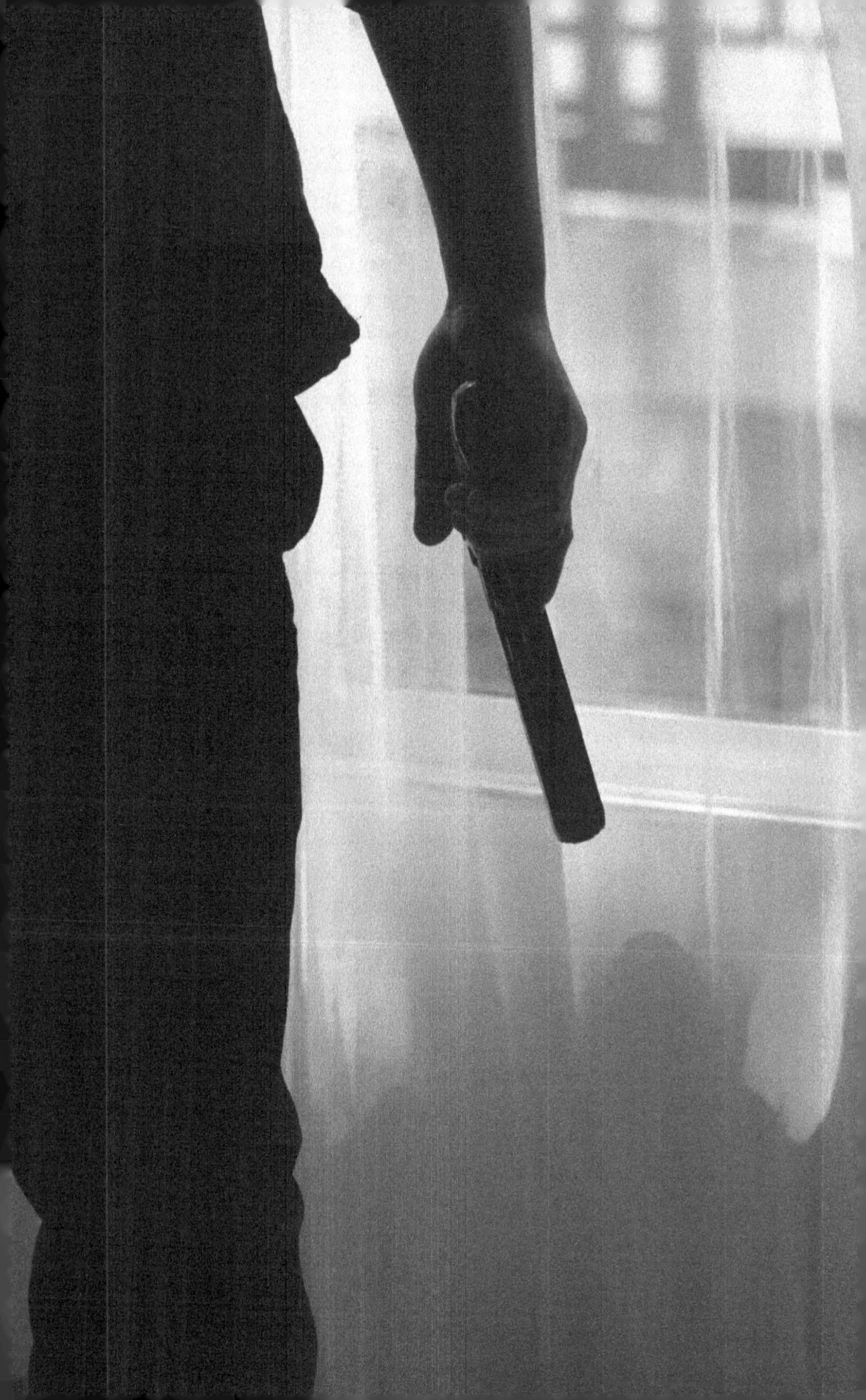

Kapitel 31

Er

Noch immer stand ich wie versteinert mitten im Raum und versuchte, zu realisieren, was hier gerade passierte. Schon allein das Bild, die beiden so vor mir stehen zu sehen und dann noch in dieser Aufmachung, musste ich erst einmal in meinen Schädel bekommen.

Gleichzeitig musste ich mich zwanghaft zusammenreißen, ihn nicht umzubringen. Wie er hier vor mir stand mit seiner schwarzen Lederjacke, der dunklen Jeans und seinem scheiß verfickten zynischen Lächeln auf seinen Lippen. Dabei ließ er amüsiert seinen Blick über meinen nackten Körper schweifen.

Doch für sein altbekanntes Lächeln wollte ich meinen besten Freund nicht umbringen. Sondern dafür, dass er MEIN Mädchen an einer scheiß Leine führte wie einen verdammten Köter!

Meine Fäuste ballten sich wie von selbst und mein Körper war zum Zerreißen angespannt. Ginger so zu sehen, machte etwas mit mir, was es eigentlich nicht sollte, geschweige denn dürfte.

»Du weißt hoffentlich, dass du mir jetzt jeden Wunsch von den Augen ablesen musst, oder, Aleks? Schließlich gehörst du mir jetzt! Und billig warst du nicht, also sei eine brave Schlampe und mach schön sitz«, scherzte der Wichser auch noch dämlich und sein Lächeln weitete sich, als sich ein bedrohliches Knurren aus meiner Kehle presste.

»Was zum Teufel macht sie hier? Und dann auch noch so?«, fragte ich Enzo unbeherrscht, doch mein Blick lag bereits nur auf ihr.

Ginger stand in einem schwarzen Hauch von nichts neben ihm. Auf ihrem Kopf hatte sie eine blonde Perücke und um ihren Hals trug sie ein dünnes Lederhalsband, das an einer Kettenleine befestigt war, die Enzo in seiner Hand hielt. Als wäre sie sein Haustier, sein EIGEN!

FUCK!

Bei dem Gedanken setzte etwas in mir aus. Knurrend trat ich näher an die beiden heran. Enzos Lächeln fiel augenblicklich in sich zusammen, als er bemerkte, dass das hier ernst war.

»Aleks! Nicht hier!«, bellte er mich an.

Wir waren zwar allein in diesem Raum, da Enzo wohl darum gebeten hatte, dennoch sollten wir noch immer wachsam sein, da hatte er recht. Doch gerade in diesem Moment war es mir dermaßen egal, ob wir aufflogen oder nicht. Ich wollte nur, dass er die Pfoten von ihr nahm und ich ihr diese scheiß Leine abnehmen konnte.

Ohne Umschweife packte ich Enzo am Kragen seiner Lederjacke und zog ihn dicht an mich heran.

»Wie kommst du darauf, sie hier in diesem Aufzug mitzunehmen? Ausgerechnet hierher?! Ich dachte, ich könnte mich auf dich verlassen?!«, spuckte ich ihm zornig die Worte entgegen.

Langsam hob Enzo die Hände, die Leine hatte er dabei endlich losgelassen. Normalerweise redete ich weder so mit ihm, noch packte ich Enzo derart an. Schließlich war er mein Boss. Ich folgte ihm überall hin und war ihm treuergeben. Doch hier und jetzt war er zu weit gegangen.

»Aleks, lass den Scheiß jetzt und beruhig dich, verdammt!«, fauchte er mich drohend an und tötete mich mit seinem kalten Blick.

Doch erstens funktionierte der bei mir nicht und zweitens konnte er sich den gerade in seinen aufgeblasenen Arsch schieben. Denn ich dachte nicht einmal daran, mich jetzt zu beruhigen.

»Sie dürfte nicht hier sein!«, knurrte ich ungehalten und hob ihn noch etwas mehr hoch.

»Du kennst dein Mäuschen aber schon, oder? Denkst du, ich hab sie freiwillig mitgenommen?! Und jetzt lass mich runter, Aleks! Oder ich vergesse mich!«, entgegnete Enzo mit seiner tödlichen Stimme.

Eigentlich legte man sich erst recht nicht mit ihm an, wenn er so sprach. Eigentlich würde ich nun alles tun, damit Enzo nicht seine Beherrschung verlor, da er sonst einen Berg von Leichen hinterlassen würde. Eigentlich. Doch nun musste nicht sein Dämon in seinem Inneren gebändigt werden, sondern meiner. Die dunkle Kreatur in mir hatte seine Ketten gesprengt und übernahm das Denken für mich. Steuerte meinen Körper und machte mich zu seiner gefügigen Marionette. Ich war machtlos und konnte nichts dagegen tun. Das Wesen in mir beherrschte mich.

»Aleks, hör auf!«, drang dann ihre zarte, jedoch strenge Stimme an meine Ohren. Dann spürte ich ihre Hand auf meinem Oberarm und sofort setzte sie dort meine Haut unter Storm. Tausende Blitze durchzuckten meinen Körper, nur von dieser kleinen Berührung.

Ich wandte meinen Kopf in ihre Richtung und blickte in das schöne Hell ihrer Iriden. Sanft sah sie mich an und doch loderte dieses Feuer in ihrem Blick, das mich so sehr reizte.

»Aleks, lass ihn los! Enzo hat recht. Ich wollte mit ihm kommen. Ich habe ihm keine Wahl gelassen!«, erklärte sie mir dann, ihre Stimme blieb fest und bestimmt. *Fuck, dieses Weib!*

Nach einem Moment ließ ich Enzo dann langsam runter und nahm Abstand von ihm. Mein Blick ruhte dabei nur auf ihr. Sanft lächelte sie und trat noch näher an mich heran.

Meine Augen scannten einmal ihre Erscheinung, aber ich konnte keine Verletzungen feststellen.

»Geht es dir gut?«, fragte ich sie ruhig.

»Mir geht es bestens, danke der Nachfrage«, murrte Enzo neben uns und brachte mich dadurch zum Schmunzeln. Ich widerstand dem Drang, Ginger berühren zu müssen, und wandte mich wieder Enzo zu. Mit entschuldigender Miene blickte ich ihm entgegen.

»Penner!«, brummte er mit einem kleinen Schmunzeln auf den Lippen.

»Und was machen wir jetzt?«, fragte ich ihn, um wieder zum Wesentlichen zu kommen.

»Na abhauen, was sonst?!«, kommentierte Enzo nüchtern.

Sofort sah ich zu Ginger, die mir schon einen flehenden Blick schenkte.

»Aleks, nein! Vergiss es. Wir gehen jetzt! Kein Zwischenstopp mehr!«, ermahnte mich Enzo.

Mein Blick wanderte zwischen den beiden hin und her. Doch Enzo hatte recht, außerdem hatte ich die Kleine hier nicht mehr gesehen. Wahrscheinlich war sie sogar als Erste verkauft und schon längst von ihrem neuen Besitzer weggebracht worden. Es war zwecklos, jetzt weiter nach ihr zu suchen. Das würde unseren Tod bedeuten und ich würde sicher nicht zulassen, dass Ginger auf den letzten Metern noch etwas passierte.

Einen kurzen Blickkontakt mit meinem besten Freund, dann wandte ich mich Ginger erneut zu. Sanft nahm ich ihr Gesicht zwischen meine Hände, doch als sie begriff, was ich ihr versuchte, zu sagen, schüttelte sie stoisch den Kopf und schlug meine Hände weg.

Aber ich ließ mich nicht beirren, legte meine Pranken abermals sachte auf ihre Wangen.

»Ich weiß, ich habe es dir versprochen, Ana zu befreien. Aber ich habe sie hier nicht mehr gesehen. Ich habe alles versucht. Es ist zu spät! … Wir müssen jetzt von hier verschwinden, kleine Lady.«

Unermüdlich schüttelte sie den Kopf. Ihre hellen Augen füllten sich mit Tränen. Es zerriss mich, sie so zu sehen. Sie hatte es der Kleinen ebenso versprochen, dass sie sich um sie kümmern, sie befreien würde. Und nun konnte sie ihr Versprechen nicht halten.

Wie gern hätte ich meins eingehalten. Doch es war nun mal zu spät und wenn ich wenigstens eine der beiden heil aus der Sache herausholen wollte, dann mussten wir jetzt von hier verschwinden. Unauffällig!

Hauchzart trafen meine Lippen auf die ihren.

»Bitte, Ginger«, raunte ich verzweifelt an ihren geöffneten Mund. Es war nicht meine Art, um etwas zu bitten. Normalerweise nahm ich mir einfach, was ich wollte. Ohne Rücksicht auf Verluste. Doch bei ihr und in dieser Situation wollte ich nicht der abgebrühte Arsch sein. Auch nicht der rücksichtlose Killer, dem die Gefühle der Menschen um ihn herum egal waren.

Eine einzelne Träne rollte ihr über die Wange, ehe sie zaghaft nickte. Ich sah es ihr an, etwas zerbrach dabei in ihr und dadurch auch in mir. Es war schrecklich und schmerzte fürchterlich. Mich so machtlos zu fühlen, war ich nicht gewohnt. Ebenso war es mir fremd, ein Gewissen zu haben, das sich meldete und mir diese Emotionen schenkte.

»Aleks«, schaltete sich Enzo ein und drängte uns somit zum Gehen.

Noch einen kleinen Kuss auf ihre schönen Lippen gedrückt, dann nahm ich Abstand von ihr. Widerwillig gab ich Enzo die Leine in die Hand und strafte ihn mit einem strengen Blick, sein Schauspiel nicht zu übertreiben. Er quittierte es mit einem Augenrollen, dann verließ er den Raum. Mir blieb leider nichts anderes übrig, als ihm nackt, wie ich nun mal war, zu folgen. Doch es sollte ja echt aussehen, also hatte ich keine andere Wahl.

Sobald wir auf den Gang getreten waren, glitt Enzo zurück in seine Rolle. Seine Miene hart, seine Haltung angsteinflößend und mächtig. Ginger würdigte er keines Blickes und zog immer wieder bestimmt an der Leine. Ich brachte ihn gedanklich auf tausend verschiedene Arten und Weisen um, äußerlich jedoch spielte auch ich meine Rolle und folgte den beiden brav.

Plötzlich ertönte ein lautes Kinderweinen und ich hielt abrupt in der Bewegung inne.

»Nein, Aleks!«, zischte Enzo sofort mahnend über die Schulter. Aber was erwartete er auch von mir? Schließlich hatte ich all das hier für das Mädchen auf mich genommen und jetzt sollte ich sie tatsächlich hierlassen, wenn sich eine Möglichkeit bot, sie zu retten?! *Komm schon, Enzo, dein Ernst?!*

Auch Ginger hatte sich nach ihr umgedreht und sah sich suchend um. Dann sahen wir sie. Die Kleine, wie sie weinend von einem Kerl aus einem Raum geschleift wurde. *Wo ist ihr Käufer?*

Eine junge Frau trat aus dem Raum und wies den Kerl an, ihr 'neues Spielzeug' endlich in den Wagen zu packen. Anschließend ging sie vor und somit auf uns zu. Sofort drehte ich mich zu Enzo. Einfacher ging es nicht.

»Nein! Vergiss es!«, knurrte er mich an.

Doch ich hatte ihn nicht um Erlaubnis gefragt, sondern ihn mit meinem Blick lediglich in Kenntnis gesetzt.

'Ungeschickt' stellte ich mich der kleinen Göre in den Weg und ließ sie frontal in mich reinrennen. Fluchend versuchte sie ihr Gleichgewicht zu halten. Ich fing sie geschickt auf und zog sie an meine Brust. Die Tatsache, dass ich noch immer nackt war, vereinfachte mir die Sache hier bloß.

Als sie sicher stand, wurde ich sofort von mehreren Männern brutal von ihr gezogen und gegen die nächste Wand gedrückt. Ich ließ es über mich ergehen.

Enzo war in der Zwischenzeit mit Ginger nähergekommen und beobachtete die Situation mit ernster Miene. Ich wusste, dass er mich gerade gedanklich tötete, aber da musste er jetzt durch.

»Was ist hier los?«, fegte eine strenge Männerstimme durch den langen Korridor. Alles blickte sich nach ihr um. Auch ich, soweit es mir in dem Griff möglich war.

Ein Mann mittleren Alters mit leicht ergrauten Haaren und einem Maßanzug, der ihm auf den Leib geschneidert worden sein musste, trat an die junge Frau heran und musterte sie besorgt.

»Daddy, das ist er!«, keifte sie und deutete auf mich.

Kurz durchzuckte mich der Impuls, mich aus dem Griff zu befreien und einen nach dem anderen hier in diesem Gang zu töten. Einfach, weil ich dachte, sie hätte mich entlarvt.

»Daddy, ich will ihn!!«, befahl sie und ließ mich hellhörig werden. Nach einem kurzen Moment wurde ich herumgedreht, damit sie mich ansehen konnte.

»Aber er wurde schon verkauft, Engelchen«, erklärte er ihr.

Unauffällig blickte ich zu Enzo. Er musste mich an sie verkaufen. Ich sah es ihm an, er war alles andere als begeistert. Doch auch Enzo wusste, eine leichtere Chance würden wir nicht wieder bekommen.

»DADDY!«, schrie sie schrill und verursachte mir damit Kopfschmerzen. *Scheiße! Die Göre gehört richtig erzogen!*

Ihr Vater sah von mir zu Enzo.

»Sind Sie der Käufer von diesem Objekt?«, fragte er ihn dann.

Enzo nickte streng und trat noch etwas dichter an mich

heran. Ginger hatte er hinter sich abgestellt.

»Ja, und er steht somit nicht mehr zum Verkauf!«, informierte Enzo ihn mit kalter Stimme. Dass er damit an dem Ego des ganz offensichtlichen Geschäftsmannes kratzte, war kaum zu übersehen. Zu diesem Kerl sagte man wohl nicht nein und so, wie er schaute, war er es auch nicht gewöhnt.

»Nennen Sie mir irgendeine Summe«, lockte er Enzo.

Mein bester Freund blickte kurz zu mir, schien zu überlegen und abzuwägen, was er jetzt tun sollte.

»Okay. Machen wir ein Tauschgeschäft«, schlug Enzo, der Fuchs, dann vor. Er wollte mich gegen die Kleine tauschen. Es war genial, dachte ich zumindest. Doch da hatte ich die Rechnung nicht mit der verwöhnten Göre gemacht. Denn gerade als ihr Vater mit Enzo einschlagen wollte, mischte sie sich ein.

»Nein, Daddy! Ich will beide! Ich geb doch nicht meine Sklavin her!«, schrillte ihre piepsige Stimme laut auf.

Sie strapazierte jetzt schon stark meine Nerven und wenn sie mich wirklich mitnehmen würden, musste ich mich zusammenreißen, sie nicht umzubringen.

»Sie haben meine Tochter gehört!« *Weichei!*

Enzo und ich tauschten erneut einen intensiven Blick miteinander aus. Beide hatten wir dieselbe Idee. Nur leider war sie mal wieder riskant und eigentlich ziemlich dumm. Doch etwas anderes wollte mir auf die Schnelle, und ohne dass wir uns absprechen konnten, nicht einfallen. Wir waren zu nah dran, um jetzt einen Rückzieher zu machen. Selbst Enzo war der Meinung, ich sah es an seinem Blick. Also hieß es nun verdammt schnell und am besten leise arbeiten.

Ich scannte die beiden Kerle, die mich gefangen nahmen. Hinter Mr. Rich und seiner Göre von Tochter standen noch drei weitere Männer. Einer davon hielt die Kleine weiterhin gefangen. Also eigentlich ein Witz für Enzo und mich.

Er nickte mir leicht zu, damit war die Sache beschlossen.

Wir würden sie alle hier in diesem Gang ausschalten, und zwar so schnell und leise wie möglich, dann das Mädchen schnappen und verschwinden.

Gerade als ich mich auf den ersten Schlag vorbereiten wollte, sah ich im Augenwinkel, wie Ginger Enzo etwas zuflüsterte, dieser sofort meinen Blick auffing und mich somit von meinem Vorhaben abbrachte. Sofort ruckte mein Kopf in ihre Richtung. *Fuck, was tust du, Missy?!*

Enzos Blick, den er mir schenkte, versprach nichts Gutes und ich wollte schon protestieren, doch da begann er auch schon zu sprechen.

»Ihr bekommt die beiden gegen die Kleine. Ich denke, so haben wir alle etwas davon.«

Innerlich war ich bei seinen Worten kurz davor, auszurasten, äußerlich ließ ich mir nichts anmerken. *Fuck!*

Das durfte nicht passieren. Ich hatte doch alles getan, um Ginger zu beschützen, und nun sollte sie mit mir verkauft und versklavt werden?! …

Kapitel 32

Sie

Ich konnte ihn gar nicht ansehen, denn täte ich es, so würde Aleks mich mit einem wütenden Blick strafen. Doch ich musste es tun. Musste so handeln. Natürlich bot ich mich für Ana an, damit sie frei war. Ich hatte keine andere Wahl!

Der Vater dieser verwöhnten Prinzessin schaute sich zu dieser um, als würde er ihre Antwort abwarten. Sie entschied über diesen Deal. Das war lächerlich. Dieses kleine Biest war selbst noch halb ein Kind, nicht älter als 20, und ihr waren diese Mädchen und Frauen, deren Schicksal, vollkommen egal. Hauptsache, sie bekam ihre Spielsachen. Es war widerwärtig! *Sie* war widerwärtig!

Ein prüfender Blick zu mir, ob ich denn einen geeigneten Ersatz für Ana abgeben würde, dann nickte sie jedoch mit einem breiten Strahlen. Unbemerkt atmete ich erleichtert auf. *So weit, so gut!*

»Deal«, teilte er dann Enzo mit und streckte ihm seine Hand entgegen. Ohne zu zögern oder noch einmal mit Aleks einen Blick auszutauschen, schlug Enzo ein und hatte somit mich und seinen besten Freund an diese kleine Göre verkauft. Aber das war egal. Alles war egal, denn Ana war somit endlich in Sicherheit und auch wenn ich Enzo nicht wirklich kannte, so wusste ich, er würde alles tun, um Ana zu beschützen und sicher nach Hause zu bringen. Denn sonst wäre alles, was Aleks getan und durchgemacht hatte, umsonst gewesen.

Enzo schenkte mir noch einen kleinen Seitenblick, ehe er

die Leine, die ich um meinen Hals trug, dem Vater in die Hand drückte. Augenblicklich ertönte ein leises Knurren von Aleks, auf das zum Glück keiner einging.

Enzo streckte die Hand nach Ana aus und sofort setzte sich der Schrank, der sie gefangen hielt, in Bewegung. Sie wirkte vollkommen verängstigt und verstört. Wie gern ich sie nun in den Arm nehmen und ihr versprechen würde, alles würde gut werden. Stattdessen tat ich nichts. Zu groß war die Angst, einer könnte meine Kontaktaufnahme zu ihr bemerken und uns somit durchschauen. Wir waren zu nah dran, um es nun zu vermasseln. Ana hatte es ja gleich geschafft und Enzo würde sie in Sicherheit bringen.

Enzos Miene blieb hart, als ihm Ana regelrecht in die Arme geschubst wurde. Er legte nur seine große Hand in ihren zierlichen Nacken, mehr tat er nicht. Ihr Zittern war kaum zu übersehen und ihre Angst beinah greifbar. Es zerriss mich regelrecht und doch durfte ich nichts tun, nicht reagieren. Mir blieb auch nicht viel Zeit dafür, denn kaum wurde Ana Enzo übergeben, wurden Aleks und ich auch schon abgeführt.

Der Vater überreichte meine Leine einem seiner Lackaffen und dieser schleifte mich sofort hinter sich her, dicht gefolgt von Aleks, der gleich von zwei Männern abgeführt wurde.

Vater und Tochter gingen voraus und unterhielten sich darüber, wie glücklich ihr Daddy sie doch nun gemacht hatte. Es war grotesk und einfach nur falsch.

Wir folgten ihnen den langen Korridor bis zu einem Aufzug, mit diesem wurden wir dann nach unten in die Tiefgarage gefahren. So waren Enzo und ich auch hergekommen. Auf diese Weise blieben die Käufer unentdeckt und niemand bekam etwas von den illegalen Machenschaften mit.

Mit einem Kopfnicken wies der Vater die Männer an, uns in einen der beiden schwarzen Jeeps zu packen, dann stieg er mit seiner Tochter in den anderen Wagen hinten ein und ließ sich nach Hause, wo immer das auch war, kutschieren.

Aleks und mich schoben sie auf die hintere Rücksitzbank. Er noch immer nackt und ich weiterhin an der Leine und mit einem schwarzen Nichts an.

Ich hätte Enzo vorhin, als er mir dieses Outfit und diese schreckliche Perücke gezeigt hatte, die Augen auskratzen können. Doch ich hatte ihm versprochen, alles zu tun, was er von mir verlangte. Nur so hatte ich mit ihm kommen dürfen.

Ich spielte meine Rolle. Hauptsache, Ana war in Sicherheit. Und solange Enzo noch hier in Kuba war, würde sie niemals frei sein. Also hieß es nun, die Maskerade einige Zeit aufrechtzuhalten.

Ob Enzo wiederkommen würde, um uns zu holen? Ich hatte keine Ahnung. Ich wusste nicht einmal, wie er das anstellen sollte. Er hatte keinerlei Informationen über den Kerl oder seine verwöhnte Tochter. Keinen Anhaltspunkt, wo sie uns hinbrachten, geschweige denn, wo sie wohnten.

Die beiden Wachhunde stiegen vorne ein. Die Türen hatten sie hinten verriegelt, dann starteten sie den Motor und fuhren los.

Skeptisch beäugte ich sie einen Moment, ehe ich kurz zu Aleks linste und feststellen musste, dass er mir schon seinen eiskalten Killerblick schenkte. Es war kaum zu übersehen. Aleks war wütend auf mich und ich wusste nicht, wie ich nun mit ihm umgehen sollte. Verstand er denn überhaupt nicht, wie es mir ging? Warum ich es tat?!

Die Tatsache, dass er nackt war, ignorierte ich in dieser verrückten Situation. Aleks schien es aber auch nicht zu stören. Er verfügte wohl über keinerlei Schamgefühl. Auch vorhin bei Enzo nicht oder bei der kleinen Prinzessin im Gang, als er sie 'versehentlich' angerempelt hatte. Bei der Vorstellung, warum sie ihn so unbedingt haben wollte und was sie nun alles mit ihm anstellen würde, fühlte ich etwas, was ich nicht fühlen sollte. Einen unangenehmen Knoten in meiner Brust, ein Stechen im Herzen.

Ich sollte wegen eines Fremden, einem Dämon wie ihm, keine Eifersucht verspüren. Und dennoch brannte bei der Vorstellung, sie könnte ihn berühren, alles in meinem Innern.

Ich öffnete gerade den Mund, um es ihm zu erklären und ihn vielleicht auch etwas zu besänftigen, da unterbrach mich Aleks mit einem leisen, geknurrten: »Nicht!«

Stirnrunzelnd schloss ich wieder meinen Mund. Ich verstand sein Verhalten nicht. Er verbot mir tatsächlich das Wort?!

Schnaubend und mit vor der Brust verschränkten Armen wandte ich mich von ihm ab und sah aus dem Seitenfenster. Die beiden Wachhunde unterhielten sich angeregt über die ganzen Frauen und Mädchen, die sie heute gesehen hatten, und darüber, was sie nicht alles mit ihnen anstellen würden, wenn sie so viel Geld besäßen wie ihr Boss. Mir wurde schlecht bei so viel Gleichgültigkeit dem weiblichen Geschlecht gegenüber. In was für einer schrecklichen Welt wir doch lebten …

Unerwartet berührte mich nach einiger Zeit etwas an meinem nackten Oberschenkel. Leicht zuckte ich zusammen. Zuerst blickte ich auf mein Bein und seine Hand, die er auf diesem abgelegt hatte, dann wanderte mein Blick in Aleks schönes Gesicht.

Die Strenge war aus seinen so ernsten Zügen gewichen und hatte einer gewissen Sanftheit Platz gemacht. Kurz huschten seine Augen zu den beiden Kerlen vorne im Wagen, dann beugte er sich leicht zu mir.

Intensiv sah er mir in die Augen. Seine sinnlichen Lippen nur wenige Zentimeter von den meinen entfernt. Sie lockten mich, riefen mich und doch durfte ich ihrem verführerischen Gesang nicht nachgeben.

»Warum hast du das getan, kleine Lady?«, raunte Aleks so

leise mit seiner tiefen Stimme gegen meine Lippen, dass mich sofort die Gänsehaut überkam. Unmerklich schüttelte ich den Kopf. Zu mehr war ich gerade nicht in der Lage.

Leise seufzend schloss Aleks seine schönen grünbraunen Augen und lehnte seine Stirn gegen meine. Seine Hand war an meine Wange gewandert. So verharrte er einen Moment, ehe er mich wieder ansah. Sanft streichelte sein Daumen meine Wange.

Ich verstand sein Verhalten nicht. Gerade hatte er noch vor Wut geschäumt und mich mit seinen Blicken getötet und nun war er so sanft, so liebevoll zu mir. Was hatte das zu bedeuten?

»Was passiert jetzt?«, wisperte ich.

Die Strenge legte sich wieder über Aleks' ebene Gesichtszüge. Seine Kiefermuskeln arbeiteten kräftig und sein gesamter Körper spannte sich an. Irritiert runzelte ich die Stirn. Dieser Mann war mir durch und durch ein Rätsel.

»Ich weiß es nicht. Aber ich verspreche dir, dir wird nichts passieren. Okay, kleine Lady?«

Erschrocken riss ich meine Augen auf. Wie konnte er mir so ein Versprechen geben? Wie konnte Aleks überhaupt so etwas zu mir sagen?! Wie zum Teufel wollte er das denn anstellen? Er wusste doch nicht einmal, wie er sich selbst schützen sollte. Was das für Menschen waren. Warum die Göre ihn so unbedingt haben wollte und was sie nun mit mir vorhatte. Also wie zum Teufel konnte er mir dieses Versprechen geben?!

Denn so weit kannte ich Aleks schon. Er würde alles tun, um es einzuhalten. Auch wenn er dafür verletzt oder im schlimmsten Fall sogar getötet werden würde. *Du Idiot!*

Panisch schüttelte ich den Kopf. Doch ehe ich etwas sagen konnte, versuchen konnte, es ihm auszureden, trafen seine weichen Lippen auf die meinen. Meine Augen weiteten sich erneut, ehe ich sie genießerisch schloss und mich in diesen kurzen, jedoch leidenschaftlichen und sanften Kuss fallen ließ.

Er war so schnell wieder vorbei und doch war es so, als wäre die Zeit kurz für uns stehengeblieben.

Aleks löste sich von mir und setzte sich wieder zurück in seinen Sitz. Ich saß noch immer mit geschlossenen Lidern und kribbelnden Lippen neben ihm und versuchte wieder in die Wirklichkeit zu kommen. Obwohl, wenn ich die Wahl gehabt hätte, wäre ich doch lieber auf ewig in dieser kleinen Dauerschleife, in diesem Kuss hängengeblieben – weit weg von dem Frauenhandel, der Gewalt, dem Hass und all dem Schrecklichen, was dort draußen in dieser verschissenen Welt auf uns wartete.

Doch natürlich war es mir nicht vergönnt, in meiner Traumwelt zu verweilen. Unsanft wurde ich zurück in die Realität gerissen, als der Wagen anhielt und uns die beiden aus dem Wagen scheuchten.

Erschrocken sah ich mich um, dann trafen mich seine grünbraunen Iriden und es war, als würden sie mich beruhigen. Allein in Aleks' schöne Augen zu blicken, reichte aus, um mir die Unsicherheit zu nehmen. Mit einem kleinen Nicken deutete er mir an, zu tun, was sie von uns verlangten. Ich vertraute Aleks, also tat ich es.

Wir stiegen aus. Irritiert sah ich mich um, nur um festzustellen, dass wir uns auf einem kleinen Flughafen befanden. Hier waren zwei Landebahnen und ein Parkplatz, auf dem mehrere kleine Jets standen. Das hier musste ein privater Flughafen sein und das bedeutete, dass wir wohl nicht in Havanna oder Kuba bleiben würden. Da die beiden, und ihre Wachhunde auch, perfekt Englisch sprachen, würde ich behaupten, sie lebten in den Staaten. Unglaublich, wie weit diese Hölle reichte.

Die Göre und ihr Vater stiegen gerade in ihren Privatjet. Die beiden Männer aus unserem Wagen hatten Aleks schon beim Aussteigen grob zu beiden Seiten gepackt und auch ich wurde von einem ihrer anderen Neandertaler ergriffen und hinter ihm hergeschleift. Die Treppe für den Jet wurde ich mehr hochgeschubst als geführt. Dennoch ließ ich es über mich ergehen.

Die Nervosität stieg allmählich ins Unermessliche, denn ich hatte keine Ahnung, was uns nun erwarten würde.

Würden Aleks und ich getrennt werden? Was genau sollte ich für sie tun? Würden sie uns verletzen? Ihn verletzen? So viele Fragen schossen mir durch den Kopf und auf keine einzige hatte ich eine Antwort. …

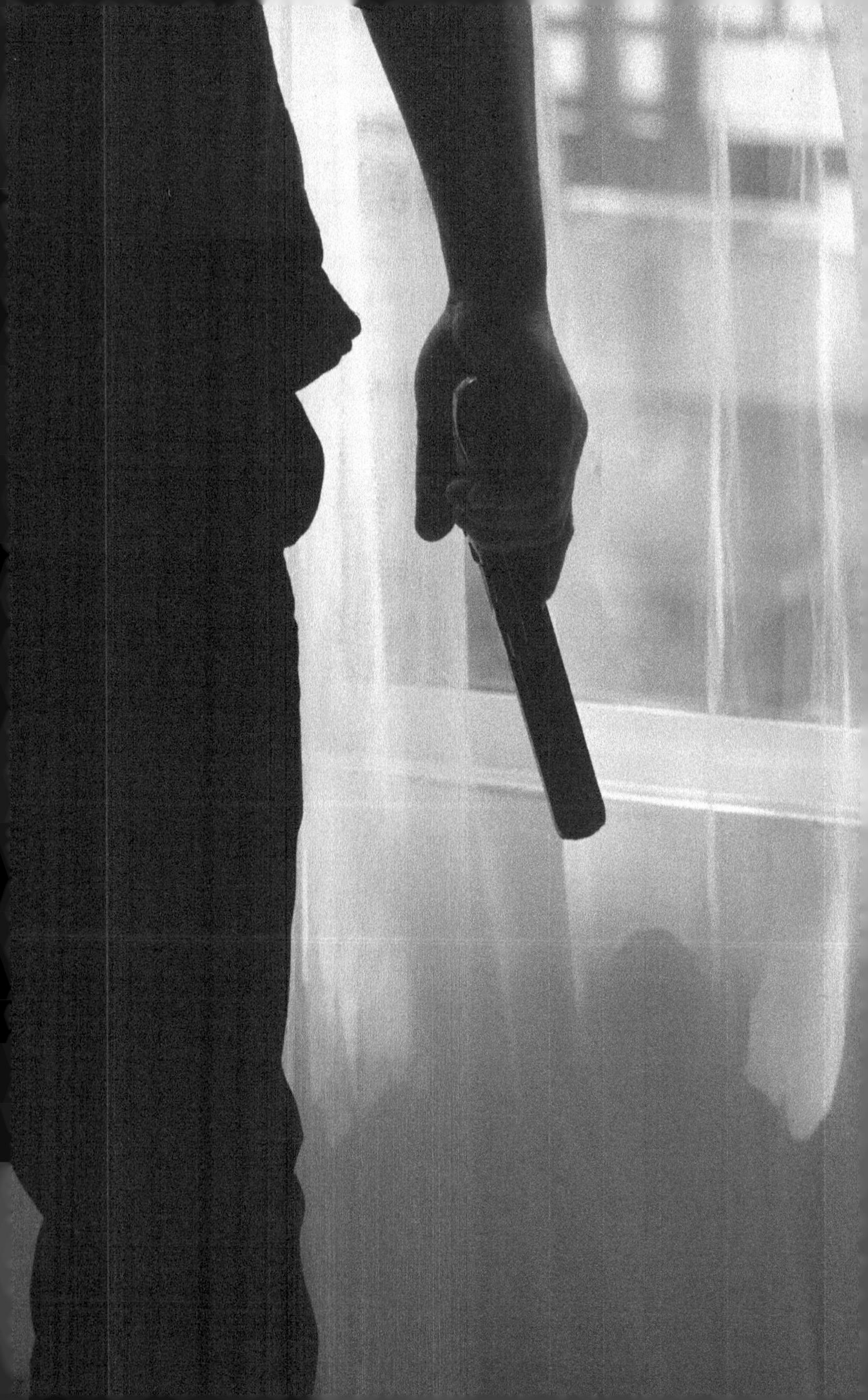

Kapitel 33

Er

Grob wurde ich von diesen Wichsern über den Parkplatz geschleift, die Treppe nach oben und weiter durch die Reihen der edlen Sitze bis nach ganz hinten. Dort befand sich eine kleinere Sitzgruppe, die nicht ganz so luxuriös wirkte. Wohl für das niedere Volk.

Ginger positionierten sie gerade grob auf einem Platz und mich ihr gegenüber. Noch immer war ich nackt. Doch das war gerade mein geringstes Problem. Eher kreisten meine Gedanken darum, dass wir offensichtlich das Land verließen und ich keine Ahnung hatte, wohin. Geschweige denn, wer uns überhaupt gerade gekauft hatte. Und da Enzo den Deal mit dem Kerl einfach per Handschlag und heimlich auf dem Korridor abgeschlossen hatte, würde er es schwerhaben, herauszufinden, wer der Kerl mit der kleinen nervigen Göre wirklich war.

Gut bewacht war er auch noch. Ständig schwirrten mindestens zwei Männer um ihn oder seine Tochter herum. Also war er nicht nur einfach ein reicher Bastard, der seiner Prinzessin einfach mal ein Lebendspielzeug für ihre Langeweile kaufte, sondern musste wohl auch noch ein hohes Tier sein. Hohe Tiere standen aber meist in der Öffentlichkeit. Und das bedeutete, er war wahrscheinlich noch besser geschützt als vermutet.

Ich hatte nur an das Mädchen gedacht und war der festen Überzeugung gewesen, ich könnte uns problemlos befreien.

Doch mit Gingers Einmischen hatte sich alles geändert. Nun konnte ich nicht einfach wild um mich schießen und flüchten. Nun musste ich strategisch vorgehen. Besonnen. So handeln, wie es eigentlich meine Natur war. Doch wenn es um Ginger ging, hatte die Vergangenheit ja schon gezeigt, dass ich dumme Dinge tat, die mich früher oder später noch den Kopf kosten könnten. *Scheiße!*

»Ihr bleibt hier sitzen, bis wir landen! Verstanden?!«, herrschte uns einer der Wichser an.

Gedanklich verdrehte ich die Augen. *Dich habe ich in weniger als drei Sekunden erledigt, also führ dich nicht so auf!*

Dennoch verkniff ich mir einen Kommentar und nickte mit ernster Miene. Noch ein strenger Blick von ihm auf mich, dann auf Ginger, ehe er abzog und sich nach vorne zu den anderen setzte.

Die Türen wurden bereits geschlossen und die Maschine würde bald starten. *Mal sehen, wo's hingeht.*

Nachdem ich etwas die Lage sondiert, jeden Mann, jede Waffe und jede Person hier in diesem Jet abgescannt hatte, blickte ich wieder zu ihr. Ginger saß untypisch eingeschüchtert mir gegenüber. Am liebsten hätte ich sie jetzt in den Arm genommen. Doch ich wollte unter keinen Umständen, dass sie wussten, dass wir uns kannten, und noch weniger wollte ich, dass sie wussten, dass sie mir etwas bedeutete. Erst recht nicht, wie viel.

Schnell vertrieb ich diesen Gedanken und diese Frage aus meinem Hirn. Ich durfte ihr nicht so viel Macht über mich und mein Handeln geben. Ginger musste raus aus meinem Kopf. Sie durfte nicht meine Gedanken beherrschen. So, wie sie es schon so oft getan hatte. Ich brauchte meine ganze Konzentration. Schließlich hatte ich keine Ahnung, was genau uns erwarten würde. Wohin sie uns brachten und wie zum Teufel ich uns hier wieder rausholen sollte.

Also brauchte ich einen kühlen Kopf und das ging nur, wenn ich Ginger von mir stieß. Aber das war leichter gesagt als getan, wenn sie hier so vor mir saß, als wäre sie gebrochen. *Scheiße, so überlebst du das nicht, kleine Lady!*

Ich hatte noch immer nicht herausgefunden, warum die Göre unbedingt noch Ginger dazu hatte erwerben wollen. Beziehungsweise für was sie die Kleine gekauft hatte. Einfach nur zum Zeitvertreib? Oder doch für etwas anderes? Ich wusste es nicht und ich war ehrlich, ich konnte sie auch nicht einschätzen. Ihren Vater dagegen schon. Er war ein arroganter und selbstverliebter Geschäftsmann, wie er im Buche stand. Enzo hatte seinen empfindlichen Nerv getroffen, als er gesagt hatte, ich stünde nicht zum Verkauf. Denn er war ein Mann, der wohl immer alles bekam, was er wollte. Und seiner verwöhnten Tochter lehrte er das Gleiche.

Schrecklich, dass diese Arschlochmenschen immer noch größere Arschlochmenschen großzogen. Aber so war die Welt nun mal und ich würde sie nicht besser machen. Im Gegenteil.

Die Maschine startete und alle saßen nun an ihrem Platz. Durch die lauten Turbinen konnte ich mich nun ungestört, jedoch sicherheitshalber leise, mit Ginger unterhalten. Ich musste einfach mit ihr sprechen. Sie sah nicht gut aus und ich machte mir Sorgen um sie, auch wenn ich genau das jetzt nicht tun sollte.

Leicht beugte ich mich nach vorne und nahm ihre zierliche Hand in meine. Erschrocken sah sie mich an. Ich schien sie aus ihren Gedanken gerissen zu haben.

»Es wird alles gut«, versprach ich ihr mit einem leichten Schmunzeln auf den Lippen.

Im ersten Moment sah mich Ginger einfach nur regungslos mit ihren hellen Augen an, im nächsten entriss sie mir allerdings ihre Hand und ihr altbekanntes Feuer kehrte in ihre Iriden zurück. Das Inferno, das uns sicher noch beide in seine tödliche Tiefe reißen würde, tobte durch ihre Augen und faszinierte mich wieder einmal aufs Neue. Dieses Feuer, dieses Temperament, es war göttlich und gefährlich zugleich. Denn sie reizte mit ihrer Stärke den Dämon und doch wusste ich, ich durfte nicht darauf reagieren. Durfte auf das Spiel, das sie mir hier bot, nicht eingehen. *Scheiße, kleine Lady. Du machst es mir nicht leicht! Weißt du das? … Oder willst du, dass wir beide brennen?!*

»Wie kannst du das sagen?!«, zischte sie leise.

Na, wenigstens hatte sie sich soweit im Griff, dass sie ihre Stimme unter Kontrolle hatte und unauffällig sprach.

»Wie kannst du sagen, alles würde gut werden? Du hast keine Ahnung, wo sie uns hinbringen oder wer sie sind, und du kannst uns hier auch nicht mit deiner Armbrust freischießen, Robin!«, mahnte sie mich streng und funkelte mich bedrohlich an. *Gott, du machst mich wahnsinnig, Missy!*

Ein kurzer Blick nach vorne, um sicherzugehen, uns würde niemand beobachten. Dann wanderte meine Hand blitzschnell in ihren Nacken und ich zog sie mit einem bestimmenden Ruck dicht an mich heran. Ihr leises Keuchen wurde vom Turbinengeräusch verschluckt.

»Beruhig dich!«, raunte ich ihr mit meiner tiefen, jedoch ruhigen Stimme entgegen. Dem Drang, hauchzart ihre Lippen mit den meinen zu berühren, gab ich nicht nach. Es wäre zu gefährlich. Wenn sie uns sahen, könnten sie es gegen uns verwenden.

»Ich werde dich hier rausholen. Aber du musst mir vertrauen und vor allem musst du tun, was ich dir sage. … Und jetzt sage ich dir, beruhig dich. Schaffst du das, kleine Lady?« Tief sah ich ihr in die Augen. Der Feuersturm legte sich allmählich wieder und zurück blieb nur das schöne Hell ihrer Iriden.

Sachte nickte sie dann. *Na, wenigstens etwas.*

Nach einem weiteren Moment, in dem wir uns tief in

die Augen sahen, gab ich sie wieder frei und lehnte mich in meinem Sitz zurück.

Wir flogen schon eine Weile und würden es wohl auch noch tun, denn ich war mir ziemlich sicher, es würde zurück in die Staaten gehen. Mal sehen, wohin genau.

Einer der Schränke kam plötzlich auf uns zu und bedeutete mir mit einem Nicken, mit ihm zu kommen. Ein weiteres Mal verbot ich mir, dem Impuls, nach Ginger zu sehen, nachzugeben, und stand kommentarlos und mit harter Miene auf, um ihm zu folgen. Er führte mich zu meiner neuen 'Besitzerin' und wies mich mit einem übellaunigen Brummen an, mich ihr gegenüberzusetzen.

Das kleine Miststück musterte mich ungeniert und sichtlich zufrieden.

Entspannt, jedoch mit strenger Miene, sah ich sie an und wartete, was sie wohl von mir wollte. Was konnte so wichtig sein, dass sie es nicht mit mir bei ihr zu Hause besprechen konnte?! Ich war wirklich gespannt. Offenbar hatte sie extra gewartet, bis ihr Vater ein Telefonat führte, damit sie mit mir allein sein konnte – denn der war eben mit dem Handy am Ohr nach vorne verschwunden.

Nachdem sie sich an meinem Körper sattgesehen zu haben schien, wanderte ihr Blick wieder in mein Gesicht.

»Wie heißt du?«, war ihre erste Frage an mich.

Es wunderte mich etwas, warum es ausgerechnet diese war, dennoch hielt ich mich nicht lange mit diesem Gedanken auf und antwortete ihr.

»Aleks.« Ein leichtes Lächeln huschte über ihre rotgeschminkten Lippen.

»Wie alt bist du?« Meine Augenbraue hob sich missbilligend.

»Stand das nicht in meinem Steckbrief?«, fragte ich sie schnaubend. Ihr Mundwinkel zuckte amüsiert, sonst passierte nichts in ihrer Miene. *Scheiße, du bist gut, Kleine!*

»Es stand erstaunlich wenig in deinem Steckbrief. Deswegen frage ich dich ja und ich würde es begrüßen, wenn du antwortest.« Ihre Stimme war ruhig und doch schwang ein deutlicher Unterton mit. Sie sprach plötzlich ganz anders als vorhin. Nicht schrill oder trotzig. Als wäre das vorhin alles Theater gewesen. *Ist es so?!*

Hatte sie sich nur wegen ihrem Vater so aufgeführt und war sie in Wahrheit ganz anders? Dieser Gedanke gefiel mir nicht, denn somit konnte ich sie noch weniger einschätzen, als ich es eh schon konnte.

»29«, war meine knappe Antwort. Ich beschloss, einfach mitzuspielen, mal sehen, wohin es mich führte.

Ein zufriedenes Nicken von ihr, dann sah sie mich einfach nur wieder einen langen Moment an.

»Darf ich auch Fragen stellen oder obliegt diese Ehre nur dir als meiner 'Besitzerin'?«, fragte ich sie mit sarkastischem Unterton und sah sie mit meinem frechen Lächeln auf den Lippen an. Doch weiterhin passierte nichts in ihrer Miene. Nichts, was mir verriet, was sie dachte oder in ihr vor sich ging. Ich hatte sie wohl wirklich vollkommen falsch eingeschätzt, beziehungsweise hatte sie sich perfekt verstellt.

Ein feines, aber durch und durch gefährliches Lächeln breitete sich auf ihren Lippen aus.

»Du hast also Fragen an mich? Ich dachte, du wärst der Typ Mann, der nicht sonderlich viel spricht und es hinnimmt, wie es ist. … Na gut, was schwirrt dir denn durch dein hübsches Köpfchen, Darling?« Spott tropfte aus jedem Wort, das sie an mich richtete.

Kräftig mahlte ich mit dem Kiefer, denn mir gefiel es ganz und gar nicht, von dieser Göre hier vorgeführt zu werden, und doch musste ich mich für diese Runde geschlagen geben. *Du hast gut gespielt …*

»Zuerst gebe ich mich mit denselben Fragen, wie den

deinen zufrieden. Dann sehen wir weiter.« Frech zwinkerte ich ihr zu. Doch auch hier zeigte es nicht die Wirkung wie sonst. *Erstaunlich!*

»Paris. Ja, ich weiß, klischeehaft, der Name. Aber was will man machen, hm?« Nun zwinkerte sie mir zu, ehe sie fortfuhr.

»Ich bin 21 und nicht so naiv, wie du vielleicht geglaubt hast. Aber ich denke, das ist dir nach diesem Gespräch nun auch klar.«

»Selbstbewusst, klug, intrigant, manipulativ. Habe ich was vergessen? Das sind nicht die besten Eigenschaften, Schätzchen. Wie kommt's?« *Mal sehen, ob du drauf anspringst …*

Interessiert musterte ich sie, dabei verschränkte ich die Arme vor meiner breiten Brust. Jede andere hätte den Blick wenigstens kurz über meine Muskeln fliegen lassen, doch sie nicht. Die Kleine sah mir einfach weiterhin intensiv in die Augen und spielte dieses Spiel hier besser, als ich es ihr je zugetraut hätte. *Wer zum Teufel bist du wirklich?!*

»Das beschreibt mich nicht einmal annähernd, aber gut, du kennst mich ja auch noch nicht wirklich. Doch das wird sich bald ändern, Darling.«

»Ach ja?«, fragte ich sie mit zuckendem Mundwinkel. Selbstsicher nickte sie.

»Natürlich. Schließlich gehörst du jetzt mir«, informierte sie mich mit lieblicher Stimme. *Miststück!*

»Ah, verstehe. Und was ist meine Aufgabe als dein *Eigentum*?!« Das Letzte betonte ich extra scharf und meine Miene verhärtete sich noch etwas mehr.

Ein glockenklares Lachen entwich ihr und sie schüttelte amüsiert den Kopf. Ihre blonden, langen Locken wackelten dabei hin und her.

»Mich glücklich machen«, schnurrte sie zur Antwort. Meine Braue hob sich mahnend.

»Und wie macht *Mann* dich glücklich?«, fragte ich sie

doppeldeutig.

Weiterhin behielt sie ihre kalte Maske aufrecht. Enzo wäre neidisch auf sie und ihre perfekte Fassade. Noch nie war mir ein Mensch untergekommen, der so mühelos seine Gefühle und Gedanken vor seinem Gegenüber verstecken konnte wie sie. Ich wusste nicht, ob ich beeindruckt oder abgeschreckt sein sollte. Oder doch neugierig? *Verdammt!*

Ihre wachen blauen Augen musterten mich intensiv. Dann hob sie die Hand und lockte mich mit ihrem Zeigefinger.

»Indem er tut, was ich sage.« Ihre Stimme war weiterhin ruhig und doch bestimmt.

Noch einmal bedeutete sie mir mit ihrem Zeigefinger, zu ihr zu kommen. Da ich wissen wollte, was sie vorhatte und wie sie spielte, beschloss ich, ihr zu geben, was sie wollte. Das war wohl bei ihr die beste Taktik.

Also stand ich auf, umrundete den kleinen Tisch, der uns trennte, und blieb dicht vor ihr stehen. Sie lehnte sich in ihrem Sitz zurück und legte den Kopf in den Nacken, um mich ansehen zu können.

»Und wenn *Mann* das nicht tut?«, fragte ich sie mit dunkler Stimme und beugte mich etwas zu ihr nach unten.

Ihr Mundwinkel zuckte verdächtig, dann vollführte sie eine Geste, die ich nicht hatte kommen sehen. Sie zeigte mit ihrem Finger nach unten und bedeutete mir somit, vor ihr auf die Knie zu gehen.

Gefährlich knurrte ich auf und hob mahnend eine meiner Brauen.

»Das erfährst du, wenn es so weit ist. Aber ich halte dich mal für ein cleveres Kerlchen, der einen guten Überlebensinstinkt hat.« *Drohst du mir da etwa gerade, Schätzchen?!*

Ich wollte zu einer Erwiderung ansetzen, sie in ihre Schranken weisen – was wohl sonst keiner mit ihr tat. Ihr Vater jedenfalls nicht. Doch dann vereitelte sie mir mein Vorhaben, indem sie tadelnd mit ihrer Zunge schnalzte und mir mit einem Blick auf den Boden erneut ihren Befehl verdeutlichte.

Ungläubig hob ich beide Brauen, bevor ich ein leises, jedoch sehr dunkles Lachen nicht mehr zurückhalten konnte. In einer flinken Bewegung ließ ich meinen massigen Körper zu ihr nach unten schnellen und stützte meine Hände auf ihrer Lehne ab. Mein Gesicht dicht vor ihrem blickten wir uns erneut intensiv in die Augen. Oder sie eher unbeeindruckt, was mich gleich noch etwas mehr meine Fassung verlieren ließ. Wie konnte sie in ihren jungen Jahren so dermaßen abgebrüht und emotionslos sein?! Unberechenbar und unnahbar sein?

»Schätzchen, du solltest mir besser nicht drohen!«, raunte ich mit gefährlich samtener Stimme.

Mein heißer Atem strich über ihre Lippen, so nah war ich ihr. Doch auch hier zeigte sie sich unbeeindruckt. Stattdessen hob sie ihre Hand und fuhr rotzfrech mit ihrem Zeigefinger meine Brustmuskeln nach.

»Nein, Darling, du solltest mir nicht drohen. Das lern besser ganz schnell und jetzt gehst du brav auf die Knie, dorthin, wo du hingehörst.«

Wieder bedeutete sie mir mit einem Zungenschnalzen, was ich zu tun hatte, ehe sie kurz hinter mich blickte.

Knurrend war ich gerade dabei, sie zu packen, doch da wurde ich auch schon von ihr weggezerrt und in die Knie gezwungen. Überheblich grinsend sah sie auf mich herab. *Miststück!*

Hatte sie es doch geschafft, dass ich vor ihr kniete – und sie musste nicht einmal etwas tun, außer Blickkontakt mit den Männern ihres Daddys aufzunehmen. Gut trainiert waren diese Wichser ja schon, das musste ich ihr lassen. Diese Runde ging an sie.

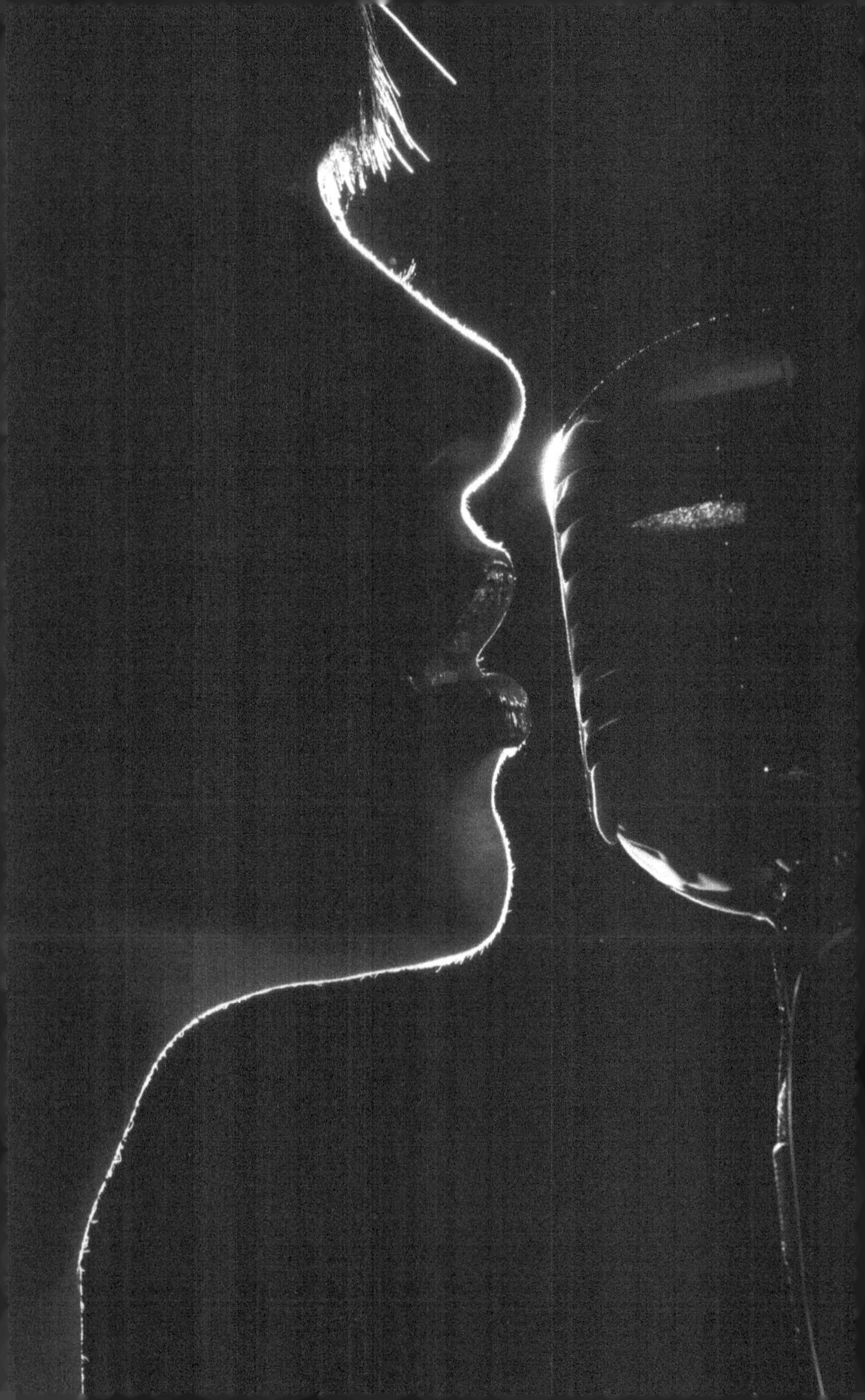

Kapitel 34

Sie

Unauffällig setzte ich mich auf Aleks' Platz, damit ich die beiden beobachten konnte. Zwar konnte ich am anderen Ende des Jets kein Wort verstehen, dennoch konnte ich sehen, was passierte. Und je länger Aleks bei ihr war, desto unwohler wurde mir in der Magengegend. Erst recht, als er aufstand und sich nackt, wie er nun mal noch immer war, dicht vor sie stellte und zu ihr nach unten beugte. Was sie wohl redeten?!

Die Neugier zerriss mich beinah und doch konnte ich nichts tun, außer zu warten, bis Aleks wieder zu mir kommen und mir hoffentlich alles erzählen würde.

Unerwartet setzten sich zwei ihrer Schränke in Bewegung und in der nächsten Sekunde packten sie Aleks von hinten, traten ihm in die Kniekehlen und zwangen ihn somit vor ihr auf die Knie.

Nervös knabberte ich an meiner Unterlippe und beobachtete angespannt die Situation. Sie sprach noch wenige Worte an Aleks gewandt, bevor ihre beiden Wachhunde ihn auf die Beine zogen und ihn zurück zu mir schleiften.

Je näher sie kamen, desto besser sah ich, wie angepisst Aleks zu sein schien. Seine Miene war steinhart, seine Muskeln zuckten und arbeiteten unkontrolliert und seine grünbraunen Augen glühten regelrecht. So hatte ich ihn noch nie gesehen.

Grob wurde Aleks von den beiden auf den Platz mir gegenüber geschubst.

»Wir landen demnächst«, brummte der eine. Noch ein strenger Blick, dann ließen sie uns wieder allein. Aleks knurrte und fluchte leise auf, als sie außer Hörweite waren.

»Was ist denn passiert? Was wollte sie von dir?«, fragte ich ihn besorgt und musterte ihn aufmerksam.

Aleks wich lange meinem fragenden Blick aus.

»Ich hab sie nur unterschätzt. Das ist alles«, erklärte er mir dürftig. *Aha?!*

»Und das bedeutet im Klartext?«, hakte ich etwas strenger, jedoch mit weiterhin gesenkter Stimme nach.

Endlich fand mich sein Blick und doch sah ich nicht meinem Aleks entgegen. Vor mir saß der Dämon. Der Mann, der etliche Menschen in unserer kurzen gemeinsamen Zeit umgebracht hatte. Ich kannte diese Seite an ihm, schließlich hatte ich sie selbst erlebt und doch war es immer wieder aufs Neue schockierend für mich, wie schnell und vor allem einfach er das Dunkle in sich beschwören konnte.

»Im Klartext bedeutet es, dass du nichts tun wirst, was sie verärgert. Du wirst alles, aber wirklich alles tun, was sie von dir verlangt. Ohne Wenn und Aber. Ohne deine sture und verbissene Art, deinen temperamentvollen Dickschädel durchzubekommen. Klar?!«

Missbilligend zog ich eine Braue nach oben. Was sollte denn diese Ansage von ihm? Warum verlangte Aleks von mir, auf diese Göre zu hören?

Ich wollte zu einer schlagfertigen Erwiderung ansetzen, doch da fuhr er mir mit einem knurrenden Laut über den Mund.

»Ginger! Ich meine es ernst!«

Hart zuckte ich bei der Strenge in seiner Stimme zusammen. Sein Blick war so dunkel und drohend und seine Körpersprache so eindeutig, dass ich zu nichts anderem in der Lage war, als zu nicken. *Was hat sie nur zu dir gesagt?!*

Lange schwiegen wir uns an. Aleks blickte mit ernster Miene nachdenklich aus dem kleinen Fenster. Er schien mit seinen Gedanken ganz woanders zu sein. Das leise Summen und das Aufleuchten der Lichter über unseren Köpfen, die uns bedeuten sollten, uns anzuschnallen, beförderte Aleks allerdings zurück ins Hier und Jetzt. Beide schnallten wir uns an, da wir wohl nun landen würden.

Unerwartet lehnte sich Aleks, soweit es sein Gurt erlaubte, nach vorne und packte meine beiden Handgelenke und zog mich somit etwas dichter an ihn heran. Irritiert sah ich ihn an, denn ich verstand nicht, was das alles sollte.

»Ich werde dich hier rausholen, Ginger. Aber dafür musst du mir jetzt genau zuhören. Du musst tun, was ich sage, verstanden?!«

Ich nickte, nur um dann in derselben Sekunde wieder den Kopf zu schütteln. Als ich verstand, was er mir hier gerade sagen wollte.

»Nein, Aleks! Wir gehen zusammen oder keiner! Denk nicht einmal daran, das zu tun, was du tun willst! Ich schwöre, tust du es, werde ich ihr jetzt sofort alles sagen und dann lässt sie mich wahrscheinlich erst recht nicht mehr gehen! … Aleks, ich tu's! Also nein!«

Unnachgiebig sah ich ihn an. Ich würde nicht klein beigeben. Was auch immer Aleks tun würde, wir würden es zusammen machen oder gar nicht. Punkt!

Sein Blick verdunkelte sich und seine Kiefermuskeln mahlten und zuckten kräftig. Aber damit beeindruckte er mich nicht. Also schnallte ich mich ab, um ihm zu zeigen, wie ernst es mir war.

»Gut. Ich habe dich gewarnt.« Damit wollte ich mich erheben und meine Drohung wahrmachen. Grob packte mich Aleks an meinem Arm und drückte mich mit einer schnellen Bewegung wieder in meinen Sitz.

»Spinnst du!? ... Ist ja gut. Stures Weibsbild!«, brummte er mich leise an.

Zufrieden nickend schnallte ich mich wieder an und sah ihm mit einem feinen Schmunzeln auf den Lippen an. Aleks schüttelte ungläubig den Kopf.

»Verrücktes Weib! Da will man dich beschützen und dann machst du es mir so schwer. Aber beschwer dich nicht, wenn sie Schreckliches mit dir anstellen. Oder du mitbekommst, was sie mit mir macht.«

Fragend verzog ich die Augenbrauen. *Was hat das zu bedeuten?*

»Du findest schon einen Weg, wie wir es beide schaffen, ohne dass du dich opfern musst. Ich weiß, worauf ich mich eingelassen habe, als ich mich für Ana angeboten habe«, erklärte ich ihm ruhig und versuchte das mulmige Gefühl zu unterdrücken, das ich bei der landenden Maschine gerade in meiner Magengegend bekam.

Mahnend schüttelte Aleks den Kopf.

»Nein, das weißt du nicht. Aber jetzt kann ich es nicht mehr ändern und mir einen anderen Plan überlegen.«

Es war deutlich, wie wütend Aleks gerade auf mich war, doch das war mir egal. Er konnte sich nicht immer und immer wieder für mich opfern oder in Gefahr bringen.

»Enzo wird uns schon finden«, entgegnete ich entschlossen. Aleks begann leise zu lachen.

»Dass gerade du das sagst«, schnaubte er und schüttelte ungläubig den Kopf.

»Warum denn nicht? Du vertraust ihm und er dir zu hundert Prozent. Ihm wird schon was einfallen. Er hat dich ja schon einmal gefunden und die Idee war genial. Es wird ihm sicher wieder gelingen. Als würde er dich allein lassen ...« Auch wenn es verrückt klang, doch ich vertraute Enzo wirklich. In der kurzen Zeit, in der ich bei ihm war, hatte man deutlich gesehen, wie wichtig ihm Aleks war und dass er alles tun würde, um ihn zu retten. Beide waren sie loyal und würden sich niemals im Stich lassen. Auch wenn Enzos Art und Weise nicht die charmanteste war, so war er wenigstens echt.

Die Maschine landete und unterbrach somit unser Gespräch, aber es war ja schließlich auch alles gesagt worden. Ich würde bei Aleks bleiben, keine Diskussion!

Kurz nachdem der Jet endlich zum Stillstand gekommen war, packten sie uns wieder und schleiften uns nach draußen. Dort angekommen musste ich feststellen, dass wir uns auf einem gigantischen Grundstück befanden. Beinah herrschaftlich sah es hier aus. Natürlich, schließlich verfügten sie hier über einen privaten Landeplatz. *Verrückt!*

Wenig später scheuchten sie uns über das Grundstück bis zu dem fast königlichen Anwesen. Wie ein kleines Schloss ragte es empor. Es war beeindruckend und einschüchternd zugleich.

»Und was willst du jetzt mit deinen beiden neuen Spielsachen machen, Engelchen?«, fragte der Vater seine Tochter und legte den Arm um sie, während sie ihr Heim, dicht gefolgt von uns, betraten.

Sie drehte den Kopf leicht, blickte über die Schulter, sah uns kurz an und dann wieder mit einem süßen Lächeln zu ihrem Vater.

»Er kann erst einmal in den Gästeflügel. Er soll sich hübsch machen. Sie –« Ihr Blick glitt einmal neugierig an mir herab, ehe sie weitersprach. »Kommt mit mir. Sie soll mir mit meinem Gepäck helfen und ich werde ihr erklären, was nun ihre Aufgaben sind.«

Ihr Vater nickte seinen Männern zu, dass sie tun sollten, was sie sagte, dann gab er seiner Tochter einen flüchtigen Kuss auf die Stirn.

»Gut. Dann dir viel Spaß. Ich muss los, Engelchen. Die Arbeit ruft. Sei anständig.« Er zwinkerte ihr noch einmal zu und wies dann einen seiner Männer an, ihm erneut einen Koffer packen zu lassen – in einer halben Stunde würde er wieder abfliegen, erklärte er.

Augenblicklich, nachdem ihr Vater verschwunden war, zerrten sie Aleks an uns vorbei weiter durch die große Halle. Nur einen flüchtigen Blick konnten wir austauschen und dennoch wusste ich, was seiner zu bedeuten hatte. *'Verärgere sie nicht!'*

Leichter gesagt als getan, wenn ich nicht einmal wusste, was sie von mir wollte. Aber das würde ich ja gleich herausfinden.

Kaum war Aleks nicht mehr zu sehen, schubste man mich auch schon in Richtung einer Treppe.

»Danke, den Rest schaffe ich allein. Bringen Sie mir mein Gepäck nach oben.« Unterwürfig nickte der Schrank von Mann, ließ von mir ab und machte auf dem Absatz kehrt, um ihrem Befehl Folge zu leisten und ihre Koffer zu holen.

Verblüfft sah ich ihm hinterher. Immer wieder erstaunt darüber, was viel Geld so alles mit sich brachte. Dann schaute ich wieder zu ihr.

»Komm.« Kommentarlos tat ich, was sie von mir verlangte, und dackelte ihr die Treppe nach oben und anschließend durch einen endloslangen Gang hinterher. Sie führte mich stillschweigend durch ihr eigenes, kleines Königreich. Mit elegantem Schritt und anmutigem Gang ging sie vor mir. Fast als würde sie durch die Flure schweben.

Vor einer rosa Tür machte sie dann Halt, öffnete sie und trat ein. Ich tat es ihr gleich und kam sofort ins Staunen – denn ich wurde von einem kleinen, aber luxuriösen Appartement überrascht.

Statt wie erwartet ein Zimmer zu betreten, stand ich plötzlich in einer geschmackvoll eingerichteten Zweizimmerwohnung.

»Schließ die Tür und komm«, sprach sie über die Schulter und verschwand auch schon in einem der angrenzenden Räume. Etwas verzögert tat ich das, worum sie mich gebeten hatte, und folgte ihr, während ich mich staunend, jedoch unauffällig umsah.

Als ich in den Raum eintrat, stand sie mit dem Rücken zu mir und war dabei, sich auszuziehen. Etwas peinlich berührt sah ich weg. Nicht, dass ich schüchtern wäre oder prüde, aber ich wusste nicht anders mit dieser Situation umzugehen. Schließlich hatte ich nach wie vor keinen blassen Schimmer, was sie von mir wollte. Warum sie mich eingetauscht hatte oder überhaupt eine 'Sklavin' benötigte.

Nachdem sie sich etwas Gemütlicheres angezogen hatte, verließ sie wieder ihr Ankleidezimmer, das nebenbei bemerkt größer als meine Einzimmerwohnung in New York war, und setzte sich auf ihre gigantische Ledercouch, auf der sicherlich zehn Leute Platz finden würden. Auch hier folgte ich ihr und nach kurzem Überlegen setzte ich mich mit einem gewissen Sicherheitsabstand ihr schräg gegenüber.

Ihre blauen Augen musterten mich wachsam, dabei spielte sie mit ihren blonden, langen Locken. Ich wusste nicht, warum, doch sie wirkte nicht so blond und naiv, wie sie sich gab. War es das, was Aleks solche Sorgen bereitete? Dass dieses Gör gar kein Gör war, sondern gefährlicher, als sie einem und vor allem ihrem Daddy weismachen wollte?!

»Wie heißt du?«, fragte sie mich dann.

Kurz wog ich ab, ob ich lügen oder sogar schweigen sollte. Doch dann schossen mir Aleks warnende Worte, sie nicht zu verärgern, nochmal durch den Kopf.

»Ginger, und du?« Bei meiner Gegenfrage zuckten ihre roten Lippen verdächtig. Aber wer sagte denn, dass nur sie die Fragen stellen durfte? Solange ich höflich und respektvoll blieb, könnte ich doch wenigstens versuchen, etwas aus ihre herauszubekommen.

»Paris.«

»Weißt du, was du hier machst?«, fragte sie mich, während sie eine Fernbedingung nahm und einen Knopf betätigte – zu meiner Verwunderung passierte allerdings überhaupt nichts.

Leicht schüttelte ich den Kopf. Schließlich wusste ich wirklich nicht, was ich hier sollte.

»Es ist eigentlich ganz einfach. Du bist hier, um mich zufriedenzustellen.«

Meine Augenbraue wanderte bei dem Bullshit, den sie dort von sich gab, nach oben.

»Ich denke, ich benötige eine etwas genauere Stellenbeschreibung, um meinen Job gut zu machen«, antwortete ich ihr nüchtern.

Ihre blauen Iriden begannen regelrecht zu leuchten, ich wusste nur leider nicht, ob das gut oder schlecht war.

»Schlagfertig und nicht auf den Kopf gefallen. Gefällt mir«, lobte sie mich.

»Danke.«

Unbeeindruckt verschränkte ich die Arme vor meiner Brust und sah sie abwartend an. Unerwartet öffnete sich die Tür und mehrere Personen betraten die Wohnung. Erst der Kerl von unten, der ihre Koffer brachte, und dann noch zwei junge Frauen, die beide mit einem Tablett auf uns zukamen und diese vor uns abstellten. Auf dem einem standen Getränke, auf dem anderen lagen Snacks.

Sobald sie alles ordentlich serviert hatten, zogen sich die beiden Frauen in ihr Schlafzimmer zurück, wohl um ihren Koffer auszuräumen. Der Typ hingegen verließ sofort wieder die Wohnung, nachdem er das Gepäck gebracht hatte.

Sie wurde von vorne bis hinten bedient und beachtete sie nicht einmal. Weder ein Danke noch Blickkontakt. Paris sah nur mich an.

»Das muss ein Leben sein. Sich um nichts kümmern zu müssen. Keinen Finger zu rühren und nicht einmal Danke musst du sagen. Du hast es weit gebracht.«

Ich wusste, ich sollte so etwas nicht zu ihr sagen. Nicht, solange wir nicht wussten, wer sie wirklich war und warum sie uns gekauft oder eher eingetauscht hatte. Doch ihre Art und Weise machte mich wütend.

Bei meinen Worten hielt sie in der Bewegung, sich ihren Drink an die Lippen zu führen, inne und blitzte mich mit ihren blauen Iriden gefährlich an. *Na wunderbar, Ginger. Aleks sagte, mach sie nicht wütend – und was machst du in den zwei Minuten, in denen du mit ihr allein bist? Richtig! Sie wütend machen …*

»Feuer hast du auch. Aber das solltest du wohl auch mit deinen roten Haaren. Es passt jedenfalls besser dazu als diese schreckliche blonde Perücke. Wenn wir schon dabei sind, nimm sie ab.« Sie redete so beiläufig, als würde sie über das Wetter reden.

Etwas perplex nahm ich die Perücke ab und schüttelte meine rote Mähne aus.

»Schon besser. Warum hattest du sie auf?«, fragte sie mich dann und nahm einen großen Schluck ihres Drinks.

»Mein vorheriger Besitzer mochte meine roten Haare eben nicht«, entgegnete ich schulterzuckend.

»Interessant. Und statt dir einfach die Haare zu färben, setzt er dir dieses schreckliche und vor allem billige Teil auf? Bei dem Vermögen?«

Jede Regung fingen ihre wachen Augen auf. Sie war definitiv nicht das blonde Dummchen, das sie so perfekt mimte. Das stand hiermit fest.

»Er war nicht die hellste Kerze auf der Torte«, konterte ich trocken.

Amüsiert schnaubte sie auf, ehe sich ihre Miene wieder

verschloss. Eine unangenehme Stille breitete sich zwischen uns aus, der ich nicht lang standhielt.

»Warum bin ich hier? Und der Mann?«, fragte ich sie einfach geradeheraus. Warum noch länger um den heißen Brei reden? Schließlich wollte sie mir das ja so oder so erklären. Und vielleicht verriet sie mir nebenbei gleich, was sie mit Aleks vorhatte.

Nach einem kurzen Moment stellte sie ihren Drink ab und nickte zustimmend.

»Du hast recht. Lass uns zum Wesentlichen kommen. Deine Aufgabe wird sein, mir rund um die Uhr zur Verfügung zu stehen. Egal, was ich von dir will, du tust es, ohne Wenn und Aber. Das war's auch schon.«

Etwas irritiert sah ich sie mit erhobener Augenbraue an.

»Aber hast du nicht für genau solche Aufgaben Hanni und Nanni dort in deinem Schlafzimmer? Die deine Drecksarbeit machen? Wie viele brauchst du denn noch von denen?!«, fragte ich etwas zu schnippisch. Doch ich verstand wirklich nicht, was das hier werden sollte. Dafür wollte sie Ana? Dass sie eine weitere Dienerin hatte? Das ergab überhaupt keinen Sinn.

Ihr feines Lächeln, das sie auf ihren roten Lippen trug, fiel augenblicklich in sich zusammen und ein dunkler und regelrecht unheimlicher Ausdruck legte sich über ihr schönes Gesicht. Und genau in diesem Moment wusste ich, ich hatte einen Fehler begangen und ich würde ihn bitter bereuen …

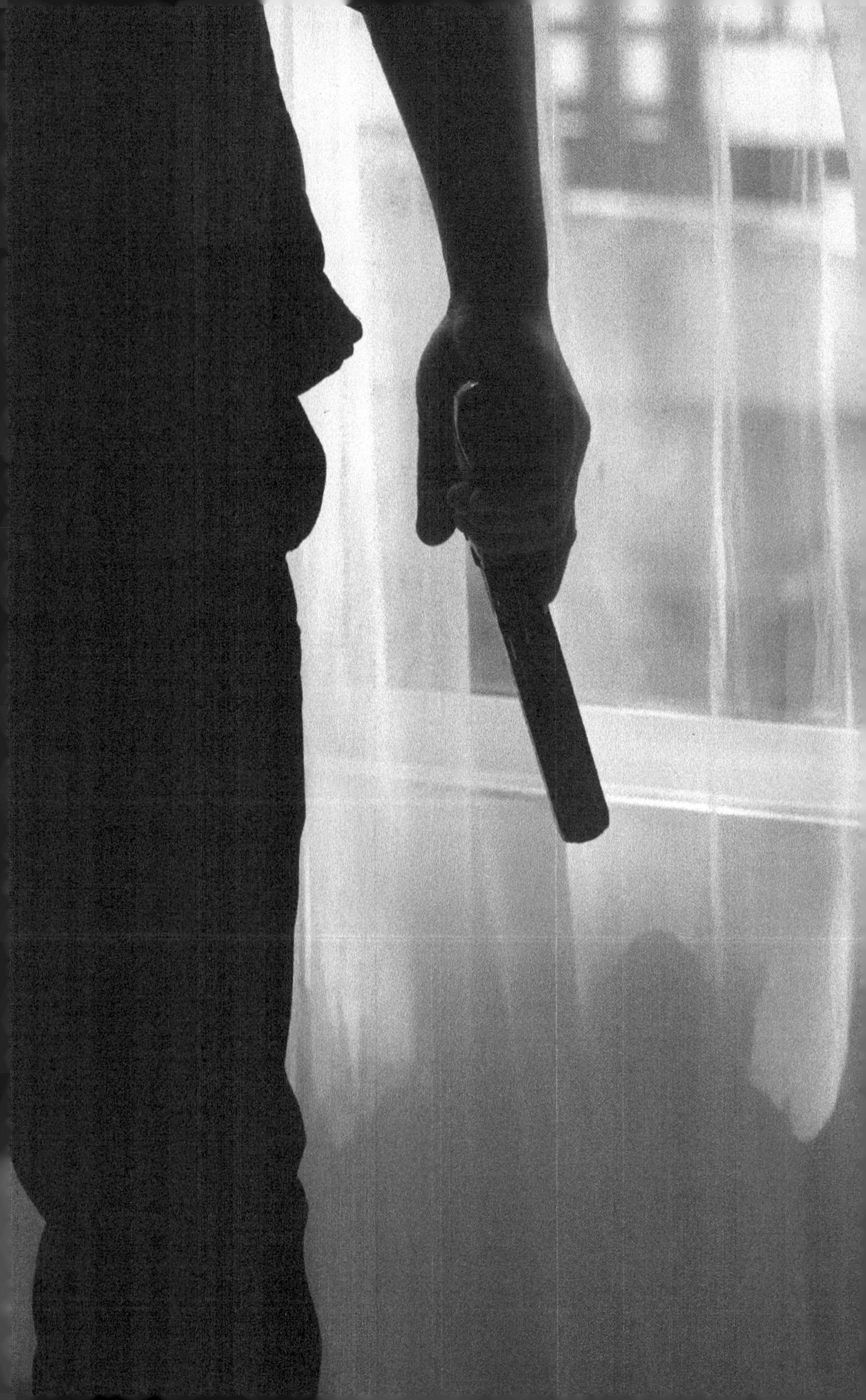

Kapitel 35

Er

Als sie sagte, man sollte mich in den Gästeflügel bringen, hatte ich nicht damit gerechnet, tatsächlich in ein eigenes Zimmer gesperrt zu werden. Irgendwie hatte ich geglaubt, es sei ein Code für ihre Zellen im Keller oder so etwas in der Richtung. Aber niemals hätte ich ein luxuriöses Gästezimmer wie dieses erwartet.

Ich solle mich hübsch machen, hatte sie verlangt. Ob ich wissen wollte, wofür? Wahrscheinlich eher nicht. Eigentlich interessierte mich nur, was dieses kleine Miststück gerade mit Ginger anstellte. Für was sie hier war und warum sie uns nun beide wollte?

Gut, für was sie mich wollte, war klar, aber für was Ginger oder die Kleine? Denn Bedienstete hatte diese Prinzessin eigentlich genügend, da war ich mir bei dem Anwesen und dem Luxus, der hier herrschte, sicher.

Früher oder später würde ich es schon erfahren. Ich hoffte nur, sie soweit bei Laune halten zu können, dass sie Ginger in Ruhe ließ, bis Enzo endlich seinen Arsch hierherschwang. Dass er aber auch immer einen heldenhaften Auftritt brauchte. Schlimm mit diesem eingebildeten Penner.

Ich sah mich etwas in dem Zimmer um, ob ich irgendetwas hier als Waffe benutzen oder umfunktionieren konnte. Doch außer einen herrschaftlichen Stuhl zu zerdeppern und somit etwas zum Zuschlagen zu haben, gab das Zimmer tatsächlich nichts her. Da nahm ich dann doch lieber meine Fäuste, wenn es sein musste.

Genervt und angespannt suchte ich das Badezimmer auf, um mich, wie Madame es wünschte, frischzumachen. Nachdem ich ausgiebig duschen gewesen war und mich meiner Körperpflege unterzogen hatte, ging ich mit einem Handtuch um die Hüften geschlungen zurück in mein Zimmer und wartete, bis man mich holte. Zu meiner Überraschung ließ sie mich länger warten, als ich geglaubt hatte, und kam erst nach über einer Stunde zu mir. In der Zwischenzeit war ich alle möglichen Szenarien durchgegangen, wie ich uns hier im Alleingang rausholen konnte.

Schwierig, verdammt schwierig, aber nicht unmöglich. Doch zuerst musste ich mich mit Ginger kurzschließen und das hieß, ich musste sie erst einmal wiedersehen. Und da ich keine Ahnung hatte, wann ich sie wieder zu Gesicht bekam, hieß es nun, bis dahin meine Rolle gut zu spielen und das Miststück bei Laune zu halten.

»Wie ich sehe, hast du dich gut zurechtgefunden und eingelebt«, ertönte ihre liebliche Stimme von der Tür zu mir.

Langsam wandte ich mich zu ihr um. Ich hatte nachdenklich zum vergitterten Fenster hinausgesehen. Irgendwie war es ja dann doch eine Art Zelle, nur hübscher verpackt als unsere zu Hause. Dennoch war ich ein Gefangener, der nicht allein entscheiden konnte, ob er ging oder blieb.

Meine Augenbraue wanderte abschätzig nach oben, als ich sie endlich ansah.

»Viel gibt es hier ja nicht zu entdecken. Weder Klamotten noch sonst etwas, das ich jetzt bräuchte. Und von Einleben kann man hier ja wohl schlecht reden«, spottete ich zynisch und bemerkte, wie ich dasselbe dunkle und altbekannte Lächeln von Enzo auflegte, während ich sprach. *Du färbst ab, mein Freund.*

Ein feines Lächeln legte sich auf ihre roten Lippen, ehe sie vollständig in den Raum eintrat und sich die Tür hinter ihr wieder schloss. *Also hast du deine Wachhunde mitgebracht. Du vertraust mir nicht … Schlaues Mädchen.*

Ihr Blick glitt wieder einmal ungeniert an meinem Körper auf und ab, bevor sie mit hochgezogener Augenbraue an dem Knoten meines Handtuchs hängenblieb. Tadelnd schnalzte sie mit der Zunge und bedeutete mir mit einem strengen Nicken auf den Knoten, dass ich das lästige Stück Stoff verschwinden lassen sollte. *Sonst noch Wünsche?!*

Abweisend verschränkte ich meine Arme vor der Brust, um ihr zu bedeuten, dass sie sich ihre Befehle bei mir in ihren süßen Arsch stecken konnte. Ich war nicht ihr Spielzeug, auch wenn sie der festen Überzeugung dessen war.

Ja, ich wollte sie nicht verärgern und ich wollte ebenso dafür sorgen, dass sie bei Laune blieb, doch ganz ehrlich, alles hatte seine Grenzen. Und meine zog ich hier und jetzt.

»Du brauchst keine Klamotten und auch kein Handtuch.« Der drohende Unterton war nicht zu überhören und dennoch dachte ich nicht daran, mich erneut vor ihr auszuziehen.

»Ach nein? Und warum nicht? Was hast du kleines Ding denn mit mir vor?«, fragte ich sie mit dunkler Stimme und einem frechen Lächeln.

Dicht trat sie an mich heran. Sie musste den Kopf in den Nacken legen, um mir ins Gesicht zu sehen. Spielerisch fuhr sie mit ihrem Fingernagel meine tätowierte Dog-Tag-Kette um meinen Hals und auf meiner Brust nach. Ich ließ sie gewähren und wartete auf ihren nächsten Schachzug, denn dass sie einen hatte, stand außer Frage.

»Ich denke, du weißt genau, was ich von dir verlange. Und du solltest mich besser glücklich machen, sonst weiß ich nicht, wie lang du als mein neues Spielzeug überlebst«, drohte sie mir und in ihrer Stimme veränderte sich etwas.

Doch das ließ mich kalt. Was wollte sie schon mit mir anstellen, dass ich nicht schon alles durchhatte?! Sie war ein verwöhntes Gör. Ein Kind. Als könnte sie schlimmer sein als die Bastarde aus dem Irak damals.

Ihre Hände wanderten über meinen definierten und muskulösen Oberkörper zielstrebig nach unten. Doch bevor sie das Handtuch berühren konnte, hielt ich ihre beiden Handgelenke mit festem Griff gefangen und zog sie an ihnen gepackt noch dichter an mich heran. Meine Miene verhärtete sich, ebenso wie sich mein Körper anspannte.

»Schätzchen, ich bin weder dein Spielzeug noch dein kleiner Zeitvertreib. Wenn, dann bin ich dein schlimmster Albtraum«, raunte ich mit dunkler Stimme dicht vor ihre vollen Lippen. Ein Schauer jagte über ihre Wirbelsäule, ich sah das Erschaudern, sah die Gänsehaut, die sich auf ihren Gliedern ausbreitete. »Also sei ein schlaues Mädchen und lass mich gehen. Bevor ich dir wehtun muss«, setzte ich nach und mein Griff um ihre Handgelenke wurde noch etwas fester, damit sie verstand, dass ich es ernst meinte.

»Du gehst nirgendwo hin, außer vielleicht in mein Bett. Und jetzt spuck nicht so große Töne und tu, was ich von dir verlange. Oder möchtest du, dass ich ebenso ungemütlich bei dir werde?!« Ihre blauen Augen blitzten gefährlich auf, als ich nicht gleich reagierte, aber schließlich musste ich auch erst einmal ihr Gesagtes zusammensetzen und verstehen.

»Ebenso ungemütlich?«, hakte ich streng nach und baute mich noch etwas bedrohlicher vor ihr auf. Mahnend ging eine ihrer dünnen Augenbrauen nach oben.

»Ja. Die Kleine. Sie hat eine ebenso große Klappe wie du. Nur ist dein Vorteil, dass ich dich nicht verunstalten will. Bei ihr ist es mir egal. Eigentlich war sie mir sowieso zu hübsch. Das gefällt mir nicht, wenn meine Bediensteten schöner sind als ich«, entgegnete sie achselzuckend.

»Was meinst du mit verunstalten?«, knurrte ich sie an. Doch außer einem boshaften Lächeln bekam ich nichts von ihr. Unüberlegt ließ ich von einem ihrer Handgelenke ab und packte sie grob mit einer Hand an ihrem Hals. Unbeherrscht drückte ich ihre Kehle zusammen und zog sie dicht vor mein Gesicht, hob sie leicht vom Boden ab und hatte sie somit vollkommen in meiner Gewalt.

»Was hast du mit ihr gemacht?«, brüllte ich sie wütend an. Mein Atem ging schnell, ich hatte wirklich Mühe, mich zusammenzureißen. Am liebsten würde ich ihr ihren hübschen Kopf abreißen.

Das Miststück blieb völlig ruhig in meinem Griff. Auch mein wütender Blick oder meine drohende Ausstrahlung ließen sie vollkommen kalt. Also entweder spielte sie verdammt gut oder ich unterschätzte sie tatsächlich maßlos.

Dann plötzlich schlich sich ein dermaßen diabolisches Lächeln auf ihre roten Lippen, dass sie Enzo mit dieser Fratze Konkurrenz machte.

»Was ist sie für dich?«, fragte sie mich dann mit ihrer verschissenen lieblichen Stimme, die mein Nervenkostüm stark beanspruchte.

Mein Griff um ihre Kehle wurde noch eine Spur fester und ein drohendes Knurren presste sich zwischen meinen Lippen hervor. Meine Beherrschung war nicht mehr auffindbar und ich würde sie am liebsten erwürgen. Schon allein, weil ihr Lächeln immer dunkler und unheilvoller wurde.

»Okay, ich sag dir jetzt, wie das zwischen uns laufen wird, mein Hübscher. Für jeden Ungehorsam deinerseits wird sie einen Kratzer mehr abbekommen. Also jedes Mal, wenn du mir nicht gibst, was ich von dir will, verunstalte ich sie. Tust du, was ich sage, krümme ich ihr kein Haar.«

»Fick dich!«, knurrte ich hasserfüllt und packte sie nun mit beiden Händen an ihrem Hals und drückte ihr nun vollständig die Kehle ab.

»Ich habe eine bessere Idee, Schätzchen. Ich bring dich und jeden Mann hier drinnen um und dann schnappe ich mir mein Mädchen und spaziere einfach zur Tür raus. Genau so und nicht anders wird das jetzt laufen. Du dachtest, ich sei einfach nur dein kleines, hübsch anzusehendes neues Spielzeug, hm? Sorry, da muss ich dich enttäuschen, Schätzchen. Ich bin nicht dein Toyboy, ich bin ein Killer und mit einem ehrlichen Lächeln auf den Lippen werde ich jetzt tun, was ein Mörder eben so tut!«

Röchelnd versuchte sie Luft in ihre leere Lunge zu bekommen und dennoch, obwohl sie hier gerade um ihr Leben bangte, lächelte sie weiterhin ihr verficktes Lächeln. Und genau dieses Lächeln war der Grund dafür, warum ich gegen meinen Willen von ihr abließ. Denn ich kannte dieses Lächeln. Viel zu gut, um es zu ignorieren.

Enzo, mein bester Freund und Boss, lächelte dasselbe verfickte Lächeln, immer wenn er einen diabolischen Plan, ein verdammtes Ass im Ärmel hatte.

Hustend und nach Luft schnappend begann die kleine Fotze tatsächlich zu lachen, als ich haareraufend Abstand von ihr nahm. *Du Miststück!*

»Wer hätte gedacht, dass meine neuen Spielzeuge so unterhaltsam werden? Ich werde sehr viel Spaß mit euch beiden haben«, flüsterte sie, da ich ihre Kehle anscheinend sehr malträtiert hatte. Für die Würge-Nummer würde ich auch noch büßen, das wusste ich.

»Du sagtest, wenn ich tue, was du verlangst, rührst du sie nicht an!«, erinnerte ich sie zähneknirschend und kratzte meine Beherrschung wieder zusammen, um nicht gleich wieder auf sie loszugehen.

»Das war der alte Deal, Süßer. Bevor du meintest, mir zu drohen und mich tatsächlich anzupacken. Jetzt spielen wir etwas anderes und ich werde so viel Spaß dabei haben.«

»Was willst du von mir?«, fragte ich sie barsch. Dabei öffnete und schloss ich immer und immer wieder kräftig meine Fäuste. Mein gesamter Körper war zum Zerreißen angespannt.

»Jetzt will ich erst einmal, dass du für den Anfang endlich dieses lästige Handtuch loswirst und dann vor mir auf die Knie gehst«, säuselte sie niedlich.

Knurrend riss ich mir das Handtuch runter und schmiss es ihr vor die Füße, ehe ich wieder dicht, sehr dicht an sie herantrat und drohend auf sie hinabsah.

»Du kannst mit mir machen, was du willst. Ich halte deine kleinen, billigen Spielchen aus und werde noch über sie lachen. Denn du bist nichts weiter als eine kleine, verwöhnte Göre, die von ihrem Daddy mal richtig hätte erzogen werden sollen, statt ihr alles in ihren Prinzessinnenarsch zu stecken. Du bist so übersättigt von all deinem Luxus, dass du kleines Miststück meinst, nun mit Menschenleben spielen zu müssen. So dreckiger Abschaum, wie du es bist, macht mich krank. Also rührst du sie an oder krümmst ihr noch ein Haar, schwöre ich, war ich gerade noch sehr freundlich zu dir. Also komm schon, Schätzchen, zeig, was du kannst!«, stachelte ich sie an. Leider erfolglos. Das Biest ließ sich nicht so leicht aus der Fassung bringen, wie ich das gehofft hatte. Statt auszuflippen oder auf mein Gesagtes zu reagieren, pfiff sie nur einmal laut und schüttelte anschließend tadelnd den Kopf. Als wäre ich ein kleiner, dummer Junge, der nun Ärger von der Lehrerin bekommen würde. *Fuck! Ruhig, Aleks!*

Ich wusste weder, was sie genau von mir – uns – wollte, noch, was sie Ginger bereits angetan hatte oder wo diese war. Deshalb konnte ich mich nicht wehren. Durfte es nicht. Sie hatte noch ein Ass im Ärmel … und als sich die Tür öffnete, wusste ich auch, welches das war.

Das Miststück musste schon, bevor sie mit mir geredet

hatte, gewusst haben, was mir Ginger bedeutet, beziehungsweise, dass wir uns kannten. Sie hatte nur geblufft und das verdammt gut, musste ich leider gestehen. Meine Reaktion auf ihre Androhung war lediglich die Bestätigung gewesen. *Verdammt.*

Ich blickte über sie hinweg zur Tür und sah dabei zu, wie Ginger von einem ihrer Affen zu uns gebracht wurde. Und als ich dann in ihr Gesicht schaute, drohte ich, zu zerspringen. Ich knurrte und war dabei, das verfickte Miststück erneut zu packen, um sie dieses Mal wirklich umzubringen. Doch ein strenges Zungenschnalzen und dieses verschissene Lächeln ließen mich in letzter Sekunde innehalten.

»Das würde ich nicht tun. Fasst du mich auch nur irgendwie gegen meinen Willen an, werden das meine Männer, alle meine Männer, mit deinem Mäuschen machen«, mahnte sie mich streng.

Wütend schnaubte ich immer und immer wieder auf. Hektisch hob und senkte sich meine angespannte Brust. Meine Fäuste waren so fest geschlossen, dass sie bereits zitterten und schmerzten. Doch anders hielt ich es nicht aus, nichts zu tun.

»Du willst also, dass ich dich wunschlos glücklich mache, dann rührst du sie nicht an? Das ist unser Deal?«, hakte ich mit bebender Stimme nach. Zwanghaft sah ich dabei nur der kleinen Göre, die so viel mehr war als nur das verwöhnte Ding, in die Augen, statt zu meinem Mädchen zu schauen.

»Jetzt will ich erst einmal, dass du vor mir auf die Knie gehst, und dann sehen wir weiter«, provozierte sie mich bis zum Äußersten.

Mit mahlendem Kiefer wog ich kurz meine Optionen ab. Doch als mein Blick zu Ginger schweifte, wusste ich, ich hatte überhaupt keine Optionen. Denn würden sie meinem Mädchen noch eine Schramme mehr in ihrem schönen Gesicht verpassen, würde ich jeden Mann und jede Frau hier in diesem Anwesen abschlachten wie Vieh.

Ginger sah mich mit rötlichen Augen an. Kein Feuer war mehr in ihnen zu sehen. Die Wangen grün und blau geschlagen. Ihre Nase und Lippe bluteten. Sie sah schrecklich aus und doch hätte es sie schlimmer treffen können. Klang vielleicht herzlos, doch das war nun mal mein Geschäft. Meine Welt. Daher tat ich auch etwas, dass ich sonst nicht einmal für meinen besten Freund getan hätte. Ich gab auf.

Knurrend ging ich vor dem Miststück auf die Knie und sah mit hasserfüllter Miene zu ihr nach oben. Ein triumphierendes Lächeln stahl sich auf ihre Lippen.

»Wenn du wüsstest, auf wie viele verschiedene und bestialische Arten ich dich gerade in meinem kranken Hirn umbringe, würdest du nicht mehr so breit lächeln«, raunte ich ihr mit gefährlich ruhiger Stimme entgegen.

»Wenn du wüsstest, was ich für dich und dein Mäuschen noch so alles geplant habe, würdest du mich nicht weiter provozieren und dich endlich bemühen, mich glücklich zu machen. Aber gut, du wirst es noch lernen, auf die eine oder andere Art.«

Ein kurzes Blickduell zwischen uns, dann verdrehte sie genervt die Augen und schnipste einmal mit dem Finger. Schon rührte sich der Wachhund, der Ginger gefangen hielt, und begann, ihr ihre Klamotten vom Leib zu reißen. Keinen Augenblick später stand sie nackt vor uns, weiterhin in seinem Griff gefangen.

»Zur Strafe wird sie ebenso wie du nur noch nackt rumlaufen. Dein Vorteil, du bist nur in diesen vier Wänden. Sie dagegen muss so durch das ganze Haus laufen und hier wohnen viele Männer und ich weiß nicht, ob alle ihre Finger bei sich behalten können. Und bevor du es jetzt noch schlimmer für sie machst, solltest du jetzt schlau sein, denn ganz ehrlich, das hier ist erst der Anfang.«

Mit mahlendem Kiefer tötete ich sie mit meinen Blicken. *FUCK!*

Noch nie hatte ich mich so hilflos und nutzlos gefühlt wie in diesem Moment. Es war schrecklich und ich konnte rein gar nichts dagegen tun. Nichts, außer nachzugeben und zuzugeben, dass die kleine Fotze gewonnen hatte. Und das haushoch!

»Ich tue, was du verlangst.«

Kapitel 36

Enzo

Eine Woche später

»Fuck!«, fluchte ich verzweifelt und schlug mit der Faust auf die Motorhaube meines Wagens ein. Eine Delle entstand und es war mir scheißegal. Wir waren mal wieder in den Straßen New Yorks unterwegs, um etwas über Aleks und den Ring herauszufinden. Gerade hatten wir uns mit Liam vor meiner Kneipe getroffen, unserer zweiten Kommandozentrale. Wenn wir nicht zu Hause waren, um mal wenige Stunden zu schlafen, wozu mich die Prinzessin zwang, waren wir entweder hier oder in den Schatten New Yorks.

Seit einer verfickten Woche versuchten wir irgendetwas über Aleks' Aufenthalt herauszufinden. Erfolglos! Wir bekamen nichts raus. Weder Liam noch meine anderen Männer. Nicht einmal Logan oder sein Mädchen, das sich mit dieser Welt ebenso gut auskannte, da es schließlich der Ring ihres Vaters war, konnten uns helfen.

Na wenigstens nahm mir Angel die Kleine ab, für die Aleks sich überhaupt in diese Scheiße begeben hatte. Da beide dieselbe Sprache sprachen und wohl Ähnliches erlebt hatten, war sie dort am besten aufgehoben, bis wir wussten, woher sie wirklich kam. Denn darüber schwieg sich die Kleine tot. Ebenso wie über alles, was sie dort erlebt oder gesehen hatte. Logans Mädchen bekam nichts aus ihr heraus. Es war zum Verrücktwerden.

»Liam, gib mir irgendwas, oder ich schwöre, ich vergesse mich endgültig!«, knurrte ich animalisch über die Schulter und stützte mich mit meinen Fäusten auf der Motorhaube ab. Meinen Blick gesenkt grübelte ich, wie es nun weitergehen sollte. Ich musste Aleks finden. Keine Ahnung, wo oder bei wem er genau war. Wir hatten auch über die Göre und ihren Vater nichts herausfinden können. Die Software mit den Kundennamen des Rings war so gut gesichert, dass Liam tatsächlich keinen Zugang hatte. So etwas hatte es noch nie gegeben – eine Software, die mein kleiner Bruder nicht hacken konnte.

Zumindest nicht aus der Ferne. Doch wir konnten ja nicht mal eben den Hauptserver ausfindig machen, unauffällig einbrechen und ihn infiltrieren, um so Aleks zu finden. War zwar nicht so, als hätte ich die Idee kurz in Betracht gezogen, aber Liam hatte mir den Kopf gewaschen – es wäre Selbstmord und auch keine Garantie für einen Erfolg gewesen.

»Wir tun alle, was wir können. Aber ich weiß nicht, was wir noch machen sollen. Ehrlich, ich bin mit meinem Latein am Ende, Enzo«, gestand Liam kleinlaut in meinem Rücken. Blitzschnell wandte ich mich zu ihm um und packte ihn grob am Kragen seiner Jacke. Mit einem kräftigen Ruck zog ich ihn dicht bis vor mein Gesicht.

»Mir scheißegal, wer oder was dafür alles brennen muss, aber du gibst sicher nicht auf und …« Ich stoppte mich selbst und verzog nachdenklich das Gesicht.

Das ist es!, schoss es mir dann durch den Kopf.

Schlagartig ließ ich von Liam ab und lief grübelnd auf und ab. Ich musste nachdenken. Musste alles genaustens abwägen, denn wenn ich das wirklich durchziehen würde, wäre das wohl die hirnrissigste und dümmste Aktion, die ich je durchgezogen hatte. *Prinzessin, du wirst mich umbringen, aber es ist nun mal für Aleks.*

»Enzo? Was heckst du wieder Irres aus?«, fragte mich mein Bruder alarmiert.

»Nichts Gutes!«, kommentierte David trocken, der mir, seitdem wir wieder aus Kuba zurück waren, wie ein Schatten überallhin folgte. Als müsste er auf mich aufpassen. *Okay, bleiben wir fair. Auf mich muss man gerade tatsächlich aufpassen, wie mein verrückter Plan gleich beweisen wird.*

Nach einem weiteren kurzen Moment des Nachdenkens wandte ich mich ihnen zu und musterte sie mit ernster Miene.

»Zuallererst: Die Prinzessin darf hiervon nichts erfahren.«

»Scheiße, das ist übel! Das ist richtig übel!«, warf Liam kopfschüttelnd dazwischen. Unmerklich nickte ich.

Ich wusste, wenn ich meiner Göttin meinen Plan zuvor verraten würde, würde sie es mich erstens niemals machen lassen und zweitens wüsste sie dann, wie verdammt ernst die Sache wirklich war. Denn vor ihr spielte ich es immer etwas runter. Sie machte sich so oder so schon große Sorgen um Aleks. Wenn sie dann noch wüsste, wie ausweglos die Situation wirklich war, dass ich zu solch einem Schritt greifen musste, um überhaupt einen Anhaltspunkt zu bekommen, dann hätte ich ein weiteres Problem an der Backe. Und eine aufgebrachte und wütende Prinzessin war wirklich das Letzte, was ich nun brauchte.

Also sollten die beiden einfach ihren Mund halten und mitspielen, dann würde sich schon alles irgendwie finden. Und wenn nicht, würde ich bei der Aktion schon draufgegangen sein und es würde mich nicht mehr kümmern.

Um meine Nerven etwas zu beruhigen und ihnen meinen verrückten Plan zu erklären, fischte ich mir meine Kippen aus meiner Lederjacke und zündete mir eine an. Tief inhalierte ich den ersten Zug meines heiligen Nikotins, ehe ich zu sprechen ansetzte. Beide musterten mich intensiv und warteten angespannt auf meine Worte.

»Wir müssen Aleks finden«, begann ich nun wieder im ruhigen Ton. Meine Nerven hatten sich schlagartig mit meinem Plan geklärt und ich musste nun ruhig an die Sache rangehen, sonst würde ich sie alle mit in den Abgrund ziehen – und wenn einer für Aleks draufging, dann war ich das, und zwar allein!

»Wir haben alles versucht. Wir kommen nicht an sie ran, Enzo«, warf mein Bruder mein Ass im Ärmel ein. Mit meinem altbekannten Lächeln auf den Lippen und der Kippe im Mundwinkel grinste ich ihn unheilvoll an.

»Ganz genau. Aber das wird sich jetzt ändern.« Beide sahen sie erst sich an, dann mich.

»Und wie?«, fragte David stirnrunzelnd.

»Wir räuchern sie aus«, antwortete ich knapp. Doch mehr benötigte es hier an dieser Stelle nicht, denn die beiden verstanden mich sofort und waren, wie zu erwarten war, nicht begeistert.

»Enzo, das ist Wahnsinn! Du kannst dich doch nicht mit dem gesamten Ring anlegen und willkürlich alles abfackeln, erschießen oder abschlachten, was nur im Entferntesten damit zu tun hat!«, hielt Liam fassungslos dagegen. Mein kleiner Bruder war von uns drei Geschwistern schon immer derjenige mit dem Gewissen gewesen.

Wenn Sophia, meine Zwillingsschwester, noch da wäre, sie würde mit einem Schmunzeln auf den Lippen an meiner Seite stehen. Nachdem sie mir natürlich für diesen irren Plan den Arsch aufgerissen hätte. Doch für Aleks hätte sie ebenso kopflos gehandelt wie ich. *Fuck, Sophia!*

»Doch, das kann ich, Liam. Und ich werde es. Anders kommen wir nicht an sie ran und anders werden wir Aleks nicht retten können. Wenn es überhaupt noch etwas zu retten gibt …«, setzte ich mit dunkler Stimme hinterher und lieferte damit das ultimative Argument.

»Fuck, Enzo! Du weißt, dass du da nicht mehr heil rauskommst, oder? Das kannst du nicht überleben! Nein! Sorry, aber nein, da bin ich raus! Ich werde doch nicht dabei helfen, meinen Bruder umzubringen! Nein, Enzo!«, protestierte Liam streng.

Ich verstand ihn ja. Schließlich war ich alles, was er noch an Familie hatte. Zumindest, was die leibliche betraf. Denn meine Männer waren auch zu unserer Familie geworden und Aleks war ebenso mein Bruder, wie Liam es war. Ich konnte ihn nicht einfach in irgendeinem Loch verrecken lassen. Konnte nicht einfach mein Leben weiterleben, wenn er irgendwo dort draußen war.

Scheiße, er war mein Bruder und ich würde ihn wieder nach Hause holen. Nachdem ich ihm für diese scheiß Aktion die Tracht Prügel seines Lebens verpasst haben würde.

Ich nahm die letzten Züge meiner Zigarette, damit Liam etwas Zeit hatte, sich mit der Situation abfinden zu können. Denn er wusste, mein Entschluss stand schon lange fest und ich würde meinen Plan durchziehen, mit oder ohne ihrer Hilfe.

Die letzten Rauchreste entwichen meinen Lippen, dann schnipste ich die Kippe weg und sah meinen Bruder intensiv an. Stöhnend schüttelte er den Kopf.

»Das kann nicht dein Ernst sein. … FUCK!« Liam raufte sich die Haare, lief dabei auf und ab, blieb schließlich wieder vor mir stehen und sah mir fest in die Augen.

»Du sturer Hund lässt dich ja doch nicht umstimmen. Also helfe ich dir lieber, als dass du allein und Hals über Kopf in dein Verderben rennst!«

Innerlich lächelte ich, äußerlich nickte ich nur emotionslos.

Auch David nickte zustimmend, doch mir war schon klar gewesen, dass er dabei sein würde, bevor ich meinen Plan überhaupt ausgesprochen hatte. David war ein loyaler Kerl und außerdem ein kleiner Adrenalinjunkie. Er liebte das Abenteuer und die Gefahr. Das machte ihn so gut in seinem Job. Er hatte keine Angst, war aber nicht dumm oder naiv. Er war einfach der Beste in dem, was er tat, und das wusste er und konnte es somit perfekt einsetzen.

»Gut. Dann such mir alles heraus, was du bis jetzt über den Ring gefunden hast. Jede Adresse, egal ob alt oder aktuell. Wir werden jeder einen Besuch abstatten und jedem die Möglichkeit geben, entweder zu reden oder zu brennen. Ganz einfach«, erklärte ich ruhig.

Liam klappte bei meinen Worten die Kinnlade runter, doch bei meinem strengen Blick wagte er nicht noch einmal, zu widersprechen, schließlich hatte er ja schon zugesagt. Nun gab es kein Zurück mehr, für keinen von uns.

»Und der Prinzessin? Was sagst du ihr?«, hakte Liam nach.

Zähneknirschend wandte ich mich halb von ihm ab. Ich mochte es nicht, wenn er diese Karte ausspielte. Doch es ging nicht anders und das Nächste auch nicht.

»Nichts. Ich ruf sie an, wenn ich im Jet sitze. So ist es leichter. Es geht um Aleks, sie wird es früher oder später verstehen.«

Ein leichtes Schmunzeln legte sich bei dem Gedanken, wie mir meine Göttin gleich am Telefon den Arsch aufreißen würde, auf meine Lippen. Dieses Temperament … herrlich. Nie würde ich davon genug bekommen.

»Enzo!!«, schimpfte Liam. Doch ich unterbrach ihn mit einem tiefen Knurren und einem glühenden Blick meiner eiskalten Augen.

»Genug jetzt. Mach dich an die Arbeit. Heute Abend will ich alle Adressen von dir. David, in einer Stunde ist Abflug. Kümmer dich um alles, damit wir bestens ausgestattet sind.«

David nickte und machte sich sofort auf den Weg, um meinen Auftrag zu erfüllen. Nachdem er mit seinem Motorrad abgedampft war, blieben Liam und ich allein zurück.

»Liam, ich weiß, was du sagen willst, und du hast ja recht. … Er würde für mich dasselbe tun und das weißt du. Ich passe auf mich auf, okay?! Und jetzt bitte, tu, worum ich dich gebeten habe!«

Allein die Tatsache, dass ich meinen Bruder bat, seinen Job zu tun, zeigte, wie verdammt ernst die Sache war. Liam mahlte kräftig mit dem Kiefer, nickte jedoch dann und ging wieder zurück in meine Kneipe.

Seufzend legte ich den Kopf in den Nacken und schloss für einen Moment angestrengt die Augen. *Fuck, das kann nicht gut gehen!*

Für einen kurzen Augenblick ließ ich noch einmal all den Zweifel und die Sorge um meinen besten Freund zu, ehe ich wieder meine eiskalte Maske aufsetzte und all meine Emotionen einsperrte. Der Hunter übernahm das Denken und Handeln und sperrte den Mann in mir wieder zurück in seinen kleinen Käfig, wo er hingehörte. Er war nicht stark genug hierfür. Denn der einfache Mann würde es nicht tun. Schon allein wegen ihr nicht. Weil er sie liebte und sie brauchte. Doch das konnte ich mir hier und jetzt nicht erlauben. Gefühle waren in meinem Job einfach hinderlich und nun durfte ich sie nicht zulassen. Auch nicht für sie.

Beschlossene Sache. Meine Maske saß und der Schalter war umgelegt.

Ich stieg in meinen Wagen und machte mich auf den Weg zum Jet. In meinem Auto hatte ich für solche spontanen Aktionen immer eine gepackte Sporttasche mit Klamotten, jede Menge Bargeld und Waffen.

Mit rasanter Geschwindigkeit jagte ich meinen Wagen durch die Straßen New Yorks. Meine Nerven glühten und ich war innerlich unruhig, doch ich musste jetzt einen kühlen Kopf bewahren. Mein Plan war verrückt und doch unsere einzige Chance. Selbst Liam hatte das erkannt, sonst hätte er nicht so schnell nachgegeben.

Endlich an dem kleinen Privatflughafen angekommen, war für uns schon alles vorbereitet worden. Liam hatte sich anstandslos um alles gekümmert.

Nachdem ich mit dem Piloten alles Wichtige durchgegangen war – unter anderem einen Batzen Bargeld und sein Wort, seine Fresse zu halten –, wartete ich an Bord auf David, damit wir endlich abheben konnten. Zurück nach Kuba. Als er dann endlich mit vier großen Reisetaschen einstieg, startete der Pilot auch sofort die Maschine, welche auf der Rollbahn beschleunigte.

Nun kam der wirklich unangenehme Teil, als wir endlich in der Luft waren. Das Telefonat mit der Prinzessin. Ich stand auf und setzte mich in den hintersten Teil des Jets, um ungestört mit meinem Mädchen zu reden. Ich wählte ihre Nummer und wartete darauf, dass sie abnahm.

»Hi, Prinzessin«, begrüßte ich sie, nachdem sie abgenommen hatte.

»Enzo? Ist alles okay?« Natürlich fragte sie mich das. Schließlich rief ich sie sehr selten an. Eigentlich sie immer mich oder wenn, dann rief ich zurück.

»Darf ein Mann nicht einfach seine Göttin anrufen?«, neckte ich sie und versetzte sie damit vollends in Panik, was mich zum Schmunzeln brachte.

»Was hast du sturer Esel wieder vor, hm? Na spuck's schon aus! Wofür will ich dich gleich verfluchen und umbringen?«, schimpfte sie streng in den Hörer.

Ich liebte ihr schlaues Köpfchen. Es war meist nicht nötig, viel zu reden oder zu erklären. Zumal das so oder so nicht meine Art war.

»Nichts. Ich wollte nur deine Stimme hören, Prinzessin«, antwortete ich mit ruhiger Stimme.

»Enzo, was ist los?«

Ein Augenblick der Stille legte sich über uns. Ich wog ab, ob ich ihr tatsächlich die Wahrheit sagen sollte, doch ich entschied mich dagegen. Es würde nichts ändern, außer dass sich die Prinzessin nur noch mehr Sorgen machen würde und sie dann womöglich diejenige wäre, die etwas Dummes tat.

»Wir sind auf dem Weg nach Kuba. Wir holen Aleks.«

»Ihr habt ihn gefunden?«, versicherte sie sich euphorisch.

»Ja«, antwortete ich knapp und mahlte kräftig mit dem Kiefer. Normalerweise fiel es mir nicht schwer, jemanden anzulügen. Doch gerade jetzt, wo ich nicht wusste, ob ich sie je wiedersehen würde, sträubte sich alles in mir, es zu tun. Und dennoch blieb ich dabei. So war es am besten.

»Das ist nicht die ganze Wahrheit, habe ich recht?« *Gott, wie ich dich für dein kluges Köpfchen liebe und verfluche zugleich, Baby!*

»Ja.«

Ich rieb mir mit Daumen und Zeigefinger über die Augen.

Lange schwieg sie. Ich wusste nicht, was sie dachte oder gleich sagen würde. Es zermürbte mich beinah und doch durfte ich nicht darauf reagieren. Es war Folter.

»Da du Oberarsch so feige warst, mich erst anzurufen, wenn du schon im Flugzeug sitzt … versprichst du mir dann wenigstens etwas?«

Ich musste über ihre Art, mit mir zu reden, schmunzeln. Nach wie vor redete niemand so mit mir, bis auf sie, meine Göttin.

»Versprich mir, dass du wieder zu mir zurückkommst, Enzo!«

»Mein kleiner Dummkopf«, raunte ich leise in den Hörer. Mehr würde sie nicht von mir bekommen, das wusste sie.

Ich war nicht gut darin, über meine Gefühle zu sprechen, und auch dieses Versprechen konnte ich ihr nicht geben.

Noch ein Moment des Schweigens verging, dann legte

ich auf. Mehr gab es hier nicht zu bereden, auch das wusste die Prinzessin. Sie kannte und – warum auch immer – liebte mich. Auch mit meiner dunklen Seite.

Sobald ich das Telefonat beendet hatte, fokussierte ich meine Gedanken wieder. Ich durfte mich nun nicht mehr ablenken lassen, von niemandem. Jetzt zählte einzig und allein Aleks' Rettung und dieses Mal würden wir ihn finden. *Komme, was wolle. Verlass dich auf mich, mein Freund!*

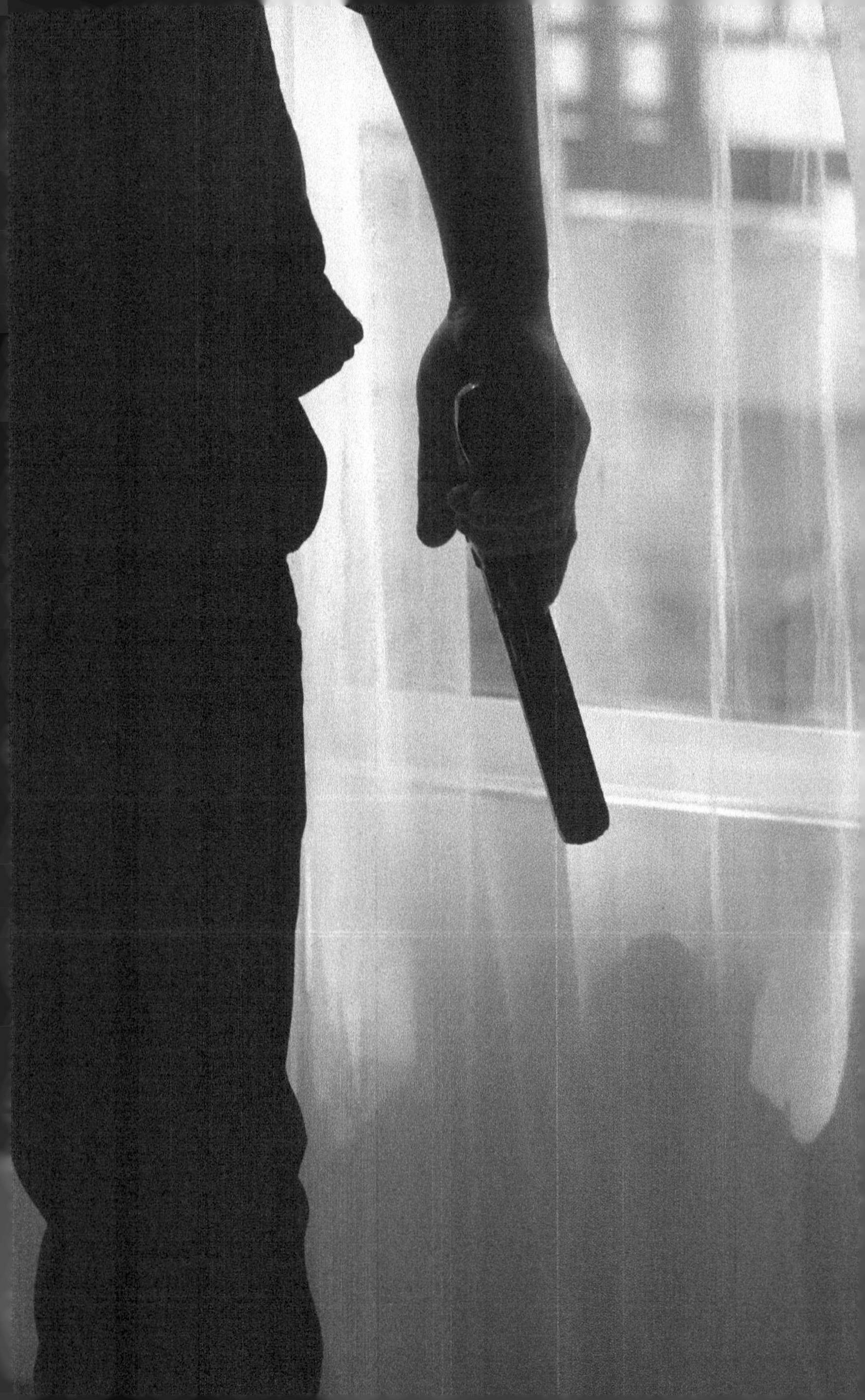

Kapitel 37

Er

Wenn alles an einem Körper schmerzte, selbst der Schwanz – nein, der ganz besonders – brauchte ich nicht erwähnen, wie meine Woche gelaufen war, oder?!

Diese Göre war die Ausgeburt der Hölle. Rosalines Baby wäre neidisch auf sie und der große Boss dort unten würde, ohne zu zögern, seine Mistgabel und seinen Feuerthron für sie räumen.

Dieses Satansweib peinigte mich in jeder freien Minute und wenn sie das nicht tat, dann sollte ich sie ficken. Ein ums andere Mal. Blanker Ekel überkam mich bei jedem Mal, wenn ich mich in sie stoßen musste. Und doch musste ich ihn zurückdrängen, um erstens überhaupt einen hochzubekommen und zweitens, um mein Mädchen zu schützen. Denn das Miststück war sehr deutlich gewesen. Nur wenn ich sie glücklich machte, rührte sie Ginger nicht an. Also machte ich sie glücklich, auch wenn ich kotzen könnte.

Fuck, mein Schwanz war bereits wund und meine Eier leer. Die Sahara hatte mehr Flüssigkeit zu bieten als meine Eier gerade. Und wenn ich sie nicht in jeder erdenklichen Stellung ficken sollte und sie mich nicht peinigte, kümmerte sie sich um Ginger. Sie tat ihr nichts, denn schließlich stellte ich sie zufrieden. Das war der Deal und der einzige Grund, warum ich die Fotze bei einem unserer Ficks nicht umgebracht hatte. Aber auch, weil ich noch immer keinen Ausweg aus dieser Festung gefunden hatte. Ich hatte auch nicht wirklich viel

Freigang. Eigentlich hielt ich mich nur in diesem Zimmer auf – oder aber sie wollte mich in ihrem Bett. Doch dorthin wurde ich gleich mit mehreren Männern eskortiert. Fast, als wüssten sie, wer ich war. Dieser Gedanke kam allerdings meist so schnell, wie er gekommen war, da sie mich immer und immer wieder nach meiner Vergangenheit ausfragte. Ich erzählte ihr das Blaue vom Himmel und sie glaubte mir.

Ginger bekam ich fast überhaupt nicht mehr zu Gesicht und wenn, dann nur sehr kurz und natürlich nie allein. Eigentlich nur, wenn das Miststück sie mitnahm, damit sie uns zusehen sollte. Es war abartig und ich hasste mich für meine Machtlosigkeit und Schwäche, sie nicht beschützen zu können. Auch wenn sie Ginger nicht anrührte und sie, soweit ich das wusste, auch nicht von den Männern hier belästigt wurde, so sah ich es meiner kleinen Lady an, es ging ihr nicht gut. Das Feuer, dieser zerstörerische Wirbelsturm in ihren strahlenden Iriden, er war zur Gänze verblasst. Fast, als wäre sie gebrochen. *Fuck!*

Ich musste sie hier rausschaffen, nur wusste ich leider nicht, wie. Und auf Enzo konnte ich hier wohl auch nicht mehr bauen. Schon über eine Woche war vergangen und er war noch immer nicht hier. Also würde er wohl auch nicht kommen. Ich wunderte mich zwar schon etwas, dass er uns nicht fand, und doch zeigte das mal wieder, was für ein gerissenes Miststück die Kleine doch war und wie mächtig ihr Daddy war.

Dieser war nicht mehr hier aufgetaucht. Er hatte seinem 'Engelchen' tatsächlich einfach nur neues Spielzeug kaufen wollen, damit sie in der Zeit, in der er arbeitete, beschäftigt war und somit keinen 'Unsinn' anstellte. Allein die Auffassung der Worte Unsinn und Engelchen sollten mir zeigen, was das wirklich für Menschen waren. Und normalerweise wären die beiden schon längst auf meiner Abschussliste, so wie jeder, der in diesem Höllenanwesen wohnte. Doch mir waren wortwörtlich die Hände gebunden.

Ich konnte nichts tun, außer sie weiterhin zufriedenzustellen und zu hoffen, dass sich eine Gelegenheit ergab, zu flüchten. Alles andere würde Ginger in Gefahr bringen und das würde ich, solange diese Verrückte hier war, sicher nicht tun.

Wie hatte ich nur so dämlich sein und Ginger erlauben können, mit mir zu kommen? Hätte ich sie damals einfach gehen lassen, wäre sie nicht hier. Hätte ich sie, statt sie am Straßenrand zu ficken, einfach dort ausgesetzt, wäre sie jetzt nicht hier. Egal wie ich es drehte oder wendete, ich hatte Scheiße gebaut und Ginger in Gefahr gebracht und ich konnte sie jetzt ums Verrecken nicht hier rausholen. Nicht, ohne draufzugehen. Auch wenn das kein Hindernis für mich wäre – Hauptsache, sie wäre frei. Doch dieses sture Wesen von Weib würde niemals ohne mich gehen, wie sie ja nun schon des Öfteren bewiesen hatte.

Ich stand unter dem heißen Wasser und ließ mir das wohltuende Nass über meinen malträtierten Körper strömen. Auch wenn sie mich nicht körperlich züchtigte, so wusste das Biest dennoch, wie man einen fertigmachte. Zugegeben, ich hatte sie maßlos unterschätzt.

Entweder setzte sie mich unter Schlafentzug, indem sie mich immer genau dann besuchte, wenn ich kurz davor war, einzuschlafen, oder sie forderte von mir körperliche Höchstleistungen, egal ob durch den vielen Sex, Zwangstraining, damit sie mich beim Schwitzen beobachten konnte, oder ähnliche Boshaftigkeiten. So oder so, ich war im Arsch und mein Körper schrie vor Schmerz.

Mit beiden Händen stützte ich mich an den Fliesen ab und genoss das heiße Nass. Keine Ahnung, wie lang ich schon unter der Dusche stand, doch ich hatte nicht vor, so schnell wieder herauszukommen. Der Raum war schon in einen dampfenden Nebel getaucht. Man sah die Hand vor Augen nicht mehr, dennoch blieb ich unter dem heißen Strahl stehen.

Mein Blick nach unten, die Augen geschlossen, so stand ich vor den Kacheln und ließ meinen Gedanken freien Lauf. Sie drehten sich jedoch nur immer und immer wieder im Kreis, sodass ich keinen von ihnen fassen konnte.

Als die Tür in meinem Rücken aufgestoßen wurde, reagierte ich nicht darauf. Warum auch? Sie würde ja doch gleich zu mir unter die Dusche kommen. Also wieso die Mühe machen und mich bewegen oder zu ihr umdrehen, wenn sich das Miststück so oder so gleich holte, was sie wollte?

»Ich soll dich holen«, ertönte plötzlich die leise Stimme meines Mädchens. Sofort wandte ich mich zu ihr um, da ich es nicht glauben konnte, dass es wirklich sie war.

Seitdem das Miststück von unserer Verbindung wusste, achtete sie peinlichst genau darauf, dass Ginger und ich nicht mehr allein miteinander waren. Und wenn wir uns in einem Raum befanden, dann nur wenn ich die Ausgeburt der Hölle ficken musste.

Ginger stand in der Tür und sah mich mit leeren Augen an. Ich konnte sie verstehen. Was sie in den letzten Tagen alles gesehen hatte … da wunderte es mich nicht, dass sie mich nun so ansah. Auch wenn es mich schmerzte.

Zum Glück hatte das Miststück ihr wieder gestattet, Klamotten zu tragen. Der Gedanke, dass sie den Blicken aller Männer, die hier, warum auch immer, ein- und ausgingen, ausgeliefert war, passte mir überhaupt nicht. Ich wusste, ich durfte eigentlich nicht eifersüchtig sein und erst recht nichts sagen, nicht bei allem, was Ginger schon mit mir durchgemacht hatte. Deshalb tat ich all das hier ja. Für sie. So war der Deal mit dem Höllenweib.

Ich drehte das Wasser ab, stieg aus der Dusche und ging auf sie zu. Ginger wich meinem Blick aus und sah mich auch sonst nicht an. Ich hasste es, dass es nun so zwischen uns war. Am liebsten würde ich sie packen und küssen. Ihr versprechen, dass alles gut werden würde. Doch ganz ehrlich, ich wusste nicht, wie ich das anstellen sollte. Ich hatte Paris in allen Bereichen unterschätzt. Das war mir nun klar und deshalb konnte ich nicht einfach wie sonst immer alles abschlachten, was hier in diesem Anwesen hauste.

Zumal hier viel mehr Männer anwesend waren, als ich gedacht hatte – und noch immer wusste ich nicht, warum. Einfach, weil ihr Daddy auf seinen kleinen Engel aufpasste? Schließlich besaßen sie Unmengen an Geld und wenn es sich rumsprach, dass hier ein junges und dazu noch schönes Gör lebte, zog das automatisch Ungeziefer an. Oder steckte doch mehr dahinter und er war ein noch größeres Tier, als ich vermutet hatte?!

Option B schloss ich aber allmählich aus, denn sonst wäre er nicht so viel unterwegs und würde die Drecksarbeit für sich erledigen lassen, statt selbst so viel zu arbeiten, dass er so gut wie nie zu Hause war.

»Wie geht es dir?«, fragte ich sie, als ich dicht vor ihr zum Stehen kam und besorgt auf sie herabsah. Noch immer wich sie meinem Blick aus.

»Sie wartet auf dich«, wich sie aus und war dabei, mich einfach so stehenzulassen und sich von mir abzuwenden.

Schnell, jedoch sanft legte ich ihr meine Hand an ihre Wange und führte sie somit wieder zurück zu mir. Widerwillig ließ Ginger sich von mir lotsen und hob den Blick. Als sie mich endlich anschaute und ich ihre schönen honigfarbenen Iriden wieder von Nahem sah, zerriss etwas in mir. Dort in ihren Augen war kein Feuer mehr. Kein unbändiges Inferno, das sonst alles und jeden mit in sein Höllenfeuer gezogen hatte, wenn sie das gewollt hatte. Nichts. Nicht einmal eine kleine Glut flammte dort in ihnen.

»Es tut mir so leid, Ginger!«, raunte ich zu ihr nach unten

und beugte mich noch etwas weiter zu ihr.

Schwach nickte sie in meinem Griff, denn nun umfassten beide Hände ihr Gesicht. Mit meinen Daumen streichelte ich zärtlich ihre weiche Haut.

Tief blickte sie mir in die Augen, bis sich plötzlich in ihren Tränen bildeten. Ich hatte Ginger noch nie weinen sehen, bei allem, was wir bereits durchhatten. Diese Fotze hatte mein Mädchen gebrochen.

»Ich ertrag das nicht mehr, Aleks«, wisperte sie dann so leise, dass ich Mühe hatte, sie zu verstehen, obwohl wir uns so nahe waren.

Ich nickte und hauchte ihr einen kleinen Kuss auf den Mundwinkel. Eigentlich beherrschte mich der Zorn und ich würde ihm am liebsten freien Lauf lassen, doch das würde nichts bringen und ihr nicht helfen. Das Miststück spielte mit Ginger eine andere Art von Spiel. Sie rührte sie nicht an, zumindest nicht, solange ich sie glücklich machte. Doch das hieß nicht, dass sie Ginger nicht dennoch wehtun konnte. Sie quälen und foltern konnte. Und fuck, wie sadistisch gut sie das konnte. Enzo würde vor ihr das Knie beugen, wenn er nicht so ein sturer Hund wäre.

»Ich weiß, Kleines. Und ich verspreche dir, ich hole dich hier raus! Aber du musst mir etwas helfen, ja?« Meine Stimme war sanft und doch konnte man das unterdrückte Knurren deutlich heraushören.

Erneut nickte sie schwach in meinem Griff. Allein dass sie endlich bereit war und zustimmte, zeigte, wie weit es das Höllenweib mit ihr getrieben hatte.

Ginger war am Ende ihrer Kräfte und das alles war meine Schuld, weil ich nicht in der Lage war, sie zu beschützen. Doch das würde mir nicht wieder passieren. Ich würde sie hier rausholen, und dafür sorgen, dass diese Irre ihr nie wieder zu nahekam oder sie finden würde. Scheißegal, wie – und wenn ich dieses verfickte Anwesen in die Luft sprengen müsste, ich würde es, ohne mit der Wimper zu zucken, tun. *Ja … jetzt verstehe ich dich, mein Freund.*

Nach einem Moment, in dem ich sie an mich gezogen und einfach nur festgehalten hatte, löste sie sich von mir und trocknete ihre Tränen.

»Komm jetzt, Aleks. Bitte lass sie nicht noch länger warten.«

Widerwillig nickte ich. Allein die Tatsache, dass Ginger solche Angst vor ihr hatte, machte mich krank.

Aber ein Gutes hatte es. Sie wollte mich bei ihr haben, das hieß, ich konnte mich auf dem Weg zu ihr etwas umsehen und die Gelegenheit gleich nutzen. Doch als wir zur Tür gingen, war diese plötzlich verschlossen. Ginger rüttelte an der Klinke und klopfte gegen das Holz.

»Hey!«, rief sie, dann sah sie irritiert über die Schulter zu mir.

Ich trat an sie heran und hämmerte mit meiner Faust etwas kräftiger als sie gegen die Tür.

»Aufmachen! Ich soll zu Paris!«, brüllte ich, doch keine Reaktion. Verwirrt, was das nun zu bedeuten hatte, sahen wir uns an.

»Wieso sperrt sie uns gemeinsam ein?«, fragte Ginger mich unsicher und sah sich im Zimmer um.

»Ja, hier sind Kameras«, informierte ich sie und bekam ein ungutes Gefühl.

Ich hätte Ginger nicht so berühren dürfen. Paris hatte uns sicher gesehen und würde uns nun beide bestrafen. Doch warum sie uns beide zusammen in einen Raum einsperrte, verstand ich noch nicht so ganz. Schließlich wollte sie mich nicht teilen und erst recht nicht mit Ginger. Das ergab keinen Sinn. Dieses Höllenweib und ihre kranken Spiele … Man konnte sie einfach nicht durchschauen oder voraussagen, was sie als Nächstes tun würde.

Auch nach mehrmaligem Hämmern gegen die Tür und Rufen erhielten wir keine Antwort. Ich merkte es Ginger an, sie wurde immer nervöser, je länger wir in Unwissenheit blieben.

»Hey, komm her, kleine Lady«, sprach ich sanft an sie gewandt, als ich ihr Zittern bemerkte. Dann zog ich sie zurück in meine Arme und hielt sie fest. Immer wieder küsste ich zart ihren Haaransatz und streichelte ihr beruhigend über ihren Rücken. Auch ihre Hände hatten an meinen nackten Rücken gefunden. Nach wie vor waren mir Klamotten nicht gestattet. Aber eigentlich kümmerte es mich nicht. Ich wollte jetzt einfach nur mein Mädchen halten und für sie da sein. Auch wenn mich die Unwissenheit selbst etwas unruhig werden ließ, denn ich hatte keine Ahnung, was sie vorhatte.

Und doch konnten wir nichts tun, außer zu warten …

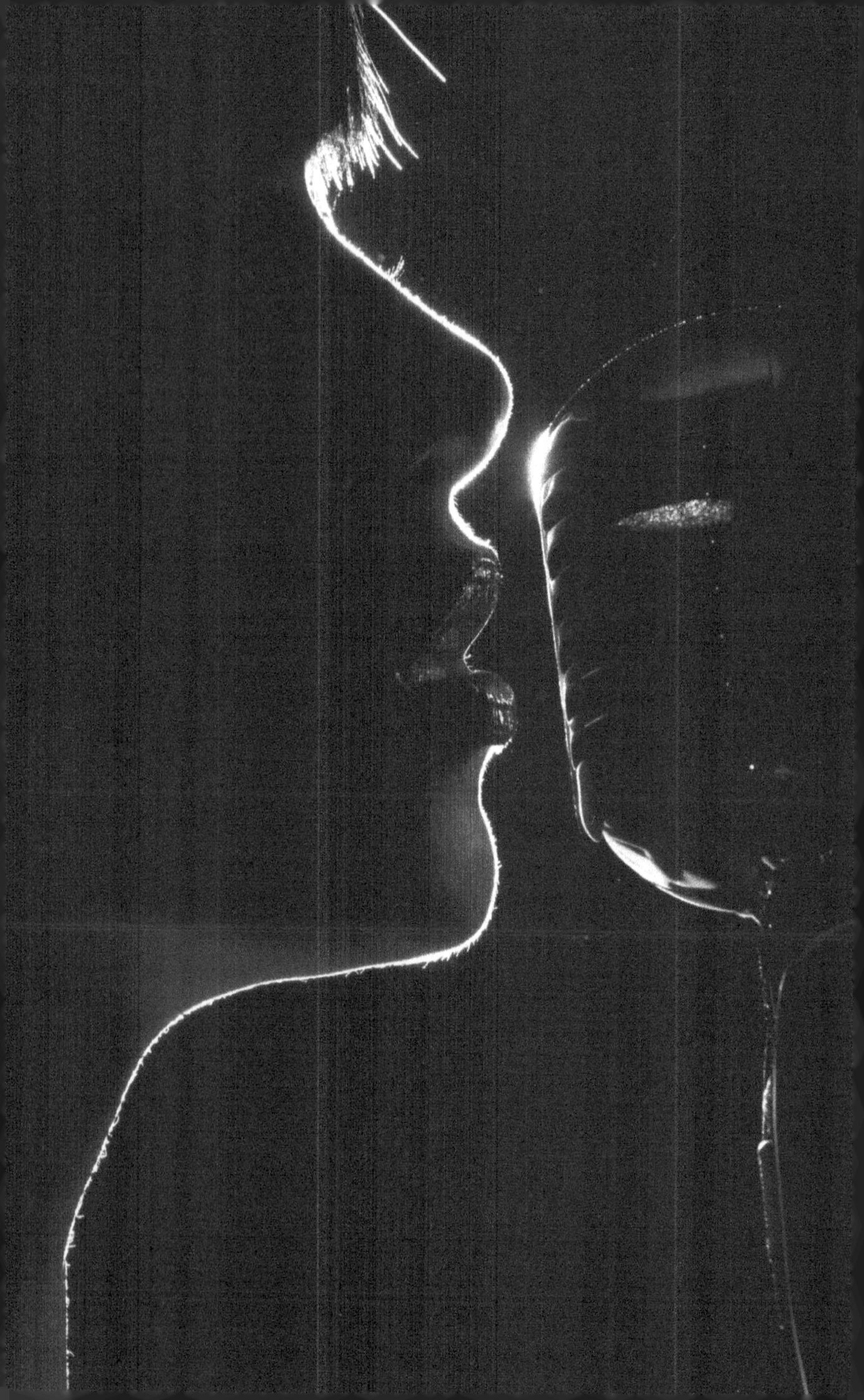

Kapitel 38

Sie

Mein Körper hörte nicht auf zu zittern und meine Tränen wollten einfach nicht versiegen. Ich weinte sonst eigentlich nie. Das war einfach nicht meine Art, zumal es meine Probleme auch nicht löste. Doch hier und jetzt war ich am Ende meiner Kräfte. Ich gab ganz offiziell auf. Kapitulierte und kürte sie gern als Siegerin, wenn dies bedeuten würde, sie würde mich endlich in Ruhe lassen und nicht mehr so quälen. Denn ich hielt ihre kranken Spiele nicht mehr aus.

Ich war froh, dass Aleks hier drin war und nichts von dem, was sie mit mir machte, mitbekam. Denn er würde sie, ohne zu zögern, umbringen und damit sein Todesurteil unterschreiben.

Auch wenn die Versuchung allmählich immer größer wurde, es ihn tun zu lassen. Deswegen hatte ich nun auch endlich eingewilligt, dass mich Aleks hier rausbringen durfte, obwohl ich wusste, dass dies wahrscheinlich schwerwiegende Konsequenzen für ihn mit sich bringen würde.

Ich wollte dieses Anwesen der Hölle brennen sehen. Wollte jeden Stein, alles, was darin war, und jeden, der hier lebte, in Flammen stehen sehen, für das, was sie mir angetan hatte.

Man sah mir die unzähligen Misshandlungen körperlich nicht an, denn das war der Deal zwischen ihr und Aleks.

Mit mir hatte sie einen ganz anderen geschlossen. Ich durfte Aleks nichts von ihren kleinen Spielchen mit mir erzählen, sonst würde sie ihn nicht mehr so 'gut' behandeln.

Über das Wort ließ sich streiten, doch ich verstand den Sinn dahinter, und hatte deshalb eingewilligt. Schließlich hatte ich gesehen, was sie alles mit ihm anstellte, und wenn sie das als gut ansah, wollte ich nicht wissen, was sie tat, wenn sie einen mal schlecht behandelte. Zumindest noch schlechter, als mich immer und immer wieder einer weißen Folter nach der anderen zu unterziehen.

Jeder Schlag, Stoß, Schnitt oder sonst eine Wunde wäre mir lieber gewesen, als das, was sie mit mir anstellte.

Immer wenn sie mich in diesen schrecklichen weißen Raum unten im Keller schickte, wusste ich, was auf mich zukam. Der Gang dorthin war bereits die Hölle – weil mir klar war, was mich dort erwartete.

Sie war eine Sadistin, wie sie im Buche stand, und verstand es, mit der menschlichen Psyche zu spielen, sie zu brechen und in alle ihre Einzelteile zu sprengen. Es war grausam und brachte mich innerlich um.

Panisch kniff ich die Augen zusammen und krallte mich haltsuchend in Aleks breiten Rücken, als die Erinnerungen drohten, mich zu übermannen. Meine eigenen Schreie, dieses fürchterliche Klatschgeräusch, der Schmerz, der mich durchzuckte, als der nasse Lappen immer und immer wieder meinen Rücken traf, und ihr krankes Lachen, sie verfolgten mich. Erschütterten mich und ließen mich erschaudern.

Man sah es mir nicht an, denn sie bestrafte mich nur mit Methoden, die man ihr nicht nachweisen konnte, doch mein gesamter Körper brannte fürchterlich.

Aleks hielt mich ganz fest und wiegte mich wie ein kleines Kind. Ich fühlte mich so sicher bei ihm und gleichzeitig wollte ich ihn panisch von mir stoßen, da ich Angst hatte, sie könnte uns sehen und uns dafür bestrafen.

Paris war überdeutlich bei ihren kleinen Spielen im Keller, wenn sie mir mit unheilvoller Stimme sagte, dass Aleks nun ihr gehörte und ich ihn nicht einmal mehr ansehen durfte, außer sie wollte, dass ich sie beim Vögeln beobachtete.

Was würde sie nun nach all dem hier mit mir tun? Wenn sie gesehen hatte, wie innig und liebevoll mich Aleks hielt und sich um mich kümmerte? Sie sah er nicht so an und würde es auch nie. Niemals wäre Aleks zärtlich zu ihr. Sie hatte es versucht, es ihm befohlen. Seine Antwort darauf war gewesen: »Du zwingst mich, dich zu ficken, dann ficke ich dich. Aber du wirst nie mehr als meinen Schwanz von mir bekommen!«

Nach der Aussage hatte sie getobt, natürlich nicht vor ihm. Ihn ließ sie es nie sehen, wie sehr sie ihn begehrte, wie sehr sie ihn für sich haben wollte. Das alles ließ sie immer an mir aus und Aleks wusste es nicht, würde es nie erfahren. Schließlich machte er sich sowieso schon Vorwürfe. Wenn er wüsste, dass ich alles, was er in den vergangenen Tagen getan oder eben nicht getan hatte, ausbaden musste, würde ihn das womöglich zerstören – und diesen zusätzlichen Triumph gönnte ich dem Miststück nicht!

Aber was das hier nun zu bedeuten hatte, wusste ich auch nicht. Sie hatte mich zu Aleks geschickt, um ihn zu holen. Sie hatte mit ihm gemeinsam frühstücken und dann tun wollen, was sie immer tat. Beinah euphorisch hatte sie geklungen. Dieses Verhalten passte nicht zusammen und auch nicht zu ihr.

»Aleks, etwas stimmt hier nicht!«, sprach ich meine Gedanken laut aus und löste mich leicht von ihm, um ihm in die Augen sehen zu können. Er schaute besorgt zu mir herunter, dann nickte er mit ernster Miene.

»Ja. Das denke ich auch. Was hat sie denn zu dir gesagt, als du mich holen solltest?«, erkundigte er sich, dabei hielt er mich aber noch immer in seinen starken Armen. Eine Hand an meinem unteren Rücken, die andere wieder an meiner Wange. Sein Daumen streichelte dabei geistesabwesend über meine Unterlippe.

So hart wie seine Miene wirkte, so sanft waren seine Augen auf mich gerichtet. Dieser Kontrast, er zerriss mich beinah, weil ich spürte, wie viel ich Aleks bedeutete. Mein Herz machte einen nervösen Hüpfer bei dieser Feststellung und doch verbannte ich meine Gefühle schnell wieder in den hintersten Teil meines Verstandes. Hier und jetzt hatten sie nichts zu suchen.

»Sie wollte mit dir gemeinsam frühstücken und dann …« Ich sprach den Satz nicht zu Ende. Brauchte ich auch nicht. Schließlich durchlebten wir beide diese Hölle schon lang genug, um es zu wissen.

Aleks nickte und sein Blick wurde grüblerisch. Auch ihm fiel wohl keine passende Antwort auf ihr untypisches Verhalten ein.

Unerwartet ertönte lautes Geschepper von draußen. Unser beider Köpfe ruckten in Richtung Tür. Augenblicklich riss mich Aleks hinter sich und baute sich vor mir auf.

Stimmengewirr drang zu uns rein. Männer schrien sich etwas zu. Ich hatte keine Ahnung, was dort draußen los war, aber eins wusste ich, es würde nicht lange dauern und sie würden zu uns reinkommen, wer auch immer dort draußen war.

Schnell bückte ich mich und zog aus meinen langen Kniestrümpfen ein kleines Küchenmesser. Seit einigen Tagen, als sie mich in die Küche geschickt hatte, um ihr aus den Augen zu gehen und mich dennoch nützlich zu machen, trug ich es bei mir. Einfach, um mich gegebenenfalls gegen die Männer hier, sollten sie sich doch nicht an ihre Befehle halten, wehren zu können.

Wenn das Miststück mich folterte, schön und gut, aber vergewaltigen würde ich mich hier sicher nicht lassen. Ich hatte mir geschworen, dass ich bis zu meinem letzten Atemzug kämpfen würde, damit das nicht passierte – auch wenn es aussichtslos war.

Schnell reichte ich Aleks das kleine Messer. Etwas irritiert, dass ich so etwas unbemerkt bei mir trug, nahm er es an und sah mir noch einmal tief in die Augen. Doch ein unerwarteter Schuss ließ uns, oder eher mich, hart zusammenzucken. Aleks hingegen begann breit zu grinsen. Ich wollte ihn fragen, was das sollte, ob er nun doch den Verstand durch das Miststück verloren hatte, doch da wurde die Tür zu unserem Zimmer auch schon eingetreten. Erschrocken keuchte ich auf, bis ich sah, wer den Raum betrat.

»Du Wichser! Das wurde aber auch Zeit!«, schnauzte Aleks Enzo breit grinsend an. Auch ich konnte mir ein ehrliches Lächeln nicht verkneifen. Er hatte uns tatsächlich gefunden. Wir waren frei!

»Ich freu mich auch, dich zu sehen«, scherzte Enzo mit einem kleinen Schmunzeln auf den Lippen.

»Na dann kommt. Zieh dir was an und Abflug«, erklärte Enzo und nickte in Richtung Tür.

Im Türrahmen stand der junge Kerl von letztens und blickte sich nach draußen im Gang um und hielt Wache.

»Gib mir einfach mein Baby und wir können los.«

Enzo sah nach Aleks Worten zu ihm. Mit erhobener Augenbraue ermahnte er seine Nacktheit. Aleks schüttelte nur wütend den Kopf und ging auf ihn zu. Enzo verdrehte genervt die Augen, nahm seine Reisetasche von der Schulter und zog etwas aus ihr heraus.

Augenblicklich begann Aleks zu strahlen, als er von Enzo seine Armbrust überreicht bekam. Ein verrückter Anblick und doch war Aleks nun wieder komplett. Anders kannte ich ihn nicht und hatte ich ihn auch nicht kennengelernt. So irre das auch klang, das war Aleks, der Mann, der mein kaputtes und verkrüppeltes Herz im Sturm erobert hatte.

»Endlich«, raunte Aleks leise und hielt sein Heiligtum mit einem breiten Grinsen schussbereit in beiden Händen. Das kleine Messer hatte er mir, als er sein Schätzchen erblickt hatte, geistesabwesend in die Hand gedrückt.

»Hier.« Enzo überreichte ihm Jeans und Shirt, die er ebenfalls aus der Reisetasche gezogen hatte. Als hätte er an alles gedacht.

Schnell zog Aleks sich an, dann konnten wir endlich von hier verschwinden. Dachte ich zumindest, bis Aleks das Nächste sagte und mich damit abrupt zum Stehen brachte:

»Wo ist die Fotze?«

Sofort zerrte ich an Aleks Arm und hielt ihn somit davon ab, weiterzugehen.

»Nein, Aleks! Wir werden jetzt gehen. Du wirst keine Rache nehmen. Wir werden jetzt gemeinsam diese Hölle verlassen und nie wieder zurückblicken!«, versuchte ich ihn verzweifelt zur Vernunft zu bringen.

Auch wenn ich dieses Anwesen ebenso gern wie er brennen sehen würde und sie tot. So hatte ich ein ganz schlechtes Gefühl. Mein Bauch und meine innere Stimme, sie schrien mich regelrecht an, hier, so schnell es ging, zu verschwinden. Wir alle!

Grob riss sich Aleks aus meinem Griff los. Weg war der sanfte Aleks. Vor mir stand der Dämon, dem es nach Rache dürstete. Ich sah es in seinen sonst so sanften Augen. Sie brannten förmlich vor Wut und leider auch vor Entschlossenheit.

»Aleks, bitte!«, flüsterte ich mit belegter Stimme und sah ihm flehend entgegen.

»Du brauchst mich gar nicht so anzusehen, Ginger. Ich werde diese Fotze abschlachten, für das, was sie uns, dir, angetan hat!«, knurrte er ungehalten.

Enzo trat dicht an uns heran und sah von ihm zu mir, bis sein Blick auf mir hängenblieb. Ich versuchte, ihm durch meine Mimik klarzumachen, dass das Wahnsinn war. Denn das war es.

»Aleks, sie hat recht. Lass uns einfach von hier verschwinden. Wir haben genug andere Sorgen an der Backe, um die wir uns kümmern müssen. … Ich erzähl's dir später«, setzte Enzo noch schnell als Antwort auf Aleks' strengen und irritierten Blick hinterher, ehe er ihn an der Schulter gepackt dazu zwang, mit uns zu kommen.

Widerwillig und mit einem Zögern lenkte Aleks schließlich ein, hing sich seine Armbrust um, packte mich bei der Hand und zog mich mit sich, hinter Enzo und David her. Beide gingen mit erhobenen Waffen voraus und sondierten fachmännisch alle Gänge ab, während wir ihnen schnellen Schrittes folgten.

Die vielen Männerleichen, die überall in den Gängen auf dem Boden lagen, zeigten mir mal wieder, wer die Männer waren, denen ich komischerweise blind vertraute. Ob das verrückt klang? Mit Sicherheit. Doch so war es nun mal. Also hinterfragte ich es nicht und folgte ihnen durch das riesige Anwesen.

Doch plötzlich wurde ich unerwartet schmerzhaft in meinem Haar gepackt und von Aleks weggerissen. Ich schrie auf, dann spürte ich das kalte Metall an meiner Schläfe und wurde schlagartig ruhig.

Aleks und die anderen wandten sich augenblicklich zu mir um. Sahen, wie ich von der Irren in den Schwitzkasten genommen wurde und sie mir eine Waffe an den Kopf drückte.

Ich hatte keine Ahnung, ob hinter ihr noch Wachhunde von ihr waren, aber so ernst, wie alle drei Männer vor uns schauten, würde ich behaupten, sie hatte noch ein paar ihrer Lakaien zusammengekratzt und uns im richtigen Moment abgefangen. Wie immer war sie uns einen Schritt voraus.

Aleks hob blitzschnell seine Armbrust. Das Klicken an

meiner Schläfe ließ ihn allerdings sofort in der Bewegung erstarren. Ich schrie spitz auf, als mir klarwurde, dass sie gerade an meinem Kopf abgedrückt hatte. Und erst als der erste Schock überstanden war, realisierte ich, dass nichts passiert war.

»Lass uns unser letztes Spiel spielen, Süßer. Es sind zwei Kugeln im Lauf. Mal sehen, wann es sie erwischt.«

Fassungslos über ihre Worte riss ich panisch die Augen auf und sah zu Aleks. Auch ihm wich die Farbe aus dem Gesicht, auch wenn er sich bemühte, sein Pokerface aufrechtzuerhalten.

»Was willst du?«, gab er dann zähneknirschend nach.

Doch bevor sie auch nur das Wort erheben konnte, mischte sich Enzo ein, indem er mit einem tadelnden Zungenschnalzen hervortrat.

»Aleks, Aleks, Aleks. Eine Woche hier und schon mutierst du zum winselnden Köter? Du enttäuschst mich«, rügte Enzo ihn.

Aleks sah zu seinem besten Freund, dann mit mahlendem Kiefer wieder zu uns.

»Dich kenn ich doch«, stellte Paris dann fest. Enzo grinste sie mit seinem zynischen Lächeln an und trat noch einen Schritt näher und somit vor Aleks.

»Ach ja? Woher denn, Schätzchen? Schon von mir geträumt? Keine Sorge, das geht mehreren so«, scherzte er mit einem frechen Lächeln auf den Lippen.

»Nein. Von der Auktion. Du hast Aleks gegen das Mädchen getauscht. Und sie war bei dir. Was wird das hier?!«, spuckte sie wütend und drückte mir den Lauf noch etwas tiefer in meine Haut.

Paris verlor die Nerven und das war sicher nicht gut. Vor allem nicht, wenn sie mir eine Knarre an den Schädel presste.

»Die vielen Männerleichen und dein gestürmtes Zuhause sollten dir doch eigentlich Antwort genug sein, oder etwa nicht, Schätzchen? Brauchst du etwa noch mehr Einzelheiten, was ich in den letzten Tagen alles angestellt habe, um hier zu landen?!« Enzos Stimme war unheilvoll und sein eiskalter Blick jagte mir noch immer einen Schauer über den Rücken, wenn ich ihn sah. Er besaß so unglaublich viele Masken und konnte sie binnen Sekunden wechseln. Es war erstaunlich, wie gut er seine Rolle spielte, wenn er sie überhaupt spielte.

»Er war es, Miss. Er hat die Clubs ihres Vaters in die Luft gesprengt und den letzten Auktionsort in Brand gesteckt«, informierte sie einer ihrer Wachhunde in unserem Rücken.

Aleks schenkte Enzo einen kurzen strengen Seitenblick. Er hingegen begann noch eine Spur fieser zu grinsen, wahrscheinlich, weil Paris gerade ihre Schminke vom Gesicht schmolz – vor Wut.

»Wo ist mein Vater?«, herrschte sie ihn dann an.

Ich verspannte mich augenblicklich. Enzo würde doch ihrem Vater nichts antun?! Doch so wie er noch immer grinste und ein boshaftes Blitzen durch seine kalten Augen zuckte, beantwortete das eigentlich meine und auch ihre Frage. *Scheiße!*

»Gib mir das Täubchen und ich sage dir, wo du all die Einzelteile deines Vaters findest. Vielleicht kannst du ihn ja wieder zusammensetzen, damit er wenigstens einen offenen Sarg bekommt. Obwohl ich davon wohl eher abraten würde. An ihm habe ich mich, denke ich, am meisten ausgetobt. Zu meiner Verteidigung: Ich hatte an dem Tag wirklich schlechte Laune gehabt und er hatte mir einfach nicht verraten wollen, wo ich dich finden kann.« Achselzuckend und noch immer mit boshaftem Lächeln stand Enzo vor uns und wartete auf ihre Reaktion.

Sie verlor die Nerven, ich spürte es ganz deutlich. Ihr gesamter Körper spannte sich an, ehe er zu zittern begann. Ihr Herz hämmerte nur so gegen meinen Rücken und ihr Atem ging stoßweise. *O Gott, sie wird mich umbringen!*

Aleks knurrte Enzo leise von der Seite an und wollte schon seine Waffe heben, doch sein bester Freund hielt ihn mit einem dermaßen strengen und kalten Blick davon ab, dass Aleks seine Armbrust tatsächlich kommentarlos wieder sinken ließ und mit mahlendem Kiefer zu uns blickte.

Ein schriller Schrei, der beinah mein Trommelfell zum Platzen brachte, gefolgt von einem weiteren Schuss, der mein Herz zum Stillstand zwang – und doch war ich noch immer hier. Unverletzt.

Erleichtert keuchte ich auf und sah zu Aleks, der mich mit aufgerissenen Augen musterte. Nur Enzo blieb weiterhin unbeeindruckt vor uns stehen.

»Bist du sicher, dass du sie überhaupt richtig geladen hast, Barbie?«, provozierte er sie weiter.

»Enzo!«, herrschte Aleks ihn von der Seite an, doch er reagierte überhaupt nicht auf ihn und sah weiterhin nur sie an.

»Was hast du mit meinem Vater gemacht? Sag es mir! Du weißt, die nächste Kugel tötet sie!«, sprach Paris erstaunlich ruhig, dafür, dass ihr gesamter Körper zitterte.

»Das sagte ich doch gerade. Oder willst du wirklich Einzelheiten, wie ich ihn abgeschlachtet habe? Stück für Stück von ihm abgeschnitten habe, bis er ohnmächtig wurde, weil das Weichei die Schmerzen nicht aushielt?«, spottete Enzo und begann kalt zu lachen.

Mit geweiteten Augen sah ich ihn an. Wie konnte er nur so um mein Leben pokern?! Oder pokerte er gar nicht und Enzo wusste genau, was er dort tat? Ich hoffte es.

Der Druck auf meine Schläfe nahm erneut zu. Ich presste meine Lider aufeinander, denn ich wusste, das war's. Sie würde jede Sekunde abdrücken und dieses Mal würde sie mich erschießen. Die Chancen standen einfach zu hoch, dass in der nächsten Trommelkammer die Kugel war.

Das Blut rauschte mir so laut durch meine Ohren, dass ich nichts mehr aus meiner Umgebung wahrnahm. Und trotzdem war ich angesichts meines bevorstehenden Todes vollkommen ruhig. Als hätte ich endlich meine innere Ruhe, meinen inneren Frieden gefunden. Vergessen war all der Schmerz aus meiner Kindheit.

Das Leid. Die Angst. Die Pein.

Es blieb nichts zurück außer … *Frieden.*

Ich spürte das Klicken an meiner Schläfe. Der Schuss ertönte. Mein Herz setzte wieder einen Takt aus und … nichts. Erneut hatte mich keine Kugel getroffen.

Augenblicklich riss ich meine Augen auf und blickte zu Aleks. Ich sah nur noch ihn. Alles andere verschwamm vollkommen. Nichts war wichtig. Nichts anderes nahm ich wahr. Bis sich Enzo wieder in mein Sichtfeld schob, da er Aleks gepackt und grob hinter sich gezogen hatte.

Die beiden Männer diskutierten kurz miteinander, doch ich konnte sie durch das laute Rauschen in meinen Ohren und den Schock, der sich durch Mark und Bein gefressen hatte, nicht verstehen.

Ich erkannte nur Aleks' wütenden und auch verzweifelten Gesichtsausdruck und Enzos harte und eiskalte Maske, die sich nach einem kurzen Wortgefecht wieder uns zuwandte.

Das Piepen in meinen Ohren wurde leiser, das Rauschen verebbte allmählich.

»Komm schon, Schätzchen. Sei nicht dumm und gib mir das Täubchen. Deine Männer und du sind sonst in weniger als einer Minute tot. Denn mir geht allmählich die Geduld aus!«, entgegnete Enzo streng.

»Bullshit! Wenn es so leicht wäre, hättest du mich nach dem ersten Schuss schon umgebracht oder meine Männer. Also läuft es jetzt nach meinen Regeln.«

Enzo lachte bei ihren Worten kalt und zynisch auf. Doch

ein Schuss ließ ihn, statt weiterzulachen, laut aufknurren. Sie hatte die Waffe von meiner Schläfe genommen, blitzschnell und – zu meiner größten Überraschung – vor allem verdammt zielsicher Enzo in die Schulter getroffen.

Grollend und mit knirschenden Zähnen presste er sich die Hand auf seine Schusswunde. Blut quoll hervor und färbte seine Hand und Lederjacke rot.

Sofort zückten David und Aleks ihre Waffen, doch auch hier reichte ein tiefes Knurren von Enzo, damit sie sie wieder sinken ließen.

»Da ich nun deine volle Aufmerksamkeit habe, wirst du dir jetzt meine Regeln anhören«, sprach Paris im ruhigen und doch drohenden Ton.

Sie beherrschte das Spiel ebenso gut wie Enzo – und das in ihren jungen Jahren. Es war erstaunlich. Wie konnte ein Mensch nur so boshaft und hasserfüllt werden wie sie?! Ich verstand es wirklich nicht. Sie hatte doch alles, was sie wollte. Konnte sich alles kaufen und war doch nicht glücklich und würde es wohl auch niemals werden.

»Dann schieß mal los, Schätzchen«, presste Enzo durch zusammengebissene Zähne angestrengt hervor. Es wunderte mich etwas, dass er so ruhigblieb, wo er doch kein beherrschter Mann war.

»Zuerst will ich euch alle drei unbewaffnet auf den Knien sehen«, verkündete sie mit lieblicher Stimme. Erneut lachte Enzo kalt auf.

»Träum weiter! Komm schon, Barbie. Lass es jetzt gut sein, du machst dich nur lächerlich!«, setzte Enzo einen drauf.

»Enzo, hör auf!«, zischte Aleks wütend von hinten. Selbst er hatte begriffen, dass sie gewonnen hatte. Schon wieder.

Unmöglich könnten sie all ihre Männer, wie viele auch immer hinter uns standen, ausschalten und mich gleichzeitig noch vor der Irren retten. Aber allein die Tatsache, dass sie nicht auf sie stürzten, sagte mir, es waren viele Männer von ihr hinter uns. Deshalb verstand ich nicht, wieso Enzo es noch immer darauf anlegte, weiterstichelte und nicht aufhörte. Außer … *Du Genie!*

Mit einem Mal wusste ich, was Enzos Plan war, und ich hoffte, ich hatte recht damit und dass er funktionieren würde. Er hielt sie hin. Warum auch immer, aber Enzo wollte sie immer weiter hinhalten, um sein Ass im Ärmel auszuspielen. Aber warum erkannte Aleks das nicht? Denn so, wie er Enzo ansah, wusste er nichts von seinem Plan und durchschaute seinen besten Freund auch nicht. War die Sorge um mich so groß, dass er das Offensichtliche nicht bemerkte?!

Ein tadelndes Zungenschnalzen an meinem Ohr ließ mich leicht zusammenzucken. Im nächsten Moment hörte ich hinter uns unzählige Magazine, wie sie nachgeladen wurden. Sie hatte den Abschuss freigegeben und wenn Enzo jetzt nicht einlenkte oder sein Ass ausspielte, würden sie alle vor meinen Augen erschossen und getötet werden.

Angespannt hielt ich den Atem an und starrte zu Enzo. Wartete darauf, wie er sich nun entscheiden würde, denn das würde alles beeinflussen.

Seine Miene verhärtete sich. Seine Kiefermuskeln arbeiteten angespannt. Ihm schien die Zeit auszugehen und sein Ass im Ärmel schien nicht ausspielbar zu sein. Enzo hatte verloren. Wir hatten verloren.

Ein tiefes Brummen presste sich aus seiner Kehle, ehe er sich zu Aleks und David umblickte, als würde er ihnen einen stummen Befehl geben. Aleks' Miene gefror augenblicklich zu Eis, dann schüttelte er leicht unmerklich den Kopf. Er war nicht einverstanden mit dem, was Enzo stumm von ihm verlangt hatte.

Wie gern hätte ich gewusst, was nun ihr nächster Zug war. Doch meine wirren Gedanken wurden von einem Schuss unterbrochen, der die Stille in dem Gang, in dem wir uns alle befanden, durchschnitt.

Ich wurde zu Boden gerissen und sofort setzte der Schmerz ein. Ich hatte keine Ahnung, was gerade passiert war, wer geschossen hatte. Doch sofort nachdem der Schuss ertönt und ich umgeworfen worden war, regnete es Kugeln.

Keuchend rieb ich mir meinen pochenden Kopf und sah mich um. Paris lag neben mir und ihre leeren und toten Augen starrten mich an. Ein kleines Loch mitten in ihrer Stirn verriet mir, was soeben passiert war. Ich befreite mich aus ihrem Griff, denn noch immer schlang sie ihre leblosen Arme um mich. Als ich von ihr robbte, packten mich zwei große Hände, die mich in den Stand zogen. Etwas wackelig auf den Beinen begrüßten mich Aleks' grünbraune Augen, wobei er seine Stirn besorgt in Falten legte.

»Alles okay, Kleines?«, drang seine raue Stimme zu mir. Wie ferngesteuert nickte ich, nur um in derselben Sekunde mit dem Kopf zu schütteln.

Aleks zog mich in seine Arme und hielt mich fest. Irritiert sah ich mich um und musste feststellen, dass alle ihre Männer tot waren – und es waren tatsächlich nicht wenige gewesen, ich zählte zehn Männerleichen auf dem Boden.

»Du solltest mich als deinen Bodyguard einstellen, Hunter. So oft, wie ich dir schon den Arsch gerettet habe. Ohne mich gehst du ja doch nur drauf oder sprengst dich heldenlike für dein Mädchen in die Luft«, ertönte eine mir fremde Stimme spöttisch. Aleks und ich sahen uns zu dem Neuankömmling um.

Ein großer und verdammt breitgebauter, braunhaariger Kerl stand mit einem frechen Lächeln dicht vor Enzo und sah ihm herausfordernd entgegen.

»Fick dich, Logan! Was hat da so lange gedauert, hm?!«, schnauzte Enzo ihn an und stieß ihn an der Schulter grob von sich. Dieser Logan begann amüsiert zu lachen und schüttelte den Kopf.

»Gern geschehen«, rief er Enzo nach, der angepisst davonstapfte.

Ich verstand kein Wort und wusste auch nicht so recht, was hier gerade passiert war. Doch eigentlich war das auch egal. Wir hatten es endlich geschafft und waren frei.

Freudestrahlend wandte ich mich zu Aleks um, schlang meine Arme um seinen Nacken, zog diesen Riesen zu mir nach unten und drückte ihm einen leidenschaftlichen Kuss auf. Etwas überrumpelt stieg er nicht gleich mit ein und als er es tat, wurden wir auch schon von einem amüsierten Räuspern unterbrochen.

»Ich stör nur ungern.«

»Dann tu's nicht!«, brummte Aleks Logan an und blickte sich mit harter Miene zu ihm um, während er mich noch immer im Arm hielt.

Logan hob gespielt entschuldigend die Hände, nickte jedoch Richtung Ausgang. Schnaubend löste sich Aleks von mir und zog mich hinter ihm her. Damit verließen wir das Höllenanwesen. Es war endlich vorbei und ich würde in mein altes Leben zurückkehren können. Würde wieder singen und tanzen können. Mein Leben leben und … *Aleks nie wiedersehen,* schoss es mir dann durch den Kopf. Panisch sah ich zu ihm auf und als sich unsere Blicke trafen, wusste ich, wie recht ich mit diesem Gedanken hatte. Und wie sehr er mich zerriss!

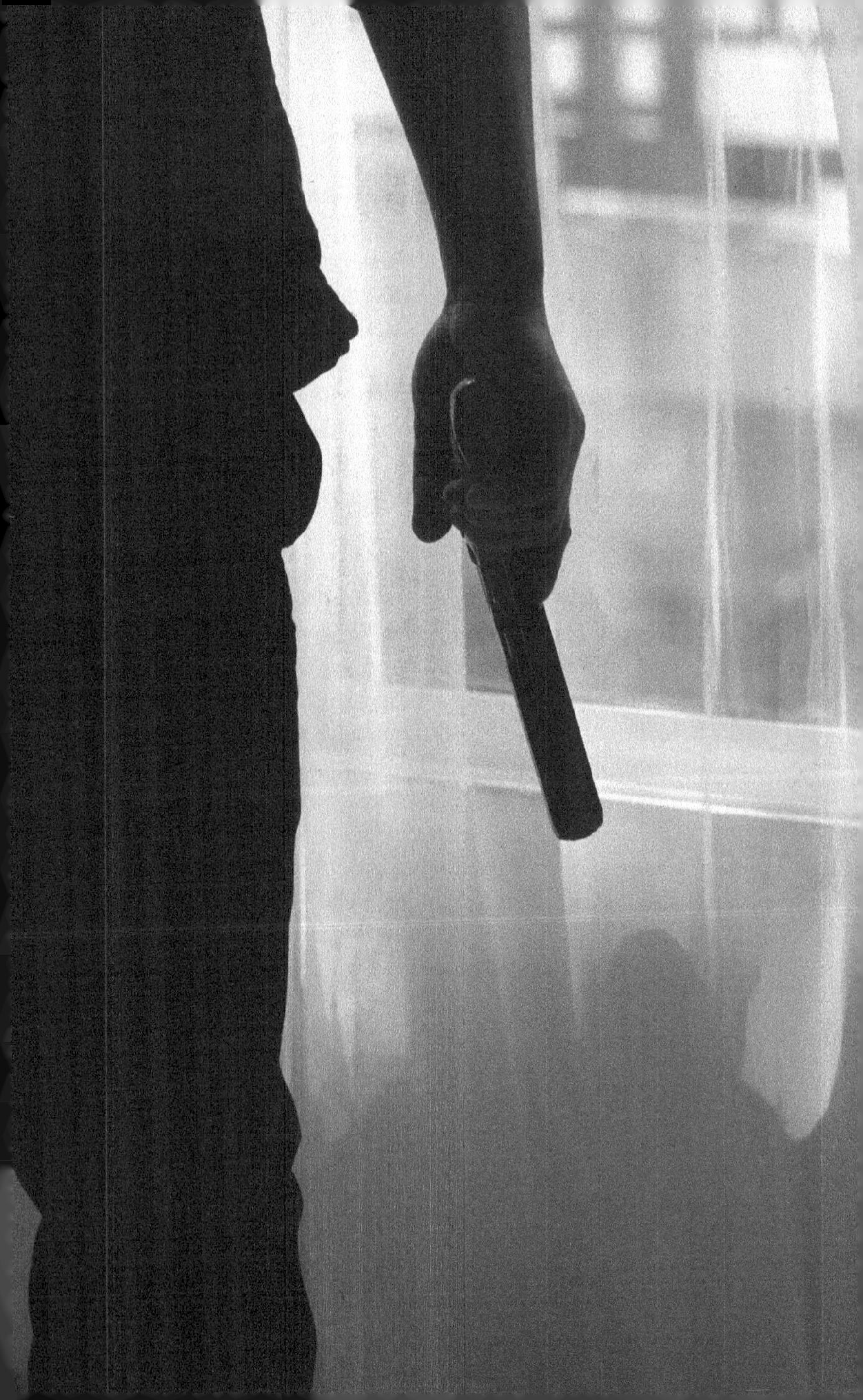

Kapitel 39

Er

Ihre honigfarbenen Augen mit dem Feuer in ihnen, das mich schon von der ersten Sekunde an in Brand gesteckt hatte, das würde ich am meisten vermissen.

Einen kurzen Augenblick scannte ich noch einmal ihr schönes Gesicht ab. Prägte es mir ein, saugte es in mich auf. Ich wollte es nicht vergessen. Wollte sie nicht vergessen. Das könnte ich auch nicht.

Noch nie war mir eine Frau so dermaßen unter die Haut gegangen wie sie. *Ginger.*

Mit ihrem Feuer, Temperament, ihrem großen Herzen und ihrer inneren Willensstärke, von der wir uns alle noch eine Scheibe abschneiden konnten. Niemals könnte ich sie vergessen, die Frau, die mir binnen kürzester Zeit mehrfach den Atem geraubt hatte. *Fuck!*

Ich wollte sie nicht gehen lassen. Wollte sie nicht in ihr altes Leben zurückschicken, und doch wussten wir beide, dass ich es musste. Sie konnte nicht an meiner Seite stehen. Nicht mit mir zusammen sein. Denn ich würde es nicht noch einmal durchstehen, wenn sie meinetwegen in Gefahr geriet. Das würde mich zerstören.

Unabhängig davon, was gerade um uns herum passierte, blendete ich alles aus und schenkte nur ihr meine Aufmerksamkeit.

Mit meinen beiden Händen umfasste ich ihr Gesicht und

sah ihr tief in ihre schönen, hellen Augen. Sie hatten sich bereits mit Tränen gefüllt, denn Ginger wusste, auch ohne dass ich etwas gesagt hatte, was nun kommen würde. So gut kannte sie mich schon. Noch ein Grund mehr, dass hier zu tun. In meinem Job war es nicht gut, wenn ich jemanden so nah an mich heranließ.

»Aleks, bitte tu das nicht«, wisperte sie, bevor ich zu sprechen anfangen konnte.

Sanft lächelte ich sie an und drückte ihr hauchzart einen Kuss auf ihren Mundwinkel.

»Doch, kleine Lady. Lass es mich sagen und du musst es hören.« Tief sah ich ihr in die Augen, ehe ich weitersprach.

»Du wirst jetzt mit David in diesen Jet steigen und nach Hause in dein altes Leben zurückkehren. Du wirst mich vergessen. Alles in den letzten Tagen. Und dann wirst du wieder glücklich werden. Du wirst weiter deinen Traum leben und einen Mann finden, der dich gut behandelt. Viel besser, als ich es jemals könnte. Und ich verspreche dir, ich werde dich nicht aufsuchen, nicht finden und nie wieder in dein Leben stolpern.«

Immer und immer wieder schüttelte sie den Kopf und ihre Tränen überschwemmten bereits ihr Gesicht und meine Hände.

»Doch, Ginger! So ist es besser. Ich verspreche dir, es wird bald nicht mehr wehtun und dann, eines Tages, wird es dir besser gehen.«

Eigentlich wollte ich sie nicht noch einmal küssen. Eigentlich wollte ich sie gleich an David übergeben und für immer aus ihrem Leben verschwinden. *Eigentlich!*

Doch stattdessen beugte ich mich noch ein letztes Mal zu ihr nach unten. Drückte meine Lippen auf die ihren. Schmeckte ihre salzigen Tränen und küsste sie ein letztes Mal um den Verstand.

Ein letztes Mal teilte ich ihre vollen Lippen mit meiner Zunge.

Ein letztes Mal tanzten unsere Zungen verspielt miteinander.

Ein letztes Mal schmeckte ich sie und ein letztes Mal sog ich ihren himmlischen Duft ein, ehe ich mich von ihr löste und ihr ein letztes Mal in ihre wunderschönen honigfarbenen Augen sah und mich somit für immer von ihr verabschiedete.

Ein letzter zarter Kuss auf ihre geschwollenen Lippen, dann wirbelte ich sie wie bei unserem Tanz herum und ließ sie von David, der jedes unserer Worte mitgehört hatte, auffangen und in den Jet verfrachten. Kommentarlos wandte ich mich von ihr ab und ging. Ich drehte mich nicht noch einmal zu ihr um. Reagierte nicht auf ihre Rufe. Auf ihr Weinen. Ich ging einfach weiter auf Enzos Wagen zu und stieg kommentarlos ein. Seufzend schloss ich die Augen, als ich den Jet abheben hörte. Ich konnte ihm nicht dabei zusehen, hinterhersehen, wie er mir mein Mädchen aus meinem Leben riss. Also tat ich es auch nicht.

Enzo fuhr dankenswerterweise sofort los, schwieg jedoch nicht so lang, wie ich das gern gehabt hätte. Ich wollte jetzt nicht reden. Wollte mich lieber in meinem Schmerz suhlen. Doch das war in meinem Job nun mal nicht drin.

»Das war ein Fehler«, sprach Enzo dann zu meiner Überraschung genau die Worte aus, die ich niemals in dieser Situation von ihm erwartet hätte.

Mein Kopf ruckte in seine Richtung und ich sah ihn verblüfft an. Erst dann bemerkte ich im Augenwinkel, dass Logan ebenso mit im Wagen saß. *Super!*

»Nein, war es nicht!«, hielt ich streng dagegen und sah zum Seitenfenster raus.

»Doch, war es!«, antwortete Enzo nüchtern.

»Du weißt, ich rede sonst nicht über so eine Scheiße.«

»Dann lass es!«, unterbrach ich ihn rau und blickte

ihn mahnend an. Doch Enzo quittierte es nur mit einem amüsierten Schmunzeln, während er sich weiter auf die Straße konzentrierte.

»Aber … ich habe dieselbe Scheiße durch. Man schickt sie weg, mit der Absicht, dass es ihnen besser gehen soll, ohne uns dunkle Kreaturen. Doch soll ich dir was sagen? Es funktioniert nicht. Du kannst sie nicht vergessen und es wird ihr ohne dich nicht besser gehen. Ich habe sie gesehen, habe mit ihr geredet und verdammt, Aleks, das Mädchen kennt dich. Ich meine wirklich. So eine lässt man nicht gehen. … Deswegen: Ja, das war ein riesengroßer Fehler, mein Freund!«

Nachdenklich betrachtete ich ihn von der Seite, ließ es jedoch unkommentiert. Was sollte ich auch noch großartig dazu sagen?! Nun war es zu spät. David würde sie zurück nach Hause und in ihr altes Leben bringen. Auf den Jungen war Verlass. Und wie ich ihn kannte, würde er ihr auch noch gut zureden. Er konnte gar nicht anders. Auch wenn er sonst eher der schweigsame Kerl war, so wusste er in den wichtigen Moment immer das Richtige zu sagen. Auch wenn er so jung war, er verstand etwas vom Leben. Das schätzte ich so an ihm.

Wir drei schwiegen noch eine ganze Weile, bis Enzo, nachdem er sich eine Kippe angezündet und zwischen die Lippen gesteckt hatte, zu sprechen begann.

»Ich muss dir noch was sagen, Aleks«, begann er verheißungsvoll und ich wusste, diese Worte hatten nichts Gutes zu bedeuten.

»Was hast du angestellt, Enzo?«, herrschte ich ihn an.

Ich hatte keine Geduld mehr, um den Untergeordneten zu spielen. Also tat ich es auch nicht.

Im Augenwinkel sah ich, wie Enzo noch ein, zwei kräftige Züge an seiner Kippe nahm, er schien zu überlegen, wie er mir antworten sollte.

»Ach, weißt du, abgesehen davon, dass Enzo beinah den

gesamten Ring abgefackelt hat und damit den größten Krieg der Unterwelt in der Geschichte begonnen hat, und das nur, um dich zu finden, hat er eigentlich nichts Großartiges angestellt«, kommentierte Logan trocken.

Mein Blick wanderte von dem einen zum anderen und wieder zurück zu Enzo.

»Danke für die nette Zusammenfassung, du Wichser! Sagt der Richtige. Wer hat denn mit dem Ring abfackeln angefangen, hm?!«, brummte er Logan über den Rückspiegel an, dann schenkte er mir einen kurzen Seitenblick.

»Enzo, bist du vollkommen verrückt geworden?! Du hast mich ja schon beinah dafür erschossen, dass ich das Mädchen retten wollte und dadurch die paar Handlanger gefallen sind. Aber du … du brennst einfach mal den gesamten Ring nieder?! Warum zum Teufel handelst du so dermaßen dumm?!«, brüllte ich ihn regelrecht an und rang sichtlich um Fassung. *Scheiß Timing! Verfickt beschissenes Timing, um jetzt meine Nerven zu strapazieren, mein Freund!*

»Bist du fertig? Hast du dich wieder beruhigt?«, fragte mich Enzo kühl, nachdem wir uns einige Zeit angeschwiegen hatten. Knurrend schenkte ich ihm einen strengen Seitenblick.

»Was hätte ich denn machen sollen, Aleks? Liam konnte dich nicht finden. Niemand wusste etwas. Ich habe die halbe Welt nach dir suchen lassen. Jeden, den ich kenne und der mir noch was schuldete, und du weißt, das sind einige. Keiner konnte mir etwas sagen. Also musste ich ihnen die Pistole auf die Brust setzen. Ich musste ihnen zeigen, dass es mir ernst ist und dass ich sie erst in Ruhe lasse, wenn ich einen Namen habe, mit dem ich dich finden kann. Dann kam ich zu ihrem Vater. Doch Daddy wollte nicht reden, wo sein kleines Töchterlein derzeit ist, also musste ich auch das auf meine Weise klären. Du kannst mir gern eine in die Fresse schlagen später. Und ein Danke erwarte ich auch nicht. Nur fuck mich jetzt nicht mit einer Moralpredigt ab, dafür habe ich weder die Zeit noch die Nerven. Wie du jetzt weißt, habe ich gerade andere Sorgen.«

Wütend schnipste Enzo seine Kippe aus dem offenen Fenster, als er mit seiner kleinen Rede fertig war.

Ich wusste ja, wie es ihm ging. Ich hätte nicht anders gehandelt, wenn er es gewesen wäre, der sich mal wieder in die Scheiße geritten hätte.

»Und was ist jetzt der Stand der Dinge?«, fragte ich und ging damit nicht auf all das andere Drama ein.

Enzo hatte recht, dafür hatten wir jetzt keine Zeit und ich noch weniger Nerven als er.

»Ich hätte da vielleicht eine Idee. Aber dafür benötige ich meinen Engel.«

Beide sahen wir uns kurz nach Logan um. Seinen Engel? Wie sollte uns jetzt sein Mädchen helfen?!

»Wie zum Teufel soll uns das Engelchen helfen?«, stellte Enzo unser beider Frage laut und, auf seine typische Weise, spöttisch.

»Du erinnerst dich an den Kerl, der uns gehen ließ, obwohl ich das ganze Gelände ihres Vaters in Brand gesteckt und Angel seinen Boss getötet hatte?«

Enzo blickte kurz in den Rückspiegel zu ihm und nickte. Ich hatte keine Ahnung, wovon die beiden sprachen. Aber das könnte daran liegen, dass ich zu dieser Zeit, als sie Angel aus den Klauen ihres irren Ex-Mannes befreit hatten, anderweitig beschäftigt gewesen war. Und zwar damit, ein kleines Mädchen und ihre feurige Begleitung zu retten.

»Was ist mit dem Kerl? Er wird uns nach der Nummer kaum mit offenen Armen empfangen. Er sagte, sieht er uns je wieder, bringt er uns um. Ich erkenne den roten Faden in der Story nicht, sorry!«, entgegnete Enzo zynisch.

Auch ich verstand nicht ganz, worauf Logan hinauswollte, wenn der Kerl die beiden am liebsten tot sehen würde.

»Lasst mich einfach mal machen, ja? Aber dafür müssen wir rechts ranfahren. Ich telefonier bei euch beiden Hornochsen nicht mit meinem Mädchen.«

Enzo und ich sahen uns zweifelnd an, doch nach einem kurzen Moment des Überlegens seufzte Enzo einmal laut auf, ehe er rechts ranfuhr und wir ausstiegen.

Ich war sogar ziemlich froh darüber, dass er uns nun herausschmiss, denn ich brauchte dringend frische Luft. Der Wagen und all das, es engte mich ein. Ich konnte nicht richtig atmen. Es fühlte sich an, als würde mir der Sauerstoff abgedreht werden.

Mit beiden Händen stützte ich mich auf der warmen Motorhaube ab, blickte auf diese und bemühte mich, meinen Atem wieder zu beruhigen. Mich wieder zu finden und zu sammeln. Ich fühlte mich wie auseinandergerissen. Unvollständig. Noch nie hatte ich mich so gefühlt. Es war schrecklich und ich wusste nicht, was ich dagegen tun sollte.

»Ich weiß nicht, was ich machen soll, Enzo«, raunte ich dann nach unten. Ich hatte ihn im Augenwinkel gesehen, wie er sich neben mich an die Haube lehnte und mich von der Seite beobachtete.

»Du machst weiter. So wie immer«, erklärte er mir ruhig. Doch ich schüttelte den Kopf.

»Nein. Es ist anders. Ich kann es nicht einmal beschreiben.«

»Ich weiß«, antwortete er knapp.

Ich schloss für einen Moment die Augen und atmete tief durch. Sog wie ein Ertrinkender den Sauerstoff in meine Lunge.

»Okay. Und was machen wir jetzt?«, lenkte ich ab und richtete mich wieder auf.

Enzo stand mit vor der Brust verschränkten Armen und weiterhin an dem Wagen angelehnt vor mir und sah mich mit seinen kalten Augen ernst an.

»WIR machen gar nichts. Logan und ich kümmern uns darum. Schließlich habe ich alle ihre Lager und geheimen Treffpunkte rund um den Globus in Brand gesteckt. Das ist mein Bier, nicht mehr deins.«

»Was redest du da? Und was soll ich tun?«, fragte ich ihn. Ich verstand nicht, was das hier nun sollte.

Enzo blickte mich mit seinen Eisiriden an. Wie ich ihn für diesen Blick hasste. Nicht einmal ich, der ihn so gut und seit so vielen Jahren schon kannte, konnte etwas aus diesem Blick lesen. Seine Eismaske saß wie immer perfekt, nach all der Zeit noch immer ohne Kratzer oder Risse, obwohl ich geglaubt hatte, die Prinzessin hätte Enzo dazu gebracht, etwas zu fühlen. Doch wenn er es nicht wollte, tat er es auch nicht. So war Enzo nun mal.

»Du, mein Freund, gehst und holst dir dein Mädchen zurück. Sei nicht dumm, Aleks, und hör auf mich. Nur dieses eine Mal.«

Ich musste schmunzeln. Wann hörte ich denn mal nicht auf ihn? Von der ganzen Scheiße, die in den letzten Wochen passiert war, mal abgesehen …

Leicht schüttelte ich den Kopf.

»Nein, Enzo. Ich lass euch mit meiner Scheiße sicher nicht allein. Außerdem ist es besser für sie, und das weißt du.«

»Sturer Hund!«, brummte er und doch konnte ich den leicht amüsierten Zug um seine Lippen sehen.

Auch wenn ich diesen Moment mit meinem besten Freund genoss, so wurde ich schnell wieder ernst. Denn meine Gedanken wanderten augenblicklich zu ihr. Sie musste mich hassen, dafür, wie ich sie weggeschickt hatte. Dafür, dass ich ihr kein Mitspracherecht gab, obwohl ich wusste, wie wichtig es ihr war, eines zu haben.

Ginger wurde nie von ihren Eltern gehört oder gesehen. Sie hatte es nicht verdient, so behandelt zu werden, und doch blieb mir nichts anderes übrig.

»Okay«, riss mich Logan aus meinen ernsten Gedanken. Erschrocken blickte ich mich zu ihm um.

»Und was hat dein Engelchen gesagt?«, fragte Enzo zynisch.

Auch wenn er es nicht zugab, er mochte die Kleine von Logan. Sie waren sich sehr ähnlich, Enzo und Angel. Beide versteckten sie sich hinter einer eiskalten Maske und ihrem trockenen Zynismus.

»Sie meinte, die Chancen stehen fifty-fifty. Aber wir sollen sie das regeln lassen.«

Wieder schenkten Enzo und ich uns einen ungläubigen Blick, bevor wir erneut zu ihm sahen.

»Wir sollen das deine Kleine regeln lassen? Einen Krieg? Der wegen uns hunderten Männer das Leben gekostet hat? Und sie will das mal eben am Telefon regeln? Verarschst du mich, Logan?«, redete sich Enzo in Rage.

Doch Logan nickte nur bestimmt. Er schien vollstes Vertrauen in Angel zu haben. Enzo dagegen war dabei, seine Beherrschung zu verlieren, doch ich ging dazwischen.

»Wie? Wie genau, will sie es regeln und warum bist du der festen Überzeugung, dass sie es schafft? Und sollte sie es nicht schaffen, was dann?«, fragte ich ihn und war wirklich auf seine Antwort gespannt.

»Sie wird es schaffen. Ihr kennt sie nicht. Wisst nicht, wie überzeugend sie sein kann. Wenn eine diesen Krieg verhindern kann, dann Angel. Vertraut mir einfach, okay? Einmal. Ich häng doch genauso drin wie ihr. Geht es schief, verlier ich ebenso meinen Kopf und mein Mädchen womöglich gleich mit. Ich würde aber ihr Leben niemals riskieren, wenn ich mir nicht sicher wäre.«

»Okay!«, brummte Enzo angestrengt und wandte sich von uns beiden ab.

Ungeduldig sah ich im Augenwinkel, wie er sich seine

heiligen Kippen aus der Jackentasche zog. Seine Schusswunde hatte er natürlich mal wieder vollkommen ignoriert und würde es auch noch so lange tun, bis die Gefahr endlich vorüber sein würde. So war Enzo nun mal. Die Arbeit kam immer zuerst. Außerdem war er viel zu stur, um zuzugeben, dass er wirklich einmal Schmerzen hatte.

»Okay?«, hakte ich ungläubig nach.

»Ja! Red ich so undeutlich?!«, knurrte Enzo über seine Schulter, ehe er einen kräftigen Zug seiner Zigarette nahm.

»Nein. Ich versteh nur deinen Sinneswandel nicht. Wie kannst du da einfach Ja und Amen sagen?«, entgegnete ich kopfschüttelnd.

»Weil er Angel kennengelernt hat, deswegen«, antwortete Logan schmunzelnd. Von Enzo kam nur ein Schnauben, was mir sagte, dass Logan recht hatte.

»Also tun wir jetzt einfach nichts? Bis was? Deine Kleine sich wieder bei dir meldet und sagt: 'Alles erledigt, Schatz. Sei pünktlich zum Essen zu Hause'?«, scherzte ich nüchtern.

»Wenn du es so ausdrücken willst, … ja. Genau so sieht es aus. Du dagegen solltest nicht mit uns warten, sondern gehen. Enzo hat recht. Sei nicht dumm … hol dir dein Mädchen.«

Mit erhobener Augenbraue sah ich Logan mahnend an. Er lehnte sich hier ganz schön weit aus dem Fenster. Dann blickte ich zu Enzo, als ich im Augenwinkel sah, wie er sich wieder zu uns umdrehte.

»Hau schon ab, Aleks«, kommentierte er den Bullshit von Logan und untermauerte es noch mit einem Kopfnicken.

Fieberhaft überlegte ich, was ich nun tun sollte. Gehen oder bleiben?! Was für ein Bullshit! Als müsste ich auch nur eine Sekunde darüber nachdenken.

»Wehe, du gehst drauf!«, mahnte ich Enzo streng, ehe ich ihm fest auf die Schulter klopfte, Logan ein leichtes Nicken schenkte und auf dem Absatz kehrtmachte, um per Anhalter wieder zurück nach New York zu kommen. Oder zumindest zum nächsten Flughafen. *Ich bin auf dem Weg zu dir, kleine Lady …*

Kapitel 40

Sie

Seit zwei Tagen lebte ich mein altes Leben. Nachdem ich meinem Chef grob, sehr grob, geschildert hatte, was passiert war, durfte ich meinen Job ohne Probleme wieder aufnehmen und sofort auf die Bühne zurückkehren, wofür ich ihm unendlich dankbar war.

Natürlich hatte ich ihm kaum etwas erzählt, eigentlich nur, dass ich von fremden Männern entführt und anschließend verkauft worden war. Keine Ahnung, ob er mir die Nummer zu hundert Prozent abkaufte. Wahrscheinlich nicht. Wahrscheinlich hatte ich meinen Job nur wiederbekommen, weil ich wie ein wandelnder Trauerkloß rumlief, und so fühlte ich mich auch.

Ich fühlte mich leer und unvollständig. Als würde mir ein Teil von mir selbst fehlen. Es war ein schreckliches Gefühl und doch konnte ich nichts dagegen tun. Ich wusste nichts über Aleks, zumindest nichts aus seinem Leben hier in New York.

Auch aus David hatte ich nichts herausbekommen, außer, dass ich nicht nach Aleks suchen sollte. Ich würde ja doch nichts finden und Aleks würde sicher nicht wieder zu mir zurückkommen. Doch das brauchte er mir nicht erklären. Ich kannte Aleks gut genug, um zu wissen, dass man, wenn er sich einmal etwas in seinen Dickschädel gesetzt hatte, es dort so schnell nicht wieder rausbekam.

Leider sagte er mir auch nichts über Ana. Wie es ihr ging. Ob sie wieder zu Hause war. Wo ihr zu Hause war. Denn ich hätte sie gern besucht, nach ihr gesehen. David versicherte mir nur, dass es ihr gut ging und sie in Sicherheit wäre. Das war alles.

Die Trauer und der Liebeskummer wollten mich schon wieder übermannen und zu Boden drücken. Doch der Spot, der nun auf mich gerichtet wurde, und der erste Takt, der ertönte, retteten mich vor dem Ertrinken und ich sang den ersten Ton. Sang mich frei von all dem Schmerz und dem Leid, das ich in den letzten Wochen ertragen und erleiden musste. Sang mir den Liebeskummer wenigstens für diesen einen Auftritt von der Seele.

Drei Lieder hatte ich durchgesungen. Ich konnte nicht eher die Bühne verlassen, ehe ich mich wenigstens etwas besser fühlte und da mich keiner von der Bühne holte und die Gäste förmlich danach ausrasteten, war es wohl in Ordnung, dass ich länger gesungen hatte, als ich sollte.

Selbst Carl war völlig aus dem Häuschen, als ich wieder hinter die Bühne kam, und lobte mich für diesen grandiosen Auftritt. Ich dagegen fühlte mich kein Stück besser. Sobald der letzte Ton meine Lippen verlassen hatte, kam augenblicklich dieser schreckliche Schmerz zurück. Dennoch lächelte ich gezwungen und gab den Leuten, was sie wollten.

Nachdem ich mich umgezogen hatte, beschloss ich, noch einen oder vielleicht auch viele Drinks an der Bar zu nehmen und den anderen Mädchen noch etwas bei ihren Auftritten zuzusehen.

Ich wollte unter keinen Umständen wieder zurück in meine leere und einsame Wohnung. Auch wenn ich froh und vor allem dankbar sein konnte, dass ich es dort aus dieser Hölle rausgeschafft hatte. Nicht wie die anderen Mädchen aus dem LKW als Sexsklavin oder als Folteropfer einer Psychopathin endete. Dennoch fiel es mir schwer, in mein altes Leben zurückzukehren. Diese innere Leere, sie brachte mich fast um und ich wusste wirklich nicht, wie ich diese überstehen sollte.

Ich bestellte noch einen weiteren Drink beim Barkeeper, als mich plötzlich eine ganz bestimmte Melodie aufhorchen ließ. 'Fall in Line' von Christina Aguilera, das Lied, das ich in dem Club zur Ablenkung gesungen hatte, damit Aleks unentdeckt blieb. Es ertönte in diesem Moment und wurde von einem der Mädchen hier gesungen.

Gerade als ich mich umdrehen wollte, spürte ich ein Prickeln in meinem Nacken, dann heißer Atem, der meine Haut streifte. Augenblicklich überzog eine Gänsehaut meinen Körper und ein breites Lächeln schlich sich auf meine Lippen.

Eine Hand strich mir meine Haare aus dem Nacken und weiche Lippen trafen meine erhitzte Haut, setzten an der Stelle augenblicklich alles unter Strom.

Sanft küssend wanderte er bis zu meinem Ohr. Mein Atem hatte sich beschleunigt. Meine Gänsehaut bekam Gänsehaut und mein Herz schlug so schnell, dass ich glaubte, es würde mir aus meiner Brust springen.

»Darf ich um diesen Tanz bitten, holde Lady Marian?«, raunte mir Aleks mit seiner unverkennbaren sexy, rauen Stimme dicht an mein Ohr und bescherte mir dadurch einen erregten Schauer nach dem anderen.

Langsam blickte ich über die Schulter, und als ich endlich wieder in dieses wunderschöne Grünbraun sah, überkam mich ein Gefühl von Glück und Vollständigkeit.

Aleks setzte mich wieder zusammen, machte mich wieder zu einem Ganzen und das nur, indem er zu mir zurückgekommen war.

»Was hat das so lange gedauert, mein dunkler Robin Hood?«, fragte ich ihn schmunzelnd.

Aleks zog mich von meinem Hocker und drehte mich in einer schwungvollen Drehung einmal um meine eigene Achse, nur dieses Mal übergab er mich niemandem. Dieses Mal fing er mich geschickt wieder auf und begann sofort, als meine Hand in seiner lag, mit mir zu tanzen.

»Entschuldige. Ich musste erst noch meine Tanzschuhe raussuchen«, scherzte Aleks und entlockte mir ein ehrliches Lachen.

Ich wollte etwas erwidern, doch Aleks wirbelte mich noch einmal herum, fing mich geschickt wieder auf und drückte mich dann mit meinem Oberkörper nach unten und forderte mich somit zu einer filmreifen und sexy Tanzpose auf.

Eine Hand von ihm in meinem Nacken, die andere an meinem unteren Rücken, mein Bein um seinen Oberschenkel geschlungen und meine Arme um seinen sehnigen Nacken gelegt. So standen wir mit klopfenden Herzen in unserer Tanzpose und atmeten dem anderen unseren wilden Atem gegen die Lippen. So nah waren wir uns.

Tief sahen wir uns in die Augen, bis Aleks endlich seine weichen Lippen auf die meinen drückte und mich um den Verstand küsste. Mir meinen restlichen Atem raubte, seinen mit mir teilte und meinen Körper vollends in Brand steckte.

So und nicht anders, nie wieder anders, wollte ich von nun an geküsst werden, und es kam dafür nur ein Mann für mich infrage, und dieser stand gerade vor mir und hielt mich schützend in seinen starken Armen, blickte mit seinen grünbraunen Augen auf mich nieder und machte mich wieder vollständig, wo ich vor wenigen Minuten noch unvollständig gewesen war.

Aleks …

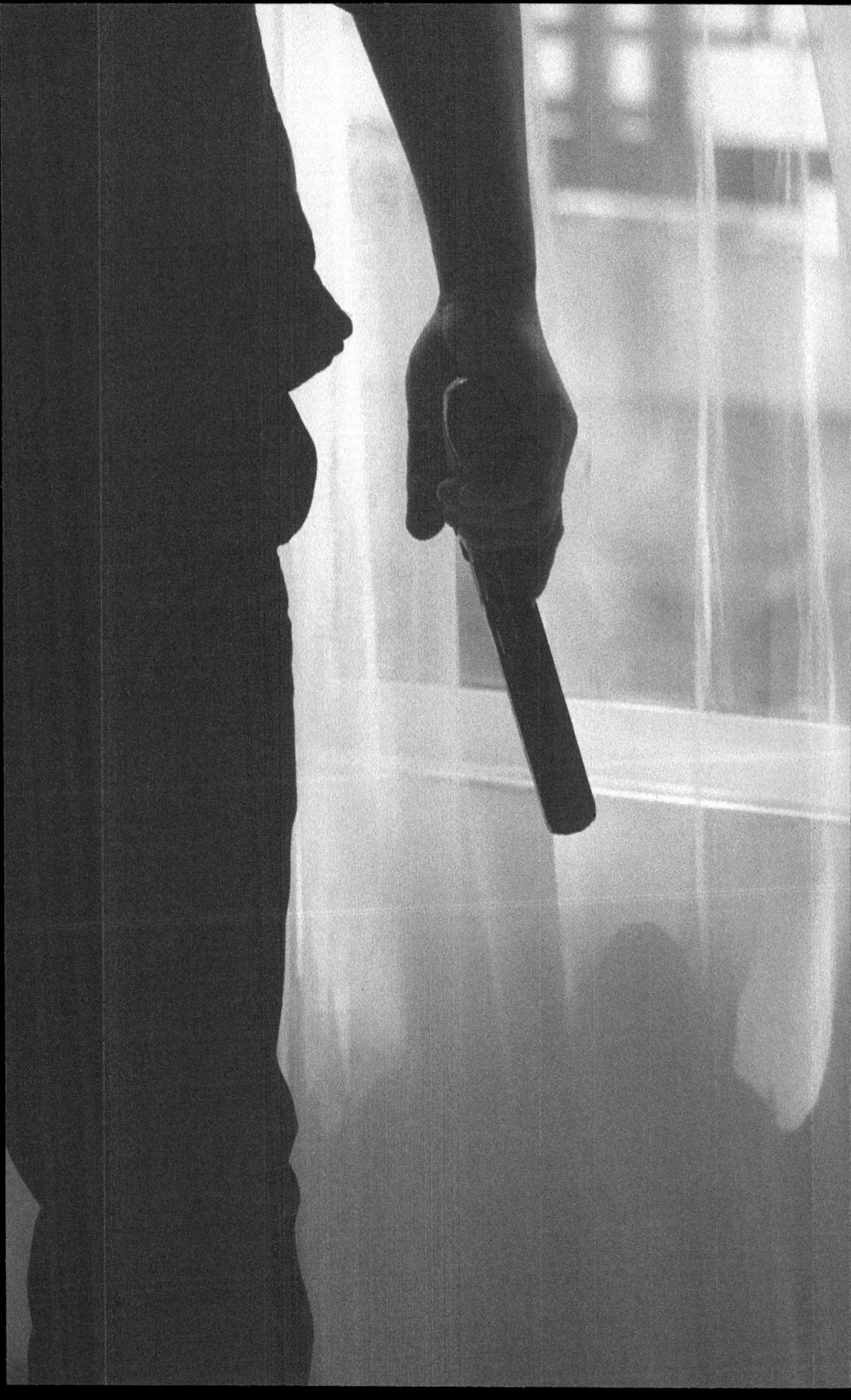

Epilog

Er

Acht Wochen später

Im Leben kam immer alles so, wie es kommen musste. Das hatte ich in meinen jungen Jahren bereits mehrfach gelernt. Alles passierte aus einem bestimmten Grund. So hielt sich die Welt im Gleichgewicht und das war gut so. Denn ohne Gleichgewicht, ohne das nötige Maß aus Glück und Leid, gab es auch keine Dankbarkeit. Keine Freude und, ja, auch keine Liebe.

So hatte aus dem dümmsten Fehler, den ich je begangen hatte, das Beste entstehen können, was mir je passiert war.

Verrückt, wie die Welt spielte, aber so war es genau richtig. Alles hatte sich am Ende so gefügt, wie es sollte. Es war nicht perfekt, aber welches Leben war das schon?

* * *

Nachdem ich mir mein Mädchen wiedergeholt und gleich mehrere Nächte und Tage mit ihr verbracht hatte, musste ich zurück in mein altes Leben, das gleichzeitig auch ein neues war.

Es war seltsam und doch sollte es so sein. Nun hatte ich jemanden an meiner Seite, jemand anderen als meinen besten Freund. Jemanden, den ich mehr liebte als alles, was ich je geliebt hatte. Jemanden, den ich vor allem und jeden beschützen würde, und jemanden, der mich vollständig machte.

Ginger war mein Feuer in meiner eigenen Düsternis. Mal spendete sie mir Licht, wenn ich den Weg nicht zu ihr zurückfand. Mal Wärme, wenn meine innere Kälte mich drohte, zu erfrieren. Sie war für mich da, akzeptierte mich, wie ich war, und liebte mich sogar noch dafür. Ich verstand es zwar noch immer nicht, denn sie kannte wirklich die dunkelsten Abgründe in mir, und dennoch blieb sie an meiner Seite.

Gemeinsam ergänzten wir uns einfach und machten uns komplett.

Nach unserer kurzen gemeinsamen Zeit allein holte mich schnell der Alltag wieder ein. Als Enzo und Logan zurückkamen, um genau zu sein. Das kleine Engelchen von Logan hatte es tatsächlich geschafft und den Krieg aufgehalten.

Enzo erzählte mir kopfschüttelnd, aber auch mit einem ehrlichen Schmunzeln auf den Lippen, davon, wie Angel den Oberbossen weisgemacht hatte, dass ein Krieg gegen Enzo wohl nicht sonderlich ratsam wäre. Denn wenn nur ein paar Männer in den vergangenen Wochen dem Ring so viel Ärger bereiten konnten, was könnte dann wohl Enzos gesamte Armee anstellen, wenn er denn wollte, beziehungsweise, wenn man ihm den Krieg erklärte.

Ihre Taktik war riskant gewesen, aber nicht schlecht, und funktioniert hatte sie auch noch. Nachdem sich die Bosse besprochen hatten, hatten sie Enzo kontaktiert und mit ihm einen Waffenstillstand geschlossen. Jedoch durfte keiner seiner Männer je mehr einen Fuß nach Kuba setzen oder sich in die Angelegenheiten des Rings einmischen.

Mir schmeckte die Tatsache zwar nicht, dass wir sie somit ihr menschenunwürdiges Geschäft weiterbetreiben ließen, doch mir war klar, dass der Ring und der Menschenhandel niemals aussterben würden und auch wir, eine Handvoll Männer und ein mutiger Engel, nichts dagegen ausrichten konnten.

Enzo hatte natürlich eingewilligt. Er wäre dumm gewesen, es nicht zu tun. Somit waren tatsächlich keinerlei Konsequenzen für die ganze Nummer gefolgt, die wir abgezogen hatten. Selbst um Mister Arrogant und seine kleine Psychopathentochter und deren Tod hatte sich der Ring gekümmert, sodass keine Fragen gestellt wurden.

Keine Ahnung, wie Angel das hinbekommen hatte. Vielleicht hatte ihr doch ihr Bekannter von damals geholfen, von dem Logan und Enzo erzählt hatten. Eigentlich war es auch egal. Die Hauptsache war, dass nun keinerlei Gefahr mehr vom Ring ausging und Ginger wirklich zu hundert Prozent in Sicherheit war. Ebenso wie Ana.

Eine weitere Überraschung war, dass Ana nun bei Logan und Angel lebte – wie mir Enzo erzählt hatte, als ich wieder nach Hause gekommen war.

Anscheinend hatte sich herausgestellt, dass die Kleine aus einem wirklich schrecklichen Elternhaus stammen musste und da Angel und sie eine ähnliche Vergangenheit hatten und dieselbe Muttersprache sprachen, hatte wohl eins zum anderen geführt und Liam hatte es so gedreht, dass sie die Kleine 'offiziell' adoptiert hatten. Natürlich hatte er ihre Papiere und Daten gefälscht und etwas am Jugendamtssystem herummanipuliert, damit am Ende eine offizielle Adoption dabei herauskam.

Der Kleinen schien es sehr gut bei Angel und Logan zu gehen. Ginger besuchte sie beinah täglich und freundete sich somit auch mit Angel an.

Sie brachten Ana Englisch bei, damit sie hier bald, wenn sie sich etwas besser eingelebt hatte, zur Schule gehen konnte. Auch für Angel war es somit ein kleines Happy End, da mir Ginger erzählt hatte, sie könnte keine Kinder bekommen und durch Ana hätte sich ihr Traum nun dennoch erfüllt.

Natürlich hatte ich mir bei meiner Rückkehr erst einmal eine riesige Standpauke von der Prinzessin anhören dürfen, ehe sie mir mit einem Schmollmund auf die Schulter geschlagen hatte und sichtlich erleichtert gewesen war, dass ich endlich wieder zu Hause war.

Auch Enzo hatte sein Fett bei seiner Göttin wegbekommen, da er mit einer Schusswunde und somit einer Narbe mehr nach Hause zurückgekehrt war. Doch Enzo hatte ihr Geschimpfe einfach mit einem stürmischen Kuss verschluckt und das Thema war vom Tisch gewesen. Immer wieder aufs Neue musste ich über die beiden schmunzeln. Sie kamen aus unterschiedlichsten Welten und trotzdem ergänzten sie sich einfach perfekt.

Ich war ehrlich etwas nervös gewesen, als ich Ginger der Prinzessin vorgestellt hatte. Doch natürlich hatte Kat sie mit ihrer Reinheit sofort in ihr großes Herz geschlossen.

Ansonsten kehrte tatsächlich so etwas wie Ruhe bei uns ein. Die Unterwelt war im Vergleich zu sonst recht ruhig. Doch das könnte an den letzten Kriegen liegen, von denen sich noch nicht alle Beteiligten vollständig erholt hatten, oder an der Tatsache, dass sich die Geschichte rund um Enzo und das Zerschlagen des Rings verbreitete wie ein Lauffeuer. Auch wenn die Erzählungen nur halb stimmten, wer wäre ich, dass ich die Idioten korrigierte? Sie hatten nun noch mehr Respekt vor dem Hunter von New York und seinen Männern. Gut für uns und das Geschäft. Keiner pisste nun mehr so schnell Enzo, unseren Männern oder den Big Four, die die Unterwelt regierten, ans Bein.

Und waren wir doch mal ehrlich: Nach all den Jahren hatten wir uns die Ruhe verdient. Ich jedenfalls genoss sie sehr. Vor allem, da ich somit viel Zeit mit meinem Mädchen verbringen konnte.

Also holte ich sie jeden Abend nach meiner Rundfahrt

durch die New Yorker Straßen von ihrer Schicht im *Dark Sparkle* ab.

Meistens, wenn es meine Zeit erlaubte, kam ich auch zu ihrem Auftritt und lauschte ihrer Stimme. Ginger hatte wirklich ein wahnsinniges Talent. Dazu tanzte sie wie eine Göttin und brachte mich damit ständig um den Verstand. Nicht selten kam es vor, dass mich das kleine Biest auf die Bühne holte, wenn sie mich unter den Gästen erkannte, und dort eine heiße Tanznummer mit mir abzog.

Ich war froh, dass Enzo mich noch nie hatte so tanzen sehen, sonst könnte ich mir das ewig anhören. Es gab einfach Dinge, die gehörten nur mir und meinem Mädchen, und das gemeinsame Tanzen war eben eins davon.

Wie so oft betrat ich Gingers Arbeitsplatz. Der Türsteher kannte mich bereits und ließ mich ohne großes Tamtam durch. Auch Eintritt musste ich nicht mehr zahlen, obwohl es bei mir wirklich nicht ums Geld ging. Doch sie bestanden darauf, dass die Freunde und Angehörigen ihrer Tänzerinnen nichts zahlten, also beschwerte ich mich nicht.

Wie immer steuerte ich erst einmal die Bar an und ließ mir vom Barkeeper einen Whiskey zubereiten.

Mit meinem Glas bewaffnet stellte ich mich dann in die Schatten der Scheinwerfer seitlich neben die Bühne und wartete darauf, dass Ginger fertig war. Ihren Auftritt hatte ich heute leider verpasst, jedoch tranken wir gern noch einen Absacker, bevor ich sie dann nach Hause fuhr und mit ihr die Nacht verbrachte. Ginger schlief lieber bei sich in ihrer winzigen Einzimmerwohnung statt in unserer getarnten Luxusvilla.

Wahrscheinlich war es für sie befremdlich, dass ich dort mit Enzo, der Prinzessin und einem Teil unserer Männer unter einem Dach lebte. Sie war es gewohnt, allein und nur für sich zu sein. Für sich zu sorgen.

Doch ich kannte es nun mal nicht anders. Seit knapp 15 Jahren war Enzo nun schon an meiner Seite. Wir hatten die Straße gemeinsam überlebt, nein, das Leben als Straßenkids sogar noch perfektioniert. Waren gemeinsam aufgestiegen. Hatten uns mit seiner Führungskraft einen Namen gemacht.

Ob ich wollte oder nicht, aber der sture Hund mit seinem zügellosen Temperament, seinem zynischen Lächeln und seinem trockenen Humor gehörte nun mal zu mir und ich zu ihm. Wir waren mit unserem Leben an den anderen gekettet und dies würde sich wohl auch niemals ändern. Allein das, was Enzo alles bereit war, für mich zu tun, bewies es mal wieder aufs Neue.

Nachdem Ginger endlich fertig war, genehmigten wir uns noch einen Drink an der Bar und sie erzählte mir von ihrem Tag. Ich sprach nicht über meine Arbeit. Ich wollte einfach nicht, dass sie zu viel von den Schatten mitbekam, einfach, um sie zu schützen. Ginger akzeptierte es, widerwillig und indem sie sich kräftig auf die Zunge biss, aber sie tat es. Sie kannte mich auch schon so gut, dass sie wusste, wenn ich mir einmal was in den Kopf gesetzt hatte, ließ ich mich nur noch sehr schwer vom Gegenteil überzeugen. Und sie nahm es hin.

Nach dem Drink hatte ich eigentlich vor, zu gehen, doch statt Richtung Ausgang zerrte mich Ginger ungeplant auf die Tanzfläche und tanzte sich frei. Gott, wie ich es liebte, wenn diese Königin von Frau, MEINE Königin, sich alles von der Seele tanzte. Sich frei machte und einfach losließ. Es war dermaßen heiß und beinah schon erotisch, wenn sie das tat. Und wie sie das tat, fuck!

Mit schwingenden Hüften presste sie ihren Knackarsch gegen meinen Schritt und machte mich damit mal wieder verrückt. Ginger liebte es, mit mir zu tanzen. Ich glaubte, am meisten gefiel ihr, dass sie mir das nicht zugetraut hätte.

Ich würde zwar nicht unbedingt von mir behaupten, ich wäre ein großer oder gar ein guter Tänzer, doch ihr mit ihrem Talent und ihrer perfekten Beinarbeit schien es zu reichen und sogar zu imponieren. Also sollte es mir recht sein.

Ginger war so schön hemmungslos beim Tanzen mit mir, sie ließ sich vollkommen fallen und sich einfach treiben. Es war pure Leidenschaft, was sie mir dort auf der Tanzfläche zeigte. Sie redete ebenso ungern über Gefühle oder all den Scheiß wie ich. Doch so, durch das Tanzen, konnte sie es mir sagen.

Nach Lied Nummer 3 hielt ich es nicht mehr aus. Mein Schwanz war von all dem Reiben ihres Arsches an meinem Schritt stahlhart. Daher packte ich sie und wirbelte sie herum, um sie dann in eine heiße Tanzpose zu befördern, in der sie verführerisch weit den Hals überstreckte und ein Bein um meinen Hintern schlang, um nicht den Halt zu verlieren.

Schwer atmend und leicht schwitzend standen wir noch immer in dieser Pose. Die Musik lief zwar weiter, doch das war gerade nicht wichtig. Nur ihr süßlicher Schweiß und ihr mich lockender Hals waren gerade wichtig.

»Kleines, du musst aufhören, mich immer wieder so scharf zu machen, sonst ficke ich dich beim nächsten Mal einfach hinter der Bühne!«, drohte ich ihr mit dunkler Stimme gegen ihre erhitzte Haut an ihrem Hals und begann mich an diesem nach unten zu ihrem Ausschnitt zu küssen und lecken.

Keuchend wölbte sie sich mir entgegen, rieb sich regelrecht an mir und sorgte somit dafür, dass ich meine Beherrschung verlor. Also packte ich sie kurzerhand, warf sie mir über die Schulter und marschierte mit ihr hinter die Bühne. Die Blicke der anderen waren mir herzlich egal. Auch als ich mit ihr über meiner Schulter in dem kleinen Kämmerchen, in dem sie die vielen Kostüme und Outfits der Mädchen bunkerten, verschwand.

Sie quiekte niedlich auf, als ich sie schwungvoll von mir nahm und auf ihre Füße stellte. Sofort war ich wieder bei ihr und drängte sie gegen die nächste Wand in ihrem Rücken.

Mit beiden Händen links und rechts von ihrem Kopf an der Mauer abgestützt bahnten sich meine Lippen wieder ihren Weg über ihre samtene, heiße und salzige Haut. Bis ich ihren Mund erreichte und binnen Sekunden eroberte. Ihr den Atem raubte, nur um ihn ihr dann wiederzugeben.

Meine Hände waren schon lange auf Wanderschaft gegangen und auch ihre fanden schnell an meinen Gürtel. Ungeduldig riss sie ihn mir auf, ebenso wie meine Jeans. Ich hatte es mit ihrem Rock und Slip etwas leichter und schob nur den lästigen dünnen Stoff beiseite, damit ich guten Zugang zu ihrer saftigen Pussy hatte.

Beide brachten wir uns mit unseren Fingern und Küssen um den Verstand.

Ich brummte ihr erregt ins Ohr, als sie meinen harten Schwanz nach allen Regeln der Kunst massierte, während meine Hand sie bereits fickte.

Ihre Lippen bahnten sich ebenfalls ihren Weg zu meinem Ohr, in das sie sexy stöhnte.

»Fick mich, mein dunkler Robin Hood«, keuchte sie mir heiß ins Ohr und setzte damit meinen gesamten Körper unter Storm.

»Nichts lieber als das, meine Lady Marian.« Damit hob ich sie mir auf die Hüften und drang mit einem kräftigen Stoß vollkommen in ihre himmlische Enge.

Ich fickte sie, wie sie es brauchte und ich es wollte. Jeder nahm und gab gleichermaßen, ohne überhaupt darauf zu achten. Es war göttlich. Aber noch göttlicher war es, meine Lady hemmungslos kommen zu hören. Und wie sie kam …! Es war Musik in meinen Ohren und dieses Lied würde ich immer und immer wieder hören wollen. Ihr Keuchen und

Stöhnen. Ihre bröckelige Stimme, die mich immer weiter antrieb, bis wir dann beide explodierten.

Keuchend und völlig außer Atem sahen wir uns in die Augen. Ich drückte ihr noch ein, zwei kleine Küsse auf ihre geschwollenen Lippen.

»Du bist wirklich ein Dämon«, hauchte sie schmunzelnd an meine Lippen. Ich grinste frech.

»Und du meine kleine Lady, die mir ins Netz gegangen ist und die ich nicht mehr gehen lasse.«

Erneut küsste ich sie verlangend. Verschluckte ihren gespielten Protest mit meinem Mund, begann sie erneut mit sanften Stößen zu ficken und genoss ihre Reaktionen auf mich und mein Tun.

Ende

Nachwort

Wie lange habt ihr auf Aleks Geschichte gewartet? Und nun war's das, seine und Enzos Geschichte ist erzählt.

Mein Princess-Universum schließt sich mit diesem Buch und alle bekommen ihr für sich passendes Happy End.

Ich schreibe diese Zeile hier mit einem lachenden und weinenden Auge, denn ich habe Enzo, Aleks und Co. wirklich ins Herz geschlossen.

Aber Enzo … ach, mein geliebter, kettenrauchender Mistkerl. Dir wird auf ewig mein dunkles Herz gehören! Bei keinem Protagonisten werde ich mich so zu Hause fühlen wie bei dir, als ich dich geschrieben habe.

Deswegen: Ja, ich bin traurig, dass sich der Kreis nun schließt. Aber wie sagt man so schön? … Man soll aufhören, wenn es am schönsten ist …

Aber um mit meinem geliebten Princess Universum perfekt Abschließen zu können, habe ich hier noch eine kleine Kirsche auf der Sahnetorte für euch. Meine Liebe Sara de Calido hat eine Kurzgeschichte zu einem weiteren Princess Nebenprotagonisten gezaubert und diese kann und will ich euch nicht vorenthalten. Deshalb lehnt euch zurück und genießt den weiteren kleinen Ausflug auf die dunkle Seite!

Im Visier

von Sara de Calido

Für Emi. Deine Liebe zu David hat eine eigene Geschichte verdient.

Kapitel 1

Genervt schaute ich auf die Speisekarte, um dem Mann mir gegenüber nicht den Hals umzudrehen, da er seit zehn Minuten nur unnötige Scheiße von sich gab. Ich hatte seit Tagen nicht mehr geschlafen, weil Gibson, der Wichser, mich mit seinen Aufträgen auf Trab hielt. Er wollte mich schon lange zu ihm locken, doch ich kehrte dem Hunter garantiert nicht den Rücken. Schon gar nicht für so einen Pisser wie Gibson. Nein, ich war dem Hunter gegenüber loyal. Aber für einen kleinen Nebenverdienst war der Drogenboss gut genug.

»Morgen um 21 Uhr läuft der neue Film im Kino«, sagte Zayn entspannt, ohne den Blick von der Karte zu nehmen. Es war eine geheime Botschaft, die ich sofort verstand.

Wütend presste ich meinen Kiefer aufeinander. Gibson wollte mich also unbedingt um 21 Uhr treffen. Tja. Sein Pech, dass ich nicht nach seiner Pfeife tanzte. Er hatte immer noch nicht gecheckt, dass ich nicht mehr bei seinen dämlichen Spielchen mitmachte.

Zayn entging meine Reaktion nicht, seine Mundwinkel zuckten. »Wenn du willst, dann bezahle ich dir auch die doppelte Portion Popcorn.«

Jetzt wurde ich hellhörig. Es war nicht nur ein Treffen, sondern auch ein Auftrag, für den er das Doppelte der eigentlichen Entlohnung zahlen wollte. Interessant. Irgendwer hatte dem Drogenboss gehörig ans Bein gepisst.

»Mal schauen, ich will mir erst noch den Trailer ansehen«, antwortete ich. Mit anderen Worten: Bevor ich den genauen Auftrag nicht kannte, stimmte ich nicht zu.

Zayn nickte. »Bestell mir die Mac and Cheese. Muss pissen.«

Mit diesen Worten stand er auf und verschwand zu den Toiletten, was mir Zeit gab, Enzo Bescheid zu geben. Schnell zog ich mein Handy hervor und schrieb meinem Boss eine Nachricht. Mir war klar, dass es ihm nicht passte, dass ich ab und zu Aufträge von Gibson annahm. Aber er war sich meiner Loyalität durchaus bewusst. Immerhin hatte ich schon mein Leben für ihn gegeben – na ja, fast. Viel hatte nicht gefehlt und ich würde jetzt die Radieschen von unten wachsen sehen. Ein Erlebnis, das ich zu gerne verdrängte, aber die Narbe an meinem Hals erinnerte mich jeden verfickten Tag daran.

Durch meine Arbeit bei Gibson blieb mir nichts verborgen. Es war ein Leichtes gewesen, seine Männer von mir zu überzeugen. Sie benachrichtigten mich über Lieferungen und mithilfe von Liam hatte ich eine Namensliste der Drogenkuriere inklusive deren Wohnorte. Nach außen hin wirkte ich unscheinbar – zumindest bis ich diese scheiß Narbe bekommen hatte – und wie der nette Junge von nebenan. Man vertraute mir schnell, obwohl man sein Vertrauen nicht so leichtfertig vergeben sollte. Ihr Pech, mein Glück.

Gerade noch rechtzeitig schob ich mein Handy zurück in die Jackentasche, denn Zayn schlenderte auf mich zu. Sein Blick war dabei nicht auf mich, sondern auf den Arsch einer Kellnerin gerichtet. Sie wischte einen der Tische ab und streckte uns ihr Hinterteil entgegen. Er war wohlgeformt und steckte in einer engen Jeans. Genüsslich leckte ich mir über die Lippen. Ich mochte es, wenn Frauen einen prallen Arsch in der Hose hatten und wunderschöne Rundungen besaßen. Mit den Skeletten unter den Frauen konnte ich nichts anfangen.

Zayn setzte sich mir gegenüber. »Na, wie lange hast du keine mehr flachgelegt?« Er grinste mich hämisch an, der Wichser. Nur widerwillig riss ich den Blick von diesem sexy Arsch los.

Es war tatsächlich schon etwas länger her. Durch meine Arbeit kamen nur One-Night-Stands in Frage, ich hatte keinen Nerv auf eine Klette. Abgesehen davon fehlte mir die Zeit und welche Frau würde meine Arbeit schon gutheißen? Nein, ich brauchte kein Anhängsel. Auch wenn Enzo und Kat mir ständig zeigten, dass eine Beziehung in unseren Kreisen nicht unmöglich war. Aber die beiden waren sowieso eine Sache für sich.

»Und wie viele Nutten hast du heute Morgen rausgeschmissen?«, fragte ich im Gegenzug, weil es ihn einen Scheißdreck anging, mit wem ich vögelte.

»Chapeau.« Zayn grinste. Wenn er wollte, konnte er ganz umgänglich sein. Doch leider fuckten mich unsere Treffen in letzter Zeit tierisch ab, weil Gibson und seine inneren Männer, zu denen Zayn gehörte, mich abwerben wollten. Dabei hatte ich ihnen klar zu verstehen gegeben, dass das nicht passierte.

»Was darf ich Ihnen bringen?«, fragte eine weiche Stimme neben mir.

Die Kellnerin schaute uns fragend an. Nachdem ich ihr Hinterteil bereits genaustens unter die Lupe genommen hatte, glitt mein Blick über den vorderen Teil ihres Körpers. Das rote T-Shirt des Diners steckte in ihrer Hose und offenbarte damit ihre hinreißenden Rundungen. Das T-Shirt spannte sich über ihre ansehnlich großen Brüste. Die schmalen, aber doch sinnlichen Lippen verzogen sich zu einem Lächeln, das ihre Augen jedoch nicht erreichte. Mein Blick wanderte über ihre niedlichen Sommersprossen, die ihr ein freches Aussehen verliehen. Sie war nicht jünger als ich selbst. Ich schätzte sie auf Anfang 20. Die braunen Haare, die einen leicht rötlichen Schimmer aufwiesen, hatte sie zu einem Zopf gebunden und ihre braunen Augen, die flüssiger Schokolade ähnelten, fixierten mich. Keine Sekunde später kniff sie sie skeptisch zusammen. Ups. Ich hatte wohl zu lange gestarrt.

»Mir reicht es völlig, dass du hier bist«, sagte ich frech und zwinkerte ihr zu.

»Ja, sonst könntest du auch nichts bestellen«, gab sie unbeeindruckt zurück, konnte aber nicht die zarte Röte verstecken, die sich auf ihren Wangen ausgebreitet hatte. Kurz huschte ihr Blick zu meiner Narbe und ihre Augen weiteten sich. Ich nahm es ihr nicht übel, es war eine natürliche Reaktion.

»Das ist unwichtig. Du interessierst mich viel mehr. Wie heißt du, Baby?«, flirtete ich ungeniert weiter.

Mein frecher und direkter Charme ließ die Frauen schwach werden. Immer wieder. Daher fiel es mir auch nie besonders schwer, Frauen in einem Club aufzureißen und ihr anschließend meine Briefmarkensammlung zu zeigen. Vorzugsweise nackt und stöhnend unter mir.

Sie verdrehte die Augen und wies auf ihr Namensschild, das an ihrer linken Brust befestigt war. Mhhh. Ich stellte mir vor, wie ich ihre Titten in meine Hände nahm und liebkoste. Wie ihr Stöhnen, das einem Schnurren gleichkam, an mein Ohr drang und …

»Emilia. Tut mir leid, dass du nicht lesen kannst. Soll ich dir die Karte vorlesen?«, sagte sie in einem zuckersüßen Ton und riss mich damit aus meinem kurzen Traum. Ihre Antwort beeindruckte mich. Schlagfertig war sie definitiv.

Zayn lachte. »Für mich bitte Mac and Cheese und für meinen Kumpel David bitte einen Cheeseburger.«

Emilia notierte sich seine Bestellung, warf mir einen letzten

Blick zu und ging zurück zum Tresen. Meine Augen blieben erneut an ihrem Hintern hängen. Fuck. Was war nur mit mir los? Ich war echt untervögelt. Es wurde Zeit, dass ich mir wieder eine Gespielin suchte. Und diese Emilia war die perfekte Kandidatin. Selbstbewusst, aber schüchtern. Niedlich, aber heiß. Ich liebte Gegensätze.

Oh, Baby. Das wird ein Spaß!

Kapitel 2

Es hätte spaßig werden können, doch nachdem Emilia uns unsere Bestellung gebracht hatte, war sie verschwunden und nicht mehr wieder gekommen. Die andere Kellnerin hatten uns informiert, dass ihre Schicht vorbei gewesen war. Aus irgendeinem Grund pisste es mich unheimlich an, dass sie einfach so gegangen war. Seit zwei Wochen zerbrach ich mir darüber den Kopf.

Ja, klar. Hätte sie sich von dir verabschieden sollen, obwohl sie dich nicht kennt?

Ich verfluchte meine innere Stimme. So wie mich die gesamte Situation gerade ankotzte.

Der Auftrag von Gibson, über den Zayn und ich im Café gesprochen hatten, hatte ich bereits kurz nach dem Treffen abgeschlossen. Überraschenderweise hatte der Pisser nur einen Tag später einen weiteren für mich gehabt. Es irritierte mich, da er mich eigentlich nicht so oft benötigte und häufig sogar Monate zwischen den Aufträgen vergingen. Aber Auftrag war Auftrag. Den letzten hatte ich erst gestern erledigt. Ein glatter Kopfschuss, eine Spezialität von mir. Ohne angeben zu wollen, aber ich war einer der besten Sniper in ganz New York. Man leckte sich die Finger nach mir, ohne zu wissen, wer ich wirklich war. Um meine Person machte ich ein Geheimnis, was auch Enzo gelegen kam. Abgesehen davon, dass man mir vermutlich eh nicht glauben würde. Im Gegenzug zu den meisten meiner Kollegen sah ich nicht wie ein Schrank aus. Ich war schlank, aber dennoch athletisch. Die Muskeln in meinen Armen und Bauch waren nicht zu übersehen, wenn ich oberkörperfrei herumlief. Als Scharfschütze musste ich sowohl körperlich als auch mental fit bleiben. Nebenbei trainierte ich regelmäßig mit Aleks den Nahkampf, damit mir nicht wieder einer ein Messer an die Kehle drücken konnte und ich machtlos war.

Gibsons letzter Auftrag würde weitreichende Konsequenzen haben. Wie immer stellte ich keine Fragen, wen ich erschießen sollte. Es interessierte mich nicht, immerhin war derjenige eh bald Geschichte und es war reiner Selbstschutz. Sobald ich einen Namen erfuhr, wurde es persönlicher. Das versuchte ich zu vermeiden, denn die Namen würden für immer in meinem Kopf herumschwirren. Mir machte es nichts aus, namenlose Menschen zu töten, damit verdiente ich mein Geld. Außerdem war es in den meisten Fällen gerechtfertigt, weil es dummer Wichser aus dem Untergrund oder arrogante Pisser der Oberschicht waren, die Dreck am Stecken hatten. Nur Kinder und Frauen waren tabu.

Zwar kannte ich den Namen von Gibsons Opfer nicht, doch da es einer der Anzugträger bei einer Drogenübergabe gewesen war, war es gewiss kein kleiner Fisch gewesen. Es hatte mich stutzig gemacht und so hatte ich meinem Boss davon erzählt. Er hatte seinen Bruder beauftragt mehr herauszufinden.

Liam hatte tief im Darknet graben müssen, um den Namen des Opfer zu erfahren. Dass es sich dabei um den Sohn des Oberhaupts des Tamás-Kartells aus Kolumbien handelte, damit hätte niemand gerechnet.

Mein Boss war außer sich gewesen und ich hatte Kat im Stillen gedankt, dass sie ihn beruhigt hatte. Naja. Sie hatte ihn eher angemault, doch das genügte, um seinen Zorn zu zügeln.

Gibson behauptete vehement, nichts davon zu wissen. Der Auftrag sei nicht von ihm gekommen und er hätte damit absolut nichts zu tun. Was für ein Bullshit! Er selbst hatte mir den Auftrag als Postkarte zugeschickt. So, wie wir es hin und wieder handhabten. Gibson war der Meinung, dass wir ihm das anhängen wollten. Seine Leute wären außerdem loyal und niemand in seinen Reihen würde es wagen, andere in seinem Namen zu beauftragen.. Bla, bla, bla. So ein hirnloser Flachwichser! Wer sollte denn sonst wissen, wie wir kommunizierten? Wie der Typ Drogenboss sein konnte, fragte ich mich nicht zum ersten Mal. Der Hunter und er hatten für morgen ein Treffen im »The Dark Shade« anberaumt. Ich würde mit dabei sein und freute mich schon, Gibson vor dem Hunter zittern zu sehen. Vielleicht hatte ich bis dahin neue Informationen. Obwohl es Gibsons Aufgabe war, den Maulwurf unter seinen Leuten zu finden, verlangte der Hunter, dass wir uns darum kümmerten. Denn Fakt war, dass ich den Typen auf dem Gewissen hatte. Sobald das Kartell meinen Namen erfuhr, würde ich ausgeweidet an einer verfickten Straße in Kolumbien hängen. In Gesellschaft mit des Hunters und dem Rest unserer Familie. Wir brauchten die Ratte, um ihn dem Kartell zu präsentieren. Einen Krieg zwischen dem Hunter und den Kolumbianern musste unter allen Umständen verhindert werden.

* * *

Gelangweilt starrte ich Romero an, der an schweren Eisenketten an der Decke hing.

Sein Blut tropfte aus den Wunden, die ich ihm zugefügt hatte. Er sah aus, als hätte ein hungriger Tiger mit ihm gespielt. Jemanden mit dem Messer zu foltern machte immer wieder aufs Neue Spaß.

»Willst du mir immer noch nicht sagen, wer sein Maul aufgerissen hat?«, fragte ich ihn.

Romero stöhnte. Diese Frage stellte ich ihm bereits seit sieben Stunden. Er war zäher, als ich angenommen hatte. Dennoch mussten wir erfahren, welcher von Gibsons Männern eigenverantwortlich gehandelt und seinen Boss hintergangen hatte.

»Weißt du, du kannst froh sein, dass ich so gnädig zu dir bin. Das Tamás-Kartell wäre es ganz sicher nicht. Sie würden dir jeden Finger abhacken und immer dafür sorgen, dass du nicht stirbst. Solange, bis du nach Erlösung und dem Tod bettelst und du dann doch auspackst. Also, sprich endlich!«, donnerte ich. So langsam hatte ich keine Geduld mehr.

»Fick dich«, röchelte er.

»Mal schauen, wie lange du noch aushältst«, sagte ich kalt und drehte mich um. Frustriert und angepisst stiefelte ich aus der Lagerhalle zu meinem Motorrad. Vielleicht fand ich etwas in seinem Appartement.

Meine Laune wanderte immer weiter in den Keller, als ich wenig später vor dem Appartementkomplex stand, in dem Romeros Wohnung lag. Liam hatte mir dessen Adresse besorgt. Und genau diesen rief ich jetzt an, denn es gab ein verschissenes Problem: »Verdammt, Liam! Wie soll ich da reinkommen? Man hat nur mit einem Schlüssel Zutritt. Und ich bin kein verdammter Dieb, der einfach mal so ein Schloss knacken kann. Noch dazu am Tag!«

»Ich lasse mir etwas einfallen und melde mich«, sagte Liam und legte auf.

»So ein Fuck!«, fluchte ich und trat gegen die Tür. Zwei Passanten von der gegenüberliegenden Seite starrten mich entsetzt an.

»Meine Freundin hat mich ausgesperrt«, rief ich ihnen verzweifelt zu. Offenbar war meine schauspielerische Darbietung überzeugend, denn sie nickten und gingen weiter.

»Deine Freundin also? Kenne ich sie vielleicht?«, ertönte eine Stimme hinter mir, die mir beinah einen Herzinfarkt bescherte. Nein. Das konnte nicht sein. Was machte *sie* hier?

»Wieso solltest du sie kennen?«, fragte ich, während ich

mich zu ihr umdrehte. Erfreut stellte ich fest, dass sie erneut kaum Make-Up trug. Stark geschminkte Frauen, die man nicht erkannte, wenn sie mal ungeschminkt waren, waren mir zuwider.

Dieses Mal umrahmten ihre glatten braunen Haare ihr hübsches Gesicht. Sie trug ein Oversized-T-Shirt und ihre Beine steckten in einer hautengen Leggings. Schon jetzt freute ich mich auf den Anblick ihres runden Arschs.

Emilia bedachte mich mit einem skeptischen Blick. »Weil ich hier wohne. Wer ist sie?«

Fuck. Sie ließ nicht locker. Die Wahrheit würde ich ihr gewiss nicht sagen. Also musste ich improvisieren.

»Du«, antwortete ich ihr schlicht und schob ein freches Lächeln hinterher.

Verblüfft riss sie die Augen auf und ihre Wangen färbten sich in Rekordzeit. Wie süß. Doch nach fünf Sekunden Sprachlosigkeit hatte sie sich wieder gefangen.

»Ach? Habe ich da nicht auch ein Mitspracherecht?« Sie reckte herausfordernd ihr Kinn.

»Tut mir leid, Baby. Nein, hast du nicht. Ich suche dich schon seit zwei Wochen. Es hat ewig gedauert, bis ich deine Adresse herausgefunden habe«, log ich sie an.

Emilia schenkte mir wieder dieses zuckersüße Lächeln. Sie glaubte mir kein Wort. Würde ich auch nicht. Zum Beweis verschränkte sie ihre Arme vor der Brust. In diesem Moment verfluchte ich ihr T-Shirt, denn es besaß keinen tiefen Ausschnitt. »Wer hat dir denn meine Adresse gegeben? Antonio? Julian oder Mila?«

»Das verrate ich dir nicht. Ich möchte die drei nicht gefährden«, redete ich mich raus.

»Du hast also tatsächlich mit den dreien gesprochen?«, hakte sie nach und sah mich erstaunt an.

Ich zuckte mit den Schultern. »Es blieb mir nichts anderes

übrig.«

Kaum hatte ich die Worte ausgesprochen, wusste ich, dass es die falsche Antwort gewesen war. Das Lächeln verschwand, stattdessen funkelte sie mich zornig an. *Uh, Baby. Du hast Feuer. Das macht mich an.*

»Diese drei Personen gibt es nicht! Unsere Köchin heißt Antonia, Milo ist unser Chef und *Julia* ist meine Kollegin«, fauchte sie mich an. »Sag mir auf der Stelle, was du hier wirklich machst, oder ich rufe die Polizei.«

Bevor ich antworten konnte, klingelte mein Handy. Liam.

»Hey, ich - «, begann ich, doch Emilia riss mir das Handy aus der Hand.

»David hat gerade keine Zeit!«, sagte sie und legte auf. Sie warf mir einen vernichtenden Blick zu, als sie es wütend gegen meine Brust presste.

Holy shit. Diese Frau war nicht nur klug, sondern hatte auch ordentlich Temperament, wenn sie wütend war. Das machte mich dermaßen scharf, dass mein Schwanz in der Hose zuckte. Meinen Namen aus ihrem Mund zu hören, war wie Musik in meinen Ohren.

»Lass uns einen Deal machen. Wir gehen zu dir rein und ich sage dir, was ich hier wollte«, schlug ich ihr vor.

»Vergiss es. Ich lasse dich garantiert nicht in meine Wohnung«, widersprach sie. »Entweder redest du jetzt oder ich rufe die Polizei.«

»Baby. Was sollen die machen? Ich habe nichts verbrochen. Daher überleg dir jetzt: Entweder lässt du mich zu dir rein oder ich verschwinde und du wirst nie erfahren, was der Grund meines Besuchs war.«

Kapitel 3

Die Neugierde siegte. Aber erst nachdem sie ihrer Freundin geschrieben hatte, dass diese die Polizei rufen sollte, wenn sie sich nicht jede Stunde meldete. Bevor ich reagieren konnte, hatte sie ein Foto von mir gemacht und es ihrer Freundin geschickt. Emilia war vorsichtig und klug zugleich. Sie faszinierte mich immer mehr.

Während wir in den dritten Stock gestiegen waren, hatte ich die komplette Zeit über auf ihren knackigen Arsch gestarrt. Die hautenge Leggings hatte meine Fantasie angeregt. Und meinen Schwanz, der sich immer noch protestierend gegen die Jeans drückte.

Wir saßen mittlerweile auf ihrem schwarzen Sofa, das in der Mitte des Zimmers stand. Es war nicht groß. Eine kleine Küchenzeile mit einer Theke und drei Hockern davor befand sich an der linken Wand. Direkt daneben ging eine schmale Tür ab, hinter der sich vermutlich das Badezimmer verbarg. Drei riesige und vollgestopfte Bücherregale standen an der rechten Wand, seitlich war der Fernseher auf einem TV-Schrank platziert. Eine weitere Tür führte in ein Schlafzimmer. Beim Hereinkommen hatte ich durch diese einen Blick auf ihr Bett erhascht. In ihrem Wohnzimmer roch es nach den gelben Blumen, die auf den zwei Fensterbänken standen.

»Also? Was willst du hier?«, fragte mich Emilia argwöhnisch. Sie saß auf der anderen Seite der Couch, um möglichst viel Abstand zu schaffen. Dennoch drang mir ihr Duft in die Nase, sie roch nach Himbeeren. Sehr außergewöhnlich. Genau wie sie.

»Baby, wenn ich dir die Wahrheit sage, dann muss ich dich leider töten«, haute ich den Klassiker raus. Jedes meiner Worte meinte ich ernst. Doch, wie so oft, wurde der Satz als lächerlich abgetan. Es war nervig.

Sie verdrehte ihre schokoladenfarbigen Augen. »Sehr witzig. Jetzt sprich endlich!«

»Na, schön. Ein Pisser hat mir eine Macke ins Auto gefahren, er ist aber abgehauen. Also bin ich ihm gefolgt. Weil ich hier keinen Parkplatz gefunden habe, ist er mir entwischt. Doch ich habe gesehen, dass er gestern in dieses Haus gegangen ist. Weil ich zurück zur Arbeit musste, bin ich gefahren und heute wiedergekommen«, log ich ihr ins Gesicht. Lügen gehörten mittlerweile zu meinem Alltag.

Emilia hob ungläubig die Augenbrauen. »Und was hast du dir erhofft? Dass er hier rausspaziert? Wie sah er denn aus?«

»Latino, sportlich, kurze schwarze Haare, Bart und er trug eine Jeans mit einem schwarzen Hemd«, beschrieb ich ihr Romero.

»Das ist mein Nachbar. Er wohnt direkt nebenan«, sagte sie stirnrunzelnd. »Aber ich habe ihn seit zwei Tagen nicht mehr gesehen oder gehört.«

Das war korrekt, weil er vorgestern einen Auftrag für Gibson erledigt hatte. Danach hatte er in einem Hotel gepennt und vor knapp zwölf Stunden hatte ich ihn entführt. Mir ging es gerade gegen den Strich, dass sie so aufmerksam war. Gleichzeitig reizte sie mich dadurch immer mehr. Sie ließ sich nicht blenden. Es wurde Zeit, andere Geschütze aufzufahren.

»Vielleicht ist er leise? Oder du zu laut?« Ich warf ihr einen anzüglichen Blick zu. Fuck, diese Augen. Sie waren so umwerfend.

Eine leichte Röte überzog abermals ihre Wangen. Sie hatte meine Andeutung verstanden.

»Nein. Das ist ausgeschlossen«, sagte sie mit erstaunlich

fester Stimme.

Verdammt. Sie war echt eine harte Nuss. Aber dadurch, dass er ihr direkter Nachbar war, reifte in mir ein neuer Plan.

Ich lehnte mich nach vorne, kam ihr näher. »Was? Dass du nicht laut bist? Das können wir ändern, Baby«, raunte ich ihr sexy zu.

Meine Stimmlage verfehlte ihre Wirkung nicht. Emilias Atmung beschleunigte sich und sie biss sich auf ihre Unterlippe. Fuck. Diese Bewegung schoss direkt in meinen Schwanz. Was war mit dieser Frau los? Wieso hatte ich mich bei ihr nicht im Griff? Wir kannten uns kaum.

Dann tat sie etwas, womit ich nicht gerechnet hatte: Emilia rückte näher an mich ran, unsere Gesichter waren nur noch wenige Zentimeter voneinander entfernt.

»Du bist sehr von dir überzeugt«, hauchte sie.

Ihre Augen glänzten vor Erregung. Holy shit. Mir war jetzt alles egal. Scheiß auf Romero. Um den konnte ich mich auch später kümmern. In diesem Moment wollte ich nur noch eins: Emilia laut und stöhnend unter mir.

»Ich werde es dir beweisen.« Mit diesen Worten überbrückte ich die Distanz und legte meine Lippen auf ihre. Zärtlich küsste ich sie, spürte ihre Unsicherheit. Ich ließ ihr Zeit, auch wenn ich Emilia am liebsten wie ein Neandertaler über meine Schulter werfen und sie im Bett besinnungslos vögeln wollte. Mit meiner Zunge strich ich über ihre Oberlippe, teilte ihre Lippen und bat um Einlass. Dann – endlich – ließ sie sich fallen. Unsere Zungen tanzten und mein Schwanz pochte wie verrückt. Sie schmeckte nach Zitronenlimonade. Mhh sehr lecker.

Ich zog sie enger an mich ran, fühlte ihre wundervollen Brüste an meinem Oberkörper, was mich noch mehr erregte. Sie vergrub ihre Hand in meinen Haaren, klammerte sich mit der anderen an meinen Hals. Neckisch biss sie mir in die

Unterlippe, woraufhin ich laut aufstöhnte. Fuck. Ich wollte sie. Jetzt.

Ungeduldig zupfte sie an meinem Pullover. Ich grinste, während ich mir mit einer geschmeidigen Bewegung mein Oberteil auszog. Ihr feuriger Blick glitt bewundernd über mich. *Das hast du nicht erwartet, oder Baby?*

Fast schon zögerlich strich sie über meinen Sixpack. Ich sah mit Klamotten aus wie der unscheinbare Nachbarsjunge, der keinen Sport betrieb. Tja. So schnell konnte man Menschen in die Irre führen. Jede Berührung ihrerseits löste ein loderndes Feuer in mir aus. Meine Zurückhaltung geriet ordentlich ins Wanken.

»Zieh dich aus!«, forderte ich. Meine Stimme klang dunkel und rau.

Emilias lustverhangene Augen fixierten mich. Sie war genauso erregt wie ich. Bevor ich die Geduld verlor, weil sie keine Anstalten machte, meinem Befehl Folge zu leisten, stand sie auf und grinste mich frech an. »Komm mit und mach dein Versprechen wahr!«

Sie ging zur Schlafzimmertür und zog während des Gehens ihr T-Shirt über den Kopf aus, kurz danach warf sie den BH weg. Ich saß wie ein Volltrottel auf der Couch und sah ihr hinterher. So schnell ich konnte, sprang ich auf und folgte ihr.

Der Anblick in ihrem Schlafzimmer ließ mich stocken. Sie lag nackt auf dem Bett und warf mir ein verruchtes Lächeln zu. Fuck. In Sekundenschnelle wurde ich meine Jeans los und stieg zu ihr aufs Bett. Sofort flog ihr Augenmerk auf meinen Schwanz. Genüsslich leckte sie sich über ihre hinreißenden Lippen. Ihr gefiel, was sie sah. Genau wie mir. Mein Blick glitt über ihren Körper, der an den richtigen Stellen die perfekten Rundungen aufwies.

»Du bist wunderschön, dein Körper ist wunderschön«, sagte ich ehrfürchtig.

Ihre rosigen Brustwarzen waren hart, ich musste sie unbedingt mit meiner Zunge liebkosen. Mit einer Hand stützte ich mich neben ihrem Kopf ab, mit der anderen umschloss ich ihre Brust. Ein zarter Biss in ihre Nippel reichte aus, dass Emilia den Kopf in den Nacken warf und stöhnte. Ihr Stöhnen wandelte sich zu einem Schrei, als meine Hand über ihren Bauch zwischen ihre Schenkel glitt und ich mit dem Zeigefinger in sie eindrang.

»So nass und willig«, murmelte ich an ihrer Brust. Ich krümmte meinen Finger, bewegte mich in ihrer engen, feuchten Pussy. Mit dem Daumen übte ich leichten Druck auf ihre Klit aus.

»O Gott! David!«, keuchte sie.

Meinen Namen aus ihrem Mund zu hören, nahm mir den letzten Funken Beherrschung. Ihre Enge trieb mich in den Wahnsinn. Daher verwarf ich meinen Ursprungsgedanken sie zu lecken und um den Verstand zu bringen. Wenn ich das machte, dann würde ich wie ein Schuljunge auf ihr Laken spritzen. Nein. Das war ausgeschlossen. Ich musste in ihr sein, ihre Kontraktionen spüren, wenn sie kam.

»Sorry, normalerweise lasse ich mir Zeit. Aber ich muss dich jetzt haben«, raunte ich.

»Dann nimm mich!«, forderte Emilia. Sie warf mir ungeduldig ein Kondom zu, dessen Verpackung ich innerhalb von Sekunden mit den Zähnen öffnete. Der hungrige Blick von ihr ließ meinen Schwanz zucken. Plötzlich grinste sie mich an. Trotz meines Fingers in ihr lehnte sie sich nach vorne und griff zwischen meine Beine. Selbstbewusst massierte sie meinen Schwanz, übte den richtigen Druck aus. Fuck. Das war mein Ende, meine Hölle, mein Himmel.

Energisch schlug ich ihre Finger weg, streifte das Kondom über und tauschte den Zeigefinger gegen meinen Schwanz. Ich bewegte mich leicht vor und zurück, damit sie sich an mich gewöhnen konnte. Ihre nasse, heiße Enge umschloss meinen Schwanz wie eine Faust. Wir stöhnten zeitgleich auf. Sie umschlag mich mit ihren Beinen, sodass ich mich tiefer in ihr versenkte. Emilias Augen waren vor Lust verschleiert und ihr erregender Duft benebelte meine Sinne. Das gab mir den Rest. Mit einem animalischen Grollen rammte ich mich weit in sie und setzte direkt mit harten Stößen nach. Ihre lustvollen Schreie klangen wie Musik in meinen Ohren. Ich bedeckte ihren Oberkörper mit unzähligen Küssen, während ich sie weiterhin hart fickte.

»Mehr! Ich will mehr!!«, verlangte sie.

Sie hatte keine Ahnung, wie sehr mich ihre Worte beflügelten. Grinsend griff ich mit einer Hand zwischen ihre Beine, rieb ihren Kitzler und zog das Tempo an. Begleitend zu den heftigen Stößen, verstärkte ich den Druck auf ihre Mitte.

Emilia machte ein Hohlkreuz, drängte sich mit ihrem Unterleib weiter an mich und legte den Kopf in den Nacken. Sie keuchte bei jedem Stoß laut auf. Genüsslich leckte ich über ihre Halsschlagader, was sie in Ekstase versetzte. Meine Lust wuchs ins Unermessliche, es würde nicht mehr lange dauern, bis ich explodierte. Aber zuerst war sie an der Reihe.

»Komm für mich, Baby«, flüsterte ich ihr mit rauer Stimme zu.

Als hätte sie nur auf meine Worte gewartet, durchlief ein Zittern ihren Körper. Ihre Muskeln schlossen sich fest um meinen Schwanz, sodass ich aufstöhnte. Was für ein geiles Gefühl!

»David!«, schrie sie ihren Orgasmus laut raus.

Ich beugte mich nach vorne, küsste sie hemmungslos und fickte sie in einem Tempo, das nicht mehr normal war. Ihre lustvollen Augen trafen meine, was auch mich über die Klippe stürzen ließ. Meine Eier zogen sich zusammen und mit einem lauten: »Emilia!«, kam ich. Schwarze Punkte tanzten vor meinen Augen. Fuck. So heftig war ich schon lange nicht mehr gekommen. Noch ein paar Mal stieß ich in sie, denn ich wollte mich noch nicht von ihr trennen. Es war so fucking perfekt. Imm wieder zuckte mein Schwanz in ihr, ehe ich mich schwer atmend aufrichtete, sie dreckig angrinste und mir das Haar nach hinten strich. Doch statt schüchtern meinem Blick auszuweichen, wie es die meisten Frauen taten, sah sie mich kokett lächelnd an und leckte sich über die Unterlippe.

Holy moly. Diese Frau war mein Untergang.

Kapitel 4

Seit neun Tagen besuchte ich Emilia täglich. Wir vögelten hemmungslos in ihrer Wohnung, auf dem Bett, dem Küchentisch, im Flur, auf der Waschmaschine. Überall. Wir konnten einfach nicht genug voneinander bekommen. Zwischendurch unterhielten wir uns und bestellten Essen. Je mehr ich über sie erfuhr, desto mehr wuchs sie mir ans Herz. Eine Tatsache, die mir zu schaffen machte. Emilia war eine wundervolle Frau, aber an meiner Seite wäre ihr Leben in Gefahr. Sie studierte Psychologie und arbeitete in dem Diner, um Geld dazuzuverdienen. Ihre Eltern bezahlten ihre Wohnung und auch das Studium, aber sie wollte den Rest selbst abstottern. Sie führte ein sicheres Leben, welches sich ändern würde, sollte herauskommen, dass sie zu mir gehörte. Jeder aus dem Untergrund könnte ihr etwas antun. Allein der Gedanke daran, dass ihr etwas zu stoßen würde, brachte mich an den Rand der Verzweiflung. Wir kannten uns erst seit ein paar Tagen, aber sie ging mir verdammt tief unter die Haut. Es wäre das Beste gewesen, wenn ich mich nach der ersten Nacht nicht mehr gemeldet hätte. Aber ich konnte keinen Abstand zu ihr nehmen, ihre Nähe versetzte mich in einem Rauschzustand. Sie war meine Droge, die ich brauchte.

Sie hingegen hatte mich heute abserviert, weil sie sich mit ihren Freunden treffen wollte, die ihr heilig waren. Das kam mir ganz gelegen. Nachdem ich Enzo über Emilia informiert und ihm meinen Plan unterbreitet hatte, stand der Ausführung nichts mehr im Wege.

Liam hatte Romero verarztet und tagelang beobachtet, dass die Wunden heilten. Er hatte ihn vor einer Stunde nach Hause gefahren. Dieser Wichser wusste ganz genau, wer hinter dem Auftrag steckte. Vermutlich würde er denjenigen informieren, sobald er zu Hause war.

Uns lief die Zeit davon. Das Tamás-Kartell hatte uns bis morgen Abend eine Deadline gesetzt. Sollten wir bis dahin den Maulwurf nicht finden, würde New Yorks Untergrund brennen. Mein Kopf und auch Gibsons würde rollen. Selbst jetzt verstand der Pisser nicht, dass er ebenfalls eine Zielscheibe war. In seinen Augen war das Bullshit und der Hunter steckte hinter allem. Aleks und Enzo hatten es einzig und allein Kat zu verdanken, dass sie Gibson nicht den Krieg erklärt und damit alles nur noch schlimmer gemacht hatten. Sie war die Stimme der Vernunft gewesen. Kat hatte darauf bestanden, erst die Ratte zu finden. Mit Gibsons Tod würde sie vermutlich in der Kanalisation verschwinden. Mein Boss und seine rechte Hand hatten widerwillig zugestimmt, obwohl jedem am Tisch klar gewesen war, dass sie recht hatte.

»Wieso ruft der denn noch nicht an? Ist Aleks da unten nicht Grund genug in Panik zu verfallen?«, fragte Kat genervt.

Wir saßen seit anderthalb Stunden auf Emilias Bett. Nur krampfhaft verdrängte ich die Erinnerungen an unseren leidenschaftlichen Sex von heute Morgen.

Draußen im Wagen vor dem Haus hockten Liam und Aleks. Das Abhörgerät war an der Wand angebracht. Zum Glück waren die Wände so dünn, man konnte ihn schon beinah ohne das Gerät verstehen. Romero wütete, seitdem er zur Tür hineingegangen war, in seinem Appartement.

»Er sucht vermutlich alles nach Wanzen ab. Romero ist nicht dumm«, antwortete ich und zuckte mit den Schultern. Wir redeten mit gedämpfter Stimme. Nicht, dass Romero uns hörte.

Kat seufzte. »Was ist eigentlich mit der Kleinen?«

Auch wenn ich Enzos Prinzessin mochte, gab es Dinge, die

gingen sie nichts an. »Was soll mit ihr sein?«

»Hast du ihr gesagt, wie du dein Geld verdienst?«

»Nein, natürlich nicht.«

Überrascht blickte sie mich an, nur um danach die Stirn zu runzeln. »Und dann erlaubt sie das hier?«

Ich schwieg. Emilia wusste nicht, dass ich gestern heimlich ihren Zweitschlüssel eingesteckt hatte. Sie hatte mir gesagt, dass sie abends feiern gehen würde. Daher rechnete ich nicht mit ihrem Auftauchen und sie würde von all dem hier nichts mitbekommen. Es gab für mich keinen Grund, sie einzuweihen. Zumal ich eh von ihr Abstand nehmen wollte. Wobei ich selbst keinen verdammten Plan hatte, wie ich das anstellen sollte.

Kat stöhnte genervt auf. »David, du bist ein Vollidiot! Was ist, wenn sie gleich hier steht? Was willst du dann machen? Wieso hast du es ihr nicht gesagt? Enzo wird dich killen, wenn er erfährt, dass du ihn angelogen hast.«

Das war tatsächlich das erste Mal, dass ich meinem Boss nicht die Wahrheit gesagt hatte. Alle dachten, es sei mit Emilia abgesprochen. Niemand fand es merkwürdig, dass plötzlich eine Frau an meiner Seite aufgetaucht war. Nachdem Liam sie gründlich überprüft und nichts außer zwei Strafzetteln gefunden hatte, war sie von der Truppe sie akzeptiert worden. Das wiederum brachte mich ins Grübeln. Selbst bei Kat hatte es genug Diskussionen gegeben, na ja, sie war auch die Schwester unseres Feindes gewesen. Trotzdem irritierte es mich, dass jeder Emilia an meiner Seite sah. Das erfüllte mich einerseits mit Stolz, denn die Jungs und Kat waren meine Familie, andererseits fühlte ich eine Schwere in meinem Herzen, weil ich sie dadurch in den Untergrund zog. Sie sollte nicht beschmutzt werden, sondern so strahlend hell bleiben. Sie hatte eine großartige Zukunft vor sich, die ich mit meiner Anwesenheit zerstören würde.

»Er wird es nicht erfahren. Sie ist unterwegs«, sagte ich leichthin.

»Und was ist, wenn das hier länger dauert?« Kats Stimme klang spöttisch. Ich hasste es, wenn sie recht hatte. »Hör zu, David. Ich werde Enzo nichts davon sagen, aber ich erwarte, dass du ehrlich zu ihm bist. Du weißt selbst, wie er ist. Ich verstehe, dass du sie beschützen willst, aber ist es dir das wert?«

Mir war klar, worauf die Frage abzielte. Sobald der Hunter heraus fand, dass ich ihn angelogen hatte, würde ich froh sein können, wenn ich danach noch laufen konnte. Ohne großartig zu überlegen, antwortete ich ihr.

»Ich würde mir für Emilia die Kehle durchschneiden lassen«, sagte ich ernst und überzeugt.

Sekunde, was?

Woher kam denn dieser Satz jetzt? Das war es nicht gewesen, was ich eigentlich hatte sagen wollen.

Kat riss erstaunt die Augen auf und grinste mich kurz darauf vielsagend an. »Da hast du deine Antwort auf deine Frage.«

Diese Hexe. Manchmal machte sie mir echt Angst. Kat hatte das erstaunliche Talent, in meinen Kopf zu gucken. Keine Ahnung, ob sie mich als kleinen Bruder sah, weil ich hier eindeutig der Jüngste im Bunde war.

Zum Glück sprach Romero endlich mit jemandem, sodass mir eine Antwort erspart blieb. Kat schmunzelte vor sich hin.

»Nein, hier sind keine Wanzen. Ich habe alles abgesucht und, ja auch noch zusätzlich den Piepser hochgedreht. Selbst wenn hier welche sein würden, wären die Idioten spätestens jetzt taub … Nein. Natürlich habe ich nicht gesagt, dass du da hinter steckst … Gibson ist stinksauer. Ich habe ihm eine Nachricht geschrieben, dass mich der Halbtote gefoltert hat. Es läuft alles genau nach Plan. Das Kartell ist im Anmarsch und sobald die diese ganzen Witzfiguren erledigt haben, gehört der Thron der Unterwelt uns … Woher ich das weiß? Der eine Typ hatte vergessen, die Tür zu schließen, und so konnte ich das Gespräch belauschen … Nein, die wissen nicht, dass du dahintersteckst, Ilja. Treffen wir uns heute Abend? Wie immer? … Alles klar. Bis dann.«

Kat und ich warfen uns einen siegessicheren Blick zu. Ilja war einer der Schwanzlutscher von Gibson. Durch seine Wurzeln hatte er Kontakte zur russischen Mafia, die Gibson dabei halfen, sein Geld zu waschen.

Mein Handy klingelte. Sofort nahm ich ab. »Hab es aufgezeichnet und es an das Tamás-Kartell geschickt. Ilja freut sich sicherlich, wenn er heute Abend von den Kolumbianern Besuch bekommt«, ertönte Liams Stimme. »Gibson bekommt auch noch die Datei zugeschickt. Wenn er klug ist, liefert er Ilja direkt ans Kartell aus.«

»Wir räumen die Sachen zusammen und fahren ins Shade«, sagte Kat bestimmt und legte auf. Unser Auto stand in einer Nebenstraße, sodass wir durch den Hinterhof entwischen konnte. Wir durften nicht riskieren, dass Romero uns vor dem Haus sah.

Schnell packten wir das Abhörgerät und unsere Waffen in die Sporttasche. Ich hängte sie mir über meine Schulter und trat in das Wohnzimmer.

Fuck.

Ein wütendes Augenpaar starrte mich an. Ich war am Arsch. Und geliefert.

»Was zur Hölle machst du hier?«, fauchte Emilia. »Zwei meiner Freundinnen hatten einen dringenden Notfall, ich wollte dich anrufen, um dich zu fragen, ob du Zeit hast. Das hat sich offenbar erledigt! Du bist schon hier! Bist du etwa eingebrochen?!«

»Baby, hör mal …«, begann ich.

Sie schaute hinter mich. Fuck. Ich würde jetzt in der Hölle schmoren. Ihr Blick war tödlich.

»Wer ist sie? Und wieso kommt sie aus meinem Schlafzimmer?«, zischte sie. Die Eifersucht stand meinem Mädchen ins Gesicht geschrieben. Das machte mich irgendwie scharf.

»Hi, Emilia. Ich bin Kat. Freut mich, dich kennenzulernen. Wie ich sehe, habt ihr viel zu bereden. Sei nicht so hart zu ihm. Er ist ein ganz Lieber«, sagte Kat, zwinkerte ihr zu und verschwand aus der Wohnung.

Emilia sah ihr sprachlos hinterher. Als sie sich zu mir umwandte, war ihre Wut noch immer präsent.

»Ich will jetzt alles wissen! Wenn du mir nicht augenblicklich die Wahrheit sagst, bringe ich dich um!«, schrie sie mich an.

Ihr jetzt zu sagen, dass sie sich mit einem Mörder im Raum befand, würde es nicht besser machen. Fuck. Ich musste ihr reinen Wein einschenken. Ergeben seufzte ich. »In Ordnung. Setz dich.«

Sie runzelte die Stirn. Mit dieser Reaktion hatte sie nicht gerechnet, meine Ruhe verwirrte sie. Dennoch tat sie mir den Gefallen und bedachte mich mit einem zornigen Blick. Das hatte ich verdient.

Innerlich war ich ein Wrack und meine Emotionen fuhren Achterbahn. Aber ich beherrschte mich. Sie hatte die Wahrheit verdient. Nur Emilia entschied, ob sie mit meinem Leben umgehen konnte. Entweder akzeptierte sie es oder sie jagte mich zum Teufel. Ich hatte eine Heidenangst davor, dass der letzte Fall eintrat, denn Emilia hatte in der kurzen Zeit bereits einen Platz in meinem Herzen gewonnen. Ich konnte sie jetzt nicht gehen lassen. Und genau deshalb würde ich reinen Tisch machen.

Epilog

Zärtlich fuhr Emilia mit dem Finger über die Narbe an meinem Hals. Eine Angewohnheit, die mir jedes Mal eine Gänsehaut bescherte.

»Weißt du, ich sollte mich eigentlich mal bei Liam bedanken«, sagte sie nachdenklich.

Ich drehte meinen Kopf zu ihr herum. Wir lagen nackt, schweißgebadet und vollkommen befriedigt in ihrem Bett. Wann immer ich in ihre Augen blickte, klopfte mein Herz schneller.

»Warum meinst du das? Was hat er getan?«, fragte ich sie skeptisch.

Emilia lächelte mich sanft an. »Weil er dich gerettet hat. Ohne ihn wärst du tot und ich nicht so verdammt glücklich.«

Ihre Worte ließen mein Herz schneller klopfen und ich grinste sie wie ein Vollidiot an. »Und ich hätte den besten Sex der Welt verpasst.«

»David!« Sie lachte und boxte mich in die Seite.

»Entschuldige, war das nicht romantisch genug?«, neckte ich sie.

»Nein, du Arsch.« Emilia streckte mir die Zunge raus.

Mein Blick glitt zu ihren Lippen, die von unseren Küssen geschwollen waren.

»Wie wäre es, wenn du mit deiner Zunge andere Dinge anstellst?«, raunte ich ihr zu. Mein Schwanz zuckte freudig. Wir bekamen beide nicht genug von ihr.

In ihren braunen Augen blitzte die Erregung auf. Mit ihrer Zunge befeuchtete sie ihre Unterlippe und biss anschließend auf diese, was mir ein Knurren entlockte.

In Sekundenschnelle presste ich meinen Mund auf ihren und küsste sie leidenschaftlich. Ihr Stöhnen wanderte direkt in meinen Schwanz. Ich begehrte sie wie noch keine andere Frau zuvor.

Emilia war das wundervollste Geschöpf, das ich kannte. Sie würde ich so schnell nicht wieder loslassen. Noch immer konnte ich nicht glauben, dass sie sich tatsächlich für mich entschieden hatte. Nachdem ich ihr erzählt hatte, wer ich war und womit ich mein Geld verdiente, war sie zuerst sprachlos gewesen.

»War ich für dich auch nur einer deiner Jobs?«, fragte sie nach ein paar Minuten. Emilia hatte das Gesagte erst verarbeiten müssen, das verstand ich. Dennoch überraschte es mich, dass das ihre erste Frage war.

Perplex schüttelte ich den Kopf. »Nein, definitiv nicht. Das warst du nie. Ich habe deine Wohnsituation ausgenutzt, aber nicht dich. Das würde ich nicht übers Herz bringen.«

Emilia schenkte mir ein leichtes Lächeln. Das genügte schon, sodass meine persönliche Sonne aufging. »Das reicht mir. Ich verurteile dich nicht für deinen Job. Natürlich bin ich geschockt und ich muss mich erst an den Gedanken gewöhnen, aber ich akzeptiere dich, so wie du bist. Mein Onkel ist bei der Army. Jeden Tag erschießt er Menschen, um andere Menschen zu beschützen. Du machst in meinen Augen nichts anderes. Jeder muss für sich selbst entscheiden, mit was er sein Geld verdient. Deine Arbeit mag mir nicht gefallen, aber ich würde nie verlangen, dass du damit aufhörst. Mir sind die Risiken bewusst, wenn ich bei dir bleibe. Du hast gesagt, dass diese Kat und die anderen deine Familie sind und du ihnen vertraust. Also werde ich das auch tun. Lass es uns versuchen und wir werden sehen, wohin das führt. So schnell wirst du mich nicht los.«

Tja. Jetzt waren wir hier. Ein halbes Jahr später. Widerlich glücklich. Sexhungrig wie am ersten Tag. Und kitschig verliebt.

ENDE

Danksagung

Diese Danksagung ist einfach, denn ich widme sie meinem Lieblingsmenschen. Meinem Sammylein!

Sam, ich danke dir von Herzen für deine tolle Unterstützung.

Deine Liebe zu ihm hat mir unheimlich bei seiner Geschichte geholfen und du bist mitunter der Grund, warum es dieses Buch überhaupt gibt.

Mit Aleks fing einfach alles an und nun haben wir bereits unser erstes gemeinsames Buch geschrieben und ich hoffe, es folgen noch Unmengen mehr. Auch wenn unsere Männer nun mit dem Kopf schütteln (ja, hier muss ein dickes Danke an beide hin!), so liebe ich es, mit dir gemeinsam zu plotten, egal für welches Projekt.

Also einfach mal ein dickes Danke, mein Schatzi!

Natürlich danke ich auch meinen Zaubermäusen, meinen Blogger-Damen.

Ihr habt mich so wunderbar bei Aleks unterstützt.

Danke: Nadine, Theresa, Sara, Lisa, Saskia, kleine Elfe, Lara, Vivian, Silke, mein Teufelchen, Anni, Emi, Sonja, Mary und Laura!

Meine fleißigen Testlese-Bienchen dürfen natürlich nicht fehlen.

Ihr wart mir eine super Hilfe!

Und das letzte Danke geht an meinen wundervollen Verlag! Ein dickes Danke an dieses mega Team!

So, ihr Süßen, das war's mal wieder von mir.
Doch lange müsst ihr nicht auf Nachschub von mir warten.
Wenn ihr wissen wollt, was euch als Nächstes erwartet, dann schaut doch gern auf meiner Instagram-Seite vorbei. Dort werdet ihr über alle meine noch kommenden Projekte oder meinen Online-Shop auf dem Laufenden gehalten.
@_sally__dark_

Wir lesen uns!

Dunkle Grüße
Eure Sally

Über Sally Dark

Man nennt mich Sally Dark.

Kommt und folgt mir in meine Welt der dunklen Liebesromane und erotischen Geschichten.

Fühlt ihr euch auch eher zu den düsteren Kerlen hingezogen? Steht ihr auf raue und prickelnde Sexszenen? Und mögt ihr ebenso wie ich Protagonisten, die kein Blatt vor den Mund nehmen und auch mal eine etwas derbere Aussprache haben dürfen?

Dann heiße ich euch in meiner Welt willkommen.

Ich habe ein Faible für Bad Boys und Bad Heros, die die Welt ein klein wenig heißer machen.

Denn sind wir doch mal ehrlich: Wer will schon den Guten, wenn man den Heißen haben kann?!

Dunkle Grüße

Eure Sally Dark

Weiteres von Sally Dark

Princess - Reihe
Band 1: The Princess and the Beast: Dunkles Spiel
Band 2: The Princess and the Beast: Tödliche Jagd

Klappentext:

Um gleich eins klarzustellen:

Das hier ist weder ein zuckersüßes Märchen noch eine harmlose Lovestory. Meine Geschichte ist nichts für schwache Nerven. Mein Leben besteht aus Gewalt, Tod, Drogen und Sex.

Hier gibt es keine Moral.

Ich bin auch kein verschissener Ritter in strahlender Rüstung. Ich bin ein Monster, das sich nimmt, was es will und tötet, wer ihm im Weg steht.

Will ich dich töten oder nur mit dir spielen?

Ich bin der Hunter und du meine Beute. Was auch immer ich mit dir vorhabe, ich verspreche dir, dass es dich fesseln wird. **Also, traust du dich in meine Welt?**

Sin - Reihe

Band 1: The Sweet Sin - Du bedeutest meinen Untergang

Band 2: The Deadly Sin - Du wirst mich zerstören

Klappentext:

Schneewittchen:

Ein Blick in diese Augen und meine ganze Welt geriet ins Wanken. Sie leuchteten in so einem intensiven Grün und doch wohnte Dunkelheit und tiefe Traurigkeit in ihnen. Wieso zog mich dieser mysteriöse Fremde mit seinem düsteren Erscheinen so an? Wieso konnte ich ihn nicht vergessen? Dabei sollte ich es unbedingt, denn mein Leben ist bereits vorherbestimmt – und ein Mann wie er passt niemals in meine Welt.

Blake:

Oh, Schneewittchen, wie konnte ausgerechnet ein unschuldiges Mädchen wie du an einen Mann wie mich geraten? Verstehst du denn nicht, dass ich nichts weiter bin als ein rücksichtsloser Mistkerl? Ich bin nicht der Retter, den du so dringend brauchst. Ich bin nicht der gute Mensch, den du so verzweifelt in mir sehen willst. **Aber du … du bist mein Untergang.**

Angel- Reihe
Band 1: Lonely Angel - Dunkle Vergangenheit
Band 2: Hopeless Angel - Kein Entkommen
Band 3: Darkest Angel - Sein Besitz

Klappentext:

Man nennt mich Angel. Warum, fragst du dich? Tja, um das herauszufinden, musst du meine Geschichte kennen. Aber bedenke: Nicht jeder, der einen Heiligenschein trägt, gehört automatisch zu den Guten. In meinem Leben dreht sich alles nur um Lust, primitive Begierde, Verlangen und dunkle Geheimnisse, die nie ans Licht kommen dürfen. Liebe oder Gefühle sind mir fremd! In meinem Beruf wären sie mir auch nur im Weg. Doch was tust du, wenn plötzlich nicht nur ein Mann, sondern gleich zwei unglaublich attraktive Männer in dein Leben treten? Deine dir selbst auferlegten Regeln einfach über Bord werfen? Dich an deine Grenzen bringen und Dinge fühlen lassen, die noch nie da waren? Eine Lust in dir wecken, die du nie in dir vermutet hättest? Dabei warst du dir doch so sicher, anders als die anderen zu sein. Besser. Also? Wie steht es um deine Lust? Habe ich sie geweckt? Verlangt es dir nach mehr? Gut! Dann tauche in meine Welt ein und lass dich verführen. Aber gib auf dich acht, denn es gibt keine Garantie, dass sie nicht süchtig macht.

Kingdom-Reihe gemeinsam mit Sam Woods

Klappentext:

»Verdammt, dieses Mädchen könnte meinen Untergang - den meines Königreichs - bedeuten und gerade in diesem Moment würde ich es hergeben, würde alles hergeben, für sie.«

Zwei Spielfiguren ... schwarz und weiß!
Zwei Könige ... manipulativ und rachsüchtig!
Zwei Kronen ... schwer und mächtig!
Zwei Damen ... die ihrer beider Leben verändern!
Ein dunkles Königreich ...
das es zu erobern oder zu verteidigen gilt!
Ein Krieg ...
der schon so viele Jahre andauert und alles verändern wird!

Was passiert, wenn zwei mächtige Männer aufeinandertreffen, ihr tödliches Schachbrett aufbauen und du die Dame **in diesem Spiel bist?**

Könnte dir auch gefallen ...

Sam Woods - The right kind of Darkness

Klappentext:

Du tust so, als wärst du stark, versteckst dich hinter deinem Trotz.

Aber ich durchschaue dich, Tigerlilly. Ich werde dich brechen und ich sehe es in deinem glühenden Blick:

Du wirst mehr davon wollen.

Mehr von mir.

Mehr Schmerz.

Mehr Lust.

Ich muss meine Schwester aus den Fängen dieses Bastards befreien! Aber als ich nass und frierend aus dessen Club stolpere, laufe ich in die Arme eines Fremden. Ich kenne diesen Mann nicht, doch der Orkan in seinen grauen Augen nimmt mich gefangen. Seine Dunkelheit zieht mich an. Und ehe ich mich versehe, bin ich in ihr verloren.

HEARTCRAFT